Arnaldur Indriđason

Nordermoor

Tödliche Intrige

Arnaldur Indriđason, Jahrgang 1961, war Journalist und Filmkritiker bei Islands größter Tageszeitung. Heute lebt er als freier Autor in Reykjavik und veröffentlicht mit sensationellem Erfolg seine Romane. Seine Krimis belegen allesamt seit Jahren die oberen Ränge der Bestsellerlisten auf Island, und das in einem Land, in dem es nur drei Mordfälle pro Jahr gibt.

Arnaldur Indriđason

Nordermoor

Tödliche Intrige

Zwei Romane in einem Band

Weltbild

Die Originalausgabe von *Nordermoor* erschien 2000
unter dem Titel *Mýrin* bei Vaka-Helgafell, Reykjavik.

Die Originalausgabe von *Tödliche Intrige* erschien 2003
unter dem Titel *Bettý* bei Vaka-Helgafell, Reykjavik.

Vorbemerkung: In Island duzt heutzutage jeder jeden. Man redet sich nur mit dem Vornamen an. Dies wurde bei der Übersetzung beibehalten.

Besuchen Sie uns im Internet:
www.weltbild.de

Genehmigte Lizenzausgabe für Verlagsgruppe Weltbild GmbH,
Steinerne Furt, 86167 Augsburg
Nordermoor

Übersetzung: Coletta Bürling
Tödliche Intrige

Übersetzung: Coletta Bürling
Umschlaggestaltung: Hauptmann und Kompanie, München - Zürich
Umschlagmotiv: Corbis, Düsseldorf (©Wolfgang Kaehler)
Gesamtherstellung:CPI Moravia Books s.r.o., Pohorelice
Printed in the EU
ISBN 978-3-8289-9112-5

2011 2010 2009 2008
Die letzte Jahreszahl gibt die aktuelle Lizenzausgabe an.

Arnaldur Indriðason

Nordermoor

Roman

Aus dem Isländischen
von Coletta Bürling

Weltbild

REYKJAVÍK 2001

Das Ganze ist ein einziger verdammter Sumpf.
Erlendur Sveinsson, Kriminalbeamter

1

Die Worte waren mit Bleistift auf ein Blatt Papier geschrieben, das auf die Leiche gelegt worden war. Drei Worte, die Erlendur nicht verstand.

Die Leiche war ein Mann, der um die siebzig sein musste. Vor dem Sofa in einem kleinen Wohnzimmer lag er auf der rechten Seite auf dem Boden, bekleidet mit einem blauen Hemd und hellbraunen Cordhosen. Er hatte Pantoffeln an. Das Haar war schütter, fast vollkommen ergraut und rot vom Blut aus einer großen Wunde am Kopf. Auf dem Fußboden neben der Leiche lag ein großer gläserner Aschenbecher mit spitzen Kanten und Ecken. Er war ebenfalls blutbeschmiert. Der Wohnzimmertisch war umgestürzt.

Die Wohnung lag im Souterrain eines zweistöckigen Hauses in Nordermoor. Das Haus war umgeben von einem kleinen Garten, mit einer Steinmauer zu drei Seiten. Die Bäume hatten das Laub abgeworfen, das jetzt so dicht lag, dass man im Garten nirgends ein Fleckchen Erde sah, und sie reckten ihre krüppligen Äste in den dunklen Himmel. Eine Einfahrt mit Schotterbelag führte zu einer Garage. Immer noch fuhren Mitarbeiter der Kriminalpolizei vor. Sie bewegten sich ohne Hast, wirkten in diesem alten Haus geisterhaft. Man wartete auf den Amtsarzt, der den Totenschein ausstellen würde. Der Leichenfund war vor etwa einer Viertelstunde gemeldet worden. Erlendur war einer der Ersten am Tatort, sein Kollege Sigurður Óli musste jeden Moment eintreffen.

Schummriges Oktoberlicht legte sich über die Stadt, und der Herbststurm peitschte den Regen gegen das Haus. Jemand hatte eine Lampe angemacht, die auf einem Tisch im Wohnzimmer stand und eine trübe Helligkeit verbreitete. Ansonsten war am Tatort nichts verändert worden. Die Techniker stellten ein Stativ mit einem starken Neonscheinwerfer auf, um die Wohnung auszuleuchten. Erlendur registrierte einen Bücherschrank und eine zerschlissene Polstergarnitur, einen Esstisch, einen alten Schreibtisch in der Ecke, Teppichboden und auf dem Teppichboden Blut. Aus dem Wohnzimmer gelangte man in die Küche, eine andere Tür führte in den Flur und einen kleinen Korridor, an dem zwei Zimmer und das Badezimmer lagen.

Der Mann aus der oberen Wohnung hatte die Polizei verständigt. Er war an diesem Spätnachmittag nach Hause gekommen, nachdem er seine beiden Söhne aus der Schule abgeholt hatte, und ihm war aufgefallen, dass die Eingangstür zur Wohnung im Souterrain offen stand. Er hatte in die Wohnung des Hausgenossen hineinsehen können und seinen Namen gerufen, er war sich nicht sicher, ob er zu Hause war. Er erhielt keine Antwort. Dann spähte er in die Wohnung hinein, rief wieder den Namen, und wieder kam keine Reaktion. Sie hatten schon einige Jahre in der Wohnung oben gewohnt, kannten aber den alten Mann im Souterrain kaum. Der ältere Sohn, der neun Jahre alt und nicht so zurückhaltend war wie der Vater, lief schnurstracks ins Wohnzimmer. Einen Augenblick später kam der Junge wieder heraus und erklärte, dass da ein Toter in der Wohnung wäre, was er nicht besonders aufregend zu finden schien. – Du guckst dir zu viele Filme an, hatte der Vater gesagt und vorsichtig die Wohnung betreten und den Wohnungsinhaber in einer Blutlache auf dem Boden liegen sehen.

Erlendur kannte den Namen des Toten. Er stand an der Klingel. Um aber ganz sicher zu gehen und sich keine Blöße zu geben, zog er sich dünne Gummihandschuhe an und fischte aus einem Jackett, das im Korridor an einem Haken hing, eine Brieftasche heraus. Auf einer Kreditkarte fand er ein Foto von ihm. Holberg hieß er, neunundsechzig Jahre alt. Gestorben in der eigenen Wohnung. Wahrscheinlich ermordet.

Erlendur ging durch die Wohnung und ging im Kopf die einfachsten Fragen durch. Das war sein Job. Das zu untersuchen, was offenkundig war. Die Leute von der Spurensicherung kümmerten sich um das Verborgene. Er bemerkte keine Anzeichen dafür, dass eingebrochen worden war, weder an den Fenstern noch an der Tür. Auf den ersten Blick hatte es den Anschein, als habe der Mann seinen Angreifer selber in die Wohnung gelassen. Die Mitbewohner des Hauses hatten im Korridor und auf dem Teppichboden im Wohnzimmer Spuren hinterlassen, als sie aus dem Regen hereinkamen, und das hatte der Angreifer vermutlich auch getan. Es sei denn, er hätte sich an der Eingangstür die Schuhe ausgezogen. Erlendur kam es so vor, als habe er es etwas zu eilig gehabt, als dass er es sich hätte erlauben können, die Schuhe auszuziehen. Die Mitarbeiter von der Spurensicherung hatten Staubsauger dabei, um auch die kleinsten Partikelchen und Staubkörnchen aufzusammeln, die möglicherweise irgendwelche Hinweise geben könnten. Sie suchten nach Fingerabdrücken und Dreck von Schuhen, der nicht in dieses Haus gehörte. Sie suchten nach etwas, das von außen kam. Und Vernichtung hinterlassen hatte.

Erlendur konnte nicht sehen, dass der Mann seinen Besucher mit besonderer Gastfreundlichkeit empfangen hätte. Er hatte keinen Kaffee gemacht. Die Kaffeemaschine in der Küche schien in den letzten Stunden nicht benutzt worden zu sein. Es gab auch keine Anzeichen, dass Tee getrunken worden wäre, und im Schrank fehlten keine Tassen. Gläser standen unangerührt an Ort und Stelle. Der Ermordete war ein ordnungsliebender Mensch gewesen. Hier war alles akkurat und aufgeräumt. Vielleicht hatte er den Eindringling nicht gut gekannt. Vielleicht hatte der Besucher ihn ohne Umschweife angegriffen, direkt nachdem ihm die Tür geöffnet wurde. Ohne die Schuhe auszuziehen.

Begeht man auf Socken einen Mord?

Erlendur blickte sich um und dachte bei sich, dass er versuchen sollte, seine Gedanken etwas besser auf die Reihe zu kriegen.

Jedenfalls hatte der Besucher es eilig gehabt. Er hatte sich nicht die Mühe gemacht, die Tür hinter sich zu schließen. Auch der Angriff selbst zeugte von Eile, als sei er urplötzlich und ohne Vorwarnung erfolgt. Es gab keinerlei Anzeichen für einen Kampf. Der Mann schien direkt zu Boden gegangen zu sein, war dabei an den Tisch gestoßen und hatte ihn umgeworfen. Auf den ersten Blick war nichts anderes in der Wohnung angerührt worden. Erlendur konnte nicht feststellen, dass irgendetwas gestohlen worden wäre. Alle Schränke waren sorgfältig verschlossen, die Schubladen ebenso, ein ziemlich neuer Computer und eine alte Stereoanlage waren an ihrem Platz, die Brieftasche des Mannes befand sich in der Jacke am Haken im

Flur, mit einem Zweitausendkronenschein und zwei Karten, Scheckkarte und Kreditkarte.

Es hatte den Anschein, als hätte der Angreifer den nächstbesten Gegenstand gepackt und ihn dem Mann an den Kopf geschleudert. Der Aschenbecher war aus dickem, grünlichem Glas und wog nach Einschätzung von Erlendur nicht unter anderthalb Kilo. Eine Mordwaffe für den, der es darauf abgesehen hatte. Der Angreifer hatte ihn wohl kaum mitgebracht, um ihn dann blutbeschmiert auf dem Fußboden liegen zu lassen.

Das waren die offen zu Tage liegenden Indizien: Der Mann hatte die Tür geöffnet und den Besucher hereingebeten oder war zumindest mit ihm ins Wohnzimmer gegangen. Wahrscheinlich hatte er seinen Gast gekannt, aber das musste nicht sein. Er wurde mit dem Aschenbecher attackiert, ein schwerer Hieb, und dann war der Angreifer hinausgeeilt und hatte die Tür hinter sich offen gelassen. Klarer Fall.

Bis auf die Mitteilung.

Sie war auf ein liniertes DIN-A4-Blatt geschrieben, das aus einem Spiralheft herausgerissen zu sein schien. Der einzige Hinweis darauf, dass das Verbrechen geplant gewesen war; daraus war zu schließen, dass der Besucher eigens zu dem Zweck gekommen war, den Mann zu töten. Der Besucher hatte nicht etwa einen plötzlichen Anfall von Mordlust bekommen, als er im Wohnzimmer stand. Er war mit dem festen Vorsatz, einen Mord zu begehen, in das Haus gekommen. Er hatte eine Nachricht hinterlassen. Drei Worte, auf die sich Erlendur keinen Reim machen konnte. Hatte er diese Worte auf das Blatt geschrieben, bevor er das Haus betrat? Eine weitere relevante Frage, die beantwortet werden wollte. Erlendur ging in die Ecke, wo der Schreibtisch des Mannes stand. Auf dem Schreibtisch lagen ein Haufen Papiere, Rechnungen, Umschläge, Zeitungen. Ganz zuoberst ein Spiralheft. Er suchte nach einem Bleistift, sah aber keinen auf dem Tisch. Er schaute genauer nach und fand einen unter dem Schreibtisch. Er fasste nichts an. Schaute nur und dachte nach.

»Ist das nicht ein typisch isländischer Mord?«, fragte Sigurður Óli, der in die Souterrainwohnung hereingekommen war, ohne dass Erlendur es bemerkt hatte. Er stand neben der Leiche.

»Was?«, fragte Erlendur gedankenverloren.

»Schlampig, sinnlos – und ausgeführt ohne den geringsten Versuch, etwas zu kaschieren, die Tatumstände zu verschleiern oder Beweismaterial zu vernichten.«

»Ja«, sagte Erlendur. »Ein schäbiger isländischer Mord.«

»Es sei denn, er wäre auf den Tisch gefallen und mit dem Kopf auf dem Aschenbecher gelandet«, sagte Sigurður Óli. Elinborg war mit ihm hereingekommen. Erlendur hatte versucht, die Geschäftigkeit der Polizisten, der Spurensicherung und des Krankenwagenpersonals ein wenig zu reduzieren, während er vornübergebeugt mit dem Hut auf dem Kopf durch die Wohnung ging.

»Und hätte im Fallen eine unverständliche Nachricht hinterlassen?«

»Vielleicht hat er sie in der Hand gehabt.«

»Kapierst du diese Nachricht?«

»Vielleicht soll das Gott sein«, sagte Sigurður Óli. »Oder der Mörder, ich weiß es nicht. Die Betonung auf dem letzten Wort ist ganz interessant. ER in Großbuchstaben.«

»Das ist meines Erachtens keine flüchtige Schrift. Das letzte Wort ist in Blockbuchstaben geschrieben, die anderen zwei in Schreibschrift. Der Besucher hat sich offenbar

Zeit für seine Schreibarbeiten genommen. Macht aber trotzdem die Tür nicht hinter sich zu. Was bedeutet das? Attackiert den Mann, rennt dann hinaus und hinterlässt unverständlichen Quatsch auf einem Zettel, wobei er das letzte Wort sorgfältig betont.«

»Er muss doch ihn damit gemeint haben«, sagte Sigurður Óli. »Die Leiche, meine ich. Das kann sich auf niemand anderen beziehen.«

»Ich weiß nicht«, sagte Erlendur. »Was hat das für einen Zweck, eine solche Nachricht zu schreiben und bei der Leiche zu hinterlassen? Wer macht so etwas? Was will er damit sagen? Will er uns damit etwas sagen? Spricht der Mörder mit sich selbst? Spricht er mit der Leiche?«

»Ein durchgeknallter Typ«, sagte Elinborg und wollte sich nach dem Blatt bücken. Erlendur hinderte sie daran.

»Vielleicht waren es mehr als einer«, sagte Sigurður Óli. »Die ihn angegriffen haben.«

»Denk an die Handschuhe, meine liebe Elinborg«, sagte Erlendur und redete mit ihr wie mit einem Kind. »Nicht die Beweismaterialien ruinieren. Die Nachricht wurde auf dem Schreibtisch da geschrieben«, fügte er hinzu und deutete in die Ecke. »Das Blatt wurde aus einem Spiralheft herausgerissen, das dem Opfer gehörte.«

»Vielleicht waren es mehr als einer«, wiederholte Sigurður Óli. Er fand, dass er da einen interessanten Punkt berührt hatte.

»Ja, ja«, sagte Erlendur. »Vielleicht.«

»Ziemlich kaltblütig«, sagte Sigurður Óli. »Erst bringst du einen alten Mann um, und dann setzt du dich hin und schreibst einen Zettel. Braucht man dazu nicht Nerven wie Drahtseile? So etwas macht doch nur ein richtiges Scheusal.«

»Oder ein ganz Abgebrühter«, sagte Elinborg.

»Oder einer mit Messiaskomplex«, sagte Erlendur.

Er bückte sich und las die Nachricht auf dem Blatt noch einmal durch.

Ein reichlich ausgeprägter Messiaskomplex, dachte er bei sich.

2

Erlendur kam gegen zehn Uhr abends nach Hause und schob ein Fertiggericht in die Mikrowelle. Er stand vor dem Gerät, schaute zu, wie sich das Gericht hinter der Glasscheibe drehte, und dachte, dass er schon Schlimmeres im Fernsehen gesehen hätte. Draußen heulten Herbststürme voller Nässe und Dunkelheit.

Er dachte an Menschen, die irgendwelche Nachrichten hinterließen und dann von der Bildfläche verschwanden. Was würde er selber auf einen solchen Zettel schreiben? Wem würde er eine Nachricht hinterlassen? Seine Tochter Eva Lind kam ihm in den Sinn. Sie war drogenabhängig und würde wissen wollen, ob er irgendwo Geld hätte. Sie schreckte vor fast nichts mehr zurück. Sein Sohn Sindri Snær hatte gerade seine dritte Entziehungskur hinter sich. Die Nachricht für ihn wäre einfach: nie wieder Hiroshima.

Erlendur lächelte schwach, als die drei Signaltöne der Mikrowelle ertönten.

Nicht dass Erlendur jemals mit dem Gedanken gespielt hätte, sich aus dem Staub zu machen.

Er und Sigurður Óli hatten mit dem Hausbewohner gesprochen, der die Leiche gefunden hatte. Zu dem Zeitpunkt war auch dessen Frau nach Hause gekommen und hatte gesagt, sie würde die Jungen aus dem Haus holen und zu ihrer Mutter bringen. Der Mann hieß Ólafur und erklärte, dass er selbst und seine ganze Familie, seine Frau und die beiden Söhne, jeden Morgen um acht zur Schule beziehungsweise zur Arbeit gingen und frühestens kurz nach vier wieder nach Hause kämen; es war seine Aufgabe, die Jungen von der Schule abzuholen. Sie hatten nichts Ungewöhnliches bemerkt, als sie morgens weggegangen waren. Die Tür zur Wohnung des Mannes war zu gewesen. In der Nacht hatten sie fest geschlafen. Nichts gehört. Sie hatten kaum Verbindung zu dem Mann. Sie kannten ihn eigentlich so gut wie gar nicht, obwohl es schon ein paar Jahre her war, dass sie in die Wohnung über ihm gezogen waren.

Der Gerichtsmediziner würde den Zeitpunkt des Todes ziemlich genau festlegen können, aber Erlendur vermutete, dass der Mord wohl um die Mittagszeit begangen worden war, sozusagen mitten in der Hauptgeschäftszeit. Wer hat heutzutage Zeit für so etwas?, kam es ihm in den Sinn. Die Meldung wurde an die Medien weitergeleitet, die berichteten, dass ein Mann um die siebzig tot in seiner Wohnung in Nordermoor aufgefunden und wahrscheinlich ermordet worden war. Diejenigen, die in den letzten vierundzwanzig Stunden irgendetwas Verdächtiges in oder bei Holbergs Haus bemerkt hatten, wurden gebeten, sich mit der Kriminalpolizei in Reykjavík in Verbindung zu setzen.

Erlendur war um die fünfzig und seit vielen Jahren geschieden, Vater von zwei Kindern. Er hatte noch nie jemandem verraten, dass er die Namen seiner Kinder nicht ausstehen konnte. Seine ehemalige Frau, mit der er seit mehr als zwei Jahrzehnten kaum gesprochen hatte, hatte die Namen damals so süß gefunden. Die Scheidung war schwierig gewesen, und Erlendur hatte den Kontakt zu seinen Kindern weitgehend verloren, als sie noch klein waren. Sie kamen zu ihm, als sie größer wurden, und er nahm sie liebevoll auf. Er war schockiert darüber, in was sie hineingeraten waren. Ganz besonders das Schicksal von Eva Lind machte ihm zu schaffen. Sindri Snær war etwas besser dran, oder vielleicht auch nicht.

Er nahm das Essen aus der Mikrowelle und setzte sich an den Küchentisch. Seine Zweizimmerwohnung in einem Mehrfamilienhaus war voll gestopft mit Büchern, wo immer sich Platz bot. An den Wänden hingen alte Familienbilder von Verwandten in den Ostfjorden, denn Erlendur stammte von dort. Er besaß keine Fotos von sich selbst oder seinen Kindern. Ein altersschwacher Nordmende-Fernseher stand an der Wand und ein nicht minder altersschwacher Sessel davor. Erlendur hielt die Wohnung mit einem Minimum an Aufwand einigermaßen in Ordnung.

Er wusste nicht ganz genau, was er da aß. Außen auf der buntbedruckten Packung stand etwas von fernöstlichen Delikatessen, aber das Gericht, das sich in einer Art Mehlteig versteckte, schmeckte wie säuerliche Brotsuppe. Erlendur schob das Zeug von sich weg. Er überlegte, ob nicht noch etwas von dem Roggenbrot da war, das er vor einigen Tagen gekauft hatte. Und der Fleischpastete. In dem Moment klingelte es an der Tür. Eva Lind hatte ein »drop-in« beschlossen. Es ging ihm auf die Nerven, wie sie sprach.

»Und alles senkrecht, Alter?«, fragte sie, schlüpfte zur Tür herein und warf sich gleich auf das Sofa im Wohnzimmer.

»Mädchen«, sagte Erlendur und machte die Tür zu. »Red nicht in dieser blöden Sprache mit mir.«

»Ich dachte, du wolltest, dass ich mir Mühe gebe mit der Sprache«, sagte Eva Lind, die nicht wenige Vorträge ihres Vaters über gutes Isländisch über sich hatte ergehen lassen müssen.

»Dann erzähl mir was Vernünftiges.«

Es war schwierig auszumachen, wer sie dieses Mal war. Eva Lind war die beste Schauspielerin, die er kannte, aber das wollte nicht viel besagen, denn er ging nie ins Theater oder ins Kino, und das Fernsehen machte er nur an, wenn ein Dokumentarfilm kam. Eva Linds Theaterstücke waren meistens Familiendramen in ein bis drei Akten, und sie hatten zum Thema, wie man Erlendur am besten Geld abluchsen konnte. Es geschah nicht oft, denn Eva Lind hatte ihre eigenen Methoden, zu Geld zu kommen, über die Erlendur so wenig wie möglich wissen wollte. Aber hin und wieder kam es vor, dass sie keinen »goddamncent« besaß, wie sie sich ausdrückte, und dann kam sie zu ihm.

Manchmal war sie sein kleines Mädchen, kuschelte sich an ihn und schnurrte wie eine Katze. Manchmal war sie am Rande des Abgrunds, hetzte hektisch durch die Wohnung und machte ihm die Hölle heiß mit Vorwürfen, dass er sie und Sindri Snær so jung im Stich gelassen hatte. Außerdem konnte sie obszön und hinterhältig und bösartig sein. Manchmal kam es ihm so vor, als sei sie ganz offen und natürlich, wenn es denn etwas gab, was natürlich genannt werden konnte, und dann schien es Erlendur, als könne er mit ihr wie mit einem normalen Menschen sprechen.

Sie trug schäbige Jeans und eine schwarze Lederjacke, die ihr bis zur Taille reichte, und das Haar war kurz und rabenschwarz. In der rechten Augenbraue klemmten zwei kleine Ringe, und am einen Ohr baumelte ein silbernes Kreuz. Sie hatte schöne weiße Zähne gehabt, die aber jetzt in Mitleidenschaft gezogen waren; im Oberkiefer fehlten zwei. Das sah man, wenn sie ihr breites Lächeln aufsetzte. Sie war spindeldürr und wirkte mit den dunklen Ringen unter den Augen ziemlich mitgenommen. Manchmal glaubte Erlendur, in ihren Zügen seine Mutter wiederzuerkennen. Er verfluchte Eva Linds Schicksal und gab seiner mangelnden Fürsorge die Schuld daran, wie weit es mit ihr gekommen war.

»Ich habe heute mit Mama telefoniert oder sie mit mir. Sie wollte wissen, ob ich mit dir sprechen könnte. Super, wenn die Eltern geschieden sind.«

»Will deine Mutter was von mir?«, fragte Erlendur verblüfft. Seine Ex-Frau hasste ihn auch nach zwanzig Jahren noch. Er war ihr in dieser ganzen Zeit nur ein einziges Mal begegnet, und die Feindseligkeit in ihrem Blick war nicht zu übersehen gewesen. Einmal hatte sie wegen Sindri Snær mit ihm telefoniert, und das war ein Gespräch, das er lieber vergessen wollte.

»Sie ist eine total versnobte Zicke.«

»Red nicht so über deine Mutter.«

»Irgendwelche Bekannten in Garðabær, schweinisch reich, haben am Wochenende ihre Tochter verheiratet, und die ist dann einfach von der Feier verschwunden. Echt peinlich. Das war am Samstag, und seitdem hat sie sich nicht gemeldet. Mama war auf der Hochzeit und ist total schockiert. Ich soll fragen, ob du mal mit den Leuten reden könntest. Sie wollen keine Suchmeldungen in die Zeitungen setzen oder so was, das versnobte Pack, aber sie wissen, dass du bei der Kripo bist und glauben, dass sie so alles unter den Teppich kehren können. Ich, nicht Mama, will, dass du mit den Typen sprichst. Nicht Mama. Verstehst du? Nie!«

»Kennst du die Leute?«

»Auf jeden Fall bin ich nicht zu der Hochzeit eingeladen worden, von der die süße Kleine sich verpisst hat.«

»Und das Mädchen?«

»Ein bisschen.«

»Und wohin ist sie abgehauen?«

»Keine Ahnung.«

Erlendur zuckte die Achseln.

»Ich habe vorhin an dich gedacht«, sagte er.

»Wie rührend«, sagte Eva Lind. »Ich habe gerade überlegt, ob ...«

»Ich habe kein Geld«, sagte Erlendur und setzte sich ihr gegenüber in den Fernsehsessel. »Hast du Hunger?«

Eva Lind wurde kratzbürstig.

»Warum kann ich nie mit dir sprechen, ohne dass du anfängst, von Geld zu reden?«, sagte sie, und Erlendur kam es so vor, als hätte sie ihm einen Satz geklaut.

»Und warum kann ich nie mit dir sprechen, Punkt?«

»Ach, wichs dir doch einen ab.«

»Warum sagst du so was? Was soll das? Wichs dir einen ab. Alles senkrecht, Alter. Was ist denn das für eine Art zu reden?«

»Dschiiises«, stöhnte Eva Lind.

»Wer bist du jetzt? Mit wem rede ich? Und wo bist du selbst in dieser ganzen Drogenscheiße?«

»Fang bloß nicht wieder mit diesem idiotischen Gesülze an. Wer bist du jetzt?«, äffte sie ihn nach. »Wo bist du denn selbst? Ich bin hier. Ich sitze vor dir. Ich bin ich!«

»Eva.«

»Zehntausend!«, sagte sie. »Was ist los? Willst du keine

Zehntausend für mich rausrücken? Du hast doch genug von dem Scheißgeld.«

Erlendur schaute seine Tochter an. Irgendetwas stimmte nicht mit ihr, das hatte er sofort bemerkt, als sie hereinkam. Sie war kurzatmig, und der Schweiß perlte ihr von der Stirn. Sie zappelte auf dem Sitz hin und her, als ginge es ihr nicht gut.

»Fehlt dir was?«

»Mir geht's prima. Mir fehlt bloß ein bisschen Kleingeld. Pliiis, stell dich nicht so an.«

»Fehlt dir was?«

»Please.«

Erlendur schaute seine Tochter an.

»Versuchst du aufzuhören?«, sagte er.

»Please, zehntausend. Das ist doch überhaupt nichts. Auf jeden Fall nicht für dich. Ich werde auch nie mehr wiederkommen und dich um Geld bitten.«

»Ja, bestimmt. Wie lange ist es her, seit du ...« Erlendur wusste nicht genau, wie er das formulieren sollte. »... dir Stoff reingezogen hast?«

»Spielt doch keine Rolle. Ich habe aufgehört. Habe aufgehört aufzuhören damit aufzuhören aufzuhören damit aufzuhören aufzuhören.« Eva Lind war aufgestanden. »Gib mir die zehntausend. Fünf. Hast du die nicht in der Tasche? Fünf! Das sind doch Peanuts.«

»Warum versuchst du jetzt aufzuhören?«

Eva Lind schaute ihren Vater an.

»Keine idiotischen Fragen. Ich bin nicht dabei aufzuhören. Womit aufhören? Womit soll ich aufhören? Hör du doch endlich mit diesem Blödsinn auf!«

»Was ist eigentlich los? Warum bist du so aggressiv? Bist du krank?«

»Ja, ich bin verdammt krank. Kannst du mir zehntausend leihen? Nur geliehen, ich zahle zurück, oder was? Pfennigfuchser.«

»Pfennigfuchser ist ein schönes Wort«, sagte Erlendur. »Bist du krank, Eva?«

»Warum musst du darauf rumreiten?«, sagte sie und regte sich noch mehr auf.

»Hast du Fieber?«

»Gib mir das Geld. Zweitausend! Das ist doch überhaupt nichts. Warum raffst du das nicht, du Blödmann!«

Er war auch aufgestanden, und sie kam auf ihn zu, als wollte sie ihn attackieren. Diese plötzliche Aggressivität verstand er überhaupt nicht. Er schaute an ihr herunter.

»Was starrst du mich so an?«, schrie sie ihn an. »Du würdest wohl gerne mal? Aha! Der geile alte Papa!«

Erlendur versetzte ihr eine Ohrfeige, aber eine ziemlich schwache.

»Macht's Spaß?«, fragte sie.

Er ohrfeigte sie wieder, und diesmal fester.

»Steht er dir jetzt?«, sagte sie, und Erlendur zuckte zurück. Noch nie hatte sie so mit ihm geredet. Aus heiterem Himmel hatte sie sich in eine Furie verwandelt. Nie zuvor hatte er sie so erlebt. Er stand ihr ratlos gegenüber, und sein Zorn wich langsam dem Mitleid.

»Warum willst du ausgerechnet jetzt aufhören?«, wiederholte er.

»Ich versuche überhaupt nicht jetzt aufzuhören!«, schrie sie. »Was ist los mit dir, verdammt? Verstehst du nicht, was ich sage? Wer redet von Aufhören?«

»Was ist los, Eva?«

»Hör bloß auf mit diesem ewigen ›Was ist los, Eva‹! Kannst du mir fünftausend Kronen geben oder nicht?

Kannst du mir nicht antworten?« Es schien, als hätte sie sich etwas beruhigt. Vielleicht war ihr klar geworden, dass sie zu weit gegangen war. So konnte sie nicht mit ihrem Vater reden.

»Warum ausgerechnet jetzt?«, fragte Erlendur noch einmal.

»Gibst du mir zehntausend, wenn ich's dir sage?«

»Was ist passiert?«

»Fünftausend.«

Erlendur starrte seine Tochter an.

»Bist du schwanger?«

Eva Lind blickte auf ihren Vater und gab sich mit einem Lächeln geschlagen.

»Bingo.«

»Wieso das denn?«, stöhnte Erlendur.

»Was meinst du damit, wieso das denn. Soll ich dir das vielleicht in allen Einzelheiten beschreiben?«

»Red keinen Unsinn! Du benutzt doch wohl irgendwelche Verhütungsmittel, oder was? Kondome? Die Pille?«

»Keine Ahnung, wie das passiert ist. Ist aber passiert.«

»Und du willst davon weg?«

»Nicht mehr. Das schaffe ich nicht. Jetzt habe ich dir alles gesagt. Alles! Du schuldest mir zehntausend.«

»Damit du dein Kind unter Stoff setzen kannst.«

»Das ist doch kein Kind, du Idiot! Das ist doch eigentlich gar nichts, ein Sandkörnchen. Ich kann nicht auf der Stelle aufhören. Ich höre morgen auf. Versprochen. Nur nicht jetzt. Zweitausend, was ist das schon?«

Erlendur ging wieder auf sie zu.

»Aber du hast es versucht. Du willst davon loskommen. Ich helfe dir.«

»Ich schaffe das nicht!«, schrie Eva Lind. Sie war

schweißgebadet und versuchte das Zittern zu verbergen, das ihren ganzen Körper schüttelte.

»Deswegen bist du zu mir gekommen«, sagte Erlendur. »Du hättest zu jemand anderem gehen und dir Geld verschaffen können. Das hast du ja bislang auch so gemacht. Aber zu mir bist du gekommen, weil du willst, dass ...«

»Bloß keine Sentimentalitäten. Ich bin gekommen, weil Mama mich gebeten hat und weil du Geld hast. Aus keinem anderen Grund. Wenn du mir kein Geld gibst, dann komme ich anderweitig ran. Kein Problem. Es gibt genügend Kerle wie dich, die mich dafür auch bezahlen.«

Erlendur ließ sich nicht aus der Fassung bringen.

»Bist du früher schon einmal schwanger gewesen?«

»Nein«, antwortete Eva Lind und wich seinem Blick aus.

»Und wer ist der Vater?«

Eva Lind verschlug es die Sprache, und mit großen Augen schaute sie ihren Vater an.

»HALLO!«, rief sie. »Denkst du vielleicht, dass ich gerade aus der Brautsuite in diesem abgefuckten Hotel Saga komme?«

Und bevor Erlendur überhaupt reagieren konnte, hatte sie ihn zur Seite geschoben und war zur Tür hinausgelaufen, die Treppe hinunter und hinaus auf die Straße, wo sie im kalten Herbstregen verschwand.

Er machte langsam die Tür hinter ihr zu und überlegte, ob er sich richtig verhalten hatte. Anscheinend konnten sie nicht miteinander reden, ohne zu streiten und sich anzubrüllen, und das machte ihn allmählich fertig.

Ihm war der Appetit vergangen, und er setzte sich wieder in den Sessel im Wohnzimmer, starrte nachdenklich vor sich hin und machte sich Sorgen, was Eva Lind jetzt wohl trieb. Nach einiger Zeit griff er dann nach dem offenen Buch auf dem Tisch neben seinem Sessel, in dem er gerade las. Es war ein Buch aus seiner Lieblingsreihe über mörderische Strapazen und Katastrophen in Islands Einöden.

Er fing dort an zu lesen, wo er aufgehört hatte, bei einer Geschichte mit dem Titel »Verhängnis auf Mosfellsheiði«, und bald befand er sich mitten in einem gnadenlosen Schneesturm, wo junge Männer in Eis und Schnee den kalten Tod fanden.

3

Es regnete in Strömen, als Erlendur und Sigurður Óli aus dem Auto sprangen, die Treppen zu einem Mehrfamilienhaus in der Stígahlíð hinaufliefen und auf eine Klingel drückten. Sie hatten überlegt, den Schauer abzuwarten, aber Erlendur hatte keine Lust, im Auto herumzuhängen, und sprintete los, Sigurður Óli hinterher. Im Nu waren sie nass bis auf die Knochen. Der Regen floss Sigurður Óli von den Haaren in den Nacken und den Rücken hinunter, und er schaute Erlendur grimmig an, während sie darauf warteten, dass sich die Tür öffnete.

Die Kriminalbeamten, die mit dem Fall befasst waren, hatten frühmorgens auf einer Besprechung die verschiedenen Möglichkeiten diskutiert. Eine Theorie bestand darin, dass Holberg ohne jegliches Motiv ermordet worden war und dass der Täter sich zuvor einige Zeit in dem Viertel herumgetrieben hatte, vielleicht sogar einige Tage. Ein Dieb auf der Suche nach Einbruchsmöglichkeiten. Hatte bei Holberg angeklopft, um herauszufinden, ob jemand zu Hause war, und war dann, als der Hausherr zur Tür kam, aus der Fassung geraten. Die Nachricht, die er hinterließ, diente nur dazu, die Polizei in die Irre zu führen, und hatte keine weitere Bedeutung.

Am gleichen Tag, an dem Holberg tot aufgefunden wurde, war eine Meldung über einen jungen Mann in grünem Parka eingegangen, der zwei ältere Frauen überfallen hatte, Zwillingsschwestern. Er war irgendwie in das Treppenhaus gelangt und hatte dann bei ihnen geklopft. Als sie öffneten, drang er in die Wohnung ein, schlug die Tür hinter sich zu und verlangte Geld. Als sie dem nicht nachkamen, schlug er der einen mit der blanken Faust ins Gesicht, die andere stieß er zu Boden und trat nach ihr, bevor er wieder hinausstürzte.

Aus der Gegensprechanlage ertönte eine Stimme, und Sigurður Óli sagte, wer sie waren. Man hörte ein Geräusch in der Tür, dann traten sie in den Hausflur. Er war schlecht beleuchtet und roch, als sei lange nicht geputzt worden. Als sie in den zweiten Stock kamen, stand eine der beiden Damen in der Tür und wartete auf sie.

»Ist er schon geschnappt worden?«, fragte sie.

»Leider nein«, sagte Sigurður Óli und schüttelte den Kopf, »aber wir würden gerne mit euch über ...«

»Haben sie ihn schon geschnappt?«, hörte man eine Stimme aus der Wohnung, und noch ein Exemplar dieser Frau erschien in der Tür. Sie waren um die siebzig, ziemlich korpulent, trugen beide schwarze Röcke und rote Pullover und hatten graue, toupierte Haare. Die runden Gesichter glänzten erwartungsvoll.

»Nein«, sagte Erlendur. »Noch nicht.«

»So ein armer Teufel«, sagte Frau Nummer eins. Sie hieß Fjóla und bat sie hereinzukommen.

»Hab bloß kein Mitleid mit ihm«, sagte Frau Nummer zwei, die Birna hieß und hinter ihnen die Tür zumachte. »Er war ein Ganove, der dir eins übergezogen hat, und er sah widerlich aus. Von wegen armer Teufel.«

Sie nahmen im Wohnzimmer Platz, schauten abwechselnd die Frauen an und dann einander. Die Wohnung war klein. Sigurður Óli bemerkte zwei nebeneinander liegende Schlafzimmer. Aus dem Wohnzimmer blickte man in eine kleine Küche.

»Wir haben eure Aussagen gelesen«, sagte Sigurður Óli, der den Bericht auf dem Weg zu den Schwestern im Auto durchgeblättert hatte. »Es ist die Frage, ob ihr uns weitere Auskünfte über den Mann geben könnt, der euch angegriffen hat.«

»Mann?«, sagte Fjóla. »Das war doch eher ein Junge.«

»Alt genug, um uns anzugreifen«, sagte Birna. »Dazu war er alt genug. Stieß mich zu Boden und trat nach mir.«

»Wir haben kein Geld«, sagte Fjóla.

»Bewahren hier kein Geld auf«, sagte Birna. »Das haben wir ihm gesagt.«

»Aber er hat uns nicht geglaubt.«

»Und hat uns attackiert.«

»Er war sehr erregt.«

»Und ziemlich unflätig. Wie er uns beschimpft hat.«

»In dieser grässlichen grünen Jacke. Richtig militärisch.«

»Und die Stiefel auch, schwarz und schwer, hohe Schnürstiefel bis an die Waden.«

»Er hat aber nichts kaputtgemacht.«

»Nein, ist nur weggerannt.«

»Hat er nichts mitgenommen?«, mischte sich Erlendur ein.

»Er schien irgendwie nicht ganz da zu sein«, sagte Fjóla, die nach Kräften versuchte, ihren Angreifer zu verteidigen. »Er hat nichts kaputtgemacht und nichts mitgenommen. Griff uns nur an, als er erfuhr, dass bei uns kein Geld zu holen war. Der Ärmste.«

»Der stand unter Drogen«, stieß Birna hervor. »Der Ärmste?!« Sie wandte sich ihrer Schwester zu. »Manchmal hast du nicht alle Tassen im Schrank. Er stand unter Drogen. Ich habe ihm das an den Augen angesehen. Starre und glänzende Augen. Und er hat geschwitzt.«

»Geschwitzt?«, fragte Erlendur.

»Es triefte ihm nur so das Gesicht herunter, der Schweiß.«

»Das war der Regen«, sagte Fjóla.

»Nein. Und er hat auch am ganzen Leib gezittert.«

»Der Regen«, wiederholte Fjóla, und Birna sah sie böse an.

»Er hat dir eins über den Kopf gegeben, liebe Fjóla. Das war sicher nett gemeint.«

»Spürst du immer noch, wo er dich getreten hat?«, fragte Fjóla und blickte Erlendur an, und es kam ihm ganz so vor, als tanzten ihre Augen vor Freude.

Es war immer noch früh am Morgen, als Erlendur und Sigurður Óli nach Nordermoor kamen. Holbergs Nachbarn im Parterre und im ersten Stock warteten auf sie. Die Aussagen des Ehepaars mit den zwei Kindern in der Parterrewohnung waren zu Protokoll genommen worden, aber Erlendur wollte lieber noch einmal genauer mit ihnen sprechen. Im ersten Stock wohnte ein Pilot, der erklärte, dass er an dem Tag, als Holberg ermordet wurde, mittags von Boston zurückgekommen sei und sich nachmittags hingelegt habe. Aus diesem Tiefschlaf sei er erst erwacht, als die Polizei bei ihm klopfte.

Sie fingen mit dem Piloten an. Er war um die vierzig, lebte allein, und in der Wohnung sah es aus wie in einem Müllcontainer. Klamotten überall verstreut, zwei Koffer auf einem ziemlich neuen Ledersofa, Plastiktüten aus dem Dutyfree-Laden auf dem Fußboden, Schnapsflaschen auf den Tischen und offene Bierdosen überall, wo man irgendetwas hinstellen konnte. Der Pilot selbst kam unrasiert zur Tür, in kurzen Hosen und Achselhemd. Schaute die beiden an, ging dann ohne ein Wort zu sagen wieder in die Wohnung und warf sich in einen Sessel. Sie blieben vor ihm stehen, denn mehr Sitzplätze gab es nicht. Erlendur schaute sich um und dachte bei sich, dass er sich mit diesem Mann nicht einmal in einen Flugsimulator setzen würde.

Aus irgendwelchen Gründen begann der Pilot über seine Scheidung zu sprechen, die gerade über die Bühne ging und angeblich schon fast kriminell war. Das Weibsstück war fremdgegangen. Er als Pilot immer unterwegs. Kam eines Tages aus Oslo zurück, dieser grässlichen Stadt, fügte er hinzu, und sie wussten nicht, was er grässlicher fand, die Seitensprünge seiner Frau oder die Tatsache, dass er in Oslo übernachten musste. War da mit einem alten Schulkameraden gewesen ...

»Wir sind hier wegen des Mordes, der hier im Souterrain begangen wurde«, unterbrach Erlendur den unartikulierten Bericht des Piloten.

»Seid ihr schon mal in Oslo gewesen?«, fragte der Pilot.

»Nein«, sagte Erlendur. »Wir haben auch nicht vor, über Oslo zu sprechen.«

Der Pilot schaute ihn an und dann Sigurður Óli, und auf einmal schien er sich zu besinnen.

»Ich habe den Mann überhaupt nicht gekannt«, sagte er. »Ich habe diese Bruchbude vor vier Monaten gekauft, und davor hat sie meines Wissens lange Zeit leer gestanden. Habe ihn ein paarmal getroffen, hier direkt vor der Tür. Er schien soweit in Ordnung zu sein.«

»In Ordnung?«, sagte Erlendur.

»Ganz normal, wenn man mit ihm sprach, meine ich.«

»Über was habt ihr gesprochen?«

»Fliegen. Er hat sich sehr fürs Fliegen interessiert.«

»Inwiefern fürs Fliegen interessiert?«

»Die Maschinen«, sagte der Pilot und öffnete eine Bierdose, die er aus der Plastiktüte gefischt hatte. »Die Städte«, sagte er und schlürfte das Bier in sich hinein. »Die Stewardessen«, sagte er und rülpste. »Hat viel nach den Stewardessen gefragt. Ihr wisst schon.«

»Nein«, sagte Erlendur.

»Bei den Stopps. Im Ausland.«

»Ja.«

»Was sich da abspielt, ob sie gut drauf wären. So in der Art. Hatte gehört, dass da richtig was abgeht. Bei internationalen Flügen.«

»Wann hast du ihn zuletzt gesehen?«, fragte Sigurður Óli.

Der Pilot dachte nach. Konnte sich nicht erinnern.

»Es ist schon einige Tage her«, sagte er schließlich.

»Hast du bemerkt, ob er in der letzten Zeit Besuch bekommen hat?«, fragte Erlendur.

»Nein, ich bin nicht viel zu Hause.«

»Hast du vielleicht jemanden hier in der Gegend herumschnüffeln sehen, als würde er nach etwas Ausschau halten oder hier irgendwie ziellos durch die Straßen schleichen?«

»Nein.«

»In einem grünen Militärparka?«

»Nein.«

»Ein junger Mann in Militärstiefeln?«

»Nein. War er es? Wisst ihr, wer es war?«

»Nein«, sagte Erlendur und stieß eine halb volle Bierdose um, als er sich auf dem Weg hinaus umdrehte.

Die Frau wollte mit den Söhnen für einige Tage zu ihrer Mutter und war im Aufbruch. Sie wollte nicht, dass die Jungen in diesem Haus blieben, nach allem, was passiert war. Der Mann nickte zustimmend. Sie waren sichtlich geschockt. Sie hatten die Wohnung vor vier Jahren gekauft, und ihnen gefiel es in Nordermoor. Eine gute Wohngegend. Auch für Kinder. Die Jungen standen an der Seite ihrer Mutter.

»Schrecklich, ihn so aufzufinden«, sagte der Mann, und die Stimme sank zu einem Flüstern hinab. Er blickte auf die Jungen. »Wir haben ihnen gesagt, er hätte geschlafen, fügte er hinzu. Aber ...«

»Wir wissen, dass er tot war«, sagte der ältere Bruder.

»Tot«, sagte der jüngere.

Die Eheleute lächelten verlegen.

»Sie werden schon damit fertig«, sagte die Frau und streichelte dem Älteren die Wange.

»Ich hatte eigentlich nichts gegen Holberg«, sagte der Mann. »Wir haben uns manchmal hier draußen unterhalten. Er hat ja schon lange hier gewohnt, und wir haben über den Garten und die Reparaturen am Haus gesprochen oder sonst was, worüber man halt so unter Nachbarn redet.«

»Aber sonst war da kein Kontakt«, sagte die Frau. »Mir ist das recht so. Ich finde, man sollte sich nicht zu nahe kommen. Es gibt ja schließlich so etwas wie eine Privatsphäre.«

Sie hatten nichts Ungewöhnliches bemerkt und keinen Mann in einem grünen Militärparka sich im Viertel herumtreiben sehen. Die Frau war ungeduldig, sie wollte mit den Jungen endlich weg.

»Kamen viele Leute zu Holberg?«, fragte Sigurður Óli.

»Ich habe nie jemanden bei ihm bemerkt«, antwortete die Frau.

»Er wirkte eher einsam«, sagte ihr Mann.

»Bei ihm drinnen hat es gestunken«, sagte der ältere Sohn.

»Gestunken«, plapperte der jüngere nach.

»Da ist Feuchtigkeit im Keller«, sagte der Mann entschuldigend.

»Sie dringt manchmal bis zu uns nach oben«, sagte die Frau. »Die Feuchtigkeit.«

»Wir haben darüber mit ihm gesprochen«, sagte der Mann.

»Er wollte das abchecken«, sagte sie.

»Das ist zwei Jahre her«, sagte er.

4

Das Ehepaar in Garðabær schaute Erlendur besorgt an. Ihr Töchterlein war verschwunden. Seit drei Tagen hatten sie nichts von ihr gehört. Seit der Hochzeit. Sie erklärten, dass sie von der Hochzeit weggelaufen sei. Das Töchterlein. Erlendur sah im Geiste ein niedliches blond gelocktes Mädchen vor sich, aber dann erfuhr er, dass sie 23 Jahre alt war und an der isländischen Universität Psychologie studierte.

»Von der Hochzeit?«, fragte Erlendur und schaute sich in diesen weitläufigen Gemächern um; das Wohnzimmer war so groß wie eine ganze Etage in seinem Haus.

»Ihrer eigenen Hochzeit!«, sagte der Mann, als verstünde er immer noch nicht, was geschehen war. »Das Mädchen ist von ihrer eigenen Hochzeit weggelaufen!«

Die Frau führte ein zerknittertes Taschentuch zur Nase.

Es war bereits Mittag. Wegen Bauarbeiten an der Ausfallstraße aus Reykjavík hatte Erlendur eine halbe Stunde bis Garðabær gebraucht und die Villa erst nach einigem Suchen gefunden. Sie war von der Straße aus kaum einzusehen, umgeben von einem großen Garten, wo die verschiedensten Bäume sechs Meter hoch in den Himmel ragten. Die Eheleute empfingen ihn offensichtlich in höchster Aufregung.

Erlendur wusste, dass dies Zeitvergeudung war und andere dringendere Dinge auf ihn warteten, aber wo seine Ex-Frau ihn nun schon einmal um einen Gefallen gebeten hatte, wollte er ihn ihr nicht abschlagen, auch wenn sie praktisch zwei Jahrzehnte lang nicht miteinander geredet hatten.

Die Frau trug ein elegantes, blassgrünes Kostüm und er einen schwarzen Anzug. Er erklärte, dass sie sich wegen der Tochter große Sorgen machten, meinte aber, dass sie schon heil wieder nach Hause kommen würde, da sei er ganz sicher. Sie hätten sich aber mit der Polizei kurzschließen wollen. Seiner Meinung nach gab es keinen Grund, gleich Suchtrupps und Rettungsmannschaften einzusetzen oder Suchmeldungen in den Medien durchzugeben.

»Sie ist einfach verschwunden«, sagte die Ehefrau. Die beiden waren im Alter von Erlendur, um die fünfzig, beide Geschäftsleute. Sie importierten Kinderausstattung, und das reichte offensichtlich aus, um auf ziemlich großem Fuß leben zu können. Die Neureichen. Das Alter war sanft mit ihnen umgesprungen. Erlendur hatte zwei nagelneue Autos vor der Doppelgarage bemerkt. Natürlich auf Hochglanz poliert.

Sie holte tief Luft und fing an, die ganze Geschichte bis ins kleinste Detail wiederzugeben. Es war am Samstag gewesen, jetzt war Dienstag, du lieber Himmel, wie schnell die Zeit verging, und es war ein so wunderschöner Tag. Sie wurden von dem Pfarrer getraut, der so beliebt war.

»So was von unmöglich«, sagte der Mann. »Der kam in letzter Sekunde angestürzt, leierte dann irgendwas herunter, und dann war er auch schon wieder weg mit seiner Dokumentenmappe. Begreife nicht, warum er so beliebt ist.«

Die Ehefrau ließ nichts auf die wunderschöne Hochzeit kommen.

»Ein herrlicher Tag! Die Sonne schien, total schönes Herbstwetter, total schön. In der Kirche waren bestimmt hundert Leute. Sie hat so viele Freunde. Ist so beliebt, das Mädchen. Die Feier haben wir hier in Garðabær gehalten. Wie heißt das Lokal noch? Ich vergesse es immer.«

»Garðaholt«, sagte der Ehemann.

»So ein total gemütliches Lokal«, sagte sie. »Voll bis zum Gehtnichtmehr. Das Haus, meine ich. So viele Geschenke. Dann als ... dann als ...«

»Sie sollten gerade den Brauttanz anführen«, fuhr der Mann fort, während die Frau in Tränen ausbrach, »und der junge Spund von einem Bräutigam stand auf der Tanzfläche, und wir riefen nach Dísa Rós, aber sie ließ sich nicht blicken. Wir haben dann nach ihr gesucht, aber sie war wie vom Erdboden verschluckt.«

»Dísa Rós?«, fragte Erlendur.

»Es stellte sich heraus, dass sie den Hochzeitsschlitten genommen hatte ...«

»Den Hochzeitsschlitten?«

»Ja, die Limousine mit den Blumen und Schleifen, in der sie aus der Kirche gekommen waren, die Hochzeitskarosse oder wie man das nennt, und dann war sie sang- und klanglos verschwunden«, sagte der Mann. »Ohne Vorwarnung! Ohne Erklärung!«

»Von der eigenen Hochzeit!«, jammerte die Frau.

»Und ihr wisst nicht, was dahinter steckt?«

»Sie hat es sich ganz bestimmt anders überlegt«, sagte die Frau. »Sie hat das Ganze bereut.«

»Aber warum?«, fragte Erlendur.

»Könnt ihr sie für uns aufspüren?«, fragte der Mann. »Sie hat nichts von sich hören lassen, und wie du siehst, machen wir uns große Sorgen. Das Fest war eine einzige Katastrophe. Die ganze Hochzeit im Eimer. Wir sind völlig ratlos. Und unser kleines Mädchen ist verschwunden.«

»Ähem ... den Hochzeitsschlitten. Hat man den gefunden?«

»In der Garðastræti in Reykjavík«, sagte der Mann.

»Warum dort?«

»Ich weiß es nicht. Sie kennt niemanden dort. Ihre Kleider waren in dem Auto. Ihre richtigen Kleider.«

Erlendur zögerte.

»Ihre richtigen Kleider waren in dem Auto?«, fragte er schließlich und überlegte kurz, auf welchem Niveau dieses Gespräch gelandet war und ob dies vielleicht seine Schuld war.

»Sie hat das Brautkleid ausgezogen und ihre Kleider angezogen, die sie wohl im Auto gehabt hat«, sagte die Frau.

»Glaubst du, dass ihr sie finden werdet?«, fragte der Ehemann. »Wir haben uns mit all ihren Bekannten in Verbindung gesetzt, aber niemand weiß etwas. Wir wissen ganz einfach nicht, was wir noch unternehmen sollen. Ich habe hier ein Bild von ihr.«

Er reichte Erlendur das Abiturbild von einem hübschen jungen Mädchen, das nun also untergetaucht war. Sie lächelte ihn auf dem Foto an.

»Ihr habt keine Ahnung, was geschehen ist?«

»Keine Ahnung«, sagte die Mutter.

»Nicht die geringste«, sagte der Vater.

»Und das sind die Geschenke?« Erlendur schaute auf einen überdimensionalen Esszimmertisch, der mit bunten Päckchen beladen war, hübschen, dekorativen Objekten, Cellophan und Blumen. Er ging zum Tisch hin, und die Eheleute folgten ihm. Er hatte noch nie in seinem Leben eine derartige Anhäufung von Geschenken gesehen und überlegte, was da wohl drin sein würde. Porzellan und noch mehr Porzellan, nahm er an.

Was für ein Leben.

»Und was ist das hier für Grünzeug?«, fragte er und deutete auf ein Arrangement aus Zweigen, das in einer großen

Vase am Ende des Tisches stand. An den Zweigen hingen herzförmige rote Zettelchen an einem Band.

»Das nennt sich Message-Tree.«

»Wie bitte?«, fragte Erlendur. Er war nur auf einer einzigen Hochzeit gewesen, und das war lange her. Keine Rede von einem Message-Tree.

»Die Gäste bekommen einen Zettel und können den Brautleuten einen Gruß schreiben, der dann an den Baum gehängt wird. Es hingen schon jede Menge Zettel dran, als Dísa Rós verschwand«, sagte die Frau und führte wieder das Taschentuch zur Nase.

Das Handy von Erlendur klingelte in der Manteltasche. Nachdem er es endlich hervorgekramt hatte, verhedderte es sich in der Taschenöffnung, und statt es vorsichtig herauszuziehen, wie es am einfachsten gewesen wäre, riss Erlendur mit aller Kraft daran, bis die Manteltasche nachgab. Die Hand mit dem Handy schlug gegen den Message-Tree, der prompt zu Boden ging. Erlendur blickte die Eheleute vorwurfsvoll an und drückte auf die Empfangstaste.

»Kommst du mit uns nach Nordermoor?«, fragte Sigurður Óli ohne Umschweife. »Die Wohnung muss genauer inspiziert werden.«

»Bist du im Büro?«, fragte Erlendur. Er war etwas zur Seite getreten.

»Ich warte auf dich«, sagte Sigurður Óli. »Wo zum Kuckuck steckst du eigentlich?«

Erlendur stellte das Handy ab.

»Ich will sehen, was ich tun kann«, sagte er zu den Eheleuten. »Ich glaube nicht, dass irgendeine Gefahr besteht. Das Mädchen hat den Mut verloren und rappelt sich jetzt bei irgendwelchen Freunden wieder hoch. Macht euch nicht zu viele Sorgen. Sie meldet sich früher oder später.«

Die Eheleute beugten sich über die Zettelchen, die auf den Boden gefallen waren, und sammelten sie auf. Er sah, dass sie einige übersehen hatten, die unter einem Stuhl lagen, und bückte sich danach. Sie waren aus rotem Karton. Erlendur las die Botschaften, die darauf standen, und blickte auf die Eheleute

»Habt ihr diesen hier gesehen?«, fragte er und reichte ihnen einen Zettel.

Der Mann las den Zettel und schaute verwundert auf. Er gab seiner Frau den Zettel. Sie las ihn wieder und wieder, schien aber überhaupt nichts zu verstehen. Erlendur streckte seine Hand nach dem Zettel aus und las ihn noch einmal. Die Botschaft war nicht unterzeichnet.

»Ist das die Schrift eurer Tochter?«, fragte er.

»Ich glaube, ja«, sagte die Mutter.

Erlendur drehte den Zettel zwischen den Fingern und las die Message noch einmal:

Er ist grauenvoll – was habe ich getan?

5

Wo bist du gewesen?«, fragte Sigurður Óli, als Erlendur wieder ins Büro kam, aber Erlendur ging nicht darauf ein.

»Hat Eva Lind versucht, mich zu erreichen?«, fragte er.

Sigurður Óli verneinte. Er wusste, was mit der Tochter von Erlendur los war, aber keiner von beiden hatte es jemals angesprochen. Privatangelegenheiten verirrten sich selten in ihre Gespräche.

»Gibt's was Neues in Bezug auf Holberg?«, fragte Erlendur und ging schnurstracks zu seinem Büro, gefolgt von Sigurður Óli, der die Tür hinter sich zumachte. Morde waren rar in Reykjavík, und die wenigen, die verübt wurden, erregten enormes Aufsehen. Bei der Kriminalpolizei galt der Grundsatz, nur dann Tatsachen über den Stand der Ermittlung an die Medien weiterzugeben, wenn es unbedingt erforderlich war, und das traf nicht auf diesen Fall zu.

»Wir wissen ein bisschen mehr über ihn«, sagte Sigurður Óli und öffnete die Mappe, die er in der Hand hielt. »Er ist in Sauðárkrókur geboren, war neunundsechzig Jahre alt. Hat lange Jahre als LKW-Fahrer bei der Firma Islandspedition gearbeitet. Und sporadisch arbeitete er da immer noch.«

Sigurður Óli machte eine Pause.

»Müssen wir nicht mit seinen Kollegen reden?«, sagte er und glättete seine Krawatte. Er trug einen neuen Anzug. Er war groß gewachsen, sah gut aus – und hatte ein amerikanisches Diplom in Kriminologie. Er war alles, was Erlendur nicht war, modern und durchorganisiert.

»Müssen wir nicht ein Profil von dem Mann erstellen?«, fuhr er fort. »Ihn etwas näher ausleuchten?«

»Profil?«, sagte Erlendur. »Was meinst du damit? Eine Seitenansicht? Willst du eine Seitenansicht von ihm anfertigen?«

»Informationen über ihn sammeln, nun tu doch nicht so!«

»Was sagen die anderen denn dazu?«, fragte Erlendur und fummelte an einem Knopf seiner Jacke, der ihm schließlich in die Hand fiel. Erlendur war kräftig gebaut und hatte einen rotbraunen Haarschopf. Er war einer der erfahrensten Mitarbeiter der Kripo und konnte meistens schalten und walten, wie er wollte. Sowohl Vorgesetzte als auch andere Mitarbeiter hatten ihre Versuche, ihm dreinzureden, schon lange aufgegeben. Das hatte sich im Laufe der Jahre so entwickelt. Erlendur hatte nichts dagegen.

»Wahrscheinlich ein Verrückter«, sagte Sigurður Óli. »Die Suche konzentriert sich auf den grünen Militärparka. Ein Junge, der Geld aus Holberg rausholen wollte, aber dann in Panik geriet.«

»Was ist mit Holbergs Familie? Hatte er Familie?«

»Keine Familie. Allerdings haben wir noch nicht alle Informationen beisammen. Wir sind dabei, das Bild zu vervollständigen, Familie, Freunde, Arbeitskollegen. Du weißt, der Hintergrund. *Das Profil.*«

»Die Wohnung machte mir den Eindruck, als sei er alleinstehend, und zwar schon lange.«

»Damit kennst du dich ja aus«, rutschte es Sigurður Óli heraus, aber Erlendur schien das zu überhören.

»Und der gerichtsmedizinische Befund? Was sagen die von der Spurensicherung?«

»Es gibt einen vorläufigen Bericht. Nichts, was wir nicht schon wissen. Holberg starb an den Folgen eines Schlags auf den Kopf. Der Schlag war heftig, aber es war in erster Linie die Form des Aschenbechers, diese Zacken, die den Ausschlag gaben. Die Schädeldecke zersplitterte, und er war praktisch auf der Stelle tot, oder so gut wie. Im Fallen scheint er auf die Kante des Wohnzimmertisches aufgeschlagen zu sein. Er hatte eine hässliche Wunde an der Stirn, die genau zur Tischkante passt. Die Fingerabdrücke auf dem Aschenbecher waren von Holberg, aber es gab noch mindestens zwei andere, und davon stimmen die einen mit den Abdrücken auf dem Bleistift überein.«

»Die dann wohl von dem Mörder stammen.«

»Es besteht größte Wahrscheinlichkeit, dass das der Mörder war.«

»Ein typisch isländischer Mord also. Schäbig. Das ist es.«

»Typisch. Und genauso wird er auch bearbeitet.«

Es regnete immer noch. Die Tiefs, die zu dieser Jahreszeit von weit unten im Atlantik nach Island hochströmten, zogen reihenweise vom Süden der Insel nach Osten, mit stürmischen Winden, Nässe und Dunkelheit. In der Wohnung in Nordermoor waren die Mitarbeiter der Kripo immer noch bei der Arbeit. Das gelbe Absperrband der Polizei, das um das ganze Haus herum gespannt worden war, erinnerte Erlendur an die Elektrizitätswerke; ein Loch in der Straße, ein dreckiges Zelt über dem Loch, ein Lichtschein im Zelt, und alles zusammen sorgfältig mit einem gelben Absperrband umwickelt. Auf dieselbe Weise hatte die Polizei den Mord mit einem ordentlichen gelben Plastikband umspannt. Erlendur und Sigurður Óli trafen Elinborg und weitere Kriminalbeamte, die in dieser Herbstnacht bis in den Morgen hinein das Haus durchkämmt hatten und jetzt ihre Arbeit beendeten.

Die Nachbarn in den nächsten Häusern wurden auch noch verhört, aber niemand hatte zwischen Montagmorgen und dem Zeitpunkt, als die Leiche gefunden wurde, irgendwelche verdächtigen Personen in der Nähe des Tatorts gesehen.

Bald waren nur noch Erlendur und Sigurður Óli im Haus. Die Blutlache auf dem Teppichboden war dunkel geworden. Der Aschenbecher war als Beweismaterial mitgenommen worden, desgleichen der Bleistift und das Spiralheft. Ansonsten sah alles so aus, als ob nichts geschehen wäre. Sigurður Óli ging hinaus in den Eingang und in den Flur hinein, Erlendur nahm sich das Wohnzimmer vor. Sie zogen weiße Gummihandschuhe an. An den Wänden hingen Reproduktionen, die so aussahen, als wären sie bei einem Hausierer an der Tür gekauft worden. Im Bücherschrank standen Kriminalromane in isländischer Übersetzung, Taschenbuchausgaben eines Buchclubs. Einige waren gelesen, andere nicht angerührt worden. Keine schönen gebundenen Ausgaben. Erlendur bückte sich fast bis auf den Fußboden, um die Titel im untersten Regal zu lesen, und kannte bloß einen. Lolita von Nabokow. Taschenbuch. Er nahm es aus dem Regal. Das Buch war auf Englisch, und es war gelesen worden.

Er stellte das Buch wieder auf seinen Platz und arbeitete sich in Richtung des L-förmigen Schreibtischs vor, der eine Ecke des Zimmers ausfüllte. Ein ziemlich bequemer Schreibtischstuhl aus Leder stand davor, und darunter lag eine durchsichtige Kunststoffmatte, um den Teppich zu schonen. Der Schreibtisch schien wesentlich älter zu sein als der Stuhl. Schmale Schubladen waren an beiden Seiten unter der längeren Tischplatte, und eine breite in der Mitte, neun insgesamt. Auf der kürzeren Platte stand ein 17-Zoll-Computerbildschirm, unter der Platte war die Halterung für die Tastatur. Die Festplatte stand unten auf dem Boden.

Die Schubladen waren alle verschlossen.

Sigurður Óli durchsuchte den Kleiderschrank im Schlafzimmer. Dort sah es relativ ordentlich aus, Socken in der einen Schublade, Unterwäsche in der anderen, Hosen, Pullover, T-Shirts. Hemden und drei verschiedene Anzüge hingen auf Bügeln, der älteste, braun gestreifte stammte noch aus der Discozeit, schien es Sigurður Óli. Auf dem Boden des Schranks standen einige Paar Schuhe. Bettwäsche im obersten Regal. Der Mann hatte sein Bett gemacht, bevor er seinen Gast in Empfang nahm. Ein weißer Bettüberwurf verhüllte Oberbett und Kopfkissen. Das Bett war ein Einzelbett.

Auf dem Nachttisch befanden sich ein Wecker und zwei Bücher, das eine enthielt die Memoiren eines bekannten Spitzenpolitikers, das andere war ein Bildband über schwedische Scania Vabis-LKWs. Als Nachttisch diente ein Schränkchen, in dem sich Arzneimittel, Brennspiritus, Schlafmittel, Schmerztabletten und ein kleines verschmiertes Glas Vaseline befanden.

»Siehst du irgendwo Schlüssel?«, fragte Erlendur, der zur Tür hereinschaute.

»Keine Schlüssel. Du meinst Hausschlüssel?«

»Nein, die zum Schreibtisch.«

»Nein, auch nicht.«

Erlendur ging in den Korridor und in die Küche. Öffnete Schubladen und Schränke, sah aber nichts als Besteck und Gläser, Kochlöffel und Teller. Keine Schlüssel. Er ging zur Garderobe, tastete die Mäntel ab und fand ein schwarzes Etui mit einem Schlüsselbund und Kleingeld. Außer den Schlüsseln zur Außentür, zur Wohnung und zu den Zimmern hingen zwei kleine Schlüssel am Schlüsselbund, und Erlendur probierte sie am Schreibtisch. Derselbe Schlüssel passte für alle Schubladen.

Er öffnete zunächst die große Schublade in der Mitte. Dort befanden sich größtenteils Rechnungen, Telefon, Strom und Heizung, Kreditkartenabrechnungen, ein Zeitungsabonnement. Die untersten zwei Schubladen auf der linken Seite waren leer, in der zweiten von oben waren Steuerunterlagen und Lohnabrechnungen. In der obersten lag ein Fotoalbum, in dem Erlendur zu blättern begann. Alle Bilder schwarzweiß, alte Bilder von Personen zu verschiedenen Zeiten, manchmal festlich gekleidet, und Erlendur kam es so vor, als seien sie in Holbergs Wohnzimmer aufgenommen worden. Ein paar Picknickbilder, Gebüsch, Gullfoss und Geysir. Er sah zwei Fotos, die wahrscheinlich den Ermordeten in jüngeren Jahren zeigten, aber kein neueres Bild.

Er öffnete die rechten Schubladen. Die beiden obersten waren leer. In der dritten fand er Spielkarten, ein zusammengeklapptes Schachbrett, das mit den Figuren zusammen in einem Kasten steckte, und eine alte Tintenflasche.

Das Bild fand er unter der untersten Schublade.

Erlendur schob sie gerade hinein, als er so etwas wie ein leises Rascheln hörte. Er zog die Schublade heraus und schob sie wieder hinein, und wieder hörte er das Geräusch. Beim Hineinschieben rieb sich die Schublade an etwas. Er sog die Luft hörbar ein, ging in die Hocke und schaute in die Schublade, konnte aber nichts entdecken. Er zog sie heraus und schob sie hinein, und da war das Geräusch wieder. Er kniete sich auf den Boden, zog die Schublade ganz heraus und sah etwas ganz hinten an der Rückwand. Er streckte die Hand danach aus.

Es war ein kleines Schwarz-Weiß-Foto, das ein Grab im Winter zeigte. Den Friedhof konnte er nicht identifizieren. Auf dem Grab war ein Grabstein, und die größten Buchstaben waren einigermaßen leserlich. Ein Frauenname stand darauf, Auður. Sonst nichts. Die Jahreszahlen konnte Erlendur nicht genau erkennen. Er fummelte nach seiner Brille in der Jackentasche, setzte sie auf und hielt sich das Bild vor die Nase: 1964–1968. Er konnte auch eine Grabschrift erkennen, aber die Buchstaben waren so klein, dass er sie nicht entziffern konnte. Vorsichtig blies er den Staub von dem Bild.

Das Mädchen war nur vier Jahre alt gewesen, als es starb.

Erlendur blickte auf und nahm plötzlich das Toben des Wetters wahr. Es war zwar mitten am Tag, aber der Himmel war in dieser Zeit der kürzer werdenden Tage dunkel, und der Herbstregen peitschte gegen das Haus.

6

Der große Lastwagen schwankte im Sturm wie ein Urweltviech, auf das der Regen einschlug. Die Polizei brauchte eine geraume Zeit, um den Wagen zu finden, denn er stand nicht in der Nähe von Holbergs Haus, sondern auf einem Parkplatz auf der anderen Seite der Snorrabraut in der Nähe des Ärztezentrums Domus Medica, ein paar Minuten zu Fuß von Holbergs Haus. Es war darauf hinausgelaufen, dass im Radio nach dem Wagen gefahndet werden musste. Streifenpolizisten fanden ihn ungefähr zur gleichen Zeit, als Erlendur und Sigurður Óli mit dem Foto Holbergs Wohnung verließen. Die Spurensicherung wurde herbeibeordert, um den Wagen auf der Suche nach Hinweisen, die für die Ermittlung wichtig sein konnten, zu durchkämmen. Ein M.A.N. mit rotem Führerhaus. Das Einzige, was bei der Schnelldurchsuchung gefunden wurde, war ein Stapel Hardcore-Pornos. Es wurde beschlossen, das Auto auf dem Gelände der Kriminalpolizei einer weiteren Durchsuchung zu unterziehen.

Währenddessen arbeitete die Spurensicherung mit dem Foto. Es stellte sich heraus, dass es auf einem Ilford-Papier abgezogen war, das in den sechziger Jahren viel verwendet, aber heute nicht mehr hergestellt wurde. Höchstwahrscheinlich war das Foto vom Fotografen selbst oder einem Amateur entwickelt worden; es war schon ziemlich verblasst, als hätte man wenig Mühe darauf verwendet. Es gab keine Aufschrift auf der Rückseite, und es war schwierig festzustellen, auf welchem Friedhof es aufgenommen worden war. Er konnte überall in Island sein.

Der Fotograf hatte etwa drei Meter von dem Grab entfernt dem Grabstein genau gegenüber gestanden; wahrscheinlich hatte er etwas in die Knie gehen müssen, falls er nicht besonders kleinwüchsig gewesen war. Trotz dieser Entfernung war der Blickwinkel stark eingeschränkt. Bepflanzung war nicht zu erkennen, es lag eine dünne Schneedecke. Es waren auch keine anderen Gräber zu sehen. Hinter dem Grabstein sah man nur einen weißlichen Dunst. Man konzentrierte sich auf die Grabschrift, die wegen der Entfernung zum Fotografen ziemlich undeutlich war. Um sie zu vergrößern, wurde das Foto immer wieder neu ausgedruckt, bis endlich jeder Buchstabe für sich auf A5-Blätter projiziert war, die dann nummeriert und in der Reihenfolge wie auf dem Stein zusammengesetzt wurden. Die Bilder waren sehr grobkörnig, kaum mehr als abwechselnd schwarze und weiße Punkte, Nuancierungen von Licht und Schatten, aber nach dem Einscannen konnte man mit den Schatten und der Grobkörnigkeit arbeiten. Einige Buchstaben waren deutlicher als andere und halfen den Technikern, die Lücken zu füllen. Einfach waren die Buchstaben S, F und L, andere waren schwieriger.

Um die Abendessenszeit rief Erlendur zu Hause beim Abteilungsleiter des Statistischen Amts an. Der fluchte und schimpfte zwar, aber Erlendur konnte ihn trotzdem dazu bewegen, sich noch am selben Abend mit ihm vor dem Verwaltungsgebäude in der Nähe des Stadtzentrums zu treffen. Erlendur wusste, dass dort sämtliche Totenscheine aufbewahrt wurden, die seit 1916 ausgestellt worden waren. Keine Menschenseele war in dem Haus unterwegs, denn die Mitarbeiter waren schon vor geraumer Zeit nach Hause gegangen. Eine halbe Stunde später fuhr der Abteilungsleiter vor und gab Erlendur flüchtig die Hand. Er tippte den Code für die Einbruchssicherung ein und verschaffte ihnen mit seiner Security-Card Zutritt. Erlendur erklärte ihm, worum es ging, sagte aber nur das Notwendigste.

Sie gingen sämtliche Totenscheine von 1968 durch. Zwei Mal fanden sie den Namen Auður. Die eine war fast vier Jahre alt gewesen, sie war im Februar gestorben. Sie fanden den Arzt, der den Totenschein ausgestellt hatte, im Volksregister. Er wohnte in Reykjavík. Auch der Name der Mutter des Mädchens war eingetragen, die sie ebenfalls ohne Probleme fanden. Sie war zuletzt zu Beginn der siebziger Jahre in Keflavík gemeldet gewesen. Ihr Name war Kolbrún. Ein kurzer Blick ins Register ergab, dass sie 1971 gestorben war, drei Jahre nach dem Tod der Tochter. Auch ihr Totenschein wurde gefunden.

Das Mädchen war an einem bösartigen Gehirntumor gestorben.

Die Mutter hatte Selbstmord begangen.

7

Der Bräutigam empfing Erlendur in seinem Büro. Er war für »Quality Management« und Marketing in einem Großhandelsbetrieb zuständig, der amerikanische Cornflakes und Ähnliches importierte. Als Erlendur, der nie in seinem Leben Cornflakes gegessen hatte, in dem Büro Platz nahm, dachte er darüber nach, was so ein Job bei einer solchen Firma wohl beinhaltete. Aber er hatte keine Lust zu fragen. Der Bräutigam trug ein weißes, gebügeltes Hemd und breite Hosenträger. Er hatte die Ärmel aufgekrempelt, als ob das »Quality Management« seiner gesamten Tatkraft bedurfte. Er war mittelgroß und etwas untersetzt. Sein Bart war um die fleischigen Lippen kreisrund ausrasiert. Viggó hieß er.

»Ich habe nichts von Dísa gehört«, sagte Viggó hastig und setzte sich Erlendur gegenüber.

»War es etwas, das du zu ihr gesagt hast, was ...«

»Das glauben alle«, sagte der Bräutigam. »Alle glauben, dass es meine Schuld ist. Das ist das Schlimmste. Das ist das Schlimmste an der ganzen Sache. Es ist nicht zum Aushalten.«

»Hast du irgendetwas Ungewöhnliches an ihr bemerkt, bevor sie weglief? Etwas, weswegen sie ausgerastet sein könnte?«

»Wir haben uns alle einfach prima amüsiert. Du weißt, eine Hochzeit, du weißt, was ich meine.«

»Nein.«

»Du bist doch wohl schon auf einer Hochzeit gewesen?«

»Auf einer. Das ist lange her.«

»Wir sollten den ersten Tanz tanzen. Die Reden waren

vorbei, und ihre Freundinnen hatten ein paar lustige Einlagen gebracht. Der Akkordeonspieler war gerade gekommen, und dann sollte getanzt werden. Ich saß an unserem Tisch, und alle fingen an, nach Dísa zu suchen, denn da war sie schon verschwunden.«

»Wo hast du sie zuletzt gesehen?«

»Sie saß neben mir und sagte, dass sie zur Toilette müsste.«

»Und hast du irgendwas zu ihr gesagt, weswegen sie ausgerastet ist?«

»Auf gar keinen Fall! Ich habe ihr einen Kuss gegeben und gesagt, sie solle sich beeilen.«

»Nachdem sie weggegangen war, wie lange hat es dann gedauert, bis ihr angefangen habt zu suchen?«

»Puh, das weiß ich nicht. Ich habe mich zu meinen Freunden gesetzt, und dann ging ich raus, um eine zu rauchen, alle Raucher sind immer nach draußen gegangen, und ich hab mit den Leuten draußen geredet, und auf dem Weg raus und wieder ins Haus, und der Akkordeonspieler kam und unterhielt sich mit mir über die Musik und die Tänze. Dann hab ich noch mit ein paar anderen gesprochen, wahrscheinlich hat das so eine halbe Stunde gedauert, ich weiß es nicht.«

»Und du hast sie die ganze Zeit nicht gesehen?«

»Nein. Es war ein totales Desaster. Alle glotzten mich an, als wäre es meine Schuld.«

»Hast du eine Idee, wo sie hingegangen sein könnte?«

»Ich hab überall gesucht. Hab mit allen Freundinnen und Freunden gesprochen, aber niemand weiß was oder sagt was.«

»Glaubst du, dass irgendjemand lügt?«

»Irgendwo muss sie ja schließlich sein.«

»Wusstest du, dass sie eine Nachricht hinterlassen hat?«

»Nein. Was für eine Nachricht? Was meinst du eigentlich?«

»Sie hängte einen Zettel an diesen Message-Tree. ›Er ist grauenvoll, was habe ich getan?‹, stand darauf. Kannst du dir vorstellen, was sie damit gemeint haben könnte?«

»Er ist grauenvoll«, wiederholte Viggó. »Wen meint sie denn?«

»Ich hatte gehofft, dass du es wärst.«

»Ich«, sagte Viggó aufbrausend. »Ich hab ihr nichts getan, nicht das Allergeringste. Niemals. Das ist nicht meine Art. Das passt überhaupt nicht zu mir.«

»Das Auto, das sie benutzt hat, wurde in der Garðastræti gefunden. Sagt dir das etwas?«

»Sie kennt dort niemanden. Werdet ihr nach ihr fahnden?«

»Ich glaube, ihre Eltern wollen ihr Zeit lassen, freiwillig zurückzukommen.«

»Und wenn das nicht der Fall ist?«

»Dann werden wir sehen.« Erlendur zögerte. »Ich hätte angenommen, dass sie sich mit dir in Verbindung setzen würde«, sagte er dann. »Um dir zu sagen, dass alles in Ordnung ist.«

»Das hätte ich auch angenommen. Wir sind schließlich verheiratet, wenn man das so nennen kann.«

Er unterbrach sich.

»Halt, willst du damit zu verstehen geben, dass alles meine Schuld ist und dass sie nicht mit mir reden will, weil ich ihr was getan habe? Verdammte Scheiße! Kannst du dir vorstellen, wie es war, hier am Montag zur Arbeit zu kommen? Alle meine Kollegen waren auf der Feier. Der Direktor war auf der Feier! Glaubst du, dass es meine

Schuld ist? Verdammt noch mal! Alle glauben, dass es meine Schuld ist.«

»Weiber«, sagte Erlendur und stand auf. »Schwierig zu managen.«

Erlendur war gerade ins Büro gekommen, als das Telefon klingelte. Er erkannte die Stimme sofort, obwohl er sie eine lange Zeit nicht gehört hatte. Trotz des hohen Alters war sie immer noch klar, fest und entschlossen. Erlendur kannte Marian Briem seit fast dreißig Jahren, und die Zusammenarbeit war keineswegs immer ein Honigschlecken gewesen.

»Ich komme gerade aus meinem Sommerhaus«, sagte die Stimme, »und habe von der Sache erst erfahren, als ich vorhin in die Stadt kam.«

»Meinst du Holberg?«, sagte Erlendur.

»Habt ihr euch die Akten über ihn angeschaut?«

»Ich weiß, dass Sigurður Óli ihn in der EDV gesucht hat, aber ich habe noch nichts von ihm gehört. Was für Akten?«

»Fraglich, ob sie im Computer zu finden sind. Vielleicht sind sie schon längst gelöscht worden. Gibt es nicht eine Verjährung für Akten? Werden sie nicht vernichtet?«

»Worauf willst du eigentlich hinaus?«

»Holberg war kein Unschuldslamm«, sagte Marian Briem.

»Inwiefern?«

»Es ist sehr wahrscheinlich, dass er ein Vergewaltiger war.«

»Sehr wahrscheinlich?«

»Er wurde wegen Vergewaltigung angezeigt, aber nie

verurteilt. Das war 1963. Ihr solltet mal eure Archive durchforsten.«

»Wer hat ihn angezeigt?«

»Eine Frau namens Kolbrún. Sie wohnte in ...«

»Keflavík?«

»Ja. Weißt du etwas über sie?«

»Wir haben ein Foto in Holbergs Schreibtisch gefunden. Es hat den Anschein, als sei es dort versteckt worden. Das Bild zeigte den Grabstein eines Mädchens, das Auður hieß, auf einem Friedhof, von dem wir noch nicht wissen, wo er sich befindet. Ich habe beim Statistischen Amt ein bisschen Wirbel gemacht und fand den Namen Kolbrún auf dem Totenschein. Sie war die Mutter des Mädchens auf dem Grabstein. Die Mutter von Auður. Sie ist tot.«

Marian schwieg.

»Marian?«, sagte Erlendur.

»Und was sagt dir das?«, fragte schließlich die Stimme am Telefon.

Erlendur dachte nach.

»Ich könnte mir vorstellen, dass Holberg, falls er die Mutter des Mädchens vergewaltigt hat, der Vater des Kindes ist, und dass er das Bild deswegen in seinem Schreibtisch aufbewahrte. Das Mädchen war noch nicht ganz vier, als es starb, geboren 1964.«

»Holberg wurde nie verurteilt«, sagte Marian Briem. »Das Verfahren wurde wegen Mangels an Beweisen eingestellt.«

»Hat sie das Ganze nur vorgetäuscht?«

»Den Eindruck hatte ich damals nicht, aber es konnte nichts bewiesen werden. Du kannst dir vorstellen, dass es nicht einfach für Frauen ist, so etwas zu melden. Du kannst dir vorstellen, was sie durchgemacht hat, diese Frau, vor fast vierzig Jahren. Es ist auch heutzutage noch schwierig genug für Frauen, damit an die Öffentlichkeit zu treten, aber damals war es noch um ein Vielfaches schwieriger. Sie hätte das wohl kaum nur zum Spaß gemacht. Das Foto ist vielleicht eine Art Bestätigung für die Vaterschaft. Weshalb hätte Holberg es sonst in seinem Schreibtisch aufbewahrt? Die Zeit scheint auch zu stimmen. Du sagst, dass Auður im Jahr darauf geboren wurde. Vier Jahre später stirbt sie. Kolbrún beerdigt ihr Kind. Holberg hat auf irgendeine Weise mit der Sache zu tun. Vielleicht hat er selber das Bild gemacht, ich weiß aber nicht, wozu. Vielleicht spielt es keine Rolle.«

»Er war bestimmt nicht bei der Beerdigung, aber er kann später beim Grab gewesen sein, um das Foto zu machen. Meinst du etwas in der Art?«

»Es gibt noch eine andere Möglichkeit.«

»Und die wäre?«

»Vielleicht hat sie das Foto gemacht und ihm geschickt.«

Erlendur dachte einen Augenblick nach.

»Aber wozu? Wenn er sie vergewaltigt hat, warum schickt sie ihm dann ein Foto?«

»Das ist die Frage.«

»War dem Totenschein zu entnehmen, was die Todesursache bei Auður war?«, fragte Marian Briem. »Woran starb das Mädchen? War es ein Unfall?«

»Da stand, dass sie einen Hirntumor hatte. Glaubst du, dass das wichtig ist?«

»Wurde sie obduziert?«

»Bestimmt. Der Name des Arztes steht auf dem Totenschein.«

»Und die Mutter?«

»Starb eines plötzlichen Todes.«

»Selbstmord?«

»Ja.«

»Du hast dich schon lange nicht mehr bei mir blicken lassen«, sagte Marian Briem nach einer kurzen Pause.

»Ich ersticke in Arbeit«, sagte Erlendur. »Verfluchte Scheißarbeit.«

8

Der Regen, der auf die Straße nach Keflavík niederging, sammelte sich in tiefen Spurrillen, denen die Autofahrer tunlichst auswichen. Es waren derartige Wassermassen, dass man kaum durch die Scheiben blicken konnte. Sie waren von einem dichten Schleier überzogen und vibrierten unter den stürmischen Böen aus Südost. Die Scheibenwischer konnten nicht gegen diese Fluten ankommen, und Erlendur umklammerte das Steuer so fest, dass die Knöchel weiß wurden. Undeutlich sah er die roten Rücklichter des Autos vor ihm und versuchte, ihnen so gut wie möglich auf den Fersen zu bleiben.

Er war allein unterwegs. Er hielt es für das Beste, nachdem er am Vormittag mit Kolbrúns Schwester telefoniert hatte. Sie stand auf dem Totenschein als nächste Angehörige. Die Schwester war alles andere als kooperativ. Sie hatte es abgelehnt, ihn zu treffen. Weigerte sich rundheraus. Die Zeitungen hatten das Bild des Toten mitsamt seinem Namen veröffentlicht. Erlendur fragte, ob sie das gesehen hätte und wollte hinzufügen, ob sie sich an den Mann erinnerte, aber sie legte mitten im Satz auf. Er beschloss, es darauf ankommen zu lassen, wie sie reagieren würde, wenn er vor ihrer Tür stand. Er wollte sie ungern polizeilich vorführen lassen.

Erlendur hatte in der Nacht schlecht geschlafen. Er machte sich Sorgen wegen Eva Lind und befürchtete, dass sie irgendetwas völlig Verrücktes machen würde. Sie besaß ein Handy, aber jedes Mal wenn er anrief, kam diese Maschinenstimme und erklärte, dass das Telefon entweder außerhalb des Netzbereichs oder abgestellt sei oder dass alle Kanäle besetzt seien.

Erlendur erinnerte sich nur selten an das, was er geträumt hatte, aber als er aufwachte, fühlte er sich irgendwie miserabel, und Fetzen eines unangenehmen Traums gingen ihm durch den Sinn, bevor sie sich verflüchtigten.

Sie hatten nur ganz wenige Informationen über Kolbrún. Sie war Jahrgang 1934 und hatte Holberg am 23. November 1963 wegen Vergewaltigung angezeigt. Bevor Erlendur nach Keflavík losfuhr, hatte Sigurður Óli ihm den Inhalt der Vergewaltigungsklage skizziert, die eine Schilderung des Vorfalls enthielt und aus der Polizeiakte stammte, die Sigurður Óli auf den Hinweis von Marian Briem hin im Archiv gefunden hatte.

Kolbrún war dreißig gewesen, als Auður geboren wurde. Die Vergewaltigung hatte neun Monate zuvor stattgefunden. Der Sachverhalt war nach Kolbrúns Aussagen der, dass sie Holberg im Vergnügungslokal Kross getroffen hatte, das zwischen Keflavík und Njarðvík lag. Es war an einem Samstagabend gewesen. Sie hatte ihn vorher nicht gekannt und ihn nie zuvor gesehen. Sie war zusammen mit zwei Freundinnen da, und Holberg und seine beiden Kumpane waren mit ihnen während der Tanzveranstaltung zusammen gewesen. Als das Lokal zumachte, hatten sie noch eine Weile bei der einen Freundin von Kolbrún weitergefeiert. Zu fortgeschrittener Stunde wollte Kolbrún aufbrechen, und Holberg erklärte, dass er sie zur Sicherheit begleiten würde. Sie hatte nichts dagegen eingewendet. Alkoholeinfluss spielte bei beiden keine Rolle. Kolbrún erklärte, während der Tanzveranstaltung zwei Sprudel mit einem kleinen Schuss Wodka getrunken zu haben, und danach nichts mehr. Holberg hatte an diesem Abend überhaupt nichts getrunken. Er sagte, und Kolbrún hatte das gehört, dass er wegen einer Ohrinfektion mit Penizillin behandelt wurde. Eine ärztliche Bescheinigung war den Anklageunterlagen beigefügt und bestätigte diese Aussagen.

Holberg fragte, ob er ein Taxi rufen dürfe. Sagte, dass er nach Reykjavík wollte. Sie zögerte einen Augenblick, zeigte ihm dann aber, wo das Telefon stand. Er ging ins Wohnzimmer, während sie sich im Flur den Mantel auszog, um dann in die Küche zu gehen und ein Glas Wasser zu trinken. Sie hörte nicht, wie er den Hörer auflegte, falls er überhaupt telefoniert hatte. Sie stand am Waschbecken und spürte plötzlich, dass er von hinten an sie herangetreten war.

Sie war so erschrocken, dass ihr das Glas in die Spüle fiel und das Wasser auf die Arbeitsplatte spritzte. Sie schrie auf, als er nach ihren Brüsten griff, und wich in die Ecke der Küche zurück.

– Was soll das?, fragte sie. –

– Wollen wir uns nicht noch ein bisschen amüsieren?, fragte er und stand unbeweglich vor ihr, kräftig gebaut, mit starken Händen und dicken Fingern.

– Mach, dass du hinauskommst, sagte sie energisch. Auf der Stelle! Verschwinde auf der Stelle!

– Wollen wir uns nicht noch ein bisschen amüsieren?, wiederholte er. Er machte einen Schritt auf sie zu, und sie hob die Hände in Abwehr.

– Komm mir bloß nicht zu nahe!, schrie sie. Ich rufe die Polizei! Sie spürte auf einmal, wie hilflos sie gegenüber diesem unbekannten Mann war, den sie in ihre Wohnung gelassen hatte. Er stand jetzt dicht vor ihr, packte ihre Hände, drehte sie ihr auf den Rücken und versuchte, sie zu küssen.

Sie kämpfte, aber das war vergeblich. Sie versuchte mit ihm zu reden. Ihn zur Vernunft zu bringen, aber sie spürte bloß, wie ihre Ohnmacht noch stärker wurde.

Erlendur schrak auf, als ein riesengroßer LKW ihn anhupte und dröhnend überholte, wobei sich sintflutartige Wasserkaskaden über das Auto ergossen. Das Steuer schlug aus, und das Auto geriet ins Schlittern. Es zog ihm die Hinterreifen weg, und für einen Augenblick glaubte Erlendur, dass er die Kontrolle über den Wagen verlieren und sich in dem Lavafeld überschlagen würde. Er verlangsamte abrupt, und es gelang ihm, sich auf der Straße zu halten. Er überschüttete den Fahrer des Lastwagens, der in einer Gischtwolke verschwand, mit Beschimpfungen.

Etwa zwanzig Minuten später fuhr er vor einem kleinen wellblechverkleideten Holzhaus im ältesten Teil von Keflavík vor. Es war weiß gestrichen und von einem niedrigen, weißen Zaun um einen sorgsam gepflegten Garten umgeben. Die Schwester hieß Elín, und sie war einige Jahre älter als Kolbrún und mittlerweile Rentnerin. Sie stand in der Garderobe, hatte einen Mantel an und war im Begriff, das Haus zu verlassen, als Erlendur klingelte. Sie schaute ihn ungläubig an. Sie war klein und schlank, ihr Gesichtsausdruck war hart, die Augen stechend, die Wangenknochen hoch und der Mund etwas faltig.

»Ich dachte, ich hätte dir am Telefon gesagt, dass ich nichts mit dir und der Polizei zu schaffen haben will«, sagte sie gereizt, als Erlendur sich vorgestellt hatte.

»Ich weiß«, sagte Erlendur, »aber ...«

»Lass mich bitte in Ruhe«, sagte sie. »Du hättest dich nicht die ganze Strecke bis zu mir zu bemühen brauchen.«

Sie trat auf den Treppenabsatz, schloss die Tür hinter sich und ging die drei Stufen hinunter, öffnete das kleine Tor am Zaun und ließ es offen, zum Zeichen dafür, dass Erlendur verschwinden sollte. Sie blickte ihn nicht an. Erlendur stand auf der Treppe und schaute hinter ihr her.

»Du weißt, dass Holberg tot ist«, rief er.

Sie antwortete ihm nicht.

»Er wurde in seiner Wohnung ermordet. Du weißt es.«

Erlendur war hinter ihr die Treppe hinuntergegangen. Sie spannte einen schwarzen Regenschirm auf, auf den der Regen nur so niederprasselte. Er hatte nur seinen Hut zum Schutz gegen den Regen. Sie beschleunigte ihre Schritte. Er folgte ihr und musste fast rennen, um sie einzuholen. Er wusste nicht, was er sagen sollte, um sie dazu zu bringen, ihn anzuhören. Wusste nicht, weswegen die Frau so auf ihn reagierte.

»Ich möchte dich nach Auður fragen«, sagte er.

Die Frau hielt plötzlich inne, drehte sich um und ging schnell auf ihn zu, während sie ihn böse fixierte.

»Du mieser Bulle«, zischte sie zwischen zusammengebissenen Zähnen. »Erlaube dir ja nicht, ihren Namen in den Mund zu nehmen. Wie kannst du es wagen! Nach all dem, was ihr ihr angetan habt! Verschwinde! Verschwinde auf der Stelle, du mieser Bulle.«

Sie schaute Erlendur hasserfüllt an, aber er hielt ihrem Blick stand.

»Nach all dem, was wir ihr angetan haben?«, fragte er. »Ihr?«

»Verschwinde«, rief sie, drehte sich auf dem Absatz um und ließ ihn einfach stehen. Er gab die Verfolgungsjagd auf und schaute zu, wie sie im Regen verschwand, ein klein wenig gebückt, in grünem Mantel und mit Stiefeln, die ihr über die Knöchel gingen. Er drehte sich um und ging nachdenklich zum Haus und zum Auto zurück. Er setzte sich hinein und zündete sich eine Zigarette an, öffnete das Fenster einen Spalt und ließ den Motor an. Er setzte langsam aus dem Parkplatz zurück, legte den ersten Gang ein und fuhr an dem kleinen Haus vorbei.

Er inhalierte den Rauch und verspürte wieder diesen schwachen Schmerz auf der Brust. Das war nichts Neues, sondern beunruhigte Erlendur schon seit bald einem Jahr. Ein schwacher Schmerz, mit dem er morgens erwachte, der nach dem Aufstehen aber meistens schnell wieder nachließ. Die Matratze, auf der er schlief, war nicht gut. Wenn er zu lange im Bett gelegen hatte, verspürte er manchmal Schmerzen am ganzen Leib.

Er inhalierte den Rauch.

Hoffte, dass es die Matratze wäre.

Das Handy klingelte in der Manteltasche, als er gerade die Zigarette ausmachte. Es war der Chef der Spurensicherung mit der Nachricht, dass sie die Grabschrift entschlüsselt und die Bibelstelle gefunden hätten.

»Es ist ein Zitat aus dem 64. Psalm Davids.«

»Ja«, sagte Erlendur.

»Vor dem Schrecken der Feinde behüte mein Leben.«

»Wie bitte?«

»Auf dem Grabstein steht: Vor dem Schrecken der Feinde behüte mein Leben. Das steht in den Psalmen Davids.«

»Vor dem Schrecken der Feinde behüte mein Leben.«

»Hilft dir das etwas?«

»Keine Ahnung.«

»Zweierlei Fingerabdrücke waren auf dem Bild.«

»Ja, das hat mir schon Sigurður Óli gesagt.«

»Die einen sind von dem Toten, aber die anderen sind bei uns nicht registriert. Sie sind ziemlich undeutlich. Sehr alte Fingerabdrücke.«

»Könnt ihr herauskriegen, mit was für einem Apparat das Bild gemacht wurde?«, fragte Erlendur.

»Schwer zu sagen. Ich glaube aber nicht, dass es eine besondere Kamera war.«

9

Sigurður Óli parkte das Auto auf dem Gelände der Islandspedition an einer Stelle, wo er hoffte, dass es niemandem im Weg sein würde. Auf dem Betriebsgelände standen reihenweise Lastwagen. Einige wurden beladen, andere wurden weggefahren, und wieder andere rangierten rückwärts an die Rampe der Lagerhalle heran. Es stank nach Benzin und Öl, und die Motorengeräusche der LKWs waren ohrenbetäubend. Mitarbeiter und Kunden der Firma eilten geschäftig zwischen Betriebsgelände und Lagerhalle hin und her.

Das Wetteramt prophezeite anhaltende Regenfälle. Sigurður Óli versuchte, sich mit seinem Mantel gegen den Regen zu schützen, indem er ihn sich über den Kopf zog und zur Lagerhalle hinüberrannte. Er wurde an den Betriebsmeister verwiesen, der in einer kleinen Glaskabine saß und Papiere durchblätterte. Er machte einen überaus beschäftigten Eindruck.

Der Betriebsmeister war ein reichlich massiger Mann in einem blauen Anorak, der mit einem Knopf über dem Bauch zugeknöpft war. Zwischen seinen Fingern klemmte ein Zigarrenstummel. Er hatte von Holbergs Tod gehört und erklärte, ihn flüchtig gekannt zu haben. Beschrieb ihn als zuverlässigen Mann und tüchtigen Fernfahrer, der jahrzehntelang kreuz und quer durch Island gefahren war und das isländische Verkehrsnetz wie seine Westentasche kannte. Er war sehr verschlossen gewesen, hatte niemanden an sich herangelassen, hatte keine Freunde in dieser Firma. Der Betriebsmeister wusste nicht, was er früher gemacht hatte, glaubte, dass er schon immer LKW-Fahrer gewesen sei. So hörte er sich an. Unverheiratet und kinderlos, soweit bekannt. Sprach niemals über irgendwelche nächsten Angehörigen.

»Ja genau«, sagte der Betriebsmeister, als wolle er das Gespräch beenden, nahm ein kleines Feuerzeug aus der Jackentasche und zündete den Zigarrenstummel an. »So eine Scheiße«, – paff, paff –, »so über den Jordan zu gehen«, paff.

»Mit wem hier hatte er am meisten Kontakt?«, fragte Sigurður Óli und versuchte es zu vermeiden, den widerlichen Zigarrenrauch einzuatmen.

»Du kannst mit Hilmar oder Guðjón sprechen, die haben ihn wohl am besten gekannt. Hilmar ist irgendwo da vorne. Er stammt aus Reyðarfjörður und hat manchmal bei Holberg in Nordermoor übernachtet, wenn er hier in der Stadt einen Ruhetag einlegen musste. Da gibt's genaue Vorschriften für die Fahrer, und dann brauchen sie ein Quartier in der Stadt.«

»Hat er am letzten Wochenende bei ihm übernachtet?«

»Nein, da hat er in den Ostfjorden gearbeitet. Aber er könnte vielleicht das Wochenende davor bei ihm gewesen sein.«

»Hast du irgendeine Vorstellung, wer Holberg etwas Böses gewünscht haben könnte? Irgendwelchen Ärger hier am Arbeitsplatz, oder ...«

»Nein, nein, nichts«, – paff –, »dergleichen«, paff, paff. Der Mann hatte Probleme, die Glut in der Zigarre am Leben zu halten. »Sprich mal mit«, – paff –, »Hilmar, mein Lieber. Vielleicht kann er dir weiterhelfen.«

Sigurður fand Hilmar mit Hilfe der Beschreibung des Betriebsmeisters. Er stand an einem Tor der Lagerhalle und schaute zu, wie ein Lastwagen entladen wurde. Hilmar war ein ziemlicher Koloss, fast zwei Meter groß, athletisch, rothaarig, bärtig. Behaarte Arme guckten aus einem kurzärmeligen T-Shirt hervor. Er schien um die fünfzig zu sein. Die abgewetzten Jeans hielten altmodische blaue Hosenträger. Der LKW wurde mit einem kleinen Gabelstapler entladen. Am nächsten Tor fuhr mit entsprechendem Lärm ein LKW rückwärts an die Rampe heran, und gleichzeitig hupten sich zwei Fahrer auf dem Gelände an und überschütteten sich mit Beschimpfungen.

Sigurður ging zu Hilmar hin und tippte ihm leicht auf die Schulter, aber der nahm ihn gar nicht wahr. Er tippte fester, und endlich drehte sich Hilmar zu ihm um. Er sah, dass Sigurður Óli mit ihm sprach, konnte aber nicht hören, was er sagte, und blickte ihn verständnislos an. Sigurður Óli erhob die Stimme, aber das nutzte nichts. Er sprach noch lauter, und es schien ihm, als zuckte so etwas wie ein Blitz des Verstehens in Hilmars Augen auf, aber das war eine Täuschung. Hilmar schüttelte nur den Kopf und deutete auf seine Ohren.

Sigurður Óli kam in Fahrt, richtete sich auf, stellte sich auf die Zehenspitzen und brüllte in voller Lautstärke los, doch im gleichen Augenblick verstummte der Krach so plötzlich, dass seine Worte mit geballter Kraft zwischen den Wänden der riesigen Lagerhalle widerhallten:

»HAST DU BEI HOLBERG GESCHLAFEN?«

10

Er harkte gerade Laub in seinem Garten zusammen, als Erlendur herantrat. Schaute erst auf, als Erlendur schon eine ganze Weile dagestanden und die langsamen Bewegungen des alten Mannes mitverfolgt hatte. Wischte sich einen Tropfen von der Nase ab. Es schien keine Rolle zu spielen, dass es regnete und dem nassen und pappigen Laub schwer beizukommen war. Er ging sehr bedächtig vor, setzte immer wieder die Harke an und versuchte, kleine Häufchen zu machen. Er wohnte immer noch in Keflavík. War dort geboren und aufgewachsen.

Erlendur hatte Elinborg gebeten, Informationen über ihn einzuholen, und sie hatte das Wichtigste über den alten Mann im Garten zusammengetragen, seine Polizeilaufbahn, die Verweise, die er wegen seines Auftretens und seiner Arbeitsmethoden erhalten hatte, und das waren in langen Dienstjahren viele gewesen; wegen der Angelegenheit mit Kolbrún hatte er eine Abmahnung bekommen. Elinborg hatte Erlendur noch einmal telefonisch Informationen durchgegeben, als er in Keflavík gerade einen Imbiss zu sich nahm. Er hatte überlegt, ob er den Besuch auf den nächsten Tag verschieben sollte, fand aber, dass er keine Lust hatte, bei dem widerlichen Wetter ständig nach Keflavík zu fahren.

Der Mann trug einen grünen Winteranorak und eine Basketballkappe auf dem Kopf. Die weißen, knochigen Hände umklammerten den Schaft der Harke. Er war groß und war früher sicher muskulöser und imposanter gewesen, aber jetzt war er alt und zusammengefallen, und die Nase triefte ihm. Erlendur schaute zu, wie der Greis in seinem Garten hinter dem Haus werkelte. Der Mann blickte nicht von seinem Laub hoch und schenkte ihm keinerlei Beachtung. So verging eine ganze Weile, bis Erlendur beschloss, zur Tat zu schreiten.

»Weshalb will die Schwester nicht mit mir reden?«, sagte er und sah, wie der Alte hochschreckte.

»Was? Was soll denn das?« Der Mann schaute zu ihm hoch. »Wer bist du?«, fragte er.

»Wie habt ihr reagiert, als Kolbrún die Strafanzeige bei euch erstatten wollte?«

Der alte Mann schaute auf diesen Unbekannten, der in seinem Garten stand, und wischte mit dem Handrücken den Tropfen unter der Nase weg. Er blickte auf Erlendur hinunter.

»Kennen wir uns?«, fragte er. »Wovon redest du eigentlich? Wer bist du?«

»Ich heiße Erlendur. Ich untersuche den Mord an einem Mann namens Holberg in Reykjavík. Er ist vor fast vierzig Jahren wegen Vergewaltigung angezeigt worden. Damals hast du die Ermittlung geleitet. Kolbrún hieß die Frau, die vergewaltigt wurde. Sie ist tot. Ihre Schwester weigert sich, mit der Polizei zu sprechen, aus Gründen, die ich gerade herauszufinden versuche. Sie sagte zu mir: ›Nach dem, was ihr ihr angetan habt.‹ Ich hätte gern, dass du mir erzählst, was es war, das wir ihr angetan haben.«

Der Mann schaute Erlendur an, ohne ein Wort zu sagen. Schaute ihm in die Augen und schwieg.

»Was war es, das wir ihr angetan haben?«, wiederholte Erlendur.

»Ich kann mich nicht erinnern ... Was für eine Befugnis hast du eigentlich? Was soll diese Unverschämtheit?« Die Stimme zitterte ein wenig. »Mach, dass du aus meinem Garten kommst, oder ich rufe die Polizei.«

»Hör mal, Rúnar, ich bin die Polizei. Und ich hab keine Zeit für albernes Geschwätz.«

Der Mann dachte nach.

»Ist das die neueste Methode? Leute mit Andeutungen und Unverschämtheiten zu behelligen?«

»Gut, dass du Methoden und Unverschämtheiten erwähnst«, sagte Erlendur. »Du hast innerhalb eines vergleichsweise kurzen Zeitraums acht Dienstaufsichtsbeschwerden wegen Fehlverhaltens bekommen, unter anderem wegen Brutalität. Ich weiß nicht, vor wem du gebuckelt hast, um den Job zu behalten, aber anscheinend hast du zum Schluss etwas nachgelassen, denn du bist mit Schimpf und Schande aus dem Polizeidienst entlassen worden. Gefeuert ...«

»Halt die Schnauze«, sagte der Mann und schaute sich um. »Wie kannst du es wagen ...«

»... wegen wiederholter und grober sexueller Belästigung.«

Die weißen, knochigen Hände umklammerten den Schaft der Harke, die farblose Haut straffte sich, und die Knöchel traten hervor. Das Gesicht verhärtete sich, hasserfüllte Linien bildeten sich um den Mund, die Augen zogen sich zusammen, bis sie halb geschlossen waren. Erlendur hatte auf dem Weg nach Keflavík, als Elinborgs Informationen wie Stromstöße durch sein Bewusstsein jagten, überlegt, ob es richtig war, diesem Mann etwas vorzuhalten, was er in einem anderen Leben, zu einer anderen Zeit, getan hatte. Erlendur war lange genug bei der Polizei gewesen, um sich an Geschichten über diesen Mann zu erinnern, über die Probleme, die er verursacht hatte. Er erinnerte sich an Rúnar. Er hatte ihn vor vielen Jahren zwei- oder dreimal getroffen, aber jetzt war er so alt und senil geworden, dass Erlendur, als er bei ihm im Garten stand, eine ganze Zeit brauchte, um sich darüber klar zu werden, dass es sich um denselben Mann handelte. Geschichten über Rúnar waren lange bei der Polizei in Umlauf gewesen. Irgendwo hatte Erlendur gelesen, dass die Vergangenheit ein anderes Land sei, und das leuchtete ihm ein. Ihm war klar, dass sich die Zeiten änderten und die Menschen auch. Aber er war nicht bereit, die Vergangenheit auszustreichen.

Sie standen einander im Garten gegenüber.

»Was war mit Kolbrún?«, fragte Erlendur.

»Verschwinde!«

»Erst sagst du mir, was mit Kolbrún war.«

»Sie war eine verdammte Hure!«, stieß der Mann auf einmal zwischen zusammengebissenen Zähnen hervor. »So, und jetzt reicht's, zieh endlich Leine! Alles, was sie über mich gesagt hat, war erlogen, verdammt noch mal. Das war verdammt noch mal keine Vergewaltigung. Sie hat die ganze Zeit gelogen!«

Erlendur sah Kolbrún, wie sie vor diesem Mann stand, vor vielen, vielen Jahren, als sie die Anzeige erstattete. Er stellte sich vor, wie sie ihren ganzen Mut zusammengerafft hatte, bis sie es nicht länger aushielt und zur Polizei ging, um zu erzählen, was ihr passiert war, das Grauen zu beschreiben, das sie durchgemacht hatte und am liebsten vergessen wollte, als ob das Ganze nur ein Albtraum gewesen wäre, aus dem sie unbeschadet erwachen würde. Sie würde aber nie mehr heil und unbeschadet erwachen. Ihr war Gewalt angetan worden. Er war über sie hergefallen und in sie eingedrungen ...

»Sie kam drei Tage nach dem Vorfall und zeigte den Mann wegen Vergewaltigung an«, sagte der alte Mann zu Erlendur. »Das war nicht sehr glaubwürdig.«

»Und du hast sie vor die Tür gesetzt«, sagte Erlendur.

»Sie hat gelogen.«

»Und hast sie ausgelacht und erniedrigt und ihr geraten, sie sollte das Ganze vergessen. Aber sie hat es nicht vergessen, oder?«

Der alte Mann blickte Erlendur hasserfüllt an.

»Sie ging bis nach Reykjavík, nicht wahr?«, sagte Erlendur.

»Holberg wurde nie verurteilt.«

»Und wem war das deiner Meinung nach zu verdanken?«

Erlendur sah Kolbrún vor sich, wie sie mit Rúnar aneinander geriet. Mit ihm aneinander geraten! Mit diesem Mann! Sich mit ihm anzulegen wegen dem, was sie durchgemacht hatte. Zu versuchen, ihn davon zu überzeugen, dass sie die Wahrheit sagte, als sei er der oberste Richter in ihrer Angelegenheit.

Sie musste ihre ganze Kraft aufbieten, als sie ihm von den Vorfällen der Nacht berichtete, und sie versuchte, alles der Reihe nach zu erzählen, aber es war einfach zu entsetzlich. Sie konnte es nicht beschreiben. Konnte nicht davon erzählen, von dem, was so unbeschreiblich, Abscheu erregend, pervers war. Irgendwie schaffte sie es, ihre bruchstückhafte Darstellung zu Ende zu bringen. War das ein Grinsen? Sie konnte nicht begreifen, warum der Polizist grinste. Es schien ihr ein Grinsen zu sein, aber das konnte nicht sein. Dann begann er, sie nach Einzelheiten auszufragen.

Sag mir genau, wie es vor sich gegangen ist.

Sie schaute ihn an. Begann wieder zögernd mit ihrem Bericht.

Nein, das habe ich schon gehört. Sag mir, was genau passiert ist.

Du hast doch eine Unterhose angehabt. Wie hat er dir die Unterhose ausgezogen? Wie hat er den Schwanz in dich hineinbekommen?

Konnte das sein Ernst sein? Schließlich fragte sie, ob es bei der Polizei denn keine weiblichen Mitarbeiter gäbe.

»Nein ... Wenn du diesen Mann wegen Vergewaltigung anzeigen willst, musst du schon etwas mehr ins Detail gehen, verstehst du. Hast du vielleicht mit ihm geflirtet, sodass er Grund hatte zu glauben, du wärst zu allem bereit?«

Sie erklärte so leise, dass es kaum zu hören war, dass sie das keinesfalls getan hätte.

Du musst lauter sprechen. Wie hat er dir die Unterhose ausgezogen?

Jetzt war sie sich sicher, dass es ein Grinsen war. Er fragte sie rüde, bezweifelte ihre Aussage, war brutal, einige Fragen waren eine reine Unverschämtheit, geradezu obszön; er versuchte, es so aussehen zu lassen, als habe sie der Sache Vorschub geleistet, als habe sie Geschlechtsverkehr mit diesem Mann haben wollen, dann aber einen Rückzieher gemacht, aber da war es zu spät, verstehst du, zu spät, um bei so etwas einen Rückzieher zu machen. Hat keinen Sinn, beim Tanzen mit Männern zu flirten und mittendrin einen Rückzieher zu machen.

Zum Schluss weinte sie leise, als sie eine kleine Handtasche öffnete und eine Plastiktüte herauszog und ihm reichte. Er öffnete die Tüte und holte ihren zerrissenen Schlüpfer heraus.

Rúnar ließ den Harkenstiel los und wollte an Erlendur vorbeigehen, aber Erlendur stellte sich ihm in den Weg und drängte ihn an die Hauswand. Sie sahen einander in die Augen.

»Sie hat dir ein Beweisstück übergeben«, sagte Erlendur. »Das einzige Beweisstück, das sie hatte. Sie war sicher, dass Spuren von Holberg daran waren.«

»Sie hat mir nie irgendwas gegeben«, zischte Rúnar. »Lass mich in Ruhe.«

»Sie hat dir den Schlüpfer gegeben.«

»Das war gelogen.«

»Sie hätten dich damals gleich schassen sollen, verflucht noch mal«, sagte Erlendur. »Erbärmliches Dreckstück, das du bist.«

Er trat langsam und mit angewiderter Miene zurück. Rúnar stand zusammengesackt vor der Hauswand, ein armseliger Tattergreis.

»Ich habe ihr bloß klargemacht, was sie zu erwarten hätte, wenn sie die Sache weiter verfolgen würde«, sagte er, und seine Stimme überschlug sich. »Ich habe ihr einen Gefallen getan. Bei Gericht lachen sie doch bloß über solche Fälle.«

Erlendur drehte sich um und ging weg. Er fragte sich, wieso Gott, so es ihn denn gäbe, Gefallen daran finden könnte, einen Mann wie Rúnar so alt werden zu lassen, aber das Leben eines vierjährigen Mädchens zu vernichten.

Er wollte noch einmal zu Elín, stattete aber erst der Bibliothek in Keflavík einen Besuch ab. Er ging zwischen den Buchregalen umher und ließ die Blicke an den Buchrücken entlanggleiten, bis er die Bibel fand. Erlendur kannte sich mit dem Wort Gottes gut aus. Er öffnete das Buch bei den Psalmen von David, Nummer 64. Dort fand er die Zeile, die auf dem Grabstein stand. *Vor den Schrecken des Feindes bewahre mein Leben.*

Er hatte das richtig behalten. Die Grabinschrift war die Fortsetzung der ersten Zeile des Psalms. Erlendur stand am Regal, las sie einige Male, strich gedankenverloren mit der Hand über die Seiten und sagte den Satz halblaut vor sich hin.

Die erste Zeile des Psalms war eine Anrufung an Gott, und Erlendur schien es, als höre er nach all den Jahren den stummen Ruf der Frau.

Höre, Gott, meine Stimme in meiner Klage.

11

Erlendur hielt vor dem kleinen, weiß gestrichenen und mit Wellblech verkleideten Haus und stellte den Motor ab. Er blieb noch eine Weile im Auto sitzen, um die Zigarette zu Ende zu rauchen. Er versuchte, das Rauchen zu reduzieren, und wenn nichts dazwischen kam, war er bei fünf pro Tag angelangt. Das hier war die achte an diesem Tag, und es war noch nicht einmal drei Uhr.

Er stieg aus, ging die Treppen zum Eingang hoch und klingelte. Er wartete eine ganze Weile, ohne dass etwas geschah. Er klingelte wieder, aber auch das zeitigte keinen Erfolg. Er schaute durch das Fenster hinein und sah den grünen Mantel und den Regenschirm und die Stiefel. Er klingelte zum dritten Mal, stand auf dem Treppenabsatz und versuchte, sich gegen den Regen zu schützen. Auf einmal ging die Tür auf und Elín starrte ihm direkt ins Gesicht.

»Lass mich in Ruhe, hörst du! Verschwinde! Hau ab!« Sie wollte die Tür zuknallen, aber Erlendur hatte seinen Fuß dazwischen.

»Wir sind nicht alle wie Rúnar«, sagte er. »Ich weiß, dass deiner Schwester übel mitgespielt worden ist. Ich habe mit Rúnar gesprochen. Was er getan hat, ist unentschuldbar, aber es ist nicht mehr rückgängig zu machen. Er ist ein seniler Tattergreis und wird nie einsehen, dass er etwas falsch gemacht hat.«

»Lass mich gefälligst in Ruhe!«

»Ich muss mit dir reden. Wenn es so nicht geht, dann muss ich dich zu einer Vernehmung vorladen lassen. Das möchte ich vermeiden.« Er nahm das Foto vom Friedhof aus seiner Manteltasche und schob es durch den Türspalt. »Dieses Foto habe ich zu Hause bei Holberg gefunden«, sagte er.

Elín antwortete nicht. Es verging eine geraume Zeit. Erlendur hielt das Foto durch den Türspalt, ohne dass er Elín sehen konnte, die sich immer noch gegen die Tür stemmte. Aber nach und nach spürte er, wie der Druck auf seinen Fuß nachließ, und Elín nahm das Foto entgegen. Bald stand die Tür offen. Die Frau ging mit dem Bild in der Hand in die Wohnung. Erlendur trat ein und machte die Tür vorsichtig zu.

Elín ging in ein kleines Wohnzimmer, und einen Augenblick überlegte Erlendur, ob er sich die nassen Schuhe ausziehen sollte. Er putzte sie sich auf der Matte gründlich ab und folgte Elín ins Wohnzimmer, vorbei an einer ordentlichen kleinen Küche und einem Arbeitszimmer. Im Wohnzimmer hingen Bilder an der Wand, eine Stickerei in goldenem Rahmen, und eine kleine elektrische Orgel stand in einer Ecke.

»Kennst du dieses Bild?«, fragte Erlendur behutsam.

»Ich habe es nie zuvor gesehen«, sagte sie.

»Hat deine Schwester nach dem ... Vorfall Verbindung zu Holberg gehabt?«

»Nicht dass ich wüsste. Niemals. Das kannst du dir doch denken.«

»Ist denn keine Blutuntersuchung gemacht worden, um festzustellen, ob er der Vater war?«

»Wozu?«

»Um die Aussage deiner Schwester zu stützen. Dass es Vergewaltigung war.«

Sie schaute von dem Bild hoch, starrte ihn eine ganze Weile an und sagte dann:

»Ihr seid doch alle gleich, ihr Polizisten. Bei euch gibt's immer nur halbe Arbeit.«

»Wieso?«

»Hast du dich nicht mit dem Fall befasst?«

»In groben Zügen. Dachte ich jedenfalls.«

»Holberg hat nie bestritten, dass der Geschlechtsverkehr stattgefunden hat. Dazu war er zu schlau. Er bestritt einfach, dass es Vergewaltigung war. Er sagte aus, dass meine Schwester ihm zu Willen gewesen sei. Er sagte, dass sie ihn scharf gemacht und zu sich nach Hause eingeladen habe. Das war seine großartige Verteidigung. Dass Kolbrún aus freien Stücken Sex mit ihm hatte. Spielte den Unschuldigen, das Schwein.«

»Aber ...«

»Meine Schwester hatte nur diese zerrissene Unterhose«, fuhr Elín fort. »Man sah ihr nichts an. Sie war nicht stark, konnte nicht viel Widerstand leisten, und sie sagte mir, sie wäre vor Angst wie gelähmt gewesen, als er anfing, sie in der Küche zu betatschen. Dann zerrte er sie ins Schlafzimmer, und dort hat er ihr Gewalt angetan. Zwei Mal. Hatte sie unter sich und begrapschte sie unter Obszönitäten, bis er ihn wieder hochgekriegt hatte. Sie hat drei Tage gebraucht, bevor sie den Mut fand, zur Polizei zu gehen. Und es half auch nichts, dass sie später ärztlich untersucht wurde. Sie hat nie verstanden, weswegen er über sie hergefallen ist. Sie machte sich Selbstvorwürfe, ihn zu seiner Tat verleitet zu haben. Sie glaubte, dass sie ihm vielleicht auf dieser Party irgendwelche Hoffnungen gemacht hätte. Dass sie irgendetwas gesagt oder angedeutet hätte, was ihn aufgereizt hat. Sie gab sich selbst die Schuld an allem. Ich nehme an, dass das eine verbreitete Reaktion ist.«

Elín schwieg eine Weile.

»Als sie sich dann endlich aufgerafft hatte, traf sie auf Rúnar. Ich wäre ja mit ihr gegangen, aber sie schämte sich so, dass sie mir erst viel, viel später erzählte, was passiert war. Holberg hatte ihr gedroht, hatte ihr gesagt, dass er wiederkommen und sie fertig machen würde, falls sie etwas in der Sache unternehmen würde. Als sie zur Polizei ging, glaubte sie, dort Schutz zu finden. Dass sie unterstützt würde. Dass man ihr beistehen würde. Erst als Rúnar sie wieder nach Hause schickte, nachdem er sein Spiel mit ihr getrieben, den Schlüpfer genommen und ihr gesagt hatte, sie solle das alles vergessen, erst danach kam sie zu mir.«

»Der Schlüpfer ist nie wieder aufgetaucht«, sagte Erlendur. »Rúnar hat es abgestritten ...«

»Kolbrún sagte, dass sie ihm die Unterhose gegeben hätte, und meine Schwester hat nie in ihrem Leben gelogen. Ich weiß nicht, was mit diesem Mann los war. Ich sehe ihn manchmal hier in der Stadt, im Lebensmittelgeschäft oder im Fischladen. Einmal habe ich ihn angeschrien. Ich hatte die Kontrolle über mich verloren. Er schien das richtig zu genießen. Grinste. Kolbrún hat einmal über dieses Grinsen von ihm gesprochen. Er erklärte, dass Kolbrún ihm niemals eine Unterhose gegeben hatte, und dass ihre Aussage so unklar gewesen sei, dass er den Eindruck hatte, sie sei betrunken gewesen. Deswegen hätte er sie nach Hause geschickt.«

»Er bekam zum Schluss eine Abmahnung«, sagte Erlendur, »aber das hatte letztlich auch keinen Einfluss. Rúnar bekam dauernd Verweise. Er war bei der Polizei als ziemlich scharfer Hund bekannt, aber irgendjemand hielt seine schützende Hand über ihn, bis es nicht länger möglich war, ihn zu verteidigen, und dann wurde er gefeuert.«

»Es gab keinen Grund, die Sache weiterzuverfolgen, so hieß es damals. Kolbrún sollte die Sache schlicht und ergreifend vergessen, wie Rúnar ganz richtig gesagt hatte. Sie hatte natürlich viel zu lange gewartet, und außerdem war sie dumm genug gewesen, die ganze Wohnung von oben bis unten zu putzen, unter anderem wusch sie auch die Bettwäsche. Zerstörte damit alles Beweismaterial. Sie hob nur den Schlüpfer auf. Trotz allem hob sie dieses einzige Beweisstück auf. Als glaubte sie, dass das genügen würde. Als würde es genügen, einfach nur die Wahrheit zu sagen. Sie wollte diesen Vorfall aus ihrem Leben herausschrubben. Sie wollte nicht damit leben. Und wie gesagt, angesehen hat man ihr nicht viel. Sie hatte eine gesprungene Lippe, weil er ihr den Mund zugehalten hatte, und eine kleine Blutung am Auge.«

»Hat sie sich je davon erholt?«

»Nie. Sie war eine sehr sensible Frau, meine Schwester. Sie war so zart und arglos, und deswegen ein leichtes Opfer für jemanden, der ihr Böses wollte. Für jemanden wie Holberg. Wie Rúnar. Sie haben es beide gespürt. Jeder hat auf seine Weise angegriffen. Sich über das Opfer hergemacht.«

Sie blickte zu Boden.

»Diese Schweine«, sagte sie.

Erlendur ließ einen Augenblick verstreichen, bevor er fortfuhr.

»Wie war ihre Reaktion, als sie feststellte, dass sie schwanger war?«

»Da hat sie meiner Meinung nach sehr vernünftig reagiert. Sie war gleich von Anfang an entschlossen, sich trotz der Umstände über das Kind zu freuen, und auf ihre Liebe zu Auður ist nie ein Schatten gefallen. Sie war mehr als eine vorbildliche Mutter. Für das Kind tat sie alles, was in ihrer Macht stand. Das arme, kleine Ding.«

»Wusste Holberg denn, dass er ein Kind hatte?«

»Er wusste es natürlich, aber er stritt es ab. Verleugnete es. Erklärte, dass das Kind nicht von ihm sei. Beschuldigte meine Schwester eines lockeren Lebenswandels.«

»Sie hatten also keine Verbindung miteinander, wegen der Tochter, oder ...?«

»Verbindung! Niemals. Wie kommst du auf so eine Idee? Das wäre nie in Frage gekommen.«

»Kolbrún könnte ihm nicht dieses Bild geschickt haben?«

»Nein. Nein, das kann ich mir nicht denken. Das ist ausgeschlossen.«

»Dann muss er es selbst aufgenommen haben. Oder jemand, der von der Sache wusste, hat das Foto geknipst und es ihm geschickt. Vielleicht hat er in der Zeitung die Todesanzeige gesehen. Gab es Nachrufe auf Auður?«

»Die Todesanzeige stand in der Zeitung, und ich habe damals einen kurzen Nachruf für Morgunblaðið geschrieben. Das könnte jemand gelesen haben.«

»Ist Auður hier in Keflavík begraben?«

»Nein. Wir stammen aus Sandgerði, und in der Nähe von Sandgerði ist ein kleiner Friedhof. Kolbrún wollte, dass sie dort beerdigt würde. Es war mitten im Winter. Es war schwierig, das Grab auszuheben.«

»Auf dem Totenschein steht, dass sie einen Hirntumor gehabt hat.«

»Das war die Erklärung, die meine Schwester bekam. Sie ist einfach gestorben, uns unter den Händen weggestorben, das arme Würmchen, und wir konnten nichts ausrichten. Keine vier Jahre alt.«

Elín schaute von dem Foto hoch und blickte Erlendur an.

»Einfach gestorben.«

Im Haus war es ganz dunkel geworden, und die beiden Worte raunten voller Fragen und Trauer durch die Dunkelheit. Elín erhob sich langsam, knipste eine schwach leuchtende Stehlampe an und ging dann durch den Flur in die Küche. Erlendur hörte, wie sie den Wasserhahn aufdrehte, Wasser in ein Gefäß laufen ließ und dann eingoss, eine Dose aufmachte, er roch Kaffeeduft. Er stand auf und betrachtete die Bilder an der Wand. Es waren Zeichnungen und Gemälde. Ein mit Wasserfarben gemaltes Bild von einem Kind steckte in einem schmalen schwarzen Rahmen. Endlich fand er, wonach er suchte. Es gab zwei Aufnahmen, zwischen denen wahrscheinlich zwei Jahre lagen. Fotos von Auður.

Das ältere Bild war beim Fotografen aufgenommen. Schwarz-weiß. Das Mädchen war vielleicht gerade ein Jahr alt und saß auf einem großen Kissen, hübsch herausgeputzt in einem Kleidchen. Es hatte eine Schleife im Haar und eine kleine Rassel in der einen Hand. Das andere Bild zeigte sie im Alter von etwa drei Jahren. Erlendur nahm an, dass es von ihrer Mutter aufgenommen worden war. Es war ein Farbfoto. Die Kleine stand in einem niedrigen Birkengebüsch mitten in strahlendem Sonnenschein. Sie trug einen dicken, roten Pullover und ein Röckchen, weiße Söckchen und schwarze Schuhe mit hübschen Schnallen. Sie schaute beinahe grüblerisch in die Kamera. Mit ernster Miene. Vielleicht hatte sie sich geweigert zu lächeln.

»Kolbrún hat sich nie davon erholt«, sagte Elín, die wieder zur Wohnzimmertür hereingekommen war. Erlendur richtete sich auf.

»Es gibt wahrscheinlich nichts Schlimmeres als das«, sagte er und nahm eine Kaffeetasse entgegen. Elín setzte sich mit ihrer Tasse wieder auf das Sofa, und Erlendur nahm erneut ihr gegenüber Platz und trank einen Schluck.

»Falls du rauchen möchtest, bitte sehr«, sagte sie.

»Eigentlich will ich aufhören«, sagte Erlendur und versuchte, das nicht wie eine Entschuldigung klingen zu lassen, dachte aber an den Schmerz, den er in der Brust verspürte. Kramte dann eine zerknitterte Zigarettenpackung aus der Manteltasche und zündete sich eine an. Die neunte Zigarette des Tages. Sie schob ihm einen Aschenbecher hin.

»Nein«, sagte sie, »wahrscheinlich gibt es nichts Schlimmeres. Der Todeskampf hat glücklicherweise nicht lang gedauert. Der Kopf tat ihr weh. Als ob sie Kopfschmerzen hätte, und der Arzt, der sie behandelte, sprach immer nur von Kindermigräne. Er gab ihr irgendwelche Pillen, aber die hatten überhaupt keine Wirkung. Er war kein guter Arzt. Kolbrún sagte mir, dass sie bei ihm eine Fahne gerochen hatte, und sie machte sich Sorgen deswegen. Aber dann kam alles so plötzlich. Der Zustand des Mädchens verschlimmerte sich immer mehr. Es war die Rede von Hautwucherungen, die der Arzt hätte bemerken müssen. Flecken. Im Krankenhaus nannten sie das Kaffeeflecken. Die waren in den Achselhöhlen. Zum Schluss wurde sie hier in Keflavík ins Krankenhaus eingeliefert, und da fanden sie heraus, dass es sich um eine Art Nerventumor handelte. Es stellte sich als Hirntumor heraus. Insgesamt hat es ungefähr sechs Monate gedauert.«

Elín verstummte.

»Wie ich schon sagte, Kolbrún war seitdem nie wieder sie selbst«, seufzte sie. »Ich glaube nicht, dass sich irgendjemand von solchen Schicksalsschlägen erholen kann.«

»Wurde Auður obduziert?«, fragte Erlendur und sah ein kleines Mädchen auf einem kalten Stahltisch vor sich, die Brust Y-förmig aufgeschnitten.

»Kolbrún war ganz und gar dagegen«, sagte Elín, »aber sie hatte da nichts zu bestimmen. Sie war außer sich, als sie erfuhr, dass man Auður geöffnet hatte. War natürlich wie von Sinnen vor Kummer nach dem Tod des Kindes, und es war zwecklos, ihr zureden zu wollen. Der Gedanke, dass ihr kleines Mädchen aufgeschnitten worden war, war ihr ein Horror. Das Kind war tot, und niemand konnte etwas daran ändern. Die Obduktion bestätigte die Diagnose. Sie fanden einen bösartigen Tumor im Gehirn.«

»Und deine Schwester?«

»Kolbrún hat sich drei Jahre später umgebracht. Sie verfiel in schwere Depressionen und war in ärztlicher Behandlung. War eine Zeit lang in der Nervenklinik in Reykjavík und kam dann wieder hierher nach Keflavík. Ich habe mich um sie gekümmert, so gut ich konnte, aber sie war wie erloschen. Keinerlei Lebenswille mehr. Auður war ihr Glück gewesen, trotz der entsetzlichen Umstände. Und sie war nicht mehr da.«

Elín schaute Erlendur in die Augen.

»Jetzt denkst du vermutlich darüber nach, wie sie es gemacht hat.«

Erlendur antwortete nicht.

»Sie legte sich in die Badewanne und schnitt sich beide Pulsadern auf. Kaufte sich deswegen Rasierklingen, zum ersten Mal in ihrem Leben.«

Elín schwieg, und sie waren umgeben vom Dämmerlicht des Wohnzimmers.

»Weißt du, was mir in den Sinn kommt, wenn ich an den Selbstmord denke? Es ist nicht das Blut im Badezimmer. Nicht meine Schwester in dem rot gefärbten Wasser. Nicht die Schnitte. Es ist Kolbrún im Laden, wie sie sich die Rasierklingen kauft. Holt Geld heraus für Rasierklingen. Zählt die Kronen ab.«

Elín verstummte.

»Findest du es nicht merkwürdig, wie das Gehirn funktioniert?«, fragte sie so, als redete sie mit sich selbst.

Erlendur wusste nicht, was er antworten sollte.

»Ich habe sie gefunden«, fuhr Elín fort. »Sie hatte es so vorbereitet. Rief mich an und bat mich, abends zu ihr zu kommen. Wir telefonierten kurz miteinander. Ich war immer auf der Hut wegen ihrer Depressionen, aber seit einiger Zeit hatte es den Anschein gehabt, als ginge es ihr besser. Als lichte sich der Nebel allmählich. Als sei sie wieder im Stande, sich im Leben zurechtzufinden. In ihrer Stimme war nichts, was darauf hingedeutet hätte, dass sie sich umbringen wollte. Ganz im Gegenteil. Wir redeten über die Zukunft. Wir wollten zusammen reisen. Als ich sie fand, lag sie so friedlich da, wie ich sie lange nicht gesehen hatte. Friedlich und ausgesöhnt. Dennoch weiß ich, dass sie weit davon entfernt war, sich mit allem ausgesöhnt zu haben, denn sie fand keinen Frieden in ihrer Seele.«

»Eine Frage muss ich dir jetzt noch stellen, und dann ist es vorbei«, sagte Erlendur. »Ich muss die Antwort von dir hören.«

»Um was geht es?«

»Weißt du irgendetwas über den Mord an Holberg?«

»Ich weiß gar nichts.«

»Du hast damit also nichts zu tun, direkt oder indirekt?«

»Nein.«

Sie schwiegen eine Weile.

»Die Grabinschrift, die sie für ihre Tochter gewählt hat, handelt von Feinden«, sagte Erlendur.

»Bewahre mein Leben vor dem Schrecken der Feinde. Sie hat auch eine Grabschrift für sich selbst ausgewählt, aber die kam nicht auf ihren Grabstein«, sagte Elín, stand auf und ging zu einem schönen Glasschrank, zog eine

Schublade auf und nahm eine schwarze Schachtel heraus. Sie öffnete sie mit einem Schlüssel, entnahm ihr einige Umschläge und ein kleines Blatt.

»Das habe ich am Abend, als sie starb, auf dem Küchentisch gefunden, aber ich war mir nicht sicher, ob sie wollte, dass ich das auf den Grabstein meißeln lasse. Ich zweifle daran. Ich glaube, dass ich gar keine Vorstellung davon hatte, wie sehr sie gequält war, bevor ich das hier sah.«

Sie reichte Erlendur das Blatt, und er las die ersten Worte aus dem Psalm, den er zuvor in der Bibel nachgeschlagen hatte:

Höre, Gott, meine Stimme in meiner Klage.

12

Als Erlendur abends nach Hause kam, hockte seine Tochter Eva Lind oben vor der Wohnungstür und schien zu schlafen. Er redete sie an und versuchte, sie zu wecken. Als sie keinerlei Reaktion zeigte, packte er sie unter den Armen und schleppte sie in die Wohnung hinein. Er wusste nicht, ob sie nur schlief oder mit irgendetwas zugedröhnt war. Er legte sie auf das Sofa im Wohnzimmer. Sie atmete regelmäßig, und der Puls schien in Ordnung zu sein. Er blickte sie eine gute Weile an und überlegte, was zu tun sei. Am liebsten hätte er sie in die Badewanne gesteckt. Ein übler Geruch strömte von ihr aus, ihre Hände waren verdreckt, und die Haare waren schmutzig und verklebt.

»Wo hast du dich wieder herumgetrieben?«, knurrte Erlendur.

Er setzte sich in einen Sessel neben sie, immer noch im Mantel und mit dem Hut auf dem Kopf, und dachte über seine Tochter nach, bis er tief und fest einschlief.

Er wollte nicht aufwachen, als Eva Lind ihn am nächsten Morgen wachrüttelte, und er versuchte, sich an die Fetzen eines Traums zu klammern, der ihm dieselbe Angst eingeflößt hatte wie der Traum in der Nacht zuvor. Er wusste, dass es der gleiche Traum war, konnte ihn aber genau wie gestern nicht ins Gedächtnis zurückrufen, konnte ihm nicht beikommen. Was blieb, war dieses unangenehme Gefühl und Unwohlsein, das ihn bis ins Wachen verfolgte.

Es war noch vor acht, und draußen war es immer noch stockfinster. Erlendur hatte den Eindruck, als würde es immer noch in Strömen gießen. Zu seiner Verwunderung stieg ihm aus der Küche Kaffeeduft in die Nase, und aus dem Badezimmer roch es, als habe jemand gebadet. Er bemerkte, dass Eva Lind sich eines seiner Hemden angezogen hatte und alte Jeans, die sie mit einem Gürtel in der Taille zusammengerafft hatte. Sie war barfuß und sauber.

»Du warst ja gut drauf gestern Abend«, sagte er, bereute es aber augenblicklich. Dachte dann bei sich, dass er es schon längst aufgegeben haben sollte, ihr so viel Beachtung zu schenken.

»Ich hab mir die Sache überlegt«, sagte Eva Lind und ging in die Küche. »Ich werde dich zum Großvater machen. Opa Erlendur. Das bist du.«

»Und bist du dann gestern Abend das letzte Mal ausgeflippt, oder was?«

»Ist es in Ordnung, wenn ich hier eine Zeit lang wohne, bloß solange, bis ich was Neues gefunden habe?«

»Meinetwegen.«

Er setzte sich zu ihr an den Küchentisch und trank einen Schluck von dem Kaffee, den sie für ihn eingegossen hatte.

»Und wie bist du zu dieser Entscheidung gekommen?«

»Einfach so.«

»Einfach so?«

»Kann ich bei dir bleiben?«

»So lange du willst. Das weißt du.«

»Hörst du dann auf, mir Fragen zu stellen? Hörst du auf mit diesen Verhören? Es ist, als ob du ständig auf der Arbeit bist.«

»Ich bin ständig auf der Arbeit.«

»Hast du das Mädchen aus Garðabær schon gefunden?«

»Nein. Das hat keine Priorität. Hab gestern mit ihrem Mann gesprochen. Der weiß nichts. Das Mädchen hat eine Nachricht hinterlassen und geschrieben, dass irgendjemand grauenvoll sei, und dann gefragt, was habe ich getan?«

»Vielleicht hat jemand auf der Party versucht, sie aufzureißen.«

»Aufreißen«, sagte Erlendur. »Soll das ein Wort sein?«

»Was kann man einer Braut auf der Hochzeit antun, das sie dazu bringt, abzuhauen?«

»Ich weiß es nicht«, sagte Erlendur desinteressiert. »Es könnte höchstens sein, dass der Bräutigam die Brautjungfern betatschelt hat, und sie hat es beobachtet. Ich finde es gut, dass du das Kind haben willst. Vielleicht hilft dir das aus diesem Teufelskreis heraus. Es wird langsam Zeit.«

Er verstummte.

»Erstaunlich, wie munter du bist, verglichen mit deinem Zustand gestern«, sagte er dann.

Er drückte das so vorsichtig aus, wie er konnte. Er wusste, wenn alles mit rechten Dingen zuging, dürfte Eva Lind nicht strahlen wie ein Honigkuchenpferd, dann würde sie sich nicht gebadet und Kaffee gekocht haben und so tun, als habe sie nie etwas anderes gemacht, als sich um ihren Vater zu kümmern. Sie blickte ihn an, und er sah, wie sie die Möglichkeiten abwägte. Er wartete auf einen Ausbruch, wartete darauf, dass sie ihn zusammenstauchen würde. Das tat sie aber nicht.

»Ich habe ein paar Pillen dabei«, sagte sie betont ruhig. Das geht nicht von selbst. Und nicht von heute auf morgen. Es braucht eine lange Zeit, und ich mach das so, wie ich will.«

»Und das Kind?«

»Das, was ich nehme, ist völlig unschädlich. Ich will ihm nicht schaden. Ich will das Kind haben.«

»Was weißt du darüber, ob diese Scheißpillen Auswirkungen auf den Embryo haben oder nicht?«

»Ich weiß es.«

»Mach, was du willst. Nimm etwas, törn dich runter oder wie ihr das nennt, bleib hier in der Wohnung, pfleg dich. Ich kann ...«

»Nein«, sagte Eva Lind. »Du kannst überhaupt nichts. Du kümmerst dich gefälligst um deinen eigenen Kram und hörst auf, mir nachzuspionieren. Kümmer dich nicht darum, was ich mache. Wenn ich nicht zu Hause bin, wenn du nach Hause kommst, spielt das überhaupt keine Rolle. Wenn ich spät nach Hause komme oder überhaupt nicht, dann geht dich das nichts an. Dann bin ich nicht hier, und damit basta.«

»Aha, das geht mich also nichts an.«

»Das ist dich nie etwas angegangen«, sagte Eva Lind und trank einen Schluck Kaffee.

In dem Moment klingelte das Telefon, und Erlendur

stand auf und nahm den Hörer ab. Es war Sigurður Óli, der von zu Hause anrief.

»Ich konnte dich gestern nicht erreichen«, sagte er. Erlendur erinnerte sich, dass er das Handy abgestellt hatte, während er mit Elín in Keflavík sprach, und vergessen hatte, es wieder anzustellen.

»Ist was passiert?«, fragte Erlendur.

»Ich habe gestern mit einem Mann namens Hilmar gesprochen. Ebenfalls LKW-Fahrer, der manchmal in Nordermoor bei Holberg übernachtet hat. Wegen der gesetzlich vorgeschriebenen Ruhepausen oder wie sie das nennen. Er sagte mir, dass Holberg ein guter Kumpel war, und hatte nichts Negatives über ihn zu berichten. Am Arbeitsplatz ist Holberg anscheinend mit allen gut ausgekommen, er war hilfsbereit und umgänglich, blablabla. Hilmar konnte sich nicht vorstellen, dass er irgendwelche Feinde hatte, betonte aber, dass er ihn nicht sonderlich gut kannte. Nachdem ich mir diesen ganzen Lobgesang angehört hatte, sagte er mir, dass Holberg das letzte Mal, als er bei ihm übernachtete, vor zehn Tagen etwa, ziemlich anders gewesen sei als sonst. Sich sogar ziemlich merkwürdig benommen hätte.«

»Wie, merkwürdig?«

»Hilmar beschrieb es so, als hätte Holberg irgendwie Angst gehabt, ans Telefon zu gehen. Erzählte ihm, dass er von irgendeinem Scheißkerl, wie er es ausdrückte, belästigt würde, der ständig anrief. Hilmar sagte, dass er in der Nacht von Samstag auf Sonntag bei ihm übernachtet hätte, und Holberg hätte ihn einmal gebeten, für ihn ans Telefon zu gehen. Hilmar hat das gemacht, aber als der Anrufer merkte, dass es nicht Holberg war, legte er sofort auf.«

»Können wir herausfinden, wer in der letzten Zeit bei Holberg angerufen hat?«

»Ich bin dabei, das überprüfen zu lassen. Und dann ist da noch was. Ich habe vom Telefonamt eine Übersicht über die Telefonate bekommen, die Holberg getätigt hat, und da kam etwas Interessantes ans Licht.«

»Was?«

»Du erinnerst dich an seinen Computer?«

»Ja.«

»Wir haben nie reingeguckt.«

»Nein, das ist Sache der Spurensicherung.«

»Hast du bemerkt, dass er einen Netzanschluss hatte?«

»Nein.«

»Die meisten Anrufe von Holberg, die allermeisten, gingen an einen Server. Er muss stunden- und tagelang im Internet gehangen haben.«

»Was bedeutet das?«, fragte Erlendur, der in allem, was Computer betraf, ein völlig unbeschriebenes Blatt war.

»Das sehen wir vielleicht, wenn wir seinen Computer hochfahren«, sagte Sigurður Óli.

Sie kamen gleichzeitig bei Holbergs Wohnung in Nordermoor an. Das gelbe Absperrband der Polizei war verschwunden, und es gab keinen Hinweis auf ein Verbrechen mehr. In den oberen Wohnungen brannte nirgends Licht. Die anderen Hausbewohner schienen nicht zu Hause zu sein. Erlendur hatte einen Schlüssel zur Wohnung. Sie gingen direkt zum Computer und schalteten ihn ein.

»Der hat ganz schön Power«, sagte Sigurður Óli und überlegte einen Augenblick, ob er Erlendur Größe und Kapazität erklären sollte, ließ es aber bleiben. Nach einigem Hin und Her hatte er Holbergs Passwort zum Server heraus.

»O.K.«, sagte er, »am besten schauen wir mal nach, ob er Netscape hat, damit wählt man sich ins Internet ein, wenn man telefonisch mit dem Server verbunden ist. Dann gehen wir auf START und dann hierher auf PROGRAMS, guck mal, hier ist das Internetprogramm, und da ist auch Netscape. Lass mal sehen, ob er nicht ein paar URLs hier unter Bookmarks hat, aha, jede Menge, verdammt noch mal, das sind wirklich Mengen. Unter Bookmark kann man sich die Adressen speichern, die man häufiger im Internet besucht. Du siehst, wie lang die Liste ist. Wenn ich das richtig sehe, sind das alles Pornoanbieter, deutsche, holländische, schwedische, amerikanische. Es kann sein, dass er sich einiges davon hier auf das C-Laufwerk runtergeladen hat, auf die Festplatte. Dann tun wir das mal hier unten hin, gehen wieder auf START und PROGRAMS, und dann hier in den Windows Explorer, den machen wir auf. Hier ist das ganze Zeugs auf dem C-Laufwerk. Du lieber Himmel.«

»Was?«, fragte Erlendur.

»Die Festplatte ist proppenvoll.«

»Und das bedeutet?«

»Es braucht verdammt viele Dateien, um die Festplatte voll zu kriegen. Da scheinen ganze Spielfilme drauf zu sein. Hier ist etwas, was er ›T-Filme 3‹ genannt hat. Wollen wir mal sehen, was das ist?«

»Unbedingt.«

Sigurður Óli öffnete die Datei, und in einem kleinen Rahmen erschien ein Film. Sie schauten eine Weile hin. Es war eine kurze Szene aus einem Pornofilm.

»War das eine Ziege, die die über sie gehalten haben?«, fragte Erlendur.

»Es gibt 312 T-Filme-Dateien«, sagte Sigurður Óli. »Wahrscheinlich Sodomie-Filme, Pornos mit Tieren. Hier sind G-Filme. Sollen wir uns mal ›G-Filme 88‹ ansehen? Doppelklick auf die Datei, Bildausschnitt vergrößern ...«

»Was ...«, sagte Erlendur, hörte aber mitten im Satz auf, als sich vier kopulierende Männer auf dem 17-Zoll-Bildschirm ausbreiteten.

»G-Filme bedeutet dann wahrscheinlich Gay-Filme«, sagte Sigurður Óli, als die Szene beendet war. »Schwulenpornos.«

»Der konnte wohl den Hals nicht voll kriegen, der Kerl«, sagte Erlendur.

»Wie viele Filme sind es insgesamt?«

»Hier sind weit über tausend Dateien, aber es können noch viel mehr sein.«

Erlendurs Handy klingelte in der Manteltasche. Es war Elinborg. Sie hatte ermittelt, wo man die beiden Männer erreichen konnte, die mit Holberg zusammen auf der Party in Keflavík gewesen waren, in der Nacht, als Kolbrún Gewalt angetan wurde. Elinborg teilte Erlendur mit, dass Grétar, der eine von ihnen, seit Jahren verschollen war.

»Verschollen?«, fragte Erlendur.

»Ja, einer von diesen Fällen, wo die Leute verschwinden.«

»Und der andere?«, fragte Erlendur.

»Der andere sitzt in Litla-Hraun im Knast«, sagte Elinborg. »Ein Problemfall zeit seines Lebens. Hat noch ein Jahr von vier abzusitzen.«

»Für was?«

»Für weiß der Teufel was.«

13

Als sie in der Spurensicherung die Sprache auf den Computer brachten, hieß es, es würde eine ganze Weile dauern, alle Daten zu untersuchen. Erlendur bestand darauf, dass jede einzelne Datei geöffnet und alles bis ins Kleinste registriert würde, und dazu verlangte er einen detaillierten Bericht über den Inhalt. Nachdem sie mit den Leuten in der Spurensicherung gesprochen hatten, machten sich Sigurður Óli und er auf den Weg nach Litla-Hraun. Sie brauchten ungefähr eine Stunde für die Strecke. Die Sicht war schlecht, die Straße stellenweise vereist, und da das Auto noch Sommerreifen hatte, fuhren sie sehr vorsichtig. Als sie vom Pass herunterkamen, wurde es wärmer. Nachdem sie die Brücke bei der Mündung der Ölfusá überquert hatten, kamen bald die beiden Gefängnisgebäude in Sicht, die aus dem Grau-in-Grau der Umgebung aufragten. Das ältere war weiß gestrichen, hatte drei Stockwerke und die typisch isländische mehrgiebelige Fassade. Jahrelang war das Wellblechdach rot gestrichen gewesen, sodass das Ganze aus der Entfernung wie ein überdimensionaler isländischer Bauernhof ausgesehen hatte. Jetzt war das Dach grau analog zu dem neuen Gebäude, das daneben errichtet worden war. Ein stahlverkleideter, blaugrauer Bau mit einem Turmaufbau, modern und trutzig, gar nicht unähnlich gewissen Finanzinstitutionen in Reykjavík.

Wie sich die Zeiten wandeln, dachte Erlendur bei sich.

Elinborg hatte sie bei der Gefängnisdirektion angemeldet und angegeben, mit wem sie sprechen wollten. Der Gefängnisdirektor nahm sie in Empfang und führte sie in sein Büro, wo sie Platz nahmen. Er sagte, dass er ihnen Informationen über den Häftling geben müsste, bevor sie selbst mit ihm sprechen könnten. Sie kämen zu einer denkbar schlechten Zeit. Der Gefangene war in Isolationshaft, nachdem er zusammen mit zwei anderen Insassen einen Kinderschänder attackiert und beinahe umgebracht hatte. Es widerstrebte ihm, in die Details zu gehen, er wollte aber diese Informationen an die Polizei weitergeben, damit ganz klar sei, dass dieser Besuch die Isolationshaft unterbrechen würde und dass der Gefangene bestenfalls in labiler Verfassung sei. Nach dieser Besprechung wurden sie in den Besuchsraum geführt. Da saßen sie und warteten auf den Gefangenen.

Er hieß Elliði und war 56 Jahre alt, wiederholt straffällig. In seinem verpfuschten Leben hatte er hier und da gearbeitet und war zur See gefahren, sowohl auf Trawlern als auch auf Frachtern. Hatte Alkohol und Drogen geschmuggelt, wofür er schließlich verurteilt wurde. Elliði hatte es mit Versicherungsschwindel versucht, indem er ein Fischerboot vor Reykjanes anzündete, um es zu versenken. Es gab drei »Überlebende«. Aus Achtlosigkeit war der vierte Mann an Bord zurückgelassen worden, im Maschinenraum eingeschlossen ging er mit dem Boot unter. Die Straftat wurde aufgeklärt, als man nach dem Wrack tauchte und feststellte, dass das Feuer an drei Stellen zugleich ausgebrochen war. Elliði bekam vier Jahre in Litla-Hraun, für Versicherungsschwindel, fahrlässige Tötung und einige kleinere Vergehen, die sich beim Staatsanwalt angesammelt hatten und für die er gleich mit verurteilt wurde. Damals saß er zweieinhalb Jahre.

Elliði war als Gewalttäter bekannt, und wenn er zuschlug, führte es in den schlimmsten Fällen zu Verstümmelung und dauerhafter Behinderung. Erlendur erinnerte sich besonders an einen Fall, den er unterwegs Sigurður Óli geschildert hatte. Elliði war der Meinung gewesen, einem jungen Mann, der auf Snorrabraut wohnte, einen Denkzettel verpassen zu müssen, und bevor die Polizei zur Stelle war, hatte er es geschafft, ihm so zu Leibe zu rücken, dass sein Opfer vier Tage lang zwischen Leben und Tod schwebte. Er hatte den Mann an einen Stuhl gefesselt und sich einen Spaß daraus gemacht, ihm mit einer Glasscherbe das Gesicht zu zerschneiden. Bevor Elliði überwältigt werden konnte, hatte er einen Polizisten k.o. geschlagen und einem zweiten den Arm gebrochen. Für diese Tat und ein paar kleinere Vergehen war er zu zwei Jahren Gefängnis verurteilt worden. Er hatte gelacht, als das Urteil verkündet wurde.

Die Tür öffnete sich, und Elliði wurde in den Raum geführt, begleitet von zwei Wärtern. Trotz seines Alters war er immer noch kräftig gebaut. Er war glatzköpfig und dunkelhäutig. Die Ohrläppchen seiner kleinen Ohren waren direkt am Hals angewachsen. Trotzdem hatte er geschafft, in das eine Ohr ein Loch stechen zu lassen, von dem ein kleines Hakenkreuz herunterbaumelte. Er hatte ein Gebiss, weswegen beim Sprechen ein pfeifendes Geräusch entstand. Er trug schäbige Jeans und ein schwarzes, kurzärmeliges T-Shirt, sodass man die kräftigen tätowierten Oberarme sehen konnte. Er war fast zwei Meter groß. Sie bemerkten, dass er Handschellen trug. Das eine Auge war rot, das Gesicht verschrammt und die Oberlippe geschwollen.

»Hirnloser Sadist«, sagte Erlendur leise zu sich selbst.

Die Wärter bezogen Stellung an der Tür, Elliði ging zum Tisch und setzte sich Erlendur und Sigurður Óli gegenüber. Er musterte sie völlig desinteressiert aus grauen, farblosen Augen.

»Kennst du einen Mann namens Holberg?«, fragte Erlendur.

Elliði zeigte keinerlei Reaktion. Tat, als hätte er die Frage nicht gehört. Starrte weiter mit dem gleichen leeren Blick abwechselnd auf Erlendur und Sigurður Óli. Die Gefängniswärter an der Tür sprachen leise miteinander. Von irgendwoher im Gebäude hörte man Gebrüll. Türenschlagen. Erlendur wiederholte die Frage. Seine Worte hallten in dem leeren Raum wider. »Holberg! Erinnerst du dich an ihn?«

Der Gefangene zeigte noch immer keine Reaktion, sondern begann sich umzuschauen und tat so, als seien sie nicht anwesend. Erlendur und Sigurður Óli blickten sich an, und Erlendur wiederholte die Frage. Ob er Holberg nicht gekannt hatte, was für eine Verbindung sie gehabt hatten. Holberg sei tot. Ermordet.

Als er das hörte, erwachte Elliðis Interesse. Er stützte die kräftigen Arme auf den Tisch, sodass die Handschellen klirrten. Er konnte sein Erstaunen nicht verhehlen. Er blickte Erlendur fragend an.

»Holberg wurde am Wochenende in seiner Wohnung ermordet«, sagte Erlendur. »Wir sprechen mit allen, die mal mit ihm zu tun gehabt haben, und es hat sich herausgestellt, dass du mit ihm bekannt warst.«

Elliði hatte angefangen, Sigurður Óli anzustarren, der zurückstarrte. Er antwortete Erlendur nicht.

»Das ist reine Routine …«

»In Handschellen red ich nicht mit euch«, sagte Elliði plötzlich, ohne den Blick von Sigurður Óli abzuwenden.

Die Stimme war heiser, rau und provozierend. Erlendur überlegte, stand schließlich auf und ging zu den beiden Wärtern. Er erklärte ihnen, was Elliði verlangte, und fragte, ob sie die Handschellen abnehmen könnten. Sie zögerten erst, gingen dann aber zu ihm hin, nahmen ihm die Handschellen ab und postierten sich wieder an der Tür.

»Was kannst du uns über Holberg sagen?«, fragte Sigurður Óli.

»Erst müssen die raus«, sagte Elliði und nickte mit dem Kopf in Richtung der Wärter.

»Ausgeschlossen«, sagte Erlendur.

»Bist du schwul?«, wollte Elliði von Sigurður Óli wissen.

»Red keinen Scheiß«, sagte Erlendur. Sigurður Óli gab keine Antwort. Sie schauten einander an.

»Nichts ist ausgeschlossen«, sagte Elliði. »Erzähl mir bloß nicht, dass etwas ausgeschlossen ist.«

»Die bleiben hier drin«, sagte Erlendur.

»Bist du schwul?«, fragte Elliði wieder und starrte immer noch Sigurður Óli an, der keinerlei Reaktion zeigte.

Sie schwiegen eine ganze Weile. Schließlich stand Erlendur auf, ging zu den Wärtern und wiederholte die Forderung von Elliði. Er fragte, ob es irgendwie einzurichten sei, dass sie mit ihm allein bleiben könnten. Die Wärter sagten, das sei ausgeschlossen, sie hätten ihre Anweisungen. Nach einigem Hin und Her durfte Erlendur durch eine Gegensprechanlage mit dem Gefängnisdirektor sprechen. Er erklärte, dass es wohl kaum einen Unterschied mache, auf welcher Seite der Tür die Wärter stünden, sie seien die ganze Strecke aus Reykjavík gekommen und der Gefangene zeige zu bestimmten Konditionen eine gewisse Kooperationsbereitschaft. Der Gefängnisdirektor sprach mit seinen Leuten und erklärte, dass er persönlich die Verantwortung für die beiden Kriminalbeamten übernehmen würde. Daraufhin verließen die Gefängniswärter den Raum, und Erlendur setzte sich wieder an den Tisch.

»Wirst du jetzt mit uns sprechen?«, fragte er.

»Ich wusste nicht, dass Holberg umgebracht worden ist«, sagte Elliði. »Diese Faschisten hier haben mich auf Isolation gesetzt wegen irgendeinem Scheiß, mit dem ich nichts zu tun hatte. Wie wurde er umgebracht?« Elliði fixierte immer noch Sigurður Óli.

»Das tut nichts zur Sache«, sagte Erlendur.

»Mein Vater hat immer gesagt, ich wäre der neugierigste Hund auf der Welt. Das hat er immer gesagt. Tut nichts zur Sache. Das tut nichts zur Sache! Er ist tot. Der Blödmann. Wurde er erstochen? Wurde Holberg erstochen?«

»Das geht dich nichts an.«

»Geht dich nichts an!«, wiederholte Elliði. »Dann könnt ihr euch am Arsch lecken.«

Erlendur dachte nach. Niemand außerhalb der Kriminalpolizei kannte die Einzelheiten in diesem Mordfall. Es ärgerte ihn, dass er diesem Mann Zugeständnisse machen musste.

»Er bekam einen Hieb auf den Kopf. Die Schädeldecke zersplitterte. Der Tod trat wohl auf der Stelle ein.«

»Mit einem Hammer?«

»Aschenbecher.«

Elliði blickte langsam von Sigurður Óli zu Erlendur hinüber.

»Welcher Idiot verwendet einen Aschenbecher?«, sagte er. Erlendur bemerkte, dass sich auf der Stirn von Sigurður Óli kleine Schweißtropfen gebildet hatten.

»Das versuchen wir herauszufinden«, sagte Erlendur. »Hast du Verbindung zu Holberg gehabt?«

»Hat er große Schmerzen gehabt?«

»Nein.«

»Der Idiot.«

»Erinnerst du dich an Grétar?«, fragte Erlendur. »Er war mit dir und Holberg in Keflavík.«

»Grétar?«

»Erinnerst du dich an ihn?«

»Wieso fragst du nach dem?«, sagte Elliði. »Was ist mit ihm?«

»Es scheint, als sei Grétar vor vielen Jahren spurlos verschwunden«, sagte Erlendur. »Weißt du etwas darüber?«

»Was soll ich darüber wissen?«, sagte Elliði. »Wieso glaubst du, dass ich was darüber weiß?«

»Was habt ihr drei, du, Grétar und Holberg in Keflavík ...«

»Grétar war ein Spinner«, unterbrach Elliði.

»Was habt ihr drei in Keflavík gemacht, als ...«

»... er die Tussi vergewaltigt hat?«, beendete Elliði den Satz.

»Entschuldigung, was hast du gesagt?«, fragte Erlendur.

»Kommt ihr deswegen hierher? Wegen der Tussi in Keflavík?«

»Du kannst dich also daran erinnern?«

»Was hat die mit der Sache zu tun?«

»Ich habe nie gesagt, dass ...«

»Holberg hatte Spaß daran, darüber zu reden, du dämlicher Bulle. Gab damit an. Und anhaben konnten sie ihm nichts.«

»Was ...«

»Er hat sie zweimal gefickt, wusstet ihr das?«, platzte Elliði plötzlich heraus und blickte sie abwechselnd aus farblosen Augen an.

»Du sprichst von der Vergewaltigung in Keflavík?«

»Was hast du für eine Unterhose an?«, sagte Elliði auf einmal zu Sigurður Óli und fing wieder an, ihn anzustarren. Erlendur blickte auf seinen Kollegen, der seine Augen nicht von Elliði abwandte.

»Keine Anzüglichkeiten hier, verdammt noch mal«, sagte Erlendur.

»Er hat sie danach gefragt, Holberg. Fragte nach der Unterhose. Er war noch durchgeknallter als ich.« Elliði kicherte. »Und mich schicken sie nach Litla-Hraun.«

»Wen hat er nach der Unterhose gefragt?«

»Die Tussi in Keflavík.«

»Hat er dir das erzählt?«

»Haarklein«, sagte Elliði. »Er hat immerzu davon geredet. Warum fragt ihr nach Keflavík? Was hat das mit der Sache zu tun? Und warum fragt ihr jetzt nach Grétar? Was ist eigentlich los?«

»Das gehört zu unserer bescheuerten Arbeit«, sagte Erlendur.

»Ja, schon, aber was springt für mich dabei heraus?«

»Du kannst alles haben, was du willst. Wir sitzen hier allein mit dir, und die Handschellen sind weg. Wir müssen uns deinen abartigen Quatsch anhören. Mehr können wir nicht für dich tun. Entweder beantwortest du jetzt die Fragen, oder wir gehen.«

Er konnte der Versuchung nicht widerstehen, lehnte sich quer über den Tisch, packte Elliði mit seinen kräftigen Pranken beim Kopf und drehte sein Gesicht zu sich.

»Hat dein Vater dir nie gesagt, dass es unverschämt ist, Leute anzustarren«, sagte er. Sigurður Óli blickte Erlendur an.

»Ich werd schon mit ihm fertig. Du brauchst mir nicht zu helfen«, sagte er.

Erlendur ließ Elliði los.

»Wie hast du Holberg kennen gelernt?«, fragte er. Elliði

massierte sich den Kiefer. Er wusste, dass er schon einen kleinen Sieg errungen hatte. Und er war noch nicht am Ende.

»Glaub bloß nicht, dass ich mich nicht an dich erinnern kann«, sagte er zu Erlendur, »glaub bloß nicht, dass ich nicht wüsste, wer du bist. Glaub bloß nicht, dass ich nicht über Eva Bescheid wüsste.«

Erlendur starrte den Gefangenen wie vom Donner gerührt an. Es war nicht das erste Mal, dass er so etwas Ähnliches von Straftätern zu hören bekam, und immer traf es ihn völlig unvorbereitet. Er wusste nicht genau, welchen Umgang Eva Lind hatte, Kriminelle, Drogenhändler, Einbrecher, Nutten, Kioskknacker, Gewalttäter waren dabei. Die Liste war lang. Auch sie selbst war schon mit dem Gesetz in Konflikt gekommen. Sie war einmal verhaftet worden, nachdem sie angezeigt worden war, weil sie an einer Grundschule mit Drogen gedealt hatte. Es konnte gut sein, dass sie einen Mann wie Elliði kannte. Es konnte gut sein, dass ein Mann wie Elliði sie kannte.

»Wie hast du Holberg kennen gelernt?«, wiederholte Erlendur.

»Eva ist prima«, sagte Elliði. Seine Bemerkung ließ sich auf die verschiedenste Weise auslegen.

»Wenn du sie noch einmal erwähnst, hauen wir ab«, sagte er, »und dann ist hier niemand mehr, mit dem du deine dämlichen Spielchen spielen kannst.«

»Zigaretten, einen Fernseher in der Zelle, keine Zwangsarbeit und raus aus der Isolation. Ist das zu viel verlangt? Können zwei Superbullen das nicht hinkriegen? Außerdem wär's nicht schlecht, wenn ich so einmal im Monat eine Nutte hier in die Zelle kriegen könnte. Seine Tussi beispielsweise«, sagte er und schaute auf Sigurður Óli.

Erlendur stand auf, und auch Sigurður Óli erhob sich langsam. Elliði fing an, heiser zu lachen. Tief in ihm drin begann es zu brodeln und endete in lautem Röcheln. Zum Schluss hustete er gelblichen Schleim und spuckte auf den Boden. Sie wandten sich ab und gingen zur Tür.

»Er hat oft über die Vergewaltigung in Keflavík geredet!«, rief er hinter ihnen her. »Hat mir alles haarklein erzählt. Wie die Tussi grunzte und kreischte wie ein gestochenes Schwein, und was er ihr ins Ohr geflüstert hat, als er warten musste, bis er ihn wieder hochkriegte. Wollt ihr wissen, was das war? Wollt ihr wissen, was er zu ihr gesagt hat?! Ihr Saftärsche! Wollt ihr wissen, was er gesagt hat?!!«

Erlendur und Sigurður Óli blieben stehen. Sie drehten sich um und sahen, wie Elliði den Kopf hin und her warf. Er schäumte vor Wut und stieß Verwünschungen der übelsten Sorte aus. Er war aufgestanden, hatte die Hände auf den Tisch gestemmt und lehnte sich darüber, reckte den dicken Kopf in ihre Richtung und brüllte wie ein angestochener Stier.

Die Tür ging auf, und die beiden Gefängniswärter kamen herein.

»Er hat ihr von der anderen erzählt!«, brüllte Elliði. »Er hat ihr gesagt, wir er die andere dämliche Tussi abgefertigt hat, der er in die Muschel gerotzt hat!«

14

Als Elliði die Wärter sah, wurde er wild. Er sprang über den Tisch, rannte brüllend auf die vier Männer zu und warf sich auf sie. Erlendur und Sigurður Óli landeten unter ihm, und beide gingen zu Boden, bevor sie überhaupt reagieren konnten. Er rammte Sigurður Óli seinen Kopf mitten ins Gesicht, sodass beiden Blut aus der Nase spritzte, und hatte schon die Faust erhoben, um sie in Erlendurs ungeschütztes Gesicht zu pflanzen, als einer der Wärter ein kleines schwarzes Gerät zückte und ihm einen Stromstoß in die Seite verpasste. Das nahm Elliði etwas die Fahrt, konnte ihn aber nicht stoppen. Erst als der andere Wärter ihm ebenfalls einen Stromstoß versetzte, brach er zusammen und fiel auf Erlendur.

Sie krochen unter ihm hervor. Sigurður hielt sich ein Taschentuch vor die Nase und versuchte, die Blutung zu stillen. Elliði bekam einen dritten Stromstoß, und danach bewegte er sich nicht mehr. Die Wärter legten ihm Handschellen an und konnten ihn nur unter größten Anstrengungen hochkriegen. Sie wollten ihn wegschleppen, aber Erlendur bat sie, noch etwas zu warten. Er ging auf Elliði zu.

»Welche andere?«, fragte er.

Elliði zeigte keine Reaktion.

»Welche andere hat er vergewaltigt?«, wiederholte Erlendur.

Elliði versuchte zu lächeln, benommen von den Stromstößen, und sein Gesicht verzerrte sich zu einer Grimasse. Das Blut lief ihm aus der Nase in den Mund und färbte sein Gebiss rot. Erlendur versuchte, keine Erregung in seiner Stimme durchklingen zu lassen. Als interessiere es ihn nicht im Geringsten, was Elliði wusste. Er versuchte, sich keine Blöße zu geben, denn er wusste, dass das geringste Anzeichen von Schwäche das Herz bei Kerlen wie Elliði schneller schlagen ließ, dafür lebten sie, das gab ihrer erbärmlichen Lebenslüge einen Sinn. Die kleinste Abweichung genügte. Ein zu eifriger Ton in der Stimme, ein Blick, Handbewegungen, Anzeichen von Ungeduld. Elliði war es gelungen, ihn aus der Fassung zu bringen, als er Eva Lind erwähnte. Doch die Genugtuung, sich von ihm erniedrigen zu lassen, wollte er ihm nicht gönnen.

Sie schauten sich in die Augen.

»Raus mit ihm«, sagte Erlendur endlich und wandte sich von Elliði ab. Die Wärter wollten den Gefangenen abführen, aber er versteifte sich, und sie konnten ihn keinen Schritt von der Stelle bewegen. Er glotzte Erlendur eine ganze Weile an, als ob er irgendetwas im Schilde führte, gab dann aber endlich nach, und die Tür schloss sich hinter ihnen. Sigurður war immer noch damit beschäftigt, die Blutung zu stillen. Seine Nase war geschwollen, und das Taschentuch war voller Blut.

»Das blutet ja ganz schön«, sagte Erlendur und untersuchte die Nase von Sigurður Óli. »Sonst sehe ich nichts, jedenfalls nichts Schlimmes. Keine Platzwunden, und die Nase ist nicht gebrochen.« Er kniff ziemlich fest hinein, und Sigurður Óli brüllte vor Schmerz.

»Vielleicht ist sie doch gebrochen, ich bin kein Arzt«, sagte Erlendur.

»Du Schwein«, stöhnte Sigurður Óli. »Du widerliches, verdammtes Schwein.«

»Macht er sich über uns lustig, oder weiß er wirklich was von einer anderen Frau?« Erlendur öffnete die Tür, und sie verließen den Raum. »Wenn da eine andere war, gab es dann vielleicht noch mehr, die Holberg vergewaltigt hat, die sich aber nie gemeldet haben?«

»Keine Chance, vernünftig mit diesem Kerl zu reden«, sagte Sigurður Óli. »Er hat sich nur über uns lustig gemacht, er wollte uns provozieren. Er hat Katz und Maus mit uns gespielt. Kein Wort von dem, was er sagt, stimmt. Der verdammte Idiot. Dieser beschissene, abartige Idiot.«

Sie gingen ins Büro des Gefängnisdirektors und erstatteten ihm kurz Bericht über das Vorgefallene. Sie gaben ihrer Meinung Ausdruck, dass Elliði am besten in einer gepolsterten Zelle in der Gefängnispsychiatrie untergebracht wäre. Resigniert pflichtete der Gefängnisdirektor dem bei, sagte aber, dass die Behörden keine andere Möglichkeit hätten, als ihn auf Litla-Hraun zu verwahren. Es war nicht das erste Mal, dass Elliði wegen Brutalität innerhalb der Gefängnismauern zu Isolierungshaft verdonnert worden war, und ganz gewiss nicht das letzte Mal.

Dann verabschiedeten sie sich und gingen nach draußen. Als sie losfuhren und darauf warteten, dass sich das große blau lackierte Tor öffnete, bemerkte Sigurður Óli einen Wärter, der hinter ihnen herrannte und heftig winkte. Sie warteten, bis er beim Auto war.

»Er will mit dir reden«, sagte der Wärter atemlos nach dem Spurt, als Erlendur die Scheibe herunterließ.

»Wer?«, fragte Erlendur.

»Elliði. Elliði will mit dir reden.«

»Wir haben mit Elliði geredet«, sagte Erlendur, »sag ihm, er kann uns mal.«

»Er sagt, dass er dir die Informationen gibt, die du haben willst.«

»Das ist doch gelogen.«

»Das hat er aber gesagt.«

Erlendur blickte Sigurður Óli an, der mit den Achseln zuckte. Er überlegte eine kleine Weile.

»Gut, wir kommen«, sagte er schließlich.

»Er will nur dich, nicht ihn«, sagte der Wärter und schaute auf Sigurður Óli.

Elliði wurde diesmal nicht aus seiner Zelle herausgelassen, sodass Erlendur durch ein kleines Loch in der Tür der Isolierzelle mit ihm sprechen musste. Es öffnete sich, wenn man eine Klappe zur Seite schob. In der Zelle war es dunkel, und Erlendur konnte den Häftling nicht sehen. Er hörte nur seine heisere und röchelnde Stimme. Der Wärter war Erlendur bis zur Tür gefolgt und hatte ihn dann allein gelassen.

»Wie geht's dem Schwulen?«, war das Erste, was Elliði fragte. Er stand offenbar nicht vor dem Loch an der Tür, sondern im Inneren der Zelle. Vielleicht hatte er sich auch auf dem Bett ausgestreckt. Vielleicht saß er an der Wand. Erlendur hatte den Eindruck, als käme die Stimme tief aus der Dunkelheit. Elliði hatte sich wieder beruhigt.

»Das hier ist kein Kaffeekränzchen«, antwortete Erlendur. »Du wolltest mir was sagen.«

»Was glaubt ihr, wer Holberg umgebracht hat?«

»Wir wissen es nicht. Was willst du von mir? Was ist mit Holberg?

»Sie hieß Kolbrún, das Mädchen da in Keflavík. Er hat oft darüber geredet. Redete davon, dass es ihn damals um Haaresbreite erwischt hätte, weil die blöde Tussi ihn angezeigt hat. Er hat alles haarklein beschrieben. Willst du hören, was er gesagt hat?«

»Nein«, sagte Erlendur. »Wie war deine Verbindung zu ihm?«

»Wir haben uns ab und zu mal getroffen. Ich habe ihm Schnaps verkauft und Pornos beschafft, als ich auf See war. Wir haben uns kennen gelernt, als wir beide in einer Arbeitskolonne für die Leuchtturm- und Hafenbehörde arbeiteten. Bevor er Lastwagenfahrer wurde. Wir sind in allen Fischerdörfern herumgekommen. Ein verpasster Fick kommt nie wieder, das war das Erste, was er mir beigebracht hat. Er konnte sich ausdrücken. Machte ganz schön was her bei den Weibern. Ein prima Kumpel.«

»Ihr seid also in den Fischerdörfern rumgekommen?«

»Deswegen waren wir damals in Keflavík. Haben den Leuchtturm auf Reykjanes angestrichen. Da drin hat's höllisch gespukt. Noch schlimmer als in dem dreckigen Loch hier. Holberg hatte keine Angst vor Gespenstern. Er hatte vor nichts Angst.«

»Und er hat dir gleich davon erzählt, dass er Kolbrún vergewaltigt hat, obwohl du ihn erst ganz kurz kanntest?«

»Er zwinkerte mir zu, als er mit ihr zusammen die Party verließ. Ich wusste, was das zu bedeuten hatte. Konnte den Kavalier raushängen lassen. Er amüsierte sich darüber, dass ihm nichts angehängt werden konnte. Lachte sich kaputt über den Bullen, der mit dem Mädchen sprach und die Anklage zunichte machte.«

»Kannten sie sich, Holberg und der Polizist?«

»Keine Ahnung.«

»Hat er jemals über die Tochter gesprochen, die Kolbrún nach der Vergewaltigung bekommen hat?«

»Tochter? Ne. Hat sie ein Kind bekommen?«

»Du weißt von noch einer Vergewaltigung«, sagte Erlendur und antwortete nicht auf die Frage. »Eine andere Frau, die er vergewaltigt hat. Wer war das? Welche Frau war das?«

»Das weiß ich nicht.«

»Warum hast du mich dann holen lassen?«

»Ich weiß nicht, wer sie war, aber ich weiß so ungefähr, wann es war und wo sie gewohnt hat. Das reicht, um sie zu finden.«

»Wo? Und wann?«

»Ja, genau. Aber was bekomme ich dafür?«

»Du?«

»Was wirst du für mich tun?«

»Ich kann nichts für dich tun, und ich habe auch keine Lust, irgendwas für dich zu tun.«

»Doch. Dann sage ich dir, was ich weiß.«

Erlendur überlegte.

»Ich kann nichts versprechen«, sagte er.

»Die Isolierhaft macht mich kaputt.«

»Hast du mich deshalb rufen lassen?«

»Du hast keine Ahnung, wie einen das fertig macht. Ich schnapp noch über in dieser Zelle. Nie machen sie Licht an. Ich weiß nie, was für ein Tag es ist. Man wird wie ein Tier in einem Käfig gehalten. Man behandelt Menschen wie Tiere.«

»Na, du bist mir ja ein schöner Graf von Monte Christo!«, sagte Erlendur höhnisch. »Du bist ein Sadist, Elliði. Ein gottverdammter Sadist von der übelsten Sorte. Ein saudummes Arschloch, das nur auf Brutalität aus ist und Homosexuelle hasst. Rassist außerdem. Du bist der schlimmste Fall von Vollidiot, der mir je untergekommen ist. Ist mir ziemlich egal, ob du hier lebenslänglich hocken musst. Ich werd mal zu denen nach oben gehen und das anregen.«

»Wenn du mich hier rausbringst, sage ich dir, wo sie gewohnt hat.«

»Ich kann dich hier nicht herausbringen, du Blödmann. Dazu habe ich keinerlei Befugnis, und ich habe auch keine Lust dazu. Wenn du aus der Isolationshaft raus willst, solltest du nicht über Leute herfallen.«

»Du könntest einen Deal mit denen machen. Du könntest sagen, dass ihr mich provoziert habt. Du könntest sagen, dass der Schwule angefangen hat. Dass ich kooperationswillig gewesen bin, aber dann ist er anzüglich geworden. Und dann hätte ich dir bei der Ermittlung geholfen. Sie hören auf dich. Ich weiß, wer du bist. Sie hören auf dich.«

»Hat Holberg außer diesen beiden noch andere erwähnt?«

»Wirst du das für mich machen?«

Erlendur überlegte.

»Ich werde sehen, was ich tun kann. Hat er noch andere erwähnt?«

»Nein. Ich weiß bloß von diesen beiden.«

»Du lügst.«

»Nein, tu ich nicht. Die andere hat nie Anzeige erstattet. Es war kurz nach neunzehnhundertsechzig. Er ist nie wieder in den Ort gekommen.«

»Wie heißt der Ort?«

»Bringst du mich hier raus?«

»Wie heißt der Ort?«

»Versprich es!«

»Ich kann nichts versprechen«, sagte Erlendur, »aber ich werde mit ihnen reden. Wo war das?«

»In Húsavík.«

»Wie alt war sie?«

»So ungefähr wie die in Keflavík. Es ist ziemlich ähnlich abgelaufen. Bloß brutaler«, sagte Elliði.

»Brutaler?«

»Willst du hören, wie es war?«, sagte Elliði und konnte seine Erregung kaum verhehlen. »Willst du wissen, was er mit ihr gemacht hat?«

Elliði wartete nicht auf die Antwort. Seine Stimme drang durch die Luke hinaus, und Erlendur sah sich gezwungen, in die Dunkelheit hineinzulauschen.

Sigurður Óli hatte im Auto auf ihn gewartet, und sie fuhren los. Erlendur unterrichtete ihn kurz über sein Gespräch mit Elliði, verschwieg aber den Monolog des Gefangenen zum Schluss. Sie beschlossen, das Einwohnerverzeichnis von Húsavík aus den Jahren um 1960 durchforsten zu lassen. Wenn die Frau in Kolbrúns Alter gewesen war, wie Elliði zu verstehen gegeben hatte, war es vielleicht möglich, sie ausfindig zu machen.

»Und was ist mit Elliði?«, fragte Sigurður Óli, als sie wieder auf dem Pass auf dem Weg nach Reykjavík waren.

»Ich habe gefragt, ob sie die Isolationshaft verkürzen würden, aber das wurde abgelehnt. Mehr kann ich nicht tun.«

»Du hast dein Bestes getan«, sagte Sigurður Óli und lächelte. »Wenn Holberg diese beiden vergewaltigt hat, könnten es dann nicht noch mehr sein?«

»Ja, es könnten noch mehr sein«, sagte Erlendur zerstreut.

»Worüber denkst du jetzt nach?«

»Über zwei Punkte, die mir keine Ruhe lassen«, sagte Erlendur.

»Immer ist da etwas, was dir keine Ruhe lässt«, sagte Sigurður Óli.

»Ich möchte gern genau wissen, woran die Kleine gestorben ist«, sagte Erlendur und hörte, wie Sigurður Óli neben ihm aufstöhnte. »Und ich möchte wissen, ob sie wirklich die Tochter von Holberg war.«

»Worauf willst du eigentlich hinaus?«

»Elliði sagte mir, dass Holberg eine Schwester gehabt hatte.«

»Eine Schwester?«

»Die jung gestorben ist. Wir müssen die Krankenberichte über sie finden. Such die Krankenhäuser ab. Sieh zu, was du findest.«

»Woran ist sie gestorben? Die Schwester von Holberg?«

»Vielleicht an etwas Ähnlichem wie Auður. Holberg hat irgendwann einmal etwas erwähnt, dass sie was am Kopf hatte. So hat Elliði es jedenfalls ausgedrückt. Ich habe gefragt, ob es ein Hirntumor gewesen sein könnte, aber Elliði wusste es nicht.«

»Und was sagt uns das?«, fragte Sigurður Óli.

»Ich glaube, es geht um Verwandtschaft«, sagte Erlendur.

»Verwandtschaft? Warte mal, du meinst wegen der Botschaft, die wir gefunden haben?«

»Ja«, sagte Erlendur, »wegen der Botschaft. Vielleicht dreht sich das Ganze um Verwandtschaft und Erbgut.«

15

Der Arzt wohnte in einem kleinen Reihenhaus im ältesten Teil von Grafarvogur. Er praktizierte nicht mehr und empfing Erlendur selbst an der Tür. Er führte ihn in ein geräumiges Vorzimmer, das er als Büro benutzte. Erlendur erfuhr, dass er hin und wieder als Vertrauensarzt für Rechtsanwälte arbeitete, wenn es um Gutachten über Behinderungen ging. Das Büro war ordentlich und funktional eingerichtet, es gab nur einen kleinen Schreibtisch mit einer Schreibmaschine darauf. Der Arzt war nicht groß, er wirkte klein und drahtig. In der Brusttasche seines Hemds steckten zwei Stifte. Sein Name war Frank.

Erlendur hatte sich telefonisch angemeldet. Es war am Nachmittag des gleichen Tages, und es fing an, dunkel zu werden. Sigurður Óli und Elinborg brüteten über der Fotokopie eines vierzig Jahre alten Einwohnerverzeichnisses von Húsavík, die ihnen vom Bezirksamt im Norden zugefaxt worden war. Der Arzt bot ihm einen Stuhl an.

»Sind das nicht alles Betrüger, die zu dir kommen?«, fragte Erlendur und blickte sich in dem Büro um.

»Betrüger? So würde ich das nicht ausdrücken«, sagte der Arzt zögernd. »Einige zweifellos. Halsverletzungen sind am schlimmsten. Da kann man eigentlich nur den Kranken Glauben schenken, die sich über Halsverletzungen nach einem Autounfall beklagen. Sie sind am schwierigsten zu behandeln. Einige haben schlimmere Schmerzen als andere. Ich glaube, es sind in Wirklichkeit nicht viele, die etwas vortäuschen.«

»Als ich dich gestern anrief, hast du dich gleich an das Mädchen in Keflavík erinnert.«

»Es ist nicht leicht, so etwas zu vergessen. Schwierig, die Mutter zu vergessen. Kolbrún hieß sie, nicht wahr? Ich hörte, dass sie Selbstmord begangen hat.«

»Das Ganze ist eine einzige gottverdammte Tragödie«, sagte Erlendur. Er überlegte, ob er den Arzt wegen der Schmerzen fragen sollte, die er morgens beim Aufwachen in der Brust verspürte, ließ es aber bleiben. Der Arzt würde bestimmt diagnostizieren, dass es rapide mit ihm zu Ende ging, und ihn schleunigst ins Krankenhaus einliefern, und noch vor dem Wochenende würden ihm die Englein im Himmel was vorsingen. Erlendur ging schlechten Nachrichten aus dem Weg, wenn es sich irgendwie machen ließ, und auf etwas positive Nachrichten, was ihn selbst betraf, machte er sich keinerlei Hoffnungen.

»Du hast erwähnt, dass es mit dem Mord in Nordermoor zusammenhängt«, sagte der Arzt und brachte Erlendur auf den Boden der Tatsachen zurück.

»Holberg, das ist der Ermordete, war höchstwahrscheinlich der Vater des Mädchens in Keflavík«, sagte Erlendur. »Die Mutter hat das die ganze Zeit behauptet, aber Holberg hat das nie zugegeben. Er hat zugegeben, Geschlechtsverkehr mit Kolbrún gehabt zu haben. Vergewaltigung konnte ihm nicht nachgewiesen werden. Bei solchen Fällen hat man meist nicht viel Konkretes in der Hand. Wir befassen uns jetzt mit der Vergangenheit dieses Mannes. Das Mädchen erkrankte und starb im vierten Lebensjahr. Was ist damals passiert?«

»Ich sehe nicht, wieso das irgendwas mit der Mordsache zu tun hat.«

»Das lass mal meine Sorge sein.«

Der Arzt schaute Erlendur eine ganze Weile an.

»Ich sage es dir lieber gleich, Erlendur«, sagte er schließlich, so als ob er sich einen Ruck geben müsste. »Damals war ich ein anderer.«

»Ein anderer?«

»Und schlechterer. Ein anderer und schlechterer Mensch. Ich habe jetzt fast dreißig Jahre lang keinen Alkohol mehr angerührt. Ich will es dir gleich sagen, damit du dir nicht die Mühe machen musst herauszufinden, dass mir in den Jahren von 1969 bis 1972 zeitweilig die Zulassung aberkannt wurde.«

»Wegen des Mädchens?«

»Nein, nein, nicht wegen ihr, obwohl das allein schon ein ausreichender Grund gewesen wäre. Es war wegen Alkoholproblemen und Disziplinarvergehen. Ich möchte auf das Thema nicht weiter eingehen, es sei denn, es ist absolut notwendig.«

Erlendur wollte es dabei bewenden lassen, konnte es sich aber nicht verkneifen zu fragen:

»Dann bist du damals die ganzen Jahre mehr oder minder betrunken gewesen?«

»Mehr oder weniger.«

»Hast du dann die Zulassung wiederbekommen?«

»Ja.«

»Und seitdem ist nichts gewesen?«

»Nein, seitdem ist nichts vorgefallen«, sagte der Arzt und schüttelte den Kopf. »Aber wie gesagt, ich war in keiner guten Verfassung, als ich die kleine Tochter von Kolbrún behandelte. Auður. Sie verspürte Schmerzen im Kopf, und ich war der Meinung, dass es sich um Kindermigräne handelte. Als die Schmerzen schlimmer wurden, gab ich ihr stärkere Schmerztabletten. Für mich liegt das alles wie im Nebel. Ich habe mich dafür entschieden, diese Zeit möglichst zu verdrängen. Alle machen Fehler, Ärzte auch.«

»Was war die Todesursache?«

»Es hätte wahrscheinlich keine Rolle gespielt, auch wenn ich schneller reagiert und sie ins Krankenhaus überwiesen hätte«, sagte der Arzt wie zu sich selbst. »Das habe ich mir jedenfalls eingeredet. Es gab damals nur wenige Kinderärzte, und von Computertomographie war noch keine Rede. Wir mussten uns zum größten Teil auf unser Gespür und unsere Kenntnisse verlassen, und wie ich schon sagte, hatte ich in diesen Jahren für fast nichts anderes Gespür als für Schnaps. Eine schlimme Scheidung hat die Sache auch nicht besser gemacht. Ich will mich nicht entschuldigen«, sagte er und blickte auf Erlendur, obwohl er ganz augenscheinlich dabei war.

Erlendur nickte verständnisvoll.

»Nach zwei Monaten, glaube ich, kam mir der Verdacht, dass hier etwas Schlimmeres als kindliche Migräne im Spiel war. Dem Mädchen ging es nicht besser, es gab keine Pausen zwischen den Anfällen, es ging ihr zusehends schlechter. Sie wurde immer weniger, fiel vom Fleisch. Das eine oder andere kam in Betracht. Ich dachte an so etwas wie akute Hirntuberkulose. Früher, als man im Grunde genommen keine Ahnung hatte, nannte man so etwas Kopfgrippe. Zum Schluss tippte ich auf Hirnhautentzündung, aber da fehlten einige Symptome, und da ist auch der Krankheitsverlauf wesentlich beschleunigter. Das Mädchen bekam so genannte Kaffeeflecken auf der Haut, und dann endlich zog ich einen Tumor in Betracht.«

»Kaffeeflecken!«, sagte Erlendur und erinnerte sich, dass er das schon mal gehört hatte.

»Die können eine Begleiterscheinung von Tumorerkrankungen sein.«

»Du hast sie ins Krankenhaus nach Keflavík eingewiesen.«

»Da ist sie gestorben«, sagte Frank. »Ich kann mich gut daran erinnern, wie sehr sich ihre Mutter ihren Tod zu Herzen genommen hat. Sie war wie von Sinnen. Wir mussten ihr Beruhigungsspritzen geben. Sie weigerte sich strikt, einer Obduktion zuzustimmen. Schrie uns an, dass sie das nicht zulassen würde.«

»Aber sie wurde trotzdem obduziert.«

Der Arzt zögerte.

»Da führte kein Weg dran vorbei. Auf keinen Fall.«

»Und was stellte sich heraus?«

»Eine Tumorerkrankung, wie ich schon sagte.«

»Was meinst du mit Tumorerkrankung?«

»Ein Hirntumor«, sagte der Arzt. »Es war ein Hirntumor, der den Tod herbeiführte.«

»Was für ein Hirntumor?«

»Ich bin da nicht sehr bewandert«, sagte der Arzt. »Ich weiß nicht, ob das sehr genau untersucht wurde, es scheint mir aber doch wahrscheinlich. Ich meine, man hätte damals von einer Art Erbkrankheit gesprochen.«

»Erbkrankheit!« Erlendur erhob die Stimme.

»Ist das nicht ein Modewort? Genforschung und so. Aber was hat das alles mit dem Mord an Holberg zu tun?«, fragte der Arzt.

Erlendur saß tief in Gedanken versunken und hörte nicht, was der Arzt sagte.

»Warum fragst du mich nach diesem Mädchen?«

»Ich träume«, sagte Erlendur.

16

Eva Lind war nicht in der Wohnung, als Erlendur am Abend nach Hause kam. Er versuchte, sich an ihren Rat zu halten und nicht zu viel darüber nachzudenken, wo sie hingegangen war oder wo sie sich aufhielt oder ob sie wiederkäme und in welchem Zustand sie sein würde, wenn. Er hatte aus einer Imbissstube ein paar Chicken-Nuggets für sie beide mitgebracht. Er warf die Tüte in einen Sessel und zog sich gerade den Mantel aus, als ihm ein altvertrauter Essensgeruch in die Nase stieg. Er hatte schon lange keine Gerüche aus der Küche wahrgenommen. Er ernährte sich von Gerichten, ähnlich dem, das auf dem Stuhl lag, Hamburger, Kantinenessen aus Múlakaffi, Fertigmahlzeiten aus den Supermärkten, kalte gekochte Schafsköpfe, Quark aus Bechern, geschmacksfreie Mikrowellengerichte. Er konnte sich nicht erinnern, wann er zuletzt in dieser Küche ein Essen für sich gekocht hatte. Er konnte sich nicht erinnern, wann er zuletzt Lust dazu gehabt hatte.

Erlendur pirschte sich so vorsichtig in die Küche, als seien dort Schwerverbrecher zu erwarten, und er sah, dass der Tisch festlich für zwei gedeckt war, und dunkel erinnerte er sich daran, dass er ein solches Geschirr besaß. Zwei langstielige Weingläser standen neben den Tellern, auf denen gefaltete Servietten lagen, und rote Kerzen brannten in zwei nicht zusammenpassenden Kerzenständern, die Erlendur noch nie gesehen hatte.

Er ging zum Herd und sah, dass da in einem großen Topf etwas vor sich hin blubberte. Er hob den Deckel und schaute auf eine äußerst appetitliche Fleischsuppe. Da schwammen Rüben, Kartoffeln, Fleischstücke, Kräuter und etwas Fett, und der Duft breitete sich in der ganzen Wohnung aus. Er steckte die Nase in den Topf und sog den Wohlgeruch von gekochtem Fleisch und Gemüse ein.

»Ich hatte die Möhren vergessen«, sagte Eva Lind in der Küchentür. Erlendur hatte nicht bemerkt, dass sie hereingekommen war. Sie trug einen seiner Anoraks und hielt eine kleine Tüte mit Möhren in der Hand.

»Wo hast du gelernt, Fleischsuppe zu kochen?«, fragte Erlendur.

»Mama hat immer Fleischsuppe gekocht«, sagte Eva Lind. »Irgendwann, als sie gerade mal nicht allzu schlecht auf dich zu sprechen war, hat sie erwähnt, dass Fleischsuppe das Beste sei, was du dir vorstellen könntest. Dann fügte sie hinzu, du seist ein widerlicher Kerl.«

»Und mit beidem hat sie mal wieder Recht, die Alte«, sagte Erlendur. Er sah Eva Lind zu, wie sie die Möhren klein schnitt und zu dem anderen Gemüse in den Topf warf. Der Gedanke beschlich ihn, dass er so etwas wie ein richtiges Familienleben erlebte, und er war froh und traurig zugleich. Er gestattete sich nicht den Luxus zu glauben, dass das Glück von Dauer sei.

»Und, hast du den Mörder geschnappt?«, fragte Eva Lind.

»Elliði lässt dich grüßen«, sagte Erlendur. Es war ihm herausgerutscht, bevor ihm einfiel, dass Scheißkerle wie der in dieser Szene nichts zu suchen hatten.

»Elliði. Der sitzt in Litla-Hraun ein. Weiß er, wer ich bin?«

»Die Typen, mit denen ich mich unterhalten muss, erwähnen dich manchmal«, sagte Erlendur. »Sie glauben, dass sie mir damit etwas anhaben können«, fügte er hinzu.

»Und, können sie das?«

»Manche. Wie Elliði. Woher kennst du ihn?«, fragte Erlendur vorsichtig.

»Ich habe das eine oder andere über ihn gehört. Hab ihn vor vielen Jahren mal getroffen. Damals hatte er sich das Gebiss mit Sekundenkleber an den Gaumen geleimt.«

»Er ist ein absoluter Vollidiot.«

An diesem Abend sprachen sie nicht mehr über Elliði. Als sie sich setzten, goss Eva Lind Wasser in die Weingläser, und Erlendur aß so viel von der Suppe, dass er sich kaum ins Wohnzimmer schleppen konnte. Dort schlief er in seinen Klamotten ein und erwachte erst am Morgen nach einem unruhigen Schlaf.

Diesmal erinnerte er sich an das meiste aus seinem Traum. Es war derselbe Traum, den er in den vergangenen Nächten geträumt hatte, den er aber nicht zu fassen bekommen hatte, bevor er sich im Aufwachen verflüchtigte.

EVA LIND ERSCHIEN IHM WIE ER SIE NOCH NIE ZUVOR GESEHEN HATTE UMSPIELT VON LICHT VON DEM ER NICHT WUSSTE WOHER ES KAM IN EINEM SCHÖNEN SOMMERKLEID DAS IHR BIS ZU DEN KNÖCHELN REICHTE UND DAS VOLLE DUNKLE HAAR FIEL BIS AUF DEN RÜCKEN UND DER ANBLICK WAR VOLLKOMMEN DUFTETE FAST NACH SOMMER UND SIE GING AUF IHN ZU ODER VIELLEICHT SCHWEBTE SIE DENN IHM FIEL AUF DASS SIE NIE DIE ERDE BERÜHRTE ER KONNTE DIE UMGEBUNG NICHT ERKENNEN DAS EINZIGE WAS ER SAH WAR EIN HELLES LICHT UND EVA LIND MITTEN IM LICHT NÄHERTE SICH IHM MIT EINEM STRAHLENDEN LÄCHELN UND ER SAH SICH

SELBST WIE ER SEINE ARME AUSBREITETE UND DARAUF WARTETE SIE UMARMEN ZU KÖNNEN UND ER SPÜRTE DIE UNGEDULD IN SICH ABER SIE KAM NIE IN SEINE ARME SONDERN REICHTE IHM EIN FOTO UND DAS LICHT VERSCHWAND UND EVA LIND VERSCHWAND UND ER HIELT DAS FOTO VOM FRIEDHOF DAS ER SO GUT KANNTE UND DAS FOTO WURDE LEBENDIG UND ER STAND MITTENDRIN UND SCHAUTE ZUM SCHWARZEN HIMMEL HOCH UND ER SPÜRTE WIE DER REGEN SEIN GESICHT PEITSCHTE UND ALS ER NACH UNTEN SCHAUTE SAH ER WIE DER GRABSTEIN UMFIEL UND DAS GRAB SICH IN DIE DUNKELHEIT HINEIN ÖFFNETE BIS DER SARG ANS LICHT KAM UND SICH ÖFFNETE UND ER SAH DAS MÄDCHEN IM SARG DEN LEIB LÄNGS AUFGESCHNITTEN BIS AN DIE SCHULTERN UND AUF EINMAL ÖFFNETE DAS MÄDCHEN DIE AUGEN UND STARRTE ZU IHM HINAUF UND SIE ÖFFNETE DEN MUND UND EIN GRAUENVOLLER ANGSTSCHREI ERTÖNTE AUS DEM GRAB.

Aus diesem Albtraum schrak er mit allen Anzeichen des Entsetzens hoch und starrte vor sich hin, bis er sich wieder gefangen hatte. Er rief nach Eva Lind und bekam keine Antwort. Er ging in ihr Zimmer, spürte aber die Leere darin, noch bevor er die Tür öffnete. Er wusste, dass sie weg war.

Nach Durchsicht des Einwohnerverzeichnisses von Húsavík hatten Elinborg und Sigurður Óli eine Liste von 176 Frauen zusammengestellt, die möglicherweise von Holberg hätten vergewaltigt werden können. Der einzige Anhaltspunkt war die Aussage von Elliði, dass die Sache »ganz ähnlich gelegen habe«, und deswegen gingen sie von Kolbrúns Alter aus, plus/minus 10 Jahre. Bei der ersten Sichtung stellte sich heraus, dass man eine grobe Einteilung in drei Gruppen vornehmen konnte: Ein Viertel wohnte noch in Húsavík, die Hälfte war nach Reykjavík gezogen und ein Viertel übers ganze Land verstreut.

»Wir enden alle in der Klapsmühle«, stöhnte Elinborg und ließ ihre Blicke über die Liste schweifen, bevor sie sie Erlendur reichte. Sie bemerkte, dass er noch ungepflegter war als gewöhnlich. Die Bartstoppeln waren einige Tage alt, die rotbraunen Haare standen in alle Richtungen, der abgewetzte und zerknitterte Anzug hätte in die Reinigung gemusst; Elinborg überlegte, ob sie ihm anbieten solle, das Zeug für ihn zu entsorgen, aber Erlendurs Miene lud nicht zu Witzen ein.

»Wie schläfst du denn dieser Tage, lieber Erlendur?«, fragte sie vorsichtig.

»Auf dem Arsch«, sagte Erlendur.

»Und was nun«, sagte Sigurður Óli. »Sollen wir einfach zu all diesen Frauen hingehen und sie fragen, ob sie zufälligerweise vor einem Vierteljahrhundert vergewaltigt worden sind? Ist das nicht ziemlich ... plump?«

»Ich sehe nicht, wie es anders gemacht werden könnte. Fangen wir mit denen an, die weggezogen sind«, sagte Erlendur. »Wir beginnen in Reykjavík mit der Suche und sehen zu, ob wir dabei nicht weitere Informationen über die Frau kriegen. Wenn Elliði nicht gelogen hat, dieser Vollidiot, hat Holberg sie Kolbrún gegenüber erwähnt. Vielleicht hat sie ihrer Schwester etwas davon gesagt, oder sogar Rúnar. Ich muss noch mal nach Keflavík fahren.«

Erlendur dachte einen Augenblick nach.

»Wir können vielleicht die Gruppe etwas eingrenzen«, sagte er.

»Eingrenzen? Wie denn?«, sagte Elinborg. »Wie meinst du das?«

»Mir ist da gerade was eingefallen.«

»Was?« Sie war in einem neuen, blassgrünen Kostüm zur Arbeit gekommen, das von niemandem bemerkt zu werden schien.

»Verwandtschaft, Erbgut und Krankheiten«, sagte Erlendur.

»Ja«, sagte Sigurður Óli.

»Wir gehen davon aus, dass Holberg ein Vergewaltiger war. Wir haben keine Ahnung, wie viele Frauen er vergewaltigt hat. Wir wissen von zweien und eigentlich mit Bestimmheit nur von einer. Obwohl er das abgestritten hat, deutet alles darauf hin, dass er Kolbrún vergewaltigt hat. Auður ist seine Tochter, davon müssen wir ausgehen, und genauso gut kann es sein, dass er auch mit der Frau aus Húsavík ein Kind hat.«

»Noch ein Kind?«, fragte Elinborg.

»Vor Auður«, antwortete Erlendur.

»Ist das nicht eher unwahrscheinlich?«, warf Sigurður Óli ein.

Erlendur zuckte mit den Achseln.

»Willst du, dass wir die Gruppe auf die Frauen reduzieren, die kurz vor, wann war das noch, 1964 ein Kind bekommen haben?«

»Meiner Meinung nach wäre das nicht das Dümmste.«

»Vielleicht hat er Kinder an allen Ecken und Enden«, sagte Elinborg.

»Es muss nicht sein, dass er mehr als eine Frau vergewaltigt hat«, sagte Erlendur. »Hast du herausgefunden, woran seine Schwester gestorben ist?«

»Nein, ich arbeite noch daran«, sagte Sigurður Óli. »Ich habe versucht, etwas über die Familienangehörigen von Holberg herauszufinden, aber da ist nichts dabei herausgekommen.«

»Ich habe die Sache mit diesem Grétar überprüft«, sagte Elinborg. »Er verschwand ganz plötzlich, so als sei er vom Erdboden verschluckt worden. Kein Mensch hat ihn vermisst. Seine Mutter rief die Polizei an, als sie ganze zwei Monate lang nichts von ihm gehört hatte. Ein Bild von ihm erschien in den Zeitungen und im Fernsehen, aber das hatte keinen Erfolg. Es war 1974, als die Jubiläumsfeier zur elfhundertjährigen Besiedlung war. Im Sommer. Wart ihr damals in Þingvellir?«

»Ich schon«, sagte Erlendur. »Was hat das mit Þingvellir zu tun? Glaubst du, dass er dort verschwunden ist?«

»Mehr weiß ich nicht«, sagte Elinborg. »Man hat damals diese übliche Vermisstenfahndung angeleiert. Man sprach mit Leuten, von denen seine Mutter wusste, dass er Kontakt zu ihnen hatte, unter anderem Holberg und Elliði. Außerdem wurden noch drei andere verhört, aber niemand wusste etwas. Niemand machte sich über sein Verschwinden Gedanken, außer seiner Mutter und seiner Schwester. Er ist in Reykjavík geboren, hatte weder Frau noch Kinder, keine Freundin, keine Verwandtschaft. Die Angelegenheit war einige Monate in Bearbeitung und fiel dann sang- und klanglos unter den Tisch. Er war 34 Jahre alt.«

»Wenn er ein genauso unerfreulicher Zeitgenosse war wie seine Kumpel Elliði und Holberg, dann wundert es mich nicht, dass niemand ihn vermisst hat«, sagte Sigurður Óli.

»In den siebziger Jahren, als Grétar spurlos verschwand,

sind dreizehn Menschen als vermisst gemeldet worden«, sagte Elinborg. »Zwölf in den achtziger Jahren, und wohlgemerkt, es geht hier nicht um Leute, die auf See umkamen.«

»Dreizehn Vermisste«, sagte Sigurður Óli, »ist das nicht ein bisschen viel? Wurde keiner der Fälle aufgeklärt?«

»Da muss nicht unbedingt ein Verbrechen dahinter stecken«, sagte Elinborg. »Leute verschwinden, machen sich aus dem Staub, lösen sich in Luft auf, verschwinden einfach.«

»Wenn ich das richtig verstehe«, sagte Erlendur, »sieht die Sache so aus: An einem Wochenende im Herbst 1963 gehen Elliði, Holberg und Grétar in Keflavík zum Tanzen.«

Er sah, dass Sigurður Óli wie ein einziges Fragezeichen dreinschaute.

»Das Tanzlokal war ein altes Lazarett von den Amis, das man in einen Beatschuppen umgewandelt hatte. Ein Bumslokal der wildesten Sorte.«

»Haben da nicht damals die SOUNDS angefangen?«

»In diesem Schuppen treffen sie ein paar Frauen, und bei einer von ihnen geht es hinterher zu Hause weiter«, fuhr Erlendur fort. »Wir müssen diese Frauen finden. Holberg geht mit einer, nämlich Kolbrún, nach Hause und vergewaltigt sie. Er scheint mit dieser Tour schon früher einmal Erfolg gehabt zu haben. Er geilt sich damit auf, ihr zu sagen, wie er eine andere Frau behandelt hat. Es kann sein, dass sie in Húsavík wohnt oder gewohnt hat, und wahrscheinlich hat sie ihn nicht angezeigt. Drei Tage später rafft Kolbrún sich endlich auf und will Anzeige wegen der Vergewaltigung erstatten, trifft aber auf einen Polizisten, der wenig Mitgefühl mit Frauen hat, die Männer nach dem Tanzen zu sich nach Hause einladen und dann behaupten, dass sie vergewaltigt worden sind. Kolbrún bekommt ein Kind. Holberg hätte von diesem Kind wissen können, wir finden ein Foto von dem Grabstein des Mädchens in seinem Schreibtisch. Wer hat es geknipst? Weswegen? Das Mädchen stirbt an einer unheilbaren Krankheit, und seine Mutter begeht ein paar Jahre später Selbstmord. Einer von Holbergs Kumpeln verschwindet drei Jahre später. Holberg wird vor einigen Tagen ermordet aufgefunden, und bei der Leiche hat jemand eine unverständliche Nachricht hinterlassen.«

Erlendur machte eine kurze Pause.

»Warum wird Holberg erst jetzt ermordet, wo er schon so alt ist? Steht der Täter mit dieser Vorgeschichte in Verbindung? Und falls das der Fall ist, warum hat er sich dann Holberg nicht früher vorgeknöpft? Warum dieses Abwarten? Oder hat der Mord nichts mit der Tatsache zu tun, falls es denn eine Tatsache ist, dass Holberg ein Vergewaltiger war?«

»Ich finde, wir dürfen nicht die Tatsache übersehen, dass es kein vorsätzlicher Mord war«, warf Sigurður Óli ein. »Wie Elliði schon ganz richtig gesagt hat, welcher Armleuchter benutzt einen Aschenbecher? Es hat nicht den Anschein, als gäbe es da eine lange Vorgeschichte. Die Nachricht ist irgendwie ein Witz, irgendwas, woraus wir nicht schlau werden. Der Mord an Holberg hat nichts mit irgendwelchen Vergewaltigungen zu tun. Unsere ganze Abteilung sucht nach dem jungen Mann im grünen Parka.«

»Holberg war kein Engel«, sagte Elinborg. »Vielleicht ist der Mord aus Rache erfolgt, oder wie immer man das nennen will. Jemand fand vielleicht, dass er das verdient hatte.«

»Die Einzige, von der wir wissen, dass sie Holberg gehasst hat, ist Elín in Keflavík. Aber die kann ich mir schwerlich vorstellen, wie sie jemanden mit einem Aschenbecher umbringt.«

»Hätte sie jemanden beauftragen können?«, fragte Sigurður Óli.

»Wen?«, fragte Erlendur.

»Ich weiß es nicht. Andererseits hat es den Anschein, und irgendwie tendiere ich dazu, als hätte sich jemand in dem Viertel herumgetrieben, um irgendwo einzubrechen, zu stehlen oder seine Zerstörungswut auszulassen. Dabei hat ihn Holberg überrascht und einen Aschenbecher an den Kopf gekriegt. Das ist irgendein Junkie gewesen, der völlig von der Rolle war. Das hat nichts mit der Vergangenheit zu tun, sondern das ist ganz im Gegenteil die heutige Zeit. Reykjavík today.«

»Zumindest hat es jemand für richtig gehalten, diesen Mann abzumurksen«, sagte Elinborg. »Wir müssen diese Nachricht ernst nehmen. Das ist kein blöder Witz.«

Sigurður Óli schaute Erlendur nachdenklich an.

»Als du davon geredet hast, dass du ganz genau wissen wolltest, woran das Mädchen gestorben ist, hast du das gemeint, wovon ich glaube, dass du es gemeint hast?«, fragte er.

»Ich fürchte, ja«, sagte Erlendur.

17

Rúnar kam selbst zur Tür und schaute Erlendur eine ganze Weile an, ohne ihn wiederzuerkennen. Erlendur stand in dem engen Hausflur, wieder einmal klatschnass vom Regen. Zu seiner Rechten führte eine Treppe nach oben. Auf der Treppe war Teppichboden verlegt, der an den Trittstellen völlig verschlissen war. Es roch muffig, und Erlendur fragte sich, ob hier Leute wohnten, die Pferde hielten. Erlendur fragte Rúnar, ob er sich an ihn erinnerte, und so schien es zu sein, denn er versuchte im gleichen Augenblick, die Tür zuzumachen, aber Erlendur war schneller. Er war in der Wohnung, bevor Rúnar irgendetwas dagegen tun konnte.

»Gemütlich«, sagte Erlendur, indem er sich in der dämmrigen Wohnung umschaute.

»Lass mich gefälligst in Ruhe!« Rúnar versuchte, Erlendur anzubrüllen, aber die Stimme überschlug sich und wurde zu einem Falsett.

»Denk an deinen Blutdruck. Ich habe nicht die geringste Lust, Mund-zu-Mund-Beatmung bei dir zu machen, wenn du hier umkippst. Ich muss dich nach einigen Details fragen, und dann bin ich weg, und du kannst hier weiter dahinvegetieren. Lange wirst du's ja wohl nicht mehr machen. Du schaust nicht gerade wie der rüstigste Senior des Jahres aus.«

»Mach, dass du rauskommst«, sagte Rúnar so wütend, wie ihm das Alter erlaubte, drehte sich auf dem Absatz um, ging in ein kleines Wohnzimmer und setzte sich auf das Sofa. Erlendur ging hinter ihm her und ließ sich schwerfällig ihm gegenüber in einen Sessel fallen. Rúnar schaute ihn nicht an.

»Sprach Kolbrún von einer weiteren Vergewaltigung, als sie wegen Holberg zu dir kam?«

Rúnar gab keine Antwort.

»Je schneller du antwortest, desto eher bist du mich los.«

Rúnar hob den Kopf und blickte Erlendur an.

»Sie hat nie eine andere Vergewaltigung erwähnt. Verschwinde.«

»Wir haben Grund zu der Annahme, dass Holberg vergewaltigt hat, bevor er Kolbrún traf. Er kann damit auch weitergemacht haben, wir haben keine Ahnung. Kolbrún ist die einzige Frau, die ihn angezeigt hat, obwohl das dank dir abgeschmettert wurde.«

»Verschwinde!«

»Bist du sicher, dass sie keine andere Frau erwähnt hat? Es ist denkbar, dass Holberg sich mit einer anderen Vergewaltigung gebrüstet und Kolbrún davon erzählt hat.«

»Sie hat nichts dergleichen erwähnt«, sagte Rúnar und schaute hinunter auf den Couchtisch.

»Holberg war an dem Abend mit zwei Kumpeln zusammen. Der eine davon ist Elliði, ein Wiederholungstäter, von dem du vielleicht gehört hast. Er sitzt auf Litla-Hraun ein und schlägt sich in einer kleinen Dunkelkammer mit Phantomen und Spukgestalten herum. Der andere war Grétar. Er ist seit der großen Jubiläumsfeier wie vom Erdboden verschluckt. Weißt du etwas über diese Männer?«

»Nein. Lass mich in Ruhe!«

»Was haben die hier im Ort gemacht, an dem Abend, als Kolbrún vergewaltigt wurde?«

»Ich weiß es nicht.«

»Hast du mit keinem von ihnen gesprochen?«

»Nein.«

»Wer hat die Ermittlung in Reykjavík geleitet?«

Rúnar schaute Erlendur an.

»Das war Marian Briem.«

»Marian Briem!«

»Diese dämliche Person!«

Elín war nicht zu Hause, als Erlendur bei ihr vorbeischaute. Er setzte sich deshalb wieder ins Auto, zündete sich eine Zigarette an und überlegte, ob er weiter nach Sandgerði fahren sollte. Der Regen prasselte auf das Dach des Autos, und Erlendur, der nie die Wetternachrichten mitbekam, dachte darüber nach, ob das überhaupt noch ein Ende nehmen würde. Vielleicht war das eine Miniausgabe der Sintflut, dachte er bei sich durch den blauen Zigarettenrauch. Vielleicht war es ganz sinnvoll, ab und zu die Sünden der Menschen wegzuspülen.

Erlendur hatte einigen Bammel vor dieser Begegnung mit Elín, und insofern war er halbwegs froh, als sich herausstellte, dass sie nicht zu Hause war. Er wusste, dass sie sich ganz und gar gegen ihn stellen würde, und er wollte sie am liebsten nicht wieder in diese Verfassung bringen, in der sie ihn einen miesen Bullen genannt hatte. Es würde aber nicht zu umgehen sein. Wenn nicht jetzt, dann später. Er stöhnte laut vor sich hin, während die Zigarette aufbrannte, bis er auf einmal die Hitze an den Fingern spürte. Er hielt den Rauch in den Lungen, während er sie ausdrückte, um ihn dann vehement von sich zu blasen. Ein Satz aus einer Antirauchkampagne ging ihm durch den Sinn: Es bedürfe nur einer einzigen anfälligen Zelle, um Krebs entstehen zu lassen.

Er hatte morgens wieder den Schmerz in der Brust verspürt, aber jetzt war er weg.

Erlendur setzte gerade zurück, als Elín an die Scheibe klopfte.

»Wolltest du zu mir?«, fragte sie unter ihrem Regenschirm, als er das Fenster herunterließ.

Erlendur setzte ein grimassenartiges Lächeln auf, eine fratzenartige Miene, die man nicht enträtseln konnte, und nickte schwach mit dem Kopf. Er wusste, dass seine Leute bereits unterwegs zum Friedhof waren.

Sie machte ihm die Tür auf, und er kam sich wie ein Verräter vor. Er nahm den Hut ab und hängte ihn an einen Haken, zog Mantel und Schuhe aus und ging dann in seinem zerknitterten Anzug ins Wohnzimmer. Unter dem Jackett trug er eine braune Strickweste, die er aber schief zugeknöpft hatte, sodass das letzte Knopfloch offen war. Er setzte sich in denselben Sessel wie bei seinem ersten Besuch in diesem Haus, und sie setzte sich ihm gegenüber, nachdem sie in der Küche den Kaffee aufgesetzt hatte, dessen Duft durch das Haus zu strömen begann.

Der Verräter räusperte sich.

»Einer von denen, die sich an dem Abend, als Kolbrún vergewaltigt wurde, mit Holberg einen lustigen Abend gemacht hatten, heißt Elliði und sitzt im Knast. Er ist bereits seit langem ein guter Bekannter der Polizei. Der dritte, der mit ihnen war, hieß Grétar. Er ist 1974 spurlos verschwunden. Das Jubiläumsjahr, du weißt.«

»Ich war dabei in Þingvellir«, sagte Elín. »Habe Tómas und Halldór gesehen.«[1] Erlendur räusperte sich.

»Und hast du mit diesem Elliði gesprochen?«, fuhr Elín fort.

»Ein ganz besonders widerwärtiger Zeitgenosse«, sagte Erlendur.

Elín entschuldigte sich, stand auf und ging in die Küche. Er hörte Tassen klappern. Sein Handy klingelte in der Jackentasche, und er zog eine Grimasse, als er antwortete.

---

[1] Die bekannten isländischen Dichter Tómas Guðmundsson und Halldór Laxness.

Auf dem Display hatte er gesehen, dass es Sigurður Óli war.

»Bei uns ist alles klar«, sagte Sigurður Óli, und Erlendur hörte den Regen in der Leitung.

»Es wird nichts unternommen, bevor ich mich nicht wieder bei dir melde«, sagte Erlendur. »Verstanden? Es wird nichts angerührt, bis du nicht entweder von mir hörst oder ich selber da bin.«

»Hast du mit der Alten gesprochen?«

Erlendur gab keine Antwort, sondern brach das Gespräch ab und steckte das Telefon wieder in die Tasche. Elín brachte den Kaffee, deckte die Tassen und schenkte ein. Beide tranken den Kaffee schwarz. Sie stellte die Thermoskanne auf den Tisch und setzte sich wieder Erlendur gegenüber. Er räusperte sich.

»Elliði sagte, dass Holberg vor Kolbrún noch eine andere Frau vergewaltigt hat und dass er Kolbrún das gesagt hat«, sagte er und bemerkte Elíns verwunderten Gesichtsausdruck.

»Falls Kolbrún von einer anderen gewusst hat, dann hat sie mir jedenfalls nie etwas davon erzählt«, sagte sie und schüttelte nachdenklich den Kopf. »Ob er wirklich die Wahrheit sagt?«

»Das müssen wir einkalkulieren«, sagte Erlendur. »Elliði ist allerdings so abgebrüht, dass er so etwas wohl auch zusammenlügen könnte. Andererseits haben wir nichts in der Hand, was seiner Aussage widerspricht.«

»Wir haben nicht oft über die Vergewaltigung gesprochen«, sagte Elín. »Ich glaube, das war wegen Auður. Unter anderem. Kolbrún war sehr zurückhaltend, sie war schüchtern und verschlossen, und das verstärkte sich noch nach der Tat. Und natürlich kam es überhaupt nicht in Frage, über diesen grauenvollen Vorfall zu reden, solange sie das Kind unter dem Herzen trug, und erst recht nicht, nachdem es auf die Welt gekommen war. Kolbrún hat alles getan, was in ihrer Macht stand, um zu vergessen, dass die Vergewaltigung jemals stattgefunden hatte. Alles, was damit zusammenhing.«

»Ich bilde mir ein, dass Kolbrún es vielleicht der Polizei erzählt hätte, wenn sie etwas von einer anderen gewusst hätte, und sei es nur, um ihre Aussage zu stützen. In den Berichten, die ich gelesen habe, wird das aber nirgendwo erwähnt.«

»Vielleicht hat sie es dieser Frau ersparen wollen«, sagte Elín.

»Ersparen?«

»Kolbrún wusste, was es heißt, vergewaltigt zu werden. Sie wusste, was es heißt, zur Polizei zu gehen. Sie hatte lange genug mit sich gekämpft, und dann stellte es sich heraus, dass es zu nichts anderem führte als zu Erniedrigungen auf irgendeiner Polizeidienststelle irgendwo in der Stadt. Wenn die andere Frau sich nicht gemeldet hat, dann hat Kolbrún vielleicht ihre Einstellung respektiert. Das könnte ich mir vorstellen. Aber eigentlich weiß ich nicht so recht, wovon du redest.«

»Sie braucht ja keine Details gewusst zu haben, keinen Namen, ein unklarer Verdacht hätte bereits genügt. Falls er sich darüber ausgelassen hat.«

»Über so etwas hat sie nie mit mir gesprochen.«

»Wenn ihr über die Vergewaltigung gesprochen habt, worum ging es da eigentlich?«

»Es ging nie direkt um den Hergang«, sagte Elín.

Wieder klingelte es in Erlendurs Jackentasche, und Elín verstummte. Erlendur riss das Telefon mit einer heftigen

Bewegung aus der Tasche und sah die Nummer. Schon wieder Sigurður Óli. Erlendur stellte das Handy ab und ließ es wieder in der Jackentasche verschwinden.

»Entschuldigung«, sagte er.

»Sind diese Handys nicht unerträglich?«

»Sie sind das Letzte«, sagte Erlendur. Er stand jetzt unter Zeitdruck.

»Sie sprach darüber, wie sehr sie ihre Tochter liebte. Zwischen ihnen war ein ganz besonderes Verhältnis, trotz der entsetzlichen Umstände. Auður war alles für sie. Es ist natürlich schrecklich, so etwas zu sagen, aber ich glaube, dass sie nicht auf Auður hätte verzichten wollen. Verstehst du? Ich hatte irgendwie den Eindruck, als sei Auður so etwas wie eine Entschädigung, oder wie soll ich das sagen, für die Vergewaltigung. Ich weiß, das ist ungeschickt formuliert, aber es war so, als sei das Mädchen wie ein Glück im Unglück gewesen. Ich kann dir nicht sagen, was meine Schwester dachte, wie es ihr ging oder was in ihr vorging, denn ich selbst weiß nur einen Bruchteil davon. Ich bin nicht so vermessen, mich zu ihrem Sprachrohr zu machen. Sie vergötterte die Kleine mehr und mehr und wich nie von ihrer Seite. Niemals. Ihre Verbindung war in hohem Maße davon geprägt, was ihr widerfahren war, aber Kolbrún hat niemals in diesem Mädchen das Scheusal gesehen, das ihr Leben zerstört hat. Sie sah nur das hübsche Kind, das Auður war. Meine Schwester hat das Mädchen übermäßig behütet, und das ging sogar über das Grab hinaus, wie die Grabschrift zeigt. Vor den Schrecken des Feindes bewahre mein Leben.«

»Weißt du, was genau deine Schwester mit diesen Worten gemeint hat?«

»Es ist ein Anruf an Gott, das siehst du, wenn du den

Psalm liest. Der Tod des kleinen Mädchens hat natürlich etwas damit zu tun. Wie es dazu kam und wie grauenvoll das war. Für Kolbrún war es eine Qual, sich vorzustellen, dass Auður obduziert wurde. Eine Qual.«

Erlendur schloss die Augen, und das Gesicht verzog sich zu einer Grimasse. Elín bemerkte es nicht.

»Man kann gut verstehen«, sagte Elín, »dass diese entsetzlichen Dinge, die Kolbrún erlebt hat, sowohl die Vergewaltigung als auch der Tod ihrer Tochter, schlimme Auswirkungen auf ihre psychische Verfassung gehabt haben. Sie bekam einen Nervenzusammenbruch. Als von einer Obduktion gesprochen wurde, steigerten sich bei ihr dieser Verfolgungswahn und das Gefühl, Auður gegen alles abschirmen zu müssen. Sie bekam unter grauenvollen Umständen eine Tochter, nur um sie gleich wieder zu verlieren. Sie sah das als den Willen Gottes an. Meine Schwester wollte, dass ihre Tochter in Frieden ruhen dürfte.«

Erlendur saß eine Weile nachdenklich da, bevor er sich ein Herz fasste.

»Ich glaube, ich bin einer von diesen Feinden.«

Elín blickte ihn an und verstand nicht, worauf er hinauswollte.

»Ich glaube, es ist notwendig, den Sarg auszugraben und eine genauere Obduktion vorzunehmen, falls das möglich ist.«

Erlendur sagte das so behutsam, wie er konnte. Es brauchte eine Zeit, bis Elín seine Worte begriffen und in einen Zusammenhang gebracht hatte, und als ihr die Bedeutung klar geworden war, blickte sie Erlendur verständnislos an.

»Was um alles in der Welt meinst du damit?«

»Es kann sein, dass wir die Erklärung dafür finden, warum sie gestorben ist.«

»Erklärung? Es war ein Hirntumor!«

»Das kann sein ...«

»Wovon sprichst du eigentlich? Sie ausgraben? Das Kind? Das ist ja nicht zu fassen! Ich habe dir gerade erklärt ...«

»Es gibt zwei Gründe dafür.«

»Zwei Gründe?«

»Für eine Obduktion«, sagte Erlendur.

Elín war aufgestanden und ging erregt im Wohnzimmer hin und her. Erlendur blieb sitzen, war aber noch tiefer in den Sessel gesunken.

»Ich habe mit den Ärzten im Krankenhaus hier in Keflavík gesprochen. Sie haben keine Krankenberichte über Auður gefunden, nur das vorläufige Protokoll des Gerichtsmediziners. Der lebt nicht mehr. Das Jahr, in dem er starb, war sein letztes Jahr am Krankenhaus. Er wies nur auf einen Hirntumor hin und führte die Todesursache darauf zurück. Ich muss wissen, was für eine Krankheit das war, die den Tod des Mädchen herbeigeführt hat. Ich muss wissen, ob es eine Erbkrankheit war.«

»Erbkrankheit! Ich weiß nichts von einer Erbkrankheit!«

»Wir suchen bei Holberg danach«, sagte Erlendur. »Ein zweiter Grund für die Exhumierung ist, dass wir mit absoluter Gewissheit feststellen wollen, dass Auður seine Tochter war. Das geschieht mit einer DNA-Untersuchung.«

»Zweifelt ihr daran?«

»Eigentlich nicht, aber wir müssen Gewissheit haben.«

»Aber warum denn?«

»Holberg hat abgestritten, dass es sein Kind war. Er erklärte, Geschlechtsverkehr mit Kolbrún mit ihrer Einwilligung gehabt zu haben, aber er stritt die Vaterschaft ab. Als die Sache niedergeschlagen wurde, bestand kein stichhaltiger Grund, das weiterzuverfolgen. Deine Schwester hat das nie verlangt. Sie hatte bestimmt genug davon und wollte Holberg aus ihrem Leben streichen.«

»Wessen Kind sollte es sonst sein?«

»Wir brauchen Beweise wegen des Mordes.«

»Des Mordes an Holberg?«

»Ja.«

Elín stand neben Erlendur und starrte auf ihn hinunter.

»Muss dieses Scheusal einen noch über Tod und Grab hinaus verfolgen?«

Erlendur wollte antworten, aber sie schnitt ihm das Wort ab.

»Ihr glaubt womöglich, dass meine Schwester gelogen hat«, sagte Elín. »Ihr habt ihr ja nie geglaubt. Du bist nicht besser als dieser widerliche Rúnar. Keinen Deut besser.«

Sie beugte sich über ihn, wie er da im Sessel saß.

»Du mieser Bulle!«, fauchte sie. »Ich hätte dich nie in mein Haus lassen sollen.«

18

Sigurður Óli sah durch den Regen, wie sich die Autoscheinwerfer näherten, und wusste, dass es Erlendur war. Der Bagger fuhr mit Gedröhn vor dem Grab vor, bereit, mit dem Ausheben anzufangen, sobald das Zeichen gegeben würde. Es war ein Minibagger, der sich ruckartig und holpernd zwischen den Gräbern durchlaviert hatte.

Die Ketten rutschten in dem Matsch ab. Er spuckte schwarzen Qualm aus und verpestete die Luft mit penetrantem Dieselgestank.

Sigurður Óli und Elinborg standen am Grab, und bei ihnen waren der Gerichtsmediziner im Auftrag des Staatsanwalts, ein Jurist der Kriminalpolizei, ein Pfarrer mit einem Küster, einige Polizisten aus Keflavík und einige Arbeiter von der Stadtverwaltung. Die Leute standen im Regen da und beneideten Elinborg, die als Einzige einen Regenschirm dabei hatte und es Sigurður Óli gestattet hatte, sich halb unterzustellen. Sie bemerkten, dass Erlendur allein war, als er aus dem Auto stieg und langsamen Schritts zu ihnen herüberkam. Sie hatten die notwendigen Papiere dabei, auf denen die Behörden die Exhumierung genehmigten, aber es durfte erst dann angefangen werden, wenn Erlendur seine Zustimmung gegeben hatte.

Erlendur schaute sich um, und im Stillen bedauerte er zutiefst die Beschädigung, die Zerstörung, die Entweihung. Der Grabstein war entfernt und auf einen Pfad oberhalb des Grabs gelegt worden. Eine grünliche Vase mit einem langen Spieß, der in die Erde gebohrt werden konnte, lag auch da. In der Vase befand sich ein kleiner, verwelkter Rosenstrauß, und Erlendur dachte bei sich, dass Elín ihn am Grabstein hinterlassen hatte. Er blieb stehen, las die Inschrift noch einmal und schüttelte den Kopf. Ein Lattenzaun aus weiß gestrichenem Holz, der kaum zwanzig Zentimeter hoch war, lag kaputt neben dem Grabstein. Erlendur hatte solche Zäune auf Kindergräbern gesehen und stöhnte. Er blickte zum schwarzen Himmel hoch. Der Regen strömte ihm von der Hutkrempe in den Nacken, und er kniff die Augen zu. Er schaute auf die Menschen, die am Grab standen, und dann sah er Sigurður Óli an und nickte mit dem Kopf. Der gab dem Baggerführer ein Zeichen. Die Schaufel hob sich, um sich dann in die weiche Erde zu senken.

Erlendur sah zu, wie der Bagger eine dreißig Jahre alte Wunde aufriss. Jeder Schaufelstich tat ihm weh. Der Erdhaufen wurde immer größer, und je tiefer das Loch wurde, desto mehr Dunkelheit verschwand darin. Plötzlich überkam ihn ein Gefühl wie ein Déjà-vu, so als hätte er das alles schon einmal im Traum gesehen, und für einen Augenblick bekam die Szene vor ihm etwas von einer Vision; seine Kollegen von der Kripo, die dastanden und in das Grab hinunterschauten, die städtischen Angestellten in ihren orangefarbenen Overalls, die sich auf ihre Schaufeln lehnten, der Priester, der einen dicken schwarzen Mantel trug, der Regen, der in das Grab strömte und wieder in der Baggerschaufel hochkam, so als ob das Loch blutete.

Hatte er das wirklich genauso geträumt?

Dann wich dieses Gefühl, aber wie immer, wenn ihm dies passierte, konnte er überhaupt nicht verstehen, woher es kam. Warum er Ereignisse wiedererlebte, die nie zuvor passiert waren. Erlendur glaubte nicht an Zeichen, Gesichte und Träume, er glaubte nicht an Reinkarnation oder Karma, er glaubte nicht an Gott, obwohl er häufig in der Bibel las, nicht an ein ewiges Leben oder daran, dass sein Verhalten in diesem Leben Einfluss darauf hatte, ob er im Himmelreich oder in der Hölle landen würde. Er fand, dass das Leben als solches einem sowieso schon eine gute Mischung aus beidem bot.

Aber dann erlebte er manchmal dieses unerklärliche und übernatürliche Déjà-vu, erlebte Ort und Zeit, als habe er das alles schon einmal gesehen, als steige er aus sich selbst heraus, verwandle sich plötzlich in einen Zuschauer an seinem eigenen Leben. Er konnte sich überhaupt nicht erklären, was da geschah und warum, warum sein Geist auf diese Weise mit ihm spielte.

Erlendur kam wieder zu sich, als die Baggerschaufel an den Sargdeckel stieß, was einen hohlen Klang erzeugte. Er trat einen Schritt näher. Der Regen strömte in das Loch, doch er konnte den Sarg erkennen.

»Vorsichtig!«, rief Erlendur dem Baggerführer zu und hob die Hände wie in Abwehr.

Aus den Augenwinkeln bemerkte er die Scheinwerfer eines Autos, das sich näherte. Alle blickten in Richtung der Lichter und sahen, wie das Auto langsam im Regen vorwärts kroch, bis es am Friedhofstor anhielt. Sie sahen das Taxischild auf dem Dach. Eine ältere Frau in grünem Mantel stieg aus. Das Taxi verschwand, und die Frau kam auf das Grab zugestürmt. Als Erlendur in Hörweite war, schrie sie auf ihn ein und drohte ihm mit der geballten Faust.

»Grabschänder!«, hörte er Elín rufen. »Grabschänder! Leichenschänder!«

»Versucht sie zu beschwichtigen«, sagte Erlendur ruhig zu den Polizisten, die auf Elín zugingen und sie anhielten, als sie einige Meter vom Grab entfernt war. Sie versuchte sich in wildem Zorn zu wehren, aber sie packten sie bei den Händen und hielten sie fest.

Die beiden städtischen Angestellten stiegen jetzt mit ihren Schaufeln in das Loch, gruben den Sarg frei und befestigten Traggurte an seinen Enden. Der Sarg war ziemlich heil geblieben. Der Regen trommelte auf den Deckel und wusch die Erde ab. Erlendur stellte sich vor, dass er weiß gewesen war. Ein kleiner weißer Sarg mit Messinggriffen an den Seiten und einem kleinen Kreuz auf dem Deckel. Die Männer befestigten die Traggurte an der Schaufel des

Baggers, der den Sarg ganz vorsichtig hochhievte. Er war zwar unversehrt, wirkte aber äußerst zerbrechlich. Erlendur sah, dass Elín aufgehört hatte, um sich zu schlagen und ihn zu beschimpfen. Sie hatte angefangen zu weinen, als der Sarg zum Vorschein kam und einen Augenblick bewegungslos über dem offenen Grab schwebte. Ein kleiner Lieferwagen fuhr langsam rückwärts an das Grab heran. Der Sarg wurde auf den Boden gestellt und die Traggurte gelöst. Der Pfarrer trat heran, machte das Zeichen des Kreuzes darüber und bewegte die Lippen in einem Gebet. Die Arbeiter hoben den Sarg in das Auto und schlossen die Tür. Elinborg setzte sich vorn neben den Fahrer, der losfuhr in Richtung Friedhofstor und auf die Straße hinaus, bis die roten Rücklichter im dunklen Regen verschwanden.

Der Pfarrer trat zu Elín und bat die Polizisten, sie loszulassen, was sofort geschah. Er fragte, ob er etwas für sie tun könne. Sie kannten sich offensichtlich gut und sprachen halblaut miteinander. Elín schien etwas ruhiger zu sein. Erlendur und Sigurður Óli blickten sich an und schauten dann hinunter in das Grab. Das Regenwasser begann sich auf dem Boden anzusammeln.

»Ich wollte versuchen, diesen Skandal, diese Entweihung zu stoppen«, hörte Erlendur Elín zu dem Pfarrer sagen. Er war erleichtert zu sehen, dass sie sich etwas beruhigt hatte. Er ging auf sie zu, dicht gefolgt von Sigurður Óli.

»Das verzeihe ich dir nie«, sagte Elín zu Erlendur. Der Pfarrer stand an ihrer Seite. »Niemals!«, sagte sie. »Das sag ich dir.«

»Das verstehe ich«, sagte Erlendur, »aber die Ermittlung geht vor.«

»Die Ermittlung! Zum Kuckuck mit deiner Ermittlung«, zischte Elín. »Wohin wird die Leiche gebracht?«

»Nach Reykjavík.«

»Wann bringst du sie zurück?«

»In zwei Tagen.«

»Sieh nur, was du mit ihrem Grab gemacht hast«, seufzte Elín ratlos und resigniert, als hätte sie immer noch nicht ganz verstanden, was geschehen war. Sie ging an Erlendur vorbei auf den Grabstein, den kleinen Holzzaun, die Vase und das offene Grab zu.

Erlendur beschloss, ihr von der Nachricht zu erzählen, die sie in Holbergs Wohnung gefunden hatten.

»Bei Holbergs Leiche lag eine Nachricht, als wir ihn fanden«, sagte Erlendur und ging hinter Elín her. »Wir konnten kaum etwas damit anfangen, bevor wir von Auður wussten und mit ihrem ehemaligen Arzt gesprochen hatten. Isländische Mörder hinterlassen normalerweise nichts als Chaos, aber wer auch immer Holberg ermordet hat, der wollte uns etwas an die Hand geben, über das wir uns den Kopf zerbrechen sollten. Als der Arzt über die Möglichkeit sprach, dass es sich eventuell um eine Erbkrankheit handeln könne, bekam diese Nachricht auf einmal eine bestimmte Bedeutung. Es passte auch zu dem, was Elliði mir im Gefängnis gesagt hat. Holberg hatte überhaupt keine Anverwandten, die am Leben sind. Er hatte eine Schwester, die mit neun Jahren starb. Sigurður Óli hier«, sagte Erlendur und deutete auf seinen Kollegen, »hat die medizinischen Berichte über sie gefunden, und es war richtig, was Elliði andeutete. Sie starb genau wie Auður an einem Hirntumor. Höchstwahrscheinlich an derselben Krankheit.«

»Was sagst du da? Was war das für eine Nachricht?«, fragte Elín.

Erlendur zögerte. Er schaute auf Sigurður Óli, der zu Elín blickte und dann wieder zu Erlendur.

»Ich bin er«, sagte Erlendur.

»Was meinst du damit?«

»So lautete die Botschaft: *Ich bin er*. Mit Betonung auf dem letzten Wort. ER.«

»Ich bin er«, wiederholte Elín. »Was bedeutet das?«

»Das ist wahrhaftig schwer zu sagen. Ich überlege, ob das ein Hinweis auf irgendwelche verwandtschaftlichen Bande ist«, sagte Erlendur. »Wer auch immer *Ich bin er* geschrieben hat, geht davon aus, dass er irgendetwas mit Holberg gemeinsam hat. Theoretisch könnten es natürlich auch die Spinnereien irgendeines Verrückten sein, der Holberg gar nicht gekannt hat. Unverständlicher Quatsch. Aber das glaube ich nicht. Ich glaube, dass die Krankheit uns weiterbringen wird. Ich glaube, wir müssen herauskriegen, was für eine Krankheit das genau war.«

»Was für verwandtschaftliche Beziehungen?«

»Den offiziellen Angaben zufolge hatte Holberg keine Kinder. Auður ist nicht nach ihrem Vater benannt worden. Sie war nur die Tochter von Kolbrún. Aber falls es wahr ist, was Elliði sagt, dass Holberg außer Kolbrún auch noch andere vergewaltigt hat, die aber darüber geschwiegen haben, dann kann es genauso gut sein, dass er weitere Kinder hat. Dass Kolbrún nicht das einzige Opfer ist, das ein Kind von ihm bekam. Wir haben die Suche nach einem möglichen Opfer in Húsavík inzwischen auf die Frauen eingeengt, die innerhalb eines bestimmten Zeitraums Kinder zur Welt brachten, und wir machen uns Hoffnungen, dass bald etwas dabei herauskommt.«

»Húsavík?«

»Holbergs anderes Opfer war von dort.«

»Was ist mit der Erbkrankheit?«, fragte Elín. »Was ist das für eine Krankheit? Die Krankheit, die Auður umgebracht hat?«

»Wir müssen Holberg noch genauer untersuchen und nachweisen, dass er der Vater von Auður war, und dann können wir das Ganze irgendwie zusammenfügen. Und wenn die Theorie stimmt, handelt es sich vermutlich um eine seltene Krankheit, die mit den Genen weitergegeben wird.«

»Und war das die Krankheit von Auður?«

»Es kann sein, dass schon zu viel Zeit seit ihrem Tod verstrichen ist, um zu schlüssigen Ergebnissen zu kommen, aber wir müssen alles versuchen.«

Sie waren bis zur Kirche gegangen. Elín an der Seite von Erlendur, während Sigurður Óli ihnen folgte. Elín bestimmte das Tempo. Die Kirche war offen, sie traten aus dem Regen hinein, standen im Vorraum und schauten hinaus in die Finsternis.

»Ich bin überzeugt, dass Holberg der Vater von Auður war«, sagte Erlendur. »Ich habe faktisch nicht den geringsten Grund, deine Worte und das, was du von deiner Schwester gesagt hast, anzuzweifeln. Aber wir brauchen eine Bestätigung dafür. Das ist in einer polizeilichen Ermittlung unabdingbar. Falls es sich um eine Krankheit handelt, die Auður von Holberg geerbt hat, könnte sie auch woanders auftauchen. Es ist denkbar, dass diese Krankheit mit dem Mord an Holberg in Verbindung steht.«

Sie nahmen das Auto nicht wahr, das sich auf einem alten Weg langsam von der Kirche entfernte, denn es hatte keine Scheinwerfer eingeschaltet und war in der Dunkelheit schwer auszumachen. Als es in den Ort kam, wurde das Tempo beschleunigt, die Scheinwerfer gingen an, und bald hatte es den Lieferwagen mit dem Sarg erreicht. Auf der Straße nach Reykjavík achtete der Fahrer darauf, zwei oder manchmal drei Autos zwischen sich und dem Lieferwagen zu haben. Auf diese Weise folgte er dem Sarg nach Reykjavík.

Als der Lieferwagen vor dem Leichenschauhaus am Barónsstígur hielt, parkte er das Auto in einiger Entfernung und beobachtete, wie der Sarg hineingetragen wurde und sich die Türen hinter ihm schlossen. Er sah, wie der Lieferwagen abfuhr und die Frau, die den Sarg begleitet hatte, aus dem Haus kam und in ein Taxi stieg.

Als alles wieder ruhig war, fuhr er langsam davon.

19

Marian Briem nahm ihn an der Tür in Empfang. Erlendur hatte sich nicht angemeldet. Er kam direkt aus Sandgerði und beschloss, mit Marian zu reden, bevor er nach Hause fuhr. Es war sechs Uhr, und draußen war es stockfinster. Marian bat Erlendur herein und entschuldigte sich wegen der Unordnung. Es war eine kleine Wohnung, Wohnzimmer, Schlafzimmer, Bad und Küche, und sie zeugte von der Nachlässigkeit des Besitzers, ganz ähnlich wie bei Erlendur. Zeitungen, Zeitschriften und Bücher lagen im Wohnzimmer verstreut, der Teppichboden war unansehnlich und abgenutzt, beim Spülbecken in der Küche stapelte sich das Geschirr. Der schwache Schein einer Tischlampe erhellte das Dunkel des Wohnzimmers. Marian sagte Erlendur, er solle die Zeitungen im Sessel einfach auf den Boden werfen und sich setzen.

»Du hast mir nicht gesagt, dass du damals mit der Sache zu tun hattest«, sagte Erlendur.

»Das war keine Glanzleistung von mir«, sagte Marian und zündete sich einen Zigarillo an; kleine, zierliche Hände, schmerzlicher Gesichtsausdruck; der Kopf war groß, aber der Körperbau ansonsten eher zart. Erlendur wusste, dass Marian immer noch die interessanten Sachen genau mitverfolgte, sich Informationen von früheren Kollegen verschaffte, die noch bei der Polizei waren, und im Zweifelsfalle sogar etwas zu den Ermittlungen beisteuerte.

»Du willst mehr über Holberg erfahren«, sagte Marian.

»Und seine Freunde«, sagte Erlendur und setzte sich, nachdem er den Zeitungsstapel zur Seite geschoben hatte. »Und über Rúnar in Keflavík.«

»Ja, Rúnar in Keflavík«, sagte Marian. »Der hat mich schon mal umbringen wollen.«

»Wäre heute kaum noch dazu im Stande, der alte Tattergreis«, sagte Erlendur.

»Du hast ihn also getroffen«, sagte Marian. »Er hat Krebs, wusstest du das? Eher eine Frage von Wochen denn von Monaten.«

»Wusste ich nicht«, sagte Erlendur und sah im Geiste Rúnars mageres und knochiges Gesicht vor sich. Die triefende Nase, als er im Garten Laub zusammenrechte.

»Er kannte unglaublich einflussreiche Leute im Ministerium. Deswegen konnte er sich so halten. Ich hatte empfohlen, ihn zu suspendieren. Er erhielt nur eine Abmahnung.«

»Kannst du dich an Kolbrún erinnern?«

»Das bedauernswerteste Opfer, das ich je in meinem Leben gesehen habe«, sagte Marian. »Ich habe sie nie näher kennen gelernt, aber ich wusste, dass sie nicht in der Lage war, irgendwelche Lügen aufzutischen. Sie sagte gegen Holberg aus und berichtete, wie sie von Rúnar behandelt worden war, und darüber weißt du Bescheid. In der Angelegenheit mit Rúnar stand Aussage gegen Aussage, aber ihre Aussage war glaubwürdig. Er hätte sie nicht nach Hause schicken dürfen, egal, was es mit dem Schlüpfer auf sich hatte. Holberg hat sie vergewaltigt, das lag offen zu Tage. Ich habe Holberg und Kolbrún einander gegenübergestellt. Da konnte überhaupt kein Zweifel bestehen.«

»Sie einander gegenübergestellt?«

»Das war ein Fehler. Ich dachte, es würde uns weiterhelfen. Die arme Frau.«

»Inwiefern?«

»Ich versuchte, es wie zufällig oder wie ein unglückliches Zusammentreffen aussehen zu lassen. Mir war nicht klar ... eigentlich sollte ich dir das nicht erzählen. Ich kam nicht weiter mit der Ermittlung. Sie behauptete dieses, er behauptete jenes. Ich lud sie beide zur gleichen Zeit vor und sorgte dafür, dass sie sich treffen mussten.«

»Was passierte?«

»Sie wurde hysterisch, und wir mussten einen Arzt holen. So etwas habe ich nie zuvor erlebt. Und nie später.«

»Und er?«

»Stand bloß da und grinste.«

Erlendur verstummte.

»Glaubst du, dass es sein Kind war?«

Marian zuckte die Achseln.

»Kolbrún hat das immer behauptet.«

»Hat Kolbrún dir gegenüber eine andere Frau erwähnt, die Holberg vor ihr vergewaltigt hat?«

»Gab es eine andere?«

Erlendur berichtete, was Elliði gesagt hatte, und bald hatte er die wichtigsten Details der Ermittlung dargelegt. Marian Briem saß da, rauchte den Zigarillo und hörte zu. Die Augen waren starr auf Erlendur gerichtet, klein, wach und stechend. Ihnen entging nichts. Sie sahen einen müden Mann mittleren Alters vor sich, der dunkle Ringe unter den Augen hatte, Bartstoppeln, die einige Tage alt waren, buschige Augenbrauen und rötlich braunes Haar, das in alle Richtungen stand, starke Zähne, die manchmal unter blutleeren Lippen zum Vorschein kamen. Sein gequälter Gesichtsausdruck zeugte von dem menschlichen Abschaum, den er gesehen hatte. In den Augen von Marian Briem zeigten sich Mitleid und die traurige Gewissheit, dass sie in ihr eigenes Spiegelbild blickten.

Erlendur war von Marian Briem ausgebildet worden, als er bei der Kriminalpolizei anfing, und alles, was er in den ersten Jahren lernte, hatte Marian ihm beigebracht. Genau wie Erlendur verfügte Marian über eine enorme Erfahrung, hatte aber niemals eine Führungsposition innerhalb der Polizei innegehabt, sondern sich immer nur mit den regulären Aufgaben eines Kriminalbeamten befasst. Das Gedächtnis war unfehlbar und hatte auch im Alter keineswegs nachgelassen. Alles, was Augen und Ohren aufnahmen, wurde registriert und in unbegrenzten Gehirnkapazitäten gespeichert, um dann bei Bedarf ohne jegliche Anstrengung abgerufen zu werden. Marian konnte alte Fälle bis ins kleinste Detail rekapitulieren, ein Ausbund an Wissen in allen Belangen der isländischen Kriminalgeschichte. Messerscharfe Schlussfolgerungen und ausgefuchste Logik.

Unter den Kollegen galt Marian Briem als ungeheuer pedantisch, anspruchsvoll, ungeduldig und unerbittlich, wie Erlendur einmal zu Eva Lind gesagt hatte, als das Thema aufkam. Jahrelang hatte es tiefe Verstimmungen zwischen ihnen gegeben, was dazu geführt hatte, dass sie kaum miteinander sprachen. Erlendur legte das so aus, dass er Marian in irgendeiner Form enttäuscht hatte. Seiner Meinung nach kam das immer deutlicher zum Ausdruck, bis der große Mentor endlich zur großen Erleichterung von Erlendur aus Altersgründen von der Bühne verschwand.

Nachdem Marian aufgehört hatte, war ihre Beziehung wieder besser geworden. Die Spannungen verringerten sich, das Konkurrenzdenken war verschwunden.

»... und deswegen fiel mir ein, dich zu besuchen und herauszubekommen, an was du dich in Bezug auf Holberg und Elliði und Grétar erinnerst«, sagte Erlendur schließlich.

»Du machst dir doch wohl keine Hoffnungen, dass du Grétar nach all den Jahren findest?«, fragte Marian und klang verwundert. Einen Moment glaubte Erlendur, Besorgtheit in Marians Miene zu entdecken.

»Wie weit warst du in Sachen Grétar gekommen?«

»Ich habe dabei gar nichts ausrichten können, denn ich war überhaupt nicht mit dem Fall befasst«, sagte Marian. Erlendur freute sich einen Augenblick, denn er glaubte so etwas wie einen entschuldigenden Ton herauszuhören. »Er verschwand wahrscheinlich an demselben Wochenende, als die Jubiläumsfeierlichkeiten in Þingvellir stattfanden. Ich habe mit seiner Mutter gesprochen und seinen Freunden und Kollegen Holberg und Elliði. Grétar arbeitete damals, als er verschwand, als Hafenarbeiter bei Eimskip. Es wurde allgemein angenommen, dass er beim Löschen eines Frachtschiffs über Bord gegangen sei. Die anderen sagten aus, dass es ihnen nicht hätte entgehen können, wenn er in den Laderaum gefallen wäre.«

»Wo waren Holberg und Elliði zu der Zeit, als Grétar verschwand? Kannst du dich daran erinnern?«

»Sie erklärten beide, an der Feier in Þingvellir teilgenommen zu haben, und das konnten wir auch überprüfen. Aber es war natürlich ganz unklar, wann genau Grétar verschwunden ist. Zwei Monate lang hatte ihn niemand gesehen, als seine Mutter sich mit uns in Verbindung setzte. Worauf willst du hinaus? Hat sich etwas Neues mit Bezug auf Grétar herausgestellt?«

»Nein«, sagte Erlendur. »Und ich fahnde auch nicht nach ihm. Falls er nicht plötzlich wieder aufgetaucht ist und seinen alten Kumpel Holberg im Nordermoor umgebracht hat, kann er meinetwegen auf ewig verschwunden bleiben. Ich versuche nur, mir darüber klar zu werden, was für ein Trio das eigentlich war, Holberg, Elliði und Grétar.«

»Das waren verkrachte Existenzen. Alle drei. Du kennst ja Elliði. Grétar war keinen Deut besser, allerdings wohl eine noch trübere Tasse als die anderen. Irgendwann hatte ich mal wegen eines Einbruchs mit ihm zu tun, und ich hatte den Eindruck, als wäre das der Anfang einer hübschen kleinkriminellen Karriere gewesen. Sie arbeiteten zusammen bei der Leuchtturm- und Hafenbehörde. Da haben sie sich kennen gelernt. Elliði war dumm und sadistisch veranlagt, geriet bei jeder Gelegenheit in Schlägereien. Schikanierte Unterlegene, Schwächere. Daran hat sich nichts geändert, soweit ich informiert bin. Holberg war noch der Intelligenteste von den dreien, und er war so etwas wie der Leithammel. Aus der Sache mit Kolbrún hat er sich glänzend herauslaviert. Als ich mich seinerzeit nach ihm erkundigte, bekam ich nur zögernde Antworten. Grétar war ein Armleuchter, der ihnen nachlief, er wirkte kleinmütig und feige, aber ich hatte das Gefühl, dass da hinter dieser Fassade womöglich noch etwas anderes steckte.«

»Kannten Rúnar und Holberg sich?«

»Ich glaube nicht.«

»Wir haben offiziell noch nichts darüber verlautbaren lassen«, sagte Erlendur, »aber wir haben eine Nachricht bei der Leiche gefunden.«

»Eine Nachricht?«

»Der Mörder schrieb *Ich bin er* auf ein Blatt und legte es auf Holberg.«

»Ich bin er?«

»Deutet das nicht auf Verwandtschaft hin?«

»Oder auf einen Messiaskomplex. Ein übergeschnappter Gottesmann.«

»Ich würde es eher mit Verwandtschaft verbinden.«

»Ich bin er? Was will der Mann damit sagen? Was besagt diese Nachricht?«

»Ich wünschte, ich wüsste es.«

Er stand auf und setzte den Hut auf und erklärte, dass er nach Hause müsse. Marian fragte, wie es mit Eva Lind stünde, und Erlendur antwortete, dass sie sich mit ihren Problemen herumschlüge. Marian begleitete ihn zur Tür und öffnete sie für ihn. Ein fester Händedruck in der Tür. Als Erlendur die Treppe hinunterging, rief Marian ihm nach:

»Erlendur! Warte einen Augenblick, Erlendur.«

Erlendur drehte sich um, und als er hochschaute, sah er Marian Briem in der Tür stehen. Die würdevolle Erscheinung war vom Alter gezeichnet, die gebeugten Schultern und das faltige Gesicht zeugten von einem nicht einfachen Leben. Es war lange her, seit er in dieses Haus gekommen war, und er hatte, als er Marian im Sessel gegenübersaß, darüber nachgedacht, wie die Zeit den Menschen mitspielt.

»Lass dir das, was du über Holberg in Erfahrung bringst, nicht zu nahe gehen«, sagte Marian Briem. »Lass ihn nicht etwas in dir kaputtmachen, was du heil behalten willst. Lass ihn nicht die Oberhand behalten. Das war's.«

Erlendur stand draußen im Regen und wusste nicht so recht, was dieser Rat sollte. Marian Briem nickte ihm zu.

»Was für ein Einbruch war das?«, rief Erlendur, bevor die Tür ins Schloss fiel.

»Einbruch?«, fragte Marian, und die Tür ging wieder auf.

»Den Grétar verübt hat. Wo ist er eingebrochen?«

»In einem Fotogeschäft. Fotografieren war so ein Tick von ihm«, sagte Marian Briem. »Er fotografierte.«

Zwei Männer, beide in Lederjacken und schwarzen, ledernen Schnürstiefeln bis an die Waden, klopften an der Tür und störten Erlendur, als er später am Abend zu Hause bei sich im Sessel saß und vor sich hin gähnte. Er war nach Hause gekommen, hatte nach Eva Lind gerufen, aber keine Antwort bekommen, und sich auf die Hähnchenschenkel gesetzt, die im Stuhl gelegen hatten, seitdem er in der vorigen Nacht darauf geschlafen hatte. Die beiden Typen fragten nach Eva Lind. Erlendur hatte sie nie zuvor gesehen, und seine Tochter hatte er nicht gesehen, seit sie ihm die köstliche Fleischsuppe gekocht hatte. Sie sahen ausgesprochen brutal aus, als sie fragten, wo sie sie finden könnten. Sie versuchten, in die Wohnung hineinzuschauen, ohne sich direkt an ihm vorbeizudrängen. Erlendur fragte, was sie von seiner Tochter wollten. Sie nannten ihn einen alten, geilen Bock und fragten, ob er sie da drin versteckt halte. Erlendur fragte zurück, ob sie Geld eintreiben oder abwichsen würden. Sie sagten, er solle die Fresse halten. Erlendur sagte, sie sollten sich verpissen, worauf sie erwiderten, er könne sich am Arsch lecken. Als er die Tür zumachen wollte, schob der eine sein Knie in den Türrahmen. »Deine Tochter ist eine verdammte Nutte«, rief er. Er trug eine Lederhose.

Erlendur stöhnte.

Es war ein langer und unangenehmer Tag gewesen.

Er hörte, wie ein Knie auf der anderen Seite der Tür kaputtging, als die Tür darauf traf. Sie war mit solcher Kraft zugeknallt worden, dass sie oben aus den Angeln ging.

20

Sigurður Óli überlegte, wie er die Frage formulieren sollte. Er hatte eine Liste mit den Namen von zehn Frauen in der Hand, die vor und nach 1960 in Húsavík gelebt hatten und nach Reykjavík gezogen waren. Zwei auf der Liste waren gestorben. Zwei hatten niemals Kinder bekommen. Sechs waren Mütter und hatten ihre Kinder in der fraglichen Zeit bekommen, in der die Vergewaltigung hätte stattfinden können. Sigurður Óli war jetzt bei der ersten, die in der Barmahlíð wohnte, geschieden war und drei erwachsene Söhne hatte.

Aber wie sollte er die Frage formulieren, um sie einer Frau in den besten Jahren vorzulegen? Entschuldigung, meine Liebe, aber ich bin von der Polizei und soll herausbekommen, ob du zufälligerweise irgendwann einmal in Húsavík vergewaltigt worden bist, als du dort gewohnt hast. Er hatte das mit Elinborg besprochen, die eine Liste mit zehn weiteren Frauen hatte, aber sie verstand das Problem nicht.

Sigurður Óli war der Ansicht, dass die Maßnahmen, die Erlendur eingeleitet hatte, völlig sinnlos waren. Selbst wenn Elliði zufälligerweise die Wahrheit gesagt haben sollte, und selbst wenn Zeit und Ort passten, wie groß waren die Chancen, dass die Betroffene jetzt Auskunft über eine Vergewaltigung geben würde? Sie hatte ein ganzes Menschenalter geschwiegen. Weswegen sollte sie jetzt auf einmal die Wahrheit ans Licht kommen lassen. Wenn Sigurður Óli oder ein anderer von den fünf Kriminalbeamten, die eine solche Liste hatten, bei ihr vorstellig wurde, brauchte sie nichts weiter zu tun, als »Nein« zu sagen, und sie konnten wenig mehr tun, als sich für die Störung zu entschuldigen.

»Es geht um die Reaktion, geh das Ganze psychologisch an«, hatte Erlendur gesagt, als Sigurður Óli versuchte, ihm das Problem klarzumachen. »Sieh zu, dass du in die Wohnung hineingelassen wirst, dich setzen kannst, eine Tasse Kaffee bekommst, plauderst; geh auf die Frauen ein.«

»Psychologie!«, knurrte Sigurður Óli, als er in der Barmahlíð aus dem Auto stieg, und er musste an Bergþóra denken, mit der er zusammenlebte. Er wusste noch nicht einmal, wie er ihr psychologisch kommen konnte. Sie waren sich vor einiger Zeit unter ungewöhnlichen Umständen begegnet, als Bergþóra Zeugin in einem komplizierten Fall war. Nach einer kurzen Liaison hatten sie beschlossen, zusammenzuziehen. Es stellte sich heraus, dass sie gut miteinander auskamen, ähnliche Interessen hatten, und beide hatten Spaß an einem perfekten Zuhause mit Designermöbeln und Kunstgegenständen. Echte Yuppies. Sie küssten sich, wenn sie sich nach einem langen Arbeitstag wiedersahen. Machten sich kleine Geschenke. Öffneten eine Flasche Wein. Manchmal gingen sie unverzüglich direkt ins Bett, wenn sie von der Arbeit nach Hause kamen, aber das war in letzter Zeit seltener geworden.

Das lag daran, dass sie ihm zum Geburtstag ganz gewöhnliche finnische Gummistiefel geschenkt hatte. Er hatte versucht, vor Freude zu strahlen, aber der ungläubige Gesichtsausdruck stand ihm deutlich und lange ins Gesicht geschrieben; sie spürte, dass etwas nicht in Ordnung war. Das Lächeln war falsch, als es endlich zum Vorschein kam.

»Weil du keine Stiefel hast«, sagte sie.

»Ich habe keine Gummistiefel besessen, seit ich ... äh ... zehn war«, sagte er.

»Freust du dich nicht?«, fragte sie.

»Ich find sie ganz super«, sagte Sigurður Óli, wissend, dass er die Frage nicht beantwortet hatte. Sie wusste es auch. »Nein, ehrlich«, fügte er hinzu und spürte, wie er sich in eine unmögliche Situation hineinmanövriert hatte. »Sie sind großartig.«

»Du freust dich überhaupt nicht darüber«, sagte sie niedergeschlagen.

»Doch, doch«, sagte er, immer noch perplex, denn er

musste unaufhörlich an die Armbanduhr für dreißigtausend Kronen denken, die er ihr zum Geburtstag geschenkt hatte. Eine ganze Woche hatte er zu dem Kauf benötigt, hatte in der ganzen Stadt Erkundigungen eingezogen und mit Uhrmachern über Arten, Vergoldung, Uhrwerke, Armbänder, Wasserdichte, Schweizer Uhren und Kuckucksuhren diskutiert. Er hatte seine gesamten Fähigkeiten als Kriminalbeamter eingesetzt, um die richtige Armbanduhr zu finden, hatte sie schließlich gefunden, und sie war total begeistert gewesen, und ihre Freude war ohne Falsch.

Und dann saß er ihr gegenüber mit einem gefrorenen Lächeln im Gesicht, versuchte zu strahlen, aber das gelang ihm ums Verrecken nicht.

»Psychologie!«, knurrte Sigurður Óli.

Er klingelte an der Wohnungstür und brachte die Frage mit so viel psychologischer Tiefe hervor, wie er konnte, aber das ging völlig daneben. Bevor er sich's versah, hatte er die Frau da auf dem Treppenabsatz lässig gefragt, ob sie vielleicht irgendwann mal vergewaltigt worden sei.

»Das ist ja wirklich eine Zumutung«, sagte die Frau, die stark geschminkt war. Sie trug Modeschmuck an den Fingern, der Gesichtsausdruck war verbissen, und es gab keine Anzeichen dafür, dass er sich lockern wollte. »Wer bist du eigentlich? Was ist das für eine bodenlose Unverschämtheit?«

»Verzeihung«, ächzte Sigurður Óli und sprang die Treppe wieder hinunter.

Elinborg erging es besser, denn sie war mit ihren Gedanken bei der Arbeit und hatte keine Probleme, mit Leuten ins Gespräch zu kommen. Ihr Spezialgebiet war Kochen, und da sie eine leidenschaftliche und gute Köchin war, hatte sie keine Probleme, Gesprächsthemen zu finden. Im Zweifelsfalle fragte sie danach, was für göttliche Essensdüfte aus den Wohnungen kamen, und meistens gingen die Leute ganz begeistert darauf ein, selbst wenn sie bereits seit einer Woche ausschließlich von Popcorn gelebt hatten.

Sie saß jetzt im Wohnzimmer einer Souterrainwohnung in Breiðholt und ließ sich von einer älteren Frau aus Húsavík Kaffee einschenken. Sie war Mutter von zwei erwachsenen Kindern und seit vielen Jahren Witwe. Ihr Name war Sigurlaug, und sie war der letzte Name auf Elinborgs Liste. Sie hatte es nicht schwierig gefunden, die heikle Frage vorzubringen, und anschließend bat sie ihre Gesprächspartnerinnen, sich mit ihr in Verbindung zu setzen, falls ihnen etwas zu Ohren käme, auch wenn es nur Klatschgeschichten aus Húsavík seien.

»... und deswegen suchen wir nach einer Frau aus Húsavík in deinem Alter, die Holberg vielleicht damals gekannt hat und sogar in Schwierigkeiten mit ihm gelandet sein könnte.«

»Ich kann mich an keinen Mann in Húsavík erinnern, der Holberg hieß«, sagte die Frau. »Was meinst du mit Schwierigkeiten?«

»Holberg war nur vorübergehend in Húsavík«, sagte Elinborg, »deswegen kann es gut sein, dass du dich nicht an ihn erinnerst. Er hat niemals dort gewohnt. Und das war ein Fall von Misshandlung. Wir wissen, dass er vor Jahrzehnten eine Frau attackiert hat, und wir versuchen, sie jetzt zu finden.«

»Das muss doch in euren Berichten stehen.«

»Der Überfall wurde nie angezeigt.«

»Was für ein Überfall?«

»Vergewaltigung.«

Die Frau hielt sich unwillkürlich die Hand vor den Mund, und die Augen wurden doppelt so groß.

»Mein Gott!«, sagte sie. »Darüber weiß ich gar nichts. Vergewaltigung! Du lieber Himmel! Davon hab ich nie was gehört.«

»Nein, das ist wohl alles geheim gehalten worden«, sagte Elinborg. Sie entwand sich geschickt den aufdringlichen Fragen der Frau, die alles detailliert wissen wollte, erklärte, dass die Sache im Ermittlungsstadium sei und bisher sowieso nur auf Gerüchten fuße. »Ich überlege gerade«, sagte sie dann, »ob du möglicherweise irgendwen kennst, der mehr über die Sache wissen könnte.« Die Frau gab ihr die Namen von zwei Freundinnen aus Húsavík, denen angeblich nie etwas entging. Elinborg schrieb die Namen auf, blieb dann noch eine Weile, um nicht unhöflich zu sein, und verabschiedete sich dann.

Erlendur hatte eine Platzwunde an der Stirn, die er selbst verarztet hatte. Der eine der abendlichen Gäste lag kampfunfähig da, nachdem Erlendur ihm die Tür ans Knie gedonnert hatte, sodass er wimmernd zu Boden ging. Der andere starrte fassungslos auf die Szene, und ehe er sich's versah, war Erlendur bei ihm und stieß ihn, ohne mit der Wimper zu zucken, rückwärts die Treppe hinunter. Er konnte das Geländer zu fassen bekommen und damit verhindern, dass er auf der Treppe landete. Er fand es wohl nicht ratsam, sich mit Erlendur einzulassen, dessen Gesicht angeschwollen und blutig war. Er schaute für einen Moment auf seinen Kumpel, der auf dem Boden lag und vor

Schmerzen brüllte, dann wieder auf Erlendur und beschloss, das Weite zu suchen. Er war kaum älter als zwanzig.

Erlendur bestellte einen Krankenwagen, und während sie darauf warteten, bekam er zu wissen, was sie von Eva Lind wollten. Der Mann wollte zuerst nicht mit der Sprache heraus, aber als Erlendur ihm anbot, sich das Knie anzuschauen, wurde er etwas gesprächiger. Sie waren Geldeintreiber. Eva Lind schuldete einem Mann, von dem Erlendur nie gehört hatte, sowohl Geld als auch Dope.

Als Erlendur am nächsten Tag ins Büro ging, erklärte er niemandem, was es mit dem Pflaster auf sich hatte, und es gab niemanden, der gewagt hätte, ihn zu fragen. Die Tür hatte ihn beinahe k.o. geschlagen, als sie vom Knie des Eintreibers zurück und gegen seine Stirn prallte. Die Stirn schmerzte heftig, und er machte sich solche Sorgen wegen Eva Lind, dass er kaum Schlaf finden konnte, stundenweise im Sessel einschlummerte und hoffte, dass seine Tochter zurückkäme, bevor es zu spät war. Er blieb gerade lange genug, um zu erfahren, dass Grétar eine Schwester gehabt hatte und dass seine Mutter noch am Leben war, die im Altersheim Grund lebte.

Wie er Marian Briem gesagt hatte, war er nicht unbedingt auf der Suche nach Grétar, genauso wenig wie nach dem verschwundenen Mädchen aus Garðabær, aber er war der Meinung, dass es nichts schaden könne, mehr über ihn zu wissen. Grétar war mit von der Partie gewesen in der Nacht, als Kolbrún vergewaltigt wurde. Vielleicht hatte er irgendwem etwas über diesen Abend erzählt, irgendein kleines Detail, das er weitergegeben hatte. Er rechnete nicht damit, etwas Neues über das Verschwinden herauszufinden, Grétar konnte seinetwegen dort, wo er lag, in Frieden ruhen; Erlendur hatte aber schon seit langem ein besonderes Interesse für das spurlose Verschwinden von Menschen in Island. Hinter jedem einzelnen Fall steckte wahrscheinlich nicht nur eine Horrorgeschichte, sondern seiner Meinung nach waren solche Menschen, die der Erdboden verschluckte, ohne dass irgendjemand zu wissen schien, warum, merkwürdig faszinierend.

Grétars Mutter war neunzig und blind. Erlendur sprach kurz mit der Leiterin des Altersheims, die ihre Blicke kaum von seiner Stirn lösen konnte, und er bekam zu wissen, dass Theodora zu den ältesten Heimbewohnern gehörte. Sie lebte mit am längsten in diesem Heim, eine in jeder Hinsicht vorbildliche Frau, geliebt und bewundert von den Angestellten und anderen Heimbewohnern.

Erlendur wurde zu Theodora begleitet und ihr vorgestellt. Die alte Frau saß in einem Rollstuhl auf ihrem Zimmer. Sie trug einen Morgenmantel, und man hatte ihr eine Wolldecke über die Knie gebreitet. Das lange graue Haar war in einem großen Zopf geflochten, der über die Rückenlehne herunterhing, der Körper eingefallen, die Hände knochig. Ein friedliches Gesicht. Nur wenige persönliche Gegenstände. Ein Bild von John F. Kennedy hing in einem Rahmen über ihrem Bett. Erlendur setzte sich auf einen Stuhl vor ihr, blickte in Augen, die nicht mehr sehen konnten, und sagte, er wolle über Grétar reden. Das Gehör schien noch gut zu funktionieren, und sie war ganz klar im Kopf. Sie zeigte keinerlei Anzeichen von Verwunderung, sondern kam gleich zur Sache, so wie sie es wahrscheinlich ihr ganzes Leben lang getan hatte. Sie sprach mit auffälligem nordisländischem Akzent.

»Mein Grétar war kein vorbildlicher Junge«, sagte sie.

»Wenn ich die Wahrheit sagen soll, dann war er ein richtiger Jammerlappen. Ich weiß nicht, woher er das hatte. Er hat gestohlen, und auch sonst war er sich für nichts zu schade. Trieb sich mit anderem Gesindel und Gesocks herum. Habt ihr ihn etwa gefunden?«

»Nein«, sagte Erlendur. »Einer seiner Freunde wurde neulich ermordet. Holberg. Du hast vielleicht davon gehört.«

»Den kenne ich nicht. Hast du gesagt, dass er abgemurkst wurde?«

Erlendur griente, zum ersten Mal seit langem sah er einen Grund zu lächeln.

»In seiner Wohnung. Sie haben früher zusammen gearbeitet, er und dein Sohn. Bei der Leuchtturm- und Hafenbehörde.«

»Das Letzte, was ich von meinem Grétar gesehen habe, und da konnte ich noch hervorragend sehen, das war, als er in dem Sommer zu mir nach Hause kam, als diese Jubiläumsfeier war, und da hat er mir Geld gestohlen, das ich im Portemonnaie hatte, und etwas Silber. Erst als er schon wieder weg war, habe ich bemerkt, dass das Geld verschwunden war. Und dann verschwand Grétar selber. Als ob er gestohlen worden wäre. Weißt du, wer ihn gestohlen hat?«

»Nein«, sagte Erlendur. »Hast du eine Ahnung, was er gemacht hat, bevor er verschwunden ist? Mit wem er Umgang hatte?«

»Keine Ahnung«, sagte die alte Frau. »Ich wusste nie, was Grétar so trieb. Das habe ich euch damals auch gesagt.«

»Wusstest du, dass er fotografierte?«

»Ja, er machte Fotos. Er hat immer fotografiert. Ich weiß

nicht, wozu. Er sagte mir, Fotos seien Spiegel ihrer Zeit, und ich hatte keine Ahnung, wovon er redete.«

»War das nicht ein bisschen hochgestochen für Grétar?«

»So habe ich ihn sonst nie reden hören.«

»Seine letzte Adresse war in der Bergstaðastræti, wo er ein Zimmer gemietet hatte. Was wurde aus seinen Sachen, der Kamera, den Filmen, weißt du das?«

»Das weiß vielleicht meine Klara«, sagte Theodora. »Meine Tochter. Sie hat sein Zimmer ausgeräumt. Hat den ganzen Kram weggeschmissen, glaube ich.«

Erlendur stand auf, und sie folgte seinen Bewegungen mit dem Kopf. Er dankte ihr für die Hilfe, sagte, dass das sehr wichtig gewesen sei. Dann wollte er sie loben und ihr sagen, wie rüstig sie sei und wie klar im Kopf, ließ es aber bleiben, weil er mit ihr nicht wie mit einem Kind reden wollte. Er schaute an der Wand entlang bis zum Bild von Kennedy und konnte die Frage nicht zurückhalten.

»Weswegen hast du ein Bild von Kennedy über deinem Bett?«, fragte er und blickte in leere Augen.

»Ach«, seufzte Theodora, »ich habe viel von ihm gehalten, solange er lebte.«

21

Die Leichen lagen Seite an Seite auf den kalten Seziertischen im Leichenschauhaus am Barónsstígur. Erlendur versuchte, nicht daran zu denken, wie er Vater und Tochter im Tod vereint hatte. Der Rumpf von Holberg war bereits obduziert und untersucht worden, sollte aber noch auf weitere Symptome untersucht werden, die sich auf die Erbkrankheit und die Verwandtschaft mit Auður konzentrieren würden. Erlendur bemerkte, dass seine Finger schwarz waren. Man hatte auch Fingerabdrücke von dem Toten genommen. Die Leiche von Auður lag eingewickelt in weißes Leinentuch auf dem Tisch neben Holberg. Sie war noch nicht angerührt worden.

Erlendur kannte den Gerichtsmediziner nicht, und er konnte auch nur wenig von ihm sehen. Er war groß, die kräftigen Hände steckten in dünnen Kunststoffhandschuhen. Er trug einen grünen Kittel, der hinten zugeknöpft war, und grüne Hosen aus demselben Stoff, und darüber eine weiße Schürze. Er hatte einen Mundschutz und eine blaue Plastikhaube auf dem Kopf. Die Füße steckten in weißen Turnschuhen.

Erlendur war schon oft im Leichenschauhaus gewesen, und jedes Mal ging es ihm gleich schlecht. Der Geruch des Todes erfüllte seine Sinne und setzte sich in der Kleidung fest, der Geruch von Formalin und Desinfektionsmitteln und der entsetzliche Gestank von Leichen, die geöffnet worden waren. Starke Neonleuchten hingen von der Decke und warfen grelle Helligkeit in den fensterlosen Raum. Große weiße Fliesen waren auf dem Fußboden, und die Wände waren zur Hälfte gefliest, der obere Teil mit weißer Ölfarbe gestrichen. An den Wänden standen Tische mit Mikroskopen und anderen Gerätschaften, und darüber hingen Schränke, einige mit Glastüren, durch die man Gefäße und Gläser erkennen konnte, die Erlendur mit nichts in Verbindung bringen konnte. Hingegen verstand er den Zweck der Messer, Zangen und Sägen, die ordentlich aufgereiht auf einem langen Arbeitstisch lagen.

Erlendur bemerkte eine Duftplakette, die von einer

Neonleuchte über dem einen Seziertisch herabbaumelte. Sie zeigte ein Mädchen im Bikini, das an einem hellen Strand entlanglief. Ein Kassettenrecorder stand auf einem Tisch, mit einigen Kassetten daneben, und aus dem Gerät erklang klassische Musik. Erlendur tippte auf Mahler. Ein Tablett mit Essen für den Arzt stand auf einem Tisch neben einem Mikroskop.

»Sie gibt schon lange keinen Geruch mehr ab, das Mädchen, aber ihr Körper ist noch in guter Verfassung«, sagte der Arzt und schaute zu Erlendur hinüber, der an der Tür stehen geblieben war, als ob er zögerte, in das erleuchtete Zimmer des Todes und der Verwesung einzutreten.

»Was?«, sagte Erlendur und konnte seine Augen nicht von dem weißen Bündel abwenden. Die Stimme des Arztes hatte einen amüsierten Unterton, den er nicht verstand.

»Ich meine das Bikinimädchen«, sagte der Arzt und nickte in Richtung der Duftplakette. »Ich muss mir eine neue zulegen. Wahrscheinlich gewöhnt man sich nie an den Geruch. Komm herein. Keine Angst. Es sind nur fleischliche Überreste.« Er schlenkerte ein Messer über Holbergs Bauch. »Keine Seele, kein Leben, nur eine sterbliche Hülle. Glaubst du an Wiedergänger?«

»Was?«, sagte Erlendur wieder.

»Glaubst du, dass ihre Seelen alles mitverfolgen? Glaubst du, dass sie hier irgendwo herumschweben, oder glaubst du, dass sie sich in einem anderen Körper reinkarniert haben? Wiedergeboren worden sind. Glaubst du an ein Leben nach dem Tod?«

»Nein, das tue ich nicht«, sagte Erlendur.

»Der Mann hier starb nach einem schweren Schlag auf den Kopf, der die Kopfhaut durchbohrte, die Schädeldecke durchschlug und bis ins Hirn vordrang. Es hat den Anschein, als habe der Mann, der ihm den Hieb versetzte, ihm gegenübergestanden. Es ist nicht unwahrscheinlich, dass sie einander angeschaut haben. Der Angreifer ist wahrscheinlich Rechtshänder, die Wunde ist an der linken Seite. Und er ist körperlich fit, ein junger Mann oder vielleicht auch etwas älter, aber wohl kaum eine Frau, es sei denn, sie verrichtet schwere körperliche Arbeit. Der Hieb hat wahrscheinlich den Tod sofort herbeigeführt. Er hat den Weg gesehen und das helle Licht am Ende des Wegs.«

»Es ist viel wahrscheinlicher, dass er in die andere Richtung gegangen ist«, sagte Erlendur.

»Ach so. Der Magen ist leer, es gibt Reste von Kaffee und einem Ei, der Darm ist gefüllt. Er litt, falls das nicht übertrieben ausgedrückt ist, an Darmträgheit. Nicht selten in diesem Alter. Niemand hat Anspruch auf diese Leiche erhoben, und deswegen haben wir darum ersucht, dass wir ihn zu Unterrichtszwecken verwenden dürfen. Was sagst du dazu?«

»Er bringt als Toter wahrscheinlich mehr Nutzen als im Leben.«

Der Arzt blickte Erlendur an, ging zu einem Tisch hin und nahm ein rotes Fleischstück von einem Stahltablett und hielt es mit der einen Hand hoch.

»Ich kann nicht sehen, ob die Menschen gut oder schlecht gewesen sind«, sagte er. »Das könnte genauso gut das Herz eines Heiligen sein. Was wir in Erfahrung bringen müssen, ist, wenn ich dich richtig verstehe, ob dieses Herz krankes Blut gepumpt hat.«

Erlendur schaute verblüfft auf den Arzt, der das Herz von Holberg hochhielt und betrachtete. Schaute zu, wie er mit dem toten Muskel hantierte, als ob nichts auf der Welt selbstverständlicher sei.

»Ein starkes Herz«, fuhr der Arzt fort. »Das hätte noch viele Jahre schlagen können, hätte seinen Besitzer hundert Jahre alt werden lassen können. Dem fehlt nichts.«

Der Arzt legte das Herz auf das Stahltablett zurück.

»Da ist aber etwas Merkwürdiges mit diesem unserem Holberg«, sagte er, »ohne dass ich ihn in dieser Hinsicht besonders untersucht hätte. Du wirst bestimmt wollen, dass ich das tue. Es gibt einige schwache Anzeichen dafür, dass er eine bestimmte Krankheit gehabt hat. Ich habe im Gehirn einen kleinen Tumor gefunden, einen gutartigen, der ihm vielleicht etwas zu schaffen gemacht hat, und er hat einige Hautverfärbungen, vor allem hier unter den Armen.«

»Kaffeeflecken?«, fragte Erlendur.

»Café au lait heißen sie in den schlauen Büchern. Ja, Kaffeeflecken. Weißt du etwas darüber?«

»Absolut gar nichts.«

»Ich werde zweifellos noch mehr Symptome finden, wenn ich ihn näher untersuche.«

»Es war die Rede von Kaffeeflecken bei dem Mädchen. Sie bekam einen Hirntumor. Bösartig. Weißt du, was für eine Krankheit das ist?«

»Darüber kann ich jetzt noch nichts sagen.«

»Sprechen wir von einer Erbkrankheit?«

»Ich weiß es nicht.«

Der Arzt ging hinüber zu dem Tisch, wo Auður lag.

»Kennst du die Story von Einstein?«, fragte er.

»Einstein?«, sagte Erlendur.

»Albert Einstein.«

»Was für eine Story?«

»Eine merkwürdige Geschichte. Thomas Harvey? Nie von ihm gehört? Ein Pathologe.«

»Nein.«

»Er hatte Wache, als Einstein starb«, fuhr der Arzt fort. »Ein neugieriger Zeitgenosse. Obduzierte die Leiche, und weil es Einstein war, konnte er sich nicht zurückhalten und öffnete auch den Kopf und untersuchte das Gehirn. Und er tat noch mehr. Er klaute Einsteins Gehirn.«

Erlendur schwieg. Er hatte keine Ahnung, worauf der Arzt hinauswollte.

»Nahm es mit zu sich nach Hause. Manche Leute haben eine merkwürdige Sammelleidenschaft, besonders, wenn es sich um berühmte Menschen handelt. Harvey verlor seinen Job, als der Diebstahl bekannt wurde, und er wurde mit den Jahren wunderlich; eigentlich war er eine richtige Legende. Es gab viele Geschichten über ihn. Das Gehirn hat er immer zu Hause bei sich aufbewahrt. Ich weiß nicht, wie ihm das gelungen ist, denn Einsteins Verwandte versuchten unentwegt, es zurückzubekommen, aber ohne Erfolg. Im Alter schließlich schloss er Frieden mit den Verwandten und beschloss, ihnen das Gehirn zurückzugeben. Verstaute es im Kofferraum und fuhr damit quer durch Amerika zu einem Enkelkind von Einstein in Kalifornien.«

»Ist das wahr?«

»So wahr, wie ich hier stehe.«

»Und warum erzählst du mir das?«, fragte Erlendur.

Der Arzt lüftete das Laken von der Kindesleiche und schaute darunter.

»Bei ihr fehlt das Gehirn«, sagte er, und auf einmal war der unbekümmerte Ausdruck von seinem Gesicht verschwunden.

»Was?«, stöhnte Erlendur.

»Das Gehirn«, sagte der Arzt, »ist nicht an seinem Platz.«

22

Erlendur begriff nicht, was der Arzt sagte, und er schaute ihn an, als habe er ihn nicht gehört. Er konnte sich keinen Reim auf das machen, was der Arzt erzählte. Er schaute einen Moment auf die Leiche, blickte aber schnell wieder hoch, als er die Knochen einer kleinen Hand unter dem Laken hervorlugen sah. Er getraute sich nicht, sich das Bild von dem, was unter dem Laken lag, einzuprägen. Er wollte nicht wissen, wie die irdischen Überreste des Mädchens aussahen. Wollte nicht, dass dieses Bild jedes Mal wieder auftauchte, wenn er an sie dachte.

»Sie ist schon einmal geöffnet worden«, sagte der Arzt.

»Fehlt das Gehirn?«, stöhnte Erlendur.

»Sie ist damals obduziert worden.«

»Ja, im Krankenhaus in Keflavík.«

»Wann ist sie gestorben?«

»1968«, sagte Erlendur.

»Und wenn ich es richtig verstehe, soll Holberg ihr Vater gewesen sein. Aber ihre Eltern haben nicht zusammengelebt?«

»Das Mädchen hatte nur seine Mutter.«

»Hatten sie die Genehmigung, Organe von ihr zu wissenschaftlichen Zwecken zu nutzen?«, fuhr der Arzt fort. »Weißt du was darüber? Hat die Mutter dem zugestimmt?«

»Das kann ich mir nicht vorstellen«, sagte Erlendur.

»Es könnte ohne Genehmigung entfernt worden sein. Wer war für sie zuständig, als sie starb? Wer war ihr Arzt?«

Erlendur nannte Franks Namen. Der Arzt wurde nachdenklich.

»Ich kann nicht behaupten, dass ich nie von derartigen

Fällen gehört habe. Die Anverwandten werden manchmal gefragt, ob Organe zu wissenschaftlichen Zwecken entfernt werden dürfen. Alles im Namen der Wissenschaft, selbstverständlich. Wir brauchen das. Ich kenne Beispiele, dass bestimmte Organe zu Forschungszwecken entnommen werden, bevor die Beerdigung stattfindet, wenn keine Anverwandten vorhanden sind. Aber ich kenne nur wenige Beispiele, dass Organe de facto gestohlen wurden, wenn es Anverwandte gibt.«

»Wie kann das Gehirn fehlen?«, fragte Erlendur noch einmal.

»Also der Kopf ist entzweigesägt worden, um das Gehirn zur Gänze entnehmen zu können.«

»Nein, ich meine ...«

»Saubere Arbeit«, setzte der Arzt fort. »Der hat was von seinem Handwerk verstanden. Hier ist die Wirbelsäule durch den Hals von hinten angeschnitten worden, um das Gehirn loszulösen.«

»Ich weiß, dass das Gehirn wegen eines Tumors untersucht wurde«, sagte Erlendur. »Soll das heißen, das es nicht wieder an seinen Platz kam?«

»Es gibt eine bestimmte Erklärung«, sagte der Arzt und ließ das Laken wieder fallen. »Wenn sie das Gehirn für wissenschaftliche Zwecke entnommen haben, konnten sie es kaum noch vor der Beerdigung wieder zurückgeben. Es musste fixiert werden.«

»Fixiert?«

»Damit man besser damit arbeiten kann. Es wird dann wie Weißkäse. Das braucht seine Zeit.«

»Hätte es nicht genügt, ein paar Proben zu entnehmen?«

»Keine Ahnung«, sagte der Arzt. »Ich weiß nur, dass das Gehirn nicht an seinem Platz ist, und deswegen wird es schwierig sein, genau zu bestimmen, was ihren Tod herbeigeführt hat. Vielleicht können wir es mit einer DNA-Analyse des Knochengewebes herausfinden. Die Frage ist, was uns das sagt.«

Die Verwunderung in Franks Gesichtsausdruck war nicht zu übersehen, als er die Tür öffnete und wieder Erlendur im strömenden Regen da stehen sah.

»Wir haben das Mädchen exhumiert«, sagte Erlendur ohne Umschweife, »und das Gehirn von ihr fehlt. Weißt du etwas darüber?«

»Exhumiert? Das Gehirn?«, fragte der Arzt verblüfft und ließ Erlendur in sein Büro. »Was meinst du damit, dass das Gehirn fehlt?«

»Das, was ich sage. Das Gehirn ist entfernt worden. Wahrscheinlich, um die Todesursache zu bestimmen, und dann ist es nicht mehr zurückerstattet worden. Du warst ihr Arzt. Weißt du, was geschehen ist? Weißt du etwas über die Sache?«

»Ich war ihr Hausarzt, das habe ich dir, glaube ich, schon erklärt, als du das letzte Mal hier warst. Betreut wurde sie im Krankenhaus in Keflavík von den Ärzten dort.«

»Der Arzt, der die Obduktion vorgenommen hat, lebt nicht mehr. Wir haben die Kopie eines Berichts mit den pathologischen Ergebnissen bekommen. Der ist ziemlich knapp und nennt nur einen Hirntumor. Falls mehr untersucht wurde, gibt es keinen Bericht darüber. Hätte es nicht genügt, Proben zu entnehmen? Musste wirklich das ganze Gehirn entfernt werden?«

Der Arzt zuckte mit den Achseln.

»Ich kenne mich da nicht so gut aus.«

Er zögerte einen Augenblick.

»Fehlten noch andere Organe?«, fragte er dann.

»Andere?«, sagte Erlendur.

»Als das Gehirn. Fehlte nur das Gehirn?«

»Was meinst du damit?«

»Sind die anderen Organe nicht angerührt worden?«

»Ich glaube nicht. Der Arzt hat das nicht erwähnt. Nichts anderes angerührt? Worauf willst du hinaus?«

Frank blickte Erlendur nachdenklich an.

»Ich gehe nicht davon aus, dass du jemals etwas über den Gläserpalast gehört hast.«

»Gläserpalast?«

»Ja.«

»Was bedeutet Gläserpalast?«

»Er ist jetzt geschlossen worden, soweit ich weiß, aber erst vor ganz kurzer Zeit. Der Saal wurde so genannt. Gläserpalast.«

»Der Saal?«

»Im Obergeschoss auf dem Barónsstígur. Da, wo die Organe aufbewahrt wurden.«

»Organe aufbewahrt?«

»Sie wurden in Glaskrügen mit Formalin aufbewahrt. Alle möglichen Organe, die man aus den Krankenhäusern holte. Zu Unterrichtszwecken. Im Medizinstudium, Anatomie, Pathologie und wie das alles heißt. Sie wurden in einem Raum aufbewahrt, der von den Medizinstudenten Gläserpalast genannt wurde. Lagen in Formalin in Glasbehältern. Eingeweide. Herzen, Nieren und Extremitäten. Auch Gehirne.«

»Aus den Krankenhäusern?«

»Menschen sterben im Krankenhaus. Werden obduziert. Auch zu Unterrichtszwecken. Die Organe werden seziert.

Nicht alle werden zurückgegeben, einige werden zu Unterrichtszwecken aufbewahrt. Seinerzeit wurden solche Organe in dem Gläserpalast aufbewahrt.«

»Warum erzählst du mir das?«

»Es muss nicht sein, dass das Gehirn für immer verschwunden ist.«

»Wie das?«

»Es kann durchaus sein, dass es sich in irgendeinem Gläserpalast befindet. Organe, die zu Unterrichtszwecken aufbewahrt werden, sind alle registriert und systematisch erfasst. Wenn du das Gehirn unbedingt finden musst, dann besteht die Chance, dass es aufbewahrt wurde.«

»Ich habe noch nie von so was gehört. Werden die Organe ohne Genehmigung entfernt, oder bittet man die Angehörigen um Erlaubnis? ... Wie geht das vonstatten?«

Der Arzt zuckte mit den Achseln.

»Ich weiß es ehrlich gesagt nicht. Wahrscheinlich gibt es da diverse Möglichkeiten. Organe sind ungeheuer wichtig für den Unterricht. Alle Universitätskliniken auf der ganzen Welt haben eine große Sammlung von Organen. Ich habe sogar gehört, dass einzelne Ärzte, Pathologen, sich eine eigene Privatsammlung zugelegt haben, aber das ist etwas, wovon ich nur gehört habe.«

»Organsammler?«

»Die gibt es.«

»Organsammler?«

»Ja.«

»Was ist aus diesem ... Gläserpalast geworden? Wenn es sie nicht mehr gibt.«

»Ich weiß es nicht.«

»Denkst du, dass das Gehirn dort gelandet sein kann? In Formalin präpariert?«

»Könnte gut sein. Habt ihr das Mädchen exhumiert?«

»Vielleicht war das ein Missverständnis«, schnaubte Erlendur. »Vielleicht ist dieser ganze Fall ein einziges großes Missverständnis.«

23

Elinborg hatte Klara, die Schwester von Grétar, ausfindig gemacht. Ihre Suche nach einem weiteren Opfer von Holberg aus Húsavík hatte noch keinen Erfolg gezeitigt. Die Reaktionen der Frauen liefen alle aufs Gleiche hinaus: enormes und echtes Erstaunen, und dann brennendes Interesse, sodass Elinborg sich wirklich am Riemen reißen musste, um sich nicht die Details entlocken zu lassen. Obwohl sie und die anderen Kriminalbeamten allen einschärften, dass die Angelegenheit heikel sei und mit niemandem darüber gesprochen werden durfte, wusste Elinborg ganz genau, dass die Klatsch- und Tratschleitungen abends glühen würden.

Klara lebte in einer gepflegten Wohnung in einem Mehrfamilienhaus in Breiðholt. Sie nahm Elinborg an der Wohnungsstür in Empfang, eine schlanke Frau über fünfzig in Jeans und blauem Pullover, dunkelhaarig. Sie rauchte eine Zigarette.

»Habt ihr mit meiner Mutter gesprochen?«, fragte sie freundlich und interessiert, als Elinborg sich vorgestellt hatte und sie in die Wohnung gelassen worden war.

»Das war Erlendur«, sagte Elinborg. »Wir arbeiten zusammen.«

»Sie sagte, dass es ihm nicht gut ginge«, sagte Klara und ging vor Elinborg ins Wohnzimmer und bat sie, sich zu setzen. »Mutter macht immer solche Bemerkungen, die kein Mensch versteht.«

Elinborg antwortete nicht darauf.

»Ich habe heute frei«, sagte Klara, als wolle sie erklären, warum sie mitten am Tag zu Hause herumhing und rauchte. Sie erklärte, schichtweise bei einem Reisebüro zu arbeiten. Der Mann in der Arbeit, die beiden Kinder schon längst flügge. »Die Tochter studiert Medizin«, sagte sie stolz. Sie hatte die Zigarette kaum ausgemacht, als sie sich schon die nächste anzündete. Elinborg hustete höflich, aber Klara nahm diesen Hinweis nicht wahr.

»Das mit Holberg habe ich in der Zeitung gelesen«, sagte Klara, als ob sie ihrem Redefluss Einhalt gebieten wollte. »Mama sagte, dass der Mann nach Grétar gefragt hat. Wir waren Halbgeschwister. Mama hat vergessen, ihm das zu sagen, Grétar und ich haben dieselbe Mutter. Und die Väter sind schon lange tot.«

»Das wussten wir nicht«, sagte Elinborg.

»Willst du den Kram sehen, den ich aus seiner Wohnung geholt habe?«

»Das wäre nicht schlecht«, sagte Elinborg.

»Er hat in einem entsetzlichen Loch gewohnt. Habt ihr ihn gefunden?«

Klara blickte Elinborg an und sog den Rauch heftig in die Lungen.

»Wir haben ihn nicht gefunden«, sagte Elinborg, »und ich glaube, wir suchen nicht direkt nach ihm.« Sie hustete wieder höflich. »Es ist mehr als ein Vierteljahrhundert her, seit er verschwunden ist, sodass ...«

»Ich habe keine Ahnung, was passiert ist«, unterbrach

Klara und blies eine dicke Rauchwolke von sich. »Wir haben nicht viel Verbindung gehabt. Er war ziemlich viel älter als ich, ging seiner eigenen Wege und war ziemlich unausstehlich. Nie konnte man ein Wort aus ihm herausbekommen, er schikanierte Mutter und hat uns beide bestohlen, wo er nur konnte. Dann ist er ausgezogen.«

»Holberg hast du nicht gekannt?«, fragte Elinborg.

»Nein.«

»Oder Elliði?«, fügte sie hinzu.

»Was für ein Elliði?«

»Spielt keine Rolle.«

»Ich wusste nicht, mit wem Grétar Umgang hatte. Als er verschwunden war, sprach jemand mit mir, Marian, glaube ich, und nahm mich zu seiner Wohnung mit. Ein entsetzliches Loch. Da war ein widerlicher Geruch in dem Zimmer und der Boden übersät mit Abfällen, angefressene Schafsköpfe und verschimmeltes Rübenmus.«

»Marian?«, fragte Elinborg. Sie war noch nicht lange bei der Kriminalpolizei und kannte den Namen nicht.

»Ja, das war der Name.«

»Kannst du dich an eine Kamera in dem Zeugs da bei deinem Bruder erinnern?«

»Sie war das Einzige, was in diesem Zimmer in Ordnung war. Ich hab sie mitgenommen, aber nie benutzt. Die Polizei glaubte, sie wäre vielleicht gestohlen, und da war mir nicht wohl dabei. Ich bewahre sie in der Abstellkammer unten im Keller auf. Willst du sie sehen? Kommst du wegen der Kamera?«

»Dürfte ich sie vielleicht einmal sehen?«, fragte Elinborg.

Klara stand auf. Sie bat Elinborg, einen Augenblick zu warten, ging in die Küche und kam mit einem Schlüsselbund zurück. Sie gingen ins Treppenhaus und die Kellertreppe hinunter. Klara öffnete die Tür zu dem Gang mit den Abstellkammern, ging dann zu einer Tür und öffnete sie. In der Rumpelkammer herrschte ein heilloses Chaos, Liegestühle und Schlafsäcke, Ski- und Campingausrüstungen, ein Fußmassagegerät und ein Mineralwasserbereiter ließen Elinborg innerlich aufstöhnen.

»Ich habe das in einem Karton hier aufbewahrt«, sagte Klara, die sich in dem Tohuwabohu vorgearbeitet hatte. Sie bückte sich und hob einen kleinen braunen Pappkarton hoch. »Ich glaube, ich habe den ganzen Kram da reingetan. Außer der Kamera hat der Junge eigentlich nichts besessen.« Sie öffnete den Karton und wollte etwas herausnehmen, aber Elinborg hinderte sie daran.

»Nichts aus dem Karton nehmen«, sagte sie und streckte ihre Hand nach ihm aus. »Man kann nie wissen, welche Bedeutung der Inhalt für uns hat«, sagte sie wie zur Erklärung.

Klara reichte ihr den Karton mit etwas beleidigter Miene, und Elinborg öffnete ihn. Drinnen waren drei zerlesene Krimis, ein Taschenmesser, ein bisschen Kleingeld und ein Fotoapparat, eine Kodak Instamatic, die in eine Hosentasche passte. Elinborg erinnerte sich, dass das früher ein beliebtes Weihnachts- oder Konfirmationsgeschenk gewesen war. Kein besonders kostbarer Besitz für einen Mann mit brennendem Interesse am Fotografieren, aber sie tat natürlich ihre Dienste. Filme sah sie nicht in dem Karton. Erlendur hatte sie extra gebeten zu überprüfen, ob Grétar irgendwelche Filme hinterlassen hätte. Sie nahm ein Taschentuch, drehte die Kamera um und sah, dass kein Film drin war. Es waren auch keine Fotos in dem Karton.

»Und dann sind hier alle möglichen Schalen und Flüssigkeiten«, sagte Klara und zeigte nach hinten in den Abstellraum. »Ich glaube, er hat seine Fotos selbst entwickelt. Da ist auch noch etwas Fotopapier. Das ist doch bestimmt alles nicht mehr zu verwenden, oder? Müll.«

»Am besten nehme ich das auch mit«, sagte Elinborg, und Klara bahnte sich wieder einen Weg durch das Chaos.

»Weißt du, ob er seine Filme aufbewahrt hat, oder hast du welche bei ihm gesehen?«, fragte Elinborg.

»Nein, nichts dergleichen«, stöhnte Klara, als sie sich nach den Schalen bückte.

»Weißt du, wo er seine Fotos aufbewahrt hat?«

»Nein.«

»Weißt du vielleicht, warum er fotografierte?«

»Na, weil er Spaß daran hatte, vermute ich«, sagte Klara.

»Hast du jemals irgendwelche Bilder gesehen?«

»Nein, er hat mir nie was gezeigt. Wir hatten wenig Verbindung miteinander, wie ich schon sagte. Ich habe keine Ahnung, wo seine Bilder sind. Grétar war ein verdammter Idiot«, sagte sie, unsicher, ob sie sich wiederholt hatte, zuckte dann aber mit den Achseln.

»Ich würde diesen Karton gerne mitnehmen«, sagte Elinborg. »Das ist hoffentlich in Ordnung. Wir werden ihn bald wieder zurückbringen.«

»Was ist eigentlich los?«, fragte Klara und zeigte zum ersten Mal Interesse am Besuch der Polizei und den Fragen über ihren Bruder. »Wisst ihr, wo Grétar ist?«

»Nein«, sagte Elinborg und versuchte, jeglichen Zweifel zu zerstreuen. »In der Sache ist nichts Neues herausgekommen. Gar nichts.«

Die zwei Frauen, mit denen Kolbrún an dem Abend zusammen gewesen war, als Holberg sie attackierte, waren beide namentlich in den Polizeiberichten erwähnt. Erlendur hatte eine Fahndung nach ihnen eingeleitet, und es stellte sich heraus, dass beide aus Keflavík stammten, aber von dort weggezogen waren.

Die eine hatte einen amerikanischen Soldaten von der Nato-Basis geheiratet und lebte in den USA, und die andere war fünf Jahre später nach Stykkishólmur gezogen. Dort war sie immer noch gemeldet.

Erlendur überlegte, ob er einen ganzen Tag auf die Fahrt nach Stykkishólmur verschwenden sollte, oder ob es genügen würde, die Frau anzurufen.

Erlendur sprach nur schlecht Englisch, und deswegen überließ er es Sigurður Óli, die Frau in Amerika ausfindig zu machen. Er bekam ihren Mann zu sprechen, und es stellte sich heraus, dass sie vor fünfzehn Jahren gestorben war. Todesursache Krebs. In Amerika beerdigt.

Erlendur rief in Stykkishólmur an und bekam ohne nennenswerte Schwierigkeiten Verbindung mit der Frau. Er rief erst bei ihr zu Hause an und erfuhr, wo sie arbeitete. Sie war Krankenschwester am Krankenhaus.

Die Frau hörte Erlendur zu und erklärte dann, ihm leider nicht helfen zu können. Sie hatte schon damals der Polizei nicht helfen können, und daran hätte sich nichts geändert.

»Wir gehen davon aus, dass Holberg ermordet worden ist«, sagte Erlendur, »und dass das irgendwas mit diesem Vorfall damals zu tun hat.«

»Das habe ich in den Nachrichten gesehen«, sagte die Stimme am Telefon. Die Frau hieß Agnes, und Erlendur versuchte, sich auf Grund der Stimme eine Vorstellung von ihr zu machen. Er sah zunächst eine patente und entschlossene Frau in den Sechzigern vor sich, ziemlich korpulent, denn sie war kurzatmig. Dann bemerkte er, dass sie einen hässlichen Raucherhusten hatte, und Agnes verwandelte sich in eine spindeldürre Person mit gelber und verschrumpelter Haut. In regelmäßigen Abständen hustete sie röchelnd.

»Erinnerst du dich an den Abend in Keflavík?«, fragte Erlendur.

»Ich bin vor ihnen nach Hause gegangen«, sagte Agnes.

»Mit euch waren drei Männer.«

»Ich ging mit dem, der Grétar hieß. Ich habe euch damals davon erzählt. Ich finde es ziemlich unangenehm, darüber zu sprechen.«

»Das sind neue Informationen für mich, dass du mit Grétar nach Hause gegangen bist«, sagte Erlendur und blätterte in den Berichten vor sich.

»Ich habe ihnen das aber gesagt, als sie mich vor all diesen Jahren das Gleiche gefragt haben.«

Sie hustete und versuchte, Erlendur das Röcheln zu ersparen.

»Entschuldigung. Ich habe es nie geschafft, mit dem verdammten Rauchen aufzuhören. Er war ein richtiger Armleuchter, dieser Grétar. Ich habe ihn danach nie wieder gesehen.«

»Wie gut kanntet ihr euch, du und Kolbrún?«

»Wir arbeiteten zusammen. Das war, bevor ich die Krankenschwesternausbildung machte. Es war das erste und einzige Mal, dass wir zusammen ausgegangen sind. Verständlicherweise.«

»Hast du Kolbrún geglaubt, als sie über die Vergewaltigung sprach?«

»Ich erfuhr erst davon, als die Polizei eines Tages bei mir erschien und mich nach diesem Abend ausfragte. Ich kann mir nicht vorstellen, dass sie so etwas erlogen hätte. Kolbrún war ein Unschuldslamm, wie es im Buche steht. Durch und durch ehrlich, in allem, was sie tat, aber sie hatte etwas von einer Märtyrerin. Klein und schwächlich. Keine starke Persönlichkeit. Es ist vielleicht schrecklich, das zu sagen, aber sie war nicht besonders interessant, wenn du verstehst, was ich meine. Spaß haben konnte man nicht mir ihr.«

Agnes verstummte, und Erlendur wartete, bis sie weiterredete.

»Sie war nicht sehr darauf aus, sich zu amüsieren, und an diesem Abend mussten wir sie so halbwegs mitschleifen. Meine Freundin hieß Helga, sie starb in Amerika, das wisst ihr vielleicht. Kolbrún war so zurückhaltend und irgendwie einsam, und ich wollte nett zu ihr sein. Sie war bereit, mit zum Tanzen zu gehen, und ging dann hinterher mit zu Helga, wollte aber bald nach Hause gehen. Trotzdem war ich noch vor ihr weg, und deswegen weiß ich eigentlich nicht, was dort passiert ist. Am Montag erschien sie nicht in der Arbeit, und ich erinnere mich, dass ich bei ihr angerufen habe, aber sie hat nicht geantwortet. Einige Zeit später kam die Polizei, um mich über Kolbrún auszufragen. Ich wusste nicht, was ich davon halten sollte. Ich hatte nichts Unnormales zwischen Holberg und ihr bemerkt. Er war eigentlich eher charmant, wenn ich mich recht erinnere. Ich war sehr überrascht, als die Polizei von Vergewaltigung sprach.«

»Er verstand es, einen guten Eindruck zu machen«, sagte Erlendur. »Ein Mann, der bei Frauen ankam, so hieß es wohl, glaube ich.«

»Ich erinnere mich, wie er ins Geschäft kam.«

»Er? Holberg?«

»Ja, Holberg. Ich glaube, dass die drei sich deswegen an dem Abend zu uns gesetzt haben. Er sagte, er sei Wirtschaftsprüfer aus Reykjavík, aber das war wohl eine Lüge, nicht wahr?«

»Alle drei haben bei der Leuchtturm- und Hafenbehörde gearbeitet. Was war das für ein Geschäft?«

»Ein Damengeschäft. Wir verkauften Damenoberbekleidung. Unterbekleidung auch.«

»Und er kam in das Geschäft?«

»Ja. Am Tag vorher. Am Freitag. Ich musste das damals ganz genau erzählen, und ich kann mich gut daran erinnern. Er erklärte, dass er etwas für seine Frau suchte. Ich bediente ihn, und als wir uns dann beim Tanzen trafen, tat ich, als ob wir uns kennen würden.«

»Hattest du nach diesem Ereignis Verbindung zu Kolbrún? Hast du mit ihr über das gesprochen, was da passiert ist?«

»Sie kam nie wieder ins Geschäft, und wie ich schon sagte, habe ich erst davon erfahren, was passiert war, als die Polizei kam und mich ausfragte. Ich kannte sie nicht so gut. Ich habe ein paar Mal versucht, bei ihr anzurufen, als sie nicht in der Arbeit erschien, und einmal bin ich zu ihr hingegangen, aber sie war nicht da. Ich wollte mich da nicht zu sehr reinhängen. Sie war so. Eigenbrötlerisch. Dann kam ihre Schwester und erklärte, dass Kolbrún kündigen würde. Ein paar Jahre später erfuhr ich, dass sie gestorben war. Da war ich schon hier in Stykkishólmur. War es Selbstmord? Das habe ich gehört.«

»Sie ist gestorben«, sagte Erlendur und dankte Agnes höflich für das Gespräch.

Er musste auf einmal an Sveinn denken, den Mann, von dem er gerade gelesen hatte. Er überlebte ein Unwetter auf Mosfellsheiði. Die Qualen und das Sterben der Kameraden schienen keinen Eindruck auf Sveinn zu machen. Von den Reisegenossen war er am besten ausgerüstet gewesen, und der Einzige, der heil und gesund die bewohnten Gebiete wieder erreichte. Nachdem man ihn auf dem nächsten Hof versorgt hatte, schnallte er sich gleich Schlittschuhe an und vergnügte sich auf dem nahe gelegenen Teich.

Währenddessen erfroren seine Kameraden auf Mosfellsheiði.

Danach hieß er nur noch Sveinn Herzlos.

24

Die Suche nach der Frau aus Húsavík war immer noch erfolglos, als Sigurður Óli und Elinborg sich am Abend zu einer Besprechung in Erlendurs Büro niederließen, bevor jeder nach Hause ging. Sigurður Óli erklärte, dass es ihn nicht überraschen würde, auf diese Weise würden sie die Frau nie finden. Als Erlendur mürrisch fragte, ob er eine bessere Methode wisse, schüttelte er den Kopf.

»Es kommt mir nicht so vor, als ob wir nach dem Mörder von Holberg suchen«, sagte Elinborg und fixierte Erlendur. »Es hat den Anschein, als suchten wir nach etwas ganz anderem, und ich hänge völlig in der Luft, was das eigentlich ist. Du hast das kleine Mädchen exhumieren lassen, und ich habe beispielsweise keine Ahnung, warum.

Du hast angefangen, nach einem Mann zu suchen, der vor mehr als einem Menschenalter verschwunden ist, und ich kann nicht sehen, was das mit der Sache zu tun hat. Ich finde, dass wir uns nicht nach den Dingen fragen, die auf der Hand liegen; entweder hat der Mörder Holberg nahe gestanden, oder er hat ihn überhaupt nicht gekannt, jemand, der bei ihm eingedrungen ist und ihn berauben wollte. Persönlich scheint mir das die einleuchtendste Erklärung zu sein. Ich finde, wir sollten lieber nach diesem Mann fahnden. Irgendeinem Junkie. In der grünen Militärjacke. Wir haben eigentlich nichts in der Richtung unternommen.«

»Vielleicht ist es jemand, dem Holberg für gewisse Dienste gezahlt hat«, warf Sigurður Óli dazwischen. »Nach all den Pornos in seinem Computer zu urteilen, ist es überhaupt nicht unwahrscheinlich, dass er auch für Sex gezahlt hat.«

Erlendur saß während dieser Kritik schweigend da und starrte vor sich hin. Er wusste, dass das meiste von dem, was Elinborg gesagt hatte, richtig war. Vielleicht war sein Scharfsinn wegen dieser ewigen Sorgen um Eva Lind in Mitleidenschaft gezogen. Er wusste nicht, wo sie sich herumtrieb, er wusste nicht, in welchem Zustand sie war, sie wurde von Leuten verfolgt, die ihr übel wollten, und er stand dem Ganzen ratlos gegenüber. Weder Sigurður Óli noch Elinborg sagte er etwas über seine Entdeckung bei dem Gerichtsmediziner.

»Wir haben die Botschaft«, sagte er. »Es ist kein Zufall, dass wir sie bei der Leiche gefunden haben.«

Plötzlich öffnete sich die Tür, und der Chef der Spurensicherung steckte den Kopf herein.

»Ich bin weg«, sagte er. »Ich wollte euch bloß sagen,

dass sie immer noch dabei sind, die Kamera zu untersuchen, und sie rufen sofort an, wenn sie irgendwas Wichtiges herausfinden.«

Er machte die Tür wieder zu, ohne sich zu verabschieden.

»Vielleicht liegen wir völlig verkehrt«, sagte Erlendur. »Vielleicht gibt es eine furchtbar einfache Lösung für das Ganze. Vielleicht war es ein Verrückter. Aber vielleicht, und ich glaube, dass es sich so verhält, gibt es viel tiefere Gründe für diesen Mord, als wir uns bislang vorgestellt haben. Vielleicht liegt die Erklärung darin, was für ein Mensch Holberg war und was er getan hat, solange er lebte.«

Erlendur verstummte.

»Und die Nachricht«, sagte er. »*Ich bin er.* Wie erklärt ihr euch das?«

»Sie könnte von einem Freund stammen«, sagte Sigurður Óli und signalisierte Anführungszeichen mit den Fingern. »Oder einem Arbeitskollegen. Bislang haben wir uns an dieser Front wenig bemüht. Ich weiß ehrlich gesagt nicht, was diese Suche nach dieser Frau bringen soll. Und ich habe keine Ahnung, wie ich es anstellen soll, sie zu fragen, ob sie vergewaltigt worden sind, ohne eine Blumenvase an den Kopf zu kriegen.«

»Und hat nicht Elliði sich schon so manches im Leben zusammengelogen?«, sagte Elinborg. »Ist es nicht genau das, was er will, dass wir uns lächerlich machen? Hast du schon einmal darüber nachgedacht?«

»Ach, lassen wir das«, sagte Erlendur, dem die Lust an diesem Gespräch vergangen zu sein schien. »Die Ermittlung hat uns auf diese Spur gebracht. Es wäre komisch, wenn wir nicht den Hinweisen, die wir bekommen, auf den Grund gehen. Ich weiß, dass isländische Morde normalerweise nicht kompliziert sind, aber hier geht die Rechnung irgendwie nicht auf, wenn ihr den Mord einfach auf einen Zufall zurückführen wollt. Meiner Meinung nach handelt es sich nicht um eine impulsive Bluttat.«

Das Telefon auf Erlendurs Schreibtisch klingelte. Er hob den Hörer ab, hörte eine Weile zu, nickte dann mit dem Kopf und bedankte sich, bevor er den Hörer wieder auflegte. Sein Verdacht hatte sich bestätigt.

»Die Spurensicherung«, sagte er und blickte auf Elinborg und Sigurður Óli. »Das Bild auf dem Friedhof von Auðurs Grab wurde mit der Kamera von Grétar gemacht. Beim Entwickeln kamen übereinstimmende Schrammen zum Vorschein. Jetzt wissen wir also, dass zumindest die starke Wahrscheinlichkeit besteht, dass Grétar das Foto gemacht hat. Möglicherweise hat jemand anderes seine Kamera benutzt, aber das andere ist wahrscheinlicher.«

»Und was sagt uns das?«, fragte Sigurður Óli und schaute auf die Uhr. Er hatte Bergþóra zum Abendessen in ein Restaurant eingeladen, weil er auf die Weise versuchen wollte, den Fauxpas vom Geburtstag wieder gutzumachen.

»Es sagt uns beispielsweise, dass Grétar wusste, dass Auður Holbergs Tochter war. Das wussten nur ganz wenige. Und es sagt uns auch, dass Grétar Gründe dafür hatte, einerseits das Grab zu finden und andererseits ein Bild davon zu machen. Tat er das, weil Holberg ihn darum gebeten hatte? Tat er das gegen Holbergs Willen? Hat Grétars Verschwinden etwas mit dem Foto zu tun? Wenn ja, dann wie? Was wollte Grétar mit dem Foto? Warum haben wir es versteckt in Holbergs Schreibtisch gefunden? Wer macht Fotos von Kindergräbern?«

Elinborg und Sigurður Óli starrten Erlendur an, während er ihnen diesen Fragenkatalog auftischte. Sie bemerkten, wie die Stimme mehr zu einem Flüstern herabsank, und sie sahen, dass er gar nicht mehr mit ihnen sprach, sondern mit sich selbst, geistesabwesend ganz in Gedanken. Wie unbewusst griff er mit einer Hand nach der Brust und massierte sie. Sie blickten einander an, wagten aber nicht zu fragen.

»Wer macht Fotos von Kindergräbern?«, stöhnte Erlendur wieder.

Später am Abend fand Erlendur heraus, wer der Mann war, der Eva Lind die Eintreiber auf den Hals hetzte. Er bekam die Informationen bei der Drogenabteilung, die einen ziemlich dicken Ordner über den Mann führte, und er fand heraus, dass er sich häufig in einer Kneipe aufhielt, die Napoleon hieß. Erlendur ging dorthin und setzte sich dem Mann gegenüber. Er wurde Eddi genannt und war etwa fünfzig, fettleibig, mit ein paar wenigen gelben Zähnen im Mund und einer Glatze.

»Glaubst du, dass Eva Lind eine Sonderbehandlung bekommt, nur weil du ein Bulle bist?«, sagte Eddi, als Erlendur sich zu ihm gesetzt hatte. Er schien gleich zu wissen, wer Erlendur war, obwohl sie sich nie zuvor begegnet waren. Erlendur hatte fast den Eindruck, als habe er ihn erwartet.

»Hast du sie schon gefunden?«, fragte Erlendur und blickte sich in dem dämmrigen Raum um, wo ein paar armselige Gestalten an Tischen saßen und sich mit weltmännischem Gestikulieren großtaten. Auf einmal erhielt der Name der Kneipe für Erlendur einen neuen Sinn.

»Du kapierst hoffentlich, dass ich ihr Freund bin«, sagte Eddi. »Sie kriegt von mir, was sie will. Manchmal bezahlt sie, manchmal vergeht eine zu lange Zeit. Der mit dem Knie lässt dich schön grüßen.«

»Er hat dich verpfiffen.«

»Es ist nicht leicht, anständige Leute zu finden«, sagte Eddi und deutete mit der Hand in den Raum.

»Um wie viel handelt es sich?«

»Eva? Zweihundert Riesen. Aber sie schuldet nicht nur mir.«

»Können wir einen Deal machen?«

»Ganz wie du willst.«

Erlendur holte die zwanzigtausend Kronen hervor, die er auf dem Weg am Automaten gezogen hatte, und legte sie auf den Tisch. Eddi nahm das Geld, zählte ganz genau nach und steckte es in die Tasche.

»Nach einer Woche oder so kriegst du mehr von mir.«

»Alles paletti.«

Eddi blickte Erlendur forschend an. Sie waren in einer ähnlichen Lage.

»Ich dachte, du würdest große Töne spucken«, sagte er.

»Wozu?«, fragte Erlendur.

»Ich weiß, wo sie ist«, sagte Eddi, »aber du wirst es nie schaffen, sie zu retten.«

Erlendur fand das Haus. Er war schon früher in ein solches Haus gekommen, und in derselben Mission. Eva Lind lag auf einer Matratze in dieser Absteige zusammen mit mehreren anderen Leuten. Einige waren in ihrem Alter, andere wesentlich älter. Das Haus war offen, und das einzige Hindernis war ein Mann, der mit den Armen fuchtelte. Erlendur hielt ihn für um die zwanzig. Erlendur klatschte ihn an die Wand und warf ihn zur Tür hinaus. Eine kahle Birne hing in einem Zimmer von der Decke. Er beugte sich über Eva und versuchte, sie zu wecken. Die Atemzüge waren regelmäßig und normal, der Herzschlag etwas schnell. Er schüttelte sie, schlug sie leicht auf die Wange, und bald öffnete sie die Augen.

»Opa«, sagte sie, und die Augen schlossen sich wieder. Er hob Eva hoch, trug sie aus dem Zimmer und achtete darauf, nicht auf die Leute zu treten, die auf dem Boden lagen und sich nicht rührten. Er wusste nicht, ob sie wach war oder schlief. Sie öffnete die Augen wieder.

»Sie ist hier«, flüsterte sie, aber Erlendur wusste nicht, wovon sie sprach, und trug sie zum Auto. Je eher er hier wegkäme, desto besser. Er stellte sie auf die Füße, um die Wagentür zu öffnen, und sie lehnte sich an ihn.

»Hast du sie gefunden?«, fragte sie.

»Wen? Sie? Von wem redest du?« Er legte sie auf den Vordersitz und schnallte ihr den Gurt um, setzte sich ans Steuer und wollte losfahren.

»Ist sie bei uns?«, fragte Eva Lind, ohne die Augen zu öffnen.

»Wer denn zum Kuckuck?«, schrie Erlendur.

»Die Braut«, sagte Eva Lind. »Die niedliche Kleine aus Garðabær. Sie lag neben mir.«

25

Das Telefon weckte Erlendur endlich. Das Bimmeln ging ihm im Kopf herum, bis er die Augen öffnete und sich umschaute. Er hatte im Wohnzimmer im Sessel geschlafen. Mantel und Hut lagen auf dem Sofa. Es war dunkel in der Wohnung. Erlendur stand langsam auf und überlegte, ob er sich noch einen Tag in denselben Klamotten zeigen konnte. Er erinnerte sich nicht, wann er sich zuletzt ausgezogen hatte. Er warf einen Blick ins Schlafzimmer, bevor er ans Telefon ging, und sah die zwei Mädchen in seinem Bett liegen, genauso, wie er sie am Abend hingelegt hatte. Er lehnte die Tür an.

»Die Fingerabdrücke auf der Kamera passen zu den Fingerabdrücken auf dem Foto«, sagte Sigurður Óli und kam gleich zur Sache, als Erlendur sich endlich meldete. Er musste den Satz dreimal wiederholen, bevor Erlendur kapierte, wovon er sprach.

»Du meinst Grétars Fingerabdrücke?«

»Ja, Grétars.«

»Und dann sind wohl Holbergs Fingerabdrücke auch darauf?«, sagte Erlendur. »Was zum Teufel ist da eigentlich vorgegangen?«

»Beats me«, sagte Sigurður Óli.

»Was heißt das?«, fragte Erlendur.

»Nichts. Aber auf jeden Fall hat Grétar das Foto gemacht. Davon können wir ausgehen. Er hat es Holberg gezeigt, oder Holberg hat es gefunden. Wir suchen heute weiter nach der Frau, oder nicht?«, fragte Sigurður Óli. »Oder gibt's irgendwas Neues?«

»Doch«, sagte Erlendur. »Oder auch nicht.«

»Ich bin auf dem Weg nach Grafarvogur. Mit den Frauen hier in Reykjavík sind wir bald durch. Sollen wir jemanden nach Húsavík schicken, wenn wir hier fertig sind?«

»Ja«, sagte Erlendur und legte auf. Eva Lind war in der Küche erschienen. Sie war auch von dem Klingeln aufgewacht. Sie hatte immer noch dieselben Klamotten wie gestern an, genau wie das Mädchen aus Garðabær. Erlendur war noch einmal in dieses Rattenloch hineingegangen und hatte die beiden mit zu sich nach Hause genommen.

Eva Lind verschwand im Bad, ohne ein Wort zu sagen, und Erlendur hörte, wie sie heftig würgte. Er ging in die Küche und machte starken Kaffee, der einzige Rat, den er in dieser Situation wusste, setzte sich an den Küchentisch und wartete darauf, dass seine Tochter wieder zum Vorschein kam. Es verging eine geraume Zeit, er schenkte zwei Tassen ein. Endlich kam Eva Lind, sie hatte sich die Haare aus dem Gesicht gestrichen. Erlendur fand, dass sie grauenvoll aussah. Bei diesem spindeldürren Gestell schienen alle Knochen zu schlackern.

»Ich wusste, dass sie manchmal was genommen hat«, sagte Eva Lind mit heiserer Stimme, als sie sich zu Erlendur setzte, »aber es war der reine Zufall, dass ich sie getroffen habe.«

»Was war mit dir?«, fragte Erlendur.

Sie schaute ihren Vater an.

»Ich tu mein Bestes«, sagte sie, »aber es ist verflucht schwer.«

»Da kamen zwei Typen hierher und haben nach dir gefragt. Wurden unverschämt. Ich habe irgendeinem Eddi Geld gegeben, das du ihm schuldest. Er hat mich auf dieses Rattenloch verwiesen.«

»Eddi ist prima.«
»Du wirst es doch weiterhin versuchen?«
»Muss ich es nicht wegmachen lassen?« Eva Lind schielte auf den Fußboden.
»Ich weiß es nicht.«
»Ich habe solche Angst, dass ich was kaputtgemacht habe.«
»Vielleicht machst du das ja absichtlich.«
Eva Lind blickte ihren Vater an.
»Du bist echt mies«, sagte sie.
»Ich!«
»Ja, du!«
»Was soll ich denn davon halten? Sag mir das gefälligst!«, schrie Erlendur. »Kannst du vielleicht irgendwann einmal dieses bodenlose Scheißselbstmitleid in den Griff kriegen? Es ist zum Kotzen, wie du dich gehen lässt. Du scheinst das ja echt so toll zu finden, dass du dir nichts Besseres vorstellen kannst! Was für ein Recht hast du, so mit deinem Leben umzugehen? Was für ein Recht hast du, mit dem Leben in dir so umzugehen? Du glaubst wohl, dir geht es unheimlich dreckig? Du glaubst wohl, dass es niemandem dreckiger geht als dir? Ich muss mich mit dem Tod eines kleinen Mädchens befassen, das noch nicht einmal vier Jahre alt wurde. Sie wurde krank und starb. Es war etwas Unbegreifliches, was sie zerstört und getötet hat. Ihr Sarg war einen Meter lang. Hörst du, was ich dir sage? Was für ein Recht hast du zu leben? Sag mir das!«
Erlendur hatte angefangen zu brüllen. Er war aufgestanden und hämmerte so mit den Fäusten auf dem Küchentisch, dass die Tassen umkippten, und als er das sah, nahm er sie und knallte sie an die Wand hinter Eva Lind. Die Wut überkam ihn so, dass er für einen Augenblick die Be-

herrschung verlor. Er schmiss den Küchentisch um und fegte Teller, Töpfe und Gläser von den Schränken. Eva Lind saß unbeweglich auf ihrem Stuhl, sah zu, wie ihr Vater völlig aus der Fassung geriet, und ihre Augen füllten sich mit Tränen.

Endlich klang Erlendurs Wut ab, er wandte sich Eva Lind zu und sah, wie ihre Schultern zuckten und sie das Gesicht in den Händen verbarg. Er schaute auf seine Tochter, das dreckige Haar, die schmalen Arme, die Handgelenke, die kaum breiter waren als seine Finger, den schmalen zitternden Körper. Sie war barfuß, und unter den Nägeln hatte sie Trauerränder. Er ging zu ihr hin und versuchte, ihr die Hände vom Gesicht zu nehmen, aber sie wehrte ihn ab. Er wollte sie um Verzeihung bitten. Er wollte sie in die Arme nehmen. Er tat weder das eine noch das andere.

Stattdessen setzte er sich neben sie auf den Fußboden. Das Telefon klingelte, aber er ging nicht dran. Das Mädchen im Schlafzimmer rührte sich nicht. Das Telefon hörte auf zu klingeln, und dann war es wieder still in der Wohnung. Die einzigen Laute waren das Schluchzen von Eva Lind. Erlendur wusste, dass er alles andere als ein guter Vater war, und die Rede, die er da vom Stapel gelassen hatte, hätte genauso gut auf ihn selber gepasst. Wahrscheinlich hatte er nicht weniger mit sich selbst geredet als mit Eva Lind, und er war wütend auf sich selbst geworden, und nicht auf sie. Ein Psychologe hätte diagnostiziert, dass er seinen Zorn an dem Mädchen ausgelassen hatte. Aber vielleicht hatte das, was er gesagt hatte, irgendwelchen Einfluss. Er hatte Eva Lind nie zuvor weinen sehen. Nicht seit sie klein gewesen war. Er hatte sie verlassen, als sie zwei Jahre alt war.

Endlich nahm Eva Lind die Hände vom Gesicht, zog die Nase hoch und strich sich durchs Gesicht.

»Es war ihr Vater«, sagte sie.

»Ihr Vater?«, fragte Erlendur.

»Der Grauenvolle«, sagte Eva Lind. »Er ist grauenvoll. Was habe ich getan? Das war ihr Vater. Fing an, an ihr rumzufummeln, als sie einen Busen kriegte, und dann ging er immer weiter. Ließ sie nicht einmal auf ihrer eigenen Hochzeit in Ruhe. Drängte sie in einen Flur und sagte, sie sei so sexy in ihrem Brautkleid, dass er sich nicht beherrschen könnte. Er würde es nicht ertragen, dass sie von ihm ginge. Fing an, sie zu begrapschen. Sie ist ausgerastet.«

»Was für ein Sumpf!«, ächzte Erlendur.

»Ich wusste, dass sie manchmal Stoff nahm. Sie hat mich schon mal gebeten, ihr was zu verschaffen. Sie ist vollkommen ausgerastet und zu Eddi gegangen. Seitdem hat sie da in dieser Absteige rumgelegen.«

Eva Lind verstummte.

»Ich glaube, ihre Mutter hat davon gewusst«, sagte sie schließlich nach einer Weile. »Die ganze Zeit. Hat nix gemacht. Zu feines Haus. Zu viele Autos.«

»Will sie keine Anzeige erstatten?«

»Wow!«

»Was?«

»Den ganzen verdammten Quatsch durchstehen, damit er vielleicht drei Monate auf Bewährung bekommt, wenn man ihr glaubt? Come on!«

»Was will sie machen?«

»Sie wird zu dem Typ gehen. Ihrem Mann. Sie hat ihn, glaube ich, sehr gern.«

»Macht sie sich selber Vorwürfe?«

»Sie weiß überhaupt nicht, was sie denken soll.«

»Weil sie geschrieben hat, was habe ich getan. Sie hat sich selber die Schuld gegeben.«

»Das ist ja wohl kein Wunder, wenn sie so durcheinander ist.«

»Und dann hat es immer den Anschein, als ob diese scheißperversen Typen kein Wässerchen trüben könnten. Lächeln penetrant. Als ob diese verdammten Idioten nie von Gewissensbissen geplagt werden.«

»Rede nie wieder so mit mir«, sagte Eva Lind. »Bitte rede nie wieder so mit mir.«

»Hast du auch noch bei anderen als bei Eddi Schulden?«

»Bei einigen. Aber Eddi ist das Problem.«

Wieder klingelte das Telefon. Das Mädchen im Schlafzimmer gab ein Lebenszeichen von sich und richtete sich halb auf, schaute sich dann um und stieg aus dem Bett. Erlendur überlegte, ob er antworten sollte. Ob er nicht den Tag mit Eva Lind verbringen sollte. Ihr Gesellschaft leisten, sie vielleicht dazu bewegen, mit ihm zum Arzt zu gehen und den Embryo untersuchen zu lassen. Herauszufinden, ob alles in Ordnung wäre. Etwas mit ihr unternehmen.

Aber das Telefon hörte nicht auf zu läuten. Das Mädchen stand jetzt im Flur und blickte sich verwirrt um. Sie rief, ob jemand da sei. Eva Lind antwortete, sie wären in der Küche. Erlendur stand auf, traf das Mädchen in der Küchentür und sagte Guten Morgen. Er bekam keine Antwort. Sie hatten beide genau wie Erlendur in ihren Klamotten geschlafen. Das Mädchen schaute sich in der Küche um, die Erlendur demoliert hatte, und beäugte ihn aus den Augenwinkeln.

Endlich nahm Erlendur den Hörer ab.

»Was für ein Geruch war da in Holbergs Wohnung?« Erlendur brauchte eine ganze Weile, bis ihm klar wurde, dass es Marian Briems Stimme war.

»Geruch?«, fragte Erlendur.

»Was für ein Geruch war in seiner Wohnung?«, wiederholte Marian Briem.

»So ein unangenehmer Kellergeruch«, sagte Erlendur. »Muffig. Es hat gestunken. Ich weiß nicht. Vielleicht wie nach Pferden?«

»Nein, das hat nichts mit Pferden zu tun«, sagte Marian Briem. »Ich habe mir einiges über Nordermoor angelesen. Hab mit einem Bekannten gesprochen, der Klempner ist, und er hat mich an andere Klempner verwiesen. Ich habe mit vielen Klempnern gesprochen.«

»Klempnern?«

»Außerordentlich aufschlussreich. Du hast mir nichts von den Fingerabdrücken auf dem Foto gesagt.« Die Stimme klang vorwurfsvoll.

»Nein«, sagte Erlendur. »Ich bin noch nicht dazu gekommen.«

»Es ist mir zu Ohren gekommen. Irgendein Heckmeck zwischen Grétar und Holberg. Grétar wusste, dass das Mädchen Holbergs Tochter war. Vielleicht wusste er noch mehr.«

Erlendur schwieg.

»Was meinst du damit?«, sagte er schließlich.

»Weißt du, was das Wichtigste an Nordermoor ist?«, fragte Marian Briem.

»Nein«, sagte Erlendur und hatte Probleme, Marian Briem zu folgen.

»Es ist so offensichtlich, dass es mir seinerzeit entgangen ist.«

»Und was ist das?«

Marian schwieg einen Moment, wie um den Worten mehr Gewicht zu verleihen.

»Nordermoor ist ein Moor.«

26

Sigurður Óli war erstaunt, dass die Frau an der Tür sein Anliegen kannte, noch bevor er irgendetwas gesagt hatte. Er befand sich wieder einmal in einem Treppenhaus, diesmal in einem dreistöckigen Haus in Grafarvogur. Er hatte sich gerade vorgestellt und erst zur Hälfte seine Erklärung für seinen Besuch vorgebracht, als die Frau ihn mit den Worten hereinbat, dass sie ihn erwartet hätte.

Es war frühmorgens. Draußen war der Himmel schwer verhangen, es nieselte leicht, und das herbstliche Dunkel lastete über der Stadt und kündigte den Winter an, noch mehr Dunkel und Kälte. Im Rundfunk war darüber gesprochen worden, dass man viele Jahrzehnte zurückgehen müsse, um eine vergleichbare Nässeperiode zu finden.

Die Frau wollte ihm den Mantel abnehmen. Sigurður Óli zog ihn aus, und sie hängte ihn in einen Schrank. Ein Mann in etwa dem gleichen Alter wie die Frau kam aus einer kleinen Küche und begrüßte ihn mit Handschlag. Die Eheleute waren beide um die siebzig und trugen eine Art Trainingsanzug und weiße Socken, als ob sie joggen gehen wollten. Er hatte sie beim Frühstück gestört. Die Wohnung war sehr klein, aber zweckmäßig eingerichtet, ein kleines Bad, eine Kochnische und ein Wohnzimmer sowie ein geräumiges Schlafzimmer. Die Wohnung war mehr als gut geheizt. Sigurður Óli nahm den Kaffee dankend an und bat um ein Glas Wasser dazu, denn er hatte sofort eine trockene Kehle bekommen. Sie wechselten ein paar Worte über das Wetter, bis Sigurður Óli sich nicht mehr zurückhalten konnte.

»Du hattest mich erwartet«, sagte er und trank einen Schluck Kaffee. Eine scheußlich schmeckende Plörre.

»Na ja, es wird über nichts anderes geredet als diese arme Frau, nach der ihr sucht«, sagte sie.

Sigurður Óli blickte sie verständnislos an.

»Unter den Leuten, die aus Húsavík stammen«, sagte die Frau, als fände sie es überflüssig, so einfache Dinge zu erklären. »Wir haben über nichts anderes gesprochen, seit ihr diese Person sucht. Wir haben einen sehr aktiven Heimatverein in Reykjavík. Ich bin mir sicher, dass inzwischen jeder weiß, dass ihr nach dieser Frau sucht.«

»Wird über nichts anderes gesprochen?«, echote Sigurður Óli.

»Drei meiner Freundinnen in Reykjavík, die ich noch aus Húsavík kenne, haben mich seit gestern Nachmittag angerufen, und heute Morgen bekam ich einen Anruf aus Húsavík. Es wird endlos darüber getratscht.«

»Und seid ihr zu irgendwelchen Schlüssen gekommen?«

»Eigentlich nicht«, sagte sie und schaute auf ihren Mann. »Was soll dieser Holberg der Frau angetan haben?«

Sie versuchte nicht, ihre Sensationslust zu verhehlen. Sie platzte fast vor Neugier, und der Eifer war so groß, dass Sigurður Óli es peinlich fand. Er versuchte automatisch, sich vorsichtig auszudrücken.

»Es geht um eine Gewalttat«, sagte er. »Wir suchen nach einem Opfer, aber das weißt du vermutlich bereits.«

»Ja, ja. Aber weswegen? Was hat er ihr angetan? Und

warum erst jetzt? Ich beziehungsweise wir«, sagte sie nach einem Seitenblick auf ihren Mann, der sich still hingesetzt und das Gespräch angehört hatte, »finden es unglaublich, dass das jetzt nach all den Jahren eine Rolle spielen soll. Ich habe gehört, dass sie vergewaltigt worden sein soll. Stimmt das?«

»Ich kann leider nichts zu den Ermittlungen sagen«, sagte Sigurður Óli. »Und im Grunde genommen spielt das auch keine Rolle. Meiner Meinung nach solltet ihr nicht zu viel Aufheben davon machen. In Gesprächen mit anderen Leuten, meine ich. Gibt es irgendwas, was du mir sagen kannst, was uns eventuell weiterhelfen könnte?«

Die Eheleute schauten einander an.

»Nicht zu viel Aufheben davon machen?«, sagte sie, und ihre Verwunderung schien nicht gespielt zu sein. »Wir machen hier kein Aufheben von etwas. Findest du das, Eyvi, machen wir Aufheben von etwas?« Sie blickte ihren Mann an, der unschlüssig wirkte. »Antworte doch, Mensch!«, sagte sie brüsk, und er schrak zusammen.

»Nein, das glaube ich nicht, das stimmt nicht.«

Das Handy von Sigurður Óli begann zu klingeln. Er trug es nicht lose in der Manteltasche wie Erlendur, sondern hatte es in einem ordentlichen Futteral, das am Gürtel seiner akkurat gebügelten Hose befestigt war. Sigurður Óli entschuldigte sich bei den Eheleuten und nahm das Gespräch entgegen. Es war Erlendur.

»Können wir uns in Holbergs Wohnung treffen?«, fragte er.

»Was ist denn jetzt los?«, sagte Sigurður Óli.

»Noch mehr Buddelei«, sagte Erlendur und legte auf.

Als Sigurður Óli in Nordermoor ankam, waren Erlendur und Elinborg schon da. Erlendur stand am Kellereingang und rauchte eine Zigarette, und Elinborg war drinnen in Holbergs Wohnung. Sigurður Óli kam es so vor, als schnüffelte sie, denn sie streckte den Kopf vor und saugte die Luft durch die Nase ein, atmete aus und dann wieder ein. Er schaute auf Erlendur, der die Achseln zuckte und die Kippe in den Garten warf. Dann gingen sie gemeinsam in die Wohnung.

»Was für ein Geruch ist das deiner Meinung nach?«, fragte Erlendur Sigurður Óli, der es Elinborg nachmachte und ebenfalls anfing zu schnuppern. Sie gingen durch die Zimmer und schnüffelten hörbar, nur Erlendur nicht, der nach vielen Jahren des Rauchens einen extrem schlechten Geruchssinn hatte.

»Als ich zuerst hier hereinkam«, sagte Elinborg, »kam es mir so vor, als müssten hier im Haus oder in dieser Wohnung Leute wohnen, die Pferde besitzen. Der Geruch erinnerte mich an Reitstiefel, Sättel und dergleichen. Pferdemist. Es roch ganz klar nach Pferdestall. Es war derselbe Geruch, der in meiner ersten Wohnung war, die ich mir gekauft habe. Aber das hatte gar nichts mit Pferden zu tun, sondern das war Dreck, und es war Feuchtigkeit. Es hatte jahrelang aus einem Heizkörper in den Teppich und den Holzboden getropft, ohne dass etwas dagegen unternommen wurde. Und dann hatte sich das bis in die Kanalisation hinunter geöffnet, und es waren Ratten in der Wohnung. Als die Klempner mit der Arbeit fertig waren, stopften sie einfach Stroh in das Loch und klatschten eine dünne Schicht Zement darüber, und deswegen roch man auch später immer noch diesen Kloakengeruch.«

»Und damit willst du was andeuten?«, fragte Erlendur.

»Ich finde, hier ist der gleiche Geruch, nur schlimmer. Feuchtigkeit und Dreck und Kloakenratten.«

»Ich habe mich mit Marian Briem getroffen«, sagte Erlendur, wusste aber nicht, ob sie den Namen kannten. »Marian hat sich alles über Nordermoor angelesen und kam zu dem Schluss, dass die Tatsache, dass es sich um ein Moor handelt, eminent wichtig ist.«

Elinborg und Sigurður Óli schauten einander an.

»Nordermoor war so etwas wie ein selbstständiges kleines Dorf hier mitten in Reykjavík«, fuhr Erlendur fort. »Die Häuser wurden während des Krieges und danach gebaut, und die Straßen wurden nach den Helden der Isländersagas benannt: Gunnarsbraut und Skeggjagata und so weiter. Hier leben die unterschiedlichsten Menschen, ziemlich gut gestellte, sogar betuchte, bis hin zu Leuten, die von der Hand in den Mund leben und in einer schäbigen Kellerwohnung wie dieser zur Miete wohnen müssen. Hier gibt's viele kleine Wohnungen, wo alte Leute wie Holberg wohnen, die allerdings charakterlich etwas sympathischer sind, und viele leben genau in einer solchen Souterrainwohnung. Das habe ich alles von Marian.«

Erlendur machte eine Pause.

»Und ein weiteres charakteristisches Merkmal von Nordermoor sind eben Souterrainwohnungen wie diese hier. Früher waren das gar keine Wohnungen, sondern Keller, aber dann ließen die Hauseigentümer sie renovieren, ließen Wände einziehen und Küchen installieren, richteten Zimmer ein, machten eine Wohnung daraus. Früher waren in solchen Kellern Arbeitsräume für, wie hat Marian das noch genannt, Heimwirtschaft. Wisst ihr, was das ist?«

Beide schüttelten den Kopf.

»Ihr seid natürlich so jung«, sagte Erlendur, wissend,

dass sie es unerträglich fanden, wenn er das sagte. »In Kellern wie diesem hatten die Hausmädchen ihre Zimmer. Damals gab es Dienstmädchen in den besseren Familien, die hier lebten. Sie hatten Zimmer in solchen Löchern. Hier war auch die Waschküche, hier war ein Raum, wo man Wurst verarbeitete, beispielsweise, und für andere Essenszubereitung, Abstellräume, Bad und dergleichen.«

»Nicht zu vergessen, dass es sich um ein Moor handelt«, sagte Sigurður Óli höhnisch.

»Bist du dabei, uns etwas zu sagen, was von Belang ist?«, fragte Elinborg.

»Unter solchen Kellern sind Fundamente ...«, sagte Erlendur.

»Das ist ja ganz was Neues«, sagte Sigurður Óli zu Elinborg.

»... wie unter allen Häusern«, fuhr Erlendur fort und ließ sich durch die Spötteleien nicht stören. »Wenn ihr mal mit einem Klempner redet, wie Marian Briem es gemacht hat ...«

»Was soll denn dieses Gequatsche über Marian Briem?«, sagte Sigurður Óli.

»... würdet ihr herausfinden, dass sie hin und wieder hier ins Nordermoor bestellt wurden wegen eines Problems, das manchmal erst viele Jahre oder Jahrzehnte später auftaucht, nachdem das Haus auf Moorboden gebaut worden ist. An einigen Stellen kommt das vor, an anderen nicht. Manchen von diesen Häusern kann man das schon von außen ansehen. Viele sind mit Muschelsand verputzt, und man sieht, wo der Verputz endet und die nackte Hauswand am Boden zum Vorschein kommt. Kann fünfzig bis achtzig Zentimeter ausmachen. Und die Sache ist die, der Boden gibt auch drinnen im Haus nach.«

Erlendur bemerkte, dass sie aufgehört hatten zu grienen.

»Unter Maklern spricht man von latenten Mängeln, und die Leute haben wirklich Probleme damit, diesem Schlamassel beizukommen. Wenn das Erdreich absinkt, bildet sich Spannung, und die Abwasserrohre unter dem Fundament geben nach. Und es dauert nicht lange, bis die ganze Kloake einfach in die Erde geht. Das kann eine ganze Weile so gehen, denn der Geruch dringt nicht durch die Grundplatte. Aber es können sich feuchte Flecken auf den Fußböden bilden, weil in vielen dieser alten Häuser das Abwasser aus den Heizkörpern mit dem Hauptabflussrohr in den Boden einsickert, wenn das Rohr kaputt ist, und dann steigen Hitze und Dampf wieder hoch. Parkett wölbt sich beispielsweise auf.«

Jetzt hatte Erlendur die ungeteilte Aufmerksamkeit beider.

»Dann muss der Fußboden aufgebrochen werden«, fuhr er fort, »und man muss unter die Fundamentplatte, um das Rohr zu reparieren. Die Klempner haben Marian erzählt, dass sie manchmal, wenn sie durch die Grundplatte durch waren, ins Leere gestoßen sind. Mancherorts ist diese Platte verhältnismäßig dünn und darunter nur Luft. Der Boden ist um einen halben oder gar einen ganzen Meter abgesunken. Alles wegen des Moors.«

Sigurður Óli und Elinborg blickten einander an.

»Dann ist wohl ein Hohlraum unter dem Fußboden hier?«, fragte Elinborg und stampfte mit dem einen Fuß auf.

Erlendur lächelte.

»Irgendwie hat Marian sogar den Klempner ausfindig gemacht, der in dem Jubiläumsjahr 1974 hier ins Haus kam. Dieses Jahr ist vielen ziemlich lebhaft im Gedächtnis, und der Klempner erinnerte sich sehr gut daran, dass er wegen Feuchtigkeit im Fußboden hierher gekommen war.«

»Was willst du uns eigentlich sagen?«, fragte Sigurður Óli.

»Der Klempner hat den Fußboden hier aufgebrochen. Die Platte ist nicht sehr dick. Darunter haben sich an vielen Stellen Hohlräume gebildet, und der Klempner ist immer noch schockiert darüber, dass Holberg ihn die Arbeit nicht zu Ende bringen ließ.«

»Wie das?«

»Der Klempner riss den Fußboden auf und reparierte das Rohr, aber dann hat Holberg ihn vor die Tür gesetzt und erklärt, er würde das selber fertig machen. Und das hat er getan.«

Sie standen schweigend da, bis Sigurður Óli nicht mehr an sich halten konnte.

»Marian Briem?«, sagte er. »Marian Briem!« Er wiederholte den Namen ein ums andere Mal, als ob er ihn nicht verstünde. Erlendur hatte Recht. Er war zu jung, um sich an Marian bei der Kriminalpolizei zu erinnern. Er murmelte den Namen wieder und wieder, als sei er ein unlösbares Rätsel für ihn, hörte dann aber auf damit, bekam einen nachdenklichen Gesichtsausdruck und fragte schließlich:

»Warte mal, Marian? Marian? Was soll das heißen, Marian? Was für ein Name ist das eigentlich? Ist das ein Mann oder eine Frau?«

Sigurður Óli blickte Erlendur fragend an.

»Das frage ich mich manchmal auch«, sagte Erlendur und griff nach seinem Handy.

27

Die Spurensicherung fing damit an, die Fußböden aus allen Zimmern der Wohnung zu reißen, aus Küche, Bad und dem kleinen Flur. Es hatte den ganzen Tag gebraucht, um die Erlaubnis für diese Aktion zu bekommen. Erlendur hatte auf einer Besprechung mit dem Polizeipräfekten Gründe für diese Maßnahme angeführt, und der kam – widerwillig allerdings – zu dem Schluss, dass es genügend Verdachtsmomente gäbe, um den Fußboden in Holbergs Wohnung aufbrechen zu lassen. Die Sache wurde wegen des Mordes, der in dem Haus passiert war, vorrangig behandelt.

Erlendur zog die Verbindungslinien zu der Fahndung nach Holbergs Mörder; er gab zu verstehen, dass Grétar durchaus am Leben und der potenzielle Mörder von Holberg sein könne. Die Polizei würde von dieser Aktion auf zweifache Weise profitieren. Falls sich Marian Briems Verdacht bewahrheiten sollte, dann schloss das Grétar als Mörder aus und würde sogar das Verschwinden eines Menschen aufklären, das ein Vierteljahrhundert zurücklag.

Ein großer Transporter wurde bestellt, auf den alle Möbel und losen Gegenstände aus Holbergs Wohnung verladen wurden, bis auf die Einbauschränke und deren Inhalt. Es war schon dunkel, als der Wagen vorfuhr, und kurze Zeit später kam ein Traktor mit einem Pressluftbohrer vorne. Einige Techniker und Mitarbeiter der Kriminalpolizei hatten sich am Haus eingefunden. Die Hausbewohner waren nirgends zu sehen.

Wie an den vorausgegangenen Tagen hatte es den ganzen Tag geregnet. Jetzt war es aber nur noch ein feiner Nieselregen, der im kalten Herbstwind in Böen versprüht wurde und Erlendurs Gesicht überzog, der abseits stand und eine Zigarette rauchte. Bei ihm waren Sigurður Óli und Elinborg. Einige Menschen hatten sich vor dem Haus versammelt, trauten sich aber nicht näher heran, darunter waren Reporter und Journalisten, Kamerateams der Fernsehanstalten und Pressefotografen. Große und kleine Fahrzeuge mit den Logos der verschiedenen Medien waren da und dort geparkt, und Erlendur, der jegliche Pressekontakte untersagt hatte, überlegte, ob er sie entfernen lassen sollte.

Bald war Holbergs Wohnung völlig ausgeräumt. Der große Transporter stand noch da, während man beratschlagte, was man mit den Habseligkeiten machen sollte. Schließlich ordnete Erlendur an, dass sie ins Polizeidepot gebracht werden sollten. Erlendur sah, wie Linoleum und Teppichböden aus dem Haus und in den Transporter getragen wurden, der losfuhr und sich unter lautem Motorengeräusch aus der Straße entfernte.

Der Leiter der Spurensicherung gab Erlendur die Hand. Er war ein Mann um die fünfzig, hieß Ragnar und war ziemlich korpulent. Seine Haare standen in alle Richtungen. Er hatte seine Ausbildung in England erhalten, las ausschließlich englische Kriminalromane und sah sich mit Vorliebe englische Krimiserien an.

»In was für eine dämliche Chose hast du uns jetzt wieder reingeritten?«, fragte er und schaute zu den Journalisten hinüber. Man hörte es ihm an, dass er sich amüsierte. Er fand es spannend, die Fußböden auf der Suche nach einer Leiche aufzureißen.

»Wie schaut's aus?«, fragte Erlendur.

»Auf den Fußböden ist eine dicke Schicht von irgendeiner Ölfarbe für Schiffe«, sagte Ragnar. »Es ist überhaupt nicht möglich zu sehen, ob da irgendwas angerührt worden ist. Neuer Zement ist nicht zu erkennen, gar nichts, was auf eine Reparatur hinweisen könnte. Wir klopfen alles mit Hämmern ab, und fast überall klingt es hohl. Ob sich das Erdreich abgesenkt hat oder ob da etwas anderes ist, weiß ich nicht. Der Zement vom Haus ist dick und solide. Keine Alkalischäden. Aber auf dem Fußboden sind überall feuchte Flecken. Kann nicht dieser Klempner, mit dem ihr Verbindung habt, uns weiterhelfen?«

»Er ist im Altersheim in Akureyri und hat nicht vor, in diesem Leben noch einmal nach Reykjavík zu kommen. Er gab uns eine ziemlich genaue Beschreibung, wo er den Fußboden aufgebrochen hat.«

»Wir sind auch dabei, eine Spezialkamera in das Kloakenrohr einzuführen. Schauen uns die Grundleitung an, ob alles in Ordnung ist, und sehen nach, ob wir die alte Reparatur ausmachen können.«

»Braucht man wirklich so einen Riesenbohrer?«, fragte Erlendur und deutete mit dem Kopf in Richtung des Traktors.

»Ich habe keine Ahnung. Wir haben kleinere Elektrobohrer, aber die sind auch nicht das Gelbe vom Ei. Und dann haben wir noch kleine Bohrmaschinen, und wenn wir einen Hohlraum finden, können wir ein Loch durch das Fundament bohren und dadurch eine kleine Kamera herunterlassen, wie sie in Abwasserrohren verwendet wird.«

»Hoffentlich reicht das. Hol's der Geier, wenn wir mit dem ganzen Traktor da reinmüssen.«

»Auf jeden Fall stinkt's in dem Keller wie die Pest«, sagte Ragnar, und sie gingen auf die Wohnung zu. Drei Angestellte der Spurensicherung, gekleidet in weiße Gazeoveralls, trugen Kunststoffhandschuhe und ganz normale Stanley-Hämmer. Sie gingen durch die Wohnung und klopften auf den Steinboden. Die Stellen, wo es hohl klang, wurden blau markiert.

»Der Baubehörde zufolge wurde der Keller 1959 in eine Wohnung umgebaut«, sagte Erlendur. »Holberg hat die Wohnung 1962 gekauft und ist wahrscheinlich sofort eingezogen. Seitdem hat er die ganzen Jahre hier gewohnt.«

Einer der Männer im weißen Overall kam zu ihnen und begrüßte Erlendur. Er hatte Zeichnungen des Hauses, für die einzelnen Stockwerke und den Keller.

»Die Toiletten sind in der Mitte des Hauses. Die Abwasserleitungen führen da, wo sich das Klo im Keller befindet, in das Fundament. Das war schon da, bevor hier ausgebaut wurde, und es ist anzunehmen, dass die Wohnung entsprechend geplant wurde. Das Klosett ist mit der Abwasserleitung aus dem Bad verbunden, die Leitung führt dann in östlicher Richtung durch einen Teil des Wohnzimmers, liegt unter dem Schlafzimmer und geht von da aus in die Straße.«

»Die Suche ist nicht auf das Abflussrohr beschränkt«, sagte der Leiter der Spurensicherung.

»Nein, aber wir haben eine kleine Kamera in die Grundleitung eingeführt. Sie haben mir gesagt, dass das Rohr da kaputt ist, wo es unter dem Schlafzimmer entlangführt, und wir haben einfach da angefangen. Das ist ungefähr die Stelle, wo der Boden schon vorher einmal aufgebrochen wurde.«

Ragnar nickte zustimmend und blickte auf Erlendur, der

mit den Achseln zuckte, als ginge es ihn nichts an, was die Spurensicherung trieb.

»Das kann nicht sehr alt sein«, sagte Ragnar. »Das muss doch irgendwie stinken. Du meinst, dass der Mann schon ein Vierteljahrhundert da unten liegt?«

»Damals ist er zumindest verschwunden«, sagte Erlendur.

Hammerschläge mischten sich in diese Worte, die in der leeren Wohnung hallten. Der Techniker setzte sich Ohrenschützer auf, die er aus einer schwarzen Tasche nahm, die so groß war wie ein kleiner Koffer. Dann zog er einen kleinen Elektrobohrer hervor und steckte die Schnur in die Steckdose. Er drückte ein paar Mal auf den Startknopf, wie um das Gerät zu prüfen, und dann setzte er ihn auf dem Fußboden an. Der Krach war ungeheuerlich, und die anderen setzten ebenfalls Ohrenschützer auf. Er hatte kaum Erfolg. Es bröselte und bröckelte nur. Er hörte auf und schüttelte den Kopf.

»Setzt den Traktor in Gang«, sagte er, überstäubt von pulverisiertem Beton. »Wir brauchen den Pressluftbohrer. Und wir brauchen Gesichtsmasken. Welcher hirnrissige Idiot hat diese Superidee gehabt?«, fragte er und spuckte auf den Boden.

»Holberg hat wohl kaum klammheimlich einen Pressluftbohrer benutzen können«, sagte der Chef der Spurensicherung.

»Er hat überhaupt nichts klammheimlich machen müssen«, sagte Erlendur. »Der Klempner hat ihm den Fußboden aufgebrochen.«

»Glaubst du, dass er die Leiche über dem Scheißrohr verstaut hat?«

»Warten wir's ab. Vielleicht hat er etwas rumwerkeln müssen. Vielleicht ist das alles nur ein Missverständnis.«

Erlendur ging in die Abenddämmerung hinaus. Sigurður Óli und Elinborg waren in sein Auto gestiegen und aßen Hot Dogs, die Sigurður Óli vom nächsten Kiosk geholt hatte. Ein Würstchen wartete auf Erlendur auf dem Armaturenbrett. Er verschlang es gierig.

»Wenn wir Grétars Leiche da finden, was sagt uns das dann?«, fragte Elinborg und wischte sich den Mund ab.

»Ich wollte, ich wüsste es«, sagte Erlendur nachdenklich. »Ich wollte, ich wüsste es.«

Ihr nächster Vorgesetzter, der Sektionsleiter, kam in diesem Augenblick angerauscht, trommelte an die Scheibe, riss die Tür auf und befahl Erlendur, einen Augenblick mit ihm zu kommen. Sigurður Óli und Elinborg stiegen ebenfalls aus. Der Mann hieß Hrólfur und war ein paar Tage krank gewesen, schien aber jetzt wieder kerngesund zu sein. Er war ziemlich feist, und es gelang ihm kaum, das durch seine Kleidung zu verbergen. Von Natur aus faul, trug er nur selten etwas zu den Ermittlungen bei. Krankfeiern war bei ihm an der Tagesordnung.

»Warum hast du dich wegen dieser Aktion nicht mit mir in Verbindung gesetzt?«, fragte er und konnte seine Wut nicht verhehlen.

»Du bist krankgeschrieben«, sagte Erlendur.

»Verdammter Quatsch«, sagte Hrólfur. »Glaub bloß nicht, dass du die Sektion so herumdirigieren kannst, wie es dir in den Kram passt. Ich bin dein Vorgesetzter. Du sprichst gefälligst mit mir über solche Aktionen, bevor du, borniert wie du bist, derartig vorpreschst!«

»Moment mal, ich ging davon aus, dass du krankgeschrieben seist«, wiederholte Erlendur und tat so, als sei er erstaunt.

»Und wie kannst du dir einfallen lassen, den Polizeipräfekten zum Narren zu halten?«, fauchte Hrólfur. »Wie kommst du auf die hirnrissige Idee, hier unten läge eine Leiche? Du hast nicht das Geringste in der Hand. Nicht das Allergeringste, außer irgendwelchen Quatsch über Hausfundamente und Gestank. Du hast wohl nicht alle Tassen im Schrank?«

Sigurður Óli näherte sich ihnen zögernd.

»Hier ist eine Frau, Erlendur, mit der du wohl sprechen solltest«, sagte er und hielt Erlendurs Telefon hoch, das er im Auto zurückgelassen hatte. »Es ist persönlich. Sie ist ziemlich aufgelöst.«

Hrólfur drehte sich zu Sigurður Óli um und sagte ihm, er solle sie in Ruhe lassen und sich verpissen.

Sigurður Óli ließ nicht locker.

»Sprich lieber sofort mit ihr, Erlendur«, sagte er.

»Was soll das eigentlich heißen! Ihr tut so, als sei ich Luft für euch!«, brüllte Hrólfur und stampfte auf den Boden. »Ist das hier vielleicht eine Verschwörung? Erlendur, wenn wir es übernehmen, wegen Gestanks die Fundamente in den Wohnungen der Leuten aufzubrechen, dann haben wir bald nichts anderes zu tun. Das ist kompletter Wahnsinn! Das ist total bescheuert!«

»Marian Briem hat diese interessante Idee gehabt«, sagte Erlendur, der völlig gelassen geblieben war, »und ich fand, dass es einen Versuch wert war. Das fand der Polizeipräfekt übrigens auch. Bitte entschuldige, dass ich mich nicht mit dir kurzgeschlossen habe, und ich freue mich, dass du wieder auf den Beinen bist. Das will ich dir sagen, Hrólfur, du scheinst ja wirklich putzmunter zu sein. Und jetzt entschuldige mich bitte.«

Erlendur ging an Hrólfur vorbei, der ihn und Sigurður

Óli anstarrte und mit offenem Mund stehen blieb, so als wolle er etwas sagen, aber nicht wüsste, was.

»Eins ist mir noch eingefallen«, sagte Erlendur. »Hätte mir schon längst einfallen sollen.«

»Was?«, fragte Sigurður Óli.

»Ruf bei der Leuchtturm- und Hafenbehörde an und finde heraus, ob sie feststellen können, ob Holberg so um 1960 herum in Húsavík oder in der Nähe gewesen ist.«

»In Ordnung. Hier, sprich mit der Frau.«

»Wer ist es denn?«, fragte Erlendur und nahm das Telefon. »Ich kenne keine Frau.«

»Man hat ihr deine Handynummer gegeben. Sie hat schon mehrmals im Büro angerufen. Ihr wurde gesagt, dass du nicht abkömmlich seist, aber sie ließ nicht locker.«

In diesem Moment setzte der Pressluftbohrer ein. Aus dem Keller drang unerträglicher Lärm, und sie sahen, wie dicker Staub aus den Fenstern quoll. Die Polizei hatte überall die Vorhänge zugezogen, sodass man nicht hineinsehen konnte. Alle bis auf den Mann mit dem Pressluftbohrer hatten die Wohnung verlassen und standen abwartend etwas abseits. Sie schauten auf ihre Armbanduhren und schienen sich darüber zu unterhalten, wie spät es schon geworden war. Ihnen war klar, dass sie mitten in einem Wohnviertel nicht bis in die Nacht hinein so einen Lärm veranstalten konnten. Sie würden bald aufhören müssen und erst am nächsten Morgen weitermachen können, oder sich etwas anderes einfallen lassen. Erlendur setzte sich mit dem Telefon kurzerhand wieder ins Auto und konnte auf diese Weise den Krach etwas verringern. Er erkannte die Stimme sofort.

»Er ist hier«, sagte Elín im gleichen Augenblick, als sie

hörte, dass Erlendur am Telefon war. Sie schien sehr erregt zu sein.

»Beruhige dich, Elín«, sagte Erlendur. »Von wem sprichst du?«

»Er steht hier vor dem Haus im Regen und starrt zu mir herein.« Die Stimme sank zu einem Flüstern herab.

»Wer denn, Elín? Bist du bei dir zu Hause? In Keflavík?«

»Ich weiß nicht, wann er gekommen ist, und auch nicht, wie lange er hier gestanden hat. Ich habe ihn gerade erst bemerkt. Sie wollten nicht, dass ich dich anrufe.«

»Ich kann dir nicht ganz folgen. Über wen sprichst du, Elín?«

»Na, den Kerl doch. Soweit ich weiß, ist es dieses Schwein.«

»Wer denn?«

»Dieses Scheusal, das über Kolbrún hergefallen ist!«

»Kolbrún? Wovon sprichst du eigentlich?«

»Ich weiß. Es ist eigentlich unmöglich, aber trotzdem steht er hier.«

»Bringst du da nicht etwas durcheinander?«

»Sag bloß nicht, dass ich durcheinander bin. Sag das bloß nicht! Ich weiß ganz genau, was ich sage.«

»Welcher Mann? Der Kolbrún angegriffen hat?«

»Welcher Mann? Was meinst du eigentlich?«

»Von wem sprichst du?«

»Von HOLBERG natürlich!« Statt lauter zu reden, fauchte Elín ins Telefon. »Er steht hier vor meinem Haus!«

Erlendur verstummte.

»Bist du noch da?«, flüsterte Elín. »Was wirst du unternehmen?«

»Elín«, sagte Erlendur und betonte jedes einzelne Wort.

»Das kann nicht Holberg sein. Holberg ist tot. Das muss jemand anderes sein.«

»Rede nicht mit mir wie mit einem Kind. Er steht da draußen im Regen und starrt mich an. Das Schwein.«

28

Die Verbindung brach ab, und Erlendur ließ den Motor an. Sigurður Óli und Elinborg schauten ihm nach, wie er durch die Menschenmenge zurücksetzte und dann die Straße entlangfuhr. Sie blickten sich achselzuckend an, so als hätten sie es schon lange drangegeben, diesen Mann zu begreifen.

Noch bevor er das Viertel verlassen hatte, bekam er Verbindung mit der Wache in Keflavík und hatte eine Streife zu Elín beordert, um einen Mann in der Nähe des Hauses zu schnappen, der einen blauen Anorak, Jeans und weiße Turnschuhe trug. Elín hatte ihm den Mann beschrieben. Er befahl dem Wachhabenden, weder Sirenen noch Blaulicht zu verwenden, sondern sich so unauffällig wie möglich anzunähern.

»Die Alte spinnt«, sagte Erlendur zu sich selbst und schaltete das Handy ab.

Er verließ Reykjavík auf dem allerschnellsten Wege, durch Hafnarfjörður, und dann war er auf der Straße nach Keflavík. Es war ziemlich dichter Verkehr, die Sicht war schlecht, aber er jonglierte zwischen den Autos hin und her und überfuhr sogar eine Verkehrsinsel, um zu überholen. Er nahm nirgendwo Rücksicht auf Ampeln und war in einer halben Stunde in Keflavík. Dabei kam ihm die Tatsache zustatten, dass die Dienstwagen der Polizei kürzlich erst mit Blaulicht ausgestattet worden waren, das in Notfällen am Dach angebracht werden konnte. Er hatte seinerzeit darüber gelacht und gesagt, dass er so etwas in Fernsehkrimis gesehen hätte, und er fand einen solchen Nervenkitzel für Reykjavík absurd.

Zwei Polizeiautos standen vor Elíns Haus, als er vorfuhr. Elín und drei Polizisten warteten drinnen auf ihn. Sie erklärte, der Mann sei, kurz bevor die Polizeiautos vorfuhren, im Dunkeln verschwunden. Sie hatte den Polizisten gezeigt, wo er gestanden hatte und in welche Richtung er gelaufen war, aber sie konnten ihn nicht einholen, und es war nirgendwo jemand unterwegs. Die Polizisten standen Elín ratlos gegenüber, die ihnen nicht sagen wollte, was für ein Mann das gewesen war und warum er gefährlich war; so wie es aussah, hatte er sich nichts anderes zu Schulden kommen lassen, als draußen im Regen zu stehen. Als sie sich mit ihren Fragen an Erlendur wandten, sagte er ihnen, dass dieser Mann mit einer Mordermittlung in Reykjavík in Verbindung stünde. Er bat sie, ihn wissen zu lassen, falls sie einen Mann finden würden, auf den Elíns Beschreibung passte.

Elín war noch immer aufgeregt, und Erlendur erschien es angebracht, sie so schnell wie möglich von der Anwesenheit der Polizisten zu befreien. Das gelang ihm ohne weiteres. Sie erklärten, sie hätten Wichtigeres zu tun, als den Launen von alten Schachteln nachzulaufen, passten aber auf, dass Elín das nicht hörte.

»Ich könnte schwören, dass er hier draußen gestanden hat«, sagte sie zu Erlendur, als sie allein waren. »Ich habe keine Ahnung, wie das möglich ist, aber er war es!«

Erlendur schaute sie an und hörte, was sie sagte, und sah, dass es ihr vollster Ernst war. Er wusste, dass die letzten Tage eine große Belastung für sie gewesen waren.

»Das kann einfach nicht sein, Elín. Holberg ist tot. Ich habe ihn im Leichenschauhaus gesehen.« Er dachte nach und fügte hinzu: »Ich habe sogar sein Herz gesehen.«

Elín schaute ihn an.

»War es schwarz?«, fragte sie, und Erlendur dachte daran, wie der Gerichtsmediziner gesagt hatte, er könne nicht sehen, ob es von einem schlechten oder guten Menschen stamme.

»Der Arzt sagte, er hätte hundert Jahre alt werden können«, sagte Erlendur.

»Du denkst, ich bin durcheinander«, sagte Elín. »Du glaubst, dass ich mir das nur einbilde. Dass das eine Methode von mir ist, Aufsehen zu erregen, wegen ...«

»Holberg ist tot«, fiel Erlendur ihr ins Wort. »Was soll ich denn glauben?«

»Dann gibt es jemanden, der ihm aufs Haar gleicht«, sagte Elín.

»Beschreib mir diesen Mann noch einmal genauer.«

»Er stand hier auf dem Weg, der zwischen den Häusern auf die Straße führt. Rührte sich nicht vom Fleck und schaute zu mir hinein. Ich weiß nicht, ob er mich gesehen hat. Ich habe versucht, mich nicht blicken zu lassen. Ich hatte gelesen und war aufgestanden, als es zu dunkel im Wohnzimmer wurde, und wollte Licht machen, als ich zufällig aus dem Fenster schaute. Er hatte nichts auf dem Kopf, und es schien ihm nichts auszumachen, dass der Regen nur so auf ihn herunterströmte. Und obwohl er da stand, hatte es fast den Anschein, als ob er in Wirklichkeit weit weg war.«

Elín dachte nach.

»Er hatte schwarze Haare, und ich glaube, er war so um die vierzig. Durchschnittlich groß.«

»Elín«, sagte Erlendur. »Draußen ist es dunkel. Es regnet wie aus Kübeln. Man kam kaum zum Fenster hinaussehen. Der Weg ist nicht beleuchtet. Du trägst eine Brille. Willst du mir sagen, dass ...«

»Es hatte angefangen, dunkel zu werden, und ich bin nicht gleich zum Telefon gestürzt. Ich habe mir den Mann ganz genau angeschaut, sowohl aus diesem Fenster als auch aus dem Küchenfenster. Ich habe eine ganze Zeit gebraucht, bis mir klar wurde, dass das Holberg war oder jemand, der genau wie er aussah. Der Weg ist nicht beleuchtet, aber die Straße ist ziemlich befahren, und jedes Mal, wenn ein Auto vorbeifuhr, fielen die Scheinwerfer auf ihn, und ich habe sein Gesicht deutlich gesehen.«

»Wie kannst du so sicher sein?«

»Er sah so aus wie Holberg, als er jünger war«, sagte Elín. »Nicht wie dieser alte Kerl, dessen Bild in der Zeitung war.«

»Hast du Holberg in seinen jüngeren Jahren gesehen?«

»Ja, ich habe ihn gesehen. Kolbrún wurde einmal urplötzlich zur Kriminalpolizei bestellt. Ihr war gesagt worden, dass sie nähere Auskünfte in einer bestimmten Sache bräuchten. Das stimmte vorne und hinten nicht. Marian Briem war mit der Sache befasst. Was für ein Name ist das überhaupt? Marian Briem! Kolbrún musste in Reykjavík erscheinen. Sie bat mich, mitzukommen, was ich auch tat. Sie sollte zu einer bestimmten Zeit da sein, ich glaube, es war vormittags. Wir kamen dahin, und Marian nahm uns in Empfang und führte uns in ein Zimmer. Da hatten wir eine ganze Zeit gesessen, bis die Tür auf einmal aufging und Holberg zu uns hereinkam. Marian stand hinter ihm in der Tür.«

Elín verstummte.

»Und was geschah dann?«, fragte Erlendur.

»Meine Schwester bekam einen Nervenzusammenbruch. Holberg grinste und machte ein obszönes Zeichen mit der Zunge, und Kolbrún griff nach mir, als sei sie am Ertrinken. Sie keuchte schwer. Holberg fing an zu lachen, und Kolbrún bekam einen Anfall. Sie verdrehte die Augen, der Schaum stand ihr vor dem Mund, und dann brach sie zusammen. Marian hat Holberg dann hinausgeführt. Dort habe ich das Scheusal zum ersten und einzigen Mal gesehen, und die Visage vergesse ich nie.«

»Und dieses Gesicht, das hast du heute Abend vor dem Haus gesehen?«

Elín nickte.

»Ich bin fürchterlich erschrocken, das gebe ich zu, und natürlich war das nicht Holberg selber, aber dieser Mann sah wirklich genauso aus wie er.«

Erlendur überlegte, ob er Elín etwas von dem erzählen sollte, worüber er sich in letzter Zeit den Kopf zerbrochen hatte. Er überlegte, wie viel er ihr sagen könnte und ob das, was er sagte, überhaupt auf Realität basierte. Sie saßen schweigend da, während er überlegte. Es war Abend, und er dachte an Eva Lind. Er spürte wieder diesen Schmerz in der Brust und fing an zu massieren, als ob er ihn dadurch vertreiben könnte.

»Geht es dir nicht gut?«, fragte Elín.

»Wir sind in den letzten Tagen einer Spur nachgegangen, von der ich noch nicht weiß, ob sie überhaupt etwas bringt«, sagte er. »Dieser Vorfall hier bestärkt allerdings diese Theorie. Falls es noch ein anderes Opfer von Holberg gibt, falls Holberg eine andere Frau vergewaltigt hat, dann ist nicht auszuschließen, dass auch diese Frau genau wie Kolbrún ein Kind von ihm bekommen hat. Wegen der Nachricht, die bei dem Toten hinterlassen wurde, habe ich diese Möglichkeit in Erwägung gezogen. Es könnte sein, dass diese Frau einen Sohn bekommen hat. Der könnte heute um die 40 sein, falls diese Vergewaltigung vor 1964 stattgefunden hat. Und dann kann es sein, dass er heute Abend hier draußen vor deinem Haus gestanden hat.«

Elín blickte ihn wie vom Donner gerührt an.

»Ein Sohn von Holberg? Ist das möglich?«

»Du hast gesagt, dass er ihm wie aus dem Gesicht geschnitten war.«

»Ja, aber ...«

»Ich stelle nur Überlegungen an. Irgendwo in dieser Angelegenheit fehlt ein Glied in der Kette, und ich glaube, dass es dieser Mann sein kann.«

»Aber warum? Was wollte er denn hier?«

»Liegt das nicht auf der Hand?«

»Was liegt auf der Hand?«

»Du bist die Tante seiner Schwester«, sagte Erlendur und sah, wie sich Verwunderung in Elíns Gesicht breitmachte, als ihr langsam klar wurde, was Erlendur meinte.

»Auður war seine Schwester«, stöhnte sie. »Aber wieso weiß er dann von mir? Woher weiß er, wo ich wohne? Wie kann er Holberg mit mir in Verbindung bringen? Es hat nichts über seine Vergangenheit in den Zeitungen gestanden, nichts über seine Vergewaltigungen oder dass er eine Tochter gehabt hat. Niemand wusste von Auður. Wieso weiß dieser Mann, wer ich bin?«

»Er beantwortet uns das vielleicht, wenn wir ihn gefunden haben.«

»Glaubst du, dass er Holbergs Mörder ist?«

»Jetzt fragst du mich, ob er seinen Vater ermordet hat«, sagte Erlendur.

Elín dachte nach.

»Gerechter Himmel«, rief sie dann.

»Das weiß ich nicht«, sagte Erlendur. »Wenn du ihn noch einmal hier draußen siehst, ruf mich an.«

Elín war aufgestanden und ging zum Fenster, das auf den Weg hinausblickte. Sie schaute hinaus, als erwartete sie, den Mann wieder dort zu sehen.

»Ich weiß, dass ich ein wenig hysterisch war, als ich dich anrief und über Holberg sprach, weil ich einen Augenblick glaubte, dass er es war. Ich habe mich bei seinem Anblick so fürchterlich erschreckt. Aber ich hatte keine Angst. Ich war eher wütend, aber da war irgendwas mit diesem Mann. Wie er dastand, wie er den Kopf hängen ließ. Es lag etwas Bedrücktes über ihm, eine Trauer. Ich dachte bei mir, dass es diesem Mann schlecht geht. Hatte er Verbindung zu seinem Vater? Weißt du etwas darüber?«

»Im Grunde genommen weiß ich nicht einmal, ob dieser Mann überhaupt existiert«, sagte Erlendur. »Was du gesehen hast, stützt eine bestimmte Theorie. Wir haben keinerlei Hinweise auf diesen Mann. Bei Holberg gab es keine Konfirmationsbilder von ihm, falls du das gemeint hast. Allerdings hatte Holberg, kurz bevor er ermordet wurde, Anrufe bekommen, die ihn beunruhigten. Mehr wissen wir nicht.«

Erlendur ging an sein Handy und entschuldigte sich bei Elín.

»Gibt's was Neues?«, fragte er, als Sigurður Óli antwortete.

»In was für eine Scheiße hast du uns da eigentlich reingerissen!«, schrie Sigurður Óli, der seine Wut kaum unterdrücken konnte. »Sie sind bis auf das Kloakenrohr hinunter, und da wimmelt es von Ungeziefer, Millionen von kleinen, widerwärtigen ekelhaften Viechern unter dem Scheißfundament. Das ist Ekel erregend! Wo zum Henker bist du?«

»In Keflavík. Irgendwelche Anzeichen von Grétar?«

»Nein, nicht das geringste Scheißanzeichen von einem gottverdammten Grétar«, sagte Sigurður Óli und hängte ein.

»Da ist noch was, Erlendur«, sagte Elín, »was mir erst in diesem Moment aufgeht, wo du über die Verwandtschaft mit Auður redest. Ich sehe jetzt, dass ich Recht hatte. Ich habe es nicht gleich begriffen, aber der Mann hatte so einen Gesichtsausdruck, von dem ich glaubte, ich würde ihn nie wiedersehen. Es war ein Ausdruck aus der Vergangenheit, den ich nie vergessen habe.«

»Was war es?«, fragte Erlendur.

»Deswegen hatte ich keine Angst vor dem Mann.«

»Was meinst du damit?«

»Es war mir nicht gleich klar. Er erinnerte mich auch an Auður. Er hatte irgendwas, was mich an sie erinnerte.«

29

Sigurður Óli steckte das Handy in das Futteral am Gürtel und ging zurück zum Haus. Er und einige andere Kripobeamte waren drinnen gewesen, als der Pressluftbohrer durch die Platte gestoßen war, und heraus drang ein so unerträglicher Gestank, dass er angefangen hatte zu würgen. Er war zur Tür hinausgestürzt wie die anderen und hatte das Gefühl, dass er sich übergeben müsste, noch bevor er an die frische Luft kam. Als sie schließlich wieder hineingingen, trugen alle Schutzbrillen und Gesichtsmasken, aber der Gestank drang immer noch durch und war fürchterlich.

Der Mann am Bohrer vergrößerte das Loch über der kaputten Grundleitung. Das ging ziemlich einfach, nachdem er einmal die Platte durchstoßen hatte. Sigurður Óli konnte sich nicht vorstellen, wie lange es her war, seit das Rohr kaputtgegangen war. Ihm schien es, als hätte sich Kloake auf einer großen Fläche unter dem Fußboden abgesetzt. Aus dem Loch dampfte es. Mit einer Taschenlampe leuchtete er den Horror da unten aus, und ihm kam es so vor, als hätte sich der Erdboden um mindestens einen halben Meter gesenkt.

Der Horror wirkte wie ein quicklebendige Palette, ganz und gar bedeckt mit wimmelndem schwarzen Ungeziefer. Er schrak zusammen, als eines davon durch den Lichtstrahl schoss.

»Vorsicht!«, rief er und marschierte zum Ausgang. »Da unten sind auch noch Ratten. Deckt das Loch zu und holt einen Kammerjäger. Wir hören hier auf. Wir hören auf der Stelle auf!«

Keiner widersprach ihm. Jemand breitete ein Stück Linoleum über das Loch im Boden, und der Keller leerte sich im Nu. Sigurður Óli riss sich die Maske ab, als er aus dem Keller heraus war, und sog hektisch die saubere Luft ein. Die anderen taten es ihm nach.

Auf dem Rückweg von Keflavík wurde Erlendur über die Einzelheiten der Aktion in Nordermoor unterrichtet. Der Kammerjäger war geholt worden, aber mit weiteren Unternehmungen musste man warten bis zum nächsten Morgen, wenn das, was da unten kreuchte und fleuchte, vernichtet war. Sigurður Óli war nach Hause gegangen und kam aus der Dusche, als Erlendur anrief, um sich zu informieren. Elinborg war auch nach Hause gegangen. Holbergs Wohnung wurde bewacht, während der Kammerjäger am Werke war. Zwei Streifenwagen standen die ganze Nacht vor dem Haus.

Eva Lind nahm ihren Vater an der Tür in Empfang, als er nach Hause kam. Es war schon nach neun Uhr. Die Braut war nicht mehr da. Hatte zu Eva Lind gesagt, dass sie mit ihrem Mann sprechen und hören wollte, was er dazu meinte. Sie wusste noch nicht, ob sie ihm den wahren Grund sagen würde, warum sie von der Hochzeit abgehauen war. Eva Lind hatte sie darin bestärkt, hatte ihr gesagt, dass dieser widerliche Kerl von ihrem Vater keine Schonung verdiente. Das wäre das Letzte.

Sie setzten sich ins Wohnzimmer. Erlendur sprach mit Eva Lind über die ganze Ermittlung und über das, was ihm so durch den Kopf ging. Er tat das nicht zuletzt deswegen, weil er selber versuchen wollte, damit ins Reine zu kommen und sich ein klareres Bild von dem zu machen, was in den letzten Tagen passiert war. Er erzählte ihr fast alles, von dem Zeitpunkt an, wo sie bei Holbergs Leiche eintrafen, von dem Geruch in seiner Wohnung, von der Nachricht, von dem alten Foto im Schreibtisch, von den Pornodateien im Computer, der Grabinschrift auf dem Stein, von Kolbrún und ihrer Schwester Elín, von Auður und ihrem nicht geklärten Tod, von den Träumen, die ihn verfolgten, von Elliði im Gefängnis und von Grétars Verschwinden, von Marian Briem und der Suche nach einem weiteren Opfer von Holberg und von dem Mann vor dem Haus von Elín, möglicherweise Holbergs Sohn. Er versuchte, das Ganze systematisch darzustellen, diskutierte mit sich selbst ein paar Theorien und strittige Punkte, bis er nicht mehr weiter wusste und verstummte.

Er sagte Eva Lind nichts davon, dass das Gehirn von Auður nicht vorhanden gewesen war. Er hatte immer noch nicht begriffen, wie so etwas möglich war.

Eva Lind hörte ihm zu, ohne ihn zu unterbrechen, und sie bemerkte, wie Erlendur sich die Brust massierte, während er sprach. Sie spürte, dass der Fall Holberg ihn mitnahm. Es klang, als stünde er kurz davor, die Flinte ins Korn zu werfen, und das war etwas, was sie überhaupt nicht an ihm kannte. Sie spürte, wie müde er war, wenn er von dem kleinen Mädchen redete. Er schien sich in sein Schneckenhaus zurückzuziehen, die Stimme wurde leiser, und er war mit den Gedanken weit fort.

»Ist Auður das Mädchen, von dem du heute Morgen gesprochen hast, als du ausgeflippt bist?«, fragte Eva Lind.

»Sie war vielleicht, ich weiß nicht so recht, ein Gottesgeschenk für ihre Mutter«, sagte Erlendur. »Wurde geliebt bis über Grab und Tod hinaus. Verzeih mir, dass ich so böse zu dir war. Ich wollte das gar nicht, aber wenn ich sehe, wie du lebst, wenn ich deine Gleichgültigkeit und deine Missachtung dir selbst gegenüber sehe, wenn ich die Zerstörung sehe, all das, was du dir selber antust, und wenn ich dann einen kleinen Sarg aus der Erde kommen sehe, dann verstehe ich einfach überhaupt nichts mehr. Dann verstehe ich nicht mehr, was vor sich geht, und ich würde am liebsten ...«

Erlendur verstummte.

»... mich nach Strich und Faden durchprügeln«, beendete Eva Lind den Satz.

Erlendur zuckte mit den Achseln.

»Ich weiß nicht, was ich am liebsten tun würde. Vielleicht ist es am besten, überhaupt nichts zu tun. Vielleicht ist es am besten, das Leben einfach gewähren zu lassen. Alles zu verdrängen. Etwas zu tun, was Sinn macht. Warum gibt man sich überhaupt mit so etwas ab? Mit diesem ganzen Dreck. Mit Leuten wie Elliði zu reden. Sich mit einem Scheißkerl wie Eddi zu arrangieren. Zu sehen, womit sich Leute wie Holberg vergnügen. Berichte über Vergewaltigungen zu lesen. Sich in Hausfundamente voll Ungeziefer und Scheiße runterzugraben. Kleine Särge auszugraben.«

Erlendur massierte sich heftiger.

»Man glaubt, dass das keinen Einfluss auf einen hat. Man glaubt, dass man stark genug ist, um so etwas zu ertragen. Man glaubt, dass man sich mit den Jahren gewappnet hat und distanziert auf diesen Dreck blicken kann, als gehe einen das alles nichts an, um auf die Weise zu versuchen, bei Verstand zu bleiben. Aber da ist keine Rede von Gewappnetsein. Niemand ist stark genug. Das Widerwärtige verfolgt einen wie ein böser Geist, der sich im Inneren einnistet und einen nicht in Ruhe lässt, bis einem der Dreck wie das Leben selbst vorkommt und man vergessen hat, wie normale Menschen leben. So liegt die Sache. Wie ein böser Geist, der losgelassen wurde, um einem im Kopf herumzuspuken und einen zum Schluss kaputtzumachen.«

Erlendur seufzte tief.

»Das Ganze ist ein einziger verdammter Sumpf.«

Er verstummte, und Eva Lind saß schweigend bei ihm.

So verging eine Weile, bis Eva Lind aufstand, sich an die Seite ihres Vaters setzte, ihre Arme um ihn legte und sich fest an ihn schmiegte. Sie hörte sein Herz taktsicher wie eine beruhigende Uhr schlagen, und dann schlief sie mit einem kleinen Lächeln im Gesicht ein.

30

Am nächsten Morgen trafen sich gegen neun Uhr die Kriminalbeamten und die Mannschaft von der Spurensicherung wieder bei Holbergs Haus. Es war noch gar nicht richtig hell, obwohl der Tag schon angebrochen war. Der Himmel war schwer verhangen, und es regnete noch immer. Im Rundfunk wurde gesagt, dass die Niederschlagsmengen in diesem Oktober in Reykjavík sich dem Rekordjahr 1929 näherten.

Um die Leitungen war alles gesäubert worden, und unter dem Fundament war nichts Lebendiges mehr zu sehen. Das Loch in der Bodenplatte war vergrößert worden, sodass jetzt zwei Männer zugleich nach unten kommen konnten. Die Hausbewohner standen an der Kellertür beieinander. Sie hatten sich einen Klempner organisiert, den sie sofort herbeiordern konnten, wenn die Polizei die Genehmigung dazu gab.

Bald stellte sich heraus, dass der Hohlraum beim Abflussrohr verhältnismäßig klein war. Er hatte einen Umfang von etwa drei Quadratmetern und war abgedeckt, denn der Boden war keineswegs überall unter der Platte abgesunken. Das Rohr war an der gleichen Stelle wie früher geborsten. Man sah die alte Reparatur, und unter dem Rohr war anderer Splitt als daneben. Die Leute von der

Spurensicherung diskutierten, ob sie das Loch nicht noch größer machen und den Splitt darunter ausheben sollten, damit man gut unter die ganze Platte schauen konnte. Nach einigem Hin und Her kamen sie zu dem Ergebnis, dass die Platte ganz und gar auseinander brechen könnte, wenn sie auf gar nichts mehr ruhte. Sie beschlossen, eine sicherere und technisch ausgefeiltere Methode zu verwenden, nämlich an diversen Stellen kleine Löcher in die Platte zu bohren und eine kleine Kamera hinunterzulassen.

Die verstehen was von ihrem Job, dachte Sigurður Óli.

Er verfolgte mit, wie die ersten Löcher gebohrt wurden, und dann wurden zwei kleine Fernsehschirme aufgebaut, die mit den zur Verfügung stehenden Kameras verbunden waren. Diese Kameras waren eigentlich nicht viel mehr als Rohre mit einem Scheinwerfer vorne. Sie wurden durch die Löcher abgesenkt und konnten mit einer Fernsteuerung gelenkt werden. Gebohrt wurde dort, wo man unten Hohlräume vermutete, dann wurden die Kameras hinabgelassen und mit einer Fernbedienung gesteuert. Auf den Bildschirmen erschien ein schwarz-weißes Bild, und Sigurður Óli, der selber einen Fernseher Made in Germany besaß, der eine halbe Million Kronen gekostet hatte, fand, dass das Bild ziemlich unscharf war.

Erlendur kam ungefähr zur gleichen Zeit in den Keller, als man angefangen hatte, mit den Kameras zu suchen, und kurze Zeit später traf Elinborg ein. Sigurður Óli bemerkte, dass Erlendur sich rasiert hatte und einen sauberen Anzug trug, der fast so aussah, als sei er gebügelt worden.

»Schon was gefunden?«, fragte Erlendur und zündete sich zum Leidwesen von Sigurður Óli eine Zigarette an.

»Sie suchen mit den Kameras«, sagte Sigurður Óli. »Wir können das am Bildschirm mitverfolgen.«

»War nichts bei der Kloake?«, fragte Erlendur und inhalierte den Rauch.

»Ungeziefer und Ratten, sonst nichts.«

»Was für ein widerlicher Gestank«, sagte Elinborg und hielt sich ein parfümiertes Taschentuch vor die Nase. Erlendur bot ihr eine Zigarette an, die sie aber ablehnte.

»Holberg könnte das Loch verwendet haben, das der Klempner gemacht hat, um Grétar da unten zu verscharren«, sagte Erlendur. »Er hat den Hohlraum gesehen, der sich unter der Bodenplatte gebildet hatte, und dann hat er ganz einfach den Splitt verfrachtet, und Grétar da, wo er wollte, unter der Platte verschwinden lassen.«

Sie traten vor die Bildschirme, konnten aber mit dem, was sie sahen, nicht viel anfangen. Ein schwaches Licht bewegte sich vor und zurück, hoch und runter und zur Seite. Manchmal glaubten sie, die Fundamentplatte zu erkennen, und manchmal sahen sie Geröll. Der Boden war unterschiedlich abgesunken. An einigen Stellen reichte er noch bis unter die Platte, aber an anderen Stellen war bis zu achtzig Zentimetern Spielraum dazwischen.

Sie standen eine ganze Weile und verfolgten die Bilder auf den Bildschirmen mit. Es war laut im Keller, denn es wurden immer neue Löcher gebohrt. Bald verlor Erlendur die Geduld und ging hinaus. Elinborg ging sofort hinter ihm her, und schließlich kam auch Sigurður Óli. Sie setzten sich alle in das Auto von Erlendur. Er hatte ihnen am Abend vorher gesagt, weswegen er so plötzlich vom Tatort verschwunden und nach Keflavík gefahren war, aber sie hatten noch keine Zeit gehabt, das zu besprechen.

»Das passt natürlich zu der Nachricht, die hinterlassen wurde. Und wenn der Mann, den Elín in Keflavík gesehen hat, Holberg so ähnlich war, dann passt das zu der Theorie, dass er ein anderes Kind gehabt hat.«

»Es muss nicht sein, dass ein Sohn von Holberg bei einer Vergewaltigung gezeugt wurde«, sagte Sigurður Óli. »An und für sich haben wir keinerlei Anhaltspunkte außer dem, was Elliði von einer anderen Frau wusste. Das ist alles. Und Elliði ist sowieso ein Vollidiot.«

»Keiner von denen, die Holberg kannten und mit denen wir gesprochen haben, hat erwähnt, dass er einen Sohn gehabt hat«, sagte Elinborg.

»Keiner von denen, mit denen wir geredet haben, kannte Holberg richtig«, sagte Sigurður Óli. »Darum geht's. Er war ein Außenseiter, hatte nur Verbindung zu einigen Arbeitskollegen, lud sich Pornos tonnenweise vom Internet herunter, und trieb sich immer mit Armleuchtern und Arschlöchern herum. Niemand weiß etwas über diesen Mann.«

»Sollten wir nicht nach diesem mysteriösen Mann fahnden?«, fragte Elinborg mit einem ironischen Funkeln in den Augen. »Können wir nicht einfach ein Foto von Holberg in jungen Jahren als Vorlage nehmen – und fürs Fernsehen und die Zeitungen eine Phantomskulptur modellieren lassen?«[2]

»Was ich überlege«, sagte Erlendur, ohne Elinborgs spitzen Bemerkungen Beachtung zu schenken, »ist Folgendes: Falls es einen Sohn von Holberg gibt, wieso weiß er, dass Elín die Tante von Auður ist? Weiß er dann nicht auch von Auður, die seine Schwester war? Wenn er von Elín weiß,

[2] Hier wird auf einen Kriminalfall der siebziger Jahre angespielt, wo mit viel Aufwand die Skulptur eines vermeintlichen Mörders angefertigt wurde. Der Mann, der wegen seiner Ähnlichkeit mit der Skulptur gefasst wurde, hatte aber mit dem Mord gar nichts zu tun, und in der Folge wurde ausgiebig über diesen Fall gespottet.

muss ich auch davon ausgehen, dass er von Kolbrún weiß, und von der Vergewaltigung, aber ich kapiere nicht, wieso. Über die einzelnen Aspekte der Ermittlung hat nichts in den Zeitungen gestanden. Woher hat er diese Informationen?«

»Hat er das nicht von Holberg, bevor er ihm den Schädel eingeschlagen hat?«, sagte Sigurður Óli. »Ist das nicht wahrscheinlich?«

»Er hat ihn vielleicht zwingen können, ihm das zu sagen«, sagte Elinborg.

»Zunächst mal wissen wir nicht, ob es diesen Mann gibt«, sagte Erlendur. »Elín war sehr erregt. Wir wissen nicht, ob er Holberg umgebracht hat. Und genauso wenig, ob er überhaupt von der Existenz seines Vaters gewusst hat, wenn er unter solchen Umständen gezeugt worden ist, bei einer Vergewaltigung. Elliði sagt, dass es eine Frau vor Kolbrún gegeben hat, der dieselbe Behandlung zuteil wurde, vielleicht sogar noch schlimmer. Falls daraus ein Kind entstanden ist, bezweifle ich sehr, dass die Mutter erpicht darauf war, den Vater anzugeben. Sie hat sich jedenfalls nicht an die Polizei gewandt. In unserem Archiv liegt nichts über andere Vergewaltigungen von Holberg vor. Wir müssen immer noch diese Frau finden, so es sie denn gibt.«

»Und wir bohren uns durch Hausfundamente auf der Suche nach einem Mann, der mit der Sache wahrscheinlich nicht das Geringste zu tun hat«, sagte Sigurður Óli.

»Was soll denn jetzt auf einmal dieser blödsinnige Humor?«, sagte Erlendur und sprach lauter. »Besteht vielleicht die Möglichkeit, mal einen Satz aus euch herauszubekommen, der nicht total superwitzig ist?«

»Vielleicht liegt Grétar gar nicht hier unter dem Fundament«, sagte Elinborg.

»Wieso?«, fragte Erlendur.

»Vielleicht ist er noch am Leben, meinst du das?«, sagte Sigurður Óli.

»Er wusste alles über Holberg, könnte ich mir denken«, sagte Elinborg. »Er wusste von der Tochter, sonst hätte er nicht ihr Grab fotografiert. Er wusste bestimmt, wie sie gezeugt wurde. Wenn Holberg noch ein Kind gehabt hat, dann hat er auch davon gewusst.«

Erlendur und Sigurður Óli schauten sie mit wachsendem Interesse an.

»Vielleicht weilt Grétar noch unter uns«, fuhr sie fort, »und hat Verbindung zu dem Sohn. Das ist die einzige Erklärung dafür, wie der Sohn von Elín und Auður wissen konnte.«

»Aber Grétar ist vor einem Vierteljahrhundert verschwunden, und seitdem hat man nie wieder etwas von ihm gehört«, sagte Sigurður Óli.

»Selbst wenn er verschwunden ist, muss das nicht bedeuten, dass er tot ist«, sagte Elinborg.

»Also ...«, begann Erlendur, aber Elinborg unterbrach ihn.

»Meiner Meinung nach besteht kein Grund, ihn auszuschließen. Warum nicht die Möglichkeit einkalkulieren, dass Grétar am Leben ist. Die Leiche wurde nie gefunden. Er kann außer Landes gegangen sein. Es könnte ihm auch gereicht haben, aufs Land zu gehen. Keiner hat sich um ihn gekümmert. Keiner hat ihn vermisst.«

»Ich kann mich nicht an einen solchen Fall erinnern«, sagte Erlendur.

»Was für einen?«, fragte Sigurður Óli.

»Dass ein verschwundener Mann fünfundzwanzig Jahre später wieder auftaucht. Wenn hierzulande Menschen verschwinden, dann ist das meist endgültig. Da kommt niemand Jahrzehnte später wieder zum Vorschein. Niemand.«

31

Erlendur ließ sie in Nordermoor zurück und fuhr zum Barónsstígur, um den Gerichtsmediziner zu treffen. Der Arzt beendete gerade die Obduktion von Holberg, als Erlendur eintraf, und deckte die Leiche zu. Die irdischen Überreste von Auður waren nirgends zu erblicken.

»Hast du etwas über das Gehirn des Mädchens herausgefunden?«, fragte der Arzt ohne Umschweife, als Erlendur zu ihm hereinkam.

»Nein«, sagte Erlendur.

»Ich habe mit einer Professorin gesprochen, einer alten Freundin von mir an der Uni, und habe ihr den Fall unterbreitet. Ich hoffe, dass das in Ordnung war. Sie war überhaupt nicht erstaunt über unsere kleine Entdeckung. Diese Geschichte von Halldór Laxness, hast du sie gelesen?«

»Über Nebukadnezar? Sie ist mir in den letzten Tagen schon durch den Kopf gegangen«, sagte Erlendur.

»Heißt die Erzählung nicht Lilja? Es ist lange her, dass ich sie gelesen habe. Handelt sie nicht von einem Medizinstudenten, der eine Leiche raubt und statt ihrer Steine in den Sarg legt? Das ist im Grunde genommen das, was passieren kann. Früher hat man sich da nicht richtig drum gekümmert, genau wie in der Erzählung geschildert wird. Leute, die im Krankenhaus starben, wurden obduziert, außer wenn es untersagt war, und die Obduktion diente natürlich zu Unterrichtszwecken. Manchmal wurden Proben entnommen, und das konnte eigentlich alles Mögliche sein, von ganzen Organen bis hin zu kleinen Gewebeproben. Dann wurde alles wieder zugemacht und der Betreffende ehrenvoll begraben. Heute geht es da aber etwas anders zu. Eine Obduktion kann nicht stattfinden, wenn die Angehörigen dem nicht zugestimmt haben, und Organe werden nur dann zu Unterrichts- und Forschungszwecken entnommen, wenn bestimmte Bedingungen erfüllt sind. Ich glaube, dass heute nichts mehr gestohlen wird.«

»Du glaubst es nur?«

Der Arzt zuckte die Achseln.

»Wir sprechen doch nicht über Organtransplantationen, oder was?«, fragte Erlendur.

»Das ist etwas ganz anderes. Die Leute sind meistens bereit, anderen zu helfen, wenn es um Leben oder Tod geht.«

»Und wo ist die Organsammlung?«

»Hier in diesem Haus gibt es Tausende von solchen Proben«, sagte der Gerichtsmediziner. »Hier am Barónsstígur. Den größten Teil bildet die so genannte Dungal-Sammlung, eine der größten Organsammlungen im ganzen Land.«

»Könntest du mir die zeigen?«, fragte Erlendur. »Gibt es ein Verzeichnis darüber, woher die Proben stammen?«

»Das ist alles sorgfältig registriert. Ich habe mir bereits erlaubt, nach unserem Objekt zu forschen, aber ich habe es nicht gefunden.«

»Wo ist es dann?«

»Du solltest mal mit der Professorin sprechen und hören, was sie dazu sagt. Ich glaube, es gibt noch irgendwelche Verzeichnisse in der Universität.«

»Warum hast du mir das nicht gleich gesagt?«, fragte Erlendur. »Als du feststelltest, dass das Gehirn fehlte? Du hast es doch gewusst?«

»Sprich mit ihr und komm dann wieder«, sagte der Gerichtsmediziner, nannte ihm den Namen der Professorin und wollte nicht weiter damit behelligt werden.

»Du kennst dann auch den Gläserpalast«, sagte Erlendur.

»Ein Zimmer hier wurde Gläserpalast genannt«, sagte der Arzt. »Das gibt es aber nicht mehr. Frag mich nicht, was aus den Gläsern geworden ist, ich habe keine Ahnung.«

»Findest du es unangenehm, darüber zu sprechen?«

»Hör jetzt endlich auf damit.«

»Was?«

»Hör auf.«

Die Professorin, ihres Zeichens Fakultätsvorsitzende an der Medizinischen Abteilung der Universität Islands, hieß Hanna und starrte Erlendur über den Tisch hinweg an, als sei er ein bösartiges Karzinom, das sie so schnell wie möglich aus dem Büro entfernen müsse. Sie war etwas jünger als Erlendur, schien Haare auf den Zähnen zu haben, sprach schnell und antwortete kurz und bündig. Sie schien weder Geschwafel noch Abschweifungen zu ertragen und bat ihn ziemlich schroff, zur Sache zu kommen, als Erlendur mit einer langen Rede über die Gründe beginnen wollte, weswegen er in ihrem Büro saß. Erlendur lächelte innerlich. Er mochte sie auf Anhieb und wusste, dass sie sich im Laufe dieses Gesprächs noch in die Haare geraten würden. Sie trug ein dunkles Kostüm, war ungeschminkt und etwas mollig. Sie trug das blonde Haar kurz geschnitten, die Hände sahen so aus, als ob sie zupacken könnten, der Gesichtsausdruck war ernst und nachdenklich. Erlendur hätte sie gern lächeln sehen. Diesem Wunsch kam sie nicht nach.

Er hatte sie in einer Vorlesung gestört. Klopfte wie ein Trottel an die Tür des Hörsaals, um nach ihr zu fragen. Sie kam zur Tür und bat ihn gefälligst zu warten, bis die Vorlesung zu Ende war. Erlendur stand eine Viertelstunde auf dem Gang wie jemand, der schwänzt, bevor die Tür wieder aufgerissen wurde. Hanna kam herausgestürmt und sagte, er solle ihr folgen. Damit hatte er seine liebe Mühe. Er schien zwei Schritte zu brauchen, wo sie einen machte.

»Ich verstehe nicht, was die Kriminalpolizei von mir will«, sagte sie in voller Fahrt und schaute sich um, wie um sich zu vergewissern, dass Erlendur mit ihr Schritt hielt.

»Das wird sich zeigen«, sagte Erlendur atemlos.

»Das will ich auch in der Tat hoffen«, sagte Hanna und ließ ihn in ihr Büro.

Als Erlendur ihr sein Anliegen vorgetragen hatte, saß sie da und dachte eine ganze Weile nach. Erlendur hatte ihr mit dem Bericht über Auður und ihre Mutter, über die Obduktion, die Krankheitsdiagnose und das Gehirn, das entfernt worden war, etwas den Wind aus den Segeln genommen.

»Was sagst du, in welches Krankenhaus wurde das Mädchen eingeliefert?«, fragte sie schließlich.

»Das Krankenhaus in Keflavík. Wie verschafft ihr euch Organe für den Unterricht?«

Hanna starrte Erlendur an.

»Ich weiß nicht, worauf du hinauswillst.«

»Ihr benutzt menschliche Organe für den Unterricht«, sagte Erlendur. »Organproben wird das wahrscheinlich genannt, ich bin kein Fachmann, aber die Frage ist ganz einfach. Woher bekommt ihr die?«

»Ich glaube, dass ich dir nichts darüber zu sagen brauche«, sagte sie und fing an, Papiere zu ordnen, die auf dem Schreibtisch lagen. So, als sei sie zu beschäftigt, um sich näher mit Erlendur zu befassen.

»Es ist enorm wichtig für uns«, sagte Erlendur, »für uns von der Polizei, herauszufinden, ob das Gehirn noch existiert. Möglicherweise ist es bei euch registriert. Es wurde seinerzeit untersucht, wurde aber nicht zurückerstattet. Vielleicht gibt es dafür eine ganz plausible Erklärung. Man brauchte Zeit, um den Tumor zu untersuchen, und die Leiche musste beerdigt werden. Universität und Krankenhäuser kommen am ehesten als Aufbewahrungsort für Organe in Frage. Du kannst meinetwegen jetzt gern dasitzen wie ein Buch mit sieben Siegeln, aber ich könnte dir, der Universität und den Krankenhäusern ziemliche Unannehmlichkeiten bereiten. Es ist ganz erstaunlich, wie mitteilsam man den Medien gegenüber sein kann, so lästig, wie sie sind.«

Hanna schaute Erlendur lange an, und der starrte zurück.

»Wer nicht zugreift ...«, sagte sie schließlich.

»... bekommt nichts«, führte Erlendur das Sprichwort zu Ende.

»Das war im Grunde genommen die einzige Regel in diesen Dingen, aber ich kann dir nichts Genaueres sagen, wie du dir vielleicht vorstellen kannst. Das ist eine ziemlich heikle Angelegenheit.«

»Ich untersuche das hier nicht wie eine Straftat«, sagte Erlendur. »Ich weiß noch nicht einmal, ob es sich hier wirklich um einen richtigen Organdiebstahl handelt. Was ihr mit toten Personen macht, geht mich nichts an, wenn ihr es innerhalb bestimmter Grenzen tut.«

Hannas Miene wurde noch grimmiger.

»Wenn es etwas ist, was für die Medizin wichtig ist, dann kann man es zweifellos rechtfertigen. Ich muss ein bestimmtes Organ von einem bestimmten Individuum finden, um es noch einmal untersuchen zu lassen. Wenn es möglich wäre, die Sache nachzuverfolgen, von dem Zeitpunkt an, wo es entfernt wurde, bis auf den heutigen Tag, wäre ich außerordentlich dankbar. Das sind Privatinformationen nur für mich.«

»Was heißt Privatinformationen?«

»Ich habe kein Interesse daran, das an die große Glocke zu hängen. Wir müssen das Organ wiederbekommen, falls es möglich ist. Ich habe mir Gedanken darüber gemacht, ob es nicht gereicht hätte, eine Probe zu entnehmen, ob es wirklich notwendig war, das ganze Organ zu entfernen.«

»Natürlich kenne ich diesen speziellen Fall nicht, über den du da sprichst, aber heutzutage gelten strengere Vorschriften bei Obduktionen als damals«, sagte Hanna nach einigem Überlegen. »Wenn das in den siebziger Jahren passiert ist, dann war das ganz gut möglich, das will ich nicht abstreiten. Und wahrscheinlich sogar kein Einzelfall. Heutzutage werden die Angehörigen nach einem Todesfall sofort gefragt, ob eine Obduktion vorgenommen werden darf. Ich glaube, ich kann mit gutem Gewissen sagen, dass deren Wünschen entsprochen wird, falls sie eine Obduktion ablehnen, es sei denn in extremen Ausnahmefällen. Das wird damals der Fall gewesen sein. Der Tod eines Kindes ist mithin das Schrecklichste, womit man zurechtkommen muss. Man kann sich keine Vorstellung davon machen, was die Leute durchmachen, die ein Kind verlieren, und schon der bloße Gedanke an eine Obduktion kann in solchen Fällen unerträglich sein.«

Hanna verstummte eine Weile.

»Einiges ist hier in unseren Computern erfasst«, sagte sie dann, »und anderes ist im Archiv, das sich in diesem Gebäude befindet. Darüber werden ziemlich genaue Verzeichnisse geführt. Die größte Organsammlung ist auf dem Barónsstígur. Du bist dir wohl im Klaren darüber, dass nur ein kleiner Teil des Unterrichts hier auf dem Universitätsgelände stattfindet. Er findet in den Krankenhäusern statt. Von dort beziehen wir unser Wissen.«

»Der Gerichtsmediziner wollte mir die Organsammlung nicht zeigen«, sagte Erlendur. »Ich sollte zuerst mit dir sprechen. Hat die Universität etwas in solchen Sachen zu sagen?«

»Komm mit«, sagte Hanna, ohne seine Frage zu beantworten. »Wir schauen nach, was der Computer hergibt.«

Sie stand auf, und Erlendur ging hinter ihr her. Sie schloss ein geräumiges Zimmer auf und gab an der Tür einen Sicherheitscode ein. Sie ging zu einem Schreibtisch und schaltete einen Computer ein, während Erlendur sich umsah. Das Zimmer hatte keine Fenster, und an den Wänden standen reihenweise Aktenschränke. Hanna ließ sich den Namen und das Todesdatum von Auður sagen und gab das in den Rechner ein.

»Hier ist es nicht«, sagte sie nachdenklich und konzentrierte sich auf den Bildschirm. »Die EDV-Erfassung reicht nur bis 1984 zurück. Wir sind dabei, alle Daten einzugeben, die die medizinische Fakultät seit ihrer Gründung betreffen, aber das ist noch nicht weiter gediehen.«

»Dann also die Schränke«, sagte Erlendur.

»Ich habe eigentlich keine Zeit dazu«, sagte Hanna und schaute auf die Uhr. »Ich muss wieder in die Vorlesung.«

Sie ging zu Erlendur hinüber und blickte sich rasch um, ging an den Aktenschränken entlang und las die Beschriftungen. Hie und da zog sie eine Schublade auf und blätterte in Papieren, die sie aber schnell wieder zurücklegte. Erlendur hatte den Eindruck, dass die Schubladen alphabetisch geordnet waren, hatte aber keine Ahnung, was darin war.

»Gibt es hier drinnen auch Krankenberichte?«

Hanna stöhnte.

»Sag mir bloß nicht, dass du von der Datenschutzkommission bist«, sagte sie und knallte wieder eine Schublade zu.

»War nur eine Frage«, sagte Erlendur.

Hanna nahm einen Bericht zur Hand und las darin.

»Hier steht etwas von Probeentnahmen«, sagte sie. »Neunzehnhundertachtundsechzig. Hier sind ein paar Namen. Nichts, wofür du dich interessierst.« Sie gab den Bericht in den Schrank zurück, knallte die Schublade zu und öffnete eine andere. »Hier sind noch welche«, sagte sie. »Warte mal. Hier steht der Name Auður und der Name der Mutter. Hier haben wir es.«

Hanna las den Bericht schnell durch.

»Ein Organ entnommen«, sagte sie wie zu sich selbst. »Entnommen im Krankenhaus in Keflavík. Zustimmung der Angehörigen ... da steht nichts. Hier steht nichts davon, dass das Organ vernichtet worden ist.«

Hanna schloss die Mappe.

»Es existiert nicht mehr.«

»Darf ich das mal sehen«, sagte Erlendur und machte keinen Versuch, sein Interesse zu verhehlen.

»Das wird dir nichts bringen«, sagte Hanna, legte die Mappe wieder in die Schublade und machte sie zu. »Ich habe dir das gesagt, was du wissen musst.«

»Was steht darin? Was verheimlichst du mir da?«

»Nichts«, sagte Hanna, »und jetzt muss ich wieder in die Vorlesung.«

»Dann werde ich eine einstweilige Verfügung erwirken und heute etwas später wiederkommen, und dann wäre es nicht schlecht, wenn die Mappe an ihrem Platz wäre«, sagte Erlendur und ging in Richtung Tür. Hanna schaute hinter ihm her.

»Versprichst du, dass die Informationen unter uns bleiben?«, sagte sie, als Erlendur die Tür geöffnet hatte und im Begriff war hinauszugehen.

»Das habe ich dir doch gesagt. Das sind Informationen für mich privat«, sagte Erlendur.

»Dann schau dir das an«, sagte Hanna, öffnete die Schublade wieder und reichte ihm die Mappe.

Erlendur schloss die Tür, nahm die Mappe und vertiefte sich in die Unterlagen. Hanna griff zu einer Zigarettenschachtel und zündete sich eine Zigarette an, während Erlendur las. Das Schild, auf dem stand, dass das Rauchen in diesem Zimmer verboten war, ließ sie vollkommen außer Acht, und bald war der Raum voller Qualm.

»Wer ist Eydal?«

»Einer unserer fähigsten Wissenschaftler in der Medizin.«

»Was von dem hier wolltest du mir nicht zeigen? Darf ich nicht mit diesem Mann reden?«

Hanna antwortete nicht.

»Was geht hier eigentlich vor?«, sagte Erlendur.

Hanna sog hörbar den Atem ein.

»Ich habe gehört, dass er selber einige Organe aufbewahrt«, sagte sie endlich.

»Sammelt dieser Mann Organe?«, fragte Erlendur.

»Er bewahrt einige Organe bei sich auf, eine kleine Sammlung.«

»Ein Organsammler?«

»Mehr weiß ich nicht«, sagte Hanna.

»Es ist denkbar, dass das Gehirn bei ihm ist«, sagte Erlendur. »Hier steht, dass er eine Organprobe von Auður zur Untersuchung bekommen hat. Ist das nicht irgendwie peinlich für euch?«

»Er ist einer unserer führenden Wissenschaftler«, sagte sie noch einmal zwischen zusammengebissenen Zähnen.

»Er bewahrt das Gehirn eines vierjährigen Mädchens bei sich zu Hause auf dem Kaminsims auf«, rief Erlendur.

»Ich mache mir keine Hoffnungen, dass du etwas von wissenschaftlicher Forschung verstehst«, sagte sie.

»Was von dem hier muss man denn verstehen können?«

»Ich hätte dich nie hier reinlassen sollen«, fauchte Hanna.

»Das habe ich schon mal gehört«, sagte Erlendur.

32

Elinborg fand die Frau aus Húsavík.

Sie musste noch zwei Namen auf ihrer Liste nachgehen und ließ Sigurður Óli mit der Spurensicherung in Nordermoor zurück. Die erste Frau zeigte die Reaktionen, die sie schon so oft gesehen hatte, große, aber irgendwie kalkulierte Verwunderung; sie hatte die Geschichte schon von anderer Seite gehört, sogar ein paar Mal schon, und erklärte, dass sie in der Tat die Polizei erwartet habe. Die zweite Frau, die letzte auf Elinborgs Liste, weigerte sich, mit ihr zu sprechen. Weigerte sich, sie hereinzulassen. Sagte, dass sie keine Ahnung hätte, worüber sie spräche, und ihr nicht helfen könne.

Aber irgendwie schien diese Frau mit sich zu kämpfen. Es war, als müsste sie sich enorm zusammenreißen, um das zu sagen, was sie sagen wollte, und Elinborg hatte das Gefühl, als ob sie die Rolle geübt hätte. Sie benahm sich, als hätte sie Elinborg erwartet, aber anders als die anderen wollte sie gar nichts Näheres wissen. Wollte sie so schnell wie möglich loswerden.

Elinborg spürte, dass sie die Frau gefunden hatte, nach der sie suchten. Sie schaute wieder in ihre Unterlagen. Die Frau hieß Katrin und war Abteilungsleiterin bei der Reykjavíker Stadtbibliothek. Verheiratet. Ihr Mann war Geschäftsführer einer großen Werbeagentur. Sie war sechzig. Drei Kinder. Alles Söhne, geboren zwischen 1958 und 1962. In dem Jahr war sie von Húsavík weggezogen und hatte seitdem die ganze Zeit in Reykjavík gewohnt.

Elinborg drückte wieder auf die Klingel.

»Ich glaube, dass du mit mir sprechen solltest«, sagte sie, als Katrin die Tür wieder öffnete.

Die Frau schaute sie an.

»Da ist nichts, womit ich euch helfen könnte«, sagte sie schnell und in erstaunlich schroffem Ton. »Ich weiß, worum es geht. Ich habe diese fürchterlichen Anrufe bekommen. Aber ich weiß nichts von einer Vergewaltigung. Hoffentlich gibst du dich damit zufrieden und hörst auf, mich zu belästigen.« Die Tür schloss sich.

»Es kann sein, dass ich mich damit zufrieden gebe, aber Erlendur, der die Ermittlungen im Mord an Holberg leitet, davon hast du sicherlich gehört, ist ein Mann, der sich bestimmt nicht damit zufrieden gibt. Wenn du das nächste Mal die Tür öffnest, wird er hier stehen und nicht weggehen. Er lässt sich nicht die Tür vor der Nase zumachen. Er kann dich auch vorladen, wenn es darauf ankommt.«

»Würdest du mich bitte in Ruhe lassen«, sagte Katrin, und die Tür fiel ins Schloss.

Das würde ich wahrlich gerne machen, dachte Elinborg. Sie nahm ihr Handy und rief Erlendur an, der gerade aus der Universität kam. Elinborg beschrieb ihm die Situtation. Er versprach, in zehn Minuten bei ihr zu sein.

Er sah Elinborg nirgends draußen, als er zum Haus von Katrin kam, aber er sah ihr Auto auf dem Parkplatz. Es war ein großes Einfamilienhaus im Vogar-Viertel, auf zwei Etagen und mit zwei Garagen. Er klingelte, und zu seiner Überraschung kam Elinborg zur Tür.

»Ich glaube, ich habe die Frau gefunden«, sagte sie leise und ließ Erlendur herein. »Sie ist eben zu mir gekommen und hat mich hereingelassen, entschuldigte sich für ihr Benehmen. Sie wollte lieber hier mit uns sprechen, als vorgeladen zu werden. Hatte schon von der Vergewaltigung gehört und erwartete uns.«

Elinborg ging vor Erlendur her ins Wohnzimmer, wo Katrin stand. Sie gab ihm die Hand und versuchte zu lächeln, aber das gelang ihr nicht besonders gut. Sie war geschmackvoll angezogen, trug einen grauen Rock und eine weiße Bluse, und das glatte, dichte, in der Mitte gescheitelte Haar fiel ihr bis auf die Schultern. Sie war groß, hatte schlanke Beine und schmale Schultern, und das schöne Gesicht zeigte einen milden, aber bekümmerten Ausdruck.

Erlendur blickte sich im Wohnzimmer um. Die Bücher fielen auf, die sich alle in verschlossenen Glasschränken befanden. Ein schönes Schreibpult stand neben einem Bücherschrank, und mitten im Wohnzimmer befand sich eine alte, aber gut gepflegte Ledergarnitur, und in einer Ecke war ein Rauchtisch. Gemälde an den Wänden. Aquarellzeichnungen in schönen Rahmen, Fotos von ihrer Familie, die er sich näher anschaute. Sie waren alle alt. Die drei Jungen mit ihren Eltern. Die neuesten Fotos waren Konfirmationsbilder. Es fehlten die üblichen Fotos vom Abitur, von der feierlichen Exmatrikulation an der Universität, oder Hochzeitsfotos.

»Wir wollen uns verkleinern«, sagte Katrin wie entschuldigend, als sie sah, wie Erlendur sich umschaute. »Das ist viel zu groß für uns, dieses Ungetüm von einem Haus.«

Erlendur nickte.

»Dein Mann, ist der auch zu Hause?«

»Albert kommt erst heute Abend spät nach Hause. Er ist im Ausland. Ich hatte gehofft, dass wir darüber reden könnten, bevor er zurück ist.«

»Wollen wir uns nicht setzen?«, fragte Elinborg. Katrin entschuldigte sich für ihre Unhöflichkeit und bat sie, sich zu setzen. Sie setzte sich allein auf das Sofa, und Erlendur und Elín saßen ihr jeder in einem Sessel gegenüber.

»Was wollt ihr eigentlich ganz genau von mir?«, fragte Katrin und blickte sie abwechselnd an. »Ich verstehe nicht so recht, was ich damit zu tun habe. Der Mann ist tot. Mich geht das nichts an.«

»Holberg hat vergewaltigt«, sagte Erlendur. »Er bekam eine Tochter mit einer Frau aus Keflavík, nachdem er sie vergewaltigt hatte. Als wir uns näher mit ihm befassten, stellte sich heraus, dass er das schon einmal gemacht hatte, und zwar in Húsavík. Die Frau soll etwa so alt wie das zweite Opfer gewesen sein. Es kann gut sein, dass Holberg auch danach noch vergewaltigt hat, das wissen wir nicht, aber wir müssen sein Opfer in Húsavík ausfindig machen. Holberg wurde in seiner Wohnung ermordet, und unserer Meinung nach besteht Grund zu der Annahme, dass die Erklärung für den Mord in seiner Vergangenheit zu suchen ist, so Abscheu erregend, wie sie ist.«

Erlendur und Elinborg bemerkten beide, dass diese Rede keinen Eindruck auf Katrin zu machen schien. Sie schrak nicht zusammen, als die Rede von der Vergewaltigung war oder von der Tochter, und sie fragte auch nicht weiter nach der Frau aus Keflavík oder ihrer Tochter. Erlendur ergriff das Wort.

»Du bist nicht überrascht über diese Sachen«, sagte er.

»Nein«, sagte Katrin, »wieso sollte ich überrascht sein?«

»Was kannst du uns über Holberg sagen?«, fragte Erlendur nach einigem Schweigen.

»Ich habe ihn sofort auf den Bildern in den Zeitungen wiedererkannt«, sagte Katrin, und es war, als wiche das letzte Quäntchen Widerstand aus der Stimme. Ihre Worte sanken zu einem Flüstern herab. »Obwohl er sich stark verändert hat«, sagte sie.

»Das Foto war bei uns vorhanden«, sagte Elinborg erklärend. »Es stammt aus einem LKW-Führerschein, den er vor kurzem erneuert hatte. LKW-Fahrer. Hat ganz Island abgeklappert.«

»Zu mir sagte er damals, dass er Rechtsanwalt in Reykjavík sei.«

»Damals hat er wahrscheinlich für die Leuchtturm- und Hafenbehörde gearbeitet«, sagte Erlendur.

»Ich war etwas über zwanzig. Albert und ich hatten damals schon zwei Kinder. Wir waren sehr jung, als wir zusammenzogen. Albert war damals gerade auf See. Das geschah nicht oft. Er hatte ein kleines Geschäft und war Versicherungsvertreter.«

»Weiß er, was passiert ist?«, fragte Erlendur.

Katrin zögerte einen Moment.

»Nein, ich habe ihm nie davon erzählt. Und ich wäre dankbar, wenn das hier unter uns bleiben könnte.«

Sie schwiegen.

»Hast du niemandem davon erzählt, was passiert ist?«, fragte Erlendur.

»Ich habe niemandem davon erzählt.« Sie verstummte.

Erlendur und Elinborg gaben ihr Zeit.

»Ich gebe mir immer noch selbst die Schuld daran. Herrgott«, stöhnte sie. »Ich weiß, dass das nicht richtig ist. Ich weiß, dass das nichts mit mir zu tun hatte. Es ist vierzig Jahre her, und ich mache mir immer noch Vorwürfe, obwohl ich weiß, dass ich das nicht machen soll. Vierzig Jahre.«

Sie warteten.

»Ich weiß nicht, inwieweit ihr die Details hören wollt. Was davon für euch eine Rolle spielt. Wie ich schon sagte, Albert war zur See. Ich bin mit ein paar Freundinnen ausgegangen, und wir trafen diese Männer beim Tanzen.«

»Diese Männer?«, fragte Erlendur.

»Holberg und ein anderer, der bei ihm war. Ich habe nie herausgefunden, wie er hieß. Er zeigte mir einen kleinen Fotoapparat, den er bei sich hatte. Ich sprach ein bisschen übers Fotografieren mit ihm. Sie begleiteten uns nach Hause zu meiner Freundin, und da haben wir weiter gefeiert. Wir waren zu viert ausgegangen. Zwei von uns waren verheiratet. Nach einiger Zeit habe ich gesagt, dass ich nach Hause gehen wolle, und da bot er an, mich zu begleiten.«

»Holberg?«, warf Erlendur dazwischen.

»Ja, Holberg. Ich lehnte das ab, verabschiedete mich von meinen Freundinnen und ging dann allein nach Hause. Ich hatte es nicht weit. Aber als ich die Tür öffnete, wir wohnten damals in einem kleinen Haus an einer neuen Straße, die in Húsavík gebaut wurde, da stand er auf einmal hinter mir. Er sagte etwas, was ich nicht verstanden habe, schob mich zur Tür hinein und machte sie hinter sich zu. Ich fiel aus allen Wolken und wusste nicht, ob ich erstaunt sein oder Angst haben sollte. Ich war auch etwas beschwipst vom Alkohol. Ich kannte den Mann natürlich überhaupt nicht, hatte ihn nie zuvor gesehen.«

»Warum gibst du dir dann die Schuld daran?«, fragte Elinborg.

»Beim Tanzen bin ich etwas ausgeflippt«, sagte Katrin nach einer Weile. »Ich habe ihn zum Tanzen aufgefordert. Ich weiß nicht, warum ich das getan habe. Ich hatte ein bisschen getrunken, und ich hab nie viel Alkohol vertragen können. Meine Freundinnen und ich hatten uns prima amüsiert, irgendwie sind wir ein bisschen über die Stränge geschlagen. Verantwortungslos. Betrunken.«

»Aber deswegen kannst du dir doch nicht selber die Schuld ...«, begann Elinborg.

»Nichts was du sagst, kann mir auch nur im Geringsten helfen«, sagte Katrin bedrückt und blickte Elinborg an, »und deswegen brauchst du mir nicht zu sagen, was ich kann und was ich nicht kann. Das hat überhaupt keinen Sinn.«

»Danach hatte er sich uns angeschlossen«, fuhr sie nach

einer Weile fort. »Machte gar keinen schlechten Eindruck, dieser Mann. Er war witzig und wusste, wie er uns Mädchen zum Lachen bringen konnte. Später habe ich mich erinnert, dass er nach Albert fragte und herausbekam, dass ich allein zu Hause war. Aber das machte er so, dass ich nicht den geringsten Verdacht schöpfte, dass er etwas im Schilde führte.«

»Das ist in allen Hauptpunkten dieselbe Geschichte wie mit der Frau in Keflavík«, sagte Erlendur. »Sie gestattete ihm, sie nach Hause zu begleiten. Dann bat er darum, anrufen zu dürfen, und fiel in der Küche über sie her, zerrte sie ins Schlafzimmer und verging sich dort an ihr.«

»Der Mann war plötzlich wie verwandelt. Grauenvoll. Was er da gesagt hat. Er riss mir den Mantel herunter, schob mich ins Haus und überschüttete mich mit widerwärtigen Namen. Er war ganz wild. Ich versuchte, mit ihm zu reden, aber das war völlig zwecklos, und als ich um Hilfe zu rufen begann, fiel er über mich her und brachte mich zum Schweigen. Dann schleifte er mich ins Schlafzimmer ...«

Sie nahm ihre ganzen Kräfte zusammen und erzählte ihnen, was Holberg getan hatte, der Reihe nach und ohne etwas auszulassen. Sie hatte nichts von dem vergessen, was an dem Abend passiert war. Im Gegenteil, sie konnte sich bis ins kleinste Detail an alles erinnern. Ihr Bericht war völlig frei von Gefühlsregungen. Es war, als würde sie eiskalte Fakten von einem Blatt ablesen. Sie hatte nie zuvor in dieser Weise, mit dieser Präzision darüber gesprochen, und sie hatte eine solche Distanz dazu gewonnen, dass es Erlendur vorkam, sie beschreibe da etwas, was einer anderen Frau passiert war. Nicht ihr selbst, sondern einer anderen. Anderswo. Zu einer anderen Zeit. In einem anderen Leben.

Einmal während des Berichts verzerrte sich das Gesicht von Erlendur, und Elinborg fluchte im Stillen.

Katrin verstummte.

»Warum hast du das Schwein nicht angezeigt?«, fragte Elinborg.

»Er war ein Scheusal. Er drohte mir, er würde zurückkommen und mich fertig machen, wenn ich ihn anzeigen und die Polizei ihn festnehmen würde. Und was noch schlimmer war, er sagte, er würde behaupten, dass ich ihn gebeten hätte, mit zu mir nach Hause zu kommen, weil ich mit ihm schlafen wollte. Er drückte das mit anderen Worten aus, aber ich verstand schon, worauf er hinauswollte. Er war unglaublich stark, aber mir hat man soweit nichts angesehen. Da hat er aufgepasst, das fiel mir später ein. Er schlug mich ein paar Mal ins Gesicht, aber nie fest.«

»Wann geschah das?«, fragte Erlendur.

»Das war 1961. Spät. Im Herbst.«

»Und danach geschah nichts mehr? Hast du Holberg nie wieder gesehen, oder ...«

»Nein. Ich habe ihn danach nie wieder gesehen. Erst als ich das Bild in den Zeitungen sah.«

»Du bist von Húsavík weggezogen?«

»Das hatten wir eigentlich sowieso vor. Albert hatte sich schon lange mit dem Gedanken getragen. Nach diesem Vorfall hatte ich auch nicht mehr so viel dagegen. Die Leute in Húsavík sind nett, und es war auch schön, dort zu leben, aber ich bin seitdem nie wieder da gewesen.«

»Du hattest damals schon zwei Kinder, glaube ich«, sagte Erlendur und deutete mit dem Kopf auf die Konfirmationsbilder, »und deinen dritten Sohn hast du wann bekommen?«

»Zwei Jahre später«, sagte Katrin.

Erlendur blickte sie an und sah, wie sie zum ersten Mal in diesem Gespräch log.

33

Warum hast du das Gespräch da abgebrochen?«, fragte Elinborg brüsk, als sie auf die Straße gingen.

Sie konnte ihr Erstaunen nur schwer verhehlen, als sich Erlendur plötzlich bei Katrin für ihre Kooperationsbereitschaft bedankte. Er hatte ihr versichert zu wissen, wie schwierig es für sie wäre, über diese Dinge zu reden, und er würde sicherstellen, dass nichts von dem, was zwischen ihnen besprochen worden war, weiterginge. Elinborg starrte ihn verständnislos an. Das Gespräch hatte eigentlich gerade erst angefangen.

»Sie hatte angefangen zu lügen«, sagte Erlendur. »Das war zu viel für sie. Wir werden später wiederkommen. Ihr Telefon muss abgehört werden, und wir müssen hier vor dem Haus einen Wagen postieren, der ihre Bewegungen und Besuche mitverfolgt. Das müssen wir so aussehen lassen, als wären wir hier hinter Dealern her. Wir müssen herausfinden, was ihre Söhne machen, und möglichst neuere Fotos von ihnen bekommen, aber ohne zu viel Aufsehen zu erregen, und wir müssen die Leute ausfindig machen, mit denen Katrin früher in Húsavík Verbindung hatte und die sich womöglich sogar an diesen Abend erinnern können, obwohl das weit hergeholt ist. Ich hatte Sigurður Óli darum gebeten, sich mit der Leuchtturm- und Hafenbehörde in Verbindung zu setzen und zu überprüfen, ob sie uns sagen können, wann Holberg in Húsavík gearbeitet hat. Vielleicht hat er das schon gemacht. Verschaff dir die Heiratsurkunde von Katrin und Albert und schau nach, wann sie geheiratet haben.«

Erlendur hatte sich ins Auto gesetzt.

»Und Elinborg, du kommst mit, wenn wir das nächste Mal mit ihr sprechen.«

»Kann man so etwas überhaupt machen, was sie da beschrieben hat?«, fragte Elinborg, die mit ihren Gedanken immer bei Katrins Bericht war.

»Bei Holberg scheint nichts unmöglich gewesen zu sein«, antwortete Erlendur.

Er fuhr nach Nordermoor. Sigurður Óli war immer noch dort. Er hatte sich wegen der Anrufe, die Holberg an dem Wochenende bekommen hatte, bevor er ermordet wurde, mit dem Telefonamt in Verbindung gesetzt. Zweimal war von der Firma aus angerufen worden, und drei Anrufe kamen aus öffentlichen Telefonzellen, zwei aus der Lækjargata und einer aus einem Münztelefon an der Busstation am Hlemmur.

»Sonst noch was?«

»Ja, das Pornozeug im Computer. Die von der Spurensicherung haben einen großen Teil durchforstet, und das ist grauenvoll. Einfach grauenvoll. Das Übelste, was man sich über das Internet downloaden kann, Kinder und Tiere inklusive. Der Kerl übertrifft wirklich alles an Perversion. Ich glaube, die Spurensicherung hat inzwischen kapituliert.«

»Es ist wahrscheinlich nicht nötig, dass sie sich noch mehr herumquälen«, sagte Erlendur.

»Ich weiß nicht«, sagte Sigurður Óli, »aber das gibt uns eine kleine Vorstellung davon, was für ein perverser, abartiger Kotzbrocken dieser Kerl war.«

»Meinst du damit, dass er es verdient hatte, eins über den Schädel zu bekommen und umgebracht zu werden?«, fragte Erlendur.

»Was meinst du dazu?«

»Hast du schon mit der Leuchtturm- und Hafenbehörde über Holberg gesprochen?«

»Nein.«

»Dann mach voran.«

»Winkt er uns zu?«, fragte Sigurður Óli. Sie standen vor Holbergs Haus. Einer der Techniker war aus dem Keller gekommen, stand da in seinem weißen Overall und winkte sie zu sich. Er schien ziemlich aufgeregt zu sein. Sie gingen in den Keller und folgten ihm zu dem einen Bildschirm. Er hielt eine kleine Fernbedienung in der Hand und sagte ihnen, dass er damit die Kamera steuerte, die durch ein Loch in einer Ecke des Wohnzimmers heruntergelassen worden war.

Sie schauten auf den Bildschirm, konnten aber nichts Aufsehenerregendes entdecken. Das Bild war grobkörnig, dunkel, unscharf und farblos. Sie konnten Splitt erkennen und bis unter die Fundamentplatte sehen, aber ansonsten nichts Ungewöhnliches. Es verging eine Weile, aber dann konnte sich der Techniker nicht mehr zurückhalten.

»Es geht um das hier«, sagte er und deutete auf den oberen Teil des Bildschirms. »Direkt unter der Fundamentplatte.«

»Was?«, fragte Erlendur, der nichts sehen konnte.

»Seht ihr das nicht?«, sagte der Techniker.

»Was?«, fragte Sigurður Óli.

»Den Ring.«

»Ring?«, fragte Erlendur.

»Da ist ganz deutlich ein Ring unter der Zementplatte. Seht ihr den nicht?«

Sie starrten angestrengt auf den Bildschirm, bis sie etwas zu sehen glaubten, was durchaus ein Ring sein konnte. Er war sehr undeutlich, so als ob er von etwas verdeckt würde. Etwas anderes sahen sie nicht.

»Es sieht so aus, als wäre etwas davor«, sagte Sigurður Óli.

»Das kann Kunststofffolie sein«, sagte der Techniker. Es hatten sich noch andere vor dem Bildschirm versammelt, um alles mitzuverfolgen. »Seht mal hier«, sagte der Techniker. »Die Linie hier bei dem Ring. Das könnte der Finger eines Mannes sein. Da ist etwas in der Ecke, das wir uns näher anschauen sollten.«

»Aufbrechen«, befahl Erlendur. »Sehen wir uns an, was das ist.«

Die Leute machten sich sofort an die Arbeit. Sie markierten den Bereich im Wohnzimmer und fingen an, den Boden mit dem großen Pressluftbohrer aufzubrechen. Feiner Zementstaub wirbelte durch den Keller, und Erlendur und Sigurður Óli setzten Masken auf. Sie verfolgten genau mit, wie sich das Loch vergrößerte. Der Boden war fünfzehn bis zwanzig Zentimeter dick, und der Bohrer brauchte eine ganze Weile, um sich durchzuarbeiten.

Als das erfolgt war, wurde das Loch zusehends größer. Die Zementstücke wurden gleich weggeschafft, und kurze Zeit später konnte man den Kunststoff sehen, den die Kamera gezeigt hatte. Erlendur blickte zu Sigurður Óli, der ihm zunickte.

Die Kunststofffolie kam immer besser zum Vorschein.

Erlendur hielt es für dicke Baufolie. Es war nicht möglich, hindurchzusehen. Er hatte den Lärm, den ekelhaften Gestank und den umherwirbelnden Staub um sich herum ganz und gar vergessen. Sigurður Óli hatte die Maske abgenommen, um besser sehen zu können. Er beugte sich über die Männer, die den Fußboden aufbrachen.

»Machen sie das auch so, wenn sie die Grabkammern in Ägypten öffnen?«, fragte er, und die Spannung lockerte sich ein wenig.

»Ich fürchte bloß, dass hier kein Pharao liegt«, sagte Erlendur.

»Kann es wirklich sein, dass wir Grétar hier unter dem Fußboden bei Holberg finden?«, sagte Sigurður Óli erwartungsvoll. »Und das nach sage und schreibe einem Vierteljahrhundert! Das war ein verdammt genialer Einfall.«

»Seine Mutter hat Recht gehabt«, sagte Erlendur.

»Grétars Mutter?«

»Es war, als sei er gestohlen worden, hat sie gesagt.«

In Baufolie verpackt und in den Boden versenkt.

»Marian Briem«, sagte Erlendur leise zu sich selber und schüttelte den Kopf.

Die Männer arbeiteten wie wild mit den Elektrobohrern, der Boden brach auseinander, und das Loch wurde immer größer, bis das ganze Kunststoffpaket zum Vorschein kam. Sie diskutierten untereinander, wie sie es am besten öffnen sollten. Sie beschlossen, es komplett aus dem Boden zu holen und das Ding erst im Leichenschauhaus am Barónsstígur anzurühren, wo man sich damit befassen konnte, ohne dass die Gefahr bestand, dass mögliche Beweisstücke ruiniert würden.

Sie holten eine Trage herbei, die sie am Abend vorher mit in den Keller gebracht hatten, und stellten sie neben dem Loch auf. Zwei versuchten, das Folienbündel hochzuheben, das sich aber als zu schwer erwies, sodass weitere zwei zu Hilfe kommen mussten. Bald hatten sie es frei, hoben es hoch und legten es auf die Trage.

Erlendur trat hinzu, bückte sich über das Bündel und starrte angestrengt hin; er glaubte ein Gesicht zu erkennen, verwest und eingeschrumpelt. Zähne und einen Teil von einer Nase. Er richtete sich wieder auf.

»Sieht gar nicht mal so schlecht aus«, erklärte er.

»Was ist das da?«, fragte Sigurður Óli und deutete in das Loch hinunter.

»Was?«, fragte Erlendur.

»Sind das Filme?«, sagte Sigurður Óli.

Erlendur trat näher, ging in die Hocke und bemerkte, dass unter diesem Kunststoffbündel Filme waren, die halb im Splitt steckten. Meterweise Filme lagen da ausgebreitet. Er hoffte, dass einige von ihnen belichtet waren.

34

Katrin ging für den Rest des Tages nicht aus dem Haus. Sie erhielt keinen Besuch und telefonierte auch nicht. Abends fuhr ein Mann in einem Jeep vor dem Haus vor und ging mit einem mittelgroßen Koffer hinein. Man ging davon aus, dass das der Ehemann Albert war. Er wurde am späten Nachmittag von einer Geschäftsreise nach Deutschland zurückerwartet.

Zwei Polizisten hielten in einer Zivilstreife Wache beim Haus. Das Telefon wurde abgehört. Die beiden älteren

Söhne waren ausfindig gemacht worden, aber der jüngere war nicht aufzufinden. Er war geschieden und wohnte allein in einer kleinen Wohnung im östlichen Teil der Stadt, die leer zu sein schien. Auch vor diesem Haus war eine Wache postiert. Die Polizei arbeitete daran, Informationen über ihn zu sammeln, und eine Beschreibung wurde an alle isländischen Polizeistationen geschickt. Noch glaubte man keine Gründe zu haben, eine Suchmeldung an die Medien zu geben.

Erlendur fuhr vor dem Leichenschauhaus am Barónsstígur vor, wohin man die Leiche des Mannes, der wahrscheinlich Grétar war, gebracht hatte. Der Gerichtsmediziner, derselbe, der Holberg und Auður untersucht hatte, hatte die Plastikhülle entfernt. Die Leiche eines Mannes, dem der Kopf nach hinten gedreht worden war, war zum Vorschein gekommen; der Mund stand wie in einem Angstschrei offen, die Arme lagen neben dem Rumpf. Die Haut war runzlig und entfärbt, und an dem nackten Körper befanden sich an einigen Stellen Verwesungsflecken. Der Kopf war übel zugerichtet, die langen Haare hingen farblos herunter.

»Er hat ihm die Eingeweide herausgenommen«, sagte der Gerichtsmediziner.

»Was?«

»Der, der ihn bei sich gelagert hat. Vernünftig, wenn man eine Leiche aufbewahren will. Wegen des Geruchs. Er ist langsam, aber sicher in der Kunststoffhülle eingetrocknet. So gesehen ziemlich gut erhalten.«

»Kannst du die Todesursache erkennen?«

»Über den Kopf war eine Plastiktüte gestülpt worden, was darauf hindeutet, dass er erstickt worden ist, aber ich muss ihn noch besser untersuchen. Später sage ich dir alles, was ich herausgefunden habe, aber dazu brauche ich Zeit. Weißt du, wer es ist? Ziemlich jämmerlicher Typ.«

»Ich habe einen bestimmten Verdacht«, sagte Erlendur.

»Hast du mit der Professorin gesprochen?«

»Eine reizende Frau.«

»Nicht wahr.«

Sigurður Óli wartete im Büro auf Erlendur und sagte, er sei auf dem Weg in die Abteilung für Spurensicherung. Es war gelungen, einige Fragmente von den Filmen zu entwickeln, die unter Holbergs Keller gefunden worden waren. Erlendur berichtete ihm in groben Zügen von seinem und Elinborgs Gespräch mit Katrin.

Ragnar, der Chef der Abteilung, wartete in seinem Büro auf sie. Einige Filme lagen auf dem Schreibtisch und Fotos, die vergrößert worden waren. Er reichte ihnen die Fotos, und sie beugten sich darüber.

»Wir konnten bloß diese drei kriegen«, sagte Ragnar, »und ehrlich gesagt weiß ich nicht, was sie darstellen. Es waren sieben Kodak-Filme mit je 24 Bildern. Drei waren völlig schwarz, und wir wissen nicht, ob sie belichtet waren, aber von einem konnten wir das bisschen vergrößern, was ihr da seht. Sagt euch das was?«

Erlendur und Siguður Óli konzentrierten sich auf die Fotos. Alle waren schwarz-weiß. Zwei waren zur Hälfte schwarz, so als habe sich das Objektiv nicht ganz geöffnet. Das dritte und letzte war ganz und zeigte einen Mann, der ein Foto von sich selbst im Spiegel machte. Die Kamera war klein und flach, auf ihr steckte ein Blitzwürfel mit vier Birnen, und der Blitz beleuchtete den Mann im Spiegel.

Er trug Jeans und eine Windjacke, die ihm bis zur Taille reichte.

»Könnt ihr euch an die Blitzwürfel erinnern?«, fragte Erlendur, und seine Stimme hatte fast einen nostalgischen Unterton. »Das war vielleicht eine Revolution.«

»Daran kann ich mich gut erinnern«, sagte Ragnar, der im selben Alter wie Erlendur war. Sigurður Óli schaute von einem zum anderen und schüttelte den Kopf.

»Könnte man das ein Selbstporträt nennen?«, fragte Erlendur.

»Wegen der Kamera kann man sein Gesicht kaum sehen«, sagte Sigurður Óli, »aber ist es nicht wahrscheinlich, dass es Grétar selber ist?«

»Kennt ihr die Umgebung, das heißt das, was man von ihr sehen kann?«, fragte Ragnar.

Im Spiegelbild konnte man hinter dem Fotografen einen Teil von dem sehen, was wie ein Wohnzimmer aussah. Erlendur erkannte eine Stuhllehne und sogar einen Esszimmertisch, einen Teppich auf dem Boden, und etwas, was ein Fenstervorhang bis auf den Boden sein konnte, aber alles andere war schwer auszumachen. Das meiste Licht fiel auf den Mann im Spiegel, seitlich wurde es dann weniger und verebbte schließlich in kompletter Dunkelheit.

Sie starrten lange und intensiv auf das Bild. Nach geraumer Zeit glaubte Erlendur in der Ecke links vom Fotografen etwas auszumachen, was ihm eine gewisse Form zu haben schien, vielleicht sogar ein Profil, Augenbrauen und Nase. Es war nur ein Gefühl, das er hatte, aber die Helligkeit war da unregelmäßig, es gab winzige Schatten, die seiner Fantasie auf die Sprünge halfen.

»Können wir diesen Bereich vergrößern?«, fragte er Ragnar, der auf dieselbe Stelle starrte, aber nichts erkennen konnte. Sigurður Óli nahm das Foto und hielt es sich dicht vor die Augen, konnte aber das, was Erlendur zu sehen glaubte, nicht erkennen.

»Das geht ganz schnell«, sagte Ragnar. Sie folgten ihm aus dem Büro in die Arbeitsräume.

»Sind Fingerabdrücke auf den Filmen?«, fragte Sigurður Óli.

»Ja«, sagte Ragnar, »zweierlei, und zwar dieselben wie auf dem Foto vom Friedhof. Sie sind von Grétar und Holberg.«

Das Foto wurde eingescannt und erschien auf einem großen Bildschirm. Der Bereich wurde vergrößert. Was auf dem Foto eine unregelmäßige Helligkeit gewesen war, wurde jetzt zu unzähligen Punkten auf dem Bildschirm, den sie ganz bedeckten. Sie konnten nichts darauf erkennen, und sogar Erlendur verlor das aus den Augen, was er gesehen zu haben glaubte. Der Sachverständige bearbeitete eine Weile die Tastatur, gab Befehle ein, und das Bild wurde wieder kleiner und verdichtete sich. Er machte weiter, die Punkte reihten sich zusammen, bis sich allmählich das Gesicht eines Mannes abzuzeichnen begann. Es war sehr undeutlich, aber Erlendur glaubte Holberg auf dem Foto zu erkennen.

»Ist das nicht das Schwein?«, fragte Sigurður Óli.

»Hier ist noch mehr«, sagte der Techniker, indem er fortfuhr, das Bild schärfer zu machen. Bald kamen Wellen zum Vorschein, die an langes Frauenhaar erinnerten, und ein weiteres, weniger deutliches Gesicht von der Seite. Erlendur starrte auf das Bild, bis er zu sehen schien, dass Holberg mit einer Frau sprach. Eine merkwürdige Vision überfiel ihn im gleichen Moment, als ihm das klar wurde. Er hätte der Frau zurufen mögen, die Wohnung sofort zu verlassen, aber im gleichen Augenblick begriff er, dass es zu spät war. Jahrzehnte zu spät.

In diesem Moment klingelte ein Telefon im Zimmer, aber niemand bewegte sich. Erlendur dachte, es wäre das Telefon auf dem Schreibtisch.

»Es ist deins«, sagte Sigurður Óli zu Erlendur.

Erlendur brauchte einige Zeit, um das Handy zu finden, aber endlich fischte er es aus der Jacketttasche.

Es war Elinborg.

»Wo trödelst du denn herum«, sagte sie, als er endlich antwortete.

»Komm gefälligst zur Sache«, sagte Erlendur.

»Zur Sache? Warum bist du so gestresst?«

»Natürlich kannst du mir nicht einfach das sagen, was du zu sagen hast.«

»Es geht um die Jungen von Katrin«, sagte Elinborg. »Oder die Kerle, das sind ja alles erwachsene Männer.«

»Was ist mit ihnen?«

»Alles anständige Zeitgenossen, wahrscheinlich, nur der eine arbeitet an einem etwas interessanten Arbeitsplatz. Ich dachte, das müsste ich dir sofort mitteilen, aber wenn du zu gestresst und in Zeitdruck bist und keine Zeit für einen kleinen Plausch hast, dann ruf ich einfach Sigurður Óli an.«

»Elinborg.«

»Was denn, mein Süßer?«

»Herrgott noch mal, Frau«, rief Erlendur und blickte auf Sigurður Óli, »wirst du mir jetzt gefälligst das sagen, was du mir sagen willst.«

»Ein Sohn arbeitet beim Isländischen Genforschungszentrum«, sagte Elinborg.

»Was?«

»Er arbeitet beim Isländischen Genforschungszentrum.«

»Genforschungs... welcher Sohn?«

»Der jüngste. Er arbeitet bei dieser neuen Datenbank da. Arbeitet mit Familiengenealogien und Krankheiten, isländischen Stammbäumen und erblichen Krankheiten, Erbkrankheiten. Der Mann ist Experte in isländischen Erbkrankheiten.«

35

Erlendur kam spätabends nach Hause. Er hatte vor, am nächsten Morgen gleich in der Frühe wieder zu Katrin zu gehen und mit ihr über seine Vermutung zu sprechen. Er hoffte sehr, dass der Sohn bald auftauchen würde. Falls die Suche sich in die Länge ziehen würde, bestand die Gefahr, dass die Medien sich darauf stürzen würden, und das wollte er um jeden Preis vermeiden.

Eva Lind war nicht zu Hause. Sie hatte die Küche nach Erlendurs Wutausbruch aufgeräumt, und er stellte das eine der beiden Fertiggerichte, die er mitgebracht hatte, in die Mikrowelle und drückte auf Start. Erlendur erinnerte sich daran, dass Eva Lind einige Abende vorher, als er auch an der Mikrowelle gestanden hatte, gekommen war und ihm eröffnet hatte, dass sie ein Kind erwartete. Ihm kam es so vor, als sei es schon ein ganzes Jahr her, seit sie ihm gegenübergesessen hatte, ihm Geld abluchsen wollte und seinen Fragen ausgewichen war, aber er wusste, dass es nur ein paar Tage her war. Er hatte nachts immer noch üble Träume. Er träumte nicht viel, und beim

Aufwachen erinnerte er sich immer nur an ein paar Fetzen aus diesen Träumen. Aber immer verfolgten ihn die unangenehmen Gefühle ins Wachen hinein, und er konnte sie nicht loswerden. Und die Sache wurde auch nicht besser dadurch, dass der Schmerz in der Brust immer wieder auftrat, ein stechender Schmerz, den er nicht wegmassieren konnte.

Er dachte an Eva Lind und das Kind und an Kolbrún und Auður und Elín, an Katrin und ihre Söhne, an Holberg und Grétar und an Elliði im Gefängnis und an das Mädchen aus Garðabær, an ihren Vater und an sich und seine eigenen Kinder, seinen Sohn Sindri Snær, den er fast nie sah, und an Eva, die zu ihm kam und die er mit Vorwürfen überschüttete, wenn ihm das, was sie machte, missfiel. Sie hatte Recht. Es stand ihm schlecht an, andere zusammenzustauchen.

Er dachte über Mütter und Töchter nach und Väter und Söhne und Kinder, die gezeugt wurden und die keiner wollte, Kinder, die in dieser winzigen isländischen Gesellschaft starben, wo alle irgendwie verwandt oder verschwägert zu sein schienen.

Falls Holberg der Vater von Katrins jüngstem Sohn war, hatte der dann seinen Vater ermordet? Wie hatte er die Zusammenhänge herausgefunden? Hatte Katrin es ihm gesagt? Wann? Weswegen? Hatte er es die ganze Zeit gewusst? Wusste er von der Vergewaltigung? Hatte Katrin ihm gesagt, dass sie von Holberg vergewaltigt und er dabei gezeugt worden war? Was für ein Gefühl muss das sein? Was für ein Gefühl ist es, wenn man herausfindet, dass man nicht der ist, der man zu sein glaubte? Nicht der Mann, der man ist? Dass der Vater nicht der Vater ist, man selbst nicht sein Sohn ist, man selbst der Sohn eines anderen, von dem man nicht wusste, dass er existierte. Eines Mannes, der brutal vergewaltigte.

Wie das wohl ist?, dachte Erlendur. Wie wird man mit so etwas fertig? Geht man hin und trifft seinen Vater und ermordet ihn? Schreibt dann: Ich bin er.

Aber falls Katrin ihm nicht von Holberg erzählt hatte, wie hatte er dann die Wahrheit herausgefunden? Erlendur ließ sich diese Frage immer wieder durch den Kopf gehen. Je mehr er über die Sache nachdachte und die Möglichkeiten erwägte, desto mehr musste er an den Message-Tree in Garðabær denken. Es gab nur noch eine andere Möglichkeit für den Sohn, die Wahrheit herauszufinden, und das wollte Erlendur am nächsten Tag überprüfen.

Und was war das, was Grétar gesehen hatte? Warum hatte er sterben müssen? Hatte er Holberg erpresst? Hatte er von Holbergs Vergewaltigungen gewusst und gedroht auszusagen? Hatte er Fotos von Holberg gemacht? Wer war die Frau auf dem Bild mit Holberg? Wann war das Foto gemacht worden? Grétar war 1974 verschwunden, also musste es vorher aufgenommen worden sein. Erlendur dachte darüber nach, ob es noch mehr Opfer von Holberg gab, die nie von sich hatten hören lassen.

Er hörte, wie sich der Schlüssel im Schloss drehte. Eva Lind kam nach Hause.

»Ich habe mich mit dem Mädchen getroffen und sie nach Garðabær gebracht«, sagte sie, als sie Erlendur aus der Küche kommen und die Tür hinter sich zumachen sah. »Sie hat ihnen klipp und klar erklärt, dass sie Anzeige gegen das Arschloch erstatten will, das sie all die Jahre missbraucht hat. Die Mutter kriegte einen Nervenzusammenbruch. Dann sind wir gegangen.«

»Zum Ehemann?«

»Ja, nach Hause in die süße kleine Wohnung«, sagte Eva Lind und kickte die Schuhe im Korridor von sich. »Zuerst war er wütend, aber er beruhigte sich dann, als er die Erklärung bekam.«

»Wie hat er es aufgenommen?«

»Er ist ein prima Typ. Als ich abhaute, war er auf dem Weg nach Garðabær, um sich den Kerl vorzuknöpfen.«

»Aha.«

»Glaubst du, dass es einen Sinn hat, den Kerl anzuzeigen?«, fragte Eva Lind.

»Das sind problematische Fälle. Die Männer streiten alles ab und kommen irgendwie damit durch. Die Frage ist, ob die Mutter etwas sagt. Vielleicht sollte sie sich mal mit der Frauenberatungsstelle in Verbindung setzen. Und was gibt's von dir selbst zu berichten?«

»Alles bestens«, sagte Eva Lind.

»Hast du eine Sonaruntersuchung oder wie das heißt in Erwägung gezogen?«, fragte Erlendur. »Ich könnte mit dir gehen.«

»Darauf wird es hinauslaufen«, sagte Eva Lind.

»Wirklich?«

»Ja.«

»Gut«, sagte Erlendur.

»Und was hast du so getrieben?«, fragte Eva Lind und knallte das andere Fertiggericht in die Mikrowelle.

»Dieser Tage denke ich an nichts anderes als an Kinder«, sagte Erlendur. »Und den Message-Tree, der wie eine Art Stammbaum aussieht; da sind alle möglichen Botschaften für uns dran, wenn wir nur wissen, wonach wir suchen sollen. Und dann denke ich über Sammelleidenschaft nach. Wie geht noch das Lied über die modernen Zeiten?«

Eva Lind schaute ihren Vater an. Er wusste, dass sie in Sachen Musik voll Bescheid wusste.

»Meinst du ›Das Heute ist ein blöder Troll‹?«, sagte sie.

»›Den Kopf mit nichts als Leere voll‹«, sagte Erlendur.

»›Das Herz in eisigem Guss‹.«

»›Das Hirn auf freiem Fuß‹«, vollendete Erlendur.

Er setzte sich den Hut auf und sagte, er würde nicht lange wegbleiben.

36

Hanna hatte den Arzt vorgewarnt, sodass er Erlendur am späten Abend erwartete. Er wohnte in einem feudalen Haus in der Altstadt von Hafnarfjörður und nahm Erlendur an der Haustür in Empfang, die Liebenswürdigkeit und Höflichkeit in Person. Er war nicht sehr groß, hatte eine Vollglatze, und unter seinem weiten Hausmantel sah man, dass er ziemlich beleibt war. Ein Genussmensch, dachte Erlendur. Seine Wangen waren ständig leicht gerötet wie bei einer Frau. Sein Alter war schwer zu bestimmen, vielleicht so um die sechzig. Er begrüßte Erlendur mit papiertrockenem Handschlag und bat ihn ins Wohnzimmer.

Erlendur setzte sich auf ein großes, weinrotes Ledersofa und lehnte dankend ab, als der Arzt ihm etwas zu trinken anbot. Der Arzt setzte sich Erlendur gegenüber in einen Sessel und wartete darauf, dass er das Gespräch eröffnete. Erlendur blickte sich im Zimmer um. Es war geräumig und üppig mit Gemälden und Kunstgegenständen ausgestattet.

Er überlegte, ob der Arzt allein lebte, und fragte ihn danach.

»Ich habe immer allein gelebt«, sagte der Arzt. »Das passt mir hervorragend, und das war schon immer so. Man sagt, dass Männer in meinem Alter es bereuen, keine Familie gegründet und Kinder bekommen zu haben. Meine Kollegen schwenken auf Konferenzen in der ganzen Welt Fotos von ihren Enkelkindern, aber ich habe mich nie dafür interessiert, eine Familie zu gründen. Hab nie Interesse an Kindern gehabt.«

Er war so überaus charmant, mitteilsam und herzlich, als sei Erlendur ein Busenfreund und als sei das eine gewisse Anerkennung für ihn. Erlendur ließ das vollkommen kalt.

»Du interessierst dich also für Organe«, sagte er abrupt.

Der Arzt ließ sich nicht im Geringsten aus der Fassung bringen.

»Hanna sagte mir, dass du aufgebracht bist«, sagte er. »Ich weiß nicht, weswegen du aufgebracht sein solltest. Ich habe nicht Ungesetzliches getan. Ja, ich besitze eine kleine Sammlung von Organen. Die meisten liegen in Glasbehältern mit Formalin. Ich bewahre sie hier im Haus auf. Sie sollten vernichtet werden, und da habe ich sie mitgenommen, um sie noch etwas länger aufzubewahren. Ich bewahre auch andere Organproben auf, Gewebeproben.«

Der Arzt verstummte.

»Du wirst jetzt wahrscheinlich wissen wollen, weshalb«, fuhr er dann fort, aber Erlendur schüttelte den Kopf.

»Wie viele Organe hast du gestohlen, das war eigentlich die Frage, die ich dir stellen wollte«, sagte er, »aber darauf können wir später zurückkommen.«

»Ich habe keine Organe gestohlen«, sagte der Arzt und strich sich langsam über die Glatze. »Ich verstehe nicht diesen Degout. Hast du etwas dagegen, wenn ich mir einen kleinen Sherry genehmige?«, fragte er dann und stand auf. Erlendur wartete, während er zu einem kleinen Barschrank ging und sich ein kleines Glas einschenkte. Er bot Erlendur auch ein Glas an, aber der lehnte dankend ab. Dann kostete er den Sherry ein wenig mit seinen dicken Lippen. Man sah es dem runden Gesicht an, wie sehr er sich daran delektierte.

»Die Leute denken nicht tagtäglich darüber nach«, sagte er dann, »und dazu besteht auch eigentlich gar kein Grund. Alles was tot ist, ist unnütz in unserer Welt, und das trifft auch auf den menschlichen Körper zu. Es ist völlig überflüssig, sich da irgendwelchen Gefühlsduseleien hinzugeben. Die Seele ist verschwunden. Nur die Hülle ist übrig, und die ist gar nichts. Du musst das aus medizinischer Perspektive sehen. Der Körper ist gar nichts, verstehst du?«

»Für dich hat er aber eindeutig eine Bedeutung. Du sammelst Körperteile.«

»Im Ausland kaufen die Universitätskliniken Organe zu Unterrichtszwecken«, setzte der Arzt fort, »aber so etwas hat es hierzulande nie gegeben. Hier muss man sich in jedem individuellen Fall eine Obduktion genehmigen lassen, und manchmal wird eine Organentnahme beantragt, auch wenn das mit dem Todesfall direkt nichts zu tun hat. Das wird entweder abgelehnt oder bewilligt, je nachdem. Meistens handelt es sich um ältere Leute. Niemand stiehlt hier Organe.«

»Aber so war es nicht immer«, sagte Erlendur.

»Ich weiß nicht, wie es früher gelaufen ist. Selbstverständlich wurde damals nicht so genau mitverfolgt, was gemacht wurde. Ich weiß es ganz einfach nicht. Ich weiß nicht, warum du über mich schockiert bist. Erinnerst du dich an die Nachricht aus Frankreich? Eine Autofabrik, die menschliche Körper für ihre Unfallsimulationen verwendete, sogar Kinder. Darüber solltest du schockiert sein. Organe werden in der ganzen Welt verkauft und gekauft. Wegen Organen werden Leute sogar umgebracht. Das, was ich gesammelt habe, ist wohl kaum ein Verbrechen.«

»Aber wozu?«, sagte Erlendur. »Was machst du damit?«

»Forschen, natürlich«, sagte der Arzt und nahm einen Schluck Sherry. »Unter dem Mikroskop untersuchen. Was machen Sammler denn? Briefmarkensammler untersuchen Poststempel. Büchersammler untersuchen Erscheinungsdaten. Astronomen haben das ganze Universum vor Augen und untersuchen unvorstellbare Größenordnungen. Ich untersuche ständig meine Mikroskopwelt.«

»Dein Hobby ist dann also die Forschung, und du hast dann wohl auch ein Labor, um die Proben und Organe in deinem Besitz zu untersuchen?«

»Ja.«

»Hier im Haus?«

»Ja. Wenn die Proben gut erhalten sind, kann man sie immer wieder untersuchen. Wenn man neue Informationen über etwas bekommt oder einer speziellen Sache auf den Grund gehen will, dann sind meine Objekte in jeder Hinsicht brauchbar für die Forschung. In jeder Hinsicht.«

Der Arzt machte eine Pause.

»Dir geht es um Auður«, sagte er dann.

»Du kennst sie?«, fragte Erlendur verwundert.

»Du weißt, dass du vielleicht niemals herausgefunden hättest, woran sie gestorben ist, wenn sie nicht obduziert und das Gehirn entnommen worden wäre. Das weißt du. Sie hat zu lange in der Erde gelegen. Nach mehr als dreißig Jahren in der Erde wäre es nicht möglich gewesen, Untersuchungen am Gehirn vorzunehmen, die etwas gebracht hätten. Auf die Weise ist das, was bei dir solchen Abscheu hervorruft, im Grunde genommen eine Hilfe für dich. Darüber bist du dir hoffentlich im Klaren.«

Der Arzt überlegte.

»Du kennst die Geschichte von Ludwig dem Siebzehnten? Er war der Sohn von Ludwig dem Sechzehnten und Marie Antoinette. Wurde während der Französischen Revolution gefangen genommen und im Alter von zehn Jahren hingerichtet.«

»Wer?«

»Ludwig der Siebzehnte.«

»Ludwig?«

»Es kam vor etwa einem Jahr oder noch etwas früher in den Nachrichten, dass französische Wissenschaftler herausgefunden haben, dass er gestorben und nicht etwa aus dem Gefängnis entkommen ist, wie manche behaupteten. Weißt du, wie sie das herausgefunden haben?«

»Ich habe keine Ahnung, wovon du redest«, sagte Erlendur.

»Seinerzeit wurde sein Herz entfernt und in Formalin eingelegt. Sie konnten DNA-Proben und andere Proben machen und haben herausgefunden, dass angebliche Familienangehörige ihre Verbindungen zum königlichen Geschlecht erlogen hatten. Sie waren überhaupt nicht mit dem Prinzen verwandt. Weißt du, wann dieser Ludwig im zarten Kindesalter gestorben ist?«

»Nein.«

»Vor mehr als zweihundert Jahren. Im Jahre 1795. Formalin ist eine ganz besondere Flüssigkeit.«

Erlendur dachte über die Worte des Arztes nach.

»Was weißt du über Auður?«

»Diverses.«

»Wie kam das Gehirn in deine Hände?«

»Durch einen Dritten«, sagte der Arzt. »Ich glaube, ich habe keine Lust, das näher zu erörtern.«

»Aus dem Gläserpalast?«

»Ja.«

»Ist der Gläserpalast bei dir gelandet?«

»Ein Teil davon. Es ist unangebracht, mit mir wie mit einem Delinquenten zu sprechen.«

Erlendur dachte über das Gesagte nach.

»Hast du die Todesursache herausgefunden?«

Der Arzt schaute Erlendur an und nippte noch einmal am Sherry.

»Ja, allerdings«, sagte er. »Die Forschung hat mich schon seit jeher mehr fasziniert als die medizinische Versorgung. Mit dieser meiner Sammlerleidenschaft habe ich beides vereinigen können, wenn auch selbstverständlich nur in kleinem Stil.«

»Im gerichtsmedizinischen Protokoll aus Keflavík steht nur etwas von einem Hirntumor, und das wird nicht näher erklärt.«

»Ich habe dieses Protokoll gesehen. Es ist sehr unvollkommen, war nie etwas anderes als ein vorläufiger Bericht. Wie gesagt, ich habe mich näher damit befasst und bin der Meinung, dass ich die Antworten auf einige deiner Fragen habe.«

»Und?«

»Eine Erbkrankheit. Gibt es in einigen Familien hierzulande. Der Fall war ziemlich kompliziert, und trotz intensiver Untersuchungen war ich mir lange Zeit nicht sicher. Zum Schluss fand ich es am wahrscheinlichsten, dass der

Tumor mit einer erblichen Krankheit in Verbindung stand, Neurofibromatose. Ich gehe nicht davon aus, dass du das schon einmal gehört hast. Die Krankheitssymptome brauchen nicht auffällig zu sein. In manchen Fällen sterben die Leute, ohne dass die Krankheit sich bemerkbar macht. Das sind Krankheitsträger ohne Symptome. Viel verbreiteter aber ist es, dass die Symptome sehr früh auftreten und dann hauptsächlich als Flecken überall am Körper und als Hautgeschwülste.«

Der Arzt nippte wieder am Glas.

»In dem Bericht aus Keflavík wird nichts dergleichen erwähnt, aber ich bin auch nicht sicher, ob sie dort wussten, wonach sie zu suchen hatten.«

»Den Angehörigen gegenüber haben sie über Flecken auf der Haut gesprochen.«

»Ach, tatsächlich? Krankheitsdiagnosen sind nicht immer sicher.«

»Vererbt sich diese Krankheit von Vater zu Tochter?«

»Das kann der Fall sein. Aber die Vererbung ist nicht darauf beschränkt. Beide Geschlechter können die Krankheit in sich tragen und bekommen. Es heißt, dass der Elephant Man eine Variante dieser Krankheit gehabt hat. Hast du den Film gesehen?«

»Nein«, sagte Erlendur.

»Manchmal verursacht die Krankheit ein Hyperwachstum der Knochen, wie im Fall des Elephant Man. Andere behaupten, dass das überhaupt nichts mit ihm zu tun habe. Aber das ist eine andere Geschichte.«

»Warum hast du nach dieser Krankheit gesucht?«

»Hirnkrankheiten sind mein Spezialgebiet«, sagte er. »Dieses Mädchen ist einer meiner bemerkenswertesten Fälle. Ich habe alle Berichte über sie gelesen. Sie waren nicht sehr genau. Der Arzt, der sie betreute, war ein miserabler praktischer Arzt und zu dieser Zeit Alkoholiker, wenn ich es richtig verstanden habe. Ich habe mir Informationen darüber beschafft, aber wie dem auch sei, an einer Stelle schrieb er was von akuter Tuberkulose im Gehirn, und diese Beschreibung wurde früher manchmal verwendet, wenn die Krankheit auftrat. Das war mein Ausgangspunkt. Auch das gerichtsmedizinische Protokoll aus Keflavík war nicht sehr genau, darüber sprachen wir soeben. Sie fanden den Tumor und ließen es dabei bewenden.«

Der Arzt stand auf und ging zu einem großen Bücherschrank. Er griff nach einer Zeitschrift und reichte sie Erlendur.

»Ich weiß nicht, ob du alles verstehst, was da drin steht, aber in diesem anerkannten amerikanischen Ärztejournal habe ich einen kurzen Artikel über meine Forschungen geschrieben.«

»Du hast eine wissenschaftliche Arbeit über Auður geschrieben?«, fragte Erlendur.

»Auður hat uns geholfen, der Krankheit besser auf die Spur zu kommen. Sie war für mich und die medizinische Wissenschaft sehr wichtig. Ich hoffe, dass du darüber nicht entsetzt bist.«

»Der Vater des Mädchens kann der Erbträger gewesen sein«, sagte Erlendur und versuchte immer noch, das zu begreifen, was der Arzt ihm gesagt hatte. »Und er hat die Krankheit auf seine Tochter übertragen. Falls er einen Sohn gehabt hätte, hätte der die Krankheit nicht bekommen?«

»Sie muss nicht unbedingt in ihm auftreten«, sagte der Arzt, »aber er kann Erbträger sein, wie sein Vater.«

»Und das heißt?«

»Wenn er Vater wird, kann das Kind die Krankheit bekommen.«

Erlendur dachte darüber nach.

»Aber darüber solltest du mit denen vom Genforschungszentrum reden«, sagte der Arzt. »Die haben die Antworten auf die Fragen nach Vererbung.«

»Was?«, fragte Erlendur.

»Wende dich an das Isländische Genforschungszentrum. Das ist unser neuer Gläserpalast. Sie haben die Antworten. Was ist los? Warum erschrickst du so? Kennst du jemanden dort?«

»Noch nicht«, sagte Erlendur, »aber bald.«

»Willst du Auður sehen?«, fragte der Arzt.

Erlendur verstand zunächst nicht, worauf der Arzt hinauswollte.

»Du meinst ...?«

»Ich habe hier unten ein kleines Labor. Du darfst es dir gerne anschauen.«

Erlendur zögerte.

»In Ordnung«, sagte er dann.

Sie standen auf, und Erlendur folgte dem Arzt eine enge Treppe hinunter. Der Arzt knipste das Licht an, das auf ein strahlend weißes Labor mit Mikroskopen, Computern, Reagenzgläsern und Geräten fiel, von denen Erlendur alles andere als klar war, welchem Zweck sie dienten.

Er erinnerte sich an eine Bemerkung über Sammler, die er in einem Buch gelesen hatte. Sammler machen sich eine Welt zurecht. Sie machen sich eine kleine Welt um sich herum zurecht, wählen bestimmte Chiffren aus der Wirklichkeit und machen sie zu den wichtigsten Bewohnern der von ihnen geschaffenen Welt. Holberg war auch ein

Sammler gewesen, und seine Sammelleidenschaft hatte mit Pornografie zu tun. Daraus hatte er sich eine kleine Privatwelt zurechtgemacht, genau wie der Arzt mit den Organen.

»Sie ist hier«, sagte der Arzt.

Er ging zu einem großen alten Holzschrank, dem einzigen Teil in diesem Zimmer, der nicht mit der sterilen Umgebung übereinstimmte, öffnete ihn und nahm einen Glasbehälter mit Deckel heraus. Er stellte ihn vorsichtig auf einen Tisch, und Erlendur sah in dem starken Neonlicht ein kleines Kindergehirn in einer trüben Formalinlösung schwimmen.

Als er losfuhr, hatte er eine kleine schwarze Ledertasche mit den sterblichen Überresten von Auður dabei. Er dachte an den Gläserpalast. Während er durch die menschenleeren Straßen nach Hause fuhr, hoffte er bei sich, dass niemals irgendwelche Teile von ihm in Forschungslabors aufbewahrt würden. Es regnete immer noch, als er zu seinem Haus kam. Er stellte den Motor ab, steckte sich eine Zigarette an und schaute in die Nacht hinaus.

Erlendur blickte auf die schwarze Tasche auf dem Vordersitz.

Er hatte vor, Auður an ihren Platz zurückzubringen.

37

Die Polizisten, die vor dem Haus von Katrín Wache schoben, bemerkten gegen Mitternacht, dass Albert aus dem Haus kam und die Tür zuknallte, in seinen Wagen stürzte und davonfuhr. Er schien es sehr eilig zu haben, und sie stellten fest, dass er denselben kleinen Koffer dabei hatte, mit dem sie ihn nachmittags hatten ankommen sehen. Ansonsten waren in der Nacht keine anderen Menschen unterwegs, und Katrín war nirgends zu sehen.

Ein Streifenwagen in der Nähe fuhr bis zum Hotel Esja hinter Albert her, wo er sich für die Nacht eincheckte.

Am darauf folgenden Morgen traf Erlendur um acht Uhr vor Katríns Haus ein. Elinborg war mitgekommen. Es regnete immer noch. Seit Tagen hatte man die Sonne nicht gesehen. Sie klingelten dreimal, bevor sie von drinnen ein Geräusch hörten und die Tür aufgemacht wurde. Katrín erschien an der Tür. Elinborg stellte fest, dass sie noch dieselbe Kleidung vom Vortag trug und geweint hatte. Das Gesicht legte Zeugnis davon ab, die Augen waren rot geschwollen.

»Entschuldigt bitte«, sagte Katrín abwesend, »ich muss im Sessel eingeschlafen sein. Wie spät ist es?«

»Dürfen wir hereinkommen?«, fragte Erlendur.

»Ich habe Albert nie erzählt, was passiert ist«, sagte sie und ging ins Haus, ohne sie hereinzubitten. Erlendur und Elinborg schauten einander an und gingen hinterher.

»Er ist gestern Abend wieder weggegangen«, sagte Katrín. »Wie spät ist es eigentlich? Ich glaube, ich bin im Sessel eingeschlafen. Albert war völlig außer sich. Ich habe ihn noch nie so außer sich gesehen.«

»Kannst du nicht Verbindung mit deiner Familie aufnehmen?«, fragte Elinborg. »Jemand, der hier herkommen und bei dir bleiben kann? Deine Söhne?«

»Nein, Albert kommt schon wieder, und dann ist alles in Ordnung. Ich will die Jungen nicht behelligen. Das renkt sich wieder ein. Albert kommt zurück.«

»Warum war er so außer sich?«, fragte Erlendur. Katrín hatte sich im Wohnzimmer auf das Sofa gesetzt, Elinborg und Erlendur setzten sich wie gestern ihr gegenüber.

»Er war vollkommen außer sich vor Zorn, der Mann. Wo er doch normalerweise so ruhig ist. Albert ist ein guter Mann, ein guter Mann, und er ist immer so gut zu mir gewesen. Wir führen eine gute Ehe. Wir sind immer glücklich gewesen.«

»Vielleicht möchtest du, dass wir später wiederkommen«, sagte Elinborg. Erlendur schaute sie durchdringend an.

»Nein«, sagte Katrín, »das ist ganz in Ordnung. Albert kommt wieder. Er muss sich nur abreagieren. Mein Gott, wie schwierig das alles ist. Ich hätte es ihm damals gleich erzählen sollen, sagte er. Er konnte nicht verstehen, wie ich das all die Jahre habe verschweigen können. Er hat mich angebrüllt.«

Katrín schaute sie an.

»Er hat mich noch nie angebrüllt.«

»Ich hole einen Arzt«, sagte Elinborg und stand auf. Erlendur traute seinen Ohren nicht.

»Nein, es ist schon in Ordnung«, sagte Katrín. »Das ist nicht nötig. Ich bin nur ein bisschen durcheinander vom Schlafen. Das geht schon in Ordnung. Setz dich, meine Liebe. Das kommt schon alles wieder ins Lot.«

»Was hast du Albert gesagt?«, fragte Erlendur. »Hast du ihm von der Vergewaltigung erzählt?«

»Das wollte ich eigentlich schon die ganzen Jahre tun, aber ich konnte es nie über mich bringen. Ich habe nie jemandem davon erzählt. Ich habe versucht, das alles zu verdrängen, als ob es nie geschehen sei. Das war oft schwierig, aber irgendwie ist es doch gegangen. Dann seid ihr gekommen, und ich konnte nicht anders, ich musste es loswerden. Mir ging es danach irgendwie besser. Es war, als hättet ihr eine schwere Last von mir genommen, ich wusste jetzt, dass ich mir das von der Seele reden konnte und dass es das einzig Richtige war. Sogar nach all dieser Zeit.«

Katrín verstummte.

»War er wütend auf dich, weil du ihm nicht von der Vergewaltigung erzählt hast?«, fragte Erlendur.

»Ja.«

»Hat er deinen Standpunkt nicht verstanden?«, fragte Elinborg.

»Er sagte, ich hätte es ihm damals gleich erzählen sollen. Das ist natürlich verständlich. Er sagte, er sei immer ehrlich zu mir gewesen und er hätte das nicht verdient gehabt.«

»Ich verstehe nicht ganz«, sagte Erlendur. »Ich hätte Albert doch etwas mehr Charakterstärke zugetraut. Ich hätte erwartet, dass er versuchen würde, dich zu trösten und aufzurichten und dir in dieser schwierigen Situation beizustehen, statt einfach abzuhauen.«

»Ich weiß«, sagte Katrín. »Vielleicht habe ich es ihm nicht richtig erzählt.«

»Richtig erzählt«, sagte Elinborg und verhehlte nicht, dass sie entrüstet war. »Wie kann man so etwas richtig erzählen?«

Katrín schüttelte den Kopf.

»Ich weiß es nicht. Ich schwöre es, ich weiß es nicht.«

»Hast du ihm die ganze Wahrheit gesagt?«, fragte Erlendur.

»Ich habe ihm das gesagt, was ich euch gesagt habe.«

»Und nichts mehr?«

»Nein«, sagte Katrín.

»Nur von der Vergewaltigung?«

»Nur«, wiederholte Katrín. »Nur! Als ob das nicht genug wäre. Als ob das nicht genug wäre, dass er hört, dass ich vergewaltigt wurde und er nie davon erfahren hat. Ist das nicht genug?«

Sie schwiegen.

»Hast du ihm nicht von eurem jüngsten Sohn erzählt?«, fragte Erlendur schließlich.

Katrín schaute ihn an, und auf einmal sprühten ihre Augen Funken.

»Wieso von unserem jüngsten Sohn?«, fragte sie, und die Worte wollten ihr kaum über die Lippen.

»Du hast ihn Einar getauft«, sagte Erlendur, der einen Blick auf die Informationen geworfen hatte, die Elinborg tags zuvor über die Familie gesammelt hatte.

»Und was ist mit Einar?«

Erlendur schaute sie an.

»Er ist dein Sohn«, sagte Erlendur. »Aber er ist nicht der Sohn seines Vaters.«

»Wovon sprichst du eigentlich? Nicht der Sohn seines Vaters. Natürlich ist er der Sohn seines Vaters! Wer ist nicht der Sohn seines Vaters?«

»Entschuldige, ich habe es nicht präzise genug ausgedrückt. Er ist nicht der Sohn des Vaters, den er für den seinen hielt«, sagte Erlendur ruhig. »Er ist der Sohn des Mannes, der dich vergewaltigt hat. Holbergs Sohn. Hast du deinem Mann das gesagt? Ist er deswegen abgehauen?«

Katrín schwieg.

»Hast du ihm die ganze Wahrheit gesagt?«

Katrín schaute auf Erlendur. Er hatte den Eindruck, als sträubte sie sich immer noch. So verging eine Weile, und dann sah er, dass ihre Lippen nachgaben. Die Schultern sackten herunter, sie schloss die Augen, der Körper sank im Sofa zusammen, und sie brach in Tränen aus. Elinborg warf Erlendur einen durchdringenden Blick zu, der aber schaute Katrín an und ließ ihr Zeit, sich zu fangen.

»Hast du ihm von Einar erzählt?«, fragte er schließlich, als ihm schien, dass sie sich wieder gefangen hatte.

»Er hat es nicht geglaubt«, sagte sie.

»Dass Einar nicht sein Sohn ist?«, fragte Erlendur.

»Zwischen Albert und Einar besteht ein besonders enges Verhältnis, und so ist es immer gewesen. Von Geburt an. Albert liebt seine beiden anderen Söhne natürlich auch, aber Einar ganz besonders. Von Anfang an. Er ist das jüngste Kind, und Albert hat ihn immer verwöhnt.«

Katrín hielt inne.

»Vielleicht war es deswegen, dass ich niemals etwas gesagt habe. Ich wusste, dass Albert das nicht ertragen könnte. Sagte keinen Ton. Und das ging ganz gut. Holberg hatte eine Wunde hinterlassen, und weswegen sollte sie nicht in Ruhe heilen? Warum sollte er unsere gemeinsame Zukunft zerstören können? Das war meine Methode, mit dem Grauen fertig zu werden.«

»Wusstest du gleich, dass Einar Holbergs Sohn sein musste?«, fragte Elinborg.

»Er hätte auch Alberts Sohn sein können.«

Katrín schwieg wieder.

»Du hast es es ihm angesehen«, sagte Erlendur.

Katrín schaute ihn an.

»Wieso weißt du das alles?«, fragte sie.

»Er sieht Holberg ähnlich, nicht wahr?«, sagte Erlendur. »Holberg, als er jung war. Er wurde in Keflavík gesehen, und die Frau, die ihn sah, glaubte, es wäre Holberg selber.«

»Es gibt eine gewisse Ähnlichkeit zwischen ihnen.«

»Wenn du deinem Sohn nie etwas gesagt hast und dein Mann nichts über Einar wusste, warum dann jetzt auf einmal diese große Aussprache zwischen dir und Albert? Wieso kam es dazu?«

»Was für eine Frau in Keflavík?«, fragte Katrín. »Was für eine Frau in Keflavík hat Holberg gekannt? Hat er dort mit einer Frau gelebt?«

»Nein«, sagte Erlendur und überlegte, ob er ihr von Kolbrún und Auður erzählen sollte. Er wusste, dass sie früher oder später von ihnen erfahren würde, und es sprach nichts dagegen, dass Katrín jetzt schon die Wahrheit erfuhr. Er hatte ihr früher von der Vergewaltigung in Keflavík erzählt, aber jetzt nannte er Holbergs Opfer mit Namen und erzählte ihr von Auður, die nach einer schweren Krankheit jung gestorben war. Er sagte ihr, wie sie das Foto von dem Grabstein in Holbergs Schreibtisch gefunden hatten und wie es sie nach Keflavík und zu Elín geführt hatte. Und was Kolbrún widerfahren war, als sie Anzeige erstattete.

Katrín hörte Erlendur wie gebannt zu. Tränen traten ihr in die Augen, als Erlendur ihr sagte, wie Auður gestorben war. Er erzählte ihr auch von Grétar, dem Mann mit der Kamera, den sie zusammen mit Holberg gesehen hatte, und wie er spurlos verschwunden war, um dann unter dem

Fußboden von Holbergs Kellerwohnung gefunden zu werden.

»Ist das diese Sache da in den Nachrichten, die so viel Staub aufgewirbelt hat?«, fragte Katrín.

Erlendur nickte zustimmend.

»Ich wusste nicht, dass Holberg auch andere Frauen vergewaltigt hat«, sagte Katrín. »Ich dachte, ich wäre die einzige.«

»Wir wissen jetzt von euch beiden«, sagte Erlendur. »Es können möglicherweise mehr sein. Es ist unwahrscheinlich, dass das jemals ans Licht kommt.«

»Auður ist dann Einars Halbschwester gewesen«, sagte Katrín sehr nachdenklich. »Das arme Kind.«

»Du bist sicher, dass du nichts von ihr gewusst hast?«, fragte Erlendur.

»Selbstverständlich bin ich da sicher«, sagte sie. »Ich hatte keine Ahnung davon.«

»Einar weiß von ihr«, sagte Erlendur. »Er hat Elín in Keflavík ausfindig gemacht.«

Katrín antwortete nicht. Er beschloss, die Frage zu wiederholen.

»Falls Einar nichts wusste und du deinem Mann nie davon erzählt hast, weswegen hat denn dein Sohn jetzt auf einmal die Wahrheit herausgefunden?«

»Ich weiß es nicht«, sagte Katrín. »Doch, warte mal, sag mir, woran ist das arme Mädchen gestorben?«

»Du weißt, dass dein Sohn des Mordes an Holberg verdächtigt wird«, sagte Erlendur und beantwortete ihre Frage nicht. Er versuchte, das, was er sagen musste, so vorsichtig wie möglich zu formulieren. Er fand, dass Katrín erstaunlich ruhig war, so als käme es für sie nicht überraschend, dass ihr Sohn unter Mordverdacht stand.

»Mein Sohn ist kein Mörder«, sagte sie still. »Er könnte nie einen Menschen töten.«

»Es ist sehr wahrscheinlich, dass er Holberg einen Schlag auf den Kopf versetzt hat. Er hat vielleicht nicht vorgehabt, ihn zu töten. Wahrscheinlich hat er es in einem Wutanfall getan. Er hinterließ einen Zettel für uns, auf dem stand: Ich bin er. Verstehst du, was ich meine?«

Katrín schwieg.

»Wusste er, dass Holberg sein Vater war? Wusste er, was Holberg dir angetan hat? Hat er seinen Vater getroffen? Wusste er von Auður und Elín? Wenn ja, wie?«

Katrín blickte in ihren Schoß.

»Wo ist dein Sohn jetzt?«, fragte Elinborg.

»Ich weiß es nicht«, sagte Katrín ruhig. »Ich habe seit Tagen nichts von ihm gehört.«

Sie blickte auf Erlendur.

»Er hat auf einmal von Holberg gewusst. Gewusst, dass irgendetwas nicht stimmte. Er hat das durch seine Arbeit erfahren«, sagte sie. »Er sagte, es wäre nicht mehr möglich, irgendetwas geheim zu halten. Er sagte, es wäre alles in der Datenbank.«

38

Erlendur schaute Katrín an.

»Hat er auf diese Weise von seinem tatsächlichen Vater erfahren?«, fragte er.

»Er hat herausgefunden, dass er nicht der Sohn seines Vaters sein konnte«, sagte Katrín leise.

»Wie?«, fragte Erlendur. »Wonach hat er gesucht? Weswegen hat er seinen eigenen Stammbaum in der Datenbank unter die Lupe genommen? War es ein Zufall?«

»Nein«, sagte Katrín. »Das war alles andere als ein Zufall.«

Jetzt reichte es Elinborg. Sie wollte mit der Vernehmung aufhören und Katrín gestatten, sich wieder zu beruhigen. Sie stand auf und sagte, sie bräuchte etwas Wasser, und bedeutete Erlendur mitzukommen. Er folgte ihr in die Küche. Dort sagte Elinborg, dass die Frau im Augenblick wirklich genug durchgemacht hätte. Sie müsste in Ruhe gelassen und darauf hingewiesen werden, sich mit einem Rechtsanwalt in Verbindung zu setzen, bevor sie weitere Aussagen machte. Sie täten besser daran, die weitere Vernehmung auf den Nachmittag zu verschieben. Am besten sei es, mit ihrer Familie zu sprechen und jemanden zu bitten, sich um sie zu kümmern. Erlendur wies sie darauf hin, dass Katrín nicht festgenommen worden sei, dass sie wegen nichts verdächtigt würde. Das hier sei kein offizielles Verhör, sondern nur Informationsbeschaffung, und Katrín sei im Augenblick sehr kooperativ. Deswegen müssten sie weitermachen.

Elinborg schüttelte den Kopf.

»Das Eisen schmieden, solange es heiß ist«, sagte Erlendur.

»Hör sich das einer an!«, fauchte Elinborg.

Katrín erschien in der Küchentür und fragte, ob sie nicht weitermachen sollten. Sie sei bereit, ihnen die Wahrheit zu sagen und diesmal nichts zu verheimlichen.

»Ich will, dass das hier ein Ende nimmt«, sagte sie.

Elinborg fragte, ob sie sich mit einem Rechtsanwalt in Verbindung setzen wolle. Katrín lehnte das dankend ab.

Sie sagte, sie würde gar keinen kennen, weil sie nie Bedarf für einen Rechtsanwalt gehabt hätte. Sie wüsste nicht, wie sie das anstellen sollte.

Elinborg warf Erlendur vorwurfsvolle Blicke zu. Er fragte Katrín, ob sie weitermachen sollten. Als sie sich wieder gesetzt hatten, fing Katrín an zu erzählen. Sie rieb sich nervös die Hände, war niedergeschlagen, und ihre Miene zeugte von Trauer.

Albert war morgens ins Ausland geflogen. Sie waren in aller Herrgottsfrühe aufgestanden. Sie hatte Kaffee für ihn gekocht. Sie sprachen wieder einmal darüber, das Haus zu verkaufen und sich etwas Kleineres zu suchen. Sie hatten oft darüber geredet, aber es nie in die Tat umgesetzt. Vielleicht fanden sie es einen zu radikalen Schritt, als würden sie damit unterstreichen, dass sie gealtert waren. Sie kamen sich nicht alt vor, aber trotzdem müssten sie sich verkleinern. Albert wollte nach seiner Rückkehr mit einem Makler sprechen. Dann fuhr er mit seinem Jeep los.

Sie hatte sich dann wieder hingelegt. Es waren noch zwei Stunden, bis sie in der Arbeit erscheinen musste, aber sie konnte nicht mehr schlafen. Sie lag da und wälzte sich bis acht Uhr im Bett. Dann stand sie auf. Sie war in der Küche, als sie Einar hereinkommen hörte. Er hatte einen Hausschlüssel.

Sie sah sofort, dass er erregt war, wusste aber nicht, warum. Er sagte, er habe die ganze Nacht nicht schlafen können. Ging erst im Wohnzimmer auf und ab und dann in der Küche und weigerte sich, sich zu setzen.

»Ich wusste, dass da etwas nicht gestimmt hat«, sagte er und blickte seine Mutter wütend an. »Ich habe es die ganze Zeit gewusst!«

Sie verstand nicht, warum er so wütend war.

»Ich wusste es, dass da mit dieser Scheiße etwas nicht gestimmt hat«, wiederholte er und hatte beinahe angefangen zu brüllen.

»Worüber sprichst du denn, Liebling?«, sagte sie und konnte sich seinen Zorn immer noch nicht erklären. »Was stimmt nicht?«

»Ich habe den Code geknackt«, sagte er. »Ich habe gegen die Vorschriften verstoßen, um den Code zu knacken. Ich wollte wissen, wie diese Krankheit in den Stammbäumen auftritt. Sie tritt in ganz bestimmten Familien auf, das will ich dir sagen. Es gibt sie in einigen Familien, aber nicht in unserer. Nicht in Papas und nicht in deiner. Deswegen stimmt da was nicht. Verstehst du? Verstehst du, was ich sage?«

Erlendurs Handy klingelte, er entschuldigte sich bei Katrín und ging in die Küche, um das Gespräch anzunehmen. Es war Sigurður Óli.

»Die Alte in Keflavík sucht nach dir«, sagte er ohne Umschweife.

»Die Alte? Meinst du Elín?«

»Ja, Elín.«

»Hast du mit ihr gesprochen?«

»Ja«, sagte Sigurður Óli. »Sie behauptet, sie müsse mit dir sprechen, und zwar sofort.«

»Weißt du, was sie will?«

»Sie lehnte es strikt ab, mir etwas zu sagen. Wie geht es bei euch vorwärts?«

»Hast du ihr die Handynummer gegeben?«

»Nein.«

»Wenn sie noch mal anruft, dann gib ihr meine Nummer«, sagte Erlendur und brach das Gespräch ab. Katrín und Elinborg warteten im Wohnzimmer auf ihn. »Entschuldigung«, sagte er zu Katrín. Sie fuhr mit ihrem Bericht fort.

Einar tigerte im Wohnzimmer auf und ab. Katrín versuchte, ihn zu beruhigen und herauszufinden, warum ihr Sohn so erregt war. Sie setzte sich und bat ihn, sich zu ihr zu setzen, aber er hörte nicht auf sie. Ging vor ihr auf und ab. Sie wusste, dass er schwere Zeiten durchgemacht hatte, und die Scheidung hatte das Ganze noch verschlimmert. Seine Frau hatte ihn verlassen. Sie wollte wieder von vorn anfangen, wollte sich nicht von der Trauer unterkriegen lassen.

»Sag mir, was los ist«, bat sie.

»Es ist so viel, Mama, so unglaublich viel.«

Und dann kam die Frage, auf die sie die ganzen Jahre gewartet hatte.

»Wer ist mein Vater?«, fragte ihr Sohn und blieb vor ihr stehen. »Wer ist mein wirklicher Vater?«

Sie blickte ihn an.

»Es gibt keine Geheimnisse mehr, Mama«, sagte er.

»Was hast du herausgefunden?«, fragte sie. »Mit was hast du dich da beschäftigt?«

»Ich weiß, wer nicht mein Vater ist«, sagte er, »und das ist Papa.« Er brach in Gelächter aus. »Hast du das gehört? Papa ist nicht mein Vater? Und wenn er nicht mein Vater ist, wer ist es dann? Von wem stamme ich? Meine Brüder sind auf einmal nur Halbbrüder. Warum hast du mir niemals etwas gesagt? Warum hast du mich die ganze Zeit angelogen? Warum?«

Sie starrte ihn an, und Tränen stiegen ihr in die Augen.

»Bist du fremdgegangen?«, fragte er. »Mir kannst du es sagen. Ich verrate es niemandem. Bist du fremdgegangen? Außer uns bei-

den braucht das niemand zu wissen, aber ich muss es von dir hören. Du musst mir die Wahrheit sagen. Wie bin ich entstanden? Wie wurde ich gezeugt?«

Er machte eine Pause.

»Bin ich ein Adoptivkind? Ein Waisenkind? Was bin ich? Wer bin ich? Mama?«

Katrín war in Tränen ausgebrochen und schluchzte heftig. Er starrte sie an, und er schien sich ein wenig zu beruhigen, als er sie auf dem Sofa sitzen und weinen sah. So verging eine Weile, bis er sah, was er angerichtet hatte. Endlich setzte er sich neben sie und nahm sie in die Arme. Sie saßen eine geraume Zeit schweigend da, bis sie anfing, ihm von der Nacht in Húsavík zu erzählen, als sein Papa zur See war und sie sich mit ihren Freundinnen amüsierte und diese Männer traf, darunter Holberg, der in ihr Haus eingedrungen war.

Er saß stumm da, während sie sprach.

Sie sagte ihm, dass Holberg sie vergewaltigt und sie bedroht hatte und dass sie beschlossen hatte, das Kind auszutragen und niemals zu erzählen, was vorgefallen war. Nicht seinem Vater und nicht ihm. Und das sei auch in Ordnung gewesen. Sie hatten ein glückliches Leben geführt. Sie hatte es Holberg nicht gestattet, sie ihres Lebensglücks zu berauben. Ihm war es nicht gelungen, ihr Familienleben zu zerstören.

Sie sagte ihm, dass sie die ganze Zeit gewusst habe, dass er der Sohn des Mannes war, der sie vergewaltigt hatte. Das hatte sie nicht daran gehindert, ihn genauso zu lieben wie ihre anderen Söhne, und sie wusste, dass Albert ihm ganz besonders zugetan war. Auf diese Weise hatte Einar nie darunter zu leiden gehabt, was Holberg getan hatte. Nie.

Es vergingen einige Minuten, während er zu begreifen versuchte, was sie ihm da gesagt hatte.

»Verzeih mir«, sagte er schließlich. »Ich wollte nicht gemein zu

dir sein. Ich dachte, du seist fremdgegangen, und dass ich so gezeugt worden wäre. Ich hatte ja keine Ahnung von der Vergewaltigung.«

»Natürlich nicht«, sagte sie. »Wie solltest du auch? Ich habe nie zuvor mit jemandem darüber gesprochen.«

»Ich hätte diese Möglichkeit aber in Betracht ziehen können«, sagte er. »Es gab eine andere Möglichkeit, aber ich habe nicht daran gedacht. Verzeih mir. Es muss schrecklich gewesen sein für dich, all diese Jahre.«

»Denk nicht darüber nach«, sagte sie. »Du sollst nicht darunter leiden, was Holberg getan hat.«

»Ich habe schon genug darunter gelitten, Mama«, sagte er. »Unendliche Qualen. Und nicht nur ich. Warum hast du keine Abtreibung machen lassen? Was hat dich davon abgehalten?«

»Gott im Himmel, rede nicht so, Einar. So darfst du niemals reden.«

Katrín brach ab.

»Hast du nie eine Abtreibung in Erwägung gezogen?«, fragte Elinborg.

»Die ganze Zeit. Immer. Bis es zu spät war. Ich habe jeden Tag daran gedacht, nachdem mir klar wurde, dass ich schwanger war. Ich bin sogar soweit gegangen, dass ich mit einem Arzt gesprochen habe, der mich untersuchte und mir riet, es nicht zu tun. Das Kind hätte genauso gut von Albert sein können. Das hat wohl den Ausschlag gegeben. Dann hatte ich nach der Geburt Depressionen. Ich weiß nicht, wie das heißt, heutzutage gibt's ein Wort für Depressionen nach der Geburt. Ich wurde zur Behandlung ins Landeskrankenhaus geschickt. Nach drei Monaten ging es mir so weit wieder besser, dass ich mich um den Jungen kümmern konnte, und seitdem habe ich ihn immer geliebt.«

Erlendur wartete einen Moment, bevor er die Vernehmung fortsetzte.

»Weshalb hat dein Sohn angefangen, in der Datenbank des Genforschungszentrums nach einer Erbkrankheit zu suchen?«, fragte er schließlich.

Katrín schaute ihn an.

»Woran starb das kleine Mädchen in Keflavík?«, fragte sie.

»An einem Hirntumor«, sagte Erlendur. »Die Krankheit heißt Neurofibromatose.«

Tränen stiegen Katrín in die Augen, und sie seufzte tief.

»Weißt du das wirklich nicht?«, fragte sie.

»Was weiß ich nicht?«

»Unser Augenstern starb vor drei Jahren«, sagte Katrín. »Aus unbegreiflichen Gründen. Vollkommen unbegreiflich.«

»Euer Augenstern?«, fragte Erlendur.

»Unser kleiner Schatz«, sagte sie. »Einars Tochter. Sie starb. Das arme kleine Mädchen.«

39

Totenstille herrschte im Haus.

Katrín saß mit hängendem Kopf da. Elinborg schaute sie wie vom Donner gerührt an und suchte dann Blickkontakt zu Erlendur. Erlendur blickte vor sich hin und dachte an Eva Lind. Was tat sie jetzt? War sie zu Hause? Er verspürte das Bedürfnis, mit seiner Tochter zu sprechen. Verspürte das Bedürfnis, sie in die Arme zu nehmen, sie an sich zu drücken und sie nicht loszulassen, bevor er ihr gesagt hatte, wie viel sie ihm bedeutete.

»Das ist ja nicht zu fassen«, sagte Elinborg.

Erlendur schaute sie an. Und dann Katrín.

»Dein Sohn ist Erbträger, nicht wahr?«, sagte er.

»Das war das Wort, was er verwendete. Erbträger. Sie sind es beide, er und Holberg. Er sagte, er habe es von dem Mann, der mich vergewaltigt hat, vererbt bekommen.«

»Sie selber werden nicht krank«, sagte Erlendur.

»Es scheinen die Mädchen zu sein, die die Krankheit bekommen«, sagte Katrín. »Die Männer tragen die Krankheit in sich, brauchen aber keine Symptome zu zeigen. Oder wie man das ausdrückt. Ansonsten gibt es da viele Varianten, ich weiß es nicht so genau. Mein Sohn wusste, worum es ging. Er versuchte, es mir zu erklären, aber ich habe gar nicht begriffen, worauf er hinauswollte. Er war sehr erregt. Und ich natürlich auch.«

»Und er hat das in dieser Datenbank herausgefunden, die man da einrichtet«, sagte Erlendur.

Katrín nickte zustimmend.

»Er verstand nicht, warum das arme Kind diese Krankheit bekam, und hat dann dauernd in meiner und in Alberts Familie danach gesucht. Er hat Verwandte befragt, er war nicht zu bremsen. Wir glaubten, dass er auf diese Weise mit dem Schock fertig zu werden versuchte. Diese penetrante Suche nach den Ursachen. Suche nach Antworten, von denen wir glaubten, dass sie nirgends zu finden wären. Er und seine Frau haben sich vor einiger Zeit scheiden lassen. Lára und er. Sie konnten nicht länger zusammenleben und haben beschlossen, sich zeitweilig zu trennen. Ich glaube aber nicht, dass sich das jemals wieder einrenkt.«

Katrín verstummte.

»Und dann fand er die Antwort«, sagte Erlendur.

»Er war davon überzeugt, dass Albert nicht sein Vater war. Er sagte, das könne nicht sein, verglichen mit den Informationen aus der Datenbank. Deswegen kam er zu mir. Er glaubte, dass ich fremdgegangen und dass er so gezeugt worden wäre. Oder dass er ein Adoptivkind wäre.«

»Hat er Holberg in der Datenbank gefunden?«

»Das glaube ich nicht. Höchstens später, nachdem ich ihm von Holberg erzählt hatte. Das war so unsinnig. So absurd! Mein Sohn hatte eine Liste mit den möglichen Vätern zusammengestellt, auf der auch Holberg stand. Mit Hilfe der medizinischen und der genealogischen Datenbank konnte er die Krankheit nach Stammbäumen zurückverfolgen, und auf diese Weise kam er darauf, dass er nicht der Sohn von Albert sein konnte. Er war eine Abweichung. Eine Anomalie.«

»Wie alt war seine Tochter?«

»Sie war sieben Jahre alt, die Kleine.«

»Ein Hirntumor hat den Tod verursacht, nicht wahr?«, fragte Erlendur.

»Ja«, sagte Katrín.

»Sie ist an derselben Krankheit gestorben wie Auður. Nerventumor.«

»Ja, das ist dieselbe Krankheit. Die Mutter von Auður muss furchtbar gelitten haben; erst Holberg und dann der Tod des Mädchens.«

Erlendur zögerte einen Moment.

»Kolbrún, ihre Mutter, beging drei Jahre nach dem Tod der Tochter Selbstmord«, sagte er dann.

»Herrgott«, stöhnte Katrín.

»Wo ist dein Sohn jetzt?«, fragte Erlendur.

»Ich weiß es nicht«, antwortete Katrín. »Ich bin verrückt vor Sorge, dass er sich etwas antut. Es geht ihm ganz entsetzlich, dem Jungen. Entsetzlich.«

»Glaubst du, dass er Verbindung zu Holberg aufgenommen hat?«

»Ich weiß es nicht. Ich weiß nur, dass er kein Mörder ist. Soviel weiß ich.«

»Fandest du, dass er Ähnlichkeit mit seinem Vater hatte?«, fragte Erlendur und blickte auf die Konfirmationsbilder.

Katrín antwortete nicht.

»Hast du eine Ähnlichkeit zwischen ihnen festgestellt?«, fragte Erlendur.

»Was ist denn eigentlich los mit dir, Mensch«, stieß Elinborg hervor. Sie war mit ihrer Geduld am Ende. »Findest du nicht, dass es jetzt reicht, ehrlich?«

»Entschuldige bitte«, sagte Erlendur zu Katrín. »Das hat selbstverständlich überhaupt nichts mit der Ermittlung zu tun. Es ist nur meine verdammte Neugier. Du bist außerordentlich hilfsbereit gewesen, und wenn es dir irgendeinen Trost bedeutet, dann kann ich dir sagen, dass ich keine aufrechtere oder stärkere Persönlichkeit kenne als dich; dass du diese Qualen all diese Jahre im Stillen ertragen konntest.«

»Das ist ganz o.k.«, sagte Katrín zu Elinborg. »Kinder haben Ähnlichkeiten mit vielen. Ich habe niemals Holberg in meinem Jungen gesehen. Niemals. Er sagte, dass es nicht meine Schuld sei. Einar hat mir das gesagt. Ich hätte keine Schuld daran, dass unser kleiner Augenstern starb.«

Katrín brach ab.

»Was wird mit Einar?«, fragte sie schließlich. Sie hatte allen Widerstand aufgegeben. Keine Lügen. Nur Resignation.

»Wir müssen ihn finden«, sagte Erlendur, »mit ihm reden und hören, was er sagt.«

Er und Elinborg standen auf. Erlendur setzte sich den Hut auf. Katrín blieb auf dem Sofa sitzen.

»Wenn du willst, kann ich mit Albert sprechen«, sagte Erlendur. »Er hat die Nacht im Hotel Esja verbracht. Wir haben dein Haus seit gestern beobachten lassen, falls dein Sohn auftauchen würde. Ich kann Albert erklären, was passiert ist. Er wird schon wieder Vernunft annehmen.«

»Vielen Dank«, sagte Katrín, »aber ich rufe ihn selbst an. Ich weiß, dass er wiederkommt. Wegen Einar müssen wir zusammenstehen.«

Sie blickte hoch.

»Er ist unser Junge«, sagte sie, »und er wird es immer bleiben.«

40

Erlendur ging nicht davon aus, dass Einar zu Hause sein würde. Er hatte eine kleine Wohnung in Stóragerði gemietet, und Elinborg und er fuhren von Katrín aus dorthin. Es war Mittag, und es herrschte starker Verkehr. Auf dem Weg dorthin setzte Erlendur Sigurður Óli über den Stand der Dinge in Kenntnis. Sie mussten jetzt nach Einar fahnden lassen. Ein Bild von ihm finden, das mit einem kurzen Steckbrief an die Zeitungen und die Fernsehsender weitergeleitet werden konnte. Sie verabredeten sich in Stóragerði. Dort angekommen, stieg Erlendur aus, und Elinborg fuhr weiter.

Es dauerte nicht lange, bis Sigurður Óli eintraf. Die Wohnung war im Souterrain eines Dreifamilienhauses, und der Eingang war direkt an der Straße. Sie klingelten und klopften heftig, aber nichts rührte sich.

Sie versuchten ihr Glück in den anderen Wohnungen, und es stellte sich heraus, dass Einar bei dem Besitzer einer Wohnung in diesem Haus zur Untermiete wohnte. Der war in der Mittagspause nach Hause gekommen. Er war bereit, sie nach unten zu begleiten und sie in die Wohnung zu lassen. Er erklärte, Einar seit einigen Tagen nicht gesehen zu haben, wahrscheinlich schon eine ganze Woche; er war nach seiner Aussage ein ruhiger Mieter, es gab keinerlei Klagen über ihn, er bezahlte die Miete immer pünktlich. Er verstand gar nicht, was die Polizei von ihm wollte. Sigurður Óli sagte, um weitere Spekulationen zu unterbinden, dass er von seiner Familie vermisst würde und dass sie gekommen seien, um herauszufinden, wo er sein könnte.

Der Wohnungsbesitzer fragte nicht nach einem Durchsuchungsbefehl. Sie hatten ihn zwar nicht in den Händen, würden ihn aber im Lauf des Tages bekommen.

Als er aufgeschlossen hatte, baten sie darum, allein gelassen zu werden, und gingen in die Wohnung. Alle Vorhänge waren zugezogen, und es war dunkel. Die Wohnung war sehr klein. Ein Wohnzimmer und ein weiterer Raum, eine Küche und ein kleines Badezimmer. Teppichboden in beiden Zimmern und Linoleum in der Küche. Ein Fernseher im Wohnzimmer und davor ein Sofa. Statt die Vorhänge aufzuziehen, machte Erlendur Licht, damit sie besser sehen konnten.

Sie starrten auf die Wände in der Wohnung, die mit denselben Worten voll gekritzelt waren, die sie so gut aus Holbergs Wohnung kannten, mit Filzstiften und Farbspray. Drei Worte, die Erlendur unverständlich gefunden hatte, aber das waren sie jetzt nicht mehr. Ich bin ER. Sie machten einen Rundgang durch die Wohnung. Zeitungen und Zeitschriften lagen überall verstreut, isländische und ausländische, Bücher mit wissenschaftlichen Themen, wie Erlendur schien, lagen allenthalben stapelweise im Wohnzimmer und im Schlafzimmer auf dem Fußboden, große Fotoalben waren auch darunter. In der Küche lag die Verpackung von irgendwelchem Essen aus einem Imbiss.

»Die Vaterschaftsangaben bei Isländern«, sagte Sigurður Óli und zog Gummihandschuhe an, »liegt da nicht einiges im Argen?«

Erlendur dachte an die Genforschungen. Das Isländische Genforschungszentrum hatte vor kurzem damit angefangen, die Krankenberichte aller lebenden und verstorbenen Isländer zu sammeln, um daraus eine medizinische Datenbank mit allen verbreiteten Krankheiten aufzubauen. Parallel dazu gab es eine kompatible genealogische Datenbank, wo der Stammbaum jedes einzelnen Isländers bis ins Mittelalter hinein zurückverfolgt werden konnte; es war die Rede von der Suche nach der original isländischen Erbmasse. Das Hauptziel war herauszufinden, wie sich Krankheiten vererbten, ihnen mit Hilfe der Genforschung auf den Grund zu gehen und möglichst Wege zur Heilung zu finden. Es war die Rede von einer homogenen Nation, die sich wenig mit anderen Nationen vermischt hatte und deswegen ein optimales genetisches Forschungsobjekt sei.

Die Firma und das Gesundheitsministerium, das die Einrichtung der Datenbank abgesegnet hatte, garantierten, dass kein Unbefugter an diese Datenbank herankönne. Sie beschrieben ein kompliziertes System, nach dem die Informationen codiert und gespeichert würden, das absolut nicht zu knacken sei.

»Machst du dir Sorgen, wer dein Vater ist?«, fragte Erlendur. Er hatte sich ebenfalls Gummihandschuhe angezogen und ging vorsichtig ins Wohnzimmer. Er griff nach einem Fotoalbum und blätterte darin. Es war ziemlich alt.

»Es wurde immer gesagt, dass ich weder meinem Vater noch meiner Mutter ähnlich sehe, und eigentlich niemandem aus meiner Familie.«

»Das Gefühl habe ich schon immer gehabt«, sagte Erlendur.

»Was für ein Gefühl? Was meinst du eigentlich?«

»Dass du ein Bastard bist.«

»Schön, dass du deinen Humor wiedergefunden hast«, sagte Sigurður Óli. »Du bist in letzter Zeit ziemlich merkwürdig gewesen.«

»Wieso Humor?«

Er blätterte das Album durch. Es waren alte Schwarzweiß-Fotos. Er glaubte auf manchen Fotos Einars Mutter zu erkennen. Der Mann auf den Fotos musste dann Albert sein, und die drei Jungen ihre Söhne. Die Bilder waren zu Weihnachten oder in den Sommerferien gemacht worden, manche waren ganz alltäglich, auf der Straße oder in der Küche aufgenommen, wo die drei Jungen in gemusterten Strickpullovern am Tisch saßen, an die Erlendur sich aus dieser Zeit erinnern konnte. Die Zeit vor 1970. Die älteren trugen die Haare lang. Dann ein buntes Gemisch von Bildern aus dem Ausland. Der Tivoli in Kopenhagen, schien es Erlendur.

Weiter hinten im Album waren die Jungen älter und die Haare noch länger geworden, sie trugen Anzüge mit breiten Aufschlägen und Schuhe mit klotzigen Absätzen. Katríns Haar war toupiert. Jetzt waren es Farbfotos, und Alberts Haare hatten sich seitdem verringert. Erlendur suchte nach Einar, und als er ihn mit seinen beiden Brüdern und den Eltern verglich, sah er, wie wenig Ähnlichkeit er mit ihnen hatte. Die beiden anderen waren ihren Eltern sehr ähnlich, besonders dem Vater. Einar war das hässliche kleine Entlein.

Er legte das alte Album weg und nahm sich ein neueres. Die Fotos darin schien Einar von seiner eigenen Familie gemacht zu haben. Sie zeigten keine so lange Geschichte. Es war, als habe Erlendur Einars Lebenslauf da aufgeschlagen, als er seine Frau kennen lernte. Er überlegte, ob die Bilder aus der Zeit stammten, als die beiden jung und verliebt waren. Sie waren durch Island gereist. Schienen in Hornstrandir gewesen zu sein. Þórsmörk. Herðubreiðarlindir. Manchmal waren sie mit Fahrrädern unterwegs. Manchmal mit einer Klapperkiste von Auto. Campingfotos. Erlendur folgerte, dass sie Mitte der achtziger Jahre aufgenommen worden waren.

Er blätterte rasch, legte das Album wieder weg und griff nach dem, was ihm das neueste zu sein schien. Darin sah er ein kleines Mädchen im Krankenbett. Sie hing am Tropf und hatte eine Sauerstoffmaske vor dem Gesicht. Sie hatte die Augen geschlossen und war von allen möglichen Geräten umgeben. Sie schien auf der Intensivstation zu liegen. Er zögerte einen Augenblick, bevor er weiterblätterte.

Erlendur schrak auf, als sein Handy auf einmal zu klingeln anfing. Er legte das Album weg, ohne es zu schließen. Es war Elín in Keflavík, und sie war sehr erregt.

»Er war heute Morgen bei mir«, sagte sie ohne Umschweife.

»Wer?«

»Der Bruder von Auður. Er heißt Einar. Ich habe versucht, dich zu erreichen. Er war heute Morgen bei mir und hat mir gesagt, wie sich das alles zugetragen hat, der Ärmste. Er hat seine Tochter genau wie Kolbrún verloren. Er wusste, woran Auður gestorben ist. Es ist eine Krankheit in Holbergs Familie.«

»Wo ist er jetzt?«, fragte Erlendur.

»Er war todunglücklich«, sagte Elín. »Er ist im Stande, etwas Verrücktes zu tun.«

»Was meinst du damit, etwas Verrücktes?«

»Er sagte, dass es zu Ende sei.«

»Was ist zu Ende?«

»Das hat er nicht gesagt, sondern nur, dass es zu Ende sei.«

»Weißt du, wo er hin ist?«

»Er sagte, er wolle zurück nach Reykjavík.«

»Nach Reykjavík? Wohin da?«

»Das hat er nicht gesagt«, antwortete Elín.

»Sprach er nicht darüber, was er vorhatte?«

»Nein«, sagte Elín. »Das hat er nicht gesagt. Du musst ihn finden, bevor er etwas Verrücktes tut. Er ist in einer grauenvollen Verfassung, der Ärmste. Das ist furchtbar. Einfach furchtbar. Herrgott, so was habe ich noch nie erlebt.«

»Was?«

»Er ist seinem Vater so ähnlich. Er ist Holberg wie aus

dem Gesicht geschnitten, der arme Mann, und kann damit nicht leben. Kann es einfach nicht. Nicht nachdem er erfahren hat, was Holberg seiner Mutter angetan hat. Er sagt, er sei ein Gefangener seines Körpers. Er sagt, dass Holbergs Blut in seinen Adern fließt und dass er das nicht ertragen kann.«

»Und was meint er damit?«

»Er scheint sich selbst zu hassen«, sagte Elín. »Er sagt, er ist nicht mehr der, der er war, sondern jemand anderer, und er gibt sich selbst die Schuld daran, wie alles gelaufen ist. Egal, was ich sagte, er hat nicht auf mich gehört.«

Erlendur schaute auf das Fotoalbum, auf das Mädchen im Krankenbett.

»Warum wollte er dich treffen?«

»Er wollte etwas über Auður wissen. Alles über Auður. Was für ein Mädchen sie war. Wie sie gestorben ist. Er sagte, ich sei seine neue Familie. Stell dir das einmal vor!«

»Wo kann er hingegangen sein?«, fragte Erlendur und schaute auf seine Armbanduhr.

»Um Gottes willen, versuch ihn zu finden, bevor es zu spät ist.«

»Wir tun unser Bestes«, sagte Erlendur und wollte das Gespräch beenden, aber er spürte ein Zögern bei Elín. »Was ist, war da noch etwas?«, fragte er.

»Er hat gesehen, wie ihr Auður ausgegraben habt«, sagte Elín.

»Hat er das beobachtet?«

»Er hatte da schon herausgefunden, wo ich wohne, ist mir zum Friedhof gefolgt und hat dann gesehen, wie ihr den Sarg aus dem Grab geholt habt.«

41

Erlendur verschärfte die Fahndung nach Einar. Fotos von ihm wurden auf den Polizierevieren in Reykjavík und Umgebung verteilt und in den größeren Orten auf dem Land; die Medien wurden benachrichtigt. Er ordnete an, dass der Mann nicht behelligt werden durfte. Falls er gesehen würde, sollte man Erlendur Bescheid geben, aber sonst nichts unternehmen. Er telefonierte kurz mit Katrín, die erklärte, nicht zu wissen, wo ihr Sohn sich befand. Ihre beiden älteren Söhne waren bei ihr. Sie wussten nichts von ihrem Bruder. Albert hatte sich den ganzen Tag auf seinem Zimmer im Hotel Esja aufgehalten. Er hatte nur zweimal telefoniert, beide Male mit seiner Firma.

»Was für eine gottverdammte Tragödie«, murmelte Erlendur auf dem Weg ins Büro. Sie hatten nichts in der Wohnung gefunden, was ihnen einen Hinweis auf Einars Aufenthaltsort geben konnte.

Der Tag verging, und sie teilten sich die Arbeit auf, Elinborg und Sigurður Óli sprachen mit Einars geschiedener Frau, während Erlendur zum Isländischen Genforschungszentrum ging. Der riesige Neubau stand am Vesturlandvegur, fünf Stockwerke, strenge Sicherheitskontrolle am Eingang. Zwei Sicherheitsbeauftragte nahmen Erlendur in der pompösen Eingangshalle in Empfang. Er hatte sich angemeldet, und die Direktorin hatte sich gezwungen gesehen, ihm einige Minuten ihrer kostbaren Zeit zur Verfügung zu stellen.

Die Direktorin war einer der Eigner des Unternehmens, eine Genetikerin, die ihre Ausbildung in England und in den USA absolviert hatte und Island als ideales Land für genetische Forschung im Interesse der Pharmaindustrie propagierte. Mit Hilfe der Datenbank war es möglich, sämtliche Krankenberichte aus dem ganzen Land an einem Ort zu sammeln und Informationen über den Gesundheitszustand der Nation zu erhalten, die auf der Suche nach schadhaften Genen von Nutzen sein konnten.

Die Direktorin empfing Erlendur in ihrem Büro. Eine Frau um die fünfzig, Karítas mit Namen, schlank und zart gebaut, schwarzhaarig, mit freundlichem Lächeln. Sie war kleiner, als Erlendur sie sich nach den Bildern im Fernsehen vorgestellt hatte. Sie empfing Erlendur liebenswürdig, verstand aber nicht, was die Kriminalpolizei in ihrem Unternehmen zu suchen hatte. Sie bot Erlendur einen Stuhl an. Während er die Gemälde an den Wänden betrachtete, sagte er ihr rundheraus, dass es Grund zu der Annahme gäbe, dass illegalerweise in die Datenbank eingebrochen worden sei und ihr Daten entnommen worden seien, die die betreffenden Individuen schädigen könnten. Er wusste selbst nicht ganz genau, wovon er eigentlich sprach, aber sie schien Bescheid zu wissen. Und zur Erleichterung von Erlendur kam sie direkt zur Sache. Er hatte Widerstand erwartet. Eine Verschwörung des Schweigens.

»Die Sache ist so brisant wegen der persönlichen Daten«, sagte sie sofort, als Erlendur geendet hatte, »und deswegen muss ich dich bitten, dass dies hier ausschließlich unter uns bleibt. Wir wissen seit geraumer Zeit, dass jemand illegalerweise in die Datenbank eingedrungen ist. Wir haben die Sache hier im Haus untersucht, und der Verdacht richtet sich auf einen bestimmten Biologen, mit dem wir aber noch nicht reden konnten, da er wie vom Erdboden verschwunden ist.«

»Einar?«

»Ja, genau. Wir sind noch dabei, die Datenbank aufzubauen, wenn man das so ausdrücken kann, aber wir wollen verständlicherweise nicht, dass es sich herumspricht, dass man den Code entschlüsseln und sie nach Belieben durchforsten kann. Das verstehst du. Obwohl sich diese Sache eigentlich nicht um den Code dreht.«

»Warum habt ihr nicht die Polizei hinzugezogen?«

»Wie ich bereits sagte, wollen wir das hausintern in den Griff kriegen. Die Sache ist ziemlich brisant für uns. Die Leute vertrauen uns, dass die Informationen, die in die Datenbank eingehen, nicht an die Öffentlichkeit gelangen oder zu zweifelhaften Zwecken verwendet oder schlicht und ergreifend gestohlen werden. Dir ist sicher klar, wie umstritten das in der Öffentlichkeit ist, und wir möchten eine Massenhysterie vermeiden.«

»Massenhysterie?«

»Es hat manchmal den Anschein, als sei die ganze Welt gegen uns.«

»Wenn er den Code geknackt hat, wieso dreht es sich dann nicht um den Verschlüsselungscode?«

»Unglaublich, wie du das darstellst, das klingt wie in einem billigen Roman. Nein, er hat keinen Code geknackt. Eigentlich nicht. Er ist anders vorgegangen.«

»Wie denn?«

»Er hat ohne Bevollmächtigung ein Forschungsprojekt eingerichtet. Er hat Unterschriften gefälscht. Meine beispielsweise. Er gab vor, dass das Unternehmen an den Vererbungslinien einer Tumorkrankheit arbeitete, die in Island in einigen Familien zu finden ist. Er hat das Datenschutzkomitee getäuscht, das eine Art Kontrollinstanz für die Datenbank ist. Er hat die Wissenschaftskommission getäuscht. Er hat uns alle hier getäuscht.«

Sie schwieg einen Augenblick und schaute auf ihre Armbanduhr, dann stand sie auf und ging zu ihrem Schreibtisch, um ihre Sekretärin anzurufen. Sie verschob eine Besprechung um zehn Minuten und setzte sich wieder zu Erlendur.

»Das Verfahren ist bislang so gelaufen«, sagte sie.

»Das Verfahren?«

Karítas blickt ihn nachdenklich an. Das Handy in Erlendurs Tasche begann zu klingeln, er entschuldigte sich und nahm das Gespräch an. Sigurður Óli war in der Leitung.

»Die Spurensicherung befasst sich mit Einars Wohnung in Stóragerði«, sagte er. »Ich habe dort angerufen, und sie haben so gesehen nichts gefunden, außer dass sich Einar vor zwei Jahren einen Waffenschein beschafft hat.«

»Waffenschein?«, wiederholte Erlendur.

»Der ist bei uns eingetragen. Aber das ist noch nicht alles. Er besitzt eine Schrotflinte, und unter seinem Bett haben wir den abgesägten Lauf gefunden.«

»Lauf?«

»Er hat den Lauf abgesägt.«

»Du meinst ...«

»Das machen die manchmal. Macht es einfacher, sich zu erschießen.«

»Glaubst du, dass andere in Gefahr sind?«

»Wenn wir ihn finden«, sagte Sigurður Óli, »müssen wir äußerst vorsichtig sein. Man kann nie wissen, was er mit dem Gewehr vorhat.«

»Er wird wohl kaum jemand damit umbringen wollen«,

sagte Erlendur, der aufgestanden war und Karítas den Rücken zugewendet hatte, um etwas für sich zu sein.

»Warum nicht?«

»Dann hätte er es schon längst benutzt«, sagte Erlendur leise. »Für Holberg. Glaubst du nicht?«

»Ich glaube gar nichts.«

»Bis später«, sagte Erlendur, stellte das Handy ab und entschuldigte sich noch einmal, bevor er sich wieder hinsetzte.

»Das Verfahren ist bislang so gewesen«, sagte Karítas, als ob nichts vorgefallen sei. »Wir beantragen bei diesen Kommissionen die Erlaubnis für wissenschaftliche Forschungsprojekte, wie im Falle Einars, zur Untersuchung einer erblich bedingten Krankheit. Wir bekommen eine codierte Namensliste derjenigen, die diese Krankheit haben oder mögliche Erbträger sind, und vergleichen das mit der verschlüsselten genealogischen Datenbank. Und daraus wird dann ein verschlüsselter Stammbaum.«

»Wie der Message-Tree«, sagte Erlendur.

»Wie bitte?«

»Ach nichts, mach nur weiter.«

»Die Datenschutzkommission entschlüsselt die Liste mit den Namen derjenigen, die wir untersuchen wollen, die so genannte Auswahlgruppe, sowohl die Kranken als auch die Anverwandten, und fertigt eine Teilnehmerliste mit Identifikationsnummern an. Verstehst du?«

»Und damit hatte Einar Namen und Identifikationsnummern sämtlicher Personen in Händen, die diese Krankheit haben, und das über Generationen zurück.«

Sie nickte.

»Und das läuft alles über die Datenschutzkommission?«

»Ich weiß nicht, wie tief du schürfen willst. Wir arbeiten

mit Ärzten an verschiedenen Institutionen zusammen. Sie leiten die Namen der Patienten an die Datenschutzkommission weiter, sie codiert Namen und Kennziffern und leitet sie an das Genforschungszentrum weiter. Wir haben ein spezielles Programm entwickelt, das die Kranken nach Stammbäumen und Verwandtschaft bündelt. Mit diesem Computerprogramm können wir die Patienten auswählen, die die meisten rechnerischen Informationen für die Suche nach genetischen Schwächen hergeben. Individuen aus dieser Gruppe werden dann gebeten, an dem Forschungsprojekt teilzunehmen. Der Wert von Genealogien liegt darin, dass wir erkennen können, ob die Krankheit erblich bedingt ist, und dass wir eine gute Gruppe auswählen können. Stammbaumforschung ist ein unschätzbares Hilfsmittel auf der Suche nach schadhaften Genen.«

»Einar brauchte also einzig und allein vorgeben, eine Projektgruppe zur Untersuchung zusammenzustellen, um die Geheimhaltung der Namen außer Kraft zu setzen, und das alles mit Unterstützung der Datenschutzkommission.«

»Er hat gelogen, betrogen und getäuscht, und deswegen ist es auch herausgekommen.«

»Ich verstehe, dass das problematisch für euch werden kann.«

»Einar ist einer unser leitenden Angestellten, und er gehört zu unseren führenden Wissenschaftlern auf diesem Gebiet. Ein hervorragender Mann. Warum hat er das getan?«, fragte die Direktorin.

»Er hat seine Tochter verloren«, sagte Erlendur. »Hast du das nicht gewusst?«

»Nein«, sagte sie und starrte Erlendur an.

»Wie lange arbeitet er schon hier?«

»Seit zwei Jahren.«

»Das passierte schon etwas früher.«

»Und wie hat er seine Tochter verloren?«

»Sie starb an einer erblichen Nervenkrankheit. Er war der Erbträger, obwohl mütterlicherseits und väterlicherseits die Krankheit nirgendwo in der Familie war.«

»Falsche Vaterschaftsangabe?«, fragte sie.

Erlendur antwortete ihr nicht. Er fand, dass er genug gesagt hatte.

»Das ist natürlich eins der Probleme, wenn wir eine genealogische Datenbank dieser Art zusammenstellen«, sagte sie. »Die Krankheiten verschwinden auf einmal wie zufällig aus einem Stammbaum und erscheinen plötzlich da, wo man sie am wenigsten erwartet.«

Erlendur stand auf.

»Und ihr bewahrt alle diese Geheimnisse auf«, sagte er. »Alte Familiengeheimnisse. Tragik, Trauer und Tod, alles ordentlich registriert in den Computern. Familiengeschichten und Geschichten von Individuen. Geschichten von dir und mir. Bewahrt alle Geheimnisse auf und könnt sie abrufen, wenn es euch passt. Ein Gläserpalast für die ganze Nation.«

»Ich habe keine Ahnung, wovon du sprichst«, sagte Karítas. »Gläserpalast?«

»Nein, natürlich nicht«, sagte Erlendur und verabschiedete sich.

42

Als Erlendur abends nach Hause kam, hatte man noch immer keine Spur von Einar. Seine ganze Familie war im Haus der Eltern versammelt. Albert hatte am Nachmittag aus dem Hotel ausgecheckt und war nach einem gefühlsgeladenen Telefongespräch mit Katrín nach Hause gekommen. Dort waren die beiden älteren Söhne mit ihren Frauen, und auch Einars frühere Frau hatte sich eingefunden. Elinborg und Sigurður Óli hatten im Verlauf des Tages mit ihr gesprochen, aber sie sagte, sie habe keine Vorstellung, wo Einar sich aufhalten könne. Sie habe seit einem halben Jahr nichts von ihm gehört.

Eva Lind kam kurz nach Erlendur nach Hause, und er berichtete ihr von der Ermittlung. Die Fingerabdrücke, die man in Holbergs Wohnung gefunden hatte, stimmten überein mit den Fingerabdrücken, die in der Wohnung in Stóragerði genommen worden waren.

Erlendur berichtete Eva Lind ebenfalls von Grétar. Die einzig wahrscheinliche Theorie über sein Verschwinden und seinen Tod war die, dass Grétar Holberg auf irgendeine Weise erpresst hatte, wahrscheinlich mit Fotos. Es war unklar, was genau darauf zu sehen gewesen war, aber verglichen damit, was sonst alles vorlag, fand Erlendur es nicht unwahrscheinlich, dass Grétar von Holbergs Vorgehen, vielleicht sogar bei Vergewaltigungen Aufnahmen gemacht hatte, von denen sie nichts wussten und die höchstwahrscheinlich jetzt auch nicht mehr zum Vorschein kommen würden. Das Foto von Auðurs Grabstein deutete darauf hin, dass Grétar gewusst hatte, was passiert war, womöglich sogar als Zeuge hätte auftreten können. Er hatte Informationen über Holberg gesammelt, vermutlich um Geld von ihm zu erpressen.

Sie sprachen fast den ganzen Abend darüber, während der Regen an die Fenster klatschte und die Herbstwinde heulten. Sie fragte ihn, warum er sich immer die Brust massierte. Erlendur erzählte ihr von dem Schmerz, den er in der Brust verspürte. Er schob das auf seine alte Matratze, aber Eva Lind befahl ihm, zum Arzt zu gehen. Er wies den Gedanken von sich.

»Was meinst du damit, dass du nicht zum Arzt gehen willst?«, fragte sie, und Erlendur bereute sofort, ihr von dem Schmerz erzählt zu haben.

»Das ist doch gar nichts«, sagte er.

»Wie viele hast du heute geraucht?«

»Was soll denn das?«

»Hör mal, du hast Schmerzen in der Brust, rauchst wie ein Schlot und bewegen tust du dich höchstens im Auto, du ernährst dich von frittiertem Zeugs und weigerst dich, das mal durchchecken zu lassen! Und mich kannst du dermaßen mit Standpauken anmachen, dass man deinetwegen heult wie ein Säugling. Findest du das normal? Tickst du eigentlich noch ganz richtig?«

Eva Lind war aufgestanden und stand wie eine Rachegöttin über ihrem Vater, der sich nicht traute, zu ihr aufzuschauen, sondern kleinlaut vor sich hin starrte.

Himmlischer Vater, dachte er bei sich.

»Also gut, ich lass das untersuchen.«

»Lass das untersuchen! Und ob du das untersuchen lässt!«, rief Eva Lind. »Das hättest du schon lange tun sollen. Feigling.«

»Gleich morgen«, sagte er und schaute seine Tochter an.

»Na also«, sagte sie.

Erlendur war kurz davor einzuschlafen, als das Telefon klingelte. Es war Sigurður Óli, der ihm mitteilte, dass der Polizei ein Einbruch in das Leichenschauhaus am Barónsstígur gemeldet worden sei.

»Das Leichenschauhaus am Barónsstígur«, wiederholte Sigurður Óli, als er keine Reaktion von Erlendur bekam.

»Verflucht noch mal«, stöhnte Erlendur. »Und?«

»Keine Ahnung«, sagte Sigurður Óli. »Die Meldung ging gerade erst ein. Sie haben mich angerufen, und ich sagte, ich würde es an dich weiterleiten. Sie haben keine Ahnung, warum dort eingebrochen wurde. Gibt es da was anderes als Leichen?«

»Wir treffen uns dort«, sagte Erlendur. »Sieh zu, dass auch der Gerichtsmediziner dort erscheint«, fügte er hinzu und legte auf.

Eva Lind war im Wohnzimmer eingeschlafen. Er zog sich den Mantel an, setzte den Hut auf und schaute zur Uhr. Es war schon Mitternacht. Er machte die Tür vorsichtig hinter sich zu, um seine Tochter nicht zu wecken, beeilte sich die Treppe hinunter und ins Auto.

Als er zum Leichenschauhaus kam, standen drei Streifenwagen mit blinkendem Blaulicht davor. Er erkannte auch das Auto von Sigurður Óli, und in dem Moment, wo Erlendur das Haus betrat, sah er, wie der Gerichtsmediziner mit quietschenden Reifen um die Ecke fuhr. Die Miene des Arztes war nicht gerade einladend. Erlendur hastete einen langen Gang entlang, an dessen Ende die Polizisten und Sigurður Óli standen, der gerade aus dem Obduktionsraum herausgekommen war.

»Soweit man sehen kann, fehlt nichts«, sagte Sigurður Óli, als er Erlendur den Gang entlang stürmen sah.

»Sag mir, was passiert ist«, sagte Erlendur und ging mit

ihm in den Obduktionsraum zurück. Die Tische waren leer, alle Schränke verschlossen, und nichts in dem Raum deutete auf einen Einbruch hin.

»Hier waren überall Spuren auf dem Fußboden, die sind aber jetzt zum großen Teil ausgetrocknet. Das Haus ist an ein Alarmsystem angeschlossen, sodass es in der Sicherheitszentrale klingelt, und von da aus hat man vor ungefähr einer Viertelstunde bei uns angerufen. Es hat den Anschein, als ob der Einbrecher hier hinten am Haus eine Scheibe eingeschlagen hat und von da aus an die Verriegelung rankam. Nicht sehr schwierig. Im gleichen Augenblick, als er eintrat, reagierten die Sensoren. Er hatte nicht viel Zeit, um seine Aktion durchzuführen.«

»Auf jeden Fall genug«, sagte Erlendur. Der Gerichtsmediziner war zu ihnen getreten und augenscheinlich sehr erregt.

»Wer zum Teufel bricht in ein Leichenschauhaus ein?«, knurrte er.

»Wo sind die Leichen von Holberg und Auður?«, fragte Erlendur. Der Gerichtsmediziner schaute Erlendur an.

»Steht das in Verbindung zu dem Mord an Holberg?«, fragte er.

»Kann sein«, sagte Erlendur. »Und jetzt dalli.«

»Die Leichen werden hier drinnen aufbewahrt«, sagte der Arzt, und sie folgten ihm zu einer Tür, die er öffnete.

»Werden diese Türen nie abgeschlossen?«, fragte Sigurður Óli.

»Wer stiehlt denn Leichen?«, stieß der Arzt hervor, der abrupt innehielt, als er in den Raum blickte.

»Was ist los?«, fragte Erlendur.

»Das Mädchen ist weg«, sagte der Arzt, der seinen eigenen Augen nicht zu trauen schien. Er durchquerte schnell den Raum, öffnete eine kleine Kammer dahinter und machte Licht.

»Was?«, fragte Erlendur.

»Ihr Sarg ist ebenfalls weg«, sagte der Arzt. Er schaute abwechselnd zu Erlendur und Sigurður Óli. »Wer macht denn so was? Wer denkt sich so was Perverses aus?«

»Er heißt Einar«, sagte Erlendur. »Und das ist überhaupt nicht pervers!«

Er drehte sich auf dem Absatz um. Sigurður Óli folgte ihm auf den Fersen, und schnellen Schritts verließen sie das Leichenschauhaus.

43

Auf der Straße nach Keflavík war in dieser Nacht wenig Verkehr, und Erlendur fuhr, was sein zehn Jahre altes japanisches Kleinauto hergab. Der Regen klatschte auf die Windschutzscheibe, sodass die Scheibenwischer nicht dagegen ankamen. Erlendur erinnerte sich an seine Fahrt nach Keflavík vor ein paar Tagen, als er auf dem Weg zu Elín war. Es war wirklich so, als würde der Regen nicht aufhören wollen.

Er hatte Sigurður Óli angewiesen, sich mit der Polizei in Keflavík in Verbindung zu setzen. Sie sollten sich dort in Alarmbereitschaft halten und dafür sorgen, dass Verstärkung aus Reykjavík käme. Auch Einars Mutter sollte über den Stand der Dinge informiert werden. Er selbst hatte vor, direkt zum Friedhof zu fahren, weil er damit rechnete, dass Einar mit den sterblichen Überresten von Auður dort sein würde. Er konnte sich nichts anderes vorstellen, als dass Einar seine Schwester wieder der Erde zurückgeben wollte.

Als Erlendur am Tor des Friedhofs in Sandgerði vorfuhr, sah er Einars Auto. Die Fahrertür stand offen, und auch eine von den hinteren Türen. Erlendur schaltete den Motor aus, stieg aus in den Regen und untersuchte Einars Auto. Er richtete sich auf und horchte, aber er hörte nichts als den Regen, der jetzt senkrecht fiel. Es war Windstille, und er schaute zum schwarzen Himmel hoch. In der Ferne sah er ein Licht über dem Kirchenportal, und er bemerkte einen Lichtschimmer beim Grab von Auður.

Es glaubte zu sehen, wie sich dort etwas bewegte.

Und den kleinen, weißen Sarg.

Er ging vorsichtig los und schlich sich lautlos näher hin zu dem Mann, von dem er glaubte, dass es Einar war. Der Lichtschein kam von einer starken Gaslaterne, die neben dem Sarg stand. Erlendur trat langsam in den Lichtkegel, und der Mann nahm ihn wahr. Er blickte auf und schaute Erlendur in die Augen.

Erlendur hatte Fotos von Holberg in jungen Jahren gesehen, und die Ähnlichkeit war sehr groß. Einars Stirn war niedrig und ein wenig gewölbt, die Augenbrauen dicht, die Augen lagen eng beieinander; in dem hageren Gesicht traten die Wangenknochen deutlich hervor, und die Zähne standen ein klein wenig vor. Die Nase war schmal, die Lippen ebenfalls, aber das Kinn war kräftig und der Hals lang.

Sie blickten einander geraume Zeit in die Augen.

»Wer bist du?«, fragte Einar.

»Ich bin Erlendur. Holberg ist mein Fall.«

»Wunderst du dich, wie ähnlich ich ihm bin?«, fragte Einar.

»Es gibt eine gewisse Ähnlichkeit«, sagte Erlendur.

»Du weißt, dass er meine Mutter vergewaltigt hat«, sagte Einar.

»Das ist nicht deine Schuld«, sagte Erlendur.

»Er war mein Vater.«

»Das ist auch nicht deine Schuld.«

»Das hier hättest du nicht tun sollen«, sagte Einar und zeigte auf den Sarg.

»Ich sah mich dazu gezwungen«, sagte Erlendur. »Ich kam zu dem Ergebnis, dass Auður an derselben Krankheit gestorben ist wie deine Tochter.«

»Ich bringe sie wieder an ihren Platz zurück«, sagte Einar.

»Das ist in Ordnung«, sagte Erlendur und näherte sich dem Sarg. »Du willst bestimmt das hier mit im Grab haben.« Erlendur stellte die schwarze Ledertasche hin, die er im Auto aufbewahrt hatte, seit er beim Sammler gewesen war.

»Was ist das?«, fragte Einar.

»Die Krankheit«, sagte Erlendur.

»Ich verstehe nicht ...«

»Dies ist eine Organprobe von Auður. Ich finde, sie sollte hier sein.«

Einar schaute abwechselnd auf die Tasche und auf Erlendur, unsicher, wie er darauf reagieren sollte. Erlendur trat noch näher an den Sarg, der zwischen ihnen stand. Er stellte die Tasche auf den Sarg und trat dann ruhig wieder zurück an die Stelle, wo er gestanden hatte.

»Ich möchte eingeäschert werden«, sagte Einar plötzlich.

»Du hast noch dein ganzes Leben, um das in die Wege zu leiten«, sagte Erlendur.

»Genau, mein Leben«, sagte Einar und erhob die Stimme. »Was ist das? Was ist ein Leben, wenn es nur sieben Jahre dauert? Kannst du mir das sagen? Was für ein Leben ist das?«

»Ich kann dir das nicht sagen«, sagte Erlendur. »Hast du das Gewehr bei dir?«

»Ich habe mit Elín gesprochen«, sagte Einar und beantwortete die Frage nicht. »Das weißt du wahrscheinlich. Wir haben über Auður gesprochen. Meine Schwester. Ich wusste von ihr, aber dass sie meine Schwester war, habe ich erst später erfahren. Ich habe zugeschaut, wie ihr sie aus dem Grab geholt habt. Ich habe Elín gut verstanden, als sie sich auf dich stürzte.«

»Wieso wusstest du von Auður?«

»Durch die Datenbank. Ich habe die gefunden, die an dieser spezifischen Krankheit gestorben sind. Da wusste ich aber noch nicht, dass ich Holbergs Sohn bin und dass Auður meine Schwester ist. Das habe ich erst später herausbekommen. Wie ich gezeugt wurde. Als ich Mama gefragt habe.«

Er schaute Erlendur an.

»Nachdem ich herausgefunden hatte, dass ich Erbträger bin.«

»Wie hast du Holberg und Auður in Verbindung gebracht?«

»Durch die Krankheit. Diese Variante. Ein Hirntumor ist etwas Seltenes.«

Einar verstummte eine Weile, aber dann begann er zu erzählen. Er berichtete ohne Schnörkel und ohne jegliche Sentimentalität. Es war, als hätte er sich darauf vorbereitet, einen Bericht über seine Handlungen abgeben zu müssen. Er sprach die ganze Zeit sehr leise, und ab und zu sank die

Stimme zu einem Flüstern hinab. Das hohle Geräusch des auf den Sarg prasselnden Regens wurde in die nächtliche Stille hinausgetragen.

Er berichtete davon, wie seine Tochter im Alter von vier Jahren urplötzlich erkrankte. Es erwies sich als schwierig, die Krankheit zu diagnostizieren, und es vergingen Monate, bis die Ärzte zu dem Ergebnis kamen, dass es sich um eine seltene Nervenkrankheit handelte. Man glaubte, dass diese Krankheit erbbedingt und an bestimmte Familien gebunden war, aber das Merkwürdige war, dass es diese Krankheit weder in der Familie der Mutter noch der des Vaters gab. Das war eine Abweichung, die die Ärzte sich kaum zu erklären wussten, höchstens mit einer Mutation.

Ihnen wurde gesagt, dass die Krankheit im Gehirn angesiedelt sei und innerhalb von wenigen Jahren zum Tode führen konnte. Damit begann eine Zeit, von der Einar sagte, er könne sie nicht beschreiben.

»Hast du Kinder?«, fragte er stattdessen.

»Zwei«, sagte Erlendur. »Einen Jungen und ein Mädchen.«

»Wir hatten nur sie«, sagte er. »Und wir haben uns getrennt, als sie nicht mehr war. Es gab irgendwie nichts, was uns zusammenhielt, außer Trauer, Erinnerungen und der Kampf im Krankenhaus. Als der vorüber war, schien unser Leben auch vorüber zu sein. Da war einfach nichts mehr.«

Einar schwieg eine Weile und schloss die Augen, als ob er schlafen wolle. Der Regen lief ihm über das Gesicht.

»Ich war einer der ersten Mitarbeiter bei dem neuen Unternehmen«, sagte er dann. »Als wir die Genehmigung für die Datenbank bekamen und mit der Arbeit anfingen, bin ich quasi zu neuem Leben erwacht. Ich konnte mich nicht mit der Antwort der Ärzte abfinden. Ich musste Erklärungen suchen. Mein Interesse, herauszufinden, wie diese Krankheit in meine Tochter gekommen war, erwachte wieder. Die medizinische Datenbank ist mit einer riesigen genealogischen Datenbank vernetzt. Wenn man weiß, wonach man zu suchen hat und den Verschlüsselungscode kennt, dann kann man sehen, wie die Krankheit Vererbungslinien bildet, die man am Stammbaum ablesen kann. Man kann auch die Abweichungen ablesen. Abweichungen wie mich. Und Auður.«

»Ich habe mit Karítas beim Genforschungszentrum gesprochen«, sagte Erlendur, der Zeit gewinnen wollte, um an Einar heranzukommen. »Sie hat mir deine Täuschungsmanöver erklärt. Das ist ziemlich neu für uns. Man versteht nicht ganz genau, was man mit diesen gesammelten Informationen alles machen kann. Was sie beinhalten und was man von ihnen ablesen kann.«

»Der Verdacht war mir schon lange gekommen. Die Ärzte meiner Tochter vertraten die Theorie, dass die Krankheit erblich ist. Erst habe ich gedacht, dass ich vielleicht ein Adoptivkind bin, und das wäre wahrhaftig besser gewesen. Dass sie mich adoptiert hätten. Dann habe ich Mama verdächtigt. Ich brachte sie dazu, mir eine Blutprobe zu geben. Papa auch. Nichts zu finden bei beiden. Aber in mir war es.«

»Aber du hast keine Symptome?«

»Fast keine«, sagte Einar. »Auf dem rechten Ohr habe ich das Gehör fast ganz verloren. Eine Geschwulst am Hörnerv. Gutartig. Und dann habe ich auch die Flecken auf der Haut.«

»Kaffeeflecken?«

»Du hast dich da eingelesen. Ich hätte durch genetische

Veränderungen die Krankheit bekommen können. Mutation. Ich fand aber eine andere Erklärung wahrscheinlicher. Zum Schluss hatte ich einige Männer beisammen, mit denen Mama möglicherweise in Verbindung gestanden haben könnte. Holberg war einer von ihnen. Mama sagte mir gleich, wie alles zugegangen war, als ich mit meinem Verdacht zu ihr ging. Wie sie die Vergewaltigung verschwiegen hatte und dass ich nicht unter meiner Abstammung gelitten hätte. Ganz im Gegenteil. Ich bin der jüngste Sohn«, sagte er zur Erklärung. »Das Nesthäkchen.«

»Ich weiß«, sagte Erlendur.

»Was für Enthüllungen!«, rief Einar in die nächtliche Stille hinaus. »Ich bin nicht der Sohn meines Vaters; mein Vater hat meine Mutter vergewaltigt; ich bin der Sohn eines Vergewaltigers; er hat mir ein krankes Gen vererbt, das mich kaum betrifft, aber den Tod meiner Tochter verursacht hat; ich hatte eine Halbschwester, die an derselben Krankheit gestorben ist. Ich habe es immer noch nicht ganz begriffen, ich habe es immer noch nicht richtig realisiert. Als Mama mir von Holberg erzählte, kam ein solcher Zorn in mir hoch, und ich habe ganz einfach die Kontrolle über mich verloren. Er war ein widerwärtiger Mensch.«

»Du hast damit angefangen, ihn anzurufen.«

»Ich wollte seine Stimme hören. Möchten nicht alle Vaterlosen ihren Vater treffen?«, fragte Einar, und ein Lächeln spielte um seine Lippen.

»Auch wenn es nur ein einziges Mal ist.«

44

Der Regen hatte allmählich nachgelassen, und endlich hörte er ganz auf. Der Schein der Gaslaterne beleuchtete den Boden und das Regenwasser, das in kleinen Rinnsalen über die Pfade zwischen den Gräbern lief. Sie standen einander reglos gegenüber, den Sarg zwischen sich, und blickten einander in die Augen.

»Er muss sich erschrocken haben, als er dich sah«, sagte Erlendur schließlich. Er wusste, dass die Polizei unterwegs zum Friedhof war, und wollte diese Zeit nutzen, die er mit Einar allein war, bevor es losging. Er wusste auch, dass Einar bewaffnet sein konnte. Er sah die Schrotflinte nicht, aber es war nicht auszuschließen, dass er sie bei sich trug. Einar hielt die eine Hand unter dem Mantel.

»Du hättest seinen Gesichtsausdruck sehen sollen«, sagte Einar. »Es war, als sähe er einen Spuk aus alten Zeiten, und dieser Spuk war er selber.«

Holberg stand an der Tür und blickte auf den jungen Mann, der geklingelt hatte. Er hatte ihn nie zuvor gesehen, erkannte aber gleich die Ähnlichkeit.

»Hallo, Papa«, sagte Einar höhnisch. Er konnte seine Wut nicht verhehlen.

»Wer bist du?«, fragte Holberg, dem sein Erstaunen anzumerken war.

»Na, dein Sohn doch«, sagte Einar.

»Was soll das ... Hast du immer bei mir angerufen? Lass mich gefälligst in Ruhe. Ich kenne dich überhaupt nicht. Du bist eindeutig nicht bei Trost!«

Sie waren etwa von gleicher Größe. Einar war am meisten überrascht darüber, wie alt und kränklich Holberg aussah. Wenn er sprach, hörte man tief in der Kehle die rasselnden Geräusche eines langjährigen Rauchers. Er hatte einen bräunlichen Teint, grobe Züge und dunkle Ringe unter den Augen, und das graue Haar klebte dicht am Kopf. Die Haut war lederig, die Fingerkuppen gelb. Die Schultern waren ein wenig gebeugt, die Augen farblos und stumpf. Holberg wollte die Tür zumachen, aber Einar war stärker und schob ihn mit der Tür in den Flur. Er betrat die Wohnung und machte die Tür zu. Er verspürte sofort den Geruch. Wie von Pferden, aber viel schlimmer.

»Was bewahrst du hier auf?«, sagte Einar.

»Verschwinde auf der Stelle«, Holbergs Stimme überschlug sich fast, als er Einar anschrie und rückwärts ins Wohnzimmer zurückwich.

»Ich habe das gute Recht, hier zu sein«, sagte Einar und blickte sich um, sah den Bücherschrank und den Computer in der Ecke. »Ich bin dein Sohn. Der verlorene Sohn. Darf ich dich etwas fragen, Papa? Hast du noch mehr Frauen als Mama vergewaltigt?«

»Ich rufe die Polizei.« Das Rasseln wurde stärker, weil er aufgeregt war.

»Das ist schon lange überfällig«, sagte Einar, und Holberg zögerte.

»Was willst du von mir?«, sagte er.

»Du hast keinen blassen Schimmer, was geschehen ist, und es geht dich nichts an. Könnte dir nicht gleichgültiger sein. Das stimmt doch, oder?«

»Diese Ähnlichkeit«, sagte Holberg, ohne den Satz zu beenden. Er blickte aus farblosen Augen auf Einar und betrachtete ihn eine ganze Weile, bis er begriffen hatte, was Einar sagte, dass er sein Sohn sei. Einar sah, wie er zauderte. Sah, wie er sich den Kopf über das zerbrach, was Einar gesagt hatte.

»Ich habe nie in meinem Leben jemanden vergewaltigt«, sagte Holberg endlich. »Das sind alles verdammte Lügen. Sie haben behauptet, dass ich eine Tochter in Keflavík hätte, und ihre Mutter hat mich wegen Vergewaltigung angezeigt, aber das konnte sie nie beweisen. Ich bin nicht verurteilt worden.«

»Weißt du, was aus deiner Tochter wurde?«

»Ich glaube, das Mädchen ist jung gestorben. Ich hatte nie Verbindung zu ihr oder ihrer Mutter. Das müsstest du eigentlich verstehen. Sie hat mich wegen Vergewaltigung angezeigt!«

»Gibt es nicht in deiner Familie viele Kinder, die früh gestorben sind?«, fragte Einar.

»Wovon redest du eigentlich?«

»Sind Kinder in deiner Familie gestorben?«

»Was ist hier eigentlich los?«

»Ich weiß von einigen Fällen in diesem Jahrhundert. Einer davon war deine Schwester.«

Holberg starrte Einar an.

»Was weißt du über meine Familie? Woher ...?«

»Dein Bruder. Zwanzig Jahre älter als du. Ist vor etwa fünfzehn Jahren gestorben. Verlor seine kleine Tochter 1941. Du warst elf Jahre alt. Ihr wart nur zwei Brüder, zwischen euch war ein großer Altersunterschied.«

Holberg schwieg weiterhin, und Einar fuhr fort.

»Die Krankheit hätte mit dir verschwinden sollen. Du hättest der letzte Erbträger sein sollen. Du warst der letzte in der Reihe. Unverheiratet. Kinderlos. Keine Familie. Aber du widerliches Schwein hast vergewaltigt. Vergewaltigt!«

Einar machte eine Pause und schaute Holberg hasserfüllt an.

»Und jetzt bin ich der letzte Erbträger.«

»Wovon sprichst du eigentlich?«

»Auður bekam diese Krankheit von dir. Meine Tochter bekam sie von mir. So einfach ist das. Ich habe das alles in der Daten-

bank herausgefunden. In dieser Familie sind keine Fälle dieser Art mehr aufgetreten, seit Auður gestorben ist, sieht man von meiner Tochter ab. Wir sind die letzten.«

Einar trat einen Schritt näher, griff nach dem schweren Aschenbecher und wog ihn in der Hand.

»Und jetzt soll es enden«, sagte er.

»Ich bin nicht mit dem Vorsatz zu ihm gegangen, ihn zu töten«, sagte Einar. »Er muss sich aber in großer Gefahr gewähnt haben. Ich weiß nicht, warum ich den Aschenbecher genommen habe. Vielleicht wollte ich damit nach ihm werfen. Vielleicht wollte ich ihn angreifen. Er kam mir zuvor. Griff mich an und packte mich am Hals, aber ich schlug ihm den Aschenbecher an den Kopf, und er ging zu Boden. Das war ein reiner Reflex. Ich war wütend, und ich hätte ihn auch angreifen können. Ich hatte überlegt, wie unsere Begegnung enden könnte, aber das hatte ich mir nie vorgestellt. Er knallte mit dem Kopf auf den Tisch und dann auf den Boden, und es fing an zu bluten. Als ich mich zu ihm niederbeugte, wusste ich, dass er tot war. Ich habe mich umgeschaut, den Schreibblock und einen Bleistift gesehen, und dann habe ich darauf geschrieben, dass ich er bin. Das war das Einzige, woran ich denken konnte, von dem Moment an, als ich ihn in der Tür gesehen hatte. Dass ich dieser Mann bin. Und dass dieser Mann mein Vater ist.«

Einar blickte in das offene Grab hinunter.

»Da ist Wasser drin«, sagte er.

»Das kriegen wir schon geregelt«, sagte Erlendur. »Wenn du ein Gewehr bei dir hast, solltest du es mir geben.« Erlendur trat näher, aber das schien Einar egal zu sein.

»Kinder sind Philosophen«, sagte er. »Meine Tochter fragte mich einmal im Krankenhaus, warum haben wir Augen? Ich sagte, damit wir sehen können.«

Einar schwieg eine Weile.

»Sie korrigierte mich«, sagte er dann wie zu sich selbst.

Er blickte auf Erlendur.

»Sie sagte, damit wir weinen können.«

Und dann schien es, als habe er einen Entschluss gefasst.

»Wer bist du, wenn du nicht du selber bist?«

»Nur ruhig«, sagte Erlendur.

»Wer bist du?«

»Das kommt schon alles wieder in Ordnung.«

»Ich wollte nicht, dass es so kommt, aber jetzt ist es zu spät.«

Erlendur begriff nicht, was er sagte.

»Jetzt ist es vorbei.«

Erlendur schaute ihn im schwachen Licht der Gaslaterne an.

»Jetzt endet es hier«, sagte Einar.

Erlendur sah, wie er das Gewehr unter dem Mantel hervorzog, es zuerst auf Erlendur richtete, der ihm näher gekommen war. Erlendur hielt inne. Plötzlich drehte Einar den Lauf und richtete ihn auf sein Herz. Das machte er blitzschnell. Erlendur setzte sich in Bewegung und rief Einars Namen. Der grelle Knall zerriss die nächtliche Stille auf dem Friedhof. Erlendur konnte einen Augenblick nichts hören. Er warf sich auf Einar, und sie gingen beide zu Boden.

45

Manchmal war ihm zumute, als sei sein Leben verödet, als sei nur noch sein Körper übrig und blicke mit leeren Augen ins Schwarze.

Erlendur stand am Rand des Grabes und blickte auf Einar nieder, der neben dem kleinen Grab lag. Er nahm die Gaslaterne, leuchtete nach unten und sah, dass Einar tot war. Er stellte die Laterne ab und begann, den Sarg in die Erde zu senken. Zunächst öffnete er ihn, stellte den Glaskrug hinein und schloss den Deckel wieder. Es war schwierig für ihn, den Sarg ganz allein hinunterzulassen, aber es gelang ihm schließlich. Er fand eine Schaufel, die bei dem Erdhaufen liegen geblieben war. Nachdem er das Zeichen des Kreuzes über dem Sarg gemacht hatte, begann er zu schaufeln, und es tat ihm weh, wenn die schwere Erde mit dunklem, hohl klingendem Ton aufprallte.

Erlendur nahm den weißen Lattenzaun, der halb kaputt beim Grab lag, und versuchte mit aller Kraft, den Grabstein wieder aufzurichten.

Er war fast fertig damit, als er die ersten Autos hörte und Rufe von Menschen, die auf den Friedhof eilten. Er hörte, wie Sigurður Óli und Elinborg abwechselnd nach ihm riefen. Er vernahm Stimmengewirr von Frauen und Männern, die von den Autoscheinwerfern angestrahlt wurden, sodass ihre Schatten in der Dunkelheit riesig erschienen. Er sah die Lichtkegel von Taschenlampen, die immer zahlreicher wurden und sich ihm näherten.

Er sah, dass Katrín auch dabei war, und kurz darauf bemerkte er Elín. Katrín sah ihn fragend an. Als ihr klar wurde, was passiert war, warf sie sich weinend über Einar und nahm ihn in die Arme. Er versuchte nicht, sie daran zu hindern. Er bemerkte, dass Elín bei ihr niederkniete.

Er hörte, wie Sigurður Óli fragte, ob mit ihm alles in Ordnung sei, und wie Elinborg das Gewehr aufhob, das auf den Boden gefallen war. Er sah noch mehr Polizisten herankommen und die Blitze von Kameras in der Ferne.

Er blickte auf. Es hatte wieder angefangen zu regnen, aber irgendwie schien ihm der Regen jetzt sanfter zu sein.

Einar wurde an der Seite seiner Tochter auf dem Friedhof in Grafarvogur beerdigt. Die Beerdigung fand in aller Stille statt.

Erlendur blieb in Verbindung mit Katrín. Er berichtete ihr von der Begegnung zwischen Einar und Holberg. Erlendur sprach von Notwehr, doch Katrín wusste, dass er versuchte, sie zu trösten. Er wusste, wie es ihr ging.

Es regnete immer noch weiter, aber es stürmte nicht mehr. Bald würde der Winter einsetzen, mit Frost und Dunkelheit. Erlendur graute es nicht mehr davor.

Weil seine Tochter so hartnäckig blieb, ging Erlendur endlich zum Arzt. Der stellte fest, dass die Schmerzen von den Bandscheiben herrührten, was wohl auf eine schlechte Matratze und zu wenig Bewegung zurückzuführen sei.

Eines Tages fragte Erlendur Eva Lind über dampfender Fleischsuppe, ob er den Namen des Kindes wählen dürfte, falls es ein Mädchen würde. Sie sagte, sie habe schon auf seine Vorschläge gewartet.

»Wie willst du sie nennen?«, fragte sie.

Erlendur schaute sie an.

»Auður«, sagte er. »Ich finde, es wäre schön, sie Auður zu nennen.«

NACHWORT

von Coletta Bürling

Rund 280.000 Menschen, etwa 2.6 Einwohner pro Quadratkilometer, leben auf Island. Man fragt sich, ob Isländer es sich angesichts solcher Zahlen überhaupt leisten können, sich gegenseitig zu dezimieren; diese extremste Form aller zwischenmenschlichen Beziehungen steht jedoch in uralter Tradition, denn schon in den mittelalterlichen isländischen Sagas hat man sich auf derartige Aktivitäten verstanden. Der Homo islandicus unterscheidet sich diesbezüglich kaum von seinen Art- bzw. Zeitgenossen in vielbevölkerten Ländern. Insofern ist es eigentlich schon mehr als überfällig, dass Island sich einen Platz auf der Weltkarte der Kriminalliteratur erobert.

Der Schauplatz des Mordes in diesem Krimi ist das Reykjavíker Stadtviertel Nordermoor. Wie der Name besagt, ist es ein ehemaliges Sumpfgebiet, das trockengelegt wurde.

Die Menschen auf diesem europäischen Außenposten haben eine unkomplizierte Weise miteinander umzugehen. Jeder duzt jeden. Nachnamen sind (mit einigen wenigen Ausnahmen) unüblich, jeder neue Erdenbürger wird nach dem Vater (bzw. heute in Zeiten der Gleichberechtigung wahlweise auch nach der Mutter) benannt. Wenn Erlendur Sveinsson so etwas wie einen Nachnamen zu haben scheint, so bedeutet das lediglich, dass sein Vater Sveinn hieß. Eva Lind ist die Tochter von Erlendur, also Erlendsdóttir. Wer auch immer die Gelegenheit hat, nach Island zu reisen, sollte sich spaßeshalber das isländische Telefonbuch vorknöpfen. Dort findet man den Autor Arnaldur Indriðason nämlich unter dem Buchstaben A, nicht I, und die Übersetzerin unter C wie Coletta.

Die isländische Sprache ist ein Unikum unter den germanischen Sprachen. Sie ist sozusagen stehengeblieben auf der Stufe das Althochdeutschen, es gibt so gut wie keine Fremdwörter, und selbst bis ins Computerzeitalter hinein haben die Isländer an einem Alphabet von 32 Buchstaben festgehalten. Dem Leser werden nicht zuletzt die urtümlichen Buchstaben wie **Þ** (ausgesprochen wie das ›th‹ in englisch ›thing‹) oder **ð** (ausgesprochen wie im englischen Artikel ›the‹) auffallen.

Auch historisches Traditionsbewusstsein spielt eine Rolle. Der Ort Þingvellir (= Thingebenen) wird mehrfach wie selbstverständlich eingeflochten. An diesem landschaftlich eindrucksvollen Ort gründeten die ersten Siedler im Jahre 930 das älteste noch existierende Parlament der Welt, das Allthing. Zu feierlichen Anlässen, wie etwa dem 1100-jährigen Jubiläum der Besiedlung Islands (das im Buch einige Male Erwähnung findet) kommen dort Zigtausende zusammen, um gemeinsam zu feiern. Die Fixierung auf die Tradition, auf die eigene Abstammung und die Ahnentafel (für das verbreitete Hobby Ahnenforschung gibt es sogar Volkshochschulkurse) hat in jüngster Zeit eine ganz neue Aktualität gewonnen, da jetzt auf einmal das Interesse an den Vorfahren im Zuge der Gentechnologie ganz neue Perspektiven bietet. Island ist trotz seiner extremen Randlage heutzutage alles andere als eine abgelegene Insel.

Arnaldur Indriđason

Tödliche Intrige

Roman

Aus dem Isländischen
von Coletta Bürling

Weltbild

This was going to be such a lousy murder, it wouldn't even be a murder. It was going to be just a regular road accident, with guys drunk, and booze in the car, and all the rest.

James M. Cain
The Postman Always Rings Twice

1

Ich habe zwar immer noch nicht ganz durchschaut, was eigentlich geschehen ist, doch zumindest weiß ich jetzt, welche Rolle ich in in diesem Stück gespielt habe.

Ich versuche die ganze Zeit, die Zusammenhänge zu begreifen, aber das ist alles andere als einfach. Mir ist beispielsweise nicht einmal klar, wann es seinen Anfang genommen hat. Ich weiß nur, wann ich eingestiegen bin. Ich weiß, dass mein Auftritt in dem Augenblick begann, als ich sie zum ersten Mal sah, aber vielleicht war meine Rolle in diesem merkwürdigen Komplott da schon längst beschlossene Sache gewesen. Lange bevor sie kam, um mich zu treffen.

Hätte ich etwas vorhersehen können? Hätte ich das, was da ablief, durchschauen und die Flucht ergreifen können? Jetzt, nachdem sich herausgestellt hat, wie alles inszeniert war, sehe ich, dass ich im Grunde genommen tatsächlich hätte wissen können, worauf es hinauslief. Ich hätte die Gefahr sehen müssen. Ich hätte viel früher begreifen müssen, was sich abspielte. Ich hätte … ich hätte … ich hätte …

Seltsam, wie einfach es ist, Fehler zu machen, wenn man keinen Argwohn hegt. Und zu Fehlern werden sie eigentlich erst viel später, nämlich dann, wenn man die Zusammenhänge begreift: erst wenn man zurückblickt und sieht, wie alles vonstatten ging und weshalb und wozu. Ich habe Fehler gemacht. Ich bin in eine Falle nach der anderen getappt. In einige sogar wissentlich. Im Innersten wusste ich von ihnen und davon, wie gefährlich sie waren, aber ich wusste nicht alles.

Manchmal denke ich, dass ich in manche von ihnen wieder hineintappen würde, wenn ich wieder die Gelegenheit dazu hätte.

Man wird hier gut behandelt. Es gibt aber weder Zeitungen, Radio noch Fernseher, sodass ich keine Nachrichten erhalte. Und auch keinen Besuch. Mein Rechtsanwalt schaut ab und zu herein, in erster Linie, um mir klar zu machen, wie hoffnungslos mein Fall zu sein scheint. Ich kenne ihn nicht sehr gut. Er verfügt über große Erfahrung in Strafprozessen, gibt aber selber zu, dass er mit diesem Fall überfordert sein könnte. Er hat mit den Frauen gesprochen, die ich ausfindig gemacht habe, weil ich glaubte, dass mir das helfen würde, aber er bezweifelt es. Nur ein Bruchteil von dem, was sie unter Eid aussagen können, hat direkt mit der Sache zu tun.

Ich habe um Papier und Stift gebeten. Das Schweigen, das hier herrscht, umgibt mich wie eine Mauer. Alles verläuft in geordneten Bahnen. Zu festgesetzten Zeiten bringen sie mir etwas zu essen. Ich dusche täglich. Und dann kommen die Verhöre. Abends wird das Licht ausgeschaltet. Im Finstern mit all diesen Gedanken geht es mir am schlimmsten. Ich werfe mir vor, dass ich mich habe ausnutzen lassen. Ich hätte es voraussehen müssen.

Ich hätte es voraussehen müssen.

Und nachts, in der Dunkelheit, bricht dieses starke, tiefe Verlangen nach ihr über mich herein. Wenn ich sie doch noch ein einziges Mal treffen könnte. Wenn wir doch noch einmal zusammen sein könnten.

Trotz allem.

*

Ich kann mich nicht mehr erinnern, worum es bei dieser Konferenz in den Tagungsräumen der Universität genau ging. Ich erinnere mich nicht einmal an den Titel meines Vortrags, aber das spielt auch gar keine Rolle. Irgendetwas über die Verhandlungsposition der isländischen Fischereiwirtschaft in Brüssel, irgendwas über die EU und unseren Fisch. Ich verwendete Powerpoint und Säulendiagramme. Ich weiß, ich wäre auch eingeschlafen.

Sie war dort. Sie kam etwas zu spät, und ich sah sofort, dass sie … dass sie ganz einfach hinreißend war. Hinreißend von dem Augenblick an, wo sie den bereits verdunkelten Saal betrat. Von der Deckenbeleuchtung im Gang angestrahlt, glich ihr Auftritt dem einer Filmdiva. Sie scheute sich nicht, ihre Weiblichkeit hervorzukehren, im Gegensatz zu anderen Frauen; im Auditorium war beispielsweise eine Frau in einem gewöhnlichen Anorak, die ihre Beine über die Sitzlehne vor sich gelegt hatte. Die Frau am Eingang trug ein eng anliegendes Kleid mit schmalen Trägern, dichtes, dunkles Haar fiel auf ihre zierlichen Schultern, und in den tief liegenden braunen Augen funkelte ein winziger weißer Reflex. Und als sie lächelte …

Diese Feinheiten nahm ich erst wahr, als sie direkt nach meinem Vortrag zu mir auf das Podium kam. Ich versuchte, desinteressiert zu wirken, oder besser ausgedrückt, ich vermied es, so gut es ging, sie anzustarren. Sie hatte kleine Brüste, die sich deutlich unter dem Kleid abzeichneten. Sie war schlank, hatte rundliche Waden und zarte, beinahe zerbrechliche Knöchel. Zerbrechlich wie Champagnergläser. Um den einen Knöchel trug sie ein winziges Goldkettchen. Meine Mutter hätte ein Wort für ihre Art zu gehen gehabt. Hoheitsvoll, hätte sie gesagt.

Ich stellte mich vor, und wir gaben einander die Hand.

»Ja, der Name ist mir bekannt«, sagte sie. »Ich heiße Betty«, fügte sie hinzu. »Ich habe so viel Gutes über dich gehört.«

Ich schloss meine Aktentasche und schaute sie an. Wieso hatte sie von mir gehört? Ich war erst vor einem Jahr aus dem Ausland zurückgekehrt und hatte eine eigene Rechtsanwaltskanzlei aufgemacht. Nur wenige von meinen Kunden, ich glaube zwei, standen in Verbindung mit meinem Interessengebiet, Fischerei. Alles andere war völlig uninteressant; Streitigkeiten in Mehrfamilienhäusern, Versicherungsquerelen nach Zusammenstößen, Erbstreitigkeiten. Besonders erfolgreich war ich nicht. Bis ich ihr begegnete. Sie behauptete, nur Gutes über mich gehört zu haben. Vielleicht log sie. Sie war exzellent vorbereitet, als sie wie eine Diva den Vortragssaal betrat. Der Ausschnitt des Kleides gab den Blick auf den kleinen Busen frei. Gold um den Champagnerknöchel. Vielleicht war das alles für mich inszeniert worden. Privatvorstellung.

Bettýs ganz privater Tanz.

Er kam später.

»… Gutes über mich gehört?«, wiederholte ich. »Ich kann mir nicht vorstellen …«

»Vor allem wegen deines Spezialgebiets«, unterbrach sie mich.

»Wieso weißt du über meine Ausbildung Bescheid?«, fragte ich. Ich versuchte, so zu lächeln, als fände ich das alles nur komisch und nicht etwa unnatürlich oder seltsam.

»Mein Mann ist auf der Suche nach einem Rechtsberater«, sagte sie. »Wir suchen nach …«, sie zögerte, bevor sie den Satz zu Ende führte, »… dem richtigen Geschäftspartner.«

Sie hatte also einen Mann. Ich erinnerte mich plötzlich, die beiden zusammen auf der Titelseite eines Klatschblattes gesehen zu haben. Ein bekannter Großreeder in Nordisland.

»Wie fandest du es, in den USA zu studieren?«, fragte sie.

Die wenigen, die zu meinem Vortrag gekommen waren, verließen den Saal, während wir miteinander redeten. Nur ein Mann stand noch vor dem Podium, starrte zu uns herauf und schien darauf zu warten, dass Betty zu einem Ende käme, aber als sich das Gespräch in die Länge zog, gab er es auf.

»Woher hast du all diese Informationen?«, fragte ich und lächelte nicht mehr.

»Ich habe deine Examensarbeit gelesen und fand sie hochinteressant. Und dann kam auch irgendetwas darüber in den Nachrichten, wenn ich mich richtig erinnere.«

Sie erinnerte sich richtig. Alles, was sie tat, war richtig. Ich ging davon aus, dass sie mich wahrscheinlich seit der Zeit kannte, als meine Examensarbeit im Gespräch war. Sie erregte einiges Aufsehen, weil ich mich mit dem Einfluss des Quotensystems auf die regionale Entwicklung beschäftigt und begründet hatte, weswegen Reedereien besonders besteuert werden müssten. Ich hatte vergessen, wie klein Island ist. Eine Zeit lang berichteten die Medien tagtäglich über meine Forschungsergebnisse, und wegen der Interessenkonflikte innerhalb der Fischereiwirtschaft kam es zu Kontroversen und Beschimpfungen. Dieses Thema erhitzte die Gemüter dann genau so lange, bis jemandem einfiel, den Preis für Salatgurken zu erhöhen.

»Hast du sie wirklich gelesen?«, fragte ich.

»Ja«, sagte Betty.

»Nicht gerade eine unterhaltsame Lektüre.«

»Wer liest schon so was?«

Wir lachten. Ich schielte aus den Augenwinkeln nach ihren Brustwarzen, was ihr keineswegs entging.

2

Am schlimmsten ist die Stille.

Einsamkeit und Stille und diese ganze endlose Zeit, in der nichts passiert. Ich habe keine Ahnung, wie lange die Untersuchungshaft jetzt schon dauert. Ich fragte meinen Rechtsanwalt, der vor zwei Tagen hierher kam, oder zumindest glaube ich, dass es vor zwei Tagen war, und er erklärte mir, wir seien in der zweiten Woche. Als säßen wir zusammen in Untersuchungshaft. Ich hätte am liebsten selbst meine Verteidigung übernommen, aber mit Verbrechen kenne ich mich nicht aus.

Nur mit diesem einen.

Die Zeit in dieser tiefen Stille verbringe ich damit, auf Geräusche zu achten. Zu horchen, ob jemand den Gang entlangkommt. Auf die Schritte der Gefängnisaufseher zu lauschen, die sehr unterschiedlich sind. Der Dicke tritt schwerer auf als die anderen, und manchmal hört man ihn schnaufen, wenn er an der Tür vorbeikommt. Er sagt nie einen Ton. Er macht die Tür auf, reicht mir das Essenstablett herein und schließt die Tür wieder. Ich weiß nicht einmal, wie er heißt.

Ich weiß, dass einer von ihnen Finnur heißt. Er ist

beinahe gesprächig, wenn er mich zum Verhör bringt. Dann ist da noch Guðlaug. Ich hatte nie darüber nachgedacht, dass es auch weibliche Gefängniswärter gibt. Wer denkt schon über Gefängnisaufseher nach? Sie erzählte mir von ihren beiden Kindern. Sie sagte mir auch, dass es den Aufsehern untersagt sei, sich mit mir oder den anderen Untersuchungshäftlingen zu unterhalten. Guðlaug hielt sich nicht daran. Wenn sie an der Tür vorbeigeht, klacken ihre Clogs, klick-klack, klick-klack. Ich zähle die Klick-klacks. Es sind achtundsechzig Schritte vom ersten Klick bis zum letzten Klack.

Guðlaug erzählte mir von einem Mann, der in Untersuchungshaft gewesen war, ohne dass er sich irgendetwas hatte zuschulden kommen lassen. Sie hielten ihn sieben Wochen lang fest. Als er herauskam, war er imstande, seine Arme exakt so weit auszustrecken, dass er von Hand zu Hand genau einen Meter umspannte, keinen Millimeter mehr oder weniger. Er war auch imstande, präzise sechzig Sekunden lang den Mund zu halten, auf die Zehntelsekunde genau.

Ich hatte immer in dem Glauben gelebt, das Untersuchungsgefängnis sei in Reykjavík, aber es befindet sich de facto in Litla-Hraun. Ich bin in Litla-Hraun. Was für ein grauenvoller Gedanke.

Ich denke an meine Familie. Was meine Mutter wohl über mich denkt. All die Sorgen, die ich ihr bereitet habe. Nicht nur wegen dieser Sache, sondern überhaupt. Und die Reaktion meines Bruders. Wir haben kein gutes Verhältnis zueinander. Ob er wohl aus England eingeflogen ist? Mein Rechtsanwalt behauptet, er hätte vor zu kommen, aber wenn das stimmt, wäre er doch bereits da. Was hätte mein Vater gesagt? Ich überlege auch, was in den Medien berichtet wird, obwohl es eigentlich nicht wichtig ist. Es ist lange her, dass ihnen ein solch fetter Brocken vorgesetzt wurde. Dieser Fall ist angeblich einmalig. Eine derart vorsätzliche Planung hatte es hierzulande fast noch nie gegeben.

Ich weiß es nicht. Wie gesagt, mit Verbrechen kenne ich mich nicht aus.

Ich verbringe die Zeit damit, zurückzudenken.

An Betty zu denken.

*

Mein Vortrag war der letzte an jenem Tag, und sie lud mich zu einer Tasse Kaffee ein. Ich schaute auf die Uhr, um es so aussehen zu lassen, als hätte ich anderes und Wichtigeres zu tun, aber sie schien irgendwie zu spüren, dass im Büro gar nichts auf mich wartete. Ich suchte nach einer Ausrede, aber auf die Schnelle fiel mir nichts ein, deswegen nickte ich zustimmend. Bestimmt hatte sie mein Zögern bemerkt, anders konnte man ihr Lächeln nicht interpretieren. Sie gab nicht auf. Sie drängte sich auf, ohne unhöflich zu sein. Stand vor mir, lächelte und wartete darauf, dass ich sagte: In Ordnung.

»In Ordnung«, sagte ich. »Vielleicht eine halbe Tasse.«

Sie war es gewohnt, dass die Leute »in Ordnung« zu ihr sagten.

Wir gingen zum Hotel Saga hinüber. Man kannte sie dort. Sie erklärte mir, dass Reeder aus den anderen Landesteilen, die etwas auf sich hielten, im Hotel Saga übernachteten. Der Service dort sei am besten. Das war auch nicht übertrieben. Die Kellner scharwenzelten um uns herum. Es ging auf den Abend zu, sie bestellte Kaffee, dazu einen guten Likör und ein kleines Stück Schokoladentorte. Sie brachten die Sachen und stellten sie vor uns auf den Tisch, ohne dass man überhaupt merkte, dass serviert wurde.

»Soll ich es auf die Zimmernummer setzen?«, fragte der Oberkellner. Er rieb sich die Hände, und ich sah, dass es eine völlig unbewusste Bewegung war.

»Ja, vielen Dank«, erwiderte sie.

»Wir besitzen auch ein Haus in Reykjavík«, sagte sie zu mir, »es wird gerade renoviert. Im Þingholt-Viertel. Mein Mann hat es vor zwei Jahren gekauft, aber wir sind noch nicht eingezogen. Er hat mit dem Gedanken gespielt, ob er es abreißen und ein neues auf das Grundstück setzen lassen soll, aber dann hat er sich die Ideen des Innenarchitekten angeschaut und …«

Ihr Achselzucken gab zu verstehen, dass es keine Rolle für sie spielte, ob das Haus stünde oder fiele.

»Mmmh …«, murmelte ich mit der köstlichen Schokoladentorte im Mund.

Ich dachte an meine kleine Wohnung. Meine Kommilitonen hatten nach dem Jurastudium sofort ein eigenes Haus bezogen. Sie besaßen große, teure Autos, fuhren zum Skiurlaub nach Österreich, zum Badeurlaub nach

Italien und zum Shopping nach London. Vielleicht sehnte ich mich auch nach einer solchen Karriere, nach Besitztümern und Geld. Vielleicht bin ich deswegen hier. Ich habe nie mit Geld umgehen können. Die Studiendarlehen, die ich zurückzuzahlen hatte, waren gigantisch. Meine kleine Wohnung gehörte nicht mir, sondern den Kreditinstituten. Mein Auto sprang nicht immer an, wann ich wollte.

Das sollte sich alles ändern.

»Wir sind nicht viel in Reykjavík«, sagte Bettý. Sie öffnete ein flaches Etui und zog eine Zigarette ohne Filter heraus. Später erfuhr ich, dass es griechische Zigaretten waren, die speziell für sie importiert wurden. Die griechischen Hersteller weigerten sich, die Warnungen aufdrucken zu lassen, obwohl die Schadstoffmenge bestimmt die amerikanischen Sorten um ein Vielfaches übertraf. Sie zündete sie mit einem goldenen Feuerzeug an. Sie nahm sie zwischen die Lippen, und ihr roter Lippenstift zeichnete sich auf dem weißen Zigarettenpapier ab.

»Und wo wohnt ihr sonst?«, fragte ich.

»In Akureyri. Mein Mann besitzt eine Reederei. Er stammt aus Ostisland, ich bin aus Reykjavík. Wir leben seit sieben Jahren zusammen.«

»Und er braucht also Rechtsbeistand?«

»Ja. Er ist im Augenblick auf einer Sitzung beim Reederverband, aber ich erwarte ihn bald zurück.«

»Und währenddessen nimmst du an einer Konferenz über Fischfangmanagement und die EU teil.«

Sie lachte.

»Er wusste, dass du auf dieser Konferenz sein würdest, und hat mich gebeten, mit dir zu sprechen. Manchmal kann ich mich für das Unternehmen nützlich machen. Vor allem, wenn es darum geht, andere Reeder und die Aktionäre von all diesen kleinen Aktiengesellschaften zu unterhalten, oder Ausländer, zu denen er geschäftliche Verbindungen hat. Meistens Deutsche.«

»Und er hat dich darum gebeten, Verbindung mit mir aufzunehmen?«

»Könntest du dich heute noch mit ihm treffen? Morgen fliegen wir wieder nach Akureyri, aber heute Abend ist eine große Gala beim Reederverband. Hier im Hotel. Falls du Interesse hast, könnte ich … Aber womöglich hast du keine Zeit. Oder du möchtest vielleicht gar nicht?«

»Wozu braucht er juristischen Beistand?«

»Wegen der Ausländer. Er muss wissen, wo er steht, wegen der Europäischen Union. Du weißt doch alles über dieses bürokratische Ungetüm. Und dann versteht er die Verträge nicht. Die sind in dieser Juristensprache, die außer Eingeweihten niemand kapiert. Du weißt, wie so etwas läuft. Er versteht nämlich kaum Englisch.«

Sie drückte die Zigarette aus.

»Er bezahlt gut«, sagte sie. Die Zigarette musste wirklich stark sein, denn ihre Stimme, die an und für sich schon heiser, tief und sexy war, hörte sich noch rauer an. »Da brauchst du dir keine Sorgen zu machen«, fuhr sie fort. »Entschuldigung«, sagte sie dann, »du rauchst vielleicht auch? Ich hätte dir eine anbieten sollen.«

»Nein, danke, ich rauche nicht.«

»Noch etwas Kaffee?«

»Nein danke, unmöglich«, sagte ich. »Ich muss weiter.«

»Seh ich dich dann heute Abend?«

Wieder dieses höfliche Drängeln. Am liebsten hätte ich ihr geraten, sich das Ganze aus dem Kopf zu schlagen, um dann aufzustehen und zu gehen, denn da war etwas an ihr, was mich störte. Es war, als passte ich nicht zu ihr. Genauso wenig passte ich zu ihrem Mann und seinem riesigen Fischereiunternehmen im Norden und ihrem Reichtum und dem Haus im Þingholt-Viertel, das sie ganz nach Belieben dem Erdboden gleichmachen konnten oder nicht. Als passte ich nicht in diese Welt, wo Kellner mit kleinen Kuchentellern vor einem katzbuckelten.

»Ich weiß, dass mein Mann großes Interesse daran hat, dich zu treffen«, sagte sie.

Erneutes Drängeln.

»Also …«, stammelte ich, nach den richtigen Worten suchend. »Es hört sich zwar alles ganz verlockend an, aber ich weiß nicht, was da wirklich dahinter steckt. Ich habe keine Ahnung, wer du bist, ich treffe dich heute zum ersten Mal. Ich weiß, wer dein Mann ist, und kenne auch sein Unternehmen ein wenig, genau wie wahrscheinlich alle anderen Isländer. Falls er Interesse daran hat, mich zu beschäftigen oder mir einen Auftrag zu geben, kann er sich im Büro mit mir in Verbindung setzen, genau wie alle anderen. Vielen Dank für den Kaffee.«

Ich stand auf, und sie erhob sich ebenfalls, indem sie mir die Hand reichte.

»Willst du wirklich heute Abend nicht zur Gala kommen?«, fragte sie. Sie blickte mich mit diesen braunen Augen an, als hätte sie meinen Versuch, ihr zu zeigen, dass ich absolut nicht auf die beiden und ihr Geld angewiesen war, überhaupt nicht wahrgenommen.

»Ich kenne da doch niemanden.«

»Du kennst mich«, sagte sie mit lächelnden Augen, so als gäbe es ein kleines Privatgeheimnis zwischen uns.

*

Bei den Verhören habe ich wieder und wieder erklärt, dass ich unschuldig bin. Mein Rechtsanwalt hatte mir von Anfang an dazu geraten.

Ich weiß nicht, wie er die Sache angehen will. Ich habe mein Leben und meine Ehre in seine Hände gelegt, und ich muss Vertrauen in ihn haben. Ich weiß, dass er an einigen wirklich großen Prozessen beteiligt war. Während meines Jurastudiums hielt er einmal einen Gastvortrag in einem Seminar über Strafrecht und ging auf einige seiner Fälle ein. Er hat Drogenschmuggler, Einbrecher, Gewalttäter und Mörder verteidigt. Die Polizei weiß ganz genau, wo sie ihn hat. Für die Gefängnisaufseher ist er wie ein guter Bekannter. Er ist um die sechzig, schlank und hat eine Glatze. Sein Schnauzbart verleiht ihm ein unnötig deprimiertes Aussehen.

»Was sagen die Leute?«, fragte ich ihn eines Tages. »Was glauben sie?«

»Mach dir darüber keine Gedanken«, erwiderte er, während er seine große Aktentasche öffnete.

»Was ist mit dem Einspruch?«

»Das Oberste Gericht hat abgelehnt. Du musst hier so lange bleiben, wie es der Polizei beliebt.«

»Wahrscheinlich bin ich nicht kooperativ genug«, sagte ich.

»Du willst ja noch nicht einmal mit mir reden«, sagte er und strich sich über den Schnauzbart.

Das stimmte. Es fiel mir schwer, über das zu sprechen, was vorgefallen war. Es fiel mir schwer, es einzugestehen. Er hielt dagegen, dass er ein geduldiger Mensch sei. Und es sei ja mein Leben. Aber er gab mir auch zu verstehen, dass sich meine Situation dadurch nicht verbessern würde. Ich müsste sowohl ihm als auch der Polizei gegenüber mehr Kooperationsbereitschaft zeigen. Ich weiß genau, was er meint. Die Untersuchungshaft bringt einen dazu, nachzudenken und Zusammenhänge zu erkennen.

»Wie dem auch sei«, sagte er, »hier habe ich dir ein paar Bücher mitgebracht, damit du etwas zu lesen hast.«

Er reichte mir einen Roman, die Autobiografie eines Politikers und den Erfahrungsbericht eines Mannes, der unschuldig wochen- und monatelang in Untersuchungshaft saß.

»Ich dachte, das hier könnte dir vielleicht etwas helfen«, erklärte er.

»Ich werde also noch lange hier bleiben müssen, nicht wahr?«, sagte ich.

Er zuckte die Achseln.

»Es sieht nicht gut aus«, sagte er. »Wenn du bloß ganz genau sagen würdest, was passiert ist.«

»Was reden die Leute?«, fragte ich noch einmal.

»Mach dir darüber keine Gedanken«, sagte er. »Ich habe andere Sorgen, als darüber zu spekulieren, worüber man sich in der Stadt die Mäuler zerreißt.«

Mindestens vier Kriminalbeamte sind mit der Ermittlung befasst. Außerdem gehe ich davon aus, dass ihnen ein ganzes Bataillon von Mitarbeitern zur Verfügung steht. Diese vier verhören mich abwechselnd und kommen jeweils zu zweit. Eigentlich ist es genau wie in Filmen. Man denkt immer, dass es im Leben nicht so zugeht wie im Kino, aber es ist tatsächlich so. Im Verhörzimmer befindet sich an der einen Wand ein Riesenspiegel, und ich weiß, dass manchmal auf der anderen Seite Leute sind, obwohl ich sie nicht sehen kann. Bestimmt irgendwelche hohen Tiere. Aber sie sind nicht immer im Nebenzimmer. Ich sehe es den Kriminalbeamten an, wenn diese unsichtbaren Gestalten anwesend sind. Dann wirken sie nämlich nervöser, sie sind viel mehr auf der Hut und drücken sich gewählter aus. Darauf scheint es anzukommen. Sie sind auch viel besorgter als ich. Wenn niemand von den Bossen im Nebenzimmer ist, geben sie sich viel gelassener. Alle, die mich verhören, haben irgendeine gehobene Position bei der Kriminalpolizei, und sie sind immer zu zweit. Sie wechseln sich allem Anschein nach schichtweise ab.

Zu der Gruppe gehört auch eine Frau. Ich weiß nicht so recht, wie ich sie einordnen soll. Sie hält eine gewisse Distanz. Die anderen erlauben sich durchaus auch einmal einen Scherz, auch wenn die Sache ernst ist. Sie lächelt aber nie. Vielleicht ist sie einfach so. Vielleicht hat sie Angst vor mir. Sie schaut mich streng an und liest ihre Fragen vom Blatt ab. Alles wirkt irgendwie inszeniert. Ein Verhör ist letzten Endes auch wie ein Theaterstück. Die Bühne ist begrenzt, es gibt nur wenige Mitwirkende, der Plot ist dramatisch, und der schlechteste Schauspieler bekommt wie immer den schwarzen Peter zugeschoben.

Als ich wegen des Spiegels fragte, erklärten sie, er sei ziemlich neu, genau wie das Aufnahmegerät. Wegen eines Gerichtsurteils zu Ungunsten der Polizei. Seitdem würden sämtliche Verhöre auf Band aufgezeichnet.

»Wer befindet sich da hinter dem Spiegel?«, fragte ich.

»Niemand«, war die Antwort.

»Wozu ist dann dieser Riesenspiegel da?«

»Wir stellen hier die Fragen.«

»Aber findet ihr das nicht komisch? So ein Riesenspiegel hier in diesem kleinen Zimmer?«

»Das geht uns nichts an.«

Einmal versuchten sie den Trick, der in allen Krimis vorkommt. Sie steckten fest bei ihren Ermittlungen, und als ich wieder einmal zum Verhör geführt wurde, befand sich offenbar niemand hinter dem Spiegel, denn sie gaben sich locker und redeten ganz normal. Dann fing der eine auf einmal an, sich aufzuregen und mich zu provozieren, während der andere so tat, als versuche er, ihn zu beruhigen.

Als sie sahen, dass ich nur müde lächelte, war ihnen sämtlicher Wind aus den Segeln genommen, und sie brachen das Verhör ab.

Es war das einzige Mal, dass ich da drinnen gelacht habe.

3

Abends rief mich Betty̌ an.

Ich war gerade nach Hause gekommen, nachdem ich im Büro über Besitzübertragungsvereinbarungen für ein Hochhaus in Breiðholt gebrütet hatte. Ein Kommilitone von der Universität, der Vorsitzender des Eigentümervereins war, ließ mir manchmal solche Aufträge zukommen, weil er wusste, dass ich nicht sonderlich viel zu tun hatte. Ich habe oft in Erwägung gezogen, mich auf eine anständige Stelle zu bewerben, beispielsweise um einen Sachverständigenposten beim Außenministerium. Oder um eine Stelle bei einer größeren Kanzlei, wo man mit anderen zusammenarbeitete. Mir fehlte bloß die Kraft, das in die Wege zu leiten, und im Grunde genommen genieße ich es auch, mein eigener Herr zu sein. Irgendwie kann ich mir nicht vorstellen, in der Nähe von anderen oder zusammen mit anderen zu arbeiten. So war ich schon immer.

Seltsamerweise war Betty̌ mir nicht aus dem Sinn gegangen, seitdem wir uns ein paar Stunden zuvor im Hotel Saga verabschiedet hatten. Sie hatte irgendetwas, doch damals war mir noch nicht so richtig klar, was es war. Inzwischen glaube ich es aber zu wissen. Sie wirkte so sicher und so gewandt im Auftreten, doch das begriff ich damals nicht. Für sie war es ein Spiel, das sie nicht zum ersten Mal spielte. Sie war sich ihrer Schönheit bewusst und hatte sie wahrscheinlich schon immer ausgespielt, um zu bekommen, was sie wollte. Von den Frauen, die ich kenne, sind sich nur wenige in diesem Maße bewusst, welche Macht ihnen Schönheit und Attraktivität verleihen. Betty hatte ihr ganzes Leben lang andere Menschen um den Finger gewickelt und beherrschte diese Kunst in so vollendeter Form, dass man gar nicht merkte, wie sie es bewerkstelligte, sondern unversehens in den Netzen landete, die sie ausgelegt hatte.

»Er hat mit mir geschimpft«, sagte sie am Telefon, und die Stimme klang heiser, als habe sie eine griechische Zigarette geraucht.

»Wer? Dein Mann?«

»Weil ich dein Gehalt nicht erwähnt habe«, sagte sie. »Wir haben gar nicht darüber gesprochen, was für eine Bezahlung du bekommen würdest.«

»Wir haben aber auch gar nicht darüber gesprochen, ob ich überhaupt für euch arbeiten möchte.«

»Er wollte, dass ich dir sage, wie viel du bekommst. Kannst du heute Abend kommen? Er möchte dich sehr gerne treffen, um dich für die Firma zu gewinnen.«

Wenn ich daran zurückdenke, war dies vielleicht genau jener Zeitpunkt. Eine Weigerung meinerseits hätte vielleicht zur Folge gehabt, dass sie mich in Ruhe gelassen und sich ein anderes Opfer gesucht hätte. Vielleicht hätte sie am nächsten Tag noch einen weiteren Versuch gemacht. Vielleicht aber auch nicht. In diesem Augenblick beging ich den ersten Fehler.

Wahrscheinlich langweilte ich mich. In meinem Leben passierte nichts Spannendes, und selbst wenn ich mich nicht direkt nach Aufregung sehnte, ein wenig Abwechslung schien willkommen. Vielleicht könnte dieser Job ein Sprungbrett für mich sein. Andere Reedereien würden sich um meine Mitarbeit bemühen, und ich könnte mich damit befassen, worauf ich mich am besten verstand, weil es mein Spezialgebiet war. Keine weiteren Vertragsentwürfe für Wohnblocks in Breiðholt.

Und dann das Geld. Vielleicht trieb mich die Neugierde. Vielleicht wollte ich einfach gern herausbekommen, wie viel Geld einem solche Leute bieten würden. Wo in dieser Milliardenwelt die Grenzen waren. Geld fehlte mir in der Tat, und zwar ziemlich viel. Ich nagte zwar nicht am Hungertuch, aber ich war immer knapp bei Kasse.

»Wie läuft das ab, muss ich Eintritt bezahlen, oder …?«

»Wir haben die größte Suite«, sagte sie, und ich sah ihr Lächeln vor mir. »Komm zu uns hoch.«

Ich besaß noch das schicke Outfit, das ich mir zur feierlichen Entlassung an der Uni zugelegt hatte. Es hing seit drei Jahren im Schrank. Sonst besaß ich nichts, was ich hätte anziehen können. Als ich mich im Spiegel betrachtete, fand ich, dass ich ganz passabel darin aussah. In diesen drei Jahren hatte ich kein Gramm zugenommen, eher das Gegenteil. Wie gesagt, ich lebte so ziemlich von der Hand in den Mund.

Ich hatte keine Ahnung, dass es im Hotel Saga eine besondere Luxus-Suite gab, aber sie existierte tatsächlich in all ihrer Pracht. Bettý erklärte mir, sie sei erst kürzlich von Grund auf renoviert worden, wahrscheinlich weil ich dastand und wie ein Kind mit offenem Mund staunte. Die Dame an der Rezeption lächelte ein süffisantes Lächeln, als ich erklärte, zur Suite von Bettý zu wollen. Sie war nicht älter als dreißig, blond und etwas drall. Sie hatte einen stattlichen Busen und attraktive Hüften. Sie verwies mich an den Lift und wünschte mir viel Vergnügen.

Viel Vergnügen.

Ich ging damals davon aus, dass sie die Gala meinte. Jetzt weiß ich natürlich, was sie meinte. So hat sie nämlich gelächelt. Als ob sie irgendwann einmal selber oben in der Suite gewesen wäre.

Bettý nahm mich an der Tür in Empfang. Die Suite bestand aus drei Räumen. Das Wohnzimmer war riesig, und überall lag dicker, weißer Teppichboden, sogar in den beiden Badezimmern. Bilder von zeitgenössischen isländischen Malern hingen an den Wänden. Nackte Kinder mit Engelsflügeln und seltsam erwachsenen Gesichtern. Der Esszimmertisch war aus argentinischer Eiche, zumindest meine ich, Bettý hätte das erwähnt. Es machte ihr Spaß, über solche Dinge zu reden. Sie reichte mir ein Glas Champagner auf einem silbernen Tablett. In der Suite war es dämmrig, die Vorhänge vor den Fenstern waren zugezogen, und das Licht war gedämpft. Sie hatte versucht, dem Hotelappartement eine etwas gemütlichere Note zu geben. Ich trank einen Schluck Champagner, und mir kam es so vor, als klingelte das Goldkettchen um ihren Knöchel.

»Er ist noch auf einer Besprechung«, sagte sie, »aber er wird gleich da sein. Ich bin so froh, dass du kommen konntest.«

Sie lächelte und ihr Lächeln … Mir wurde klar, weshalb ich gekommen war. Der einzige Grund war sie. Bettý. Im tiefsten Inneren hatte ich mich danach gesehnt, sie wieder zu treffen. Sie wieder lächeln zu sehen. Mein Gott, wie schön sie war.

Mein Gott, wie ich sie begehrte.

»Ich hatte bloß nichts Anständiges zum Anziehen«, sagte ich und betrachtete ihr Kleid aus unendlich zarter und dünner Seide, das die perfekt gerundeten Linien ihres Körpers umschmeichelte. Genau wie bei unserer Begegnung zuvor trug sie keinen Büstenhalter.

Ich nippte am Champagner und versuchte, meine Augen auf etwas anderes zu richten. Auf die Gemälde.

»Mach dir deswegen keine Sorgen«, erklärte sie. »Diese Reeder vom Land latschen doch sowieso meist in Strickwesten und Gummistiefeln herum, und außerdem sind die da unten wahrscheinlich auch schon sturzbesoffen.«

»Diese Suite ist wirklich enorm«, sagte ich. »Dafür gehen wohl die Gewinne aus den Fischereiquoten drauf?«

Eigentlich wollte ich nicht so spitz klingen, aber auf

der anderen Seite hatte ich ja nichts zu verlieren. Vielleicht sprach auch ganz einfach der Neid aus mir. Ich weiß es nicht. Dieser Reichtum erschreckte mich. Für einen kurzen Trip nach Reykjavík, für ein Wochenendvergnügen gaben sie mehr Geld aus, als ein normaler Arbeiter in einem halben Jahr verdient.

»Du hast meinen Mann noch nicht getroffen«, sagte sie und lachte. Ich bemerkte, dass sie sich ganz vorsichtig die Hand an die eine Schläfe hielt, während sie lachte, so als hätte sie dort Schmerzen. Ich schaute sie lächelnd an und sah, dass sie ein blaues Auge hatte, obwohl sorgfältig aufgetragene Kosmetika der teuersten Sorte es verdecken sollten. Das hatte sie am Nachmittag noch nicht gehabt. Irgendetwas war in der Zwischenzeit vorgefallen. Etwas zwischen ihrem Mann und ihr, nahm ich an. Ich kannte diese Leute überhaupt nicht, und ich war mir nicht sicher, ob ich Lust hatte, sie kennen zu lernen. Deswegen fragte ich ganz direkt:

»Hast du da ein Veilchen?«

»Sieht man das etwa?«, fragte sie sofort besorgt.

»Warum hast du ein blaues Auge? Das war heute Nachmittag noch nicht da.«

»Reine Ungeschicklichkeit von mir«, erklärte sie. »Ich war auf der Toilette, die Tür stand offen, und dann klingelte das Telefon. Ich bin gegen die Tür gestoßen, als ich ins Zimmer wollte, um zu antworten. Ich habe sie einfach nicht gesehen. So was ist mir noch nie passiert. Sieht man es deutlich?«

»Nein«, sagte ich.

»Du hast es aber gesehen.«

»Die anderen sehen es bestimmt nicht«, sagte ich.

Sie zögerte.

»Bist du sicher?«

»Das sind doch sturzbesoffene Kerle in Gummistiefeln«, entgegnete ich.

In diesem Augenblick öffnete sich die Tür zur Suite, und ihr Mann kam herein. Ich wusste genau, wer er war, denn er gehörte zu den Größten. Wenn sich in Sachen Fischereiwirtschaft etwas tat, stürzten sich die Medien immer auf ihn. Er war groß und stattlich und stets sonnengebräunt. Die Gesichtszüge waren scharf geschnitten, aber das Haar begann sich schon etwas zu lichten. Ich ging davon aus, dass er mich begrüßen würde, wenn er mich sah. Bettý hatte so geklungen, als sei ihm sehr daran gelegen, dass ich für ihn arbeitete, aber er nahm mich überhaupt nicht wahr.

»Alles in Ordnung?«, fragte er und küsste Bettý auf den blauen Fleck.

Sie schaute mich mit einem geheimnisvollen Lächeln in den Augen an.

»Willst du nicht unseren juristischen Gast begrüßen?«, sagte sie und hatte auf die griechische Stimme umgeschaltet.

»Bist du das?«, fragte er kurz angebunden, indem er sich mir zuwandte.

Wir gaben einander die Hand. Ich versuchte, ihm in die Augen zu schauen, aber die waren auf die Bar gerichtet.

»Möchtest du etwas?«, fragte er Bettý, ging zur Bar und behandelte mich weiterhin wie Luft. Gemessen an der Tatsache, dass er angeblich so viel Wert darauf legte, mich einzustellen, fand ich dieses Benehmen einigermaßen merkwürdig.

»Gin«, sagte sie. »Und du?«, fragte sie mich.

»Ich glaube, ich gehe jetzt lieber«, sagte ich. »Ich habe keine Zeit für so etwas.«

»Ach, tatsächlich so busy?«, sagte der Reeder und goss Gin in ein Glas.

»Auf Wiedersehen«, sagte ich zu Bettý.

»Wie viel verdienst du im Jahr?«, fragte er.

Ich drehte mich um und war im Begriff, die Suite zu verlassen, als er plötzlich laut loslachte. Ich hielt inne, starrte ihn an und hatte keine Ahnung, was er so komisch fand.

»Diese Juristen«, sagte er.

»Was ist mit ihnen?«, sagte ich.

»Sie halten sich immer für was Besseres«, sagte er.

Ich schaute Bettý an und sah, dass es ihr peinlich war.

»Bist du immer so direkt?«, fragte ich.

Er kam einen Schritt auf mich zu.

»Ich wusste nicht, dass Juristen auch empfindlich sein können«, sagte er.

»Tozzi«, sagte Bettý, »musst du dich immer so aufspielen?«

Mir war natürlich klar, dass dieser Mann nur wegen seines Geldes etwas war. Ich hätte ihm sagen können, was ich von Geldsäcken wie ihm hielt, die es überflüssig fanden, eine Ausbildung zu machen, und Studieren für eine idiotische Zeitverschwendung hielten. Und Minderwertigkeitskomplexe haben, weil die Leute, die für sie arbeiten, so viel besser Bescheid wissen als sie. Ich bezweifelte stark, dass er imstande war, Texte in einer anderen Sprache zu lesen. Trotzdem legte er wie alle, die sich keine Sorgen über ihr Auskommen machen müssen, ein selbstsicheres Auftreten an den Tag. Weil er reich war, konnte er sich seiner Meinung nach benehmen, wie es ihm passte. Seine Selbstsicherheit stank nach Geld.

Sie nannte ihn Tozzi.

Ich weiß nicht, wieso ich auf einmal diesen Einfall bekam. Vielleicht, weil sie ihn so anschaute. Irgendetwas war da zwischen ihnen, was ich nicht verstand und auch jetzt noch kaum verstehe. Aus irgendeinem Grunde brach die Frage aus mir hervor.

»Darf ich kurz die Toilette benutzen?«, sagte ich und schaute Betty an.

»Selbstverständlich«, sagte sie, und ich merkte, dass sie erleichtert war, weil sich die angespannte Stimmung etwas gelockert hatte. Ich blickte in Tozzis Richtung und brachte ein grimassenhaftes Lächeln zustande.

Bevor ich die Tür zumachte, sah ich im Spiegel des Badezimmers, dass sie sich heftig stritten. Wegen mir. Sie hatte zu verstehen gegeben, dass er ganz versessen auf meinen juristischen Beistand war, aber sein Empfang war alles andere als freundlich gewesen, und ich wusste nicht, was eigentlich gespielt wurde. Ich blickte mich um. Mein Verdacht bestätigte sich. Im Badezimmer gab es ein Telefon. Es war ja schließlich die Deluxe-Suite, und selbstverständlich gab es auch im Badezimmer ein Telefon.

Sie hatte behauptet, gegen die Tür gerannt zu sein, als das Telefon im Wohnzimmer klingelte. Weswegen hatte sie den Anruf nicht im Badezimmer entgegengenommen? Weshalb erfand sie eine Lüge, um das blaue Auge zu erklären? Behandelte Tozzi sie so? War dieser Tozzi so reich, dass er sich leisten konnte, seine Frau zu schlagen?

Ich zog ab und ließ den Wasserhahn rauschen. Wartete noch eine halbe Minute und ging dann wieder ins Zimmer. Sie hatten sich die ganze Zeit gestritten, während ich im Badezimmer war.

»Die Sache ist in trockenen Tüchern«, sagte Betty̋ und blickte zu ihrem Tozzi hinüber. »Es ist nur die Frage, was du für die Stunde nimmst.«

Ich überlegte. Dann nannte ich eine absurd hohe Summe.

»In Ordnung«, sagte er.

»Aber ich bin nicht daran interessiert, für dich zu arbeiten«, sagte ich und ging zur Tür.

Hinter mir hörte ich, wie er laut loslachte. Ich öffnete die Tür, drehte mich um und schaute Betty̋ an.

Die kleinen Brüste zeichneten sich unter dem Kleid ab. Sie stand so zum Licht, dass ich sehen konnte, dass sie keinen Slip trug.

4

Wieso bin ich hier gelandet?

Was muss passiert sein, dass jemand wie ich an einem Ort wie diesem landet?

Es liegt jedenfalls nicht daran, dass ich krumme Dinger gedreht hätte. Ich bin nie in meinem Leben mit dem Gesetz in Konflikt geraten, wie es so schön heißt. Ich nehme an, dass ich so bin wie alle anderen, ich bezahle die Parkgebühren, fahre nicht bei Rot über die Ampel und schmuggele allenfalls hin und wieder eine Extraflasche Alkohol durch den Zoll. Das tun wir doch fast alle.

Was ist also schief gelaufen? Wie kam es dazu, dass sich mein ruhiges und einförmiges Leben in ein solches Chaos verwandelt hat?

Vielleicht war ich einsamer, als ich zugeben wollte. Ich besaß nur wenige Freunde und jetzt wahrscheinlich gar keine mehr. Ich habe aber auch kaum je Freunde gebraucht. Meine Familie ist nicht groß, aber dazu möchte ich nichts weiter sagen, denn da liegt einiges im Argen. Vielleicht mache ich mir zu wenig aus den Menschen. Vielleicht …

Betty hat diese Isolation durchbrochen. Möglicherweise fand ich sie deswegen spannend. Sie trat zur richtigen Zeit auf den Plan, sie hatte meine Schwachstellen augenblicklich erfasst und war seltsam zielstrebig und willensstark. Bettý kannte keine Skrupel.

Vielleicht war ich ein dankbares Opfer für sie, und wahrscheinlich habe ich mich anfangs nicht genug zur Wehr gesetzt. Ich habe keine andere Entschuldigung, als dass ich keine Ahnung hatte, was da über mich hereinbrach. Bettý warf mich aus der Bahn. Ich fand es frappierend, welche Risiken sie einging. Schon nach ganz kurzer Bekanntschaft. Das machte sie unwiderstehlich. Diese Hemmungslosigkeit.

Ich weiß, es war Begierde.

Bei ihr und bei mir.

*

In den nächsten Wochen rief sie immer wieder bei mir an.

Erst nach geraumer Zeit gelang es ihr, mich dazu zu bewegen, sie wieder zu treffen. Ich musste ständig darauf gefasst sein, ihre rauchig griechische Stimme in der Leitung zu hören. Manchmal vergingen ein paar Tage zwischen ihren Anrufen, manchmal meldete sie sich zwei Mal an ein und demselben Abend. Es ging mir wahrscheinlich weniger auf die Nerven, als ich mir einredete. Ihre Hartnäckigkeit und Zielstrebigkeit waren nicht unangenehm, Bettý konnte einen nicht nerven. Wenn ich mich abends langweilte, kam es sogar vor, dass ich einen Anruf herbeisehnte. Dann sah ich im Geiste ihre kleinen Brüste vor mir, die sich unter dem Kleid abzeichneten.

Schließlich warf ich eines Abends nach einem eher frostigen Gespräch das Handtuch.

Ich kam gerade zur Tür herein, als das Telefon klingelte. Der Tag im Büro hatte mir eigentlich jede Lust genommen, ans Telefon zu gehen. Die Wohnungseigentümer des Wohnblocks in Breiðholt hatten mich den ganzen Tag angerufen und sich beschwert, weil sie irgendetwas an dem Vertragsentwurf auszusetzen hatten. Ich warf einen Blick auf das Display und sah ihre Nummer. Ich ließ es einfach klingeln. Ging ins Badezimmer, ließ Wasser in die Badewanne einlaufen, suchte eine CD von Dylan heraus und legte sie ein, stieg in das heiße Wasser und versuchte zu entspannen. Im Wohnzimmer ging wieder das Telefon. Ich wusste, dass sie es war.

Ich hätte nie antworten sollen. Hätte ich alles gewusst, was ich jetzt weiß, wäre ich nie an den Apparat gegangen. Aber was weiß man über die Zukunft? Kurz nach neun rief sie noch zwei weitere Male an, und da ich befürchtete, dass sie mich damit wachhalten würde, nahm ich ab. Ich wollte es kurz machen.

»Hör auf, bei mir anzurufen«, sagte ich, bevor sie noch Zeit hatte, einen Ton zu sagen.

»Hast du gewusst, dass ich es bin?«, sagte sie.

»Lass mich in Ruhe.«

»Hast du mich den ganzen Abend anrufen lassen, ohne abzuheben?«

»Ich möchte, dass du mit diesen Anrufen aufhörst. Ich kenne dich überhaupt nicht. Ich weiß nicht, was du von mir willst. Dein Mann ist ein eingebildeter Fatzke, der überhaupt kein Interesse daran hat, dass ich für ihn arbeite, deshalb versteh ich einfach nicht, was du von mir willst. Lass mich gefälligst in Frieden!«

Sie ließ sich nicht beirren.

»Können wir uns treffen?«, fragte sie. »Tozzi will unbedingt, dass du für ihn arbeitest. Im Hotel Saga hat er sich nur ein bisschen wichtig gemacht. Er muss immer irgendeine Schau abziehen. Er wollte bloß sehen, wie du reagieren würdest, wenn er dich so behandelt. Das war keineswegs böse gemeint.«

Ich beschloss, sie nach dem blauen Auge zu fragen. Das hatte ich bislang nicht gemacht, aber jetzt schien mir dafür die passende Gelegenheit zu sein.

»Warum hast du den Anruf nicht im Badezimmer entgegengenommen?«, fragte ich.

Ihre Antwort ließ auf sich warten. Als ihr klar wurde, worum es ging, versuchte sie zuerst, Ausflüchte zu machen.

»Ich weiß nicht, worüber du redest. Können wir uns treffen?«

»Als du dich an der Tür gestoßen hast«, sagte ich. »Du hast behauptet, du hättest im Wohnzimmer ans Telefon gehen wollen. Aber im Badezimmer ist doch auch ein Telefon, das mit Sicherheit geklingelt hat, und du hättest das Gespräch dort entgegennehmen können.«

Wieder Schweigen.

»Ich erzähle es dir, wenn du damit einverstanden bist, mich zu treffen.«

Ich ließ nicht locker.

»Vergiss es«, sagte ich. »Ich will es gar nicht wissen. Ich habe nicht das geringste Interesse an all den kleinen Geheimnissen, die du und ›Tozzi‹ haben. Lass mich in Ruhe und hör auf, bei mir anzurufen.«

Dann knallte ich den Hörer auf. Nach einer halben Stunde klingelte es wieder. Ich warf einen Blick auf das Display. Es war dieselbe Nummer. Ich musste lächeln. Ich nahm das Gespräch entgegen.

»Du gibst nicht auf«, sagte ich.

»Erst, wenn du versprichst, dich mit mir zu treffen«, sagte sie. Ich hörte, wie sie den Rauch einer griechischen Zigarette von sich blies, und sah im Geiste ihren roten Mund und die Lippenstiftspuren auf dem Zigarettenpapier.

»Wo?«, fragte ich.

Ihr Haus im Þingholt-Viertel war eine Riesenvilla. Nachdem ihr Mann es gekauft hatte, wurde dies sogar in der Presse erwähnt, denn ein bekannter Autohändler war ebenfalls daran interessiert gewesen. Sie überboten sich gegenseitig, und es endete damit, dass er zwanzig Millionen Kronen mehr als den Schätzpreis auf den Tisch blättern musste. Innen war das Haus nicht viel weiter als im Rohbau oder wie man das nennt. Sämtliche Türen fehlten. Um die Küche zu vergrößern, hatte man eine Wand eingerissen und die Kücheneinrichtung entfernt. Nur der nackte Steinboden starrte einen in jedem einzelnen Zimmer an. Zum Teil waren neue Türöffnungen herausgebrochen worden, und im Fußboden im Erdgeschoss klaffte ein Loch für eine Wendeltreppe, die in den Keller führen sollte, aber noch fehlte. Die Fenster waren wegen der Malerarbeiten mit Schutzabdeckungen versehen.

Es gab drei Wohnzimmer. Als ich eintraf, stand sie in einem von ihnen und rauchte. Die Haustür war offen, ich klopfte und hörte sie von drinnen rufen, ich solle hereinkommen. Sie trug ein elegantes beigefarbenes Kostüm mit einem kurzen Rock, der kaum bis zur Mitte der Oberschenkel reichte, dazu hochhackige, helle Pumps. Wir gaben einander die Hand, und sie sagte, sie würde mir gerne das Haus zeigen. Wir gingen von einem Raum zum anderen, und mir kam alles kalt und tot vor. Ich weiß noch heute, wie ich im Stillen überlegte, dass es genauso tot und kalt bleiben würde, auch wenn der Fangquotenkönig weitere hundert Millionen hineinsteckte.

»Habt ihr Kinder?«, fragte ich.

Sie schüttelte den Kopf.

»Dann werdet ihr hier ja reichlich Platz haben«, sagte ich.

Wir standen in der Küche, und sie erklärte mir, wo der Gasherd stehen sollte. Sie war voll und ganz bei der Sache, als sie mir das Haus beschrieb und auf sämtliche Details, was Fliesen und Parkett betraf, einging. Sie erklärte mir, dass das Haus allerdings in erster Linie Tozzis Projekt sei. Dieses Monster von einem Rohbau.

»Er meint, dass die Kinder später kommen. Er hat sowieso kaum Zeit für etwas anderes, als Geld zu scheffeln«, sagte sie.

Es hatte eher den Anschein, als hätte er keine Zeit für sie. Ihre Stimme klang nämlich gelangweilt und etwas enttäuscht. Ich stand in der Küche und fühlte mich völlig fehl am Platz. Ich war mir nicht sicher, ob ich diese Leute überhaupt näher kennen lernen wollte. Ich spürte bei ihnen eine Rücksichtslosigkeit und Gewissenlosigkeit, die nackt und grob und keinerlei Schranken zu kennen schienen. Beide hatten irgendetwas, das einen abstieß, etwas Ungehobeltes, gleichzeitig aber auch seltsam Faszinierendes.

»Möchtest du Kinder haben?«, fragte ich.

»Wir haben es versucht«, sagte sie. »Vielleicht klappt es eines Tages.«

Sie führte mich weiter durch das Haus, bis wir den größten Raum im Obergeschoss betraten. Sie sagte, dass hier das eheliche Schlafzimmer geplant sei, und beschrieb, wie sie es einrichten würde, wenn sie darüber zu bestimmen hätte.

Ich nickte, aber mein Interesse hielt sich in Grenzen.

»Wirst du für uns arbeiten?«, fragte sie.

»Ich glaube, ich habe nichts …«

Sie gestattete mir nicht, den Satz zu Ende zu führen.

»Doch«, sagte sie, und wieder fiel mir das Wort ein: hoheitsvoll. Das Parfüm, das sie verwendete, kannte ich nicht, aber es hatte uns auf dem Gang durch das Haus begleitet und an etwas Gefährliches und Aufregendes gemahnt.

»Kannst du es nicht mir zuliebe tun?«, fragte sie und trat näher an mich heran.

»Geld kann man natürlich immer gebrauchen«, sagte ich, um irgendetwas zu sagen.

Sie trat noch ein Stück näher in ihren hochhackigen Schuhen und dem engen Rock, der ihre kräftigen Schenkel so sexy wirken ließ, dass ich kaum meine Augen abwenden konnte. Ich rührte mich nicht vom Fleck und sah sie an, sah das Funkeln in ihren braunen Augen, betrachtete ihre vollen Lippen und ihr schönes, irgendwie südländisches Gesicht.

Sie trat dicht an mich heran.

»Ich verspreche dir, dass du es nicht bereuen wirst«, sagte sie mit gesenkter Stimme.

Außer uns war niemand im Haus. Sie hatte mir gesagt, dass am nächsten Tag mit den Instandsetzungsarbeiten begonnen würde und Heerscharen von Handwerkern zu erwarten seien, um den Palazzo des Fangquotenkönigs auf Hochglanz zu bringen. Ich war völlig verwirrt. Sollte ich bleiben oder mich höflich entschuldigen und verabschieden, oder lieber schnurstracks aus dem Haus rennen und nie wieder zurückkehren?

Sie schien zu wissen, was in mir vorging.

»Ist schon in Ordnung«, sagte sie so leise, dass ich es kaum hören konnte.

Dann tat sie etwas, was ich zeit meines Lebens nicht vergessen werde.

Ihre Blicke glitten an mir herunter, sie ergriff meine Hand und führte sie an ihrem Schenkel hoch. Ich konnte meine Blicke nicht von ihr abwenden. Sie schob die Hand bis unter den Rocksaum hoch und höher. Sie trug keine Strumpfhosen, sondern Seidenstrümpfe, die mit Strapsen befestigt waren. Meine Finger glitten über den Gummizug. Ich wusste nicht, was ich tun sollte. Mir war noch nie so etwas passiert. Ihr Mund öffnete sich, und sie schob meine Hand an die Innenseite des Schenkels und so weit nach oben, bis ich ihre sanfte Hitze spürte und mir klar wurde, dass sie keinen Slip trug.

Ich wollte meine Hand zurückziehen, aber sie merkte es und hielt mein Handgelenk fest gepackt.

»Ist schon in Ordnung«, wiederholte sie sanft.

Ihr Gesicht näherte sich, und sie küsste mich. Unwillkürlich öffnete ich den Mund und spürte ihre Zunge, die leicht und vorsichtig und ein wenig zitternd eindrang.

5

Sie wollen wissen, wie und wann es begonnen hat.

Immer wieder kommen wir auf diese Frage zurück, denn meine Aussagen sind wahrscheinlich so inkonsequent und irreführend, dass sie immer wieder nachhaken müssen. Einiges akzeptieren sie nicht, anderes dagegen scheint ihnen glaubwürdig vorzukommen. Ich habe mich zwar entschlossen, kooperativ zu sein, weiß aber nicht, wie viel ich ihnen sagen soll. Wahrscheinlich ist das eine Art Nervenkrieg. Ich könnte ihnen die ganze Wahrheit sagen, bezweifle aber stark, dass sie mir glauben würden. Deswegen versuche ich zu lügen, aber nur ein wenig. Bislang jedenfalls habe ich keine massiven Lügen erzählt, sondern bringe nur hie und da ein paar kleine Unwahrheiten ein, um meine Aussage glaubwürdiger zu machen. Natürlich kann keine Rede mehr von Glaubwürdigkeit sein, wenn sie mir eine der Lügen nachweisen können, aber sie wissen natürlich, dass jeder, der sich in diesem Raum befindet, versucht zu lügen, inklusive sie selber.

Die Frau in diesem Team sitzt mir bei all diesen Verhören mit derselben verkniffenen Miene gegenüber und glaubt nichts von dem, was ich sage. Sie ist ein ziemlich alltäglicher Typ, eine überarbeitet wirkende Frau um die vierzig. Ich überlege die ganze Zeit, ob es bei der Kripo viele Frauen gibt. Sie hat ein ausdrucksloses, uninteressantes Gesicht. Keine klaren Linien, nichts, was Aufschluss über ihr Inneres gibt, das womöglich genauso alltäglich ist wie beispielsweise die billigen Klamotten, der unechte Stein an ihrem Ring, der schäbige Nagellack oder der letzte Besuch beim Friseur, der mindestens ein halbes Jahr zurückliegt.

Einmal mussten wir auf ihren Kollegen warten, einen aus dieser Truppe, die mit dem Fall befasst ist, ein hagerer Typ mit dunklen Ringen unter Augen, die nie Ruhe fanden. Sie sagte, dass er durch ein Telefongespräch aufgehalten worden sei, bestimmt wegen eines albernen Fahrraddiebstahls. Ich habe manchmal anhören müssen, wenn sie über solche Lappalien reden. Sie saß mir gegenüber, während wir warteten. Das Aufnahmegerät war nicht eingeschaltet, und wahrscheinlich war niemand hinter dem Spiegel. Ich schaute in die Richtung wie schon so oft, aber es war ein hoffnungsloses Unterfangen, durch ihn hindurchblicken zu wollen. Man sah nichts als die eigene schuldbewusste Miene, mit der ich am liebsten nichts zu tun haben mochte.

Aber da saßen wir beide herum, gar nicht einmal lange, und sie konnte nicht an sich halten.

»Glaubst du wirklich, dass du damit durchkommst?«, fragte sie und berührte mit dem Zeigefinger den Knopf am Bandgerät.

»Ich versuche doch gar nicht, mit etwas durchzukommen«, sagte ich.

»Es hilft dir ganz sicher nicht, so zu sein, wie du bist«, sagte sie.

»Hilft es dir?«, fragte ich.

»Was?«

»So zu sein, wie du bist?«

Sie gab keine Antwort und starrte mich an.

»Ihr seid der Meinung, dass ihr tun und lassen könnt, was ihr wollt«, erklärte sie.

»Ihr?«

»Ihr Juristen«, sagte sie. »Ihr seid die Arrivierten. Für euch ist das Leben ein Spiel, in dem man nie Verantwortung für etwas übernehmen muss.«

»Dieser Meinung bin ich niemals gewesen«, entgegnete ich. »Ich habe keine Ahnung, wovon du redest. Ich weiß wirklich nicht, weswegen du glaubst, mich zu kennen. Ich bin noch nie der Meinung gewesen, dass das Leben ein Spiel ist.«

»Nein«, sagte sie. »Bestimmt nicht. Du hast natürlich keine Ahnung, wovon ganz normale Menschen wie ich reden. Und du willst es auch gar nicht wissen, weil du davon überzeugt bist, etwas Besseres zu sein. Über uns erhaben zu sein. Du glaubst, du bist über uns erhaben, weil du mit Leuten Umgang hast, die vor Geld stinken und sich alles leisten können. Auch dich.«

»Du glaubst mir also?«, fragte ich.

»Dir glaubt niemand«, sagte sie.

In diesem Moment erschien ihr Kollege, der Mann

mit den dunklen Ringen unter den Augen. Er trug ein blaues Hemd und hatte Schweißflecken unter den Armen. Manchmal roch er sogar nach Schweiß. Er hatte eine Kaffeetasse in der Hand, die er neben dem Aufnahmegerät abstellte.

»Also dann«, sagte er, »wollen wir nicht anfangen?«

Am liebsten hätte ich ihn auf die Schweißflecken hingewiesen. Ich blickte der Frau in die Augen. Ich war mir sicher, dass sie genau dasselbe dachte. Wir sagten nichts.

Wenn sie danach fragen, wie das Ganze angefangen hat, weiß ich keine Antwort. Wie schon gesagt, ich habe nicht die geringste Ahnung, wie und wann alles angefangen hat. Ich weiß nur, dass ich es nicht war, der mit etwas angefangen hat. Meine Beteiligung war völlig unbewusst. Erst als alles zu spät war, wurde mir klar, dass auch dies im Voraus einkalkuliert worden war.

Wahrscheinlich hat aber alles in dem damals noch nicht eingerichteten ehelichen Schlafzimmer begonnen, In diesem riesigen, kalt wirkenden Raum, wo ich zum ersten Mal ihre sanfte Hitze spürte.

Später stellte sich heraus, dass Betty für die Einrichtung des Hauses noch etwas ganz anderes einplante, nämlich mich.

6

Sie nannte ihn immer nur Tozzi. Er hieß Tómas Ottósson Zöega und machte nicht den geringsten Versuch, liebenswürdig zu sein, als ich vor seinem ausladenden Schreibtisch Platz nahm. Er schien den Eindruck vermitteln zu wollen, als habe er Besseres mit seiner Zeit anzufangen, als sich mit Juristen zu unterhalten. Aber er war zumindest nicht betrunken. Er wirkte sehr beschäftigt, hatte das Jackett ausgezogen und die Hemdsärmel hochgekrempelt und fasste manchmal nach seinen breiten Hosenträgern, die meines Wissens schon lange aus der Mode waren. Er schaute mich so forschend an, als sei ich mehr auf ihn angewiesen als er auf mich. Er beschrieb sein Unternehmen und erklärte stolz, wie er sich nicht nur die Kabeljauquoten, sondern auch die Quoten für diverse andere Fischarten in ganz Island an Land gezogen hatte, zum größten Teil aus den Westfjorden. Er ließ sich darüber aus, dass er sich manchmal vertraglich verpflichten musste, die quotenführenden Schiffe in den Heimathäfen zu belassen, um die Fischverarbeitungsbetriebe nicht zu gefährden, die an diesen Orten die Grundlage des Erwerbslebens bildeten. »Aber an solche Verträge haben wir uns natürlich nicht gehalten«, sagte er und zog an den Hosenträgern. »Als wir die Quoten übernahmen, wussten alle ganz genau, dass die Verträge nie wirksam würden. Es ist nicht unsere Sache, diese verstreuten Landgemeinden am Leben zu halten. Unsere Sache ist es, am Fischfang zu verdienen. Wird ja auch langsam Zeit, dass jemand mal was am Fisch verdient.«

Bevor ich nach Akureyri flog, um mich mit ihm zu treffen, hatte Betty mir gesagt, dass er sich im Grunde genommen für nichts anderes interessierte als sich selbst, und ich fand ihn abstoßend. Aber da war etwas an ihm, vielleicht war es das Ungehobelte und Grobe, was mein Interesse weckte, ähnlich wie einen gefährliche Tiere faszinieren.

Ich verabscheue Männer wie Tómas Ottósson Zöega. Männer, die auf alle um sich herum herunterschauen und der Meinung sind, dass es niemand mit ihnen aufnehmen kann.

In gewissem Sinne war seine Haltung vielleicht sogar verständlich, denn er hatte sich aus bitterster Armut hochgearbeitet und gehörte jetzt zu den reichsten Männern des Landes. Er war einer der Ersten gewesen, die begriffen, wie das Quotensystem funktionierte, und damit anfingen, Quoten aufzukaufen und anzuhäufen. Die meisten anderen sahen im Quotensystem einen schnellen Profit, den sie, ohne einen weiteren Gedanken daran zu verschwenden, sich in barer Münze auszahlen ließen. Tómas Ottósson Zöega war seiner Zeit um Jahre, wenn nicht Jahrzehnte voraus. Er war bereits ziemlich wohlhabend, bevor das Quotensystem eingeführt wurde. Zusammen mit vier anderen, die er später ausbezahlte, hatte er ein Fangschiff gekauft, war selber als Kapitän zur See gefahren und hatte das Fangglück auf seiner Seite gehabt. Seine Flotte vergrößerte sich, Trawler kamen hinzu, und als das Quotensystem eingeführt wurde, stand Tómas bereits in den Startlöchern. Das Unternehmen vergrößerte sich innerhalb von wenigen Jahren entsprechend dem Zuwachs der Quotenanteile, die er sichern konnte. Jetzt ging es wieder um die Ausweitung des Wirkungsbereichs, diesmal außerhalb der Landesgrenzen.

Über sein Privatleben wusste ich weniger, als ich ihm in seinem Büro gegenübersaß. Ich überlegte, was zum Kuckuck ich eigentlich da verloren hatte. Ich hatte frühmorgens die Maschine nach Akureyri genommen. Eine Woche war vergangen, seitdem ich Betty in ihrem Palazzo im Þingholt-Viertel getroffen hatte. Es war mir gelungen, sie von mir wegzuschieben, sie hatte den Rock glatt gestrichen und dabei so neckisch gelächelt, als sei alles nur ein Scherz gewesen. Ich war verwirrt und schockiert. Nie zuvor in meinem Leben war eine Frau so unumwunden zur Sache gekommen, und ich zerbrach mir den Kopf darüber, was für Informationen sie über mich hatte, bevor sie nach meinem Vortrag auf mich zukam. Je mehr Zeit verstrich, desto mehr beschäftigte mich diese Frage. Hatte sie etwas über mein Privatleben in Erfahrung gebracht? Es war durchaus nicht ungewöhnlich, dass sie meinen Namen kannte und über meine Ausbildung informiert war, aber was wusste sie über mich privat? Hatte sie mit meinen Freunden gesprochen? Warum war ihre Wahl auf mich gefallen? Was in aller Welt sah sie in mir, das ihr von Nutzen sein konnte?

Damals wusste ich so gut wie nichts über sie. Irgendwann einmal hatte ich in irgendeinem Wartezimmer eine Klatschgeschichte über sie und Tómas Ottósson in einer beliebten Illustrierten gesehen. Da war die Rede von der neuen Liebe im Leben des Fangquotenkönigs oder etwas in dem Stil. Das Foto war auf einem Ball unter der Glaskuppel im Luxusrestaurant *Perlan* aufgenommen worden, sie schmiegte sich lächelnd an ihn. Auch er hatte vor der Kamera die Zähne lächelnd entblößt und hielt Betty so fest im Arm, als wäre sie sein Quotenbesitz. Sie trug diesen seltsam fremd wirkenden Namen Betty. Tómas Ottósson hatte sich gerade von seiner Gattin Nummer zwei scheiden lassen. Er hatte keine Kinder.

Das Strahlemann-Foto in der Illustrierten zeigte nicht, dass er seine Betty manchmal verprügelte.

Das hatte sie mir in ihrem Palazzo gesagt, kurz bevor wir das Haus verließen. Nach dem Zwischenfall im ehelichen Schlafzimmer war ich ziemlich verlegen, und sie schien zu spüren, dass ich mich irgendwie unwohl fühlte. Sie selbst sah aus, als sei nicht das Geringste vorgefallen. Wir standen in der Eingangshalle, und ich wollte gerade die Haustür öffnen. Sie aber schob sie wieder zu.

»Er schlägt mich manchmal«, sagte sie.

»Was?«, sagte ich.

»Du hast im Hotel nach dem blauen Fleck gefragt. Er hat mich geschlagen. Hier.«

Vorsichtig legte sie zwei Finger an den Wangenknochen, um mir zu zeigen, wo der Hieb gelandet war.

»Und anschließend hat er das Wehwehchen geküsst«, sagte sie. »So drückt er sich immer aus. ›Lass mich einen Kuss aufs Wehwehchen drücken.‹ Und ich habe es ihm gestattet. Er ist sehr gut zu mir. Er liebt mich. Er sagt, er würde mich umbringen, wenn ich ihn verlasse.«

Ich starrte sie an.

»Und ich liebe ihn über alles«, fügte sie hinzu. »Du darfst mich nicht missverstehen. Es ist wahr.«

Sie war wieder ganz dicht an mich herangetreten. Ich hielt immer noch die Türklinke in der Hand. Sie klang so, als sei es ihr ernst mit jedem Wort.

»Aber das da eben«, sagte ich und spürte wieder die Hitze in mir aufwallen. »Das eben da oben. Du bist also …?«

»Findest du etwas dabei?«, fragte sie.

»Warum sollte ich für einen Mann wie ihn arbeiten?«, fragte ich zurück.

»Du verlierst bestimmt nichts dabei.«

»Zwischen euch ist doch bestimmt ein Altersunterschied von zwanzig oder fünfundzwanzig Jahren«, sagte ich. »Was steckt da bei dir dahinter?«

»Tu es bitte, für mich«, sagte sie. »Du wirst es nicht bereuen. Ich verspreche dir, dass du es nicht bereuen wirst.«

Sie lehnte sich zu mir herüber und küsste mich leicht auf die Wange. Ich packte den Türgriff fester und stieß endlich die Tür auf.

»Ich melde mich wieder«, sagte sie, als ich die Treppe hinunterlief.

Und jetzt saß ich da in dem Büro ihres Mannes und hatte keinen blassen Schimmer, auf was ich mich eingelassen hatte.

»Du hörst mir gar nicht zu, oder?«, sagte Tómas Ottósson Zöega und lehnte sich zurück. Er redete von wachsenden Kostenfaktoren, zumindest glaubte ich das. Ich befand mich mit meinen Gedanken ganz woanders, nämlich bei dieser seltsamen und verführerischen Szene mit seiner Frau im Palazzo. Ich ging mit seiner Frau fremd, während er mir in seinem eigenen Büro gegenübersaß.

»Oh, entschuldige«, sagte ich. »Es ist nur … meine Mutter in Reykjavík ist krank, und ich habe an sie gedacht. Entschuldige bitte.«

Sein Büro war funktional eingerichtet. Nur an einer Wand standen zwei breite Eichenschränke mit Glastüren, in denen sich, wie Bettý mir später sagte, lediglich ein Teil von Tómas Zöegas Waffensammlung befand. Ich versuchte, nicht zu auffällig hineinzustarren. Nie in meinem Leben hatte ich derartig viele Waffen an einem Ort gesehen.

»Es handelt sich selbstverständlich nur um eine zeitlich begrenzte Aufgabe, aber du musst währenddessen voll und ganz für mich da sein. Falls du andere Projekte laufen hast, bestehe ich darauf, dass du sie dir vom Hals schaffst«, erklärte Tómas. »Wir sprechen davon, dass du mindestens ein Jahr für mich und meine Firma arbeitest. Du bekommst ein Büro hier in diesem Haus und ebenso einen Arbeitsplatz in unseren Räumen in Reykjavík. Hier in Akureyri besitzen wir ein kleines Haus, ein Reihenhaus, das dir zur Verfügung steht. Es bedeutet wahrscheinlich viel Hin- und Herfliegerei. Also, die Firma ist …«

Ich saß ihm gegenüber und nickte zustimmend an den Stellen, wo es mir passend erschien, aber in meinem Kopf wirbelten die Gedanken umher. Ich dachte darüber nach, wie ein Mann wie er es über sich bringen konnte, über eine Frau wie Betty herzufallen. Ob ein Mann wie er, der so viel älter war, eine Frau wie Betty überhaupt verdient hatte. Und was ging in Betty selber vor? Wie brachte sie es über sich, mit einem Mann wie Tómas zusammenzuleben? Ich konnte nicht sehen, dass sie irgendetwas gemeinsam hatten. Sie so schön, so feminin und irgendwie auch so einsam und verwundbar, aber manchmal auch wie ein Raubtier, wenn ihr der Sinn danach stand. Er dagegen war ein typisch männliches Testosteronpaket, aggressiv und ungezügelt.

»… deswegen richtest du dich am besten so schnell wie möglich hier in Akureyri ein. Betty und ich haben am Samstag ein paar Freunde eingeladen, und ich will, dass du auch dabei bist. Betty hat großen Wert darauf gelegt, und sie hat Recht. Du musst diese Leute kennen lernen, denn du wirst mit ihnen zusammenarbeiten.«

Er drückte auf den Knopf eines Mikrofons und sagte einen Namen. Wir standen auf. Die Besprechung war beendet. Als sich die Tür öffnete, trat ein Mann ein, dem Tómas auftrug, mir das Reihenhaus zu zeigen und dafür zu sorgen, dass ich am Nachmittag wieder pünktlich zum Flughafen käme, um nach Reykjavík zu fliegen. Leó nannte er diesen Mann, und Leó zeigte mir den ganzen Betrieb und führte mich ein. Die Runde dauerte beinahe zwei Stunden. Er lud mich zum Mittagessen oben in der Kantine ein, und wir begaben uns dorthin. Selbstverständlich gab es Fisch, und er war weitaus besser als in manch einem Restaurant in Reykjavík.

Nach dem Essen fuhr er mit mir zu diesem Reihenhaus, um es mir zu zeigen. Das Haus war so geräumig und großzügig wie alles, was Tómas Ottósson Zöega umgab. Es hatte über zweihundert Quadratmeter, war mit Ledermöbeln ausgestattet und verfügte über einen kleinen Fitness-Raum, eine geräumige, moderne Küche und eine große Fernsehecke mit Heimkino. Soweit ich sehen konnte, hatte wahrscheinlich allein der Fernsehapparat eine Million gekostet.

Leó lächelte und überreichte mir sowohl die Schlüssel zum Haus als auch einen Autoschlüssel. Er deutete auf den Jeep, der in der Einfahrt stand, und erklärte, dass er mir in Akureyri jederzeit zur Verfügung stünde. Dann verabschiedete er sich von mir und erinnerte mich daran, dass meine Maschine um vier Uhr ginge.

Ich blieb im Haus zurück, stand mitten im Wohnzimmer und dachte darüber nach, ob diesem Reichtum irgendwelche Grenzen gesetzt seien, als mein Handy klingelte. Es war Betty.

»Wie ist es gelaufen?«, fragte sie.

»Na ja«, sagte ich. »Wir sind alles durchgegangen. Ich bin im Augenblick in diesem Reihenhaus, und er will, dass es mir zur Verfügung steht, wenn ich in Akureyri bin. Von hier, wo ich jetzt stehe, sehe ich einen Fernseher, der bestimmt eine Million gekostet hat.«

»Findest du das nicht fantastisch? Willst du das Haus nicht?«

»Ich war davon ausgegangen, dass ich in Reykjavík arbeiten könnte, in meinem eigenen Büro. Er hat mir einen Arbeitsplatz in den Räumen der Firma hier in Aussicht gestellt. Es sind solche Sachen, die …«

»Ja«, sagte sie desinteressiert und ließ mich meinen Satz nicht zu Ende bringen. »Du musst natürlich wissen, was du tust. Hat er dich für Samstagabend eingeladen?«

»Was für Leute werden da sein?«

»Seine Freunde«, entgegnete sie, und ich hörte es ihrer Stimme an, dass es nicht unbedingt ihre Freunde waren.

»Muss man sich da nicht in Schale werfen?«

»Das kann nichts schaden«, sagte sie. »Wann kommst du wieder nach Reykjavík?«

»Mit der Nachmittagsmaschine.«

»Ich bin allein im Hotel.«

Ich schwieg.

»Ich fliege erst morgen nach Akureyri«, sagte sie. »Kannst du nicht bei mir vorbeischauen? Wir können …«

»Betty«, unterbrach ich sie.

»Ja.«

Ich verstummte. Das ging zu schnell. Es kam alles zu plötzlich. Aber es war irgendwie spannend, wie entschlossen sie war. Ich wusste sehr wohl, was passieren würde, wenn ich zu ihr ins Hotel ginge. Sie gab mir nicht viel Zeit zum Überlegen. Vielleicht wollte ich auch gar nicht groß überlegen. Das wusste sie wahrscheinlich, denn bislang hatte sie meine Gedanken wie ein offenes Buch gelesen.

»Hallo«, sagte sie. »Bist du noch dran?«

»Gegen acht«, sagte ich.

»Bis dann«, sagte sie, und ich sah ihr schönes Lächeln vor mir und das Funkeln in den braunen Augen.

Mehr sagten wir nicht am Telefon.

7

Wenn ich im Dunkeln daliege und die Geräusche vom Gang oder aus anderen Zellen zu mir hereindringen, denke ich meist an die Stunden, in denen wir zusammen waren. Die Stunden, die uns gehörten, wenn sie mir über sich erzählte. Inzwischen weiß ich nicht mehr, was davon wahr und was gelogen war. Ich glaube an gar nichts mehr, aber damals, als sie über ihre Träume und ihre Sehnsüchte sprach, hörte ich zu und spürte, wie ich mich immer mehr zu ihr hingezogen fühlte, spürte, wie viel wir gemeinsam hatten, sogar gemeinsame Erfahrungen, über die wir ungeniert sprechen konnten, als wir uns näher kennen gelernt hatten. Als mein Interesse an ihr sich nach und nach in abgöttische Liebe zu ihr verwandelte.

Sie haben mir viele Fragen über meine Vergangenheit gestellt, vor allem der Mann mit den dunklen Ringen unter den Augen und die Frau. Sie heißen Lárus und Dóra. Ich hätte gedacht, dass man gar nicht Dóra heißen könnte, weil ich das für einen Kosenamen gehalten hatte, aber sie erklärte, so getauft worden zu sein. Ich weiß nicht, warum gerade diese beiden zusammenarbeiten, aber sie sind mir irgendwie sympathischer als die anderen beiden, die mit der Ermittlung befasst sind. Manchmal kommt es mir so vor, als wäre da was zwischen der Frau und dem Mann mit den dunklen Ringen. Es ist ganz subtil und unterschwellig, und ich habe eigentlich keine konkreten Anhaltspunkte, aber diese Vermutung hatte ich schon ziemlich bald, und es hat mir Spaß gemacht, meiner Fantasie freien Lauf zu lassen.

»Du warst im Hamrahlíð-Gymasium«, sagte der Mann und gab vor, in irgendwelchen Papieren zu lesen. An diesem Morgen hatte er bestimmt geduscht. Das Haar war frisch gewaschen, und er trug ein neues Hemd. Ich hatte den Eindruck, dass er wahrscheinlich zweimal die Woche unter die Dusche ging, was aber in seinem Fall keinesfalls ausreichte. Die Frau war beim Friseur gewesen, das war ein gewisser Fortschritt. Ich meine das absolut nicht gehässig. Dóra wirkte irgendwie unglücklich. Sie schien nicht sonderlich viel Geld zu haben, und vielleicht gab ihr Privatleben ihr nur wenig Anlass zum Lächeln. Vielleicht war es aber auch dieser Job. Möglicherweise war sie unzufrieden in ihrer Arbeit, ohne dass sie irgendetwas dagegen unternahm. Es gibt Menschen, die ihr ganzes Leben lang einer Arbeit nachgehen, die ihnen keinerlei Befriedigung verleiht, aber sie tun nichts dagegen.

»Ja«, sagte ich.

»Und dann hast du Jura studiert?«

»Das Fach hat mich interessiert«, sagte ich.

»Ich habe auch mal mit Jura angefangen«, sagte Lárus. »Irgendwie hat es mir aber nicht zugesagt.«

»Du bist wohl bei den Prüfungen nach dem ersten Semester durchgerasselt?«

»Ich habe aufgehört«, beeilte er sich zu sagen.

»Es gibt viele, die ›aufhören‹«, sagte ich.

»Du stammst aus dem Háaleiti-Viertel«, sagte Dóra. Das Aufnahmegerät war noch nicht eingeschaltet. »Eine gute Wohngegend, und es war doch sicher angenehm, dort aufzuwachsen, nicht wahr?«

»Ja, das war schon ganz in Ordnung, aber ich weiß nicht, was das mit …?«

»Nein«, warf sie ein. »Ich habe mir gerade eine Wohnung in einem der Wohnblocks an der Miklabraut gekauft, da beim Fußballplatz.«

So etwas hatten sie schon früher probiert. Damit bezweckten sie bestimmt, eine lockere Atmosphäre heraufzubeschwören, um dem Untersuchungshäftling das Gefühl zu geben, dass ihm die Kriminalbeamten Vertrauen entgegenbrachten. Vielleicht hatten sie dergleichen auf einer Fortbildung gelernt, oder möglicherweise hatten sie sich es auch einfach nur angelesen. Sie kamen mir manchmal auf die ganz persönliche Tour, angeblich um Informationen über mich zu sammeln. Sie standen vielleicht nicht unbedingt in Verbindung mit dem, was geschehen ist, mit dem Verbrechen, sondern sie sagten, es hätte etwas mit dem »Profil« zu tun, das sie von mir erstellen müssten. Bei diesen Gelegenheiten war die Atmosphäre viel entspannter, wir sprachen fast freundschaftlich miteinander. Dann war niemand hinter dem Spiegel. Zumindest sagte mir das mein Gefühl.

Vor ein paar Tagen wurde mir klar, dass es sich um eine spezielle Verhörmethode handelt, nämlich als die beiden anderen Beamten mich fragten, was mein Vater von Beruf gewesen war.

»Er starb schon vor einigen Jahren, nicht wahr?«, fragte der eine von ihnen, der Albert hieß. Er und Baldur hatten die Leitung in dieser Ermittlung. Ich sah, wie Albert angestrengt versuchte, sich so etwas wie Mitgefühl abzuringen. Seine Miene ließ aber eher den Schluss zu, dass ihm draußen jemand gesagt hätte, er müsse selber den Kaffee kochen.

»Mein Vater war Versicherungsagent bei einer großen Versicherung«, sagte ich.

Er war herzkrank und starb mit sechzig. Er war ein guter Mensch. Er hat immer viel geraucht und war ziemlich korpulent. Er liebte gutes Essen und dazu ein anständiges Glas Rotwein. Er spielte Golf, machte Spaziergänge, genoss das Leben. Die kleinen Dinge, die es zu bieten hat. Er hatte keine Ahnung, dass er es mit dem Herzen hatte. Als die Ärzte ihm das eröffneten, war es ein furchtbarer Schock. Es gab keine Hilfe mehr für ihn.

Er hat immer zu mir gestanden, wenn Mama sich meinetwegen aufregte und zu weinen anfing.

Davon sagte ich ihnen nichts. Meiner Meinung nach ging sie das nichts an. Ich sagte ihnen nur, dass er Versicherungsagent und ein guter Mensch gewesen war.

»Ihr hattet also ein gutes Verhältnis zueinander?«, fragte Albert. Er war von ähnlicher Statur und etwa im gleichen Alter wie Papa, als er starb. Ich hätte ihn gern gefragt, ob er auf seine Ernährung achtete. Anscheinend rauchte er stark. Mithin das Erste, was er mich fragte, war, ob er in dem Verhörzimmer rauchen dürfte. Es gab da einen Aschenbecher, der in den Tisch eingelassen war. »Baldur hat nichts dagegen«, sagte er. Ich war dagegen, weil ich nicht seinen Zigarettenqualm einatmen wollte, und sagte ihm das. Er beachtete meinen Einwand aber nicht, und seitdem sind wir uns nicht sonderlich wohlgesonnen.

Baldur rauchte nicht. Er war im gleichen Alter wie Albert, aber ein ganz anderer Typ. Er hatte eine Glatze, war hager und wirkte schwächlich. Er schien ständig erkältet zu sein. Benutzte ein Taschentuch, das ich eklig fand. Schnäuzte sich, steckte es in die Tasche und zog es wieder hervor, um sich zu schnäuzen. Er war schweigsam, und ich glaube, vor ihm habe ich mich mehr in Acht genommen als vor den anderen.

»Wir haben uns sehr gut verstanden«, sagte ich. »Hat das irgendetwas mit der Sache zu tun?«

»Nimm es doch etwas locker«, sagte Albert. »Wir unterhalten uns hier bloß ein wenig.«

»Wie stellst du dir das eigentlich vor, dass ich locker und entspannt sein soll?«, stieß ich hervor. »Könntest du an meiner Stelle locker und entspannt sein? Nimm es doch selber locker!«

Fragen nach meinem Vater gingen mir nah. Ich weiß,

was er über diese Sache gedacht hätte, und ich versuchte, nicht zu viel an diese Schande zu denken.

Sie blickten einander an.

»Ich meine, wenn du über ihn reden willst …«, begann Albert.

»Machen wir weiter«, sagte Baldur und schnäuzte sich wieder, stumm, kränklich und verschnupft.

8

Unser erstes heimliches Treffen fand im Hotel Saga statt, nachdem ich aus Akureyri zurückgekehrt war, nach jenem Gespräch, das ich mit ihrem Mann, Tómas Ottósson Zöega, geführt hatte. Ich wählte meine Kleidung sehr sorgfältig aus, holte meine besten Schuhe hervor und betrachtete mein Erscheinungsbild in dem großen Spiegel im Korridor. In mir herrschte eine innere Spannung, wie ich sie nie zuvor gespürt hatte. Eine Vorfreude, von der ich, ehrlich gesagt, nicht weiß, woher sie kam. Gespannte Erwartung, Vorfreude – und Betty. Ein überaus gefährliches und unwiderstehliches Dreigespann.

An der Rezeption musterte mich die Frau mit dem großen Busen, als ich an ihr vorbeiging. Sie lächelte in meine Richtung, aber ich schaute nur kurz zu ihr hinüber und grüßte nicht, sondern begab mich schnurstracks zu den Aufzügen. Ich spürte die ganze Zeit ihren Blick in meinem Nacken und war mir sicher, dass sie ganz genau über all das Verbotene Bescheid wusste, was in diesem Hotel vor sich ging, mein Rendezvous mit Betty inklusive.

Ich sah sofort, dass Betty sich ebenfalls sorgfältig zurechtgemacht hatte. Sie trug ein tief ausgeschnittenes Sommerkleid, das die Konturen ihrer kleinen Brüste betonte, und flache, teure Schuhe. Sie war dezent geschminkt, aber an der Wange war ein kleiner Schönheitsfleck, den ich vorher nicht bemerkt hatte.

»Möchtest du Champagner?«, fragte sie und schloss die Tür.

»Ja, danke«, sagte ich. Wieder staunte ich über den Luxus in dieser Suite. Es war die gleiche, in der ich Tómas Ottósson zum ersten Mal begegnet war. Jetzt herrschte hier aber eine ganz andere Atmosphäre. Jetzt ging es auch um ganz andere Dinge. Das wusste sie, und ich ebenso. Spannung. Vorfreude. Betty.

»Und was hattest du für einen Eindruck in Akureyri?«, fragte sie, indem sie die Gläser mit Champagner füllte.

»Nicht schlecht«, sagte ich. »Ein Mann hat mich durch das Unternehmen geführt …«

»Leó ist in Ordnung, findest du nicht?« Sie kam mit dem Champagner zu mir, setzte sich auf das große weiße Sofa und bedeutete mir, Platz zu nehmen. Ich wollte mich auf einen Sessel ihr gegenüber setzen, aber sie klopfte mit der flachen Hand auf das Sofa. Ich setzte mich an ihre Seite.

Wir redeten ein wenig über Leó. Und auch über Tómas und das Unternehmen. Über die Suite. Wir suchten nach etwas, um die Distanz zu überbrücken. Meine Gedanken kreisten aber nur darum, wie sie mich in ihrem Þingholt-Palazzo geküsst hatte. Vielleicht dachte sie dasselbe.

»Was ist mit dir?«, fragte sie. »Erzähl mir etwas über dich.«

Ich zögerte. Ich wusste nicht, was sie wissen wollte.

»Lebst du mit jemandem zusammen?«

Ich schüttelte den Kopf.

»Nein, das … Ich habe nichts dagegen, allein zu sein. Die meisten brauchen ständig Gesellschaft um sich herum. Aber ich bin nicht so, und ich bin auch noch nie so gewesen.«

»Ich brauche Gesellschaft«, sagte sie. »Ich könnte nicht allein bei mir zu Hause herumhocken, ohne Leute um mich zu haben. Das ist das Beste an Tozzi. Um ihn herum ist immer etwas los. Dieses Riesenunternehmen, und all die Leute, die er unter sich hat. Die Männer, mit denen er Geschäfte macht. Bei ihm gibt es keine tote Zeit, und das mag ich. Ich mag es, wenn so verdammt viel wie nur möglich passiert.«

Sie trank einen Schluck Champagner und stellte das Glas auf dem Tisch ab. Dann stand sie auf, holte die Flasche und schenkte nach.

»Aber das ist auch das Einzige, was ich an ihm mag«, sagte sie und setzte sich. »Das Einzige, was ich an Tómas Ottósson Zöega mag. Er kann ein richtiges Schwein sein.«

Sie schwieg eine Weile.

»Alle Männer sind Schweine«, fügte sie hinzu, als würde sie laut denken. »Verdammte Machos.« Sie schaute mich an und lächelte.

Ich nippte am Glas. Dieser unterschwellige Zorn war

bislang noch nicht an die Oberfläche gedrungen, und ich überlegte, wo er wohl herrührte.

»Warum schlägt er dich?«, fragte ich.

Ihre Antwort ließ etwas auf sich warten. Vielleicht überlegte sie, was sie am besten sagen sollte. Vielleicht hätte ich nicht fragen dürfen.

»Warum verlässt du ihn nicht einfach?«, fragte ich in das Schweigen hinein, das meinen Worten folgte.

»In was für einer Fantasiewelt lebst du eigentlich?«, fragte sie und schaute mich an, als bemitleide sie mich wegen meiner kindischen Denkweise. »Glaubst du wirklich, dass alles so simpel ist?«

»Hast du diesen Eindruck von mir?«, erwiderte ich.

»Nein«, sagte sie. »Natürlich nicht. So würdest du nie denken.«

»In letzter Zeit ist es schlimmer geworden«, sagte sie schließlich. »Zuerst war es nur ein Spiel, du verstehst, im Bett. Er hat's gern ein wenig brutal.«

»Brutal?«

»Ich habe es zugelassen. Ich habe ihm gestattet, weiter und weiter zu gehen. Aber von spielerisch kann jetzt keine Rede mehr sein. Falls so etwas denn überhaupt jemals spielerisch sein kann. Er geht zu weit. Verstehst du?«

»Nein«, sagte ich.

»Jetzt ist es nicht mehr nur im Bett«, erklärte sie und sah mich mit ihren tiefen, braunen Augen an.

Wir schwiegen. Ich versuchte, sie zu begreifen. Versuchte zu begreifen, warum eine Frau wie sie es bei einem solchen Mann aushielt. Sie schien meine Gedanken lesen zu können, denn sie blickte mich an, und ich muss wohl etwas dumm aus der Wäsche geguckt haben, denn sie fing an zu lachen.

»Nimm es dir nicht so zu Herzen«, sagte sie. »Er liebt mich. Das weiß ich. Und er würde mir nie ernsthaft etwas antun, das darfst du nicht glauben. Ich habe alles unter Kontrolle.«

»Woher weißt du das?«

»Dass ich alles unter Kontrolle habe?«

»Nein, dass er dich liebt.«

Sie füllte die Champagnergläser auf.

»Du weißt doch, wie er ist«, sagte sie. »Er denkt ausschließlich an Profit. Er hat nichts anderes im Kopf als Geld. Er kennt nur eine einzige wahre Leidenschaft, nämlich Geld. Ich weiß, dass er mich liebt, weil von seinen Milliarden, ich glaube, es sind mehr als drei, ein großer Teil an mich gehen wird, falls er vor mir stirbt. Er hat meine Zukunft gesichert, und bei einem Mann wie Tozzi kann das nur eines bedeuten. Ich weiß, dass er mich liebt.«

»Ihr seid nicht verheiratet?«

»Nein.«

»Hat er dann ein Testament gemacht?«

»Ja.«

Vielleicht war es unverschämt zu fragen. Ich kannte sie eigentlich damals kaum, aber sie schien selber keine Hemmungen zu kennen und war so offen, dass ich das Gefühl hatte, ich könne alles sagen, was mir in den Sinn kam.

»Bist du deswegen mit ihm zusammen? Wegen des Geldes?«

Sie nippte am Champagner.

»Was würdest du für Geld tun?«, fragte sie, ohne mir eine Antwort zu geben. »Was wärst du bereit zu tun, wenn dir mehr Geld in Aussicht gestellt würde, als du jemals im Leben ausgeben könntest, selbst wenn du es wolltest. Du würdest nie mehr arbeiten müssen. Du müsstest dich nie wieder anstrengen. Stattdessen wäre es dir möglich, all das zu tun, wonach es dich gelüstet, egal was. Du wärst frei. So frei, wie man nur sein kann.«

»Ich weiß nicht«, sagte ich. »Ich habe manchmal darüber nachgedacht, wie es wäre, wenn man mehr Geld hätte, als man in einem Menschenleben ausgeben kann. Ob das nicht ein traumhaftes Leben sein muss. Ich habe nie Geld besessen. Es hat mir immer gefehlt, und ich konnte nie anständig damit umgehen. Ich finde es nicht ...«

Ich sah, dass sie mir gar nicht zuhörte. Sie nahm eine Zigarette aus einer Schachtel, die auf dem Tisch lag, und zündete sie an. Die Sorte hieß Hellas. Sie ließ sie sich in Blechbehältern schicken, vierzig Schachteln in jeder. So, wie sie rauchte, konnte es meiner Meinung nach höchstens für einen Monat reichen.

»Natürlich bin ich nicht nur wegen des Geldes mit ihm zusammen«, sagte sie lachend, aber ihre Stimme klang hohl. Sie dachte augenscheinlich an etwas ganz anderes. Die Stimme war distanziert und die Augen träumerisch. »Es gibt so viel anderes als Geld ...«

Sie verstummte.

»Weiß er, wie deine …« Ich suchte nach dem richtigen Wort, bis ich es fand. »… Einstellung ist, wie du bist?«, fragte ich. »Ich meine …«

»Einstellung?«, fragte sie zurück.

»Ja, deine Einstellung.«

»Nein«, sagte sie und lachte ein heiseres Lachen. »Er hat keine Ahnung davon, und er darf es auch nie erfahren.«

Ich trank einen Schluck Champagner und dachte darüber nach, dass mir noch nie eine Frau wie Betty begegnet war. Sie war so ungehemmt und unmoralisch, aber zugleich auch seltsam unschuldig.

»Du darfst es nicht hinnehmen, dass er dich schlägt«, sagte ich.

»Es ist nichts Ernstes«, erwiderte sie. »Ich habe alles unter Kontrolle.«

»Und überschminkst einfach die Blessuren?«

Sie schwieg.

»Er muss doch mindestens zwanzig Jahre älter sein als du«, sagte ich.

»Dreiundzwanzig«, war die Antwort.

Sie lehnte sich zu mir herüber und flüsterte: »Deswegen ist es so gut, mit dir zusammen zu sein.«

Ich saß unbeweglich da, und sie rückte näher und legte ihre Hand auf mein Knie.

»Was ist, wenn er es herausfindet?«, fragte ich.

»Das wird er schon nicht tun.«

»Wie kannst du so etwas sagen?«

»Wir kriegen das schon hin«, sagte sie. »Du machst dir zu viele Gedanken. Davon kriegt man nur Falten im Gesicht. Mach dir doch nicht so viele Gedanken.«

Sie kam noch näher, und bevor ich mich versah, berührten meine Lippen sanft die ihren. Ich küsste sie auf das Kinn und den Hals und entblößte die eine Brust und küsste die Warze. Ich schob die Träger von den schmalen Schultern und bedeckte beide Brüste mit Küssen. Das Kleid glitt herunter, und ich küsste den Bauch, den Nabel und die schmale, helle Bikinilinie. Sie stemmte sich ein wenig hoch, sodass ich das Kleid wegziehen konnte, das zu ihren Füßen niederfiel. Dann küsste ich die zarten Haare und spürte gleichzeitig ihre Hände.

9

Außer den beiden kannte ich niemanden auf dieser Party, die Tómas Ottósson Zöega in Akureyri gab. Ich meine, ich kannte niemanden persönlich. Ich erkannte zwei Minister, einen populären Fernsehmoderator, der mir immer auf die Nerven gegangen war, einige Abgeordnete und zwei oder drei Direktoren von großen Firmen, die hin und wieder in den Nachrichten interviewt wurden. Es waren auch Mitarbeiter aus dem Betrieb dort, einige waren von Anfang an dabei gewesen, lange bevor sich sein Unternehmen zu einem Imperium entwickelte. Leó stand an der Tür, als ich eintraf, und begrüßte mich herzlich. Tómas Ottósson Zöega war in seinem Element, und Betty schwebte lächelnd zwischen den Gästen umher und unterhielt sie. Sie schien alle sehr gut zu kennen, und alle fühlten sich wohl in ihrer Nähe.

Ich war in das große Reihenhaus in Akureyri eingezogen. Es war möbliert, sodass ich nur etwas zum Anziehen, ein paar Bücher und ein paar persönliche Gegenstände mitbringen musste, um es mir wohnlich zu machen. Das Haus war natürlich viel zu groß für mich, aber ich fühlte mich wohl darin. Der Unterschied zu dem kleinen Apartment, das ich in Reykjavík besaß, hätte nicht größer sein können. Es war so mit Krempel voll gestopft, dass man kaum durchkam; alle möglichen Dinge, die ich im Lauf der Zeit um mich herum angesammelt hatte, vor allem während des Studiums in Island und in den USA, lagen herum. In diesem Reihenhaus waren die Decken hoch und die Zimmer geräumig. Nirgends alter Krempel, der mich an mein früheres Leben erinnerte.

Das ist richtig, mein früheres Leben. Es kam mir so vor, als habe ein neues Leben begonnen. Ich hatte nie zuvor für einen Großkunden dieser Art gearbeitet, und mir war klar, dass es sich äußerst lukrativ gestalten konnte, wenn man die Sache nur richtig anpackte. Ich würde meine Darlehen zurückzahlen und mir eine größere Wohnung und sogar ein anständiges Auto leisten können.

Und dann war da auch noch Bettý.

Nie zuvor hatte ich Sex mit einer Frau wie Bettý gehabt. Mit der Zeit wurde mir klar, dass ich sie liebte. Ich sagte ihr, dass es Liebe auf den ersten Blick gewesen war, als sie den Saal betrat. Als ich den Vortrag hielt und sie anschließend auf das Podium kam und mich ansprach.

Als wir an dem bewussten Abend, an unserem ersten Abend, im Hotel Saga gemeinsam im Bett lagen, hielt sie meine Hand und sagte, sie hätte sich nie zuvor so gut gefühlt. Ich hätte sie glücklich gemacht. Mich beschlich das Gefühl, dass sie nicht sehr oft glücklich war. Ich erzählte ihr ganz genau, was in mir vorgegangen war von dem Augenblick an, als ich sie erblickte. Sie lachte daraufhin und erklärte, sie hätte es mir ansehen können, dass ich keine Probleme machen würde.

»War es so offensichtlich?«

»Vielleicht liegt es an deiner Ehrlichkeit«, sagte sie. »Ich wollte, ich wäre so. Ich wollte, ich wäre ehrlich.«

»Bist du es nicht?«

»Liegen wir nicht hier im Bett, und mein Mann ist in Akureyri?«

»Dann kann ja wohl auch bei mir keine Rede von Ehrlichkeit sein«, sagte ich.

»Vielleicht sind wir uns ähnlicher, als du denkst«, entgegnete sie.

»Vielleicht«, sagte ich.

Und vielleicht waren wir das. Ich weiß bloß, dass ich mich in ihren Armen wohl fühlte, als diese eigentümliche und gefährliche Beziehung ihren Anfang nahm.

Sie sprach auf dieser Party gerade mit einem der Minister und seiner Frau und musste irgendetwas Witziges gesagt haben, denn der Minister wieherte vor Lachen, während seine Frau sich die Hand vor den Mund hielt, als sei der Witz hart an der Grenze gewesen.

»Langweilst du dich nicht entsetzlich?«, fragte sie mich, als sie sich zwischen all den Gästen hindurchgeschlängelt hatte und endlich bei mir stehen blieb.

»Entsetzlich«, sagte ich. Ich stand herum wie Falschgeld und hielt mich etwas abseits neben einem großen Barschrank. Niemand von den Gästen kannte mich, ich kannte niemanden, und außerdem habe ich im Grunde genommen wenig für derartige Partys übrig. Höflicher Smalltalk über völlig belanglose Dinge lag mir nicht. Leó blieb einen Augenblick bei mir stehen und erkundigte sich, ob alles in Ordnung sei, und dieser Fernsehstar fragte mich, ob ich ihm sagen könnte, wo in diesem Haus die Toiletten seien. Ich antwortete ihm, dass es meines Wissen vier gab, ich aber nicht wüsste, wo sie genau seien.

»Gehst du anschließend nach Hause?«, fragte Betty.

»Ich fahre erst nach dem Wochenende wieder zurück nach Reykjavík.«

»Es ist vielleicht ein bisschen schwierig hier in dieser Kleinstadt. So wenige Leute, und alle spionieren hier hinter allen her und drücken sich die Nasen an den Scheiben platt.«

Sie zündete sich eine Zigarette an und inhalierte tief.

»Ich kann mir aber nicht vorstellen, dass irgendjemand einen Verdacht hegt«, flüsterte sie, und ich sah, dass sie lächelte.

Sie kam später am Abend zu mir, und diesmal gab es keine Gespräche, kein Zögern, nur heiße Leidenschaft, viele Stunden.

*

»Was hast du da in diesem Unternehmen gemacht?«, fragte Albert und rückte seine Krawatte zurecht. »Was war dein Aufgabenbereich?«

Er sah mich aufmerksam an. Baldur saß neben ihm und hatte bisher sein Taschentuch noch nicht hervorgezogen. Sie hielten sich kerzengerade auf ihren Stühlen. Das Aufnahmegerät lief. Keiner rauchte. Keiner sagte etwas, was nicht genau in ein Verhörzimmer passte. Sie waren sehr formell. Sehr ernst. Ich blickte in Richtung Spiegel und wusste, dass sich dahinter jemand befand, vor dem sie Manschetten hatten.

Ich wandte meine Blicke von dem Spiegel ab und versuchte, es ihnen zu erklären. Es hatte zwar überhaupt nichts mit dem zu tun, was geschehen war, aber falls sie tatsächlich der Meinung waren, dadurch wichtige Informationen zu sammeln, wollte ich sie nicht daran hindern. Ich berichtete ihnen von meinem Spezialgebiet, den internationalen Verträgen. Ich nannte ihnen das Thema meiner Examensarbeit über die isländische Fischerei und die Europäische Union. Ich sagte ihnen, dass Tómas Ottósson Zöega meinen juristischen Beistand gebraucht hätte, weil er beabsichtigte, Fischereiunternehmen in England und Deutschland aufzukaufen, und dass ich eine Zeit lang, als sein Interesse an derlei Geschäften besonders stark gewesen war, eng mit ihm zusammengearbeitet hätte. Ich war auch daran beteiligt gewesen, Verhandlungen mit einigen großen Lebensmittelketten wegen Belieferung mit Frischfisch zu führen. Man konnte es ihnen ansehen, dass sie das nicht sonderlich spannend fanden. Baldur warf aus den Augenwinkeln heraus immer wieder Seitenblicke zum Spiegel, und als er wieder zu mir herüberschaute, sah ich, wie er ein Gähnen unterdrückte.

Ich erzählte ihnen, dass mir sowohl in der Hauptniederlassung in Akureyri als auch in Reykjavík ein Büro zur Verfügung gestanden hatte und dass ich oft und lange mit Tómas im Ausland gewesen war.

»War seine Frau auch mit dabei?«, fragte Albert, der offenbar genug von geschäftlichen Einzelheiten hatte.

»Manchmal«, sagte ich. »Manchmal auch nicht. Es waren sehr viele Reisen. Aber ich kann mich an einige erinnern, wo sie Tómas begleitet hat.«

»Und was war …?«

»Wer ist da hinter dem Spiegel?«, unterbrach ich das seriöse Verhör. Ich blickte auf den Spiegel. »Wer versteckt sich hinter dem verspiegelten Glas?«

Die beiden starrten mich an.

»Niemand«, behauptete Baldur. »Was war deine Aufgabe bei diesen Auslandsreisen?«

»Doch«, beharrte ich. »Da ist doch jemand auf der anderen Seite, sonst wärt ihr nicht so gestresst.«

Ich weiß nicht, wie lange ich schon in Untersuchungshaft war, und ich weiß nichts darüber, welchen Einfluss ein langfristiger Gefängnisaufenthalt auf den Betroffenen hat. Wahrscheinlich waren es wohl etwa zwei Wochen gewesen, und so langsam bekam ich das Gefühl, als müsste ich bis an mein Lebensende dort bleiben. Fünf Wochen waren verhängt worden, aber ich wusste, dass diese Zeitspanne nach Belieben verlängert werden konnte. In den schlimmsten Fällen hatten sich Leute über ein Jahr in Untersuchungshaft befunden. Ich nehme an, dass vom Standpunkt der Polizei aus gesehen genau das der Vorteil bei einer Untersuchungshaft ist. Früher oder später geben die Leute alles Mögliche zu, bloß um da raus und wieder nach Hause zu können, oder wenigstens in ein anderes Gefängnis, oder wohin auch immer, bloß raus. Ich hatte nichts gestanden, verspürte aber allmählich das Bedürfnis, es zu tun.

»Können wir weitermachen?«, fragte Albert.

»Erst, wenn ihr mir sagt, wer hinter der Scheibe ist«, erwiderte ich. »Ich will nicht, dass man mich bespitzelt.«

»Niemand ist hinter der Scheibe«, sagte Baldur ernst.

»Warum kriegt ihr dann solche Schweißausbrüche?«

Ich trug keine Handschellen. Als sie mich die ersten Male aus der Zelle zum Verhör führten, waren mir immer Handschellen angelegt worden, aber das war jetzt schon lange nicht mehr der Fall, wahrscheinlich, weil ich nie Theater gemacht habe.

Beide schauten auf den Spiegel. Ich stand auf. Albert warf mir einen Blick zu und sprang auf.

»Setz dich«, befahl er.

Baldur hatte sich ebenfalls erhoben.

»Setz dich bitte wieder«, sagte er ruhig.

Ich starrte angestrengt in den Spiegel, sah aber nur unser Spiegelbild in diesem kleinen, engen Raum mit den abgetretenen Kunststofffliesen auf dem Boden, dem abgestandenen Zigarettenqualm und den Wänden, die so aussahen, als seien sie nur ein einziges Mal gestrichen worden, und zwar direkt nach dem Bau des Hauses.

»Wer bist du?!«, rief ich in den Spiegel hinein.

Albert wollte mich packen, aber ich machte einen Satz auf die verspiegelte Scheibe zu und hämmerte mit geballten Fäusten auf sie ein. Ich schlug mit der Stirn dagegen und schrie laut: »Wer bist du, du Scheißkerl?«

Ich spürte, wie sie mich packten, irgendwelche Polizeikniffe beherrschten sie wohl, denn plötzlich lag ich bäuchlings auf dem Boden und bekam keine Luft. Ich hatte das Gefühl, sie würden mir die Arme auskugeln. Ich spürte, wie sich die Handschellen um meine Handgelenke schlossen. Ich schrie die ganze Zeit. Auch als sie mich den Korridor entlang in meine Zelle schleiften und noch lange, nachdem sie die Tür zugeschlagen hatten.

Ich lag auf dem Boden und heulte hemmungslos. Wie konnte das geschehen? Wie konnte ich zulassen, dass so etwas geschah? Warum ich? Was hätte ich tun sollen? Was hätte ich tun können?

Und Bettý. Der Duft von Bettý.

Dieses unstillbare Verlangen nach ihr.

Wie konnte es geschehen?

Wie konnte ich zulassen, dass es geschah?

10

Unsere Liaison hatte nicht die geringste Ähnlichkeit mit meinen früheren Beziehungen. Nicht, dass ich über große Erfahrung verfügte, aber ich habe ein paar sehr gute Freundinnen gehabt, besonders eine, die ich während meines Studiums in den Vereinigten Staaten kennen lernte, aber wir waren nicht lange zusammen. So etwas ist ja heutzutage keine Seltenheit. Ich hatte keine Lebenspartnerin gefunden, und darauf war ich auch keineswegs sonderlich erpicht. Ich fand, dass dazu noch genug Zeit war. Mit Betty änderte sich das schlagartig.

Unser Liebesleben hielten wir streng geheim. Mir war es zwar gleichgültig, ob die ganze Welt von unserer Beziehung wusste, aber für Betty kam nichts anderes infrage als äußerste Vorsicht. Tómas Ottósson Zöega durfte uns nicht auf die Spur kommen. Er durfte keinen Verdacht schöpfen, dass etwas hinter seinem Rücken gespielt wurde. Im Hotel haben wir uns nur dieses eine Mal getroffen, nur diese erste Nacht. Sie kam zu mir nach Hause, wenn feststand, dass Tómas in Akureyri beschäftigt war, und wir trafen uns in dem Reihenhaus in Akureyri, wenn Tómas geschäftlich in Reykjavík oder im Ausland zu tun hatte. Häufig nahm er Bettý mit, wenn er ins Ausland reiste, und manchmal, wenn die geschäftlichen Belange es erforderten, begleitete ich sie. Dann machten Bettý und ich uns einen Spaß daraus, ganz formell miteinander umzugehen, beinahe so, als würden wir uns gar nicht kennen. Manchmal schlich sie sich zu mir aufs Hotelzimmer, und wir liebten einander sozusagen direkt vor Tómas' Nase.

Sie war extrem in ihren Bedürfnissen und brachte mir bei, es ebenfalls zu sein. Sex war himmlisch, und Dinge, von denen ich keine Ahnung gehabt hatte, lösten eine Lust und eine Befriedigung in mir aus, wie ich sie nie zuvor erlebt hatte. Manchmal wollte sie, dass wir uns Pornos anschauten, während wir uns liebten. Viele von den Sexpraktiken, die sie ausprobierte, kannte ich nicht. Mit der Zeit war ich mit allem einverstanden. Sie hatte mich vollständig in ihrer Gewalt.

Anfangs war ich noch etwas zurückhaltend, weil im Grunde genommen alles neu für mich war. Ich wollte nicht zu ungestüm in etwas hineingerissen werden, und außerdem hatte ich in puncto Sex nur wenig Erfahrung. Mein angeborenes Schamgefühl hatte bislang immer einer normalen Beziehung zum weiblichen Geschlecht, zusätzlich zu allem anderen, im Wege gestanden. Dieses Wort kannte Bettý überhaupt nicht. In ihrem Bewusstsein gab es keine Scham. Sie war vielmehr daran interessiert, sowohl mich als auch sich selbst genau zu erforschen und uns beide zusammen, und keine Stelle des

Körpers war vor ihren Fingern und ihrer unersättlichen Zunge sicher.

Bettý's Art und Benehmen faszinierten mich, weil sie so anders war als ich. Sie war offen und direkt, sie war amüsant und genoss das Leben, als sei jeder Tag ihr letzter. Ich hingegen war viel verschlossener oder vielleicht auch nur vorsichtiger, und wohl immer noch letzten Endes im Ungewissen darüber, wer ich war und was ich war, alles Fragen, mit denen ich mich herumgeschlagen habe, seit ich denken kann. Bettý kannte keine Zweifel. Sie lebte nur für den Augenblick. Die Vergangenheit lag hinter ihr und interessierte sie nicht mehr. Die Zukunft war eine spannende Welt der Eroberungen und Pioniertaten.

Es war beunruhigend und erregend zugleich, Tómas Ottósson sozusagen gleich nebenan zu wissen. Bettý betrog ihren Mann mit mir, und schon allein das schien ihren sexuellen Genuss zu erhöhen. Zwar bestand ständig die Gefahr, dass wir entdeckt würden, aber es hatte den Anschein, als würde sie es genießen. Ich ließ mich mitreißen. Tómas Ottósson Zöega war mir gleichgültig. Es war mir im Grunde genommen völlig egal, ob er dahinter kommen würde. Ich versuchte, Bettý zu überreden, ihn zu verlassen, aber davon wollte sie nichts hören. Ich wusste, warum. Ich wusste, dass ich ihr nichts bieten konnte, was es mit seinem Geld aufnehmen konnte.

Sie war meine Geliebte und mit der Zeit auch meine beste Freundin. Sie schien mich besser zu verstehen als irgendjemand anderes. Sie half mir über Zweifel und

Ängste hinweg und brachte mir bei, dass es keine Rolle spielt, was man ist, sondern nur, wie man ist.

Ich hatte auch nichts gegen den Reichtum, er war angenehmer, als ich mir jemals hätte vorstellen können. Vielleicht, weil es so neu für mich war, so fremd, dass man so viel ausgeben konnte, wie man wollte, ohne sich um den Kontostand sorgen zu müssen, immer war genug Geld vorhanden. Ich bin überzeugt, dass niemand, der dieser Versuchung in gleichem Maße ausgesetzt worden wäre, hätte widerstehen können. Vorher besaß ich nichts als fällige Ratenzahlungen und ein altes klappriges Auto – und jetzt zahlte ich das gesamte Darlehen auf einmal zurück und gab mich hemmungslos dem Konsum hin. Nichts war mehr zu teuer für mich, und Dinge, die ich mir früher nie hätte leisten können, gelangten plötzlich wie von Zauberhand in meinen Besitz. Es wurde in meinem Fall geradezu zu einer Sucht und hatte sicher in mancher Hinsicht entscheidenden Einfluss darauf, was später geschah.

Betty führte mich in diesen Lebensstil ein. Sie eröffnete mir eine neue und schöne Welt, und langsam, aber sicher wurde mir klar, dass ich bereit war, alles für sie zu tun.

*

Ich weiß noch ganz genau, wie sie lachte, als ich allen Ernstes anfing, sie überzeugen zu wollen, dass sie Tómas Ottósson verlassen sollte.

Wir waren bei mir zu Hause in Reykjavík. Die beiden waren wegen einer Einladung in die Hauptstadt gekommen, und sie konnte auf einen Sprung bei mir hereinschauen. Sie hatten das Haus im Þingholt-Viertel bezogen. Unsere Affäre dauerte schon fast ein halbes Jahr. Tómas Ottósson Zöega war die meiste Zeit in Akureyri und vergrößerte sein Imperium. Meist war ich zwei Tage in der Woche bei ihm, aber den Rest der Zeit in Reykjavík. Bettý war frei wie ein Vogel. Der Flug von Akureyri nach Reykjavík dauerte nur vierzig Minuten. Ich glaube nicht, dass Tómas einen Verdacht hegte. Zumindest war ihm nichts anzumerken. Mir gegenüber verhielt er sich immer kühl und reserviert. Er erkannte sehr bald, dass ich ihm von Nutzen sein konnte, aber unsere Verbindung war völlig unpersönlich. Es hatte immer den Anschein, als sei ich ein Fremdkörper in seinem Leben, was in gewisser Hinsicht auch zutraf. Manchmal hatte ich das Gefühl, dass ich ihm aufgezwungen worden war.

»Ich versteh überhaupt nicht, was du meinst«, erklärte Bettý, als ich das ihr gegenüber erwähnte.

»Ich habe manchmal den Eindruck, dass er sich eine ganz andere Art von Partner vorgestellt hat, um diesen Bereich für ihn abzudecken«, sagte ich.

»Eine ganz andere Art von Partner«, ahmte Bettý mich nach. »Manchmal kannst du deinen juristischen Hintergrund wirklich nicht verleugnen.«

»Mag sein, aber ich habe nun einmal diesen Eindruck.«

»Quatsch«, sagte sie. »So verhält er sich allen gegenüber, denen er Gehälter zahlen muss. Er stellt sich immer an, als müsse er sich das privat aus der Tasche ziehen. Männer wie Tozzi denken bloß an Geld. Geld ist der einzige Maßstab, und wenn du imstande bist, die Kassen noch mehr zum Klingeln zu bringen, könntest du von ihm aus auch gerne ein Zirkusäffchen sein.«

»Warum bist du mit ihm zusammen?«

»Wie meinst du das?«

»Was treibst du da eigentlich mit ihm?«

»Fang doch nicht schon wieder mit diesem langweiligen Zeugs an«, sagte sie.

»Warum verlässt du ihn nicht?«, fragte ich.

»Sind wir nicht …?« Sie zögerte. »Willst du wirklich wieder über dieses leidige Thema reden? Ich dachte, das hätten wir ausdiskutiert.«

Sie saß in ihrer eleganten Garderobe auf meinem Sofa und trank einen Drambuie auf Eis. Sie kam von einem Cocktailempfang, den sie vorzeitig verlassen hatte, und war auf dem Weg zu einer Dinnereinladung, wo sich Tómas ebenfalls einfinden würde. Wenn sie nach Reykjavík kamen, waren sie ständig eingeladen. Wir hatten nicht viel Zeit. Ich sah sie an. Sie war immer begehrenswert. Immer unwiderstehlich.

»Du könntest es, wenn du wolltest«, sagte ich. »Alle möglichen Leute machen Schluss. Er ist so viel älter als du. Für mich ist der Gedanke daran, dass ihr zwei zusammen seid, unerträglich. Er hat dich nicht verdient.«

Ich liebte Betty. Ich wollte nicht, dass sie mit irgendjemand anderem intim war, und vor allem nicht mit Tómas. Ich wollte sie für mich. Ich wollte für sie sorgen. Immer mit ihr zusammen sein. Sie lieben. Ich verachtete ihn, weil er Hand an sie legte, und wünschte mir nichts sehnlicher, als dass sie Schluss mit ihm machte. In den ersten Monaten hatte ich nicht darüber reden mögen, aber je mehr Zeit verstrich, desto mehr beschäftigte ich mich mit diesem Gedanken. Vielleicht war es purer Egoismus. Unsere Beziehung hatte nicht unter der Voraussetzung begonnen, dass sie ihn verließ. Es war ein Wunsch, den ich erst vorgebracht hatte, nachdem wir zusammen waren. Ein Wunsch meinerseits.

»Red doch nicht so«, sagte sie.

»Warum nicht, Betty? Ich weiß, dass du unter ihm leidest. Er ist ein brutaler Kerl und insofern genau wie alle anderen brutalen Kerle, nur mit dem Unterschied, dass er steinreich ist. Warum kannst du ihn nicht verlassen? Wir könnten zusammen leben. Du könntest zu mir ziehen. Hierher. Ich könnte mehr arbeiten.«

Sie schwieg und ließ ihre Blicke durch meine Wohnung schweifen. Dann sah sie mich an, und ihr Gesichtsausdruck gab zu verstehen, dass sie mich zutiefst bemitleidete. Es war das erste Mal, dass ich ihr so etwas wie eine Szene machte. Wir hatten das eine oder andere Mal über ihre Verbindung zu diesem Mann gesprochen, und ich wusste, dass sie nicht glücklich war. Sonst wäre sie ja auch nicht mit mir zusammen. Jedenfalls redete ich mir das ein, wusste aber wohl, dass ich mich da auf ein gefährliches Terrain begab. Betty genoss das Leben in vollen Zügen. Unsere Beziehung war in Ordnung, solange sie ihren Spaß daran hatte.

»Und wie passe ich in dieses Bild? Bin ich nur ein kleiner Zeitvertreib? Eine kleine Abwechslung?«

»Warum redest du so abfällig über dich, Liebling«, sagte sie und zündete sich eine Zigarette an.

»Geht es also nur um das Geld, ohne das du nicht sein kannst?«

»Nein«, sagte sie in besänftigendem Ton. »So simpel ist die Sache nicht. Du tendierst dazu, alles zu vereinfachen.«

Sie überlegte eine Weile und fuhr dann fort.

»Okay, gehen wir mal davon aus, dass es so wäre. Gehen wir davon aus, dass es des Geldes wegen ist. Was würdest du tun? Und sei jetzt bitte nicht kindisch. Was würdest du an meiner Stelle tun? Natürlich könntest du die Beziehung irgendwann beenden, aber wärst du auch imstande, dich auch von all dem lossagen, was mit solchem Reichtum verbunden ist? Könntest du das?«

Früher hätte ich sie wahrscheinlich wegen dieser Einstellung verachtet, aber inzwischen war mir klar, worüber sie sprach. Ich verstand sie. Ich verstand all das, was sie über Lebensstil und Vermögen sagte, über Reichtümer, die es einem gestatteten, in fürstlichem Luxus zu leben und von den Ängsten befreit zu sein, ob man sich etwas leisten kann oder nicht. Es war mir nicht möglich, Betty zu verachten. Ganz im Gegenteil. Ich verstrickte mich mehr und mehr in den Netzen, mit denen sie mich umgab. Es war sozusagen unser Honeymoon, und ich himmelte sie an und lag ihr zu Füßen. Ich betete sie an.

»Und wir?«, fragte ich und fuchtelte theatralisch mit den Armen. »Spielst du nicht mit dem Feuer? Was geschieht, wenn er uns auf die Schliche kommt? Wenn er herausfindet, dass du und ich etwas miteinander haben?«

Sie sah mich lange an, ohne ein Wort zu sagen.

»Glaubst du, dass er von uns weiß?«, fragte ich.

»Nein«, sagte sie. »Ausgeschlossen. Niemand weiß von uns. Und niemand darf von uns wissen. Niemals! Verstanden?«

Sie verstummte eine Weile.

»Er macht doch genau dasselbe«, sagte sie dann. »Er treibt es nur noch viel, viel schlimmer.«

»Genau dasselbe?«

»Er geht auch fremd«, sagte Betty.

»Woher weißt du das?«

»Er hat es mir selber gesagt.«

»Hat er dir das wirklich gesagt?«

»Er gibt damit an. Er sagt es mir offen ins Gesicht und brüstet sich damit. Vergleicht mich mit denen.«

»Wie bitte?«

»So ist er halt. Für ihn ist das alles ein Big Game, superspannend und lustig. Sein Jagdinstinkt. Er erzählt seinen Freunden von seinen tollen Trophäen. Ich weiß es, denn Leó hat es mir erzählt.«

Ich wollte mich über Tómas aufregen, aber in dem Augenblick hatte sie sich wieder gefasst. Sie sah mich an, und ich begriff, dass wir nicht besser waren. Sie lächelte mich an.

»Und wie läuft das denn … gibt es da zwischen euch so was wie eine Vereinbarung?«, fragte ich.

»Vereinbarung? Nein, es gibt keine Vereinbarung. Er setzt seinen Willen durch, und ich wiederum tu das, was mir passt.«

»Er darf bloß nichts davon wissen?«

»Nie und nimmer«, sagte Betty und wurde wieder ernst. »Er würde völlig ausrasten. Er ist imstande, etwas völlig Verrücktes zu tun, wenn er von unserer Beziehung erfährt. Er ist völlig unberechenbar. Gewalttätig. Ich habe es erlebt. Du hast gesehen, was er für Waffen in seinem Büro hat.«

Sie strich sich über die Schläfe.

»Du würdest doch eine Abfindung bekommen, wenn du ihn verlassen würdest« sagte ich. »Er könnte dich nicht einfach ohne einen Cent auf die Straße setzen.«

»Ich habe dir gesagt, dass du mir nicht mit irgendwelchen kindischen Argumenten kommen sollst. Es …«

Sie verstummte.

»Was?«

»Wenn ich ihn verlasse, kriege ich keine müde Krone. So viel steht fest.«

»Aber du hast doch gesagt, dass er dieses Testament gemacht und dafür gesorgt hat, dass du hinlänglich versorgt bist, falls er eines plötzlichen Todes sterben würde. Deutet das nicht darauf hin, dass es ihm keineswegs egal ist, was aus dir wird?«

»Er ist im Begriff, seine Meinung zu ändern.«

»Wieso das denn?«

»Ich weiß es nicht. Ich spüre es nur.«

»Hat er etwas angedeutet?«

»Nein, aber ich weiß, dass er das Testament ändern will. Ich spüre es einfach.«

»Ich finde deine Beziehung zu ihm … ich finde, das ist so … dreckig, und so unwürdig«, sagte ich.

»Ich kenne Beziehungen, die viel, viel unwürdiger sind«, sagte sie lächelnd, und dann brach das Lachen aus ihr heraus. »Guck doch nicht so verbiestert«, sagte sie, und ihr heiseres Lachen entlockte mir schließlich ein Lächeln.

»Du bist verrückt«, sagte ich.

»Wenn du bloß wüsstest …«

11

Wenn du bloß wüsstest.

Wenn ich daran denke, worüber wir geredet haben, bevor alles in Gang gekommen und nicht mehr rückgängig zu machen war, gehen solche Sätze wie Tellerminen in meinem Kopf hoch. War damals der Plan bereits ausgereift? Stimmte es, was sie über das Testament behauptete? Ich weiß nicht, ob sie mir etwas vorgelogen hat. Der Gedanke kam mir überhaupt nicht in den Sinn. Als schließlich eine Lüge nach der anderen ans Licht kam, war es zu spät.

Ich habe genügend Zeit gehabt, um über das nachzudenken, was geschehen ist, und mich damit zu quälen. Bettý wird mir immer ein Rätsel bleiben. Ich weiß, dass ich niemals begreifen werde, wer sie ist. Ich war nicht so vorausschauend wie sie. Ich sah nie das Fernziel. Dazu vertraute ich ihr viel zu sehr. Ich sah nie das Gesamtbild, sondern nur mich als winzigen Punkt auf Bettýs Landkarte, von dem ich aber nicht wusste, wo genau er zu finden war. Das sah ich erst, als es zu spät war. Ich vertraute ihr.

Ich hätte ihr sogar mein Leben anvertraut.

Kurz nach diesem Gespräch über die Art der Beziehung zwischen ihr und Tómas klingelte es bei mir an der Tür. Ich hatte den ganzen Tag in meinem Büro in Reykjavík verbracht und wusste, dass Tómas und Bettý in der Stadt waren. Ich erwartete keinen Besuch, aber manchmal tauchte Bettý unerwartet auf, und das war an diesem Abend genau der Fall.

Sie hielt sich ein Taschentuch vor das Gesicht.

»Er hat mir das angetan«, schluchzte sie und fiel in meine ausgebreiteten Arme. »Ich dachte, er würde mich umbringen.«

Als ich sie umarmte, spürte ich die Wut in mir hochsteigen. Ich schloss die Tür und führte sie ins Wohnzimmer. Wir setzten uns aufs Sofa, und ich versuchte, ihr das Taschentuch vom Gesicht zu ziehen, aber sie ließ es nicht zu.

»Dieses perverse Schwein«, sagte ich.

»Ich habe ihn so oft gebeten, mein Gesicht zu verschonen.«

»Was ist passiert?«

»Ich dachte, er würde nie aufhören! Dieses Arschloch!«

»Du musst ihn verlassen, Bettý. Um Himmels willen, du musst ihn verlassen!«

Am liebsten wäre ich losgestürzt, um Tómas umzubringen. Ihn ganz einfach umbringen. Ich schäumte vor Wut. Das also kriegte er für sein verdammtes Geld. Bettýs blutiges Gesicht.

»Was ist passiert?«

Betty antwortete nicht.

»Weiß er von uns?«, fragte ich. »Ist er deswegen über dich hergefallen?«

»Nein«, entgegnete sie. »Er weiß nichts. Er hat mich mit dem Kopf gegen die Bettkante gestoßen. Immer wieder. Ich habe ihn angefleht …«

»Wo ist er jetzt?«

»In unserem Haus.«

»Weiß er, wo du hin bist?«

»Nein. Er ist eingeschlafen. Er war betrunken.«

»Was sind das eigentlich für Spiele?«, sagte ich. »Was treibst du da eigentlich mit ihm?«

»Nichts«, sagte sie. »Ich treibe nichts mit ihm. So ist er eben. Er will es so haben. Gib doch nicht mir die Schuld daran!«

»Du hast zugelassen, dass er zu weit geht. Du musst …«

»Gibst du mir die Schuld daran?!«, rief sie und nahm das Taschentuch weg. Das halbe Gesicht war blutverschmiert. An der Augenbraue waren eine Platzwunde und eine Beule, die dunkelblau angeschwollen war. Sie legte das Taschentuch wieder auf die Wunde. Ich stand auf, holte Eis aus dem Gefrierfach, das ich in ein Handtuch wickelte und ihr reichte.

»Das musst du behandeln lassen«, sagte ich. »Du musst zur Ambulanz.«

»Es ist nicht so schlimm«, erwiderte sie.

»So kann es doch einfach nicht weitergehen«, sagte ich.

»Dieses verfluchte Schwein!«

»Du musst Schluss mit ihm machen. Sag ihm, dass es jetzt reicht. Sag ihm, dass du ihn verlassen willst.«

»Vielleicht hat er Verdacht geschöpft«, sagte Betty.

»Hat er das gesagt? Hat er irgendwas angedeutet?«

»Nein, aber … Er ist noch nie so zügellos, so wütend gewesen«, sagte sie. »Er ist noch nie so weit gegangen. Bestimmt wird er später behaupten, dass es ein Unfall war. Dass es nicht seine Absicht gewesen ist. Dass ich aus Versehen gegen die Bettkante gestoßen bin. Dass ich gestürzt bin.«

»Betty …«

Ich wusste nicht, was ich sagen sollte. Mir fehlten sämtliche Worte.

»Selbst wenn ich wollte, ich könnte es nicht«, sagte sie. »Darüber haben wir bereits diskutiert, und ich weiß, dass ich dir ins Gesicht gelacht und dir gesagt habe, dass ich ihn nie verlassen würde, und du glaubst, dass es bloß wegen des Geldes ist. Aber da ist noch so vieles andere, persönliche Dinge. Etwas, was in ihm steckt, in seinem verdammten Ego. Ich kenne ihn. Ich weiß, er würde es nie dulden, dass ich ihn verlasse. Das hat er zu mir gesagt. Dass er mich nie freigeben würde. Dass wir für immer zusammen wären. Er würde es nicht verwinden, wenn er von uns beiden erführe. Er könnte es nicht ertragen, wenn ich ihn verließe. Und auf gar keinen Fall, wenn er wüsste, dass es deinetwegen wäre. Du musst das … Er würde es nie verwinden können.«

Ich starrte sie an.

»Hast du es versucht?«, fragte ich. »Hast du es schon einmal versucht, ihn zu verlassen?«

Sie nickte.

»Wirklich? Warum hast du mir nie davon erzählt? Wie …«

»Ich hatte genug von ihm. Er hintergeht mich nach Strich und Faden. Überall lauern die Weiber in Scharen darauf, ihn mit offenen Armen zu empfangen.«

»Betty …«

»Er betrachtet mich als sein Eigentum«, sagte Betty, »und was er einmal besitzt, lässt er nie wieder los. Das hat er mir gesagt.«

»Dieses verdammte Schwein«, stieß ich zwischen zusammengebissenen Zähnen hervor.

Mir war es völlig ernst. Nie zuvor hatte ich einen solchen Zorn in mir verspürt. Erst in diesem Augenblick wurde mir endgültig klar, wie sehr ich Betty liebte und wie sehr ich mich danach sehnte, mein Leben mit ihr zu verbringen. Wie sehr ich mich danach sehnte, sie für mich allein zu haben, und welche tiefe und bohrende Eifersucht ich ihrem Mann gegenüber verspürte. Von dieser Stunde an begann ich, Tómas Ottósson Zöega zu hassen.

Dieses Gefühl habe ich nie zuvor einem Menschen gegenüber empfunden, und Betty war sehr darauf bedacht, es wie ein zartes Pflänzchen zu hegen und zu pflegen.

*

Nach außen schien die Beziehung zwischen Betty und Tómas ganz in Ordnung zu sein. Nur ein einziges Mal wurde ich Zeuge davon, dass die beiden über private Dinge sprachen. Zu diesem Zeitpunkt befanden wir uns in einem Londoner Hotel, und sie waren offenbar der Meinung, dass sie auf Isländisch so laut reden konnten, wie sie wollten, weil niemand sie verstand. Tómas führte Vertragsverhandlungen mit einer großen Ladenkette. Ich stand ihm in den Verhandlungen mit Rat und Tat zur Seite, sowohl um zu übersetzen, weil er kaum Englisch konnte, als auch im Zusammenhang mit den Vertragsentwürfen, da war ich in meinem Metier.

Wir hatten vereinbart, uns im Foyer des Hotels zu treffen, um anschließend gemeinsam essen zu gehen. Als ich sie im Foyer nicht finden konnte, ging ich in die Bar, die sich in einem pompösen Saal befand. Es war natürlich eines der renommiertesten Hotels in London, und die Bar bildete die kreisförmige Mitte des Saals. Es gab Trennwände zwischen den einzelnen Sitzgruppen, und in einer von ihnen hörte ich Tómas und Betty reden. Ich ging den Stimmen nach und wollte mich zu ihnen setzen, aber als mir klar wurde, dass sie sich stritten, blieb ich stehen und lauschte.

»… und ich finde das nicht fair«, hörte ich Tómas sagen. »Ich finde das ziemlich mies von dir.«

»Lass mich in Ruhe.«

»Ich bin gut genug, um dich auszuhalten. Ich bin gut genug, um dich reich zu machen und dir allen Luxus zu bieten, den du dir erträumen kannst, aber mit dir schlafen darf ich nicht.«

»Tómas, ich bin einfach nicht dazu aufgelegt.«

»Du bist schon einen ganzen Monat nicht ›aufgelegt‹.«

»Tómas …«

»Man könnte fast denken, dass da ein anderer im Spiel ist«, stieß Tómas hervor.

»Mein Lieber …«

»Zuzutrauen wär's dir.«

»Sagt der Mann, der sich weigert, mich zu heiraten. Wie lange müssen wir zusammen sein, bis …«

»So langsam fange ich an zu glauben, dass es richtig war, damit zu warten.«

»Wo ich doch schon angefangen hatte, die Hochzeit zu planen …«

»Aber ohne auf einen Heiratsantrag zu warten.«

»… als du auf einmal entschieden hast, dass es nicht der richtige Zeitpunkt sei. Wann ist er denn? Wann ist der richtige Zeitpunkt? Sag mir das!«

»Ähm … möchten Sie einen Drink?«

Einer der Barkeeper stand ganz plötzlich neben mir, und ich zuckte zusammen. Ich ging zu Bettýs und Tómas' Nische und tat, als sei ich gerade erst gekommen.

»Da seid ihr also! Ich ging davon aus, dass wir uns im Foyer treffen würden.«

Tómas schwieg verbissen, während Betty mich kalt anlächelte und mir ein leeres Glas reichte.

»Manhattan«, sagte sie. »Den kann ich wirklich brauchen. Tómas glaubt, dass ich fremdgehe.«

Ich erstarrte.

»Halt die Schnauze«, sagte Tómas.

»Bestimmt mit dir«, sagte Bettý und lachte. Sie wollte ihn provozieren, und es gelang ihr.

»Du dämliche Kuh«, sagte Tómas, stand auf und verließ die Bar. Wir sahen ihn an diesem Abend nicht wieder, und beim Einschlafen dachte ich nur: Wenn Tómas ein gewalttätiger Mensch ist, war es dann nicht äußerst gefährlich, so zu reden, und noch dazu vor Dritten?

Ich habe Bettý nie danach gefragt. Ich weiß nicht, ob es eine Rolle gespielt hätte. Sie hätte ganz bestimmt eine Antwort parat gehabt. Dieses Gespräch hatte mir aber auch vor Augen geführt, dass Bettý Tómas unbedingt heiraten wollte, auch wenn sie es mir gegenüber mit keinem Wort erwähnte. Er hatte sich geweigert. Er, der sonst alles tat, was sie wollte.

Vielleicht war hier der Anfang.

12

Klick-klack … klick-klack … klick-klack …

Ich liege da und denke über die Liebe nach. Über Leidenschaft und Sinnlichkeit. Und Egoismus und Eifersucht und diesen ganzen Feuer speienden Berg, den man Hass nennt. Was sind das für Gefühle und wieso beherrschen sie einen mit solcher Intensität? Was führt dazu, dass Liebe und Hass erwachen, so entgegengesetzte, aber doch zum Verwechseln ähnliche Gefühle? Wodurch kommt diese Blindheit zustande, die einem derart den Boden unter den Füßen wegzieht, dass es kein Zurück mehr gibt? Was bringt einen dazu, sämtliche Anzeichen von Gefahr und Charakterfehler zu ignorieren und sich nicht auf sein Gespür für das, was einen ins Verderben stürzt, zu verlassen? Woher kommt diese absurde Weigerung? Weshalb entscheidet man sich die Gefahren zu ignorieren? Ist es die Liebe? Kommt es daher, dass sie einen mit Blindheit schlägt?

Diese Fragen gehen mir während der langen Nächte unentwegt durch den Kopf und verlangen nach Antworten, die ich nicht parat habe, weil ich dazu eine genauere Selbstanalyse machen müsste, als mir lieb ist. Wer traut sich schon, sein Leben unter dem Mikroskop zu betrachten? Wer hat den Mut dazu? Niemand kann eine präzise, gnadenlose und bedingungslose Nabelschau ertragen. Wer behauptet, dass er es kann, lügt.

Obwohl ich es nach besten Kräften zu vermeiden versuche, habe ich trotzdem in diesen langen Nächten nichts anderes zu tun, als mit meinem eigenen fragilen Selbst zu ringen. Auge in Auge mit Teilen meines Wesens konfrontiert zu sein, die so tief verborgen waren, dass ich keine Ahnung von ihrer Existenz hatte. Ich kannte sie nicht und wollte auch am liebsten nichts von ihnen wissen. Trotzdem liege ich hier und stelle mir diese bohrenden Fragen über Liebe und Hass und diese endlose, abgrundtiefe Finsternis, die mich überhaupt dazu brachte, mich mit dem auseinander zu setzen, was später geschah.

Klick-klack … klick-klack … klick-klack …

Ich höre, wie die Aufseherin näher kommt, an der schweren Stahltür vorbeigeht und sich wieder entfernt. Ich habe das Gefühl, dass es Abend ist. Ich habe jegliches Zeitgefühl verloren. Ich glaube, sie löschen das Licht zu unterschiedlichen Zeiten, um einen zu verunsichern. Manchmal kommt es mir so vor, als fänden die Verhöre nachts statt. Ich weiß es nicht, aber es kommt mir so vor. Dann sind sie meist gereizter als sonst. Als würden sie lieber zu Hause im Bett liegen, als sich mit mir und all dem zu befassen, was ich ihnen nicht sagen will.

Ich weiß nicht, wie viel ich schlafe, und es interessiert

mich auch nicht. Irgendwann in dieser Untersuchungshaft ging meine Uhr kaputt. Wenn ich nach dem Datum frage, antworten sie mir, aber trotzdem nicht so, dass ich ihnen unbedingt Glauben schenken könnte. Nur wenn ich meinen Rechtsanwalt treffe, erfahre ich ganz genau, wie die Zeit vergeht. Manchmal kommt es mir auch so vor, als schliefe ich tage- und nächtelang. Mitunter möchte ich auch gar nichts anderes tun und bin wie jemand, der an krankhaften Depressionen leidet und nicht aufwachen will. Will nichts von der Welt um mich herum wissen. Will nur daliegen und so tun, als existierte ich nicht. Als existierte nichts als die Dunkelheit, in die ich mich versenke, bis ich zu ersticken drohe und wieder zur Oberfläche auftauche und nach Luft schnappe.

»Was war zwischen dir und Tómas?«, fragte Dóra im Verhörzimmer.

»Zwischen mir und Tómas?«, gab ich zurück.

»Erzähl uns etwas über ihn.«

Dóra und ihre Ausdrucksweise signalisierten Erdgebundenheit und Zuverlässigkeit. Sie gefiel mir immer besser. Lárus war anders. Er saß grinsend an ihrer Seite, und seinen Blicken nach zu urteilen, schien er mich zutiefst zu bedauern.

»Findest du irgendetwas komisch daran?«, fragte ich und sah ihm ins Gesicht.

Er gab keine Antwort, schüttelte aber den Kopf. Das Aufnahmegerät lief. Hinter der verspiegelten Scheibe war niemand. Dóra rauchte, das hatte sie nie zuvor getan. Sie bot mir eine Zigarette an, aber ich lehnte dankend ab. Lárus musste zur Toilette. Er schaltete das Gerät aus und ging hinaus. Dóra blickte ihm nach.

»Männer sind doch irgendwie blöde«, erklärte sie.

Zum ersten Mal seit langer Zeit lächelte ich. Wir schauten einander in die Augen, und einen Augenblick hatte es den Anschein, als wolle sie etwas sagen, aber dann unterließ sie es. Während sie rauchte, saßen wir schweigend da, bis Lárus zurückkehrte.

»Können wir darüber reden, als Tómas über dich hergefallen ist?«, fragte er.

»Tómas?«

»Soweit wir wissen, hat er dir Gewalt angetan«, sagte Lárus. »Was hast du dazu zu sagen?«

Ich blickte von einem zum anderen. Niemand wusste, dass Tómas über mich hergefallen war. Niemand außer Bettý. Was hatte sie ihnen erzählt? Was hatte sie ihnen aufgetischt? Wie hatte sie mich bei ihnen angeschwärzt?

»Ihr dürft nicht alles glauben, was sie sagt«, erklärte ich. »Ihr dürft nicht alles glauben, was Bettý sagt.«

»Du brauchst uns nicht zu sagen, was wir zu tun und zu lassen haben«, sagte Lárus.

»Was ist zwischen Tómas und dir vorgefallen?«, fragte Dóra, und ich hörte ihren Worten an, dass sie versuchte, vorsichtig und rücksichtsvoll zu sein.

»Nichts«, sagte ich. »Ihr dürft nicht alles glauben, was Bettý sagt.«

Sie wechselten einen Blick.

»Wo ist sie?«, fragte ich. »Wann habt ihr mit ihr gesprochen?«

Sie sahen mich an und schwiegen.

»Was hat sie gesagt? Wo ist Bettý?«

Keine Antwort.

»Beruhige dich«, sagte Dóra.

»Ich denke nicht daran, mich zu beruhigen«, erwiderte ich. »Beruhig dich lieber selber.«

»Wir sind dir keine Erklärung schuldig, wie wir in dieser Ermittlung vorgehen«, sagte Lárus. »Erzähl uns jetzt davon, wie Tómas dich angegriffen hat. Du bist zu ihm nach Hause gegangen, was ist da vorgefallen?«

»Nichts«, sagte ich. »Ich sage euch gar nichts. Lasst mich in Ruhe. Ich möchte wieder in meine Zelle. Ihr dürft nicht glauben, was Bettý euch erzählt. Glaubt es bloß nicht.«

Lárus war nicht zu bremsen. Er ging davon aus, dass er mich mit Bettýs Aussage festnageln könnte. Dóra fasste ihn beim Handgelenk und gab ihm ein Zeichen. Ich durfte in meine Zelle zurückkehren.

Ich liege im Dunkeln und höre, wie sich die Schritte entfernen.

Klick-klack … klick-klack … klick-klack …

Wer bin ich?

Warum kann ich nicht wie alle anderen sein?

13

Immer wieder kreisen meine Gedanken um die Frage, wie alles angefangen hat.

War es schon, bevor Bettý und ich uns kennen lernten, oder war es erst, nachdem wir zusammen waren? Vielleicht hat sich diese Idee in ihr eingenistet, nachdem wir angefangen hatten, Tómas zu betrügen. Vielleicht war sie der Meinung, dass sie, wenn sie mit diesem Betrug durchkam, auch mit etwas anderem und Schwerwiegenderem durchkommen würde.

Vielleicht geschah es an dem Abend, als der Winter draußen um den Palazzo im Þingholt-Viertel tobte und wir uns in dem großen Ehebett mit der seidenen schwarzen Bettwäsche liebten. Wie gesagt: Ich weiß nicht, wo und wann es seinen Anfang nahm, aber ich erinnere mich, wann mir diese Idee zuerst zu Ohren kam. Zu Hause bei Bettý im Palazzo, in einer langen Winternacht. Wir liebten uns und hatten keine Eile. Sie hatte überall im Schlafzimmer Kerzen aufgestellt, deren sanftes Licht über Wände und Decke flackerte. Draußen blies ein eisiger Nordwind mit scharfen Schneeschauern, die gegen das Haus peitschten.

Der Orgasmus durchfuhr meinen Körper wie Millionen winziger wonnevoller Stromstöße, und ich sank erschöpft in die Kissen. Vielleicht schlief ich ein. Zumindest kann ich mich erst wieder daran erinnern, wie Betty̌ im seidenen Hausmantel auf der Bettkante saß und mit mir sprach.

»Über eins musst du dir im Klaren sein«, sagte sie zu mir. »Tozzi wird mich nie freigeben. Unsere Beziehung, du verstehst, das, was wir beide miteinander haben, das kann nie mehr werden, als es jetzt ist. Verstehst du?«

Ich gab ihr keine Antwort.

»Es ist dir doch klar?«

Da war wieder dieser Eifer, der mir schon früher aufgefallen war. Sie hatte eine Zigarette zwischen den Fingern und inhalierte tief.

»Meiner Meinung nach gibt es keine Notwendigkeit dafür, dass es so ist«, sagte ich nach langem Schweigen. »Ich glaube nicht, dass du diesen Mann liebst oder überhaupt irgendein Interesse an ihm hast.«

»Wir sind seit vielen Jahren zusammen«, entgegnete sie. »Tozzi hat viele gute Seiten. Es ist bloß …«

»Er prügelt dich«, sagte ich. »Er erniedrigt dich vor seinen Freunden. Du betrügst ihn. Mit mir! Was glaubst du, wie er das finden würde? Und was für eine Beziehung ist das, die auf Lug und Trug und Misshandlungen und gigantischen Reichtümern aufgebaut ist und sonst gar nichts?«

»Das mit uns darf er nie erfahren«, sagte Betty̌. »Niemals. Du weißt, wie er ist. Er besteht nur aus Männlichkeit und Geldgier und egoistischen Trieben und ... er würde es nicht ertragen, wenn er wüsste, was wir hier machen ...«

»Wir würden es schon überleben.«

Wir schauten einander in die Augen, und es verging geraume Zeit, bevor sie die Worte fallen ließ, die alles veränderten. Mittlerweile weiß ich, dass ihr diese Idee nicht zu jener Stunde kam, obwohl sie so tat, als sei es ihr an diesem Ort und zu dieser Stunde eingefallen, weil meine Worte ihr einen Anlass gegeben hatten.

»Und was wäre, wenn ihm etwas zustoßen würde?«, sagte sie und zog an ihrer griechischen Zigarette.

»Wenn ihm etwas zustoßen würde?«, wiederholte ich.

»Ja, ihm könnte etwas passieren«, sagte sie.

»Was meinst du damit?«

»Ich weiß es nicht«, sagte sie. »Ein Autounfall. Irgendwas.«

Wir schwiegen.

»Wieso sollte ihm etwas zustoßen?«, fragte ich. »Wovon redest du eigentlich?«

»Nichts«, sagte sie. »Vergiss es einfach.«

Sie lächelte.

»Vergiss es«, wiederholte sie.

Das war aber keineswegs das, was sie meinte, so viel war mir klar. Sie wollte durchaus nicht, dass ich es vergaß. Sie sagte es zwar, aber sie meinte es nicht.

Damit hatte sie eine neue Dimension in unsere Beziehung gebracht, und danach war nichts mehr wie früher. An diesem Abend sprachen wir nicht mehr darüber und auch nicht, als wir uns das nächste Mal trafen und viel entspannter sein konnten, wie immer, wenn Tómas im Ausland war. Einen ganzen Monat lang gingen wir mit keinem Wort darauf ein. Alles war wie immer, aber trotzdem irgendwie völlig verändert. Auf jeden Fall, was mich betraf. Mit diesen Worten war eine gewisse Unschuld verloren gegangen. Die Welt war anders geworden. Wenn ich Tómas Ottósson Zöega zu Besprechungen traf, betrachtete ich ihn mit anderen Augen. Er war mir nie sympathisch gewesen, und außerdem hatte ich ja eine leidenschaftliche Beziehung mit seiner Frau, und mit ihm war bestimmt nicht gut Kirschen essen. Aber mit der Zeit hörte ich auf, Angst vor ihm zu haben, Tómas war unmaßgeblich für mich geworden, es war, als sei seine Macht bereits in meine Hände übergegangen, obwohl nichts geschehen war und nichts geschehen würde. Allein die Vorstellung reichte schon.

Was wäre, wenn Tómas irgendetwas zustoßen würde?

Eine unschuldige Frage mit vielen Facetten.

Was dann?

*

Natürlich hätte es nie etwas anderes als nur eine Idee sein sollen, die überhaupt nicht ernst gemeint war. Sie hätte nie und nimmer irgendwelche Konsequenzen haben dürfen. Aber Betty̆ hatte eine Perspektive eröffnet, die mir seitdem nicht mehr aus dem Sinn ging und mit der Zeit, egal wie absurd das im Nachhinein klingt, für mich in meiner Situation zu so etwas wie einem Vorteil wurde. Das ging aber keineswegs von heute auf morgen, sondern entwickelte sich über einen langen Zeitraum hinweg. Es geschah, weil uns zum Schluss kaum noch ein anderer Ausweg blieb. Es geschah aus meiner Liebe zu Betty̆ heraus, aus Eifersucht und wegen des Geldes, das auf dem Spiel stand.

Aber in erster Linie geschah es wegen Betty̆, denn sie wusste nur zu genau, wie man mich bearbeiten musste.

Wenn ich das so sage, bin ich mir dessen bewusst, dass es so klingt, als würde ich mich immer noch der Verantwortung entziehen wollen. Es ist nicht einfach, mit dem zu leben, was geschehen ist. Aber es ist wahr. Inzwischen bin ich zu der Überzeugung gelangt, dass Betty̆ die ganze Zeit genau gewusst hat, was sie tat. Es war alles bis ins kleinste Detail hinein minutiös im Voraus geplant.

Ein Jahr war vergangen, seit Betty̆ den Vortragssaal betreten hatte. Während dieser Zeit hatte sich meine Liebe von Tag zu Tag gesteigert, bis es so weit gekommen war, dass ich sie praktisch jeden Tag sehen oder zumindest ihre Stimme hören musste. Es war nicht schwer, unsere Beziehung geheim zu halten. Und wir genossen es auch. Wir genossen es, dass niemand Bescheid wusste. Wir genossen es, dass uns ein Geheimnis verband.

»Erinnerst du dich daran, was ich über Tómas gesagt habe?«, fragte sie mich eines Tages, als wir zusammen essen gegangen waren. Der Kellner hatte die Teller abgeräumt, und wir saßen da und tranken einen Cocktail mit Champagner. Anschließend wollten wir zu mir nach Hause.

»Wenn ihm etwas zustoßen würde?«, sagte ich, denn ich erinnerte mich nur zu gut daran. Ich hatte lange darauf gewartet, dass sie wieder auf dieses Thema zu sprechen kommen würde. Wie gesagt, es war eine absurde Idee, trotzdem habe ich über ihre Worte, nachdem sie einmal gefallen waren, mehr nachgedacht als über alles andere. Das zeigt am besten, welche Macht Betý über mich hatte. Tómas Ottósson Zöega stand zwischen ihr und mir. So einfach war das. Ich war bereit, mit ihr die Optionen durchzugehen, die wir hatten.

Ich weiß nicht mehr, was ich dabei empfand. Wahrscheinlich dachte ich aber nur daran, dass ich Betty nicht verlieren wollte. Vielleicht, so überlege ich manchmal jetzt im Nachhinein, war es mir ein winziger Trost, vielleicht wollte ich auch herausfinden, wie weit sie bereit war zu gehen. Ich wusste auch nicht, wo ich selber stand. Ich wusste nicht, wie weit ich bereit war zu gehen. Es ist eine Sache, sich etwas vorzustellen, aber eine andere, es auch auszuführen. Ich wollte wissen, woran ich mit Betty war. Was sie dachte. Deswegen fing ich halbwegs im Spaß an nachzubohren. So nehmen die Dinge oft ihren Anfang. Halb im Spaß.

»Ich habe nichts damit gemeint«, sagte sie.

»Tatsächlich nicht?«, sagte ich.

»Was soll das heißen?«

»Ich glaube, dass du sehr wohl etwas damit gemeint hast«, sagte ich. »Sonst hättest du es nicht gesagt. Du bist nicht der Typ, der so etwas ins Blaue hinein sagt.«

»Du gehst davon aus, dass du mich kennst«, sagte sie.

Damit hatte sie Recht. Ich glaubte, Betty zu kennen, war mir aber trotzdem nicht sicher, ob irgendjemand Betty wirklich kannte. Ich wusste, dass ich ihr vertraute. Wir steckten unter einer Decke. Niemand wusste, dass sie Tómas betrog. Dass wir Tómas betrogen. Ich wusste, dass sie mir vertraute, wir machten gemeinsame Sache. Es war unser gemeinsamer Betrug. Und unsere gemeinsame seltsame Liebe, von der wir zehrten.

»Du behauptest immer noch, dass es nicht nur eine Frage des Geldes ist?«, sagte ich. »Oder des Testaments?«

»Es geht um uns«, sagte sie. »Es geht darum, was wir tun wollen. Was für Pläne haben wir für die Zukunft?«

»Du weißt, was ich möchte«, sagte ich. »Ich will, dass du ihn verlässt. Zu mir kommst, um mit mir zu leben. Ich möchte nicht, dass du länger mit ihm zusammen bist.«

»Und das Geld?«

Ich gab ihr keine Antwort. Sie strich mit dem Zeigefinger langsam über den Rand des Champagnerglases.

»Ich denke manchmal an einen Unfall«, sagte sie und blickte auf ihren Finger. »Einige kommen bei Autounfällen ums Leben. Andere stürzen beim Bergsteigen ab. Oder werden versehentlich von einer Kugel getroffen. Fallen in den Fluss. Ersticken an einem Hühnerknochen im Hals. Dauernd sterben die Leute an irgendetwas, und es ist der reine Zufall, wen es jeweils erwischt. Da gibt es keine Regeln. Es braucht nicht mehr, als dass man einem dieser Zufälle etwas nachhilft.«

»Nein«, sagte ich.

»Nein, was?«

»Nein, da gibt es keine Regeln«, sagte ich. »Ist es dir wirklich ernst mit dem, was du sagst?«

»Wo ist da der Unterschied?«, fragte sie. »Wir reden im Augenblick darüber. Findest du, dass es eine Rolle spielt, ob im Spaß oder im Ernst?«

»Für mich liegt ein Unterschied darin, ob man nur mit einem Gedanken spielt oder ihn ernsthaft in Erwägung zieht, und es hört sich für mich so an, als ob du genau das tust. Ich hoffe, dass ich mich irre.«

»Nimm das doch nicht so ernst«, sagte Betty.

Noch einmal strich sie mit dem Finger am Rand des Glases entlang, das einen Sprung gehabt haben musste, denn plötzlich zerbrach es unter ihrem Finger, und sie schnitt sich. Ein kleiner Blutstropfen quoll hervor, und sie sah zu, wie er sich vergrößerte. Sie betrachtete es aufmerksam, als sei es ein eigenartiges wissenschaftliches Phänomen, und die Wunde schien sie nichts anzugehen. Sie hob den Finger hoch, leckte das Blut mit der Zunge ab und steckte ihn dann in den Mund. Sie schaute mich an, und ich wusste, dass es ihr Ernst war.

14

Bettý.

Keine habe ich so gut gekannt, und keine war mir so fremd. Sie war wie ein offenes Buch für mich, aber gleichzeitig war sie mir auch ein komplettes, unlösbares Rätsel.

Gemeinsam mit meinem Rechtsanwalt habe ich versucht, Bettýs Vergangenheit auszuleuchten. Ich habe ihm alle Informationen, die mir zur Verfügung standen, überlassen und ihn auf Leute, zumeist Frauen, hingewiesen, mit denen er sich in Verbindung gesetzt hat. Wir haben einiges über ihre Jugend herausgefunden, wovon ich keine Ahnung hatte, aber über den Zeitraum, in dem sie erwachsen wurde und bevor sie Tómas Ottósson Zöega kennen lernte, hatten wir so gut wie nichts in den Händen.

Sie wurde 1967 geboren und wuchs in einer der Sozialwohnungen in Breiðholt auf, die damals entstanden. Ihre Eltern waren alles andere als Stützen der Gesellschaft. Dauernd erschien die Polizei bei ihnen wegen Ruhestörung oder um ihren Stiefvater abzutransportieren, der immer wieder straffällig wurde. Bettýs Vater war gestorben, als sie noch ganz jung war. Das Jugendamt musste sich mit der Familie befassen, mit Bettý und ihren beiden älteren Brüdern. Ausschweifendes Leben, Alkohol und Drogen waren in ihrem Zuhause an der Tagesordnung. Daher hatte sie ihre Einstellung zum Leben, dass alles erlaubt ist und man sich auf niemanden verlassen kann außer auf sich selbst. Schon als Teenager hatte sie bestimmt mehr und schlimmere Erfahrungen hinter sich als manches andere Mädchen in ihrem Alter. Sie wusste sich zu helfen. Sie hatte nicht nur gelernt, auf eigenen Füßen zu stehen, sondern auch begriffen, dass es ganz allein von ihr abhing, wie sie im Leben zurechtkam. Sie war wegen verschiedener Delikte wie Diebstahl und Drogenhandel mit der Polizei in Berührung gekommen, bevor sie vierzehn war. Später zeigte sie ihren Stiefvater an, weil er versucht hatte, sie zu vergewaltigen. Mit achtzehn war sie von zu Hause ausgezogen.

Von einer überaus merkwürdigen Begebenheit in ihrem Leben hörte ich zufällig, als ich eines Abends mit ein paar Kollegen in Akureyri ausgegangen war. Wir saßen in einem Lokal in der Innenstadt, und irgendjemand fing an, über Bettý zu reden und diese seltsame Geschichte zu erzählen.

Als sie etwa zwanzig war, lebte Bettý eine Weile in Dalvík in Nordisland und arbeitete in der Fischfabrik. Zur gleichen Zeit wurde in diesem Landesteil ein Schönheitswettbewerb veranstaltet. Bettý landete auf dem ersten Platz. Das Mädchen, das seinerzeit eigentlich als sichere Siegerin galt, hatte zwei Tage vor der

Entscheidung einen Unfall. Sie legte Einspruch ein gegen das Ergebnis des Wettbewerbs und behauptete, dass der Junge, mit dem Bettý damals zusammenlebte, sie absichtlich angefahren hatte, als sie abends mit dem Fahrrad unterwegs war. Sie hatte sich die Nummer gemerkt, aber es stellte sich heraus, dass das Auto gestohlen war. Es gab keine anderen Zeugen bei diesem Vorfall. Bettý und ihr Freund stritten die Anschuldigungen des Mädchens hartnäckig ab, und Bettý behielt ihren Titel.

Ich hörte mir die Geschichte an und versuchte, mich nach einigen Details zu erkundigen, ohne zu viel Neugier oder Interesse an den Tag zu legen, aber mehr wusste der Mann nicht. Ich habe Bettý nie nach dieser Geschichte gefragt. Vielleicht war das auch einer von den Fehlern, die ich gemacht habe.

Einige Jahre nach diesem Schönheitswettbewerb wurde Bettý immer öfter in Begleitung von Tómas Ottósson Zöega gesehen, einem zweimal geschiedenen Großreeder aus Akureyri, der mehr als zwanzig Jahre älter als sie war. Das stieß auf lebhaftes Interesse seitens der Regenbogenpresse, wo häufig Bilder erschienen, wenn sie zusammen ausgingen.

Bettý hatte sich schon immer zu helfen gewusst.

Tozzi liebte Bettý. Er machte ein neues Testament zu ihren Gunsten, als Bettý ein Kind von ihm erwartete, und überschrieb ihr Besitztümer im Gesamtwert von etwa zweihundert Millionen Kronen. Tómas hatte keine Kinder, und je älter er wurde, desto mehr wünschte er sich welche. Er wollte einen Erben. Jemanden, der nach ihm den ganzen Reichtum übernehmen sollte. Betty̌ sollte ihm diesen Erben schenken.

Sie waren zwei Jahre lang zusammen gewesen, als Betty̌ schwanger wurde und er seine Freude mit einem neuen Testament dokumentierte. Aber zwei Monate später hatte Betty̌ eine Fehlgeburt, und seitdem war nichts geschehen. Es sah nicht danach aus, dass ein Tómas Zöega junior jemals das Licht der Welt erblicken würde, und Betty̌ bekam das zu spüren. Ihre Beziehung zu Tómas wurde immer schwieriger. Zwar hatte er das Testament noch nicht geändert, aber sie merkte, dass sein Interesse an ihr nachließ.

So erzählte sie es mir. Eine Abends begann sie wie aus heiterem Himmel über die gesetzlichen Regelungen im Hinblick auf Ehe und Erbrecht zu reden. Nach isländischem Gesetz ist der Partner der so genannte gesetzliche Erbe, was bedeutet, dass die Frau im Falle des plötzlichen Ablebens des Mannes Alleinerbin ist, falls es keine Kinder gibt. Es bedarf keines Testaments, keiner Papiere, die Gesetze allein besagten, dass die Ehefrau alles bekam. Falls Tómas das Zeitliche segnete, würde Betty̌ alles erben.

Falls sie verheiratet wären.

»Warum habt ihr nicht schon längst geheiratet?«, fragte ich und erinnerte mich an das Gespräch in London.

»Es stand immer auf dem Programm«, sagte Betty̌. Sie zuckte mit den Achseln. »Er war aber bereits zweimal verheiratet gewesen und meinte, er wolle unsere Beziehung vorsichtiger angehen. Und jetzt …«

»Was?«

»Jetzt ist sie auf dem absteigenden Ast«, sagte sie. »Ich spüre das, es wird nicht mehr lange gut gehen.«

»Ist das der Grund, warum ihr nicht geheiratet habt?«, fragte ich. »Will er nicht, dass dir das Unternehmen zufällt?«

»Ich habe das Testament gesehen«, sagte Bettý. »Ich bekomme mehr als genug, wenn irgendwas passiert.«

Als Bettý und ich uns das erste Mal begegneten, befand sich ihre Beziehung in dieser kritischen Phase. Tómas Ottósson hielt Ausschau nach einer anderen Frau, einer Frau, mit der er Kinder bekommen könnte, vielleicht sogar eine jüngere als Bettý.

Bettý weinte, als sie mir von der Fehlgeburt erzählte.

Später erfuhr ich die Wahrheit über diese kullernden Tränen, aber da war es zu spät.

*

Ab und zu besucht mich eine Psychologin von der Staatsanwaltschaft. Auch die Psychiaterin, die manchmal kommt, sich mit mir unterhält und mir irgendwelche Tests vorlegt, arbeitet in ihrem Auftrag. Zwei Frauen. Ich weiß, dass sie mich nicht verurteilen. Sie machen einen sehr liberalen Eindruck. Die Psychologin ist etwa zehn Jahre älter als ich und immer wie aus dem Ei gepellt, sie färbt sich die Haare blond und mit künstlerischer Akribie die Augenbrauen schwarz, hat lange Mascara-Wimpern und ein beinahe glänzendes Make-up, das jedes Fältchen, jeden unerwünschten Fleck verhüllt. Ich verstehe sie gut. Sie hat ein schönes Gesicht und versucht nach Kräften, es zu konservieren. Die Psychiaterin dagegen macht einen richtig schlampigen Eindruck. Manchmal geht ein unangenehmer Geruch von ihr aus, wenn sie mir in Jeans und dickem, grünem Pullover gegenübersitzt. Hässlich. Sie hat tatsächlich eine Warze am Kinn. Wenn ich sie anschaue, muss ich unwillkürlich an Gundel Gaukeley denken.

Indem ich das Geschehene wieder und wieder rekapituliere, kann ich nicht umhin, mir Gedanken darüber zu machen, wie unser Bettgeflüster zu dem Vorsatz werden konnte, einen Mord zu begehen, aber begreifen tue ich es trotzdem nicht. Wie sehr ich mir auch den Kopf zerbreche, ich kann den Augenblick nicht festmachen. Ich weiß nicht genau, wann es geschah. Wann sich die Idee in einen festen Vorsatz verwandelte. Vielleicht habe ich es aus Scham in die Tiefen des Unterbewusstseins gedrängt. Es zu vergessen versucht wie ein Geschwür. Doch es verschwindet nicht, auch wenn ich das möchte. Ganz im Gegenteil, es wuchert immer mehr und verursacht mir unerträgliche Qualen.

Manchmal kommt es mir so vor, als gäbe es diesen einen Augenblick gar nicht. Ich glaube, dass wir niemals zu einem bestimmten Zeitpunkt gesagt haben: Ja, das machen wir, wir bringen Tómas um. Wenn es so war, habe ich es vergessen. Vielleicht willentlich. In Wirklichkeit wurde auch nie etwas ausdrücklich gesagt, oder ich erinnere mich nicht mehr. Nichts, was von Bedeutung gewesen wäre. Wir haben nicht dagesessen und bis tief in die Nacht hinein mit mordlüsternem Glitzern in den Augen die Möglichkeiten ausgelotet. Dann hätte ich nämlich gemerkt, wie falsch und absurd alles war. Das wäre vielleicht besser gewesen. Aber so ergab eines das andere.

Oder zumindest sehe ich es so. Ich weiß, dass ich von meiner Veranlagung her zu keiner Gewalttat fähig bin. Trotz allem. Wer mich kennt, weiß, dass ich nicht einmal einer Fliege etwas zuleide tun könnte. Die meisten Menschen sind so, oder zumindest möchten sich die meisten gern weismachen, dass sie so sind. Aber niemand sollte sich selbst überschätzen.

Wir haben darüber geredet, was wir tun würden, wenn es keinen Tómas mehr gäbe. Das war wie ein Spiel. Was würdest du mit all den Millionen machen, wenn Tómas tot wäre? Wir stellten uns vor, wie viel Zeit wir füreinander hätten. Wir redeten über die Freiheit. Über unsere immer währende Liebe.

So ist es meiner Meinung nach gewesen. Vielleicht war es aber Selbsttäuschung, ich weiß es nicht. Ich ging davon aus, dass Betty und ich uns auf einer Ebene befänden. Mit der Zeit übernahm ich aber völlig unkritisch ihre Sicht der Dinge. So lief es in unserer Beziehung. Sie bestimmte, was wir machten, dachten, besprachen. Es war Betty, die uns langsam, aber sicher auf das Verhängnis zusteuerte, indem sie in mir Zorn und Hass auf

Tómas Ottósson Zöega schürte. Die längste Zeit war ich der Meinung, dass wir nur über eine ferne und völlig irreale Möglichkeit sprachen. Es war irgendwie ein Spiel zwischen uns, das aber immer ernster wurde, bis es dann kein Zurück mehr gab.

Für mich war es Spiel und nicht Ernst. Mir ist inzwischen zwar klar, dass ich in gewissem Sinne Verantwortung trage, aber genauso steht fest, dass ich völlig unschuldig bin. Das war meine Aussage bei der ersten Vernehmung, und ich wiederhole es stets und ständig: Ich habe nichts getan. Ich habe nichts getan. Sie haben mir selbstverständlich nicht geglaubt. Das verstehe ich gut. Ich habe nichts an der Hand, um es beweisen zu können. Nur die Wahrheit ist auf meiner Seite: Ich habe nichts getan.

Ich habe keine Entschuldigung und suche auch nach keiner. Ich bin der Meinung, einige meiner Schwächen zu kennen, die mich in diese entsetzliche Situation brachten. Wir alle haben Schwächen. Es hat keinen Sinn, das abzustreiten. Manche Menschen sind vielleicht stärker als andere und können sie so weit in den Griff bekommen, dass sie keinen Einfluss mehr auf ihr Handeln haben. Die meisten von uns haben irgendwann im Leben einmal gesagt: Verdammt noch mal, das Schwein könnte ich umbringen! Die meisten von uns lassen es aber dabei bewenden. Das ist die Regel.

Während ich daliege und zurückdenke, kann ich diesen Augenblick nicht festmachen, von dem an sich unser beider Leben wie von selbst nur noch um den Mord an Tómas Ottósson Zöega zu drehen schien. Als sich mein Leben in diesen nicht enden wollenden Albtraum verwandelte, aus dem ich um jeden Preis erwachen möchte.

Vielleicht war es, als Betty anfing, über diesen Mann zu reden, der in eine Lavaspalte stürzte?

15

Tómas Ottósson Zöega war das, was man einen Outdoor-Freak nennt. Das hatte aber nichts mit Umweltbewusstsein zu tun, sondern eher mit dem Gegenteil. Er jagte, angelte und verfolgte alles, was sich bewegte, mit Ausnahme von Vögeln, die dank ihrer Reaktionsschnelligkeit meist mit dem Leben davonkamen. Tómas liebte es, in der freien Natur zu sein. Im Sommer angelte er Lachs in den besten Flüssen des Landes und war dabei umgeben von isländischen und ausländischen Geschäftspartnern, von seinen Freunden, von Politikern und all den Leuten, die um ihn herumscharwenzelten. Im Herbst zog er in den Osten des Landes, um Rentiere zu schießen. Er streifte mit seinen Flinten durch die Berge und machte Jagd auf die Böcke. Während des Winters unternahm er abenteuerliche Trips ins Hochland und auf die Gletscher hinauf, tobte sich auf hochgepowerten Ski-doos und Jeeps aus und düste kreuz und quer durchs Land. Im Frühling kam es manchmal vor, dass er auf einem seiner Trawler mitfuhr. Er ging auch im Ausland auf Jagd, beispielsweise in Alaska. Einmal hatte er auch eine Safari in Kenia unternommen.

Das waren alles Unternehmungen für gestandene Männer, und normalerweise waren es immer dieselben, die daran teilnahmen. Man trank, erzählte sich obszöne Witze, und es ging hoch her – das war der Sinn des Ganzen. Auf einer solchen Angeltour vor zwei Jahren wurde einer von Tómas' Gästen, ein Wirtschaftsprüfer aus Reykjavík, in aller Herrgottsfrühe von einem blökenden Schaf in seinem Zimmer geweckt, das ihn mit gelben Augen anstarrte. Seine Kumpane hatten es nachts bei der Angelhütte eingefangen und in sein Zimmer geschafft. Bei Tómas Ottósson musste immer etwas los sein, je verrückter es zuging, desto besser.

Betty war nur selten mit von der Partie. Sie hatte kein Interesse an seinen Jagdausflügen und Angeltouren und blieb ihnen meist fern. Aber manchmal machten sie zu zweit etwas weniger wilde Touren. Tómas hatte ihr beigebracht, mit einem Gewehr umzugehen. Er besaß diverse Schusswaffen, Gewehre, Schrotflinten und außerdem Revolver. Das kostbarste Stück in seiner Waffensammlung war eine französische Armbrust. Betty war eine gelehrige Schülerin und kannte sich mit einigen Dingen aus, von denen ich nicht die geringste Ahnung hatte. Sie war imstande, die Waffentypen zu unterscheiden, Kaliber, Munition, und sie wusste sogar über Pfeilspitzen Bescheid. Außerdem besaß Tómas Jagdmesser in allen möglichen Ausführungen und Größen. Betty zeigte mir einmal, als Tómas im Ausland war, die Waffenkollektion in seinem Büro in Akureyri; sie erklärte mir die Waffen und zu welchem Zweck sie jeweils am besten geeignet waren. »Das hier benutzt er, um Rentieren den Bauch aufzuschneiden«, erklärte sie und holte ein Riesenmesser aus dem Schrank.

Sie deutete auf ein anderes Messer, das nicht viel kleiner war und einen großen silberbeschlagenen Knauf am Ende des Schafts hatte.

»Das hier ist sein Lieblingsmesser für Lachs«, sagte sie. »Der Knauf wirkt wie ein Totschläger, ein unglaublich schweres Ding, hier, heb mal. Tozzi kann mit einem Hieb dem Lachs beide Augen ausschlagen. Ich habe gesehen, wie er es gemacht hat.«

Ich fasste nach dem silberbeschlagenen Knauf. Ich habe nie einen Lachs geangelt. Ich habe nie ein Tier getötet. Ich spürte das Gewicht.

»Damit könnte man ja einen Bullen erschlagen«, sagte ich.

Bettý lächelte.

»Hat er für all diese Waffen Lizenzen?«, fragte ich.

»Nein«, erwiderte Bettý. »Auf den Trawlern schmuggeln sie so einiges für ihn ins Land. Waffen sind eine Leidenschaft von ihm. Die Sammlung daheim bei uns im Keller ist noch viel größer. Er hat sich ein ganzes Zimmer damit eingerichtet, und niemand außer ihm hat einen Schlüssel dazu.«

Sie nahm mir den Totschläger ab und wog ihn in der Hand.

»Hast du die Nachrichten gesehen?«, fragte sie.

»Nachrichten?«, fragte ich und hatte keine Ahnung, wovon sie redete. »Was für Nachrichten? Über die Firma?«

»Die Firma!«, sagte Betty mit einem abschätzigen Lachen. »Nein, über diese Leute, die vermisst waren. Das war jetzt am Wochenende. Hast du das nicht mitbekommen?«

»Die Leute, die vermisst waren?«

Sie schaute mich mitleidig an und erzählte mir dann die Geschichte. Ich kapierte ziemlich schnell, worauf sie hinauswollte. Die Sache hatte großes Aufsehen erregt und einmal mehr die Diskussion über diese leichtsinnigen Leute aufleben lassen, die schlecht ausgerüstet und in völliger Unkenntnis der Verhältnisse ins unbewohnte Hochland aufbrachen, mit dem Ergebnis, dass Rettungsmannschaften eingesetzt werden mussten, wenn sie in eine gefährliche Situation gerieten und sich eine Katastrophe anbahnte.

Drei Männer waren auf Jagd gegangen. Sie stammten aus Reykjavík, waren aber von Akureyri aus losgefahren, nachdem sie am Abend vorher dort ordentlich einen draufgemacht hatten. Es war Ende November, und das Wetter war völlig unberechenbar. In der Wettervorhersage war von starken Niederschlägen im Norden mit strichweise stürmischen Winden die Rede gewesen. Im Nordosten sollte es sogar zu einem ausgewachsenen Schneesturm kommen, und die Bevölkerung war gebeten worden, nicht ohne zwingende Gründe das Haus zu verlassen.

Die Jagdkumpane fanden, dass ihnen da, wo sie hinwollten, nichts passieren konnte, aber nach der durchzechten Nacht in Akureyri waren sie wohl kaum in der Lage, die Situation richtig einzuschätzen. Betty erzählte mir, und ich weiß nicht, woher sie diese Informationen hatte, dass einer noch total betrunken gewesen sei, als sie von Akureyri aufbrachen und auf der Ringstraße eins über Víkurskarð in östliche Richtung fuhren. Kurz nach Mittag waren sie im Jagdgebiet eingetroffen, und das Wetter hatte sich schon erheblich verschlechtert, als sie den Jeep verließen und zu Fuß mit ihren Schrotflinten losmarschierten. Der Himmel verdunkelte sich immer mehr, denn das heftige Schneetreiben, das für Nordostisland angesagt worden war, hatte sich weiter nach Westen ausgedehnt. Nach kurzer Zeit hatten sie einander aus den Augen verloren und kämpften sich orientierungslos vorwärts.

Als man am Sonntag nichts von den Männern gehört hatte und die Familien unruhig geworden waren, kamen die Rettungsmannschaften in Akureyri und im Mývatn-Gebiet zum Einsatz und ebenso der Hubschrauber der Küstenwache. Der Schneesturm hatte zu dem Zeitpunkt nachgelassen, und es dauerte nicht lange, bis man zwei der Männer fand. Sie wurden entkräftet und unterkühlt nach Akureyri ins Krankenhaus gebracht. Trotz der umfangreichen Suchaktion wurde der dritte Mann nie gefunden. Das war vor drei Wochen passiert, und vor ein paar Tagen war die Suche eingestellt worden.

»Sie haben ihn jetzt gefunden«, sagte Betty. »Ich habe es am Wochenende in den Nachrichten gehört. Andere Jäger, die dort unterwegs waren.«

»Haben sie den dritten Mann gefunden?«

»Ja«, sagte Betty. »Natürlich nicht ihn, sondern seine Leiche. Endlich.«

»Wo?«

»In einer Lavaspalte, in die er gestürzt war. Dort wurde er zugeschneit. In den letzten Tagen hat es so viel geregnet, dass der ganze Schnee weggetaut ist, und ein Hund von diesen Jägern hat ihn aufgespürt. Der Mann war natürlich tot. Es heißt, dass er den Sturz nicht überlebt hat.«

»Der arme Mann«, sagte ich. »Er hat nicht gesehen, wo er hintrat.«

»Sie hatten Glück, dass sie nicht alle umgekommen sind«, sagte Betty kalt. »Wie kann man nur so blöd sein, bei so einem verrückten Wetter loszuziehen.«

Wir schwiegen.

»Sie war gar nicht mal sehr tief«, sagte Betty plötzlich.

»Was?«

»Die Spalte«, sagte Betty. »Sie war überhaupt nicht tief. Kaum mehr als vielleicht zwei Meter. Sie sagen, dass er vielleicht überlebt hätte, wenn er einen Helm getragen hätte.«

»Einen Helm?«

»Er hat sich den Schädel gebrochen«, sagte Betty. »Dort gibt es viele solcher Lavaspalten mit scharfen Zacken, und er ist mit dem Kopf aufgeschlagen, als er hineinstürzte. Und dann wurde er zugeschneit.«

»Wieso weißt du das alles so genau?«, fragte ich.

»Ich habe die Nachrichten verfolgt«, erklärte Betty. »Das solltest du auch manchmal tun.«

»Weshalb interessierst du dich so für diesen Unfall?«, fragte ich mit einem idiotischen Lächeln. Betty war irgendwie so ernst, dass ich nicht wusste, wie ich mich zu verhalten hatte.

Sie lächelte nicht, sondern ließ ihre Blicke über die Waffensammlung schweifen und legte schließlich das Lachsmesser an seinen Platz zurück.

»Du weißt, was für einen Spaß Tozzi an solchen Jagdabenteuern hat«, sagte sie. »Das ganze Jahr über, immer, und er vertraut auch immer auf seinen Jeep und den Motorschlitten, genau wie diese drei Verrückten.«

»Ja«, sagte ich, war mir aber nicht sicher, was sie meinte. Tómas düste wie verrückt auf seinen Ski-doos herum. Ich hatte es zwar nie erlebt, aber die Polizei hatte sich hin und wieder eingeschaltet, wenn er mit abenteuerlichem Tempo über die Straßen von Akureyri bretterte.

»Na ja, ich habe halt einfach nur überlegt«, sagte Betty.

»Was? Was hast du überlegt?«

»Tozzi trägt doch auch nie einen Helm«, sagte sie. »Nie. Er besitzt nicht einmal einen Helm.«

»Ist Tómas nicht überhaupt ziemlich nachlässig?«,

fragte ich. »In all diesen Sachen, Sicherheitsgurt, Helm …«

Betty lächelte.

»Ja«, sagte sie. »Das ist eine seiner liebenswertesten Seiten.«

*

Der Staatsanwalt hat eine Untersuchung auf geistige Zurechnungsfähigkeit angeordnet. Die Psychologin und die Psychiaterin arbeiten zusammen daran. Wir sprechen über Betty und Tómas und mich und alles, was geschehen ist. Ich gebe mich so abweisend wie nur möglich, ich mache alle möglichen Ausflüchte und tue mein Bestes, um ihnen den Job schwer zu machen, aber das kennen sie alles schon von womöglich viel schlimmeren Fällen als meinem, und sie warten einfach ab. Sie sagen, sie hätten Zeit genug. Sie arbeiten nach einer bestimmten Methode und weichen äußerst selten davon ab. Aber manchmal kommt es doch vor.

»Was für ein Verhältnis hast du zu deiner Mutter?«, fragte die Psychiaterin einmal, als sie schon im Aufbruch war und ihren ganzen Kram in den dicken Aktenkoffer gepackt hatte. Schaute mit ihrer Warze am Kinn auf mich herunter und fragte mich so ganz nebenbei nach meiner Mutter. Vielleicht war das ihre Methode, Leute zu überraschen, ich weiß es nicht. Vielleicht hatte sie sich einiges von den Verhörmethoden der Polizei abgeguckt.

»Lass meine Mutter aus dem Spiel«, sagte ich.

Sie sagte eine Weile nichts und fragte dann: »Ist das vielleicht ein heikles Thema für dich?«

»Waren wir nicht fertig für heute? Ich dachte, du würdest jetzt gehen. Hast doch schon abgecheckt, welche Schrauben bei mir locker sind.«

»Findest du es unangenehm, über deine Mutter zu reden?«

»Findest du es unangenehm, über deine Mutter zu reden«, äffte ich sie nach.

»Ganz und gar nicht«, sagte sie. »Aber zu meinem Vater habe ich nie eine Verbindung gehabt. Das ist viel schwieriger. Das …«

Sie unterbrach sich mitten im Satz und fragte dann: »Und dein Vater?«

»Ich bin nicht daran interessiert, über meine Familie zu sprechen«, sagte ich und wurde wütend. »Sie hat überhaupt nichts damit zu tun, und ich habe definitiv etwas dagegen, dass du mich nach meinen Eltern oder meinem Bruder fragst oder etwas dergleichen. Ich will das nicht, verstehst du?«

Sie nickte.

»Was ist deiner Meinung nach wohl der Grund dafür?«, fragte sie schließlich, und ich sah den Starrsinn in ihren Augen. Aus dem gleichen Starrsinn heraus weigerte sie sich, die Warze am Kinn mit einem simplen, billigen und schmerzlosen Eingriff entfernen zu lassen.

»Können wir Schluss machen?«, fragte ich.

»Was ist los?«

»Nichts. Lass mich in Ruhe.«

»Das scheint dir ja eindeutig nahe zu gehen«, sagte sie.

Ich schwieg, aber sie gab nicht auf.

»Da ist irgendwas, was das Ganze erklärt, nicht wahr?«, sagte sie. »Erklärt, warum du so bist. Erklärt, was du getan hast.«

»Ich habe nichts getan!«

»In Ordnung.«

»Warum lässt du dir nicht die Warze entfernen?«, fragte ich.

Ich wollte sie verletzen. Ich wollte sehen, ob es mir gelingen konnte, sie zu verletzen. Ich wollte ihren Gesichtsausdruck sehen. Wollte wissen, ob ich ihre Selbstsicherheit erschüttern und einen Wutausbruch provozieren konnte. Natürlich weiß ich, dass man solche Fragen nicht stellen darf, unter gar keinen Umständen. Ich hätte diese Warze gar nicht wahrnehmen sollen, hätte so tun sollen, als sei sie gar nicht vorhanden. Ich weiß, dass es keine Entschuldigung ist, dass ich mehr Tage in Untersuchungshaft zugebracht habe, als ich zählen kann, und es angefangen hatte, mir zuzusetzen. Betty hätte sie gleich am ersten Tag danach gefragt und überhaupt nicht versucht, sich zu entschuldigen.

Meine Besorgnis war unbegründet.

»Ich bin stolz darauf, wie ich bin, der Mensch zu sein, der ich bin«, sagte die Psychiaterin. »Es ist ein sehr gutes Gefühl, aber ich glaube, dass du es nie gehabt hast.«

»Verdammt noch mal, was weißt du schon darüber?«
»Vielleicht versuche ich, es herauszufinden.«
»Lass mich in Ruhe!«
»In Ordnung«, sagte sie. Wir können uns später darüber unterhalten.«
»Ja, oder wir können es auch vergessen.«
Sie stand auf.
»Entschuldige«, sagte ich, »ich wollte dich nicht …«
»Genau das wolltest du aber. Es hat dir bloß etwas ausgemacht, weil du im tiefsten Inneren von guten Gefühlen, Anständigkeit und Fairness gesteuert wirst und nicht von Bosheit, genau wie die meisten anderen.«
Wir schauten einander in die Augen.
»Du weißt wohl immer hundertprozentig Bescheid«, sagte ich. »Du hast dir das alles wunderbar zurechtgelegt, du weißt alles und hast die Antworten auf alles …«
»Weshalb glaubst du eigentlich, dass du hier einsitzt? Weshalb wohl?«
Ich schwieg.
»Hast du nicht immer nach Anerkennung in irgendeiner Form gesucht? Geht es deiner Meinung nach nicht um die Frage nach Anerkennung? Vielleicht um etwas, was mit deiner Mutter zu tun hat?«
Ich gab ihr keine Antwort. Ich saß nur schweigend da, dachte über ihre Worte nach und wurde wütend. War Anerkennung so wichtig? Jetzt war ich aber nicht wütend auf sie, sondern auf meine Schwäche, mit der ich immer gekämpft habe. Ich wusste ganz genau, dass ich ihretwegen im Gefängnis gelandet war.

»Hau ab«, sagte ich. »Hau ab und lass mich in Ruhe. Mach, dass du wegkommst und LASS MICH VERDAMMT NOCH MAL IN RUHE!«, brüllte ich sie an.

16

Als sie fort war, kehrte ich in meine Zelle zurück, legte mich auf die Pritsche und starrte in die Dunkelheit hinein, während meine Gedanken wieder zu dem Abend zurückkehrten, den ich verdrängt hatte, der aber immer gewaltsamer seinen Weg zurück in mein Bewusstsein erobert hatte. Dem Abend, an dem ich Tómas besucht hatte und Bettý nicht zu Hause war.

Tómas und ich hatten noch nie eine Arbeitsbesprechung in seinem Haus in Akureyri gehabt. Wir hatten uns fast immer in seinem Büro getroffen, entweder in Akureyri oder in Reykjavík, oder zum Lunch in einem Restaurant, falls es um geringfügige Dinge ging. Er hatte mich nie zu sich nach Hause eingeladen. Das hatte immer nur Bettý getan.

Tómas Ottósson wusste nichts von Bettý und mir. Es hatte manchmal nicht viel gefehlt, dass alles aufgeflogen wäre, aber irgendwie ging nie etwas schief, weil wir trotz allem so vorsichtig wie nur irgend möglich waren. Ich war jedoch auf alles gefasst, als ich zu dieser Besprechung ging, vor allem, als er anfing, über seine Frau zu sprechen. Es überraschte mich ein wenig. Bislang hatten wir auf unseren Besprechungen so gut wie nie über private Dinge geredet, sondern mehr oder weniger ausschließlich über anliegende juristische Probleme, die einer Lösung bedurften.

Ich glaube, dass er zufrieden mit mir war. Meines Wissens bereute er es nicht, mir diese horrenden Honorare zu zahlen, die es mir ermöglicht hatten, eine größere Wohnung in Reykjavík zu kaufen und ein viel, viel besseres Auto, als ich je zuvor besessen habe. Meine Dankbarkeit bestand darin, mit seiner Frau zu schlafen. Hatte ich deswegen ein schlechtes Gewissen? O ja. Würde ich mich deswegen zurückziehen? Nie im Leben. Weshalb nicht? Weil es so viel mehr war als nur Sex. Weil Bettý und ich eins waren. Ich weiß, dass Bettý mich liebte. Ich weiß es. Sie liebte mich. Da war nichts Unschönes dabei. Nichts Kriminelles. Es war Liebe. Am liebsten hätte ich ihm das auch offen gesagt. Ihm alles gesagt. Ich hatte es Bettý gegenüber erwähnt, aber sie schaute mich nur mitleidig an und schüttelte den Kopf. Ich wusste, es gab nicht die geringste Möglichkeit, mit ihrem Mann darüber zu sprechen.

Ich war auf der Hut wie immer, wenn ich es direkt mit Tómas Ottósson zu tun hatte. Bei all unseren Besprechungen wartete ich auf die Frage: Schläfst du mit Bettý? Ich war fest davon überzeugt, dass irgendjemand bestimmt einmal gesehen hatte, wie wir uns küssten. Dass das Geheimnis kein Geheimnis mehr war. Ich hatte darüber nachgedacht, wie ich darauf antworten sollte. Was ich darauf antworten konnte. Mir fiel nie etwas anderes ein als ein schlichtes Ja. Wie gesagt, manchmal sehnte ich mich sogar danach, ihm das zu sagen. Das Geheimnis unserer Beziehung zu lüften und all diese Lügen, das Versteckspiel los zu sein.

Tómas war nicht nüchtern, als ich eintraf. Er war zwar noch nicht richtig betrunken, aber auch nicht weit davon entfernt. Er bot mir einen Drink an und servierte mir einen Drambuie auf Eis. Er hatte mir nicht gesagt, um was es ging. Betty hatte mir ausgerichtet, dass er mich treffen wollte. Ich war in Akureyri und wollte am nächsten Tag nach Reykjavík fliegen. Ich ging davon aus, dass es sich um geschäftliche Dinge drehte, aber bald sollte sich etwas anderes herausstellen.

Er war anders als sonst. Meist war ich für ihn gar nicht existent, es sei denn in meiner Eigenschaft als Rechtsbeistand. Er hatte mich nie danach gefragt, wie es mir ging oder was ich beispielsweise für Musik hörte, wo ich in der Politik stünde oder welche Meinung ich zu diesen und jenen Dingen hatte. Deswegen war ich äußerst überrascht, als er mich urplötzlich fragte, wie es mir ginge.

»Gut«, sagte ich. »Mit geht es gut.«

»Bezahle ich dir genug für deine Arbeit?«, fragte er.

»Das finde ich schon«, sagte ich, »aber das kannst du natürlich selber am besten beurteilen.«

Sprach er über die Arbeit oder über Betty? Ich wusste es nicht. Mir war es nicht geheuer so ganz allein mit ihm, der mir Fragen stellte, von denen ich nicht wusste, ob sie geradeheraus waren oder ob irgendetwas anderes dahinter steckte. Konnte es sein, dass er von Bettý und mir erfahren hatte?

»Ja«, sagte er, »das tue ich.«

»Tust du das?«, sagte ich, so als hätte er auf meine Gedanken geantwortet.

»Ja, ich bilde mir selber ein Urteil, und ich habe den Eindruck, dass du dein Geld wert bist«, erklärte er. »Das muss ich schon sagen.«

Mir wurde etwas leichter ums Herz. Er ging also nicht um Bettý und mich. Aber da war noch etwas anderes. Wie gesagt, Tómas hatte mir bislang noch nie besondere Aufmerksamkeit gewidmet. Er hatte sich zwar äußerst seltsam aufgeführt, als er mich damals einstellte, aber ansonsten waren unsere Kontakte überaus geschäftlich und sachlich gewesen. Ich hatte nicht die geringste Ahnung, worauf das hier hinauslaufen sollte. Tómas leerte sein Glas in einem Zug.

»Weißt du, wo Bettý heute Abend ist?«, fragte er.

Ich überlegte.

»Ist sie nicht in Reykjavík?«

Er grinste.

»Als wir uns kennen lernten, war Bettý eine völlig unbedeutende Person. Mir ist noch nie so eine Frau begegnet. Es gibt keine Grenzen dafür, was sie sich einfallen lassen kann. Sie hat überhaupt keine Ausbildung, sie hat bei uns in der Telefonzentrale gearbeitet, als ich sie kennen lernte. Weißt du, wo sie heute Abend ist?«

Tómas war betrunkener, als ich dachte. Ich konnte

mir keinen Reim auf seine Worte machen, wovon er redete.

»Nein, ich habe keine Ahnung, wo sie ist«, sagte ich und nippte an dem Likör.

»Sie ist bei einem Galadinner in *Perlan,* zusammen mit dem Premierminister und anderen Kabinettsmitgliedern, mit bekannten Persönlichkeiten aus Politik und Wirtschaft und dazu dem dänischen Premierminister und seinem Gefolge. Ich hatte keine Lust.«

Er schaute mich an und grinste.

»Findest du das nicht fantastisch? Findest du es nicht fantastisch, in einem Land zu leben, wo Geld einem sämtliche Türen öffnet?«

Ich wusste nicht, was ich sagen sollte. Tómas leerte sein Glas und füllte es wieder halb mit Whiskey auf.

»Betty liebt dieses Leben über alles«, sagte er, indem er die Flasche zur Seite stellte. »Weil sie völlig unbedeutend ist, und das weiß sie. Trotzdem sitzt sie jetzt am gleichen Tisch mit dem Premierminister dieser Nation. Er müsste eigentlich wissen, wie sie ist. Was sie über diese ganze Truppe denkt. Dieses versnobte Pack, das sich zu solchen Gelegenheiten wie Pinguine mit Fräcken und Abendkleidern ausstaffiert und sich für bedeutender hält als andere Leute.«

Am liebsten hätte ich ihm gesagt, wie sehr er sich da täuschte, wenn er glaubte, dass Betty völlig unbedeutend sei. Dass er selber vor ein paar Jahren auch noch keine bedeutende Figur gewesen sei. Aber ich schwieg. Ich erwähnte auch die Verletzungen, die er ihr manchmal zufügte, mit keinem Wort. Vielleicht hätte ich nicht den Mund halten sollen. Vielleicht wäre dann alles anders gelaufen.

»Was weißt du über Betty?«, fragte er auf einmal.

Ich ging sofort in die Defensive. Er hatte nie zuvor solche Dinge thematisiert, und ich wusste nicht, worauf er abzielte. Am liebsten hätte ich mich verabschiedet und aus dem Staub gemacht. Der Alkohol stieg ihm immer mehr zu Kopf. Ich habe noch nie so richtig gewusst, wie ich mit Betrunkenen umgehen soll.

»Ich? Nicht viel. Ich …«

»Wir bekommen wohl kein Kind«, sagte Tómas.

Ein trauriger Ton schwang in seiner Stimme mit. Ich wusste nicht, ob er damit meinte, dass sie keine Kinder in die Welt setzen würden, so als hätten sie gemeinsam den Beschluss gefasst, kinderlos zu bleiben, oder ob es bei ihnen nicht klappte.

Nachdem er das gesagt hatte, herrschte eine lange Zeit Schweigen, bis ich mich räusperte. Ich wollte etwas Tröstendes von mir geben.

»Kommt doch gar nicht so selten vor, und selbstverständlich gibt es Mittel und Wege …«

Er unterbrach mich wieder.

»Ich habe jetzt dieses Alter erreicht, wo ich mir nichts sehnlicher wünsche, als Kinder zu haben. Jemanden, der das alles weiterführt. Egal, ob Junge oder Mädchen. Ich will, dass …«

Er verzog das Gesicht zu einer Grimasse.

»Aber im Übrigen spielt dieses Unternehmen überhaupt keine Rolle. Ich habe es bloß zu spät kapiert. Nur Kinder spielen eine Rolle. Es ist wichtig, Kinder zu bekommen. Das ist mir endlich klar geworden.«

Ich schwieg. Mir fiel nichts ein, was ich darauf hätte antworten können. Ich wusste nicht, weswegen er mich zu sich nach Hause bestellt hatte, um mir in betrunkenem Zustand zu verkünden, wie er mit zunehmendem Alter herausgefunden hatte, dass Geld nicht alles bedeutet. Der Mann, der seine Frau verprügelte.

Er blickte hoch und leerte ein weiteres Glas, während er mir in die Augen sah.

»Ich glaube, dass Bettý mich betrügt«, sagte er.

Ich schrie innerlich auf. Da kam die Erklärung, jetzt wusste ich, was dieses abendliche Treffen zu bedeuten hatte. Tómas hatte die Wahrheit herausgefunden. Er wusste über Bettý und mich Bescheid. Wir hatten uns nicht genug in Acht genommen. Ich wusste nicht, wie ich reagieren sollte. Es konnte nur einen Grund dafür geben, dass er mir das sagte, denn wir hatten absolut kein vertrautes Verhältnis zueinander. Nie zuvor hatte er mit mir über seine Privatangelegenheiten gesprochen. Es ging bestimmt darum, mir zu sagen, dass er alles wusste. Ich versuchte, mir nichts anmerken zu lassen. Ich stand regungslos vor ihm und wartete darauf, dass der Himmel über mir einstürzen würde.

Das geschah aber nicht. Zumindest nicht in der Weise, wie ich erwartete.

»Ganz bestimmt tut sie das«, sagte er. »Ich habe keine Beweise, aber ich habe seit langem das Gefühl.«

»Hast du mit ihr gesprochen?«, fragte ich zögernd.

»Nein«, sagte Tómas. »Ich … Zwischen Bettý und mir ist alles vorbei.«

Alles vorbei? Ich hatte keine Ahnung, was er damit meinte, aber mir blieb keine Zeit, darüber nachzudenken.

Tómas trat näher an mich heran.

»Kann ich etwas für dich tun?«, fragte ich vorsichtig.

»Ja«, sagte er, »du kannst etwas für mich tun.«

»Was denn?«

Er schaute mich an und musterte mich von Kopf bis Fuß. Diesen Gesichtsausdruck hatte ich bei ihm noch nie gesehen, wusste aber ganz genau, was er bedeutete. Ich hatte ihn an anderen Männern beobachtet.

»Ich möchte mit dir schlafen«, sagte er. »Egal, was es kostet. Ich möchte mit dir schlafen.«

Ich starrte ihn fassungslos an.

»Soweit ich weiß …«, sagte er, trat dicht an mich heran und stellte das Glas ab. »Ich habe es schon lange gewollt. Ich weiß nicht, wie ich dir das anders sagen soll. Soweit ich weiß, geht es dir genauso.«

Ich wich vor ihm zurück.

»Ich möchte mit dir schlafen«, wiederholte er, »und ich weiß, du möchtest es auch.«

Ich fing an zu lachen, ich weiß nicht, warum. Er war irgendwie so bemitleidenswert. Aber ich hatte mich fatal verrechnet.

Er wurde wütend und schlug nach mir, und dann fiel er über mich her.

An diesem Abend in dem großen Haus von Bettý und Tómas in Akureyri vergewaltigte er mich.

Es war …

Ich …

Ich kann nicht beschreiben, was …

17

Wenn die Psychiaterin zu mir kommt, setzen wir uns in ein Zimmer, von dem ich glaube, dass es ein spezielles Besucherzimmer ist. Sie kommt nicht in meine Zelle, und wir gehen nicht in den Verhörraum, sondern in einen kleinen Aufenthaltsraum, wo es Stühle mit violetten Bezügen und zwei einfache Tische gibt. Die Fenster sind vergittert, und auf den Scheiben klebt eine Kunststoffbeschichtung, damit man nicht hinaussehen kann.

Wenn ich sie richtig verstehe, soll sie meine Schuldfähigkeit feststellen. Sie hat einen großen Aktenkoffer dabei und entnimmt ihm Dokumente und Mappen, von denen ich nicht weiß, was sie enthalten.

»Ich möchte über deine Mutter reden«, sagte sie. »Ist das in Ordnung?«

»Ich habe nichts über sie zu sagen«, entgegnete ich.

»Bist du dir sicher?«

»Es hat nichts mit ihr zu tun.«

»Nein, vielleicht nicht direkt, aber …«

»Kein Aber«, sagte ich.

»Ist es dir unangenehm, über sie zu sprechen?«

»Es hat nichts mit ihr zu tun«, wiederholte ich. »Soll ich das vielleicht den ganzen Tag wiederholen?«

»Als wir uns das letzte Mal trafen, habe ich das Thema Anerkennung erwähnt«, sagte sie.

»Was machst du eigentlich hier?«

»Was meinst du damit?«

»Was ist deine Aufgabe? Warum bist du hier? Warum rede ich mit dir? Ich habe keine Lust, mit dir zu reden.«

»Hängt es damit zusammen, dass ich mit dir über deine Mutter reden möchte?«

»Hängt was womit zusammen?«

»Diese Abneigung«, sagte sie. »Du bist sofort …«

»Du kommst dir so vor, als wüsstest du alles, nicht wahr?«, fiel ich ihr ins Wort.

»Ich glaube nicht, dass es hier um mich geht«, sagte sie.

»Nein, wahrscheinlich geht es nie um dich, oder?«

»Können wir vielleicht miteinander reden, ohne dass du ständig aggressiv wirst?«, sagte sie. »Ich gehe nur meiner Arbeit nach.«

Wir schwiegen.

»Ich habe mit deiner Mutter gesprochen«, sagte sie schließlich.

»Ich möchte, dass wir jetzt aufhören«, sagte ich und stand auf.

»Sie hat mir gesagt, dass sie Abscheu vor dir hat.«

Ich starrte sie an.

»Lass mich in Ruhe«, schrie ich, »lass mich in Ruhe!«

Sie ließ nicht locker. Nichts von dem, was ich sagte, hatte Wirkung auf sie.

»Es geht um Anerkennung, nicht wahr?«, sagte sie. »Ist es nicht alles deswegen, weil deine Mutter nichts mit dir zu tun haben will? Weil sie nicht ertragen kann, wie du bist. Du versuchst ständig, akzeptiert zu werden. Anerkennung bedeutet dir alles. Egal von wem.«

»Halt die Klappe«, schrie ich, ging zur Tür und hämmerte dagegen.

»Sie hat Abscheu vor deinen sexuellen Präferenzen.«

»Sie versteht das nicht«, sagte ich. »Sie hat es nie verstanden. Aber ich bin einfach so. Ich kann nichts dazu. So bin ich nun einmal. Ich kann doch nichts dafür!«

»Und genau das hasst sie?«

»Sie hasst mich. Sie hasst mich deswegen. Bist du jetzt zufrieden? Hast du in Erfahrung gebracht, was du wissen wolltest? Darf ich jetzt gehen? Hättest du was dagegen, wenn wir jetzt aufhören?«

»Es ist nichts dabei, sich zum eigenen Geschlecht hingezogen zu fühlen, oder sogar zu beiden Geschlechtern«, sagte die Psychiaterin. Sie war ebenfalls aufgestanden. »Man soll sich nicht für seine Sexualität schämen. Es ist nicht deine Sache, wenn deine Mutter etwas dagegen hat. Du bist, wie du bist, und du brauchst keine Anerkennung von ihr. Du brauchst von niemandem Anerkennung.«

»Lass mich in Ruhe!«

»Sie hat keinen Abscheu davor, wie du bist, sondern davor wie du lebst. Da besteht ein Unterschied.«

Die Tür öffnete sich.

»Ich möchte wieder zurück«, sagte ich zu dem Aufseher und stürzte aus dem Besuchszimmer.

18

Ich kann mich nicht genau erinnern, wann ich herausfand, dass ich lesbisch war. Es kam irgendwie von selbst und für mich war es immer eine völlig normale Sache. Aber das, was die Psychiaterin sagte, stimmte. Mama konnte sich nie damit abfinden.

Sie war nicht imstande, mich so zu akzeptieren, wie ich war, sie wollte es nicht wahrhaben, dass ich lesbisch war. Papa war verständnisvoller, aber trotzdem weiß ich, dass er sich auch schwer damit getan hat. Bevor er starb, hat er es mir gesagt. Mein Bruder hält mich für eine Missgeburt. Er hat mich oft deswegen angemacht, bevor er nach London zog, und behauptet, dass ich das Leben meiner Eltern zerstört hätte. Das mag schon stimmen, aber wie die Psychiaterin ganz richtig bemerkte, ich kann nicht anders sein, als ich bin.

Ich habe mich nicht irgendwie geoutet oder so etwas. Ich weiß nicht, wozu das gut sein soll. Ich kämpfe nicht für die Interessen und Rechte von Homosexuellen, und ich nehme nicht an deren Aktionen teil. Ich sehe keinen Sinn darin. Ich will mich nicht von anderen Leuten absondern und sagen: Ich bin so und so, und deswegen bin ich anders als alle anderen, und alle müssen wissen, wie ich bin, denn nur auf diese Weise kann ich frei werden und andere befreien. Ich bin, wie ich bin, und das ist ganz und gar meine Sache und geht niemanden etwas an. Sowohl die wenigen Freunde, die wissen, dass ich lesbisch bin, als auch meine Angehörigen und andere, mit denen ich in Island und in Amerika zusammen studiert habe. Ich schäme mich nicht, lesbisch zu sein, ich finde bloß, es geht niemanden etwas an. Es ist ganz und gar meine Sache.

Ich kann mich nicht erinnern, dass ich jemals anders gewesen bin. Ich hatte nur ein äußerst begrenztes Interesse an Jungen. Ich fand sie grob und plump und irgendwie borniert. Ich weiß nicht, wie ich es anders beschreiben soll. In mir gab es einfach keine Sekrete, die bewirkten, dass ich mich zu ihnen hingezogen fühlte. Mit den Mädchen war es anders, diese schönen, geschwungenen Linien, die weichen Lenden, die schmalen Hände und zarten Finger. Wir sind irgendwie ein viel vollkommeneres Werk der Schöpfung. Deswegen glaube ich, dass Gott, falls er existiert, eine Frau ist. Als ich in die Pubertät kam, wurde mir klar, wie ich veranlagt war, und ich hatte keine Probleme damit. Ich habe es nie unnatürlich oder merkwürdig gefunden. Ich habe deswegen keine psychische Krise durchgemacht. Die einzige Belastung für mich war die Reaktion meiner Familie, die sich fast ganz von mir abwendete. Meine gleichgeschlechtliche Veranlagung war nie eine Belastung für mich, sondern ich war froh darüber – sieht man von einem Vorfall im Gymnasium ab, als meine Versuche, mir ein männliches Wesen zu angeln, in einem Fiasko endeten. Ich wollte herausfinden, wie so etwas war, und ich fand es ganz einfach ekelhaft.

Ich habe gute Freundinnen gehabt. Die längste Beziehung, bevor ich Betý begegnete, hatte ich mit einem Mädchen in den USA namens Lydia. Sie studierte Biologie. Wir trafen uns in einer beliebten Studentenbar und unterhielten uns miteinander. Sie konnte es kaum fassen, dass ich aus Island kam, denn sie ging davon aus, dass dort Eskimos in Iglus hausten. Wir merkten beide, dass wir auf derselben Wellenlänge lagen. Wenn sich zwei Lesben begegnen, wissen sie sofort Bescheid. In meinem zweiten Studienjahr in Amerika waren wir zusammen. Dann wollte ich wieder zurück nach Hause, aber sie konnte sich nicht vorstellen, auf Island zu leben. Wir flogen zusammen hierher, aber es war undenkbar für sie, nach Island zu ziehen.

Mama war die ganze Zeit das Problem. Mein Bruder ist mir egal. Wir hatten nie ein gutes Verhältnis zueinander. Ich fand ihn schon immer langweilig, frech, verzogen und sogar niederträchtig. Ich glaube, dass es nicht zuletzt ihm zu verdanken ist, dass Mama sich so vehement gegen mich gestellt hat. Ich weiß, dass er sogar versucht hat, Papa zu beeinflussen und auf seine Seite zu ziehen. Ich weiß nicht, welche Vorteile er sich davon versprach, aber er hat es gemacht. Die Psychiaterin hat behauptet, ich wäre so versessen auf Anerkennung, dass ich bereit wäre, alles dafür zu tun. Vielleicht hat sie Recht. Vielleicht hängt es mit meiner Mutter zusammen. Ich wollte sie nicht enttäuschen, aber ich habe es getan, und schließlich kamen wir nicht mehr miteinander aus. Sie brach den Kontakt zu mir ab und erklärte, ich sei nicht mehr ihre Tochter. Wir haben seit neun Jahren keine Verbindung mehr. Überhaupt keine. Ich habe den Rechtsanwalt gefragt, ob sie sich bei ihm gemeldet hätte, aber das war nicht der Fall. Mama und ich haben uns früher gut verstanden. Es war grauenvoll, als ich ihr sagte, dass ich lesbisch sei. Ich war überhaupt nicht darauf gefasst, dass sie so reagieren würde. Ich hatte geglaubt, meine Mutter zu kennen, aber es kam eine ganz andere Person zum Vorschein. Mir ist natürlich klar, dass sie präzise dasselbe über mich sagen kann.

»Wie kannst du mir das antun?«, schrie sie mich einmal an, als wir uns in den Haaren lagen, als wäre ich nur aus dem Grund lesbisch, um ihr etwas anzutun. Später erklärte sie, sie fände es widerlich, was ich tat, was ich mit anderen Frauen tun wollte. »Widerlich!«, schrie sie mich an. »Mit einer Frau zu schlafen!«

»Es hat gar nichts mit Sex zu tun«, sagte ich, »das ist ein Missverständnis …«

»Verschwinde!«, schrie sie. »Ich will dich nicht mehr um mich haben!«

Papa versuchte, uns zu versöhnen. Er war immer darauf bedacht, dass es mir gut ging, etwas anderes spielte keine Rolle für ihn. Trotzdem ist mir klar, dass er sich ebenfalls schwer damit tat. Er fragte mich, ob ich mir sicher sei, ob ich mir ganz sicher über meine Veranlagung sei, und ob es tatsächlich das sei, was ich wolle.

»Es geht nicht darum, was ich will«, sagte ich zu ihm, »sondern darum, was ich bin. Ich habe keinen Einfluss darauf, wie Mama glaubt. Ich habe nichts gemacht, um lesbisch zu werden, aber ich habe auch nichts dagegen unternommen. Ich bin einfach ich.«

Papa schaute mich an, und ich wusste, dass zwischen uns beiden alles in Ordnung kommen würde.

»Niemand soll versuchen, jemand anderes zu sein, als er ist«, sagte er lächelnd.

Als ich anfing zu studieren, zog ich von zu Hause aus. Ich nahm ein Studiendarlehen auf und mietete ein kleines Zimmer in der Nähe der Universität. Meine Verbindung zu Mama verschlechterte sich zusehends, bis wir zum Schluss überhaupt nicht mehr miteinander redeten. Dann wurde Papa krank, und die Ärzte konnten nichts tun. Sein Todeskampf dauerte eine Woche. Ich war die ganze Zeit bei ihm und Mama auch. Wir schlossen Waffenstillstand, während wir ihm beistanden. Bis zu seinem Ende versuchte er noch, uns zu versöhnen. Nach seinem Tod war alles wieder wie gehabt.

In der juristischen Fakultät wussten wohl alle, dass ich lesbisch war. Die männlichen Wesen fanden das irgendwie spannend. Das weiß ich deswegen, weil sie es mir gesagt haben und einige sich sogar auf diese unausstehlich grobe und obszöne Weise an mich herangemacht haben. So können sich nur die verhalten, die davon ausgehen, dass eine Lesbe eine Pornoqueen sein muss. Einige meiner Kommilitoninnen waren mir gegenüber sehr auf der Hut. Aber alle versuchten, sich liberal zu geben. Ich war die einzige Lesbe meines Jahrgangs, doch ich wusste von einigen anderen an der Universität, und wir trafen uns hin und wieder. Eine von ihnen hieß Katrín, und wir mieteten eine Zeit lang zusammen eine Wohnung. Das ging anfangs ganz gut, aber ziemlich bald stellte sich heraus, dass wir zu verschieden waren. Sie engagierte sich voll und ganz im Kampf für die Rechte der Homosexuellen und machte ständig Druck, dass Leute in ihrem Umkreis sich outeten, trat immer wieder im Fernsehen und in der Presse auf und musste zu allem Möglichen ihren Senf dazutun. Sie war auch im Verband aktiv. Ich warf das Handtuch, als sich ihre Hyperaktivitäten auf mich zu konzentrieren begannen und sie mir dauernd unterjubelte, dass ich mich nicht am »Kampf« beteiligte, weil ich zu »lau« sei. Kurze Zeit später traf ich den Entschluss, in die USA zu gehen.

Betty war die erste große Liebe in meinem Leben. Als ich sie kennen lernte, hatte ich noch nicht so recht wieder in Island Fuß gefasst. Vielleicht hatte ich auch die Sache mit Lydia noch nicht ganz überwunden. Ich weiß es nicht. Ich weiß bloß, dass Betty vom allerersten Augenblick an so auf mich wirkte, als müsste ich sie kennen lernen, mit ihr zusammen sein und mit ihr schlafen. Dazu hat sie das Ihre beigetragen, durch ihre Art, sich zu kleiden, durch das, was sie sagte und wie sie es sagte. Durch den Kuss in ihrem Haus in Reykjavík. Vom ersten Moment an hatte sie massiv mit mir geflirtet, denn sie wollte mich für sich, sie wollte mich auf ihre Seite ziehen; sie hatte es auf mich abgesehen. Sie verfolgte eine ganz bestimmte Absicht. Damals wusste ich es natürlich nicht, aber jetzt.

Und ich ging ihr völlig auf den Leim.

Was habe ich mir dabei gedacht? Bettý war Tómas' Frau und meine Geliebte. Habe ich wirklich geglaubt, dass Bettý und ich bis ans Ende unserer Tage glücklich miteinander sein würden? War ich so kindisch? War ich so geblendet? Habe ich tatsächlich geglaubt, sie würde ihn verlassen und mit mir leben?

Diese Fragen stürmen auf mich ein, wenn ich in der Dunkelheit daliege. Und andere, die nicht weniger Verzweiflung und Ängste verursachen. Wusste sie bereits über mich Bescheid, als sie den Vortragssaal betrat? Wusste sie, dass ich lesbisch war? Wie hatte sie das herausgefunden? Hat sie Erkundigungen über mich eingezogen? Hatte sie lange nach einem dankbaren Opfer wie mir gesucht? Denn ich bin ein Opfer. Ich bin das Opfer in diesem Drama.

Ich starre in die Finsternis.

All diese Fragen.

Ich vermisse meinen Vater mehr, als ich sagen kann. Er war mein bester Freund, und einem verständnisvolleren Menschen bin ich nie begegnet. Solange ich zurückdenken kann, ist er mein Vorbild gewesen, seine wohlwollende Art, seine Klugheit und sein Mitgefühl mit Menschen, die im Leben zu kurz gekommen waren. Die Vorstellung, dass er noch miterlebt hätte, in was ich mich hineinverstrickt habe und was ich tat, ist grauenvoll. Oder was ich nicht tat. In erster Linie aus Pietät vor seinem Andenken versuche ich, heil und mit einem Rest Würde aus dem Ganzen herauszukommen. Der Gedanke an ihn lässt mich in dieser grauenvollen Gefängniszelle bei Verstand bleiben.

Ich bin eingeschlossen und allein mit allen diesen schwer zu ertragenden Gedanken, und im Stundenglas sinkt jeweils nur ein einziges, fast unsichtbares Sandkorn so langsam herab, dass ich es auf den leeren Boden schweben sehe.

Allmählich wird mir immer klarer, was tatsächlich geschehen ist. Nicht das, was ich mir einbildete, weil ich es mit eigenen Augen sah und davon wusste, sondern all das, was vor sich ging, ohne dass ich es sah oder etwas davon wusste. So langsam durchschaue ich, wie alles zusammenhing und dazu angetan war, ihr in die Hände zu arbeiten. Ich gebe mir selber die Schuld daran und weiß, dass es kaum mildernde Umstände für mich gibt. Ich habe aus freien Stücken daran teilgenommen, aber ich hätte es nicht getan, wenn ich geahnt hätte, was dahinter steckte.

Die Polizei weiß, was geschah, als Tómas über mich herfiel. Sie haben mich im Verhörzimmer danach gefragt. Das bedeutet, dass Betty mit dem, was sie anstrebt, durchkommen wird.

Niemand hat gewusst, was Tómas mir angetan hat, nur ich und Tómas und Betty.

19

Lárus und Dóra sitzen mir im Verhörraum gegenüber. Zu Dóra habe ich eine gewisse Verbindung aufbauen können. Sie ist wahrscheinlich ganz in Ordnung. Ich habe das Gefühl, dass sie mir glaubt, und das kann ich wahrhaftig brauchen, einen Menschen, der glaubt, was ich sage. Sie nimmt mich, wie ich bin, und macht sich nichts vor. Lárus hat eine ganz andere Einstellung zu mir. Ich weiß es. Ich spüre es. In seinen Augen bin ich nicht nur die Mörderin, sondern noch dazu die Lesbe, und das findet er wohl pervers.

Also richte ich meine Worte an sie.

Sie stellen mir dauernd Fragen nach der Vergewaltigung. Sie wissen, dass Tómas über mich hergefallen ist und mir Gewalt angetan hat. Sie kennen einige Details, und ich versuche, nicht rot zu werden, versuche, mir keinerlei Reaktion anmerken zu lassen. Der Gedanke daran, dass ein Mann wie Lárus Bescheid weiß, ist schlimm genug. Ich schäme mich noch immer, wenn ich zurückblicke und daran denke, was passiert ist. Ich weiß, dass ich nicht so denken soll. Es war nicht meine Schuld, aber das hilft mir keineswegs, den Ekel loszuwerden.

»Weshalb hast du die Vergewaltigung nicht angezeigt?«, fragte Dóra. »Weshalb hast du so getan, als sei nichts vorgefallen?«

»Was für eine Vergewaltigung?«, fragte ich.

Sie warfen sich Blicke zu.

»Wir wissen alles darüber«, sagte Lárus. »Stell dich doch nicht so an.«

»Ich habe euch gesagt, dass ihr nicht alles glauben sollt, was Bettý erzählt.«

»Wieso glaubst du, dass Bettý uns von der Vergewaltigung erzählt hat?«, fragte Dóra.

Wir schauten uns in die Augen.

»Vor allen Dingen, wenn es keine Vergewaltigung gab«, fügte sie hinzu.

»Weil sie so etwas einfach erfinden würde«, erwiderte ich.

»Weswegen sollte sie das tun?«, fragte Lárus.

»Weil … Bettý ist eben so.«

Ich versuche, nicht daran zu denken, was geschehen ist. Ich will keine Reaktionen preisgeben. Ich will alles verdrängen. Ich will ihnen nicht gestatten, diese Tür zu öffnen. Dieser verfluchte Tómas. Dieses verfluchte Scheusal Tómas Ottósson Zöega!

Ich wehrte mich, aber er war stark, viel stärker als ich. Wir fielen zu Boden, und er wälzte sich auf mich und küsste mich und begrapschte mich am ganzen Körper. Ich versuchte, ihn wegzustoßen, aber er war zu stark. Ich trug einen Rock, und er griff mit der Hand darunter und zerriss meinen Slip.

»Sara?«
Ich war wieder im Verhörraum.
»Willst du darauf antworten?«
Dóra sah mich fragend an.
»Wir können auch für heute aufhören.«
»Es hört nie auf«, sagte ich.

*

Am Abend nachdem Tómas mich vergewaltigt hatte, kam Bettý gegen Mitternacht zu mir. Sie schien zu wissen, dass etwas vorgefallen war. Ich hatte mich morgens nicht imstande gefühlt, nach Reykjavík zu fahren. Ich hatte mich zu nichts imstande gefühlt. Ich hatte mich eingeschlossen und saß im Dunkeln und weinte. Ich kam mir beschmutzt vor. Ich fühlte mich missbraucht. Ich wusste nicht, was ich tun sollte. Mein Rock war zerrissen. Ich hatte eine geplatzte Lippe. Sollte ich ihn anzeigen? Ich war mehrmals unter der Dusche gewesen, ohne dass es mir gelang, den Ekel abzuwaschen.

Bettý setzte sich zu mir, und ich legte meinen Kopf in ihren Schoß und erzählte ihr, was passiert war. Sie streichelte mir über die Haare und hörte mir zu. Ich konnte ihr Gesicht nicht sehen, ich sah ihre Reaktionen nicht, aber ich wusste, dass sie bedingungslos zu mir stehen würde.

»Das verdammte Schwein«, hörte ich sie sagen.
»Ich könnte ihn umbringen«, sagte ich.
»Ich weiß«, sagte sie.

»Ich werde ihn anzeigen.«

»Wozu?«, fragte sie.

»Ich will, dass er ins Gefängnis kommt für das, was er mir angetan hat.«

»Der kommt doch nicht ins Gefängnis«, entgegnete sie. Ihre Stimme klang tief und betörend. Ich war froh, dass sie gekommen war. Ich war froh, dass ich mich auf sie verlassen konnte. Sie war mein Trost, meine Freundin und meine Geliebte. Scham, Wut und Ekel durchfuhren mich in kalten Schaudern.

»Ich will ihn anzeigen«, wiederholte ich. »Ich will, dass alle wissen, was er mir angetan hat, wie er ist, ich will, dass alle wissen …«

»Und was hast du davon?«, fragte sie. »Vielleicht schadet das seinem Ruf ein bisschen, aber die allermeisten werden ihn für unschuldig halten. Für sie bist du das Flittchen, das ihn erpresste, aber er hat sich geweigert zu zahlen, damit du deinen Mund hältst. ›Es gab überhaupt keine Vergewaltigung, sie wollte Geld von mir, und als ich mich weigerte, hat sie diese absurde Anzeige erstattet‹, so wird er sich herausreden. Aber gesetzt den Fall, dass die Richter nicht ihm glauben, sondern dir, und ihn wegen Vergewaltigung verurteilen, was glaubst du wohl, wie lange er verknackt wird? Isländische Richter lachen über solche Fälle, das weißt du. Alle wissen es. Und sogar gesetzt den Fall, dass dir alles gelingt und Tómas für schuldig befunden wird – er bekäme doch höchstens achtzehn Monate aufgebrummt, und davon die Hälfte auf Bewährung, und von dem Rest würde er höchstens die Hälfte absitzen müssen, vielleicht vier, fünf Monate. Und auch das würde nur geschehen, wenn es dir gelingt, die Richter zu überzeugen, dass er schuldig ist.«

Ich wusste, dass sie Recht hatte. Isländische Richter!

»Ich will, dass er leidet. Ich ... will ... dass er ... Ich wünschte, er wäre tot.«

Bettý hörte auf, mir über die Haare zu streicheln.

»Am besten sagst du niemandem etwas davon«, sagte sie. »Am besten bleibt es vollkommen unter uns.«

»Ich hasse ihn.«

»Ich weiß«, sagte Bettý.

Und so geschah es. Ich erzählte niemandem, was passiert war. Es war Bettýs und mein Geheimnis. Nur wir beide wussten davon.

*

Bis die Polizei auf den »Angriff« zu sprechen kam. Tómas wusste natürlich davon, aber ich bin überzeugt, dass er es nie jemandem gegenüber erwähnt hat. Ich wusste sehr gut, was Bettý im Schilde führte. Alles, was sie bis zu diesem Zeitpunkt unternommen hatte, war in jeder Hinsicht durchkalkuliert gewesen. Ich hatte noch keine Vorstellung, wie ich mich verteidigen sollte, sondern hatte die längste Zeit versucht, so zu tun, als wüsste ich von nichts, trotz allem. Trotz der Situation, in der mich die Polizei überraschte, und trotz allem, was zwischen Bettý und mir bis dahin vorgefallen war. Die längste Zeit weigerte ich mich, mich dazu zu äußern. Ich war müde, ich hatte Angst und ich verspürte unendliche Trauer.

»Willst du damit sagen, dass diese Vergewaltigung eine Lüge von Bettý ist?«, fragte Lárus. »Dass gar keine Vergewaltigung stattgefunden hat?«

Ich schaute ihn an.

»Genau«, sagte ich. »Es hat keine Vergewaltigung stattgefunden. Ihr dürft nicht alles glauben, was Bettý sagt.«

»Bist du dir da ganz sicher?«, fragte Dóra.

In ihrer Stimme schwang Anteilnahme mit, und darüber freute ich mich. Vielleicht war sie imstande, sich in meine Situation hineinzuversetzen, wie es war, vergewaltigt zu werden und nachher sagen zu müssen, dass gar nichts vorgefallen war. Vielleicht ahnte sie, wie mir zumute war. Ich musste fast würgen.

»Und sie ist nicht der Grund dafür, dass du Tómas Ottósson Zöega umgebracht hast?«, fuhr Lárus fort.

»Ich habe keine Ahnung, worüber du redest«, sagte ich.

»Warum in aller Welt sollte Bettý deiner Meinung nach diese Vergewaltigung erfunden haben?«, fragte Dóra.

»Ich weiß es nicht«, sagte ich. »Seid ihr fertig? Seid ihr fertig für heute? Ich möchte wieder in meine Zelle, wenn ihr nichts dagegen habt.«

»Du gehst, wenn wir fertig sind«, sagte Lárus.

»In Ordnung«, sagte Dóra. »Du kannst jetzt gehen.«

»Das finde ich ni…«, begann Lárus.

»Wir können morgen wieder mit ihr reden«, sagte Dóra resolut. »Wir haben Zeit genug.«

Ich liege im Finsteren und denke an Bettý. Erst nach der Vergewaltigung fingen wir wirklich ernsthaft an zu überlegen, ob er einem Unfall zum Opfer fallen könnte. Ob es eine Möglichkeit gab, irgendeinen Unfall zu inszenieren, um ihn loszuwerden.

Aber dann ist da noch dieser grauenvolle Gedanke, der mich nicht loslässt.

Konnte Bettý so infam sein, dass sie diese Falle zu Hause bei sich für mich konstruiert und ihn regelrecht auf mich angesetzt hatte? Bislang hatte ich der Tatsache keine Bedeutung zugemessen, dass sie es gewesen war, die mich an dem Tag anrief und mir ausrichtete, dass Tómas mich zu Hause bei sich treffen wollte.

Ich schließe die Augen.

Blut spritzt aus Tómas' Kopf.

Das nächste Mal sah ich Tómas, als er nur noch wenige Minuten zu leben hatte.

20

Ich sehe die Szene vor mir, als es geschah. Sie gleicht einem schneeweißen Albtraum.

Ich wage nicht, die Augen zu schließen. Ich starre in die Dunkelheit und versuche, an etwas anderes zu denken. Manchmal gelingt es. Meistens aber nicht.

Ich will mich nicht daran erinnern. Ich will es irgendwo vergraben, wo niemand daran rühren kann, nicht einmal ich selber. In mir gibt es Fächer, die ich nur ganz selten öffne, manche sogar nie. Ich möchte das alles in ein solches Fach schieben, bis es von selber verschwunden ist. Am liebsten würde ich es austilgen. Nein, am liebsten wollte ich, dass es nie geschehen wäre.

Aber es ist geschehen.

Und es verschwindet nicht.

Ich lasse es nur in kleinen, zusammenhanglosen Bruchstücken an die Oberfläche. Es hatte fast den Anschein, als hätte ich das Geschehen in die Luft gesprengt, und Splitter davon irrten umher, verletzten mich und stachen mich, wenn ich am wenigsten darauf gefasst war. Mein Gesicht verzerrt sich zu einer Grimasse, ich stöhne oder halte mir die Hände vors Gesicht. Manchmal weine ich, wenn diese Splitter, die mich stechen, so viele werden, dass ich unwillkürlich aufschreie.

Ich sehe, wie sie zum Hieb ausholt.

Ich schreie sie an, es nicht zu tun.

Er schaut zu mir herüber, er geht in die Knie und sinkt in den Schnee.

Kurze Zeit später standen wir beide am Rand einer großen Lavaspalte und schauten auf ihn hinunter, der vier Meter tiefer lag. Er schaute mich an und schien mir etwas sagen zu wollen. Seine Lippen bewegten sich, und er streckte eine Hand zu uns hoch. Sein Kopf war ganz blutig, und der Schnee unter ihm rötete sich. Er hatte gar nicht begriffen, was geschehen war, das konnte ich ihm ansehen. Ich sah es an seinen Augen. Er begriff überhaupt nichts. Er war so bemitleidenswert. Dann schlossen sich die Augen ganz langsam, die Hand sank herab und fiel in den Schnee, und er rührte sich nicht mehr. Es fing an zu schneien, und große, weiche Flocken legten sich auf ihn …

Ich starre auf den Tod, und über ihm ist diese eigenartige schneeweiße Helligkeit.

Ich hoffe immer noch, dass es nur ein Albtraum ist, aus dem ich erwache, um wieder in mein altes, klappriges Auto zu steigen, das nicht immer anspringt, und in mein kleines Büro zu fahren und nie von Bettý gehört oder Tómas getroffen zu haben. Ich hoffe immer noch, dass ich wieder zu dem Leben erwache, das ich lebte, bevor ich Bettý begegnete. Mein Wunsch geht nicht in Erfüllung. Es ist, als hätte ich nie ein anderes Leben gehabt als das mit Betty. Ich weiß nicht mehr, was ich glauben soll. Manchmal hasse ich sie. Manchmal sehne ich mich so verzweifelt nach ihr, dass ich körperliche Schmerzen empfinde.

Der Schnee war ein glücklicher Umstand für uns. Große, schwere Flocken, die vom Himmel rieselten und das Verbrechen verhüllten. Unsere Spuren verhüllten. Tómas war tot, und wir waren sehr überlegt vorgegangen. Wir waren auf zwei Motorschlitten unterwegs gewesen. Tómas' Schlitten musste in die Spalte gesetzt werden. Betty übernahm das. Sie fuhr zweihundert Meter vom Spaltenrand zurück, gab Gas und warf sich, kurz bevor sie den Rand der Spalte erreichte, vom Schlitten, der in die Spalte stürzte, gegen die Lavawand krachte und in der Tiefe verschwand. Rauch schlängelte sich vom Grund der Spalte hoch. Betty stand auf und klopfte sich den Schnee ab. Ich würgte. Bittere Galle stieg in mir hoch, und immer wieder musste ich in den Schnee spucken.

Betty umsorgte mich.

Ich fühle mich besser, wenn ich an das Vorgefallene wie an einen Traum zurückdenke. Wie an etwas Irreales, das nie stattgefunden hat. So möchte ich es am liebsten haben, wie etwas, das ich vor mir sehe, das aber nie geschehen ist. Und ich weiß, dass ich bald aufwachen werde, und dann bin ich nicht in dieser dreckigen Gefängniszelle, sondern zu Hause in meinem Zimmer und schaue auf das Foto von Papa auf dem Nachttisch, und er lächelt mich wie immer an.

Ich muss bloß aufwachen.

Könnte ich doch bloß aufwachen.

Betty und ich schauten in die Spalte hinunter. Der Motorschlitten lag so bei Tómas, dass es ganz den Anschein hatte, als habe er einen schrecklichen Unfall gehabt. Wir hatten zu dritt diese Fahrt mit den Motorschlitten unternommen, und dann passierte es tragischerweise, dass er auf seinem Schlitten in die Spalte stürzte. Er hatte sich von uns getrennt und gesagt, dass er seinen neuen Motorschlitten testen müsse. Tómas hatte ihn gerade erst eine Woche vorher gekauft, und dieser Wochenendausflug drehte sich vor allem darum, ihn auszuprobieren. Ein Freund aus Reykjavík besaß das Wochenendhaus, das uns zur Verfügung stand. Es befand sich nicht in einer Ferienhauskolonie, sondern stand ganz allein für sich in der winterlichen Einöde. Genau der richtige Ort für Schlittentouren im Winter, hatte der Freund gesagt, aber auch erwähnt, dass Tómas, Betty und ich uns vor den vielen Spalten in Acht nehmen müssten, die sich in einem bestimmten Gebiet in nordöstlicher Richtung vom Haus befanden.

Tómas war bekannt für seine draufgängerische Art. Bekannt dafür, bei welchem Fahrzeug auch immer, das Gaspedal voll durchzutreten und niemals einen Helm oder einen Sicherheitsgurt zu benutzen.

Ich trat zurück von der Kante und sank in den Schnee. Betty kam zu mir und kniete sich neben mich. Sie griff mir unter das Kinn und hob mein Gesicht an, bis wir uns in die Augen sahen.

»Wir haben lange genug darüber gesprochen, dass wir es tun würden«, sagte sie.

»Du hast mir nicht gesagt, dass es jetzt sein würde. Ich …«

»Was?«

»Es ist eine Sache, darüber zu reden«, sagte ich.

»Es wird keine Probleme geben.«

»Ich kann es nicht glauben. Weißt du, was du getan hast? Du hast ihn umgebracht! Du hast Tómas umgebracht!«

»Wir«, sagte Betty̌ und stand auf. »Vergiss das nicht. Wir haben das für uns getan. Für unsere Zukunft.«

»Zukunft?«, stöhnte ich.

Es schneite unentwegt. Betty̌ briefte mich mit den Lügen, die sie sich zurechtgelegt hatte.

Als er nicht von der Schlittenfahrt zurückkehrte und es anfing, dunkel zu werden, brachen wir auf, um nach ihm zu suchen. Wir fuhren auf dem anderen Schlitten und versuchten, seinen Spuren zu folgen, aber es hatte den ganzen Tag so geschneit und geweht, dass seine Spuren verschwunden waren. Wir riefen und schrien, aber vergeblich. Dann kehrten wir in das Ferienhaus zurück. Dort war keine Netzverbindung, deswegen konnten wir die Handys nicht verwenden. Wir mussten zum nächsten Bauernhof fahren, von wo aus wir die Polizei und die Rettungsmannschaften verständigten.

Die Leute auf dem Hof behielten uns bei sich. Es war Mitternacht, und wir saßen im Wohnzimmer. Die Frau des Hauses kochte Kaffee. Das Ehepaar und die schon erwachsenen Kinder kümmerten sich rührend um uns.

Obwohl Tómas mir das angetan hatte, weinte ich. Niemand verdiente es, so zu sterben.

Betty saß nur stumm da, ohne irgendeine Reaktion zu zeigen.

Polizei und Rettungsmannschaften trafen noch in der Nacht auf dem Hof ein. Wir fuhren mit ihnen zu dem Ferienhaus, das sehr abgelegen liegt, weil der Besitzer nicht belästigt werden möchte. Seit dem Morgen waren Unmengen von Schnee niedergegangen, und deswegen war es mit Schwierigkeiten verbunden, wieder zum Haus zu gelangen. Als sich herausstellte, dass kein Geringerer als Tómas Ottósson Zöega vermisst wurde, wurden nicht nur weitere Rettungsmannschaften auf den Plan gerufen, sondern auch der Hubschrauber der Küstenwache. Von der Firma wurden weitere Helikopter angemietet. Bei Tagesanbruch sah das Gelände rings um das Haus herum wie ein seltsames Schlachtfeld aus, mit Hubschraubern, Geländewagen, Motorschlitten, dutzenden von Menschen und bellenden Hunden, die sich in alle Himmelsrichtungen zerstreuten.

Betty und ich beteiligten uns ebenfalls an der Suche. Wir fuhren auf Motorschlitten, stapften mit den Rettungsmannschaften durch den tiefen Schnee. Betty bestieg einen der Hubschrauber, und sie überflogen das Gelände mit ihr. Unsere Aussagen waren wichtig. Wir konnten ihnen Hinweise geben, denn wir hatten gesehen, in welche Richtung Tómas losgefahren war, und wir konnten ihnen sagen, dass wir ihn zuletzt in östlicher Richtung am Horizont gesehen hatten. Sie hörten uns zu und organisierten die Suche in Übereinstimmung mit unseren Aussagen.

Nichts davon war wahr.

Sie sahen, dass ich unter Schock stand, und sagten mir, ich solle mich hinlegen. Im Hause herrschte ein totales Chaos, denn sie hatten es in ein Basislager umgewandelt. Ich fand ein unbenutztes Zimmer und legte mich völlig erschöpft ins Bett, nicht weil ich vierundzwanzig Stunden lang kein Auge zugetan hatte, sondern wegen dem, was Betty und ich getan hatten. Ich sehnte mich danach, es dem Nächstbesten ins Gesicht zu schreien. Alles zu gestehen. Mich von allem zu befreien, was mich quälte.

Ich habe ihn nicht umgebracht. Falls das eine Entschuldigung ist. Ich wusste ja nicht einmal, dass Betty es vorhatte. Ich hatte zwar immer eine gewisse Befriedigung verspürt, darüber zu reden, Pläne zu schmieden und mir vorzustellen, wie es werden würde, wenn alles vorüber wäre. Erst als Bettýs Hiebe auf ihn niedergingen, begriff ich, welch unbeugsamer und unerbittlicher Wille dahinter steckte.

Ich war nicht daran beteiligt, den Mord so zu planen. So weit waren wir in unseren Gesprächen nie gekommen. Als der Vorschlaghammer auf Tómas niederging, hatte ich das Gefühl, sie hätte gleichzeitig mich getroffen.

Ich weiß nicht mehr, was ich glauben soll. Ich bin mitschuldig, bis zu einem gewissen Grad mitschuldig.

Aber ich bin keine Mörderin.

Ich bin keine Mörderin.

21

Das Blut spritzte in alle Richtungen. Ich schrie Betty an und sah, wie Tómas in die Knie ging und das Bewusstsein verlor. Ich musste würgen und mich übergeben. Aus den Augenwinkeln beobachtete ich, wie Betty den Vorschlaghammer sinken ließ. Tómas lag reglos im Schnee.

Ich war ihm aus dem Weg gegangen, seitdem er mich vergewaltigt hatte. Betty wusste, dass ich nicht mehr bereit war, für ihn zu arbeiten. Nach diesem Grauen wollte ich ihn nie wieder sehen. Ich wollte nie wieder mit ihm reden. Ich wollte nie wieder etwas mit ihm zu tun haben. Am liebsten hätte ich ihn vor Gericht gezerrt, aber Betty hatte so lange auf mich eingeredet, dass ich Abstand davon nahm. Sie hatte gesagt, es sei nicht ratsam, aber das war nur deswegen, weil sie ganz andere Dinge im Sinne hatte. Es war damals bereits beschlossene Sache. Sie hatte sich bestimmte Pläne zurechtgelegt und schärfte mir ein, ich müsse so tun, als sei nichts geschehen, wenn sie aufgehen sollten.

Ich weiß, dass sie Tómas vorschlug, uns zu versöhnen. Mir sagte sie, dass jetzt die Gelegenheit gekommen sei. Sie fuhren einen Tag vor mir. Als ich eintraf, wollten sie gerade zu einem Ausflug aufbrechen und waren startklar. Tómas und ich begrüßten uns nicht. Er war draußen und ließ den Motor aufheulen. Er trug weder einen Helm noch eine Schutzbrille. Bettý sagte mir, ich solle mich beeilen, mir einen Skianzug anziehen und mich hinter sie auf den Schlitten setzen. Tómas war bereits vor uns davongebraust.

Bettý sprach darüber, dass »jetzt die Gelegenheit« gekommen war. Ich versuche, so wenig wie möglich darüber nachzudenken. Es klingt so bizarr, ganz wie in einem billigen Reißer. Manchmal kommt es mir so vor, als sei ich deswegen dorthin gefahren, um Bettý an ihrem Vorhaben zu hindern. Oder um zu sehen, wie weit sie gehen würde. Manchmal finde ich, dass ich dorthin gefahren bin, um Zeugin bei einem potenziellen Mord zu sein.

Ich traue mich nicht mehr, einzuschlafen. Tómas verfolgt mich bis in den Schlaf. Jedes Mal, wenn ich einnicke, ist er da und schaut mit anklagendem Blick aus der Spalte zu mir herauf. Ich werde ihn nicht los. Ich ängstige mich davor, einzuschlafen und ihn wiederzusehen und alles wieder vor Augen zu haben, das Blut, den Schlitten, Tómas.

Und Bettý mit dem entsetzlichen mordgierigen Blick und den Blutspritzern im Gesicht.

Ich habe nicht vor, mich vor meiner Verantwortung zu drücken. Das ist unter meiner Würde und kommt nicht infrage. Ich tat, was sie mir zu tun befahl, und ich half ihr, die Spuren zu verwischen. Ich bin ihr blind gefolgt. Für sie hätte ich alles getan. Das habe ich schon einmal gesagt. Sie übte eine Macht über mich aus, die ich nur schwer erklären kann, und infolgedessen war ich völlig blind. Ich fand, dass wir damit durchkommen könnten. Ich war der Meinung, dass wir es wie einen Unfall aussehen lassen konnten und dass wir dann frei wären. Betty hätte ihr Geld. Ich hätte Betty.

Bevor wir aufbrachen, um hinter Tómas auf seinem neuen Motorschlitten herzufahren, fragte Betty, ob jemand mich gesehen hätte, als ich aus der Stadt fuhr.

»Nein«, sagte ich. »Ich bin sehr früh losgefahren. Es war noch völlig dunkel.«

»Hast du unterwegs irgendwo Halt gemacht?«

»Nein, ich bin direkt hierher gekommen. Niemand hat mich gesehen.«

»Hast du gestern Abend jemanden getroffen?«

»Nein.«

»Hast du jemanden angerufen, oder hast du mit jemandem telefoniert?«

»Nein«, sagte ich.

Sie nickte.

»Komm«, sagte sie, »wir fahren los.«

Sie fanden die Leiche nicht. Trotz des technischen Equipments, trotz Hunden und trainierten Suchmannschaften. Als das Wetter umschlug und ein Sturm hereinbrach, konnten die Hubschrauber nicht mehr eingesetzt werden. Die Suchmannschaften mussten zwei Tage lang im Basislager ausharren, und als das Unwetter nachließ, war die Landschaft völlig verändert. Betty und ich waren keine große Hilfe. Betty hatte angefangen, die trauernde Witwe zu mimen. Sie erhielt all die Anteilnahme, die einer solchen Frau gebührt. In ihrer Nähe wurde nur geflüstert, man brachte ihr heißen Kakao und versicherte sie der Anteilnahme. Der eine oder andere umarmte sie teilnahmsvoll. Als mehr oder weniger klar war, dass die Suchaktion keinen Erfolg haben würde, flogen wir in einem der Hubschrauber nach Akureyri und wurden vom Flughafen nach Hause gefahren. Betty ließ sich in ihr und Tómas' großes Haus bringen. Als ich in meinem Reihenhaus ankam, war ich zu nichts anderem fähig, als völlig entkräftet ins Bett zu sinken.

Es war Abend, und das Haus war völlig finster. Überall kohlrabenschwarze Finsternis.

*

Ich weiß nicht, ob ich einschlief oder nur im Halbschlaf dahindämmerte, als plötzlich das Telefon klingelte. Es war Betty. Ich hörte, dass sie rauchte. Die Stimme klang heiser.

»Ist alles in Ordnung bei dir?«, fragte sie.

»Nein«, sagte ich. »Nichts ist in Ordnung. Gar nichts. Sie werden ganz bestimmt herausfinden, was passiert ist. Sie werden uns auf die Spur kommen. Wir landen im Gefängnis. Nichts ist in Ordnung, Betty! Nichts!«

»Schon gut«, sagte sie besänftigend.

»Ich wusste nicht, dass du es so machen wolltest«, sagte ich. »Wir haben nie darüber geredet. Was hast du dir dabei gedacht? Warum hast du mir nichts gesagt?«

»Es war einfach genau die richtige Gelegenheit«, erklärte Betty. »Ich bin sicher, dass alles in Ordnung geht. Sie finden ihn nicht so bald.«

»Mein Gott, Betty, was haben wir getan?«, stöhnte ich. »Was haben wir getan?«

»Nichts, Sara«, sagte Betty. »Denk daran, immer. Wir haben nichts getan. Das Wichtigste ist im Augenblick, sich an die Geschichte zu halten. Tómas ist mit dem Schlitten losgefahren und nicht zurückgekommen. Denk daran. Das ist das Einfachste. Tómas ist losgefahren und nicht zurückgekommen.«

»Oh, Betty …«

»Ich weiß, Liebling.«

Ich hörte, wie sie den Rauch ihrer griechischen Zigarette inhalierte. Ich sehnte mich danach, bei ihr zu sein. Mich an sie zu kuscheln. Mit ihr zusammen zu sein. Zu spüren, wie stark sie war.

»Kannst du zu mir kommen?«, fragte ich.

Schweigen.

»Betty?«

»Nein«, erwiderte sie. »Wir müssen uns bedeckt halten. Wir können uns im Augenblick keine Klatschgeschichten leisten. Später, mein Schatz, später können wir zusammen sein.«

»Betty …« Ich schluchzte ins Telefon.

»Es wird alles in Ordnung kommen, Sara. Wir müssen zusammenstehen und uns an unsere Geschichte halten. Dann kommt alles wieder in Ordnung. Verstanden?«

Ich weinte ins Telefon.

»Hast du das verstanden?«, wiederholte sie brüsk.

»Ja«, erwiderte ich. »Wir müssen zusammenhalten. Ich weiß.«

»Es kommt alles wieder in Ordnung«, sagte sie. »Vertrau mir, tu das doch bitte. Willst du mir vertrauen?«

»Ja«, sagte ich. »Das … Ich vertraue dir …«

»Wir haben in den nächsten Wochen keine Verbindung zueinander.«

»Nein.«

»Du hast für Tómas gearbeitet und warst eine Freundin der Familie.«

»Ja.«

»Ich war seine gute, treue Frau.«

»Ja.«

»Es wird sicher einen Riesenwirbel geben, wenn sie ihn finden.«

»Ja«, sagte ich. »Das wird ein Riesenwirbel.«

»Du und Leó, ihr wolltet zusammen zu Besuch kommen. Aber Leó kam in letzter Minute etwas dazwischen.«

»Ja«, sagte ich.

»Deswegen bist du allein gekommen.«

»Ja.«

Plötzlich kam ich zur Besinnung. Leó? Hatte sie Leó gesagt? Was war mit Leó?

»Aber ich wollte doch gar nicht mit Leó zu euch kommen«, sagte ich. »Was meinst du eigentlich? Was redest du da von Leó?«

»Sie finden es womöglich verdächtig, dass wir beide allein mit Tómas da in dem Haus sein wollten. Verstehst du? Da könnte jemand etwas Lasterhaftes dahinter wittern … wir beide und er … das wollen wir nicht. Ich habe mit Leó geredet und …«

»Hast du mit Leó geredet? Wir sind doch gerade erst in die Stadt gekommen!«

»… er ist bereit, das zu tun. Er ist bereit zu sagen, dass er mit dir zu uns hinauskommen wollte, dass ihm dann aber etwas dazwischengekommen ist. Es ist besser so.«

»Warum Leó? Weiß er etwas? Hast du ihm … hast du ihm etwas gesagt?«

»Er weiß nichts«, sagte Betty. »Er macht das für Tozzi. Ich habe ihn darum gebeten. Er wird den Mund halten. Er will nicht, dass Tómas' Name in den Dreck gezogen wird. Es wird genügend üble Klatschgeschichten geben, und Leó will uns dabei helfen, zumindest diese eine aus der Welt zu räumen.«

»Aber wollte er denn nicht wissen, weshalb er lügen sollte? Fand er das nicht verdächtig? Bist du übergeschnappt, ihn da hineinzuziehen? Bist du übergeschnappt, mit Leó zu reden? Er schöpft jetzt womöglich Verdacht und …«

»Er hat gar keine Fragen gestellt«, sagte Betty, »und er wird keinen Verdacht schöpfen. Er hat sofort begriffen, um was es ging, und er war mehr als bereit zu verhindern, dass Tómas' Name in den Dreck gezogen wird.«

»Leó?«

»Es ist besser so.«

»Warum hast du das nicht zuerst mit mir besprochen?«

»Dazu war keine Zeit.«

»Aber …«

»Vertrau mir«, sagte Betty. »Vertrau mir. Es kommt alles in Ordnung.«

»Aber …«

Ich hatte keine Wahl. Ich vertraute ihr. Ich hatte ihr immer vertraut.

Dann gingen wir die Aussage durch, die wir noch nicht geübt hatten, wie das Wochenende geplant war, dass Leó mit mir kommen sollte, aber verhindert war.

22

Der Rechtsanwalt sagte mir eines Tages, dass Besuch für mich da sei. Er hatte eine Beschwerde eingelegt, weil er nicht immer zu den Verhören hinzugezogen wurde, und die Sache ziemlich aufgebauscht. Deswegen seien sie ihm ein Gefälligkeit schuldig, und so sei die Genehmigung zu diesem Besuch zustande gekommen.

»Ich habe nicht um Besuch gebeten«, sagte ich.

Er stand mit seiner Aktentasche in der Tür der Zelle und lächelte so, als hätte er mir einen unschätzbaren Gefallen getan.

»Sie kam zu mir«, sagte er. »Ich fand es richtig, dass ihr euch sehen könntet.«

»Wer? Wer ist diese ›sie‹?«

»Deine Mutter«, sagte er.

»Meine Mutter?«

»Ja, warum bist du darüber so erstaunt?«

»Hat meine Mutter vor, mich zu besuchen?«

»Sie hat es nicht vor, sondern sie ist mit mir gekommen. Sie wartet draußen auf dich«, sagte er selbstgefällig.

»Hier? Meine Mutter wartet hier draußen auf mich?«

»Komm, meine Liebe«, sagte der Rechtsanwalt.

»Nenn mich nicht ›meine Liebe‹«, sagte ich. Er tat das manchmal, und es ging mir immer auf die Nerven.

»In Ordnung«, sagte er.

»Ich habe kein Interesse daran, sie zu sehen.«

Ich hätte nicht schockierter sein können, wenn er mir gesagt hätte, mein Vater sei von den Toten auferstanden. Das Verhältnis zwischen meiner Mutter und mir war denkbar schlecht. Sie wollte nichts mit mir zu tun haben und ging mir aus dem Weg. Von meinem liebenswürdigen Bruder wusste ich, dass sie erklärt hatte, ich sei nicht mehr ihre Tochter.

»Natürlich möchtest du sie sehen«, sagte der Rechtsanwalt, der nichts über unser Verhältnis wusste. »Sie ist doch deine Mutter!«

»Nein«, sagte ich. »Sag ihr, sie soll gehen.«

Es verschlug ihm die Sprache.

»Sie ist zu mir gekommen«, sagte er nach einer ganzen Weile. »Ich musste mich ganz schön anstrengen, diesen Besuch zu arrangieren. Ich weiß nicht, was zwischen euch ist, darüber ist mir nichts bekannt, aber deine Mutter scheint mir eine sehr liebe Frau zu sein, die sich große Sorgen um ihre Tochter macht. Sprich mit ihr. Es wird dir gut tun.«

»Warum will sie mich sehen?«

»Frag sie selber«, sagte der Rechtsanwalt.

»Sie kann mich nicht ausstehen«, sagte ich.

»Sprich mit ihr«, sagte er. »Es wird dir gut tun.«

*

Sie war schlanker, als ich sie in Erinnerung hatte. Und sie war gealtert.

Da ich ihr sehr lange nicht von Angesicht zu Angesicht gegenübergestanden hatte, war das Bild, das ich von ihr im Gedächtnis hatte, ganz anders als die Wirklichkeit. Als sie jetzt vor mir stand, sah ich, wie übel die Zeit den Menschen mitspielt. Auch einer eleganten, schönen Frau wie Mama. Sie färbte sich das Haar immer noch blond und trug Lidschatten. Sie hatte Falten bekommen, das Gesicht wirkte länglicher, die Hände sahen alt aus und die Adern traten hervor. Sie versuchte zu lächeln, aber dabei kam nur eine Grimasse heraus.

»Sie durchsuchen einen hier«, sagte sie.

Sie grüßte nicht. Machte keinen Versuch, sich mir zu nähern oder mich in die Arme zu nehmen und mir ein paar tröstende Worte zu sagen oder mir einfach Vorwürfe zu machen. Sie beschwerte sich.

»Das war bestimmt unangenehm«, sagte ich. »Warum bist du gekommen?«

»Ich darf doch wohl meine Tochter besuchen, ohne irgendwelche Erklärungen abgeben zu müssen.«

»Das hast du bislang nicht getan.«

Sie verstummte. Wir schwiegen beide.

»Viel Zeit habe ich nicht bekommen«, erklärte sie.

»Nein«, sagte ich.

Dann schwiegen wir noch eine Weile.

»Ich habe mit der Ärztin gesprochen«, sagte sie schließlich.

»Mit der Ärztin?«

»Mit der, die dich hier im Gefängnis besucht.«

»Mit der Psychiaterin? Hast du die Psychiaterin angerufen?«

»Sie war sehr freundlich. Ich habe in der Zeitung gelesen, dass du auf deinen Geisteszustand hin untersucht wirst, wie sie es ausgedrückt haben. Was ich nicht alles über dich in den Zeitungen lese! Ich habe herausgefunden, wer dich behandelt, und dann habe ich sie angerufen.«

»Wie denn?«

»Na, ich habe einfach angerufen.«

»Nein, ich meine, wie hast du das herausgefunden?«

»Durch unseren alten Hausarzt. Sie ist mit ihm verwandt oder so etwas. Ich habe mir erlaubt, mit ihr zu sprechen. Sie schien nichts dagegen zu haben.«

»Warum hast du sie angerufen?«

»Ich wollte wissen, wie es dir geht.«

»Warum?«

»Was meinst du damit, warum? Du bist meine Tochter.«

»Die du unerträglich findest. Hast du das vergessen? Hast du vergessen, dass ich andersherum bin? Dass ich lesbisch bin?!«

»Es ist völlig sinnlos, so zu reden«, sagte sie. »Es ist sinnlos, sich so aufzuregen, nur weil ich mit dir reden möchte.«

Ich schaute sie an und stand kurz davor, meine angestaute Wut an ihr auszulassen. Sie mit meiner ganzen Angst und Wut, mit meinen Phobien und meiner Panik zu konfrontieren und ihr gehörig die Meinung zu sagen. Aber ich sagte nichts. Sie starrte auf einen Fleck irgendwo hinter mir, als würde sie sich nicht trauen, mir in die Augen zu blicken.

»Entschuldige«, sagte ich.

»Hast du es getan?«, fragte sie. »Was da in den Zeitungen steht?«

»Bist du gekommen, um das in Erfahrung zu bringen?«

»Nein, ich glaube nicht daran, was die Zeitungen sagen. Ich glaube nicht, dass du so etwas tun kannst. Nicht meine Tochter.«

»Deine Tochter?«

»Ja, meine Tochter.«

»Deine Tochter, die Lesbe?«

Sie schaute mich an.

»Ich habe nie verstehen können, wie du bist.«

»Du hast es nie versucht.«

Ich klang schroffer, als ich beabsichtigt hatte.

»Vielleicht nicht«, sagte sie. »Vielleicht können wir das ein wenig korrigieren.«

»Korrigieren?«

»Darüber reden. Vielleicht können wir uns hinsetzen und darüber reden, über dich und über uns. Ich weiß, dass ich nicht ...«

Ich sah, wie schwer sie sich mit diesem Gespräch tat.

»Du fühlst dich bestimmt furchtbar«, sagte sie. »Möchtest du mir sagen, was passiert ist? Ich weiß, dass du nicht imstande bist, jemandem etwas zuleide zu tun.«

»Bist du dir da sicher? Du weißt gar nichts über mich. Seit vielen, vielen Jahren hast du nichts von mir wissen wollen. Du hast dich lange für mich geschämt, und bestimmt jetzt noch mehr als je zuvor.«

»Trotzdem bin ich hierher gekommen, um mit dir zu reden«, sagte sie. »Ich weiß, dass ich dir nicht viel Verständnis entgegengebracht …«

»Viel Verständnis!«, äffte ich sie nach.

»… und es ist ganz bestimmt meine Schuld, dass wir keine Verbindung zueinander gehabt haben, aber ich möchte das ändern. Ich möchte dir helfen.«

»Glaubst du nicht, dass es zu spät dafür ist?«

»Es ist nie zu spät«, sagte sie.

»Was hat die Psychiaterin zu dir gesagt?«

»Sie sagte, es sei gut, wenn wir uns treffen und miteinander reden würden.«

Sie zögerte.

»Dass es dir gut tun würde, weil es dir schlecht geht.«

»Und da hast du auf einmal Gewissensbisse gekriegt?«

»Ich …«

»Hat sie dir gesagt, dass du dem armen Mädchen gegenüber ruhig etwas verständnisvoller hättest sein können, obwohl es so ist, wie es ist?«

»Sie … Ich habe auch mit deinem Bruder gesprochen.«

»Deine Hilfe bringt mir nichts«, sagte ich und stand auf. »Nicht jetzt und nicht früher. Nie. Hast du das verstanden? Du hast mich die ganzen Jahre wie Luft behandelt, und du hast jetzt auch nichts in meinem Leben zu suchen. Gar nichts. Es ist zu spät, begreifst du? Zu spät. Für dich und für mich!«

Ich trat gegen die Tür, die sich unverzüglich öffnete. Guðlaug mit den Clogs hatte Schicht.

»Ich möchte wieder in meine Zelle«, sagte ich.

»Aber du darfst noch länger draußen sein«, sagte sie und schaute Mutter an.

»Ich habe kein Interesse daran«, sagte ich und verließ den Raum. Dann erinnerte ich mich an eine kleine Bemerkung, drehte mich in der Tür um und schrie sie an:

»Und meinem Bruder kannst du sagen, dass er mich am Arsch lecken kann!«

23

Nach fünf Wochen fanden sie Tómas' Leiche. Es hatte lange Zeit stark geregnet. Die Suchmannschaft aus Akureyri gab nicht auf, obwohl die Suche offiziell abgeblasen worden war. Sie durchkämmten immer wieder die ganze Gegend, und zum Schluss waren ihre Mühen von Erfolg gekrönt. Sie seilten sich in die Spalte ab, holten die Leiche heraus und hievten den Schlitten mit Gurten hoch. Sie handelten völlig unüberlegt, die jungen Leute aus der Rettungsmannschaft, die stolz auf ihre Leistung waren, dass sie die Leiche gefunden hatten. Die Polizei war alles andere als erfreut. Unter Umständen wie diesen muss immer die Kriminalpolizei hinzugezogen werden. Sie hätten den Leichenfund unverzüglich melden müssen, ohne etwas anzurühren.

Als die Polizei endlich eingeschaltet worden war, befand sich die Leiche in einem Hubschrauber auf dem Weg nach Akureyri. Der Schlitten stand am Rand der Spalte, und die Männer der Rettungsgesellschaft gaben später zu, dass sie an ihm herumgefummelt hatten.

Von Bettý hatte ich fast die ganze Zeit nichts gehört. Ich versuchte, sie anzurufen, aber sie ging nie an den

Apparat. Wir hatten zwar abgesprochen, dass wir uns sehr zurückhalten mussten, aber trotzdem hatte ich das Gefühl, dass sie mir absichtlich aus dem Weg ging. Vielleicht lag es daran, dass ich mich verfolgt fühlte und unter grauenvollen Schuldgefühlen litt, die aus allen Richtungen auf mich einstürmten und mir so zusetzten, dass ich kurz davor stand, zur Polizei zu gehen und zu berichten, was geschehen war. Alles. Von dem Zeitpunkt an, als ich Bettý im Vortragssaal erblickte bis zu dem Moment, wo wir unsere Spuren am Rand der Spalte verwischten.

Ich war nicht imstande zu arbeiten. Ich fuhr nach Reykjavík in meine neue Wohnung, in der ich völlig zermürbt herumtigerte. Ich sehnte mich nach Bettý. Ich sehnte mich danach, mit ihr zu reden, ihre Stärke zu spüren, ihre beruhigende Stimme zu hören, sie sagen zu hören, dass sich alles einrenken würde. Ich sehnte mich danach, sie sagen zu hören, dass es bald vorüber sein würde. Dass alles vergraben und vergessen wäre und wir zusammen sein könnten, für immer. Ich brauchte sie so sehr, dass ich fast verrückt wurde. Ich versuchte wieder, bei ihr anzurufen. Ich versuchte, die tröstenden Worte zu finden, von denen ich wusste, dass sie sie für mich bereithielt, aber es war, als sei sie vom Erdboden verschluckt worden.

Sie war so viel stärker als ich. Sie brauchte mich augenscheinlich nicht in diesen entsetzlichen Zeiten. Sie nahm von sich aus keine Verbindung mit mir auf. Kein Wort. Gar nichts.

Das Letzte, was ich von ihr gehört hatte, war: Vertrau mir.

Ich ging zwar in die Niederlassung des Unternehmens in Reykjavík, aber ich war de facto arbeitsunfähig. Nach einer Besprechung, bei der ich völlig daneben war, rieten meine Kollegen mir, nach Hause zu gehen und mir Ruhe zu gönnen. »Nimm dir frei, du hast doch noch ein paar Tage Resturlaub.«

In der Zeit, bevor Tómas' Leiche gefunden wurde, wurde ich einmal von der Kriminalpolizei in Reykjavík vorgeladen. Es war angeblich eine Routinesache. Der Fall wurde als Vermisstenfall behandelt. In Akureyri sei keine Zeit gewesen, meine Aussage zu protokollieren. Das würde jetzt nachgeholt. Es war ein ganz sympathischer Kriminalbeamter, der mir das am Telefon sagte und mich fragte, ob ich am nächsten Vormittag bei ihnen hereinschauen könnte.

Bettý und ich hatten die Aussage zusammen geübt, und mir war völlig klar, dass ich nicht davon abweichen durfte, aber ich hatte keine Ahnung, was sie wussten, und ich konnte mir überhaupt nicht vorstellen, wonach sie fragen würden. Eigentlich konnten sie nichts wissen, aber trotzdem war ich davon überzeugt, dass ich allein durch mein Mienenspiel preisgeben würde, dass ich in kriminelle Machenschaften verstrickt war. Früher bin ich nie imstande gewesen, überzeugend zu lügen, sondern erst jetzt. Jetzt bin ich Meister darin.

Anscheinend hatten sie bereits mit Bettý gesprochen. Der eine der Beamten war Lárus, der mich später noch oft verhören sollte. Den anderen habe ich nie wieder gesehen. Ich glaube, Lárus nannte ihn Sigurður. Sie sprachen über einen Erlendur, glaube ich, als ich eintraf, und über ein Skelett, das man im Kleifarvatn-See gefunden hatte.

Sie fragten mich nach meiner Verbindung zu Leó. Ich erinnerte mich an Bettýs Worte und wiederholte, was sie gesagt hatte. Zwischen uns gab es keine andere Verbindung, als dass wir beide für Tómas gearbeitet hatten und uns über die rein geschäftlichen Verbindungen hinaus mit Bettý und Tómas angefreundet hatten. Tómas und Leó waren gute Freunde. Bettý und ich waren gute Freundinnen. Ursprünglich wollten wir das Wochenende zu viert verbringen, aber Leó war in letzter Minute etwas dazwischengekommen. Sie nickten zustimmend.

»Und er wollte den neuen Schlitten testen, Tómas meine ich?«

»Der Motorschlitten war ganz neu, soweit ich weiß.«

»Ja, das stimmt«, sagte Lárus.

»War sonst noch jemand dabei?«

»Nein, niemand.«

»Nur ihr beiden Frauen und Tómas? Kam das häufig vor?«

»Nein. Leó war verhindert.«

»Ja, das stimmt, das hat Bettý auch gesagt.«

Ich dankte ihr im Stillen, dass ihr Leó eingefallen war. Sie hatte an alles gedacht.

»Tómas hatte diesen Wochenendtrip geplant«, sagte ich, und sie nickten zustimmend.

Sie fragten mich nach einigen Details, und ich war der Meinung, mich wacker geschlagen zu haben. Ich machte einen auf Betroffenheit, sprach leise und schaute sie mit besorgter, verzweifelter Miene an, hauptsächlich, um nicht nervös zu wirken und meine Angst zu unterdrücken.

Ich ging davon aus, dass Betty, die trauernde Witwe, in Akureyri war, aber eines Tages erfuhr ich, dass sie sich in Reykjavík aufhielt. Verzweifelt versuchte ich, sie anzurufen. Wie zuvor ging niemand an den Apparat. Ich fuhr zu ihrer Villa im Þingholt-Viertel, aber drinnen waren weder Licht noch irgendwelche anderen Anzeichen menschlicher Anwesenheit zu sehen. Ich blieb vor dem Haus im Auto sitzen und wartete, aber sie ließ sich nicht blicken.

Ich benahm mich lächerlich, so komplett lächerlich, als hätte ich auch noch das letzte bisschen Verstand verloren, das ich besaß. Ich setzte sogar eine Sonnenbrille auf. Ich fuhr zum Hotel Saga und lag dort auf der Lauer. Ich weiß nicht, was ich mir dabei dachte. Ich wusste nicht, was ich tun würde, wenn ich sie zu Gesicht bekäme. Würde ich aus dem Auto stürzen und zu ihr laufen? Würde ich ihr nachrufen?

Ich bekam sie nirgends zu Gesicht. Andere Orte in Reykjavík, wo sie sich aufhalten konnte, waren mir nicht bekannt. Wir hatten uns entweder im Hotel getroffen, in ihrer Villa oder zu Hause bei mir. Ich hatte ihr einen Schlüssel von meiner Wohnung gegeben, und manchmal war sie zu meiner freudigen Überraschung unangemeldet gekommen.

Ich wusste nicht, wie weit ich gehen durfte. Die Ungewissheit zermürbte mich. Konnte ich einfach ins Hotel gehen und nach ihr fragen? War das verdächtig? Konnte man mir später daraus einen Strick drehen? Warum durften wir nicht zusammen gesehen werden? Wir waren doch angeblich Freundinnen, bevor es passierte. Die Leute haben uns zusammen gesehen. Warum also nicht auch jetzt? Wirkte es nicht genauso verdächtig, wenn wir uns überhaupt nicht mehr trafen und die Verbindung zueinander abbrachen? Ich wollte Bettý nach all diesen Dingen fragen und sie sagen hören: Es kommt alles wieder in Ordnung.

Ich war so allein. Ich war so total entsetzlich allein.

Ich saß im Auto vor dem Hotel Saga und hing meinen Grübeleien nach, ohne zu einem Ergebnis zu kommen. Ich versuchte, es vor mir zu rechtfertigen, dass ich hineinging und mich nach Bettý erkundigte. Früher hatte ich das mit einem Lächeln im Gesicht getan. Jetzt konnte es gefährlich sein, oder? Aber was sollte eigentlich daran gefährlich sein? Wir waren Freundinnen. Wir konnten uns doch treffen. Ich durfte im Hotel nach ihr fragen. Wieso sollten wir dort nicht verabredet sein?

Ich stieg aus dem Auto. Gott sei Dank erinnerte ich mich daran, die Sonnenbrille abzunehmen, bevor ich das Foyer betrat. Dort war eine Frau, die ich nie zuvor gesehen hatte, und mein Herz tat einen erleichterten Sprung. Sie kannte mich nicht. Aber in dem Augenblick, als ich mich der Rezeption näherte, klingelte das Telefon, und sie nahm den Hörer ab. Aus einer Büronische dahinter erschien meine Freundin, die lächelnde Blondine mit dem großen Busen, die mir früher immer so nachgeblickt hatte, als sei ich auf dem Weg zu einer Sexorgie.

Es war zu spät, um einen Rückzieher zu machen. Sie hatte mich erblickt.

»Betty ist nicht hier«, sagte sie in einem Ton, dass man es durchs ganze Foyer hören konnte.

Ich war stinkwütend auf mich, so dämlich zu sein. Dann wurde ich wütend auf sie. Als könnte ich nicht auch einen anderen Grund haben, ihr Hotel zu betreten, als Betty zu treffen. Was ging es sie an, was ich da tat? Wieso mischte sie sich verdammt noch mal in mein Leben ein? Ich kannte die Person überhaupt nicht. Wenn ich ins Hotel kam, hatte ich manchmal aus lauter Höflichkeit eine Bemerkung über das Wetter gemacht oder etwas ähnlich Belangloses. Ich wollte gerade erwidern, dass ich mit jemand anderem in der Bar verabredet war, als sie auf einmal mit Tómas anfing.

»Ist das nicht schrecklich mit dem armen Tómas?«, faselte sie daher. »Einfach furchtbar, was da mit ihm passiert ist. Man muss doch so aufpassen, wenn man solche Touren unternimmt, das ist doch bekannt. Bei solchen Fahrten tun die Leute ja häufig völlig verrückte Dinge.«

Ich war mir nicht klar, ob sie wusste, dass ich auf dieser schicksalhaften Fahrt dabei gewesen war. Ich hatte aber keine Zeit, darüber nachzudenken.

»Betty war vor drei Tagen hier, aber nur eine Nacht«, sagte sie, ohne dass ich sie danach gefragt hatte.

»Ach so«, sagte ich.

»Ja, die Ärmste war sehr deprimiert. Sie hat mich kaum gegrüßt.«

Nein, genau, dachte ich im Stillen. Bettý hat ja sonst mit Sicherheit besonders großen Wert darauf gelegt, mit dir dummen Gans zu quatschen.

Ich lächelte.

»Nett, dich zu treffen«, sagte ich und strebte ins Hotel. An der Ostseite gab es einen zweiten Ausgang, durch den ich entkommen konnte. »Ich habe hier eine Verabredung mit …«

»Jetzt kann sie gute Freunde gebrauchen«, sagte die Frau. »Es muss grauenvoll sein, wenn man in so etwas hineingerät.«

»Ja«, sagte ich, »ganz gewiss.«

»Deswegen ist es gut, wenn man gute Freunde hat«, fügte sie hinzu.

»Ja.«

»Er kam früher auch manchmal ins Hotel«, sagte sie, »dieser Typ da, mit dem sie gekommen ist. Der sie abgeholt hat.«

»Wir sehen uns vielleicht …«, sagte ich und marschierte weiter in Richtung Speisesaal.

Ich wusste, dass sie mir nachstarrte, und ich versuchte, gelassen zu wirken. Ihre Stimme dröhnte mir noch im Kopf. Der sie abgeholt hat. Er kam manchmal hier ins Hotel.

Ich blieb stehen.

Sie hatte endlich begriffen, dass ich nicht mit ihr reden konnte, und beugte sich über ihren Computerbildschirm, ohne sich dessen bewusst zu sein, was sie gesagt hatte. Was für eine Bedeutung ihre Worte haben konnten. Sie war verwundert, als sie wieder hochschaute und mich vor dem Tisch stehen sah. Ich lächelte.

»War es dieser …«, sagte ich und tat so, als bemühte ich mich, mich an jemanden zu erinnern, der mir entfallen war, und hoffte, dass sie den Satz zu Ende führen würde. Der Plan ging nicht auf.

»Wer?«, fragte sie.

»Der mit Betty zusammen war«, sagte ich. »War es vielleicht dieser Helgi, du kennst ihn doch sicher?«

»Nein«, sagte sie.

Vielleicht stellte sie sich so stur, weil ich vorhin so kurz angebunden gewesen war. Sie wollte mir offensichtlich nicht weiterhelfen. Ich durfte aber auch nicht mehr Aufmerksamkeit erregen, als ich bereits getan hatte.

»Schon in Ordnung«, sagte ich. »Vielen Dank.«

Die verkniffene Miene lockerte sich.

»Ich kann mich nie erinnern, wie er heißt«, sagte sie. »Ein unangenehmer Typ. Er ist oft gekommen, nur um sie zu treffen. Wenn Tómas nicht hier war.«

»Kam er, um Betty zu treffen?«

»Ja, dieser blöde Kerl. Er hat sich hier einmal mit einem Kellner angelegt, wegen rein gar nichts. Hat ihn mit Beschimpfungen überschüttet und stand kurz davor, auf ihn loszugehen. Der tickt nicht ganz frisch.«

Ich musste vorsichtig sein. Ich durfte nicht zu interessiert wirken.

»Ach so«, sagte ich, als käme mir auf einmal die Erinnerung. »Dann war es vielleicht dieser, na, wie heißt er doch noch …?«

»Ja«, sagte sie, »jetzt fällt's mir wieder ein. Er heißt Leó. Jetzt erinnere ich mich. Leó. Er übernachtet häufig hier, wenn er in Reykjavík ist. Er geht allen hier im Hotel auf den Wecker.«

24

Klick-klack, klick-klack, klick-klack …

Ich liege in der Finsternis und vergesse, die Schritte zu zählen, während sie sich entfernen. In meinem Kopf gärt so vieles, Gedanken kommen und gehen, ohne dass ich die Kontrolle darüber habe. Sie fallen aus allen Richtungen über mich her, und am zudringlichsten sind diejenigen, die ich am liebsten verdrängen möchte, um jeglicher Auseinandersetzung aus dem Weg zu gehen. Ich versuche, die Gedanken von all dem zu befreien, was mich in letzter Zeit gequält hat, und sie in andere Bahnen zu lenken, aber das ist nicht einfach. Sie brechen immer wieder hervor, sogar wenn ich versuche, bei Papa zu sitzen, wenn die Sonne zum Fenster hineinscheint und auf die Blumen fällt, die ich ihm gebracht habe. Er liegt da, er kann sich vor Schmerzen nicht rühren und sieht mich an.

Ich schaue auf seine Hände, die einmal so stark und schön gewesen waren. Ich erinnere mich daran, wie er sie wusch, lange und gründlich wie ein Chirurg.

Er kann nicht mehr sprechen. Sein Atem geht kurz und stoßweise. Ich glaube, er hat sich nicht damit ausgesöhnt, dass er sterben muss, und das ist das Schlimmste. Ich sehe es ihm an den Augen an. Wie er mich anschaut und mir schweigend zu verstehen gibt, dass der Tod nicht fair ist.

Tozzis Tod war ebenfalls nicht fair. Das weiß ich. Niemand verdient es, so zu sterben, wie Tozzi starb. Bizarr. Völlig aus heiterem Himmel ermordet. Es spielt überhaupt keine Rolle, um was für einen Menschen es sich handelt. Niemand sollte sterben müssen, wie Tozzi starb. Ich habe Zeit gehabt, um darüber nachzudenken. Ich habe Zeit gehabt, um zu bereuen, und ich bereue es zutiefst. Ich bereue zutiefst, was ich getan habe. Ich weiß, dass solche Worte im Nachhinein nicht viel besagen, aber was ich sage, ist ehrlich gemeint. Ich bereue es zutiefst. Trotz dem, was er mir angetan hat. Inzwischen weiß ich, dass es nur ein kleines Vergehen in diesem überaus komplizierten Verbrechen war.

Ich habe die Erinnerungen an die letzten Tage im Leben von Papa zerstört. Immer wenn ich an Papa denke, zwängt sich mir das Bild von Tozzi auf. Papa bekam Zeit, um sich zu verabschieden, um seine Dinge zu ordnen und dann lange, qualvolle Nächte darauf zu warten, dass der Tod kam, um ihn zu holen. Er konnte mit dem Leben abschließen, auch wenn er sich nicht damit abgefunden hatte, dem Tod unterlegen zu sein, er wusste zumindest, wer der Feind war. Tozzi war völlig ahnungslos. Betty und ich waren der Tod, und wir schickten ihn stöhnend in die Finsternis. Hätte es einen Unterschied gemacht, wenn das Nachspiel anders gewesen wäre?

Hätte ich ebenso tief bereut? Kenne ich mich überhaupt nicht mehr? Habe ich mich jemals gekannt?

Vor meinen Augen spielte es sich ab wie ein schneeweißer Albtraum.

Ich versuche, es zu verdrängen, aber es gelingt mir nicht. Ich schaffe es nicht. Was habe ich getan? Wie konnte es diesen Verlauf nehmen?

Er lag hilflos unten in der Spalte und starrte zu uns hoch. Er war bewusstlos, als wir ihn zum Rand der Spalte schleiften. Bettý hatte ihn auf ihrem Schlitten gehabt. Ich folgte ihr auf dem anderen Schlitten. Es war nicht weit bis zu dem Gebiet, wo die Spalten waren. Bettý kannte die Gegend gut, ich weiß nicht, wieso. Vielleicht war sie mit Tozzi schon häufiger dort gewesen, auch im Sommer. Ich weiß bloß, dass sie alles minutiös geplant und vorbereitet hatte.

Wir gingen davon aus, dass er tot war, als wir ihn über die Kante hinweg in die Schlucht fallen ließen. Er stieß mit dem Kopf gegen den Fels, ein grauenvolles Geräusch, und dann landete er auf dem Rücken. Darauf folgte eine seltsame Stille, und auf einmal hörten wir sein Stöhnen. Wir starrten einander an, beugten uns weiter vor und sahen, wie er aus der Tiefe zu uns hochschaute. Ich kann die Qualen in seinen Augen nicht vergessen, das völlige Unverständnis, die Angst. Den Anblick werde ich nie vergessen. Es war der gleiche gepeinigte Gesichtsausdruck wie bei meinem Vater auf dem Totenbett. Es war, als versuchte er, uns etwas zuzurufen. Dann schlossen sich seine Augen.

»Vielleicht können wir ihn retten«, sagte ich zu Betty̆.

»Red doch nicht so einen Quatsch«, sagte sie. »Er ist tot.«

»Ich wusste nicht, dass du ihn angreifen würdest. Was hast du dir dabei gedacht?«

»Was hast du denn gedacht, was wir hier oben in der Einsamkeit machen würden?«, zischte sie mich an. »Karten spielen vielleicht? Versuch bloß nicht, dich deiner Verantwortung dafür zu entziehen. Wir stecken hier zusammen drin. Wir stecken hier zusammen drin«, wiederholte sie. »Je eher du dir das klar machst, desto besser, begreifst du das?«

Ihre Augen waren starr auf mich gerichtet.

»Das ist der Mann, der dich vergewaltigt hat«, sagte sie. »Der Mann, der mich all diese Jahre geschlagen hat. Der Mann, der zwischen uns stand. Wir sind ihn los. Wir sind frei.«

»In Ordnung, Betty̆«, sagte ich. »Ist schon in Ordnung, Betty̆.«

Ich vermeide es möglichst, an diesen Augenblick zu denken, als wir am Rand der Spalte standen und sie mich auf den Mund küsste und mich umarmte und mir sagte, dass es das war, was wir beide gewollt und gewünscht und herbeigesehnt hatten. Ich weiß nicht mehr, wie lange wir da bei der Spalte standen, über Tozzis Leiche. Ich weiß im Grunde überhaupt nicht, was danach geschah, bis wir zu dem Bauernhof kamen und den Leuten vorlogen, dass Tómas vermisst sei. Betty̆ nahm alles in die Hand. Sie schien so genau zu wissen, was sie tat, als hätte sie es bis ins kleinste Detail vorausgeplant. Sogar das Wetter war auf ihrer Seite.

Wenn ich zurückdenke, erinnere ich mich, dass Betty̋ sich nach dem ersten Hieb neben Tómas niederkniete und dann noch zwei weitere Male mit aller Kraft den Vorschlaghammer niedergehen ließ. Sie wollte sichergehen. Als wir zur Hütte zurückgekehrt waren, verbrannte sie ihren blutverschmierten Skianzug und streute die Asche in alle Winde.

Was nutzt es, wenn man bereut? Es hilft mir gar nichts. Ich bereue, und ich bete zu Gott, dass er mir vergibt, aber deswegen geht es mir keineswegs besser. Ich habe Besuch von einem Priester bekommen. Ich habe darum gebeten. Ich habe mit ihm über den Tod und über Papa gesprochen. Er hat mir geraten zu beten. Ich bete. Und quäle mich trotzdem weiter. Ich finde keinen Seelenfrieden. Vielleicht ändert sich das, wenn ich die Wahrheit sage. Wenn ich sage, wie alles zusammenhängt. Wenn ich mit Dóra rede und alles gestehe. Vielleicht wird es mir dann besser gehen.

Aber was soll ich gestehen?

Was genau soll ich gestehen? Soll ich zugeben, dass ich Betty̋ liebe, weil das mein einziges Vergehen in dem Ganzen gewesen ist?

Ich wünschte, ich wüsste, was ich gestehen sollte. Ich glaube, es würde mir schon sehr viel helfen, wenn ich das wirklich wüsste.

*

In den Wochen, die sie brauchten, um Tómas zu finden, ist sie mir aus dem Weg gegangen, so viel weiß ich. Während dieser ganzen Zeit habe ich sie nur einmal am Telefon erreicht. Ich fragte sie nach Leó.

»Wo bist du, Bettý?«, war das Erste, was ich hervorbrachte. Ich hatte es mit einer ihrer Handynummern probiert, und nachdem ich es wer weiß wie oft vergeblich versucht hatte, antwortete sie dieses eine Mal.

»Wir sollten nicht miteinander reden«, sagte sie. Sie hatte geraucht, ich hörte es an ihrer Stimme. Und sie war auch nicht nüchtern.

»Weshalb nicht?«, fragte ich. »Weswegen gehst du mir aus dem Weg?«

»Musst du wirklich danach fragen?«, sagte sie. »Ich nehme Verbindung mit dir auf, sobald es geht. Wenn alles in Ordnung ist. Verstehst du? Du musst doch wissen, was du getan hast. Dir ist doch hoffentlich klar, dass du vorsichtig sein musst.«

»Was hast du mit Leó im Hotel gemacht?«, fragte ich.

»Mit Leó? Im Hotel?«

»Was ist da zwischen dir und Leó?«, fragte ich. »Wieso ist er jetzt auf einmal ins Spiel gekommen?«

»Von was für einem Hotel redest du?«

»Lüg mich nicht an, Bettý«, sagte ich und senkte die Stimme. »Ich weiß, dass ihr zusammen im Hotel Saga wart.«

»Im Saga?«, sagte sie nachdenklich. »Wir waren nicht zusammen im Hotel Saga, Leó hat mich nur neulich von dort abgeholt. Ich bin wegen einer Besprechung nach Reykjavík gekommen, es ging um Tozzi und das Unternehmen. Um Himmels willen, hör mit diesem Schwachsinn auf.«

»Hat er dich nur abgeholt?«

»Natürlich! Hör auf damit.«

Wir schwiegen.

»Hast du ihnen von Leó erzählt?«, fragte sie nach einer Weile. »Hast du das der Polizei erzählt?«

»Ja«, antwortete ich. »Ich habe ihnen gesagt, dass wir zusammen zu euch wollten. Sie wussten es aber schon. Du hast es ihnen auch gesagt.«

»Und?«

»Ich denke, dass sie mir geglaubt haben. Können wir uns nicht treffen? Nur ein einziges Mal.«

Ich flehte sie an. Ich sehnte mich unsäglich danach, mit ihr zusammen zu sein.

»Ausgeschlossen, mein Schatz«, sagte sie sanft. »Erst, wenn das alles überstanden ist, dann … So lange musst du stark sein. Sei so stark wie ich, dann wird alles gut.«

Ich wurde wieder ruhiger. Trotzdem nagte da noch etwas an mir, etwas, was sie gesagt und ich nicht verstanden hatte.

»Liebling, ich muss jetzt weg«, sagte sie.

»Was hast du damit gemeint, als du gesagt hast, ich müsste doch wissen, was ich getan habe?«, fragte ich. »Was bedeutet das?«

»Was?«

»Du hast gesagt, ich müsste doch wissen, was ich getan hätte. Was meinst du eigentlich? Warum drückst du das so aus? Es klingt, als hätte ich es getan.«

»Wann habe ich das gesagt?«

»Vorhin! Du hast gesagt, du musst doch wissen, was du getan hast. Was meinst du damit?«

»Nun beruhige dich doch, Sara, ich weiß wirklich nicht, wovon du sprichst. Und wir können das jetzt nicht auf dem Handy bereden, das geht einfach nicht.«

»Als sei es ganz allein meine Angelegenheit, meinst du? Dass ich es ganz allein getan hätte? Meinst du das?!«

Sie schaltete das Handy aus. Ich fing an zu schreien: Betty! Betty! Betty!, aber sie war nicht mehr da.

*

Kurze Zeit später begann ich, Informationen einzuholen. Ich verstand Betty, als sie mir erklärte, dass wir im Augenblick keine Verbindung zueinander haben dürften, dass es zu gefährlich sei, aber ich war verunsichert, nachdem ich erfahren hatte, dass sie mit Leó im Hotel Saga gewesen war. Das war unser Ort. Betty behauptete, er hätte sie nur abgeholt, und ich gab mich zunächst damit zufrieden. Es konnte ja ganz gut so sein. Zwei Tage später aber genügte es mir nicht mehr.

Da lief mir nämlich ganz zufällig Tozzis früherer Personaldirektor über den Weg. Wir waren einander zwar nie vorgestellt worden, aber er kannte mich aus irgendwelchen Gründen. Mir fiel ein, dass er mich vielleicht einmal auf einer von Tozzis Partys gesehen haben konnte.

Es war im »Nordischen Haus« in Reykjavik. Ich hatte einen Spaziergang unternommen und befand mich auf einmal in der Nähe der Universität und der juristischen Fakultät, an der ich, so kam es mir jedenfalls vor, vor einem ganzen Menschenleben studiert hatte. Ich spazierte zum »Nordischen Haus« hinüber und setzte mich in die Cafeteria, und plötzlich kam er zu mir an den Tisch, dieser Personaldirektor. Er war um die fünfzig, ziemlich korpulent und hieß Óskar. Ich gab ihm die Hand.

Er war nicht mehr bei der Firma und erklärte, dass er etwa um die gleiche Zeit dort aufgehört hatte, als ich anfing. Genau wie ich vermutet hatte, konnte er sich von einer Cocktailparty her an mich erinnern. Er war jetzt Dozent an der Uni, in Betriebswirtschaft, glaube ich.

»Es muss ja wohl entsetzlich da oben in den Bergen gewesen sein«, sagte er und schien informiert zu sein, dass ich dabei gewesen war. Ich fragte ihn nicht danach, wieso er das wusste. In den Nachrichten war nur von »Gästen« die Rede gewesen, Namen waren nicht genannt worden. Der Klatsch sorgt meist schon dafür, solche Lücken zu füllen, meistens sogar erstaunlich korrekt.

»Du weißt, dass ich dabei war?«, fragte ich.

»Man hört so einiges«, antwortete er. »Du und Betty, seine Frau, wurde nur gesagt. Sie ist eine gute Freundin von dir, nicht wahr?«

»Ich möchte am liebsten so wenig wie möglich darüber reden«, sagte ich und fügte hinzu, dass ich jemanden erwartete. Ich warf einen Blick auf die Uhr, um zu signalisieren, dass ich in Ruhe gelassen werden wollte. Ich versuchte, mir darüber klar zu werden, ob ich da einen Unterton in seiner Stimme gehört hatte, als er erklärte, dass Bettý und ich gute Freundinnen seien. Ich wusste nicht, ob ich rot geworden war. Ich schaute aus dem Fenster der Cafeteria und sah den kleinen Teich vor dem Haus.

»Nein, natürlich nicht, das verstehe ich«, sagte er, machte aber keine Anstalten zu gehen. »Grauenvoll, so zu Tode zu kommen. Und nicht gefunden zu werden.«

»Sie finden ihn bestimmt«, sagte ich.

Ich stand kurz davor, in Tränen auszubrechen. Draußen herrschte Windstille, und der kalte Teich war spiegelglatt.

»Also dann«, sagte er und schien endlich begriffen zu haben, dass ich in Ruhe gelassen werden wollte. »Nett, dich zu treffen. Du wirst doch bestimmt weiterhin für das Unternehmen tätig sein?«

»Ich denke schon«, sagte ich.

»Das würde Bettý bestimmt wollen. Sie hat schließlich ganz schön dafür kämpfen müssen, dass du eingestellt wurdest.«

Ich nickte ihm zu und war froh, dass er endlich abzuziehen schien. Er drehte sich um und verließ die Cafeteria. Ich blickte ihm nach und sah, wie er in der Eingangshalle vor einem Ausstellungsobjekt stehen blieb.

Es war eine grönländische Ausstellung mit alten Gerätschaften für den Seehundfang.

Ich lächelte vor mich hin. Die Leute glauben immer, dass sie ganz genau Bescheid wissen, haben aber im Grunde genommen keine Ahnung. Bettý hatte nicht dafür gekämpft, dass ich eingestellt wurde. Tómas Ottósson Zöega persönlich wollte mich wegen meiner Spezialkenntnisse als Juristin einstellen, und er hatte Bettý geschickt, um mit mir zu reden. Klatschgeschichten hatten die Tatsachen völlig verdreht.

Klatschgeschichten …

Ich schaute in die Eingangshalle, stand auf und ging zu dem Mann hinüber. Er betrachtete ganz vertieft irgendwelche eisernen Werkzeuge und wunderte sich sehr, als ich auf einmal neben ihm stand.

»Es war Tómas«, sagte ich, »der mich für die Firma gewinnen wollte. Nicht Bettý. Das muss ein Missverständnis sein. Ich wollte bloß … Es wird so viel erzählt und missverstanden. Ich wollte das bloß klarstellen.«

»Selbstverständlich«, sagte er. »Vielleicht habe ich das einfach falsch in Erinnerung, und es spielt ja auch gar keine Rolle.«

»Für mich spielt es eine Rolle«, sagte ich, während ich verlegen neben ihm stand und nicht wusste, ob ich mehr sagen oder lieber verschwinden sollte.

»Es war bloß …« Er zögerte.

»Was?«

»Es war bloß das, was Tómas seinerzeit gesagt hat,

als er mir mitteilte, dass du als Mitarbeiterin eingestellt würdest.«

»Was hat er gesagt?«

»Ich will dir nicht zu nahe treten«, sagte er, »und er hat ja auch keineswegs Recht behalten. Ich weiß, dass du der Firma hervorragende Dienste geleistet hast, beispielsweise im Zusammenhang mit den deutschen Geschäftsbeziehungen.«

»Ich habe keine Ahnung, worüber du redest«, sagte ich. »Was hat Tómas genau gesagt?«

Er ging zu einem anderen Glaskasten und schaute sich interessiert unterschiedliche Ausführungen von alten grönländischen Messern an, mit denen man die Häute abgezogen hatte.

»Er hat gesagt, er wüsste nicht, was er mit dir anfangen sollte, und er hat in Zweifel gezogen, ob du überhaupt von Nutzen sein würdest.«

»Wie bitte?«

»Er hat bezweifelt, ob du überhaupt von Nutzen sein würdest.«

»Hat er das wirklich gesagt?«

»Wie gesagt, er hat keineswegs Recht behalten. Ich habe ihm gesagt, man könne nie im Voraus wissen, was dabei herauskäme, wenn er dich einstellte. Aber er war jedenfalls absolut nicht damit einverstanden, dass er quasi gezwungen war, dich einzustellen. Er konnte überhaupt nicht sehen, was für einen Sinn das haben sollte.«

»Aber … weshalb hat er mich dann eingestellt?«

Ich stellte die Frage, ohne nachzudenken, denn ich

war vollkommen entgeistert über das, was der ehemalige Personalchef gesagt hatte, aber die Antwort wusste ich bereits, noch bevor er den Mund auftat.

»Wenn ich richtig verstanden habe, wurde er stark unter Druck gesetzt«, sagte der Mann.

Ich starrte die alten Jagdmesser an und unzählige Gedanken schossen mir durch den Kopf, die alle um den Augenblick kreisten, als Betty den Vortragssaal betrat und ich sie zum ersten Mal erblickte.

»Wenn ich richtig verstanden habe, hat seine Frau ihm zugeredet, dass du eine wertvolle Mitarbeiterin sein würdest, wegen deiner fundierten Kenntnisse im Zusammenhang mit dem Europäischen Wirtschaftsraum. Und ...«

Er zögerte.

»Und was?«, fragte ich, während ich durch die Scheibe starrte.

»Er hat nachgegeben.«

25

Als ich anfing, mich damit auseinander zu setzen, wusste ich nur das eine über Bettý, dass ich sie mehr als mein Leben liebte. Wahrscheinlich tut es niemandem gut, so zu lieben, wie ich Bettý liebte. In meinem Fall endete es in einer Katastrophe.

Bettý sprach fast nie über ihre Vergangenheit. Es war, als existierte sie nicht. Aber aus mir holte sie alles heraus, ich erzählte ihr Dinge, über die ich nie zuvor mit jemandem gesprochen hatte, über meine Mutter, meinen Bruder und meinen Vater und seinen Todeskampf. Jedes Mal, wenn ich den Spieß umzudrehen versuchte und sie dazu bringen wollte, mir etwas über sich zu erzählen, wechselte sie das Thema und erklärte, dass es da nichts zu erzählen gebe.

Einige wenige Male geschah es aber doch, dass sie Geschichten aus ihrer Kindheit und Jugend preisgab. Sie schien nur schreckliche Erinnerungen daran zu haben, was angesichts der Umgebung, in der sie aufgewachsen war, auch nicht verwundern konnte – eine Jugend in Breiðholt, mit einer Alkoholikerin als Mutter und einem Stiefvater, der handgreiflich wurde.

Einmal erzählte sie mir von dem ersten Mädchen, mit dem sie zusammen war. Sie erwähnte den Namen Sylvía. Über sie erfuhr ich nur, dass die beiden sich in einer Sozialbausiedlung kennen gelernt hatten, weil sie den gleichen Treppenaufgang hatten, und Betty erzählte von diversen Sexspielen mit diesem Mädchen, die zumeist in der Waschküche im Keller des Wohnblocks stattfanden. Sylvía war zwei Jahre älter. Sie waren ein halbes Jahr zusammen, dann zog Sylvía woandershin. So lautete Bettýs Version.

Als ich begann, nach dieser Frau zu suchen, hatte ich keine Ahnung, ob Sylvía der richtige Name war. Ich schlug zuerst im Telefonbuch nach, wo es einige Frauen mit diesem Namen gab. Als Nächstes rief ich einen Bekannten beim Interessenverband der Homosexuellen an und brachte ihn dazu, nachzuprüfen, ob es eine Sylvía in der Mitgliederkartei gab. Er fand eine. Sie stand im Telefonbuch, und ich rief sie an. Sie hatte nie etwas von einer Betty gehört.

Ich rief noch einmal meinen Bekannten an und fragte, ob er von irgendeiner Sylvía wüsste, die nicht Mitglied war. Er erklärte sich bereit, das für mich durchzuchecken und später zurückzurufen. Zwei Tage später hörte ich wieder von ihm. Er hatte sich einige Mühe gemacht, hatte mit diversen Leuten gesprochen und schließlich von einer Frau dieses Namens erfahren, die angeblich im Árbær-Viertel wohnte. Wieder griff ich zum Telefonbuch und fand eine Sylvía in Árbær. Als ich anrief, kam sie an den Apparat. Sie brauchte geraume Zeit, um zu begreifen, um was es ging. Ich glaube, sie hatte etwas getrunken. Aber auf einmal schien sie zu kapieren, über wen ich sprach. Sie konnte sich gut an Bettý erinnern.

Ich gab vor, in der Redaktion für eine Publikation zu sitzen, die anlässlich des Jubiläums der Schule, die Bettý und sie besucht hatten, herausgegeben werden sollte. Man plane ein eindruckvolles Magazin, und wir in der Redaktion seien dabei, alte Geschichten aus den verschiedenen Jahrgängen und möglichst auch Bilder von Ehemaligen zu sammeln. Sylvía hatte nicht das geringste Interesse daran und erklärte, gar nichts dazu beitragen zu können. Erst als es mir gelungen war, das Gespräch auf ihre alte Freundin Bettý zu bringen, schien sie anzubeißen.

Sylvía wohnte in einer kleinen, nicht sehr hellen Wohnung. Das Wohnzimmerfenster ging zum Garten hinter dem Haus, wo eine einsame Schaukel neben einem unbenutzten Sandkasten hing. Sylvía war nervös, sie steckte sich eine Zigarette nach der anderen an und sah zehn Jahre älter aus, als sie meiner Meinung nach sein konnte. Sie hatte mich zu sich nach Hause eingeladen und mich gebeten, ihr aus dem Staatlichen Monopolladen zwei Flaschen Wodka mitzubringen. Als ich damit eintraf, nahm sie die Flaschen entgegen, aber von Bezahlung war keine Rede. Wahrscheinlich war die Aussicht auf Wodka der Grund dafür, dass sie mich eingeladen hatte. Sie schenkte sich unverzüglich ein Glas ein, pur, schaute mich dann an, wie um mir etwas anzubieten, und als ich den Kopf schüttelte, kippte sie den Inhalt in einem Zug hinunter, füllte das Glas wieder und setzte sich. Danach wirkte sie etwas ruhiger. Angeblich arbeitete sie als Krankenpflegerin in Privathaushalten. Nach einem ausführlichen Gespräch über die Schule und die alten Zeiten kam ich auf Bettý zu sprechen, zunächst vorsichtig, aber dann ziemlich direkt.

»Kennst du Bettý?«, fragte sie.

»Nur oberflächlich«, antwortete ich knapp. »Ich habe sie im Zusammenhang mit diesem Projekt angerufen, und sie verwies mich an dich.«

Sylvía nickte und führte sich einen weiteren Schluck zu Gemüte.

»Es ist viele Jahre her, seit ich sie zuletzt getroffen habe«, sagte sie. »Also, bestimmt ... ich meine, es ist bestimmt fünfzehn Jahre her oder so was. Ist sie nicht nach Akureyri gegangen?«

»Stimmt«, sagte ich. »Wie war Bettý, als du sie kennen lerntest?«

Ich wollte mir einerseits keine Informationen aus der Nase ziehen lassen, aber andererseits auch nicht zu interessiert wirken.

»Sie war in Ordnung«, sagte Sylvía. »Das intelligenteste Mädchen, das mir je im Leben begegnet ist. Die ließ sich absolut nichts bieten. Sie hat es mit den Jungs aufnehmen können, da kannte sie gar nichts.«

Ich fragte sie, ob sie ein Bild von Bettý aus der Zeit besäße, als sie zur der Schule ging.

»Nee«, sagte Sylvía lang gedehnt, »das glaube ich

nicht. Ich besitze gar keine Fotos aus dieser Zeit mehr. Bei mir zu Hause wurden keine Fotos gemacht, und bei Bettý war es, glaube ich, genauso. Ihr Vater …«

»War es nicht ihr Stiefvater?«, warf ich ein.

»Doch, der Kerl war ein richtig brutales Schwein. Die Schreie von Bettýs Mutter konnte man im ganzen Haus hören.«

»Hatte Bettý Geschwister?«

»Nee, oder warte mal, doch, aber auf jeden Fall Halbgeschwister, zwei Brüder, so richtige Halbstarke. Sie waren älter, und Bettý hatte keine Verbindung zu ihnen. Ich glaube, der eine von denen saß damals sogar in Litla-Hraun ein.«

Sylvía stand auf und schenkte sich das nächste Glas ein. Sie schien nicht das Bedürfnis zu haben, irgendwelche Erklärungen abzugeben, weswegen sie am helllichten Tag Wodka pur in sich hineinschüttete. Derartige Skrupel hatte sie längst hinter sich gelassen.

»Sie hat immer davon geträumt, reich zu sein«, sagte sie, als sie sich wieder gesetzt hatte. »Bettý hatte nur ein einziges Ziel im Leben, als wir uns kennen lernten, und das war, reich zu werden. Sie wollte im Geld schwimmen, wenn sie erwachsen wurde. Sie wollte sich alles leisten können und ein Luxusleben führen. Sie hat oft darüber geredet, was sie alles machen würde, wenn sie reich wäre. Sie wollte auf einer Insel im sonnigen Süden leben und nie wieder in dieses beschissene Land zurückkehren.«

Sylvía lächelte.

»Davon haben wir alle geträumt, glaube ich«, sagte sie. Dann trank sie wieder einen Schluck.

»Sie nannte es ein beschissenes Land, sie hasste die Kälte und den Dreck hier im Winter. Sie war ganz schön raffiniert, das war sie. Aber da war irgendwas … etwas …«

»Was?«

»Ach, ich weiß nicht, wie man so was nennt. Vielleicht Falschheit. Sie kannte überhaupt keine Moral. Sie dachte ausschließlich an sich selbst. Sie hat sich darauf verstanden, uns hier im Block oder in der Schule gegeneinander aufzuhetzen, und sie konnte andere Kinder derart mobben und schikanieren, dass sie sich nicht mehr vor die Tür trauten. Aber sie konnte auch unheimlich lieb und nett sein und irgendwie …«

Sylvía war jetzt so alkoholisiert, dass sie immer leiser sprach und auf einmal mitten im Satz aufhörte. Sie saß nachdenklich da, während sie das leere Glas umklammerte, versunken in Erinnerungen, die sie anscheinend völlig in den Hintergrund gedrängt hatte.

»Du weißt vielleicht, wie sie war, oder? Kann sein, dass sie immer noch so ist.«

»Wie sie war?«

»Mit Mädchen. Ist sie immer noch so?«

»Ich kenne …«

»Sie war gut, das muss man ihr lassen.«

Sylvía stand auf, holte die Wodkaflasche und stellte sie auf den Tisch. Sie war nur noch halb voll.

»Betty war aber auch mit Jungs zusammen. Damals

hat sie es sowohl mit Jungs als auch mit Mädchen getrieben. Sie war ausgesprochen frühreif …«

Sylvía schaute mich an.

»Ich sollte vielleicht nicht so über sie reden. Verrate ich hier irgendwelche Geheimnisse?«

»Das glaube ich nicht«, sagte ich verlegen, um irgendetwas zu sagen.

»Ich habe gehört, dass sie eine Abtreibung gemacht hat.«

»Eine Abtreibung?«

»Die Freundin meiner Schwester arbeitet bei einem Arzt …«

»Ich hatte gehört, dass sie keine Kinder bekommen kann«, unterbrach ich sie.

»Tatsächlich?«

»Ganz bestimmt.«

»Ich habe aber etwas anderes gehört!« Sylvia ließ sich nicht beirren. »Du glaubst vielleicht, dass ich lüge. Du glaubst vielleicht, dass ich mir das alles zusammenlüge.«

»Nein«, sagte ich, »ganz bestimmt nicht, es ist nur, ich … Für mich ist das ganz neu, ich glaubte …«

Sylvía leerte ihr Glas.

»Weißt du, wann das war?«, fragte ich.

»Vor drei Jahren ungefähr, oder so was Ähnliches.«

»Du weißt, was mit Tómas, ihrem Mann passiert ist?«, sagte ich.

»Ja, ja, das war doch in den Nachrichten.«

Diese Eröffnung hatte mich völlig aus der Bahn geworfen. Ich erinnerte mich nur zu gut, als Betý mit mir über ihre und Tómas' Probleme sprach. Als sie mir von der Fehlgeburt erzählte und den Schwierigkeiten im Zusammenhang mit der künstlichen Befruchtung. War sie tatsächlich so weit gegangen, so etwas zu erfinden?

»Darüber wirst du aber doch nicht in diesem Blatt schreiben, oder?«, sagte Sylvía. »Über diese Abtreibung und dass sie es früher mit Mädchen machte und dass sie sich nie bei einem meldet, nie.«

Sylvía füllte ihr Glas noch einmal, stand auf und hielt es in der Hand.

»Hat sie etwas darüber gesagt … nein, das wäre irgendwie komisch …«

»Worüber soll sie etwas gesagt haben?«

Sylvía ging zum Wohnzimmerfenster und schaute in den Garten, auf die Schaukel und den Sandkasten.

»Hier spielen nie Kinder in diesem Garten«, sagte sie. »Ich hab hier in diesem Block noch nie Kinder gesehen.«

»Nein, es …«

»Hat sie etwas über mich gesagt?«, unterbrach sie mich und schien davon auszugehen, dass ich von Betty zu ihr gekommen war.

Ich brauchte eine Weile, bis ich begriff, was sie meinte.

»Hat sie etwas über mich gesagt?«, wiederholte sie.

»Sie bat mich, Grüße auszurichten«, log ich und verachtete mich selbst wegen dieser Lüge.

26

Klick-klackend führte mich Guðlaug den Gefängniskorridor entlang zum Verhörraum. Ich hätte ihr am liebsten gesagt, sie sollte sich statt der Clogs weiche Sandalen kaufen, aber aus Kinofilmen hat man gelernt, dass man Gefängniswärter nicht provozieren soll.

Diesmal warteten Dóra und Lárus schon auf mich. Irgendjemand befand sich hinter dem Spiegel, denn beide waren ausgesprochen höflich, vor allem Lárus. Das war sonst nicht seine Art. Beide waren superordentlich gekleidet. Ich fand auch, dass Dóra besser aussah. Ich blickte in den Spiegel, aber wie gewohnt sah ich nichts anderes als mich selbst in diesem schrecklichen Zimmer. Ich überlegte, ob womöglich der Polizeipräsident persönlich auf der anderen Seite sein konnte.

Lárus schaltete das Tonbandgerät ein. Er verlas das Aktenzeichen des Falls sowie Datum und Tageszeit. Es war erst kurz nach zehn. Morgens, nahm ich an, aber das spielte keine Rolle für mich.

»Wir haben über Tómas vermeintliche Vergewaltigung gesprochen, Sara«, sagte Lárus, der angestrengt darum bemüht war, sich formell zu geben. »Du streitest ab, dass es eine Vergewaltigung gewesen ist.«

»Ist das eine Frage?«, entgegnete ich.

»Hat Tómas dich vergewaltigt?«, fragte Lárus.

»Nein«, sagte ich, »das hat er nicht getan.«

»Würdest du sagen, dass es – falls er es getan hätte – für dich ein ausreichender Grund gewesen wäre, ihn umzubringen?«

»Falls?«

»Keine Ausflüchte«, sagte Dóra. »Wir haben genug andere Dinge am Hut.«

»Ja«, sagte ich. »Ich finde, dass man Vergewaltiger umbringen sollte, aber es hat eben keine Vergewaltigung stattgefunden.«

»Dagegen steht die Aussage deiner Freundin«, sagte Dóra.

»Sie lügt«, sagte ich. »Begreift ihr das nicht? Werdet ihr nie begreifen, dass alles, was sie sagt, gelogen ist?«

»Ruhig bleiben«, sagte Lárus.

»Du kannst mich mal«, stieß ich hervor. »Bettý hat eine Abtreibung machen lassen, wusstet ihr das? Hat sie es euch gesagt? Habt ihr sie danach gefragt? Habt ihr sie danach gefragt, weshalb sie eine Abtreibung machen ließ?«

»Was hat das mit der Sache zu tun?«, fragte Dóra.

»Mit der Sache zu tun?«, konterte ich. »Ihr seid doch von der Polizei. Findet ihr das doch heraus. Findet doch heraus, weshalb sie zu Tómas gesagt hat, sie könnten keine Kinder bekommen. Fragt sie danach, ob Tómas nicht gerne Kinder mit ihr gehabt hätte, es aber nicht geklappt hat. Fragt sie, weshalb sie eine Abtreibung machen ließ.«

»Wir haben nichts in Bezug auf eine Abtreibung an der Hand«, erklärte Lárus.

»Nein, selbstverständlich nicht! Ihr braucht wohl erst eine fett gedruckte Zeitungsüberschrift über fünf Spalten, um auf etwas gestoßen zu werden?!«

Sie warfen sich Blicke zu.

»Ihr seid mir schon seltsame Kripo-Beamte«, sagte ich. »So was habe ich noch nie erlebt. Wenn man euch nicht die Dinge explizit vorbuchstabiert, steht ihr da wie der Ochs vorm Berge.«

Lárus warf blitzschnell einen Blick zum Spiegel hinüber.

»Bettý hat eine Abtreibung machen lassen«, sagte ich und war jetzt wieder etwas ruhiger. »Sie hat mir erzählt, dass sie und Tómas keine Kinder zusammen kriegen konnten. Trotzdem weiß ich aber, dass sie eine Abtreibung hat machen lassen. Dafür kann es doch nur zwei Erklärungen geben. Entweder war sie schwanger von Tómas und hat aus irgendwelchen Gründen das Kind wegmachen lassen und ihm vorgelogen, dass sie keine Kinder bekommen könnten.«

»Ich sehe nicht, was du damit bezweckst«, sagte Lárus. »Was hat das Kinderkriegen mit diesem Fall zu tun?«

»Sie hat Tómas angelogen. Sie konnten Kinder bekommen, aber Bettý wollte es nicht. Aus irgendwelchen

Gründen hat sie dafür gesorgt, dass sie keine Kinder bekamen, und hat so getan, als ob es nicht ginge. Wahrscheinlich hat sie Verhütungsmittel verwendet, aber dann hat es einen Unfall gegeben.«

»Aber wozu?«

»Fragt sie«, sagte ich. »Ihr seid von der Polizei. Ich brauche nicht die Arbeit für euch zu erledigen. Fragt sie, weshalb Tómas kein Kind von ihr bekommen durfte. Schaut euch die Krankenhausberichte an, redet mit den Ärzten. Ich habe nur von einer Abtreibung gehört, aber vielleicht waren es ja mehrere.«

»Du willst damit sagen, dass sie keine Kinder mit Tómas haben wollte?«

»Fragt sie, warum sie keine Familie mit Tómas haben wollte. Weshalb sie nur Interesse an seinem Geld hatte, an seinem Reichtum, an den flotten Häusern und Reisen und Kreuzfahrten.«

Ich schaute durch den Spiegel hindurch.

»Redet mit ihr darüber!«

»Da ist niemand dahinter«, sagte Dóra.

»Aber selbstverständlich nicht!«, sagte ich.

»Was ist mit der anderen Möglichkeit?«, fragte Dóra. »Du hast gesagt, dass zweierlei der Grund dafür sein könnte. Dass sie von Tómas schwanger gewesen sein könnte oder …«

»Was denkst du?«

»Ich möchte gerne hören, was du denkst«, sagte Dóra.

Ich lächelte. Lárus blickte abwechselnd von mir zu Dóra. Er schien völlig den Faden verloren zu haben.

»Sie war schwanger, aber das Kind war nicht von Tómas.«

»Das Kind war nicht von Tómas?«, echote Dóra.

»Von wem denn sonst?«, sagte Lárus, dessen Blicke zwischen Dóra und mir hin und her wanderten.

»Ich habe da bestimmte Ideen, aber …«

»Was für Ideen?«, fragte Dóra.

Ich schwieg.

»Ich glaube, du tust dir keinen Gefallen damit, wenn du schweigst«, sagte Lárus.

»Ich kann genauso wenig sehen, dass ich mir einen Gefallen damit tue, mit euch zu reden. Ihr solltet gar nicht mit mir reden, sondern mit Betty.«

Dóra blickte Lárus an, und da war irgendetwas in ihrer Miene, das ich mir nicht erklären konnte.

»Wir haben guten Kontakt zu Betty«, sagte sie und und schaute mir wieder ins Gesicht.

Ich starrte sie an.

»Was meinst du damit?«

»Du brauchst dir keine Gedanken wegen Betty zu machen«, sagte Lárus.

»Ist sie hier?«

Sie schauten mich an, ohne mir zu antworten.

»Ist Betty hier?«

Sie schwiegen.

»Ist sie in Untersuchungshaft? Ist sie hier in einer dieser Zellen?«

Ich erhielt keine Antwort. Ich starrte Dóra an, die meinen Blick erwiderte. Sie sah mitgenommen aus. Als ich Lárus anschaute, hatte ich das Gefühl, als spielte ein Grinsen um seine Lippen. Meine Blicke gingen wieder zu Dóra, und ich beobachtete, wie sie zum großen Spiegel hinübersah. Das tat sie blitzschnell, ohne den Kopf zu bewegen. Sie schien mir etwas sagen zu wollen. Ich richtete mich auf und blickte ihr starr in die Augen, und urplötzlich ging mir auf, was sie mir sagen wollte. Ich lehnte mich zurück. Ich drehte den Kopf und schaute in den Spiegel.

Ich spürte ihre Nähe.

Bettý war hinter dem Spiegel.

27

Erwartungsgemäß standen die Medien Kopf, als Tómas' Leiche gefunden wurde. Ich war im Auto unterwegs und hatte das Radio eingeschaltet, als die erste Nachricht über den Leichenfund kam. Ich stand vor einer roten Ampel und vergaß alles um mich herum. Ich kam erst wieder zu Bewusstsein, als jemand an meine Scheibe hämmerte. Ich hatte eine ganze Grünphase verpasst, und der Mann im Auto hinter mir überschüttete mich mit Verwünschungen. Ich bretterte los, die Ampel war auf Rot, und ich hätte beinahe einen Unfall gebaut. Ich fuhr an den Rand und saß wie in Trance, während ich mir in Gedanken das Allerschlimmste ausmalte, was jetzt geschehen würde, wenn sie die Leiche obduzierten. Ich hoffte inständig, sie würden zu dem Ergebnis kommen, dass Tómas einem Unfall zum Opfer gefallen war und sie uns beiden nichts nachweisen konnten.

Ich war unterwegs, um mich mit einer Frau zu treffen, die ich nie zuvor gesehen hatte und überhaupt nicht kannte. Ich hatte mehrere Tage gebraucht, um sie ausfindig zu machen, mithilfe des Volksregisters, des

Standesamts in Akureyri und einer Organisation, von der ich bislang nicht einmal gewusst hatte, dass sie existierte; sie veranstaltete die Miss Nordisland-Wahlen. Die Frau hieß Stella und lebte inzwischen in Reykjavík, hatte zwei Kinder und war geschieden. Sie lebte in einem Mehrfamilienhaus in Grafarvogur und leitete einen Kindergarten. Das hatte sie mir alles am Telefon erzählt und hinzugefügt, es passe ihr gut, wenn ich gegen sieben Uhr bei ihr hereinschauen könnte. Ich merkte, dass sie ein wenig zögerte, als sie erfuhr, um was es ging, nämlich dass ich mit ihr über Schönheitskonkurrenzen reden wollte, aber sie ließ sich darauf ein. Vielleicht war sie neugierig. Genau wie ich.

Sie war immer noch sehr schön, und in vieler Hinsicht ähnelte sie Betty, mit ihrem dichten schwarzen Haar, dem dunklen Teint, den sinnlichen Lippen und den braunen Augen. Aber sie hatte etwas Kindlicheres an sich, etwas Unschuldigeres. Sie hielt sich gut in Form und ging bestimmt ins Fitness-Studio. Es war ihr nicht anzusehen, dass sie zwei Kinder hatte. Ich dachte nach, dass nur ein absoluter Vollidiot so dämlich gewesen sein konnte, diese Beziehung in die Brüche gehen zu lassen.

Sie kochte gerade das Abendessen, und als sie vor mir in die Küche ging, bemerkte ich, dass sie ein wenig hinkte. Sie sagte, ihre Kinder seien noch draußen und spielten.

Ich betrachtete ihr Bein, und mir fiel gleich die Geschichte von dem Schönheitswettbewerb ein.

»So lange hat man ein bisschen Ruhe«, sagte sie lächelnd. »Ich habe Glück, dass meine Kinder keine Stubenhocker sind. Ich fände es schrecklich, wenn sie ihre Kindheit und Jugend mit Computerquatsch und Fernsehglotzen verbringen würden.«

»Nein«, sagte ich und lächelte. Ich mochte sie auf Anhieb gern. »Man sieht ja kaum noch Kinder draußen spielen.«

»Warum wollt ihr unbedingt etwas über Schönheitswettbewerbe schreiben?«, fragte sie und nahm am Küchentisch Platz. »Interessiert sich überhaupt noch jemand für so was?«

Ich setzte mich zu ihr. Als ich sie anrief, hatte ich ihr vorgeflunkert, dass ich im Auftrag eines Verlags aus Akureyri arbeitete, der plante, Leute für ein Buch zu interviewen, die mit Schönheitswettbewerben zu tun gehabt hätten. Im Prinzip der gleiche Vorwand wie bei Sylvía, nur eine etwas andere Lüge. Ich bin nie eine sehr geschickte Lügnerin gewesen. Stella schien mir zwar zu glauben, war aber trotzdem unschlüssig, ob sie mich nach Hause einladen sollte. Ich spürte sofort, dass es ihr sehr unlieb war, sich dazu zu äußern. Schließlich gab sie nach, aber als ich zu ihr nach Hause kam, spürte ich dasselbe Zögern wie am Telefon. Sie schien nur unangenehme Erinnerungen damit zu verbinden, dass sie an einem Schönheitswettbewerb teilgenommen hatte. Noch nach all diesen Jahren spürte man die Bitterkeit.

»Sie gehen davon aus, dass weiterhin Interesse für so etwas besteht«, sagte ich und spielte auf meine erfundenen Auftraggeber an. »Außerdem sind auch Fotos dabei, und an solchen Veranstaltungen sind ja so viele beteiligt. Sie glauben, dass es sich vielleicht ganz gut verkaufen wird. Es geht sowohl um die großen Wettbewerbe als auch um die kleineren Vorkonkurrenzen in den einzelnen Landesteilen.«

»Ich war damals im Norden und habe an zweien teilgenommen«, sagte sie. »Beim ersten Mal landete ich auf dem zweiten Platz, und beim zweiten Mal hörte ich noch während des Wettbewerbs auf, beziehungsweise ich konnte nicht bis zum Ende daran teilnehmen.«

»Genau das habe ich gehört. Irgendjemand hat mir davon erzählt.«

»Reden die Leute immer noch darüber?«

»Hast du nicht einen Autounfall gehabt oder so etwas?«

»Es war kein Unfall«, sagte Stella. »Und seitdem hinke ich. Am liebsten möchte ich gar nicht darüber sprechen. Du willst doch hoffentlich nichts darüber schreiben.«

Ich schwieg.

»Hast du mit Bettý gesprochen?«, fragte sie auf einmal.

»Bettý?«, fragte ich.

»Sie hat den Wettbewerb gewonnen, den zweiten, an dem ich nicht teilgenommen habe.«

»Ja«, sagte ich und wusste nicht, ob ich sagen sollte, dass ich Bettý kannte, oder nicht.

»Ich habe gerade in den Nachrichten gehört, dass

man ihren Mann gefunden hat«, sagte Stella. »Er war wochenlang vermisst.«

»Du meinst diesen Reeder?«, fragte ich. »Das habe ich auf dem Weg hierher auch gehört. War er Bettýs Mann?«

»Sie hatte es von Anfang an darauf abgesehen, sich einen reichen Mann zu angeln«, sagte Stella.

»Was für ein Mädchen war diese Bettý?«

»Bettý war ein richtiges Flittchen der schlimmsten Sorte«, sagte Stella, deren Miene sich verhärtete. »Sie war bisexuell, wusstest du das? Sie ist mit Jungen und mit Mädchen ins Bett gegangen, als ich sie kennen lernte.«

Ich schüttelte den Kopf.

»Ich kann mich erinnern, dass sie einem von den Mädchen, die am Wettbewerb teilnahmen, komplett den Kopf verdreht hat. Es war ein ganz normales Mädchen aus Dalvík. Sie veränderte sich total, nachdem sie Bettý kennen gelernt hatte, sie himmelte sie richtiggehend an. So ist Bettý. Sie lockt die Leute in ihre Netze und lässt nicht mehr los. Einmal hat sie sogar versucht, sich an mich ranzumachen. Sie war natürlich hübsch und schick, aber ich fand sie abstoßend. Und das hat sich nicht geändert. Das darfst du ihr gerne sagen, wenn du sie triffst.«

»Es hört sich nicht so an, als wärt ihr gute Freundinnen gewesen«, warf ich ein, um irgendetwas zu sagen.

»Hast du nicht gehört, was sie mir angetan hat?«

Ich schüttelte den Kopf.

»Ich möchte nicht, dass du darüber schreibst, aber es ist in Ordnung, dass du Bescheid weißt, wenn du sie triffst. Sie hat es immer abgestritten, aber ich weiß, dass sie es war, sie und ihr Freund.«

»Ihr Freund?«

»Betty war ein richtiges Flittchen.«

»Welcher Freund war das?«

»Sie hatte nur das eine Ziel, reich zu werden«, sagte Stella, die mich gar nicht zu hören schien. »Das ist ihr zum Schluss gelungen. Sie erbt wohl ein Vermögen?«

Ich wollte antworten, aber sie schnitt mir das Wort ab.

»Ich kriege noch immer so eine Wut, wenn ich daran denke, was damals passiert ist.«

»Was denn? Was ist denn eigentlich passiert?«

Stella hob den einen Fuß hoch und strich sich über den Knöchel.

»Er musste genagelt werden«, sagte sie. »Ich kann ihn nicht bewegen.«

»Du meinst den Knöchel?«

»Ja, den Knöchel. Er zersplitterte völlig. Sie haben ihn zusammengeflickt, aber er ist völlig steif. Ich kann ihn überhaupt nicht bewegen, es fühlt sich an wie ein Klumpfuß. Es war zwei Tage vor dem Wettbewerb. Ich fuhr mit dem Fahrrad nach Oddeyri hinunter, es war spätabends, und kaum jemand war unterwegs. Es war so gut wie gar kein Verkehr. Plötzlich hörte ich aber hinter mir ein Auto, und ich fuhr ganz dicht an den Rand, denn es gab keinen Bürgersteig. Als ich mich umdrehte, raste das Auto in vollem Tempo auf mich zu und fuhr mich auf dem Fahrrad an. Der Knöchel wurde zwischen Schutzblech und Rad eingeklemmt und zersplitterte.«

Sie schwieg eine Weile.

»Er hätte mich umbringen können.«

»Er?«

»Ja, Bettýs Freund. Ich habe ihn gesehen, bevor er mich angefahren hat. Ich habe es der Polizei gesagt. Sie haben ihn verhört, aber er hat alles abgestritten. Die Polizei konnte wenig machen. Ich konnte nichts beweisen.«

»Und du weißt, wer dieser Mann war?«

»Ja.«

»Wer war es?«

»Ihr Freund.«

»Ihr Freund? Bettýs Freund?«

»Ja.«

»Er hieß Leó.«

»Leó?«

»Ja, Leó. Er war aus Reykjavík.«

Es kam mir so vor, als stünde die Zeit still. Ich starrte sie an und begriff nicht gleich, was sie gesagt hatte. Begriff nicht, was es bedeutete, nur dass es etwas Furchtbares war. Etwas Grauenvolles. Bettý und Leó. Sie musste es mir drei Mal sagen.

»Stimmt etwas nicht?«, fragte sie.

»Ach nein, nichts, ich hab mir nur auf die Zunge gebissen.«

Irgendetwas musste ich sagen. Ich war feuerrot geworden, und meine Augen schwammen in Tränen.

»Wieso weißt du, dass es Leó war?«, stammelte ich und tat so, als käme das von den Schmerzen in der Zunge.

»Wieso ich weiß, dass es Leó war?«, echote Stella. »Sie hat mich angerufen, als sie den Titel in der Tasche hatte. Sie rief im Krankenhaus an und fragte mich nach meinem Fuß. So war Betty. Total hip, wahrscheinlich war sie sogar gedopt. Und dann hat sie es mir gesagt. Sie hat es mir glatt ins Gesicht gesagt.«

»Was hat sie gesagt?«

»Leó lässt grüßen. Sie sagte: Leó lässt grüßen.«

Wir schwiegen. Die Tür flog auf, und zwei Kinder schossen herein zu ihrer Mutter.

»Und dann hat sie den Hörer aufgeknallt«, sagte Stella und strich sich über den Knöchel.

*

Ich starrte den Spiegel im Verhörraum an.

»Ist sie dahinter?!«, schrie ich.

»Ganz ruhig«, sagte Lárus. »Hinter dem Spiegel ist niemand.«

»Mach nicht schon wieder Theater, Sara«, sagte Dóra. »Das bringt nichts, das weißt du doch. Du marschierst sonst nur umgehend wieder in deine Zelle.«

»Was hat sie euch alles gesagt?«

»Betty ist nicht dort«, sagte Lárus. »Beruhige dich!«

Ich erhob mich, ohne die Blicke vom Spiegel abzuwenden. Die beiden standen ebenfalls auf. Die Tür öffnete sich, und ein Gefängnisaufseher postierte sich im Türrahmen.

»Beruhig dich«, sagte Dóra in besänftigendem Ton.

»Was hast du ihnen erzählt?«, schrie ich den Spiegel an.

»Setzen!«, befahl Lárus und sah den Wärter Hilfe suchend an.

»Setz dich doch«, sagte Dóra ganz ruhig. »Hinter dem Spiegel ist niemand. Du bildest dir das ein. Und falls dort jemand wäre, dann ganz gewiss nicht Betty. Glaub mir. Es ist völlig ausgeschlossen, dass Betty da hinter dem Spiegel sein könnte.«

Ich versuchte, mich zu beruhigen, und schaute sie an.

»Du lügst mir nichts vor?«

»Nein«, versicherte Dóra.

»Mich lügen alle an«, sagte ich. »Mich haben von Anfang an alle angelogen.«

»Schon gut«, sagte Dóra, »nun setz dich wieder, und dann reden wir darüber, wer dich alles angelogen hat.«

»Mich haben alle in Bezug auf alles angelogen«, sagte ich.

Die Spannung in dem Zimmer lockerte sich etwas. Der Gefängniswärter stand unschlüssig in der Tür. Dóra gab ihm ein Zeichen, dass er sich zurückziehen sollte. Lárus nahm wieder Platz. Dóra und ich standen noch, schauten uns in die Augen, und ich hatte das Gefühl, als verstünde sie mich. Ich war etwas ruhiger geworden und sank auf meinen Stuhl.

»Mich lügen alle an«, wiederholte ich.

»Wir haben die Zeugenaussage eines Mannes«, begann Dóra vorsichtig. Er kann sich an bestimmte Dinge erinnern, die Tómas Ottósson Zöega über dich gesagt hat. Ich werde dir sagen, um was es geht. Aber du darfst dich nicht wieder aufregen. Verstehst du? Sonst wirst du unverzüglich in die Zelle zurückgebracht.«

»Uns reicht es jetzt so langsam mit diesem Zirkus«, erklärte Lárus.

»Was meinst du eigentlich? Was für eine Zeugenaussage?«

»Tómas hat diesem Mann gesagt, einem von seinen Angelfreunden, dass du es gerne etwas grob hättest. Weißt du, wovon ich rede?«

»Grob?«

»Und brutal«, sagte Lárus.

»Worüber redet ihr eigentlich?«

»Über dein Sexleben.«

»Mein Sexleben?!«

Sie saßen schweigend da.

»Mein Sexleben? Hat jemand über mein Sexleben geredet? Ein Angelfreund von Tómas?«

»Stimmt das?«, fragte Dóra.

»Nein, das stimmt nicht«, sagte ich. »Das ist eine Lüge. Noch so eine verdammte Lüge. Weshalb sollte Tómas über mein Sexleben geredet haben? Er wusste ja überhaupt nichts darüber.«

Das musste von Betty kommen, wie alles andere. Sie schien Tómas mit allen möglichen unwahren Informationen über mich gefüttert zu haben. Und genau dasselbe Spiel spielte sie mit der Polizei.

»Wir haben einen Zeugen, dass es anders war«, sagte Lárus.

»Anders war?«

»Dass ihr ein Verhältnis miteinander hattet«, sagte Dóra. »Oder so was wie ein Hassliebe-Verhältnis, so wurde es, glaube ich, ausgedrückt.«

»Ich und Tómas?!«

»Und dass es mit Vergewaltigung geendet hat«, sagte Lárus.

»Deswegen hattest du einen Grund, dich an ihm zu rächen. Da haben wir das Motiv für einen Mord.«

»Wer denkt sich bloß solche infamen Lügen aus? Ich hab es euch tausend Mal gesagt: Es hat keine Vergewaltigung gegeben. Tómas und ich hatten kein Verhältnis miteinander, verdammt noch mal!«

*

Ich weiß nicht, wie ich darüber reden soll. Von allem, was mir passiert ist und in was ich mich selbst hineinverstrickt habe, ist nichts so schmerzhaft wie die Vergewaltigung – und ich bin nicht imstande zu sagen, was sich da abgespielt hat. Ich leide Höllenqualen. Ich kenne nur eine Methode, um damit fertig zu werden, nämlich es so tief wie möglich in die Abgründe der Seele zurückzudrängen.

Bruchteile dringen manchmal an die Oberfläche

und bewirken, dass ich mich vor Entsetzen zusammenkrümme. Seine Hände auf meinem Körper. Sein nach Alkohol stinkender Atem. Sein Gewicht, als er sich auf mich wälzte. Meine kraftlosen Tritte. Der Schmerz, als er …

Und die Qualen.

All diese Qualen, die ich nicht länger unterdrücken kann.

*

Eine ganze Weile war unter tiefem Schweigen verstrichen. Sie schauten mich an, und es hatte fast den Anschein, als hätten sie Mitleid mit mir. Ich war es satt. Ich hatte das Lügen satt und das ganze Versteckspiel. Mehr als satt.

»Habt ihr es wirklich noch nicht herausgefunden?«, fragte ich schließlich.

»Was herausgefunden?«, entgegnete Dóra.

»Über Betty und mich«, sagte ich.

»Was ist mit Betty und dir?«, fragte Lárus.

»Wir hatten ein Verhältnis miteinander«, sagte ich. »Sie hat Tómas mit mir betrogen, nicht umgekehrt. Betty und ich waren zusammen.«

28

Ich erinnere mich nicht mehr, wie ich von Stella nach Hause gekommen bin. Ich weiß nicht mehr, wie ich gefahren bin. Als ich mich von ihr verabschiedete, war ich mit meinen Gedanken ganz woanders. Sie fragte mich, ob alles in Ordnung sei. Sie sah, dass mich irgendetwas aus dem Gleichgewicht gebracht hatte, aber sie wusste nicht, was. Die arme Stella. Ich war am Ende meiner Kräfte, als ich in meine Wohnung kam, und legte mich aufs Sofa. Ich war völlig durcheinander und wusste nicht mehr, was ich glauben sollte. Die Welt drehte sich vor meinen Augen und entzog sich meinem Zugriff.

Leó und Bettý.

Schon immer. Bettý und Leó und dann ich, der alles in die Schuhe geschoben werden sollte.

Ich lag wie gelähmt auf dem Sofa und versuchte, mir einen Reim darauf zu machen. Wann hatten die beiden angefangen, den Mord an Tómas zu planen? Als Bettý und Tómas zusammenzogen? Als es in der Beziehung zu kriseln begann? Und wie kam ich in das Bild? Warum ausgerechnet ich?

In der dunklen Wohnung schrillte das Telefon. Ich schleppte mich hin und nahm den Hörer ab. Es war der geschäftsführende Direktor in Akureyri. Er hatte mir einige Fragen zu juristischen Zweifelsfällen zur Bearbeitung gegeben, und er fragte, wann er damit rechnen könnte. Ich erfand ein paar Lügen, um ihn zufrieden zu stellen. Dann fing er an, über Tómas zu reden und dass sie endlich die Leiche gefunden hätten. Ich hörte ihm geistesabwesend zu, bis mir auf einmal einfiel, ihn nach Leó auszufragen. Ich pirschte mich an das Thema heran und erwähnte zunächst die Freundschaft zwischen Tómas und Leó.

Er ging prompt darauf ein. »Tómas und Leó waren mit Sicherheit nicht befreundet. Leó hat vor etwa vier Jahren bei uns angefangen und hat sich ziemlich schnell zu seiner rechten Hand hochgearbeitet und war dann so etwas wie ein Hansdampf in allen Gassen in der Firma. Er hat es verstanden, Tómas um den Bart zu gehen. Typisch Leó, der ist nicht auf den Mund gefallen.«

Ich glaubte herauszuhören, dass der Mann keineswegs begeistert von Leó war.

»Warum wurde er denn eingestellt?«

»Dafür hat Bettý gesorgt.«

»Bettý?«

»Sie hat gesagt, es sei ein Verwandter von ihr oder so etwas.«

»Ein Verwandter?«

»Ja.«

»Aber Leó ist doch gar nicht mit Bettý verwandt«,

sagte ich zwischen zusammengebissenen Zähnen. Meine unterdrückte Wut war nicht zu überhören, und seine Neugier erwachte.

»Warum fragst du nach Leó?«, sagte er mit einem verwunderten Unterton in der Stimme.

Ich wusste nicht, was ich sagen sollte, und knallte den Hörer auf die Gabel. Ich riss die Telefonschnur aus der Steckdose und warf den Apparat auf den Boden.

Ich kämpfte mit den Tränen.

Ich musste Betty treffen. Ich musste mit ihr reden. Ich musste es aus ihrem Mund hören. Sie musste es mir selber sagen.

Ich schreckte hoch, als sich mein Handy auf dem Wohnzimmertisch meldete: *The Hills are alive with the Sound of Music.* Ich ging zum Tisch und starrte auf den Apparat, während diese absurde Melodie erklang. Es hörte und hörte nicht auf. Ich nahm das Handy und antwortete.

»Hier ist die Polizei«, sagte eine Stimme am anderen Ende der Leitung.

*

»Willst du damit sagen, dass du und Betty ein lesbisches Verhältnis miteinander hattet?«

Lárus glaubte mir augenscheinlich nicht.

»Du und Betty, wart ihr zusammen?«, fragte Dóra.

Dóra immer so korrekt. Immer höflich. Ließ sich nie von irgendetwas aus der Ruhe bringen. War sie vielleicht einsam, so wie ich? Ihre Hände lagen auf dem Tisch zwischen uns, und ich hielt Ausschau nach einem Ehering, sah aber keinen. Mir kam sie einsam vor. Das konnte man ihr ansehen. Sie lächelte selten. Aber vielleicht lächelte man nicht in diesem Raum.

»Meiner Meinung nach ist Bettý unersättlich«, sagte ich und blickte Lárus an. »Mann oder Frau, das macht keinen Unterschied für sie. Bettý denkt nur an sich selbst, und die kleine Bettý findet alles gut.«

Sie saßen da und warteten wahrscheinlich darauf, dass ich mehr sagte. Ich hatte immer noch das Gefühl, dass sie sich hinter dem Spiegel befand, aber vermutlich war sie nie da gewesen. Ich dachte manchmal so heftig an sie, dass ich ihre Nähe zu spüren glaubte.

»Ich habe Tómas nicht umgebracht«, sagte ich. »Ich war es nicht. Ich habe es euch tausend Mal gesagt.«

»Wer denn?«, sagte Dóra.

»Es war Bettý«, sagte ich. »Bettý hat Tómas getötet und in diese Spalte geworfen. Ich habe euch das hunderttausend Mal gesagt.«

Lárus lächelte. Also kann man doch in diesem Raum lächeln.

»Bettý sagt etwas anderes«, erklärte er. »Sie sagt, dass du es gewesen bist. Und sie hat ein Alibi.«

»Und dann ist da noch so etwas wie der Vorschlaghammer«, sagte Dóra.

Ich sah, dass sie Mitleid mit mir hatte.

»Ja, natürlich«, sagte ich. »Der kleine Vorschlaghammer. Ich habe euch alles darüber gesagt.«

»Wir glauben dir bloß nicht«, sagte Lárus. »So einfach ist das.«

»Das kann ja auch niemanden verwundern«, sagte Dóra.

*

Stella konnte sich noch an den Namen des Mädchens aus Dalvík erinnern, das seinerzeit an dem Schönheitswettbewerb teilgenommen hatte und verrückt nach Betty gewesen war. Stella war der Meinung, dass sie immer noch in Dalvík lebte, aber da gab es niemanden mit ihrem Namen im Telefonbuch. Sie trug einen wirklich seltenen Namen, vielleicht hatte sie ihn deswegen behalten. Sie hieß Minerva.

Nur wenige Frauen mit diesem Namen standen in Reykjavík im Telefonbuch, und wie zuvor begann ich mit Anrufen. Der Abend war bereits etwas vorgerückt. Ich weiß nicht genau, was ich eigentlich in Erfahrung bringen wollte, warum ich mich mit weiteren Gesprächen über Betty quälen wollte, aber ich hatte das Gefühl, ich müsste so viele Informationen sammeln wie nur möglich.

Ich sprach mit drei Minervas, bevor ich an die richtige geriet. Sie erinnerte sich an Betty, aber anders als Sylvía und Stella knallte sie sofort den Hörer auf. Ich suchte mir die Adresse heraus und fuhr los.

Minerva wohnte in einem großen Bungalow in Fossvogur. Zwei ziemlich neue Autos standen vor der Doppelgarage, ein Jeep und ein BMW. Eine Frau in Bettýs Alter kam zur Tür. Sie erwartete augenscheinlich keinen Besuch.

»Ich habe vorhin angerufen«, sagte ich. »Wegen Bettý.«

Sie wollte mir wortlos die Tür vor der Nase zuschlagen, aber ich lehnte mich gegen die Tür und drückte dagegen.

»Es dauert bestimmt nicht lange«, sagte ich.

»Verschwinde«, sagte sie.

»Du musst mir helfen.«

»Wer ist denn da?«, hörte ich jemanden im Haus rufen, und dann erschien ein Junge in der Diele.

Minerva öffnete die Tür.

»Niemand«, sagte sie zu dem Jungen. »Bitte schön«, sagte sie zu mir.

Ich zögerte.

»Sag deinem Vater, dass ich das Vorzimmer benutzen muss. Hier ist eine Frau, die Geld einsammelt wegen der Schulexkursion.«

Minerva ging die Lüge leicht von den Lippen. Der Junge zog sich zurück ins Haus, und sie schob mich in ein kleines Büro direkt neben dem Eingang und machte die Tür hinter uns zu.

»Was willst du von mir?«, fragte sie leise.

»Nur ein paar Informationen«, antwortete ich. »Über Bettý. Du kanntest sie doch, als ihr in Dalvík wart.«

Ich blickte mich um. Nach den Fotos an der Wand zu urteilen war ihr Mann Zahnarzt.

»Warum fragst du nach Betty«, sagte sie. »Wer bist du?«

»Eine Freundin von ihr«, sagte ich und suchte im Geiste nach einer wahrscheinlicher klingenden Lüge. Sie enthob mich dieser Mühe.

»Ich habe sie gekannt, als ich noch in Nordisland lebte«, sagte sie und beabsichtigte offensichtlich, das Gespräch so schnell wie möglich hinter sich zu bringen.

»Ihr habt zusammen an einem Schönheitswettbewerb teilgenommen, nicht wahr?«

»Betty war nicht meine Freundin«, sagte sie. »Niemand kann mit ihr befreundet sein. Man kann ihr nicht über den Weg trauen.«

»Hatte sie nicht einen Freund, der aus Reykjavík stammte und Leó hieß?«

»Leó«, schnaubte sie verächtlich. »Dieses Arschloch.«

»Was war mit Leó?«

»Er hat sie nach seiner Pfeife tanzen lassen. Er hatte sie in seiner Gewalt. Betty hat mir einmal gesagt, dass sie ihm etwas schuldig sei, für etwas, was er für sie getan hatte. Ihr Stiefvater hat versucht, sie zu vergewaltigen. Wusstest du das?«

»Ja, als sie in Breiðholt wohnten.«

»Leó und sie waren seit ihrer Kindheit befreundet. Er hat sie vor dem Alten gerettet und ihn zu Brei geschlagen. Ich glaube sogar, dass Leó ihn fast umgebracht hat. Dieser Stiefvater hatte sie schon eine Zeit lang belästigt und an ihr herumgefummelt. Leó war der Einzige, dem sie vollkommen vertraute.«

»Du hast seither keine Verbindung zu ihr gehabt, oder?«

»Nein, gar keine«, entgegnete Minerva. »Ich …«

»Was?«

»Ich bin auf sie hereingefallen«, sagte sie.

»Wie meinst du das?«

Sie schaute mich an.

»Ich weiß nicht, warum ich dir das erzähle«, sagte sie plötzlich.

»Ich glaube, ich befinde mich in der gleichen Situation wie du«, sagte ich.

Sie schaute mich lange an und nickte schließlich mit dem Kopf, als verstünde sie, was ich meinte.

»War es Leó, der Stella angefahren hat, kurz bevor der Wettbewerb stattfand?«

»Sie haben sich beide köstlich darüber amüsiert.«

»Amüsiert?«

»Dass man ihnen nichts anhängen konnte.«

Die Tür zum Vorzimmer öffnete sich, und der Mann auf dem Foto steckte den Kopf herein.

»Möchtet ihr einen Kaffee?«, fragte er.

Minerva stand auf.

»Nein, danke Liebling, sie ist im Begriff zu gehen.«

Dann schaute sie mich lange an, und ich sah, dass ihr Schweigen eine inständige Bitte war, ich möge mich aus dem Staub machen. Es war, als hätte ich irgendwelchen Schmutz in ihr Heim getragen, den sie so schnell wie möglich loswerden wollte.

29

Es regnete, und die Straßenlaterne vor Bettýs Haus im Þingholt-Viertel war kaputt. Das Licht flackerte im Regen und blinkte in regelmäßigen Abständen auf, was wie kleine Blitze wirkte. Ich saß in gebührender Entfernung zum Haus im Auto und hatte mich zusammengekauert. Ich wusste nicht, ob sie mein Auto kannte. Im Haus brannte kein Licht. Ich wartete bereits seit drei Stunden dort und beobachtete die zuckende Straßenlaterne. Ich wusste nicht, wo Bettý war. Sie konnte genauso gut in Akureyri sein, aber ich musste etwas unternehmen. Ich konnte nicht einfach nur zu Hause sitzen und warten.

Sie wussten, dass Tómas nicht an den Folgen eines Unfalls gestorben war. Der Mann von der Polizei, der bei mir anrief, erklärte, dass sie noch heute Abend mit mir sprechen müssten. Es war eine Vorladung. Als ich fragte, worum es ginge, sagte er, es hätten sich einige neue Aspekte in Bezug auf das Ableben von Tómas Ottósson Zöega ergeben. Er klang sehr formell. Ich erschrak, als er vom Ableben sprach. Es ging also nicht mehr um Tómas' Verschwinden, sondern um seinen Tod.

Nach dem Gespräch mit Minerva fuhr ich ziellos in der Dunkelheit herum, ohne zu wissen, wohin ich fuhr. Als ich ich mich wieder beruhigt hatte, war ich irgendwo außerhalb der Stadt gelandet. Ich machte kehrt und bekam diese Idee, zum Palazzo zu fahren, um möglicherweise Bettý zu erwischen.

Die Laterne flackerte im Regen, und mir war kalt. Ich dachte an Bettý und daran, wie sie es geschafft hatte, das alles zu arrangieren. Ich hatte zwar nur eine grobe Vorstellung davon, was im Gange war, aber mir war zumindest so viel klar, dass sie mich in größere Schwierigkeiten bringen wollte, als ich je geargwöhnt hatte. Sie führte es aus und sagte mir im gleichen Augenblick, dass sie mich liebte.

Wer war diese Frau? Nicht genug damit, dass sie imstande war, einen Mord zu begehen, sondern sie hatte ihn minutiös wie etwas ganz Normales geplant, und jetzt ereilte sie der Fluch der Tat, ereilte uns, aber ich war mehr wie ein willenloses Werkzeug in ihrer Hand gewesen. Ich hatte nicht gewusst, dass sie vorhatte, Tómas auf unserer Reise umzubringen. Ich wusste nicht, dass sie entschlossen war, etwas zur Ausführung zu bringen, worüber wir nur halb im Spaß und leichtsinnig geredet hatten. Es hatte niemals irgendein Ernst hinter dem gesteckt, was wir sagten, es war mehr wie ein Spiel gewesen. Wie alles, was wir taten. Wie ihr Fremdgehen. Wie unser Sexleben.

Ein Taxi bog in die Straße ein und hielt vor Bettýs Haus. Es hielt geraume Zeit an der Bordsteinkante. Ich sah die Umrisse des Fahrers und einer Gestalt auf dem Rücksitz. Als sich die Tür öffnete, stieg die Person auf dem Rücksitz aus.

Es war Bettý.

Ich richtete mich auf meinem Sitz auf. Das Taxi fuhr weiter, und Bettý ging auf das Haus zu. Ich öffnete die Wagentür, stieg aus und rannte los. Sie machte gerade die Tür hinter sich zu, als ich die Treppen heraufgestürzt kam und meine Hand dazwischenschob.

»Bettý, ich muss mit dir reden!«

Sie erschrak sichtlich und starrte mich so bestürzt an, als sähe sie ein Gespenst.

»Lass mich rein«, sagte ich. »Ich wurde von der Polizei angerufen. Ich muss mit dir reden!«

Sie überlegte einen Moment und schien dann eine Entscheidung getroffen zu haben. Sie öffnete die Tür etwas weiter, und ich schlüpfte hinein. Sie blickte sich draußen noch einmal um, ob jemand mich gesehen hatte, und dann ließ sie die Tür ins Schloss fallen.

»Ich habe dir gesagt, du sollst mich in Ruhe lassen«, sagte sie böse, indem sie sich mir zuwandte. »Wir dürfen nicht zusammen gesehen werden.«

»Weshalb nicht?«, fragte ich. »Alle wissen doch, dass wir befreundet sind. Alle wissen, dass wir beide mit Tómas zusammen waren, als er starb. Weshalb sollten wir denn keine Verbindung zueinander haben? Warum nicht, Bettý? Macht es nicht einen viel verdächtigeren Eindruck, überhaupt nicht miteinander zu reden?«

»Komm herein«, sagte sie, ohne auf meine Fragen einzugehen. Sie zog ihren ausladenden schwarzen Nerz aus und warf ihn über einen Stuhl. Darunter trug sie ein weinrotes Kleid, das ich noch nie an ihr gesehen hatte.

»Möchtest du etwas trinken?«, fragte sie.

Ich nickte. Ich blickte mich um und dachte an all die Male, wo Betty und ich allein in diesem Haus gewesen waren. Alles war unverändert, aber trotzdem war alles vollkommen anders.

»Warum gehst du mir aus dem Weg?«, fragte ich.

»Das weißt du doch, du Dummchen. Wir haben es doch x-mal besprochen. Du weißt, was wir getan haben.«

»Ich weiß, was du getan hast«, sagte ich. »Ich bin mir nicht sicher, was ich getan haben soll.«

Sie brachte mir ein Glas italienischen Likör.

»Weshalb dieser Ton?«, sagte sie. »Sind wir nicht befreundet?«

Sie nahm auf dem großen Sofa im Wohnzimmer Platz, zog die Zigarettenschachtel aus der Tasche und zündete sich eine an. Sie inhalierte den giftig blauen Dunst. Als sie ihn wieder ausatmete, war er fast weiß.

»Darauf hätte ich gerne eine Antwort von dir«, sagte ich und setzte mich ihr gegenüber auf einen Sessel. Sie hatte die wunderschöne Stehlampe angeknipst, die einzige Beleuchtung in diesem riesigen Raum. Der matte Schein umgab uns beide, die wir uns einmal so nahe gestanden hatten. Der Qualm der griechischen Zigarette tanzte im Licht der Lampe einen langsamen Walzer, bevor er sich in nichts auflöste. Vereinzelte Male verirrte sich ein Auto in die Straße.

»Was sagst du da? Was wollte die Polizei von dir?«

»Er hat gesagt, sie müssten sich mit mir unterhalten. Heute Abend noch. Weil Tómas' Leiche obduziert worden ist. Hast du etwas darüber gehört?«

»Nein«, sagte Bettý. »Ich war den ganzen Abend nicht zu Hause.«

»Wo warst du?«, fragte ich. »In diesem Aufzug? Die lustige Witwe amüsiert sich also schon wieder?«

»Was soll das?«

»Kannst du dich an eine Frau erinnern, die Sylvía heißt?«, sagte ich und lehnte mich vor. »Seinerzeit eine gute Freundin von dir. Erinnerst du dich an sie?«

Bettý schaute mich an, und ich glaubte, ein winziges Lächeln um ihre Lippen zu sehen. Ich hielt es zunächst für eine Täuschung, aber dann wurde das Lächeln breiter. Sie schien mich auszulachen.

»Was hast du eigentlich getrieben?«, fragte sie, und ihre schönen weißen Zähne leuchteten. »Hast du heimlich Polizei gespielt?«

»Sie hat mir von der Abtreibung erzählt.«

»Von der Abtreibung?«

»Ja, von der Abtreibung, die du hast machen lassen.«

»Was bildet die sich ein, über mich zu wissen?«

»Erinnerst du dich an Stella?«, fragte ich.

Bettý runzelte die Stirn. Dann schüttelte sie den Kopf.

»Du solltest dich aber an sie erinnern. Sie hinkt.

Eine äußerst nette Frau. Sie sieht dir ein bisschen ähnlich. Dunkelhaarig und schlank. Schön genug, um einen Beauty Contest zu gewinnen, und außerdem wäre sie bestimmt auch noch zum nettesten Mädchen gekürt worden.«

Betty starrte mich an und schien zu begreifen, über wen ich sprach. Sie drückte die Zigarette aus.

»Wie geht es Stella?«, fragte sie, und ich merkte, dass sie gar nicht mehr so sicher war.

»Der Knöchel ist ziemlich steif. Und sie lässt dir keine Grüße ausrichten.«

»Warum hast du mit ihr gesprochen? Wieso quatschst und tratschst du in der ganzen Stadt herum? Bist du nicht mehr ganz dicht? Kannst du nicht einmal ein paar Wochen abwarten und Ruhe bewahren, ohne alles zu gefährden? Was ist eigentlich mit dir los?«

»Ich habe einen Mann getroffen.«

»Du hast einen Mann getroffen?«

»Er hat mir gesagt, dass nicht Tómas mich einstellen wollte, sondern du. Stimmt das? Du hast mir erzählt, dass Tómas dich extra geschickt hätte, weil ihm an meiner Mitarbeit gelegen war. Und jetzt habe ich erfahren, dass Tómas nicht das Geringste von mir wissen wollte. Das war alles hundertprozentig von dir geplant.«

»Welche Rolle spielt das?«

»Das hängt davon ab, wann alles anfing.«

»Was denn? Wann was anfing?«

»Das Ganze. Es hängt davon ab, wann du zuerst auf die Idee gekommen bist. Oder vielleicht hast du gar nicht diese Idee gehabt? Vielleicht hat dir das jemand anderes eingeflüstert. Alle diese verlockenden Millionen. Seine Milliarden. Gab es da nicht einen Weg, sie selber in die Tasche zu stecken, ohne diesen lästigen Tómas am Hals zu haben?«

Bettý blickte mich an und schwieg. Ich sah, dass sie fieberhaft überlegte, wie sie auf meine Wut und auf die Tatsache reagieren sollte, dass ich Erkundigungen über sie eingezogen hatte. Es konnte ihr nicht entgehen, in welchem Aufruhr ich war.

»Was hast du da von einer Abtreibung gesagt?«, fragte sie. »Ich kann mich an keine Sylvía erinnern. Ich weiß nicht, wer dich da anlügt …«

»Und dann ist da noch Leó«, sagte ich. »Was kannst du mir über Leó sagen? Wie hast du Tómas dazu gebracht, ihn einzustellen? Wie konnte er es so weit in der Firma bringen? Wann hat es angefangen, Bettý? Und warum hast du mich ausgewählt? Warum ausgerechnet mich?«

Bettý war nicht aus der Ruhe zu bringen und streckte die Hand nach den Zigaretten aus. Sie fischte sich eine aus der Schachtel heraus und zündete sie mit ihrem goldenen Feuerzeug an. Dann schlug sie die Beine übereinander und strich ihr Kleid glatt. Sie war völlig gelassen. Ich verlor die Geduld.

»Wo bist du gewesen?«, fragte ich.

»Tómas ist hier im Leichenschauhaus am Barónsstígur«, sagte sie und nippte am italienischen Likör. »Wegen der Autopsie. Ich musste – wie nennt man das denn noch – die Leiche identifizieren. Sie haben mir die Leiche gezeigt, Liebling. Sie haben mir gezeigt, was du mit Tómas gemacht hast. Ich bin einfach zusammengebrochen und habe gestanden, dass ich deinetwegen gelogen habe. Es tat so gut, endlich die Wahrheit zu sagen.«

»Du hast gestanden? Du?«

»Ja.«

»Wovon redest du eigentlich? Was hast du denen erzählt?«

»Ich habe ihnen von dir und Tómas erzählt«, sagte Betty. »Ich habe ihnen endlich die Wahrheit gesagt, und weißt du, Sara, es tut so gut, sein Gewissen zu erleichtern. Sie haben mir gezeigt, wie du ihn umgebracht hast, und gesagt, dass du ihm von hinten einen Schlag in den Nacken gegeben hast, mit einem schweren Hammer oder einem kleinen Vorschlaghammer. Das haben sie ganz schnell sehen können. Sie gingen allerdings von drei Hieben aus. Da war ein Gerichtsmediziner dabei und alles. Überaus freundliche Polizisten und sehr hilfsbereit, Sara. Wirklich. Die haben Mitleid mit einer Witwe.«

»Was hast du getan?«

»Sie fanden es sehr wichtig zu wissen, dass ich einen Tag später als du und Tómas in die Berghütte gekommen bin.«

»Du einen Tag später? Ich war es, die einen Tag später gekommen ist!«

»Ich habe ihnen gesagt, dass ich in der Stadt aufgehalten wurde und erst am nächsten Morgen zu euch hinausgefahren bin. Tómas und du, ihr wart eine ganze Nacht allein in der Hütte.«

»Du bist zusammen mit Tómas hingefahren. Ich bin erst am nächsten Tag gekommen.«

»Das darfst du natürlich gerne behaupten«, sagte Betty, »aber die Polizei braucht nun mal solche Kleinigkeiten wie ein Alibi. Leó sichert meins. Wir haben zusammen im Büro gearbeitet und eine Reise nach London vorbereitet, die wir unternommen hätten, wenn du Tómas nicht umgebracht hättest. Als ich dich am nächsten Tag in der Hütte traf, warst du völlig aufgelöst, weil Tómas verschwunden war, und du hast mich angefleht zu sagen, dass ich die ganze Zeit mit euch zusammen gewesen sei. Wir haben gesucht und gesucht, aber Tómas blieb verschwunden, und erst ganz zum Schluss habe ich dich dazu bringen können, sein Verschwinden zu melden.«

»Ich kann es nicht glauben«, stöhnte ich. »Du hast ihn ermordet!«

»Sie haben im Augenblick nur eine Person im Visier«, sagte Betty, »und das bist du.«

»Wieso haben sie dir plötzlich geglaubt, dass du erst einen Tag später gekommen bist? Du hast doch erst etwas ganz anderes gesagt.«

»Ich habe ihnen gesagt, dass du mich angefleht hättest, das auszusagen, und damals hätte ich mir einfach nichts dabei gedacht. Du warst in Aufruhr, weil Tómas verschwunden war, und du brauchtest meine Unterstützung. Als deine gute Freundin war ich entschlossen, dir zu helfen. Als sich dann aber heute Abend herausstellte, dass du ihn ermordet hast, konnte ich natürlich nicht mehr an diesen Lügen festhalten.«

»Glaubst du wirklich, dass du damit durchkommst?«

Betty lächelte.

»Ich habe das Gefühl, dass alles hieb- und stichfest ist«, sagte sie. »Dafür hat Leó gesorgt.«

Ich begriff nur so viel, dass das, was sie sagte, gefährlich war. Erst nach und nach verstand ich Dinge, die mir vorher ein Rätsel gewesen waren. Bettýs Ausfragerei, bevor wir mit den Ski-doos losfuhren, ob ich mit jemandem gesprochen oder ob jemand mich gesehen hätte, als ich aus der Stadt fuhr. Was sie mir eingeschärft hatte, der Polizei zu erzählen, dass ich zusammen mit Leó kommen wollte, dem dann aber etwas dazwischenkam. Die ganze sorgfältig arrangierte Lüge, um den Verdacht auf mich zu lenken.

»Tómas sagte etwas zu Leó, an diesem letzten Abend, bevor er die Stadt verließ«, sagte Bettý. »Tómas sagte zu Leó, dass er dich da oben in den Bergen treffen wollte. Ganz allein. Erinnerst du dich nicht, wie ich dich gefragt habe, ob jemand dich gesehen hätte oder ob du unterwegs irgendwo gehalten hättest, ob du am Abend vorher mit irgendjemandem gesprochen hättest?«

Ich nickte, war aber mit den Gedanken ganz woanders, weil ich versuchte, die Bruchstücke zusammenzukitten.

»Von dem Moment an war Tómas ein toter Mann«, sagte Bettý.

Sie drückte die Zigarette sorgfältig aus.

»Beim ersten Versuch«, sagte sie. »Findest du das nicht unglaublich?«

*

Dóra starrte mich im Verhörzimmer an. Ihr war anzusehen, dass sie kein Wort von dem glaubte, was ich sagte. Lárus saß neben ihr, und er hatte wieder dieses komische Grinsen auf den Lippen.

Vierundzwanzig Stunden waren seit dem letzten Verhör vergangen. Jetzt ging es mir nur noch darum, die Wahrheit zu sagen. Ich wusste, dass Betty das nicht tat. Sie hatte die ganze Zeit gelogen.

»Was hat Betty damit gemeint?«, fragte Dóra. »Beim ersten Versuch?«

»Ich weiß es nicht«, sagte ich. »Vielleicht dass die beiden es so geplant hatten und alles gleich beim ersten Versuch geklappt hat. Vielleicht hatten sie auch noch Pläne für spätere Gelegenheiten in petto. Versteht ihr das nicht? Es geht einzig und allein darum, die Schuld auf mich abzuwälzen, das müsst ihr doch sehen! Es ist doch so offenkundig! Ich habe euch das alles gesagt! Ihr müsst mir glauben. Dóra! Sie versuchen, es mir in die Schuhe zu schieben!«

»Merkst du nicht selber, wie absurd das klingt?«, fragte Lárus. »Es gibt überhaupt nichts, was deine Aussage stützt. Ganz im Gegenteil, alle Indizien sprechen gegen dich.«

»Sara«, sagte Dóra. »Wir finden nichts darüber, dass Betty eine Abtreibung gemacht hat.«

»Sie hat den Arzt dazu gebracht, zu lügen. So ist sie. Für sie tun alle alles.«

»Wir wissen nicht einmal, welcher Arzt das gewesen sein soll«, sagte Dóra, die nicht aus der Ruhe zu bringen war. »Es gibt keine Unterlagen in den Krankenhäusern.«

»Dann hat sie es in einer Privatpraxis machen lassen.«

»Dieser Leó wurde seinerzeit verdächtigt, Stella angefahren zu haben, aber damals stand Aussage gegen Aussage. Du hast kein Alibi für den Abend und die Nacht, als Tómas und du zusammen in dem Ferienhaus wart.«

»Und außerdem gibt es ja da auch noch den Vorschlaghammer«, sagte Lárus. »Wie sollte man da etwas anderes glauben können?«

30

Ich starrte Bettý an. Alles, was sie sagte, fügte sich nahtlos zu einem logischen Ganzen zusammen. Selbst wenn ich das meiste davon zum ersten Mal hörte und nicht alles im gleichen Moment begriff – ich verstand genug, um zu sehen, dass die ganze Schuld auf mich abgewälzt werden sollte.

»Warum tust du mir das an?«, stöhnte ich.

Bettý stand auf.

»Du solltest jetzt gehen«, sagte sie.

»Du und Leó, die ganzen Jahre? Habt ihr lange an diesem Komplott herumgetüftelt? Hat er vielleicht die Idee gehabt? Und warum ich?«

Bettý zögerte.

»Ich habe dich ausgewählt«, sagte sie.

»Du hast mich ausgewählt?«

»Ich hab einmal zufällig gehört, wie ein paar Juristen über dich redeten. Dass du lesbisch seist. Sie erinnerten sich an dich aus der Studienzeit. Ich fand das … ich fand es reizvoll.«

»Es war also alles von A bis Z geplant?«

»Das meiste.«

»Aber die Vergewaltigung? War die auch …?«

»Ich hatte ihm gesagt, dass du es gern ein bisschen brutal magst und dass du scharf auf ihn wärst und unbedingt mit ihm schlafen wolltest, aber es würde nicht ohne Härte gehen. Ich habe ihm gesagt, dass du alles mitmachen würdest. Dann ging es nur noch darum, euch zusammenzubringen. Ich kannte Tómas ganz genau. So etwas ließ er sich nicht entgehen. Außerdem wusste ich, dass er scharf auf dich war.«

»Was für ein … was für ein Scheusal bist du eigentlich? Er hat dich doch geprügelt! Er ist doch immer wieder über dich hergefallen …«

Bettý schüttelte den Kopf.

»Aber deine Verletzungen? Ich habe sie doch gesehen!«

»Leó und ich«, sagte Bettý. »Wir … wir mussten dafür sorgen, dass du meine Partei ergreifen und Tómas hassen würdest, damit …«

»Damit ich nicht gleich zur Polizei ging, nachdem du ihn umgebracht hattest? Damit ich so lange an dem Versteckspiel teilnahm, bis du …«

»… bis ich dir den ganzen Kram in die Schuhe schieben konnte«, führte sie den Satz zu Ende.

»Hat Leó dich so zugerichtet?«

»Geh jetzt nach Hause, Sara.«

In der oberen Etage fiel eine Tür zu, und man hörte Schritte auf der Treppe. Wir blickten beide in die Richtung und sahen Leó herunterkommen. Er war barfuß und trug schwarze Hosen und ein blaues Hemd. Er schien gerade aufgewacht zu sein. Seine Blicke gingen zwischen Bettý und mir hin und her und blieben schließlich an Bettý hängen.

»Ist etwas nicht in Ordnung?«

»Sie geht gerade«, sagte Bettý.

»Ich habe ihnen gesagt, dass Leó und ich vorhatten, zusammen zu dem Ferienhaus zu fahren«, sagte ich.

»Ja, Schätzchen, weiß ich doch. Leó hat aber keine Ahnung, wovon du redest, und das fand die Polizei enorm interessant. Dass du sogar versucht hast, Leó in dein Lügengespinst hineinzuziehen. Er hat der Polizei auch von deinem Techtelmechtel und den Spannungen zwischen dir und Tómas erzählt.«

Leó ging zu Bettý hinüber, küsste sie auf die Wange und nahm sie in den Arm, wie um mir zu zeigen, wie sehr sie sich liebten. Um mir zu zeigen, dass ich nie auch nur die geringste Rolle in Bettýs Leben gespielt habe.

»Falls sie es als Unfall registriert hätten, was dann?«

»Gar nichts«, sagte Leó. »Überhaupt nichts. Außer dass du dann nicht in diesen Schlamassel hineingeraten wärst.«

»Ich bin allen Ernstes davon ausgegangen, dass sie nichts herausfinden würden«, sagte Bettý. »Aber wer kennt sich schon in Gerichtsmedizin aus?«

»Es war also alles Lüge?«, sagte ich. »Tómas hat dich nie betrogen. Er hat nie Hand an dich gelegt. Und ihr hättet ganz gut Kinder bekommen können. Du hast dich ihrer bloß entledigt.«

»Leó war der Meinung, dass Kinder die Sache verkomplizieren könnten.«

»Ich kann es nicht glauben. Wie kann man nur so sein …«

»Ich an deiner Stelle würde zusehen, dass ich nach Hause käme«, sagte Bettý.

»Man weiß ja nie, was die Polizei finden könnte«, sagte Leó.

»Was meinst du damit?«

»Unter der schmutzigen Wäsche oder in der Rumpelkammer hinter dem Kasten mit dem Weihnachtsschmuck.«

»Was willst du damit sagen? Bist du in meiner Wohnung gewesen?«

»Mach, dass du nach Hause kommst«, sagte Bettý. »Bevor sie es finden.«

»Was finden?«

Ich trat dicht an sie heran und starrte Bettý unverwandt in die Augen. Sie wich meinem Blick aus, aber ich griff ihr unter das Kinn und zwang sie, mir in die Augen zu sehen.

»Was hast du mir angetan, Bettý?«

»Geh nach Hause, Sara«, sagte sie.

»Bettý?«

Bettý riss sich los.

»Und wir?«, sagte ich.

»Wir?«

»Wir. Wir beide! Was ist mit uns? Hast du das wirklich alles geplant gehabt, bevor wir uns begegneten?

War es nie etwas anderes? War da gar nichts zwischen uns beiden?«

»Sara ...«

»Hast du mich die ganze Zeit nur ausgenutzt? Auch als wir ... wenn wir zusammen waren ... wenn wir ...?«

Sie zuckte die Achseln.

»Ich weiß, dass ich kein guter Mensch bin. Das gebe ich zu. Ich bin nicht die Frau, die du in mir sehen willst. Ich bin nicht wie du und sehne mich die ganze Zeit danach, geliebt zu werden. Das gibt mir nichts. Rein gar nichts.«

Sie schaute mich an und machte einen Schmollmund.

»Die arme Sara, die immer nur wollte, dass jemand sie liebte. Jemand wie der Papi.«

Ich machte einen Versuch, sie anzuspucken, aber mein Mund war zu trocken.

»Geh jetzt lieber, bevor Leó die Geduld verliert«, sagte Betty. »Er ist schon die ganze Zeit eifersüchtig auf dich gewesen. Er konnte den Gedanken daran nicht ertragen, dass wir beide Sex miteinander hatten.«

Ich schaute Leó an.

»Was hast du bei mir zu Hause gemacht?«

»Das wirst du schon merken«, sagte er und schob mich weg. »Lass ja Betty in Ruhe!«

»Was für einen Grund hätte ich dafür haben sollen, Tómas umzubringen?«

»Du hast mir von der Vergewaltigung erzählt«, sagte Betty. Sie trat ganz dicht an mich heran und streichelte mir die Wange. »Da war diese entsetzliche Vergewaltigung, und du wolltest noch nicht einmal Anzeige erstatten, obwohl ich es dir geraten habe. Und ich habe gehört, wie du gesagt hast, du würdest ihn umbringen.«

»Und was dann, warst du die liebende Ehefrau, die versucht hat, uns auszusöhnen?«

»Tómas hatte viele Fehler, Sara, das habe ich auch ganz offen der Polizei gegenüber zugegeben.«

»Aber ich habe gar nichts gemacht, das weißt du.«

»Versuch es zu begreifen, Sara, ein für alle Mal. Du brauchtest gar nichts zu tun. Du brauchtest einfach nur da zu sein.«

Ich schob ihre Hand von mir.

»Betty!«

»Ich weiß«, sagte sie. »Manchmal vermisse ich dich auch. Vermisse deine kleine Zunge.«

Sie beugte sich zu mir, bis ihr Mund mein Ohr berührte und flüsterte mit ihrer heiseren Stimme:

»Niemand leckt so gut wie du.«

*

Ich fuhr in wilder Panik nach Haus, rannte in meine Wohnung und direkt in die Waschküche, wo ich in der schmutzigen Wäsche herumwühlte, aber nichts fand. Ich öffnete die Tür zum Abstellraum. Dann ging die Türklingel. Ich schaute aus dem Fenster. Drei Streifenwagen standen mit blinkendem Blaulicht, aber ohne Sirenen vor dem Haus. Ich hörte, wie an die Wohnungstür gehämmert wurde. Mein Name wurde gerufen.

»Wir wissen, dass du da drinnen bist«, rief einer von ihnen.

Ich fand den Kasten mit der Weihnachtsdekoration und riss ihn auf.

Die Türklingel schrillte unentwegt, und jetzt wurde gegen die Tür gehämmert. Ich ließ den Weihnachtskram fallen und stand schluchzend im Abstellraum. Ich suchte auf dem Fußboden und an den Wänden. Der Sicherungskasten befand sich in einem eisernen Schrank an der Wand, und ich bemerkte, dass er ein wenig offen stand.

Ich hörte, wie die Wohnungstür eingeschlagen wurde.

Sie waren in meiner Wohnung.

Ich hörte, wie sie sich näherten.

Ich öffnete den Sicherungskasten, und da sah ich ihn sofort.

Den kleinen Vorschlaghammer, mit dem Tómas umgebracht worden war.

… später

Ich wurde wegen Mordes an Tómas Ottósson Zöega verurteilt. Inzwischen habe ich zwei Jahre abgesessen, und bei guter Führung stehen mir noch sieben bevor.

Ich habe also mehr als genug Zeit, um über alles nachzudenken.

Mir hat man nie Glauben geschenkt. Der Vorschlaghammer war übersät mit meinen Fingerabdrücken. Ich hatte ihn in meiner Verzweiflung und Wut in die Hand genommen und gegen den Polizisten geschwungen, der schon in meiner Abstellkammer stand. Das machte meine Position bei der Gerichtsverhandlung nicht besser. Alles, was Betty und Leó sagten, wurde von Anfang an für glaubwürdig gehalten. Sie hatten die Trümpfe in der Hand. Die beiden wussten von Anfang an genau, was sie taten. Ich war ihr Opfer, und ich hatte nicht die geringste Chance, ihnen zu entkommen. Genauso wenig wie Tómas.

Mein Rechtsanwalt hat sein Bestes getan. Eine Frage, die er vorlegte, bezog sich auf die Mordwaffe: Warum hätte ich sie aus dem Norden mit nach Reykjavík nehmen sollen, um sie in meiner Rumpelkammer aufzubewahren? War es nicht wahrscheinlicher, dass jemand sie dort versteckt hatte, um den Verdacht gegen mich zu erhärten? Die Sache mit der Mordwaffe spielte eine wichtige Rolle bei der Gerichtsverhandlung, aber man hörte nicht auf unsere Argumente. Der Staatsanwalt rief die Psychiaterin hinzu, die es für wahrscheinlich hielt, dass ich die Waffe aufbewahrt hatte, weil ich mich im Grunde danach sehnte, dass die Wahrheit ans Licht käme. Ich hätte es früher oder später gestanden, weil die Schuldgefühle mich überwältigt hätten. Nach Meinung der Polizei hatte ich wahrscheinlich vorgehabt, das Beweisstück zu vernichten, war aber nicht mehr dazu gekommen. Weil ich nicht gewagt hatte, die Waffe in der Nähe des Tatorts zu verstecken, hatte ich sie mit nach Reykjavík genommen. Als man in meine Wohnung eingedrungen war, sei ich im Begriff gewesen, sie zu entsorgen.

Die Gerichtsverhandlung weckte, wie nicht anders zu erwarten, enormes Interesse. Angehörige von Tómas Ottósson Zöega saßen im Gerichtssaal und starrten mich unverwandt an. Bettý ließ sich nur zu ihren Zeugenvernehmungen blicken. Sie trat ganz in Schwarz auf. Ich sah sie stumm und starr an, während sie ihre Lügen vorbrachte, aber sie schaute niemals in meine Richtung.

Die Vergewaltigung war ein weiterer Punkt, an dem sich der Staatsanwalt festbiss. Ich hatte im Laufe der Verhöre, ganz zum Schluss, zugegeben, dass Tómas mich vergewaltigt hatte. Dóra hatte es aus mir herausgelockt. Ich war am Ende meiner Kräfte. Ich wollte um jeden Preis aus der Untersuchungshaft heraus, ich wollte ihnen die ganze Wahrheit sagen, ob sie mir nun glaubten oder nicht. Also erzählte ich ihnen davon, wie Tómas über mich herfiel. Der Staatsanwalt tat das Seine, um die Vergewaltigung zu einem Hauptmotiv für den Mord zu machen. Seinem Plädoyer zufolge hatte ich die Tat angeblich kaltblütig und vorsätzlich geplant, extrem gut vorbereitet und ausgeführt und enorm raffiniert verschleiert. Das Gericht kam zu dem Schluss, dass mein Vorsatz zur Tat hinlänglich erwiesen sei. Ich legte Berufung ein. Das Ergebnis war das gleiche.

Ich bekam lebenslänglich. Sechzehn Jahre, von denen ich bei guter Führung nur neun absitzen muss.

Ich weiß, dass Betty und Leó hier sein sollten, nicht ich. Die Ungerechtigkeit übersteigt jegliches Maß, ich wurde für ein Verbrechen eingesperrt, das sie begingen. Ich bin mir allerding im Klaren darüber, dass ich nicht ganz unschuldig bin. Ich weiß, dass ich bereit war, dieses Verbrechen zusammen mit Betty zu begehen. Ich hatte ihr Rückendeckung gegeben. Ich war mitschuldig, das will ich nicht leugnen. Aber in erster Linie habe ich mir nur eines zuschulden kommen lassen, ich ließ mich von ihr verführen.

Betty kam davon, aber vielleicht gibt es ja eine höhere Macht, die für Gerechtigkeit sorgt. Wer weiß?

Bei der Testamentseröffnung stellte sich später heraus, dass Betty leer ausging. Tómas hatte sie wenige Tage vor seinem Tod aus dem Testament gestrichen, und sie bekam keine müde Krone, so hatte es Tómas ausdrücklich verfügt. Diese Tatsache kam Betty allerdings bei der Gerichtsverhandlung sehr zustatten, denn meine Verteidigung basierte darauf, dass Betty Tómas wegen seines Geldes umgebracht hatte, weil sie wusste, dass sie ein Vermögen von ihm erben würde. Dieses Argument wurde mit dem neuen Testament zunichte gemacht, denn Betty erklärte, davon gewusst zu haben. In ihrer Beziehung zu Tómas habe es seit geraumer Zeit gekriselt. Sie hatten vorgehabt, sich zu trennen.

Sie war eine unerhört überzeugende Witwe, obwohl ich sehen konnte, dass sie ihre Wut nur schwer zu unterdrücken vermochte. In diesen grauenvollen Zeiten tat es mir unbeschreiblich gut, sie dort im Gerichtssaal zu sehen und zu wissen, dass sie aus der ganzen Geschichte genauso arm herauskommen würde, wie sie gewesen war, bevor sie Tómas kennen lernte.

Es stimmte, was sie sagte. Ihre Beziehung hatte in einer Krise gesteckt, und sie wusste, dass Tómas vorhatte, sich von ihr zu trennen, und ihr nichts überlassen würde. Sie wusste, dass die Zeit drängte. Als sie aber das geeignete Opfer gefunden hatte, war sie bestens vorbereitet. Alles, was sie sich vorgenommen hatte, hat geklappt, nur das eine nicht, das allerdings das Wichtigste für sie war: Als der Plan zur Durchführung gelangte, war es zu spät.

Ich habe über sie dann nur noch erfahren, dass sie wieder in Breiðholt gelandet war, zusammen mit Leó.

Vielleicht ist das eine Art von Gerechtigkeit.

Gerade eben war Besuchszeit. Ein neuer Aufseher,

den ich nicht kenne, hat mich in das Besucherzimmer geführt. Ich wusste, wer da auf mich wartete. Mama kommt manchmal zu Besuch, sonst besucht mich niemand. Sie hat sich verändert. Obwohl es seltsam klingt, unser Verhältnis hat sich gebessert, seitdem ich im Gefängnis bin. Es ist jedenfalls besser als je zuvor. Meine lesbische Veranlagung erwähnt sie nicht. Sie fragt danach, wie es mir geht, und jedes Mal, wenn sie zu Besuch kommt, bringt sie mir eine Kleinigkeit mit. Sie sagt, dass sie mir glaubt. Und zwar in allem, was ich sage. Sie sagt, dass ich mein ganzes Leben lang ehrlich und nie dazu fähig war, das zu tun, wessen ich beschuldigt worden war. Sie sagt, dass sie mich besser kennt. In Mamas Leben sind die Dinge einfach. Sie sind entweder schwarz oder weiß. Ich bin mir noch gar nicht klar darüber, wie wichtig sie für mich ist. Wie gut es für mich ist zu wissen, dass sie auch in schlimmen Zeiten an meiner Seite steht. Eines Tages werde ich ihr das sagen.

Ich habe vor, mich gut zu führen. Ich weiß, es ist eine lange Zeit. Sie schleppt sich mit diesen scheinbar endlosen Tagen dahin, an denen nichts geschieht. Tage werden zu Wochen, Wochen zu Monaten, und irgendwann in weiter Ferne wird ein weiteres Jahr verstrichen sein.

*

Ich denke viel an sie, und meist sind die Gedanken sehr schmerzlich. Aber nicht immer. Ich denke an das, was zwischen uns war. Die Zeit, die wir miteinander hatten, bevor alles zerstört wurde. Als ich mich wohl bei ihr fühlte. Sie sorgte dafür, dass ich mich so wohl fühlte wie nie zuvor in meinem Leben. Das hat sie mir – trotz allem – gegeben.

Ich liege in meiner Zelle. Es wird Abend. Das Licht wurde gelöscht, und das ganze Gefängnis ist seltsam still. Die Stille habe ich zu schätzen gelernt. Stille und Dunkelheit sind jetzt meine Freunde.

Wie immer, wenn ich in meiner Einsamkeit daliege und über das nachdenke, was geschehen ist, wandern meine Gedanken unwillkürlich zu Betty. Ich kauere mich unter dem Oberbett zusammen. Manchmal überwältigen mich die Erinnerungen so, dass mir die Tränen kommen.

Wie ich sie vermisse!

Wie ich ihre weichen Küsse auf meinem Körper vermisse.

O Betty …